Buch

Stephen Brady ist Polizeikommissar in dem noblen Ferienort Southampton auf Long Island. Er hat in seinem Leben zahlreiche Blessuren einstecken müssen, doch jetzt, an der Wende zu seinem vierzigsten Geburtstag, ist er entschlossen, einen neuen Anfang zu machen. Er gibt sein zerstörerisches Laster, den Alkohol, auf und verlobt sich mit der bildhübschen – wenn auch etwas langweiligen – jungen Lynne. Zufrieden liegt er eines sonnigen Nachmittags am heimischen Swimmingpool, da wird er zur Aufklärung eines Mordfalls gerufen, der sein Leben neuerlich verändern wird. Denn bei seinen Nachforschungen lernt Brady Bonnie Spencer, die Exfrau des Mordopfers, kennen. Und obwohl Brady in Bonnie bald die Hauptverdächtige sieht, kann er ihrer Anziehungskraft nicht lange widerstehen.

Die magische Stunde

– ein Mann zwischen Liebe und Pflicht,
eine verhängnisvolle Affäre

Autorin

Susan Isaacs lebt mit ihrem Mann und zwei Kindern auf Long Island. *Die magische Stunde* ist ihr fünfter Roman. Ihr vorangegangener Roman *Die Frau im Schatten* wurde mit internationalem Staraufgebot, u. a. mit Michael Douglas und Melanie Griffith in den Hauptrollen, verfilmt.

Von Susan Isaacs außerdem bei Goldmann erschienen:

Die Frau im Schatten (Wie ein Licht in dunkler Nacht).
Roman (9560)

SUSAN ISAACS

DIE MAGISCHE STUNDE

ROMAN

Aus dem Amerikanischen
von Dr. Edda Petri

GOLDMANN VERLAG

Die amerikanische Originalausgabe
erschien unter dem Titel »Magic Hour«
bei HarperCollins Publishers, New York

Deutsche Erstveröffentlichung

*Für Susan Zises,
meine beste Freundin*

Umwelthinweis:
Alle bedruckten Materialien
dieses Taschenbuches
sind chlorfrei und umweltfreundlich.
Das Papier enthält bereits Recycling-Anteile.

Der Goldmann Verlag
ist ein Unternehmen der Verlagsgruppe Bertelsmann

Made in Germany · 2. Auflage · 8/92

Umschlaggestaltung: Design Team München
Umschlagfoto: Schott, Köln
Satz: IBV Satz- und Datentechnik GmbH, Berlin
Druck: Elsnerdruck, Berlin
Verlagsnummer: 41109
Lektorat: Sabine Dolt/AK
Herstellung: Peter Papenbrok/SC
ISBN 3-442-41109-2

Kapitel 1

Seymour Ira Spencer aus Manhattan und Southampton war wirklich ein Typ mit Klasse. Nie hätte man ihn für einen Filmproduzenten gehalten. Keine behaarte Brust mit Goldkette, kein fettlippiger Mund und bestimmt keine Zigarre. Sie hätten ihn sehen sollen in seinem einfachen weißen Frotteebademantel – natürlich ohne Monogramm – neben seinem Swimming-pool in Sandy Court. Er blickte über die Dünen zum Atlantik, nippte an einem Glas Eistee und sprach in sein tragbares Telefon. Sie hätten gesagt: Der hat das, was man guten Geschmack nennt.

Ich sag Ihnen, wie kultiviert Sy Spencer war. Er wäre ins Haus gegangen, hätte ein bißchen Beethoven gehört und aus seiner Bibliothek ein Werk von Marcel Proust zum Wiederlesen ausgesucht. Nur leider wurde er vorher durch zwei Kugeln getötet – die eine ins Rückenmark, die andere in die linke Herzkammer. Er war tot, bevor er auf den Fliesen aufschlug.

So ein Pech. Ich erinnere mich, es war ein herrlicher Augusttag. Der Himmel war so blau, daß man ihn kaum anschauen konnte. Unten am Strand erhoben sich silberweiße Möwen und stießen hinab in den Ozean. Der pudrige Sand glänzte wie helles Gold. Weiter ins Land hinein schienen die Kartoffelfelder in sattem, grünem Licht.

Es war diese Art von Long-Island-Tag, an dem die Sommergäste beschließen, für immer zu bleiben – es aber zum Glück wieder vergessen. Doch man kann sie verstehen – an diesem Tag badete der südliche Teil von Long Island in einem unwirklichen Licht. Es war wohl eine göttliche Abschlagszahlung. In den letzten fünf Jahren hatte die Sekretärin des Morddezernats immer wieder gesagt: »Einen schönen Tag, Detective Brady.« Nun, die Botschaft war angekommen. Da hatten wir ihn.

Sy Spencer hatte ihn jedoch nicht. Und, wenn ich ehrlich bin, ich auch nicht. Mein Tag war natürlich nicht so dramatisch wie Sys. Auf keinen Fall so tödlich. Aber die Ereignisse dieses herrlichen Sommernachmittags veränderten mein Leben fast ebensosehr wie Sys.

Ich wohne im Nordwesten von Bridgehampton, sechs Meilen östlich und fünf Meilen nördlich von Sandy Court, in wesentlich weniger luxuriösen Verhältnissen. Mein Haus war ehedem eine Unterkunft für Wanderarbeiter gewesen. Es war von einem überehrgeizigen, untalentierten und bezopften Architekten aus Brooklyn Heights renoviert worden, der zu spät einsah, daß sich niemand darum reißen würde. Er war gezwungen, es billig an einen Einheimischen (mich) abzugeben, denn selbst der dämlichste New Yorker Softie würde keinen niedrigen weißen Schuppen mit sechsflammigem Großküchenherd und aggressiven Blumenmustern auf Wänden und Böden erwerben.

Jedenfalls ungefähr zu der Zeit, als die Kugel Sys Nacken durchschlug, zerplatzte auch mein bisheriges Leben. Unsere beiden Existenzen wurden vereint. Aber natürlich wußte ich das nicht – kein Trommelwirbel kündigte mir die veränderte Situation an. Für mich war es immer noch ein schöner Tag, ein phantastischer Tag. Mit meiner Verlobten Lynne Conway lag ich auf einer Decke in meinem Garten. Nachdem wir uns geliebt hatten, war uns nach Sonne, Unterhaltung und Eistee zumute. (Ich hatte sogar ein paar Zitronenscheiben in den Eistee getan, um Lynnes feinerer Lebensart zu genügen.)

Natürlich wären dafür auch Liegestühle perfekter gewesen, aber in den letzten fünf Jahren hatte ich keine Zeit gehabt für Feinheiten wie Handtücher ohne Löcher und Gartenmöbel. Na wenn schon. Das alles würde sich nach unserer Hochzeit in drei Monaten ändern. Wir würden Liegestühle auf einem gepflasterten Innenhof haben. Einen Tisch mit Sonnenschirm. Einen Gartengrill mit Kuppeldach. Begonien. Ich würde aufhören, von den Schinkencheeseburgern zu schwärmen, die ich in den schmierigsten Imbißbuden von Suffolk County zum Abendessen verspeiste, und statt dessen zu Hause pochierten Lachs mit Petersilienkartoffeln und frischem Spargel genießen. Mit vierzig Jahren würde ich frisch verheiratet sein.

Ich blickte zur Seite. Lynne war so hübsch. Schimmerndes rotgoldenes Haar, junge Pfirsichhaut. Eine kleine, ein bißchen stubsige Nase mit zwei winzigen Einkerbungen auf der Spitze. Sie trug Khaki-Shorts, die ihre phantastisch langen Beine zeigten. Doch es war nicht nur ihr Aussehen – Lynne war eine Dame.

Sie kam aus einer guten Familie – verglichen mit meiner. Ihr Vater war ein Chiffrier-Experte der Marine im Ruhestand. Seine Zeit verbrachte er in einem Sessel, die Füße auf einem Puff, und las rechtslastige Zeitschriften. Er war nie ohne seine Pfeife; sie erinnerte an ein zusammengeschobenes Periskop. Wenn er wütend war, bearbeitete er das Mundstück mit den Zähnen. Als Lynne ihm unsere Verlobung ankündigte, hatte er es in kleine Plastikteile zerfetzt. Ich dachte mir schon, daß sein Glückwunsch etwas forciert klang – sein Mund blutete.

Lynnes Mutter ging jeden Morgen zur Messe, wo sie bestimmt flehte, Gottes Schwert möge mich treffen, bevor ich ihre Tochter heiraten konnte. Babs Conway stickte den ganzen Nachmittag, während sie im Fernsehen verschiedene Seifenopern anschaute. Schon seit acht Jahren stickte sie an ihrem Meisterwerk »Die Marien am Grabe«. Das war also Lynne: ein nettes katholisches Mädchen. Und eine gute Frau. Eine Schönheit. Glauben Sie mir, ich wußte ganz genau, was ich an ihr hatte. Mein Leben war bisher nicht unbedingt wie ein Märchen verlaufen. Glück – so glaubte ich – hatte ich nie verdient und würde es auch nie besitzen.

Lynne zupfte mir mein T-Shirt an der Schulter zurecht und sagte: »In den Flitterwochen – was meinst du –, wenn wir statt nach St. John zu fahren eine Woche in London verbringen?«

»Kommt drauf an. Kann man im Spätnovember in der Themse schnorcheln?«

Lynne lächelte, und das machte sie noch schöner – wirklich. Dann sagte sie ohne den leisesten Anflug von Sarkasmus: »Ich glaube, ich verstehe. St. John.« Ich blickte in Lynnes schöne braune Augen.

Und dann war der schöne Tag zu Ende.

Es war ein schöner Tag gewesen, weil ich mit einer wunderbaren, warmherzigen, honighäutigen Frau mit tizianrotem Haar zusammen war. Aber von Spaß war nicht die Rede.

Es ist doch verrückt, sagte ich zu mir, worüber beschwerst du dich? Lynne ist jung, sie weiß dich noch nicht so zu nehmen. Sie hält dich für einen Mann von Welt und zollt dir eine Art Respekt. Es ist wirklich süß. Es wäre schön, wenn sie sich auch mal etwas gehen ließe, aber das kann ja noch kommen. O Mann, jetzt möchte ich einen Drink!

Und dann kam der Anruf vom Hauptquartier. In meinem abgeschiedenen Winkel sei ein Mord geschehen, Dune Road – Southampton. Ein Filmproduzent Soundso Spencer sei erschossen worden.

»Heiliger Bimbam«, sagte ich, »Sy Spencer?«

»Kennen Sie ihn?«

»Dem Namen nach. Mein Bruder macht bei dem Film mit, den er hier draußen dreht.«

»Ist es wahr, daß er vor ein paar Jahren einen Oscar bekommen hat?«

»Ja.«

»Na, dann hab ich ihn im Fernsehen gesehen. Einer dieser Leute, die sagen ›Ich danke meinem Agenten, meinen Eltern und meiner verstorbenen Katze Fluff‹. Hören Sie zu, ich weiß, es ist Ihr freier Tag, aber Sie sind der einzige, der in dieser Wildnis wohnt. Außerdem haben wir gerade Leute nach Northport schicken müssen, wo irgendein Computerfreak Streit mit seinem Alten hatte, ihn erwürgte und versuchte, ihn unter dem Komposthaufen zu verstecken. Würden Sie also rüberfahren? Halten Sie die übereifrigen Dorfpolizisten davon ab, alles in kleine Säckchen zu verpakken und herumzuschnüffeln. Sie wissen, wie die einen Tatort zurichten können. Danke, Freund.«

Nun, ich war Sy Spencer fast etwas dankbar.

Ich brachte Lynne zu ihrem Wagen und küßte sie. »Hör zu, die Sache wird uns das ganze Wochenende vermiesen. Das weißt du doch, nicht wahr?«

Sie drückte meine Hand und sagte: »Laß nur. Ich bin ja daran gewöhnt. Es tut mir leid für den Chef deines Bruders. Was für ein Schock.« Dann fügte sie hinzu: »Ich liebe dich, Steve.«

Ich dachte mir, diese Frau wird einmal eine wundervolle Ehefrau, eine phantastische Mutter, und sagte: »Ich liebe dich auch.«

Die Nacht war so schön, wie der Tag gewesen war. Aber weder der Mond noch das Flutlicht des Einsatzkommandos konnten verschönern, was schrecklich war: eine Leiche.

Aber die Leiche befand sich in einer spektakulären Umgebung. Sy Spencers lebloser Körper lag mit dem Gesicht nach unten auf dem Kachelboden neben dem Swimming-pool. Es waren keine normalen Kacheln. Jedes fünfte der tiefblauen Rechtecke war mit handgemalten Fischen dekoriert. Zu fächerflossig und leuchtend, um in den Küstengewässern von Long Island zu leben. Aber wenn diese Fische wissenschaftlich vielleicht nicht korrekt waren, so sahen sie doch schön aus und vereinten das Meeresmotiv mit einem gewissen schlitzohrigen Schick.

Die blaue Wasseroberfläche des Swimming-pools glitzerte. In der kühlen Nachtluft hing Dunst wie eine rechteckige Wolke über dem Wasser. Hinter dem Pool erhob sich Sys dreistöckiges, graugeschindeltes Haus, das in den frühen zwanziger Jahren, dieser nimmer wiederkehrenden Zeit der großen Familien und glücklichen Dienstboten, gebaut worden war. Wenn man nach vorn sah, blickte man auf das Dunkel des Atlantiks.

»Wie geht es deiner schönen Braut?« fragte mich Sergeant Ray Carbone. Wir standen dicht neben Sys Kopf. Carbone trug einen blauen Anzug und eine Brille. Mit seiner kleinen Gestalt, dem Hängebauch und den vorgezogenen Schultern glich er eher einem überarbeiteten Buchhalter als Superman in Verkleidung.

»Noch immer schön«, sagte ich.

»Sie hat noch mehr als Schönheit. Gerade neulich haben Rita und ich über euch gesprochen. Lynne gibt dir, was du brauchst. Stabilität. Stabilität ist das Wort.«

»So scheint es mir auch.«

»Und ich spreche noch nicht mal vom Trinken.«

»Schon gut. Wenn du willst, sprich davon.«

»Was mich betrifft, so ist das Geschichte. Schau, ich weiß, daß es keine geheilten Trinker gibt. Man ist immer im Heilungsprozeß – für den Rest seines Lebens. Aber Steve, du warst gefühlsmäßig so labil. Man erkannte dich überhaupt nicht wieder – und dann diese Aggressivität. Aber in den letzten zwei Jahren – was für ein Unterschied!« Er hatte einen Abschluß in Gerichtsmedizin gemacht und war nun auf dem Weg zum zweiten in Psychologie. »Mach dir keine Sorgen.«

»Nein. Aber das gehört dazu.«

»Das ist auch ein Zeichen von Stabilität. Du bist nicht selbstgefällig.« Das hat man nun von vierundzwanzig Kursen an der Universität von Stony Brook. »Eigentlich meinte ich mit Stabilität ein Feuer im Kamin. Gute Freunde. Einen Teller Suppe. Wir von der Mordkommission brauchen Normalität zu Hause, etwas Gesundes, mehr als die anderen Polizisten.« Carbone war in Ordnung. Die Kurse hatten seinen gesunden Menschenverstand nicht vollkommen abtöten können.

Ein Mitarbeiter der Spurensicherung drängte sich an uns vorbei und kniete neben Sy nieder. Er schob Tüten über die leblosen Hände. (Papiertüten. In Filmen wird Plastik benutzt. Bei Nahaufnahmen sieht man dann so schön schaurig die toten Hände eingewickelt wie das Frühstücksbrot von gestern. Bei uns ist das anders. Plastik erzeugt Feuchtigkeit und nimmt uns alle Chancen für den FDR-Test, mit dem man feststellen kann, ob das Opfer eine Waffe abgefeuert hat.)

»Was habt ihr im Haus gefunden?« fragte ich Ray.

»Nichts. Keine Anzeichen von Raub oder Gewaltanwendung.

Er hatte eine Reisetasche gepackt, um zu Gesprächen nach Los Angeles zu fahren. Das Bett im Fremdenzimmer ist benutzt worden. Vielleicht hatte er sich hingelegt.« Ein Knopf an Carbones zu engem Jackett platzte auf. Er war dünn, doch seine Kleider waren immer eine Nummer zu klein für seinen Bauch. Und zu dunkel: In seinen blauen Anzügen, den schmalen blauen Krawatten und blauen Socken sah er immer aus, als wolle er das Morddezernat verlassen, um sich als Beerdigungsunternehmer zu etablieren. »Die Köchin war die ganze Zeit unten«, fuhr er fort. »Nette Person. Sie hat mir einen Teller Muschelsuppe gegeben und macht jetzt was für alle. Sie hat nur die Schüsse gehört – nichts davor.«

»Und nichts danach?«

»Nein. Sie schaute aus dem Fenster. Sah Sy und lief hin zu ihm.«

(Wir nennen die Opfer fast immer beim Vornamen. Ich weiß nicht, warum. Vielleicht, um eine Art persönliche Beziehung herzustellen.)

»Sie sah, daß er tot war.« Wir blickten auf Sy herunter. Die Kapuze seines Bademantels war so weit zurückgezogen, daß man sein Viertelprofil und ein bißchen Haar sehen konnte: dichte, dunkelgraue Locken konventionell geschnitten. Das eine sichtbare Auge war weit geöffnet. Wegen der Position seines Kopfes starrte dieses Auge nach unten, als ob es gerade einen schrecklichen Fleck auf den schicken Fischkacheln entdeckt hätte.

»Sie hat die Dorfpolizei angerufen.«

»Von dem tragbaren Apparat?«

»Nein. Sie sagte, sie wüßte, daß man bei einem Mord nichts anrühren dürfe. Sie rief aus der Küche an.«

Was haben wir da für einen Mord, überlegte ich mir: keine Affekthandlung, kein Mord aus Eifersucht oder wegen eines Familienstreits. Und es gibt nichts, was darauf hindeutet, daß der Mord in Verbindung mit einem anderen Verbrechen verübt wurde.

Am Anfang einer Untersuchung tendieren die meisten Polizisten – selbst intelligente, psychologisch geschulte wie Carbone –

dazu, diese Art der Analyse zu verdrängen. Was sie wollen, sind Tatsachen. Sie informieren sich über das Opfer, seinen Ruf, seine Gewohnheiten, seine Arbeit, seine körperliche Verfassung, seine familiären Beziehungen. Sie suchen nach diesen Fakten, bis sie alles zusammenhaben und die histologischen Resultate da sind: der Autopsiebericht mit den toxologischen und serologischen Untersuchungen, den Fotografien und Videos. Dann fangen sie an, sich Gedanken über Theorien zu machen.

Ich dagegen wollte immer von Anfang an wissen, welche Art von Mensch der Täter oder die Täterin sein könnte. Wie hier: Der Mörder war kein impulsiver Knabe, der einen Pfahl aus dem Blumengarten reißt und Sy in einem Augenblick nackten Wahnsinns in ein menschliches Schish-Kebab verwandelt. Nein – der Mörder hatte überlegt gehandelt. Er war intelligent genug, den Mord zu planen, seine eigene Waffe zu benutzen und wieder mitzunehmen. Auch sein Abgang war gut: unauffällig. Nach den bisherigen Indizien war er nicht gestört worden.

Noch etwas wußte ich, seit ich Sy gesehen hatte: Der Killer hatte zwar einen Kopf, aber kein Herz. Eines der ersten Dinge, die ich bemerke, ist, wie der Täter sein Opfer behandelt. Es sagt viel. Dieser Mörder hier hatte nichts von einem Psychopathen. Ich mußte zwar auf die Autopsie warten, aber es schien nicht so, als ob irgendwelche Verstümmelungen, ritualistische Male oder Stichwunden auftauchen würden. Wenn er auch herzlos war, so war dieser Killer doch kein Sadist. Er brauchte keine Angst zu erzeugen: kein Pistolenlauf, der auf Mund, Magen oder Genitalien gerichtet war. Sy war aus einiger Entfernung, von hinten, unpersönlich und scheinbar ohne Warnung erschossen worden.

Wenn es keine Anzeichen von Brutalität gab, so gab es auch keine von Anstand. Keine Besorgnis, keine Reue. Der Mörder hatte Sys Gesicht nicht bedeckt, dieses furchtbare, starrende Auge nicht geschlossen oder eine Blume auf die Leiche geworfen.

Natürlich konnte der Täter auch ein Fremder sein – ein Verrückter, der Sy gar nicht kannte. »Weißt du was von ähnlichen

Fällen?« fragte ich Carbone. Ich machte meine Hausaufgaben, wenn ich Lust hatte; er seine immer. Wenn ein Serientäter innerhalb von fünfzigtausend Meilen von Suffolk County umging, war er darüber im Bilde. »Reiche Leute? Filmleute? Leute, die aus der Ferne erschossen wurden?«

»Ich werde mich beim FBI erkundigen, aber ich glaube nicht, daß es viel bringt.«

»Hier haben wir es mit einem coolen Knaben zu tun«, sagte ich. Ein organisierter Schweinehund. Wir würden das Verhalten nach der Tat abwarten, um zu sehen, ob wir es mit einem Wirrkopf zu tun hatten, der sein Genie der Polizei mitteilen mußte. »Guter Schütze. Das muß man ihm lassen.«

»Was glaubst du, was für eine Waffe er benutzt hat?« Wie viele gebildete Typen war Carbone etwas zerstreut. Er hatte sich so stark auf Sy konzentriert, daß er noch nicht einmal die Jungs von der Ballistik gesehen hatte, die nur einige Meter von uns entfernt waren.

»Sieht aus wie ein Kleinkalibergewehr«, sagte ich zu Carbone. Ich schaute zu dem Ballistik-Mann. Er nickte und sagte: »Sieht aus wie eine Zweiundzwanziger.«

Carbone murmelte: »Verdammt, das macht uns das Leben auch nicht leichter.«

Da hatte er recht. Hier im South Fork kosteten Zweiundzwanziger so gut wie nichts. Jeder hatte eine. Die Einheimischen gebrauchten sie zum Scheibenschießen, für Kleinwild und andere Sachen. Wenn ein Bauer ein Schwein töten wollte, holte er seine Zweiundzwanziger raus. Mein Vater hatte eine.

»Was hast du über Sy rausgekriegt?« fragte mich Carbone.

»Er war dreiundfünfzig. Dartmouth-College Abschluß. Reiche Familie – handelte mit koscheren Lebensmitteln. Aber er hatte dafür wohl nichts übrig. Er wollte Kultur. Vor etwa zwölf Jahren gründete er eine Zeitschrift für Poesie SHOWER OF LIGHT. Hat viel Geld reingesteckt. Aber dann hat er wohl entdeckt, daß die Poesie ihm nicht das gebracht hat, was er wollte.«

»Und was war das?«

»Weiß der Teufel. Was wollen denn alle? Nervenkitzel, Ruhm, Reichtum. Klasse Weiber. Was würde dich denn mehr interessieren? Die Empfangsdame in einer Pastramiefabrik oder eine Dichterin? Oder ein Filmstar?« Carbone, der intelligenteste von uns allen, sah aus, als würde er wirklich über die verschiedenen Möglichkeiten nachdenken. »Ray, die Antwort ist: Ein Filmstar mit großen Titten.«

»So ganz große mag ich nicht«, sagte er nachdenklich.

»Was ist dir lieber? Ein Mädchen mit zwei aufgeklebten Spiegeleiern?«

»Nein, aber siehst du, wenn ein junges Mädchen schon so viel hat, dann kannst du dir vorstellen, wie sie mit fünfunddreißig ist.« Traurig schüttelte er den Kopf.

»Wenn sie fünfunddreißig ist, tauschst du sie einfach für zwei Siebzehneinhalbjährige ein. Geht mir doch mal aus dem Weg«, unterbrach uns jetzt der Ballistiker.

»Nun ja«, fuhr ich fort, als wir zurücktraten, »wie dem auch sei, Sy Spencer war schon ziemlich bekannt. Er war einer von denen, die dann und wann in den Klatschspalten auftauchten. Keine Skandale. Ein relativ diskreter Junge. Jemand mit Geld, der für die richtigen Zwecke spendete. Ging zu allen Wohltätigkeitsveranstaltungen des Jet-set. Und da hat er wohl auch die Filmtypen kennengelernt, die hier Häuser haben. Und dann hat er sich in den Kopf gesetzt, Filmproduzent zu werden. Scheinbar wollen das fast alle aus seinen Kreisen – aber er hat es geschafft.«

»Ich kenne seinen Namen. Gute Filme.«

»Das stimmt. Der Junge hatte Stil.«

»Wo würdest du anfangen?«

»Bei dem Film, den er produzierte, denk ich. Er heißt *Starry Night*. Sie drehen drüben in East Hampton.«

»Wirklich? Jetzt?!«

Ich hatte meine Kindheit in der Gegend verbracht und war es gewohnt, mit sogenannten Berühmtheiten in Kontakt zu sein. Ich wußte, wie man sie behandeln mußte – nicht zuviel beachten, aber auf keinen Fall übersehen. Aber Carbone kam aus der ganz normalen Welt mit Schuhverkäufern, Bankangestellten und Lehrern, und alles andere war ihm fremd.

»East Hampton ist doch nur zehn oder zwölf Meilen weg, nicht wahr«, sagte er. Seine Augen funkelten. »Vielleicht müssen wir rüberfahren und einige Leute befragen!« Carbone war normalerweise so ausgewogen, so bedacht, aber bei dem Gedanken an SCHEINWERFER – KAMERA – ACTION löste er seine Krawatte und machte einen Kragenknopf auf. Am liebsten wäre er nach East Hampton gesteppt. Etwas zu nachlässig fragte er: »Wer spielt die Hauptrolle?«

»Lindsay Keefe und Nicholas Monteleone.«

»Ehrlich!« Dann fand er wieder zu seiner alten, kameradschaftlichen Art zurück. »Ich hab Monteleone schon immer gemocht«, sagte er. »Er erinnert mich an den jungen Gary Cooper. Mutig – gute Einstellung, aber ohne falsche Süßlichkeit. Und sie ist eine prima Schauspielerin.« Carbone schüttelte den Kopf. »Aber für meinen Geschmack ist sie etwas zu links.«

»So wie die aussieht, ist es doch egal, was sie über Abrüstung denkt.«

Plötzlich verstand Carbone; er begann zu leuchten wie eine Trickfilmfigur mit Glühbirnen über dem Kopf. »Ist Lindsay Keefe *hier*«, fragte er mit ehrfurchtsvoller Stimme, »hier im Haus?«

»Oben – mit ihrem Agenten. Hast du sie nicht gehört? Er versucht, sie zu beruhigen.«

»Ist das zu glauben? Ich war im Haus und habe mit der Köchin gesprochen. Ich ahnte nicht einmal, daß sie...«

»Ihr Agent hat sie vom Drehort hergebracht. Sie hat einen hysterischen Anfall.« Mitleidig zog Carbone seine Augenbrauen zusammen, aber ich fügte hinzu: »Vergiß nicht, daß sie Schauspielerin ist. Wenn man dem Agenten glauben kann, hat Lindsay in den letzten sechs Monaten mit Sy gelebt. Hier und in seiner Wohnung in der Fifth Avenue. Tolle Beziehung. Nie Streit. Blah, blah,

blah. Das Übliche. Sie wollten nach Beendigung des Films heiraten.

»Wie ist der Agent?«

»Ich war überrascht. Kein Kotzbrocken. Ein älterer Knabe mit Namen Eddie Pomerantz, Ende Sechzig, Anfang Siebzig. Du kannst ihn nicht verfehlen. Er sieht aus wie ein farbiges Nilpferd. Hemd und Hosen – alles in Rosa. Und dann hat er noch diese Brille an einem hellrosa Band um den Hals baumeln. Als Sy ermordet wurde, sprach er gerade mit ihm am Telefon. Er sagt, sie hätten wegen eines kleinen Problems mit Fotos diskutiert. Ein Filmstar bekommt jedes von ihm gemachte Foto zur Ansicht, bevor es der Presse übergeben wird. Pomerantz sagte, daß irgend jemand einen Schnappschuß von Lindsay mit aufgedrehten Haaren an USA TODAY rausgeschmuggelt hätte; daraufhin hätte sie angefangen sich furchtbar aufzuregen, weil es ihrer Karriere schaden könnte.« Ich schüttelte den Kopf. »Und dafür kriegt der Kerl zehn Prozent. Also Pomerantz sagte dann, er habe die beiden Schüsse durchs Telefon gehört.«

»Kaufst du ihm diese Geschichte ab?« fragte Carbone.

»Die zwei Schüsse ja. Er war ziemlich eindeutig. Aber die ganze Zeit hat er wie ein Verrückter Nüsse in sich hineingefressen. In der Bibliothek oder wie sie das nennen, steht eine große Schüssel davon, und er hat innerhalb von fünf Minuten bestimmt die Hälfte davon verschlungen. Er war traurig wegen Sy, aber sehr nervös wegen seiner Klientin.«

»Könnte man das beruflich bedingte Sorge nennen?«

»Vielleicht.«

»Hör zu. In dieser Lage ist Sorge das richtige Wort. Du weißt es, ich weiß es, und Pomerantz weiß es auch – Mord ist eine Art von Werbung. Aber auf lange Sicht wird Lindsay der Ruf als Braut eines Mordopfers eher schaden.«

Ich nickte zustimmend. »Was meinst du? Denkst du, er hat vor etwas Bestimmtem Angst?«

»Weiß nicht. Aber wir müssen herausfinden, ob die ganze Sache nicht irgendwie mit Lindsay Keefe zu tun hat. Vielleicht ein eifersüchtiger Exfreund oder eine Freundin von Sy, die rausgeflogen ist, als Lindsay einzog. Und dann müssen wir noch rausfinden, ob die Dinge wirklich so rosig waren zwischen Sy und Lindsay«, sagte Carbone.

»Ja. Vielleicht hat Sy etwas so Furchtbares getan, daß sie ihn töten mußte.«

»Was denn?«

»Wie soll ich das wissen, Ray? Vielleicht mochte er ihre Brustwarzen nicht oder spuckte immer ins Waschbecken. Wer weiß denn, was Menschen verrückt macht, sie zur Raserei treibt. Weißt du es?«

»Nein.«

»Ich auch nicht. Vielleicht war es irgend etwas Banales, wie zum Beispiel Sy und das Scriptgirl.«

»Ohne Hypothesen kannst du nicht leben, was, Brady?«

»Nein.«

»Glaubst du, daß es eine gute Taktik ist?«

»Taktik ist mir scheißegal. Ich habe einen guten kreativen Verstand. Du solltest dankbar sein. Hör zu: Hypothese Nummer zwei: Der Mord könnte auch mit jemand anderem als Lindsay zu tun haben. Mit jemandem, der einen Groll hegte.«

»Wie beispielsweise einem Feind, den sich Sy durch einen anderen Film gemacht hat!«

»Oder«, fügte ich hinzu, »es war einfach eine kaltblütige Hinrichtung. Auf jeden Fall müssen wir herausfinden, was er für ein Mensch war. War er ein Spieler? Hat er das Finanzamt betrogen? War er sexuell pervertiert? Hat er Drogen genommen? usw.«

Ein Videotechniker trat heran und hielt, während er um die Leiche herumging, die Kamera auf den weißen Bademantel gerichtet. Dann ging er ganz nah an die beiden kleinen Flecken heran: einer auf der Kapuze, wo die Kugel über dem Hirnstamm eingedrungen war, der andere beim linken Schulterblatt.

»Bei Männern wie Sy denkt man nie, daß sie Opfer sein könnten«, überlegte Carbone. »Er schien der geborene Gewinner.«

»Ich weiß. Schau dir doch das hier alles an«, sagte ich und blickte mich in der Umgebung des Pools um. Weiße Holzblumenkästen, gefüllt mit hängendem Efeu und tiefroten Blumen, denen ein leichter würziger Duft entströmte. Tiefe Sessel luden zum Sitzen ein. Kleine, wie Fische geformte Tische, auf deren Schwänzen man Drinks abstellen konnte. Weiße Sonnenschirme in Bambushaltern. Fast unsichtbare Stereolautsprecher im samtigen Gras. »Ray, ich wette, deine kühnsten Träume sind nicht mit dem zu vergleichen, was Sy wirklich hatte. Alles, was ein Durchschnittsmann sich wünschen kann. Und womit hat er sein Geld verdient? Er stellte keine Blechdosen her, sondern Filme. Der Junge hatte ein phantastisches Leben. An diese Lebensqualität müssen wir denken. Sie kann Neid erzeugt haben. Oder Haß.«

»Hör mit den Spekulationen auf. Vielleicht war da nur eine bestimmte Person mit einem ganz bestimmten Groll.«

»Vielleicht«, antwortete ich.

»Eine Person mit einem Gewehr. Ein guter Schütze.«

»Klar. Aber Ray, das wird eine lange Liste. Jeder zweite Einheimische hier, dazu jeder New Yorker, der in der Armee war, und alle diese Reichlinge, die Papa zum Jagen nach Maine mitnimmt. Und die Jungens, die ihre Wochenenden mit Tontaubenschießen verbringen.«

Ich überlegte: Wenn Sy bei seinen koscheren Salamis geblieben wäre und nicht alle seine Träume verwirklicht hätte, wäre er dann jetzt noch lebendig und zöge sich fürs Abendessen um? Würde er jetzt die Salatsauce kosten, um zu sehen, ob die Köchin nicht mit Basilikum oder Schnittlauch gespart hatte? Warum war in dieser herrlichen Nacht Seymour Ira Spencer – der Mann, der alles hatte – Gastgeber für ein paar Bullen, die zwischen seinen Zehen herumfummelten, Fussel seines Bademantels abpflückten und neben seiner Leiche Lindsay Keefes Titten erörterten?

Nehmen Sie sich eine Landkarte. Long Island ähnelt einem lächelnden, aber leicht irren Wal. Sein Kopf – Brooklyn – preßt gegen Manhattan, geradeso, als wollte er zu einer heißen Fete, von der man ihn ausgeschlossen hatte.

Aber außer dem spaßfreudigen und verrückten Brooklyn will der Rest des Walkörpers mit dem wilden Leben nichts zu tun haben. Auf keinen Fall.

Auf der nördlichen Flosse des Walschwanzes gibt es Farmen im Yankee-Stil, Fischereiflotten und ein paar entsetzlich malerische Kolonial-Dörfer, denen nur noch das handgeschnitzte UNVERFÄLSCHT – Gütezeichen fehlt. Und nach guter Neuengland-Tradition gibt es auch eine ganze Reihe von langweiligen, wirtschaftlich heruntergekommenen Städten, wo alles – Himmel, Häuser, Fernseher, Wäsche und das Leben im allgemeinen – grau erscheint.

Und nun meine Heimat – South Fork, der Sinn dieser kleinen Geographiestunde. Unser Dialekt erinnert eher an Boston als an die Bronx. Solide, puritanische Familien aufgestockt (manche sagen verbessert) durch Indianer, Schwarze, Deutsche, Iren, Polen und andere. Mehr Farmen. Mehr schicke Städte. Aber unverfälscht wie North Fork?

Nein – unwiederbringlich verfälscht.

Seit mehr als hundert Jahren kommen die Begabten und die Stümper, die Künstler und die Mitläufer, die Eleganten und die Vulgären mit ihren Zicken und ihrem Geld in die Hamptons. ›Wir sommern in den Homp-tons‹, sagen sie. Und sie tun es. Im so-geselligen Southampton, im ach-so-angenehmen Water Mill, im intellektuellen Bridgehampton, im aggressiv proletenhaften Sag Harbour, im Showbusineß verdorbenen East Hampton, im langweiligen Amagansett und im stolzen Montauk.

Doch dieses Sommerparadies ist nicht mein South Fork; es gehört Männern wie Sy und den Legionen minderer New Yorker, die seinen Spuren im Sand folgen. Es ist das Eden der Society: Tennisclubs, Yachtclubs, Golfclubs; Insider-Brunch im als schick erklärten Dorf-Café, Insider-Softballspiele, Insider-Strandparties.

Aber auf diesem engen Streifen gibt es auch kleine Orte wie Tuckahoe, North Sea, Noyac und Deerfield. Und dort leben Menschen, die gar nicht wissen und es auch nicht wissen wollen, daß japanischer Ahorn out ist und Ente auch nicht mehr in ist. Diese Menschen machen hier nicht Urlaub, sondern sie leben hier: Bauern, Kassierer, Zahnärzte, Sozialhilfeempfänger, Buchhändler, Lastwagenfahrer, Pizzabäcker, Rechtsanwälte, Hausfrauen, Tischler, Hummerverkäufer, Krankenpfleger und – o ja – Polizisten.

Ich heiße Stephen Edward Brady. Geboren im Krankenhaus von Southampton. Einige Tage später ging meine Mutter mit mir zurück auf die Brady-Farm in Bridgehampton. Bridgehampton gibt es immer noch. Die Farm natürlich nicht. Mein Vater verkaufte 1955 alles außer dem Wohnhaus und zwei Hektar Land. Ein bißchen mehr als zehn Jahre vor dem großen Grundstücksboom, der uns reich gemacht hätte, wie es sich meine Mutter immer gewünscht hatte.

Ich wurde am 17. Mai 1949 als Sohn des Kevin Francis Brady, Farmer und (traditionsgemäß) Trinker und Charlotte Easton (von den Eastons aus Sag Harbour) Brady, Hausfrau und Aufsteigerin geboren. 1951 kam dann mein Bruder Easton zur Welt.

Ich besuchte die Grundschule von Sagaponack. Eine Zwergschule. (Die Sommerleute sagen: Wie authentisch. Ist es nicht wunderbar? Gut – also geben wir ein A für Atmosphäre, ein C für Ausbildung, ein B für die beißende Kälte, die im Winter die Finger absterben läßt. Und ein A+ für den Geruch von verwesenden Nagern unter den Grundmauern im Spätfrühling.) Dann ging ich auf die High School von Bridgehampton und dann auf die State University of New York in Albany.

Ich war nicht gerade ein Heiliger auf der High School gewesen, aber wenigstens wußte ich, wer ich war und daß ich dazugehörte. Klar gab es Dummejungenstreiche in Bridgehampton: gelegentliches Autofahren unter Alkoholeinfluß, ein bißchen Einbrechen.

Doch tief in meinem Herzen wußte ich, daß dies nur eine Übergangsphase war; eines Tages würde ich ein guter Bürger sein, die Farm meines Vaters wieder erwerben und in der Schulkommission sitzen.

Aber ich hatte mir die falsche Generation und die falschen Erbanlagen ausgesucht. In Albany wurde ich zu einem ausgeflippten Arschloch mit Koteletten wie alle anderen und ergab mich der heiligen Dreifaltigkeit meiner Generation: Sex, Drogen und Rock and Roll. Ich bumste, trank und nahm Drogen ganz nach den großen Vorbildern Jim Morrison, Jimi Hendrix und Janis Joplin. Aber ich ging nicht unter – ich stieg aus.

Ich ging zur Armee. Warum? Bis heute weiß ich es nicht. Der Junge, der etwas so Kopfloses und Selbstzerstörerisches tun konnte, ist mir heute fremd.

Am ersten Tag der militärischen Grundausbildung schoren sie mir den Kopf mit einer Maschine, die ungefähr einen halben Zentimeter übrigließ. Ich erinnere mich, daß ich in Habtachtstellung vor einem kleinen Filippino-Ausbilder stand, der die Haare zwischen Daumen und Zeigefinger nahm, an ihnen zerrte und zu mir hinauf ›Scheißhippie‹ brüllte. Ich wollte nur noch nach Hause. Ich wußte, ich war nicht Manns genug, dies durchzustehen. Aber ich mußte da durch. In diesen acht Wochen versucht die Armee, dich zu zerstören, um dich dann zu einer Maschine zu machen, die allen Befehlen bedingungslos gehorcht. Ja – sie haben mich zerstört. Jede Nacht weinte ich mich in den Schlaf. Da war ich nun – ein Soldat, ein großer Junge, der in sein Kopfkissen heulte, so daß niemand, vor allem nicht die anderen Heulsusen, ihn hören konnten.

Dann zog ich als Infantrist in den Krieg; Herrscher über den M-79 Granatwerfer. Ich kämpfte für Gott, Amerika und die Ehre der Bradys. Nein. Eigentlich kämpfte ich, um zu überleben. Ich kämpfte sogar noch härter, um das Leben zu vergessen. Sich tot zu fühlen war von Vorteil in Vietnam. Ich kam von Hasch und Pot zu Opiumjoints. Und nach einem Monat zu Skag.

Skag ist Heroin. Reinheitsgehalt fünf bis zehn Prozent auf den Straßen in den Staaten. Sechsundneunzig Prozent in Vietnam. Keine Nadeln. Zigaretten. Du brauchtest nur einzuatmen, warst also kein Junkie. Darüber waren wir uns alle einig. Wir waren nur ein Haufen alter Kämpfer, die nach einem harten Arbeitstag im Dschungel herumsaßen und rauchten.

Skag war billig. Skag war besser für uns erwachsene GIs, besser als Pot, weil Pot die Zeit nur ganz, ganz langsam vergehen läßt. Heroin hebt dich aus deinem Körper und aus der Zeit. Es half mir durch die dreihundertfünfundsechzigtägige Hölle. Nein, ich wurde nicht erwischt. Wenn du ein bißchen Hirn hattest und aufpaßtest, war da ein Kumpel, der für dich pißte, und du konntest nach Hause. Ich wurde in Ehren entlassen.

Ich habe nicht jeden Tag Skag geraucht. Nur fast jeden Tag. Ich sagte mir, du bist nicht süchtig. Aber als wir nach einem achtzehnstündigen Flug wieder in den Staaten waren, war ich krank – Beinschmerzen in Guam, Magenkrämpfe und Schweißausbrüche in Hawaii. Und die ganze Zeit entsetzlicher Durchfall.

In San Francisco mußte ich das Heroin auf der Straße kaufen. Drei Tage, fünfhundert Dollar. Ich konnte nicht mit der Spritze umgehen. Der Dealer ließ mich im Keller eines ausgebrannten Ladens warten. Nachdem das Hochgefühl verebbt war, stand ich zitternd und mit zuckendem Kopf im Dunkel. Ich konnte das feuchte, verbrannte Holz und die Verwesung riechen, hörte das Rascheln aufgescheuchter Ratten. Wenn er mal etwas Zeit hatte, kam der Dealer nach unten gehumpelt und – mit der Taschenlampe im Mund – setzte er mir den Schuß. Mit seinen hängenden Schultern und seinem vorstehenden Schildkrötenkopf erinnerte er an Nixon. Seine feuchten, heißen Fingerspitzen suchten nach einer Vene; unter seinen Nägeln waren Halbmonde aus grünschwarzem Dreck. Er sagte zu mir: »Denk nicht, daß ich das immer tun werde. Diesen Service gibt's nur am Anfang.«

In dieser Nacht hatte ich Schwein. Gegen zwei Uhr morgens kam ich hoch, um frische Luft zu schnappen, und platzte direkt in eine Straßenrazzia. Ein großer, böse aussehender schwarzer Polizist packte mich. Er wollte mich gerade k. o. schlagen, als er noch mal schaute und fragte: ›Armee?‹ – ›Ja‹, sagte ich und er ›Weißer Scheißkerl‹. Aber anstatt mich einzubuchten, brachte er mich in eine dieser freien Entziehungskliniken in Haight Ashbury.

Die Klinik wurde von einer Ärztin geleitet. Die Entgiftung dauerte fast eine Woche. Dann verbrachte ich zwei weitere Wochen im Bett – mit der Ärztin. Sharon hieß sie. ›Positive Verstärkung‹ nannte sie es. Es war ihr Ausdruck für Sex. Sharon keuchte viel; ich spürte immer ihren heißen, feuchten Pfefferminzatem. Sobald alles vorbei war, sah sie mir immer tief in die Augen. ›Bin ich nicht großartig?‹ schienen sie zu fragen.

Großartig? Irgendwie kriegte ich ihn hoch und spritzte sogar. Aber mein Schwanz war wie betäubt; ich schwöre, daß ich nichts fühlte.

Am Ende der zweiten Woche war Sharon hinter mir her, wieder mit dem College anzufangen. Hier in San Francisco. Ich sollte bei ihr einziehen. Was für eine tolle Idee! Wir könnten zusammen die Süchtigen heilen und ihr Parkett fertigmachen!

Ich ließ weder mein Herz noch irgend etwas anderes in San Francisco. Jetzt wußte ich, was wichtig war. Zu Weihnachten war ich zu Hause.

Zwei Tage zu Hause genügten jedoch vollkommen. Ich brauchte einen Job. Einer meiner Kumpels aus der High School war bei der Polizei von Southampton. Akademischer Grad nicht erforderlich. Gute Bezahlung. Ich bewarb mich, aber es gab eine Warteliste. Also ging ich zur Suffolk-Distriktspolizei. Ich wurde zum Hüter der Vororte, zum Friedensengel für Rasenmäher und Doppelhausbewohner.

Schon bald begann ich mit ein paar Bierchen am Tag meiner Brady-Abstammung Ehre zu machen. Dann ein Sechserpack. Ich war Alkoholiker – wußte es aber nicht – und ein bewaffneter Gesetzeshüter. Aber ich war ein ausgezeichneter, ein ehrgeiziger Polizist. Mein Job bedeutete alles für mich. Am Anfang brachte mich selbst die Ausrüstung in Ekstase: die Uniform, die Pistole, die Sirene. Endlich war ich ein Teil des Guten. Recht und Ordnung. Mit etwas Anstrengung glaubte ich, mein Leben und auch Suffolk County kontrollieren zu können.

Meistens arbeitete ich. Meine freien Tage verbrachte ich in Bridgehampton, gabelte Frauen auf, bumste oder schaute den Yankees zu. (Der Idealfall wäre beides zur gleichen Zeit gewesen.) Achtzehn Jahre lang hatte ich keine Beziehung, die länger als einen Monat dauerte. Es gelang mir, pro Tag zwei Sechserpacks Bier und eine halbe Flasche Schnaps zu trinken. Scotch im Winter, Wodka im Sommer.

Wie jeder Alkoholiker war ich davon überzeugt, keiner zu sein. Mein Geist war wach, und mein Erinnerungsvermögen war tadellos. Wenn ich es mit einem sehr schwierigen Fall zu tun hatte, so konnte ich den Alkohol ganz lassen und je nach Bedarf direkt oder auf Umwegen denken. Nein – ich hatte keine Probleme.

1984 war ich Sergeant in der Mordkommission. Ich arbeitete achtzehn bis zwanzig Stunden am Tag. Ein paar Monate trank ich nichts, dann fing ich wieder an. Ich war clever im Verbergen meines Lasters.

Jedoch nicht clever genug. Nachdem ich vierzehn Jahre lang Alkoholiker gewesen war, bemerkte jemand aus der Abteilung, daß das, was meine Kollegen »durchgebrannte Sicherung« nannten, vielleicht ein schweres Alkoholproblem war. Ich hatte einen Krach mit einem Kollegen aus der Vermißtenabteilung auf dem Parkplatz der Zentrale. Ich zog meine Waffe und schoß seinen Seitenspiegel weg. Ich kann mich an überhaupt nichts erinnern. Man erzählte mir, ich hätte angefangen, weil der Kerl seinen Wagen zu nahe an meinem, einem blauen dreiundsechziger Jaguar E-Typ, der in achtundvierzig Sekunden von null auf fünfzig kam, geparkt hätte. Ich liebte meinen Wagen.

Mein Vorgesetzter, Captain Shea, schlug mir Ferien in South Oaks vor, der bevorzugten Trockenlegungsanlage der Abteilung. Ferien: Sie nahmen meinen Koffer und durchsuchten ihn; sie machten Leibesvisitation; sie nahmen mir den Rasierer weg. Ich hatte furchtbare Angst. Die anderen scheinbar nicht. All diese flotten Typen und Mädchen in Jogginghosen und Hausschuhen schienen es für das Normalste der Welt zu halten zu entziehen. Sie liebten die Gruppentherapie: Sie genossen es, über ihre filzigen Daddies und stinkenden Moms zu reden. Es war ihnen ein Bedürfnis zu erzählen, wie sie in ihrem Erbrochenen aufgewacht waren. Sie weinten. Sie sahen sich alle in der Hauptrolle eines Dokumentarfilms über Alkoholiker auf Long Island.

Ich erinnere mich, daß ich in South Oaks einfror und so wenig sprach wie möglich. Aber die ganze Zeit dachte ich nach. Ich überlegte: Mein Leben ist Scheiße. Alles, was ich habe, ist meine Arbeit – der Tod – mein Schwanz und Fernsehen. Hört mal, wenn ihr in einer Therapiesitzung auf einer Entziehungsfarm mit sieben Gleichartigen und einem psychiatrischen Sozialhelfer euer Leben Revue passieren laßt und merkt, daß das wichtigste Ereignis der letzten zehn Jahre für euch die Verkabelung war, dann wird euch wohl klarwerden, daß das gesellschaftliche Leben etwas gelitten hat.

Ich wurde trocken in South Oaks. Danach blieb ich bei den Anonymen Alkoholikern. Im Dezernat sagte man mir, daß ich bleiben könne, aber als Uniformierter.

Es war entsetzlich. Nein, es war demütigend. Jetzt spielte es keine Rolle mehr, daß ich als Junge die Uniformierten bewundert hatte. Jetzt war ich siebenunddreißig Jahre alt und fühlte mich in dieser Verkleidung wie der größte Idiot der Welt. Und dann dieses endlose Herumkreuzen in den Streifenwagen!

Ein halbes Jahr lang kämpfte ich wie ein Besessener, um wieder als Ziviler eingesetzt zu werden. Außer den Yankees war meine Arbeit das einzige, was mich auf der Welt interessierte, was mich am Leben erhielt. Schließlich gelang mir die Rückkehr, vor allem, weil Shea und Ray Carbone wußten, daß sie mich brauchten und sich für mich einsetzten. Aber meinen Rang als Sergeant verlor ich. Offensichtlich war ich kein Menschenführer.

»Aufpassen, Brady«, sagte Shea. »Es ist mir scheißegal, ob Alkoholismus eine Krankheit ist. Das ist Ihr Problem. Wenn mir zu Ohren kommt, daß Sie auch nur eine Meile in die Nähe einer Flasche kommen, sind Sie für immer raus. Verstanden?« »Okay«, sagte ich.

Im Januar 1989 auf dem Heimweg von einem AA-Treffen begegnete ich Lynne. Dreiundzwanzig Jahre alt, aus Annapolis, Hilfsschullehrerin an der Holy Spirit Academy in Southampton. Ich half ihr bei einer Reifenpanne. Lynne war intelligent, ernsthaft, hatte Klasse und war zudem noch sehr hübsch. Tatkräftig auch – im Grunde brauchte sie mich nicht für den Reifenwechsel. Am 4. Juli verlobten wir uns.

Hier ist es also: MEIN LEBEN von Stephen Edward Brady. Nicht unbedingt ein Vorbild, eher ein kaputter Typ. Aber ein Mann, der wie alle Menschen in sich die Möglichkeit birgt, sich zu bessern. Stimmt doch, oder?

Soweit meine Autobiographie bis zu dem nicht so schönen Tag, als Sy Spencer ermordet wurde und als mir aufging, daß ich – bis daß der Tod uns scheidet – mit Lynne Frieden, Ruhe und vielleicht Glück finden würde.

Aber keinen Spaß.

Kapitel 2

»Komm schon«, drängte ich den Jungen. »Sy und Lindsay waren das ideale Paar«, kündigte ich streitlustig an. Mann, ich wollte Action. Glaubt mir, ich habe an genügend Mordfällen gearbeitet, um zu wissen, daß die ersten Verhöre den Ton für die ganze Untersuchung bestimmen. Man muß alle Quellen aktivieren; jeder Gefühlsausbruch – Wut auf den Mörder, Entsetzen, Trauer, Feindseligkeit gegen die Polizei – sind besser als stummes Herumsitzen. Ich ging auf und ab.

»Sy Spencer und Lindsay Keefe waren das wahre Traumpaar: erfolgreich, verliebt, und sie drehten einen großen Film.«

»Nein«, flüsterte Gregory C. Canfield. Da er nun endlich ein Wörtchen gesprochen hatte, bestand Hoffnung. Es würde aber schwierig werden, denn seine Lebhaftigkeit überschritt kaum die einer durchschnittlichen Leiche. Durch irgendeinen Ausbildungsvertrag mit der New Yorker Filmschule war Gregory Sys persönlicher Produktionsassistent gewesen. Armer Junge: Nicht nur seine Persönlichkeit glänzte durch Abwesenheit, er war auch noch der geborene Speichellecker. Er war unglaublich dürr, woran auch sein enges braunes T-Shirt und die Bundfaltenshorts nichts ändern konnten. Auch hatte er diese unheimlichen, blauweißen, fast farblosen Augen, die einen an schleimige Kreaturen in dunklen Kinosälen denken lassen.

»Hmm, Mr. Spencer und Mrs. Keefe – sie waren nicht gerade Turteltauben.« Ich konnte ihn kaum verstehen.

Meine Stimme klang jetzt vergleichsweise kräftig, befehlend, wie die eines Werbesprechers für WC-Reiniger. »Was soll das heißen? Waren sie nicht glücklich?«

»Vielleicht hat Lindsay Keefe Ihnen etwas anderes gesagt, Sir«, murmelte Gregory. Dies schien seine bestimmteste Tonart zu sein. »Aber wissen Sie, ich denke, daß vielleicht eine Katastrophe drohte.«

»Was meinen Sie, eine persönliche Katastrophe?«

»Nun, äh, mehr bei dem Film. Vielleicht wär dann das Persönliche nachgekommen.« Er bückte sich und schob seinen Finger unter einen zu engen Riemen der handgemachten Sandalen, deren Lederriemchen an seinen mageren Beinen emporkrochen.

»Was klappte nicht mit dem Film?« fragte ich. Aber ich hatte ihn verloren. Seine Aufmerksamkeit galt jetzt Sy und dem Untersuchungsteam. Seine Augen sogen alles ein und konzentrierten sich auf zwei Knaben vom Erkennungsdienst, die ein Metermaß von der Poolumrandung bis zu Sys Hinterkopf spannten. Gregorys Haut bekam einen leicht grünen Ton, er bebte, die Ohnmacht schien nahe. »Kommen Sie«, sagte ich, packte ihn an der Schulter und führte ihn in die Stille der Dünen, fort vom Geschehen. »Konzentrieren Sie sich jetzt. Was meinten Sie damit, daß *Starry Night* Probleme hatte?«

»Äh . . . die Tageskopien. Man nennt sie auch Muster. Sie waren nicht gut.«

»Nicht gut oder mies?«

»Äh . . . schlechter als mies. Schlechter als entsetzlich.« Darauf hatte ich gewartet: Probleme, Spannungen, vielleicht ein drohendes Desaster. Wenn das Leben problemlos, Menschen wahrhaftig und die Liebe rein ist, geschehen keine Morde. Ich wollte wissen, was in Sys Leben nicht klappte. »Los, erklären Sie ›schlechter als entsetzlich‹.« Aber sein Kopf hatte sich gedreht, und er fixierte einen medizinischen Assistenten, der Sys Nase mit einem riesigen Q-Tip bearbeitete. Ich drehte ihn Richtung Ozean und hielt meine Hände einige Sekunden wie Scheuklappen an seine Augen. »Lassen Sie den Polizeikram, Gregory. Sie sind ein Filmmann, keiner von der Mordkommission. Ihnen wird nur schlecht werden.«

Er nickte und hauchte: »Lindsay verdarb den Film. Sie hätten Sys Gesicht sehen sollen; der Ausdruck wechselte von Enttäuschung zu Panik.«

»Was sagte er?« fragte ich.

»Äh, hmm – nichts. Er war sehr – wie sagt man – zurückhaltend.«

»Wie meinen Sie das? War er reserviert, kalt, gemein?«

Gregory schluckte, sein Adamsapfel hüpfte. »Nein. Er sagte einfach nichts. Es war aber kein sympathisches Schweigen. Man wußte, daß etwas vorging, aber nicht, was. Seine Sekretärin war im New Yorker Büro geblieben, also war es meine Aufgabe, alles für ihn zu tun: telefonieren, seine Wünsche notieren, Botengänge machen. Ich war oft in seinem Haus, im gleichen Raum wie er. Aber er sprach nie mit mir, außer um ganz bestimmte Dinge zu verlangen, wie ein Glas Evian-Wasser. Ohne Zitrone. Oder um herauszufinden, welche Art von Blumen die Kostümbildnerin mochte, weil Lindsay wegen eines roten Spitzenmorgenrocks ziemlich ausfallend geworden war. Sy wollte die Wogen glätten.«

»Er sprach nie persönlich mit Ihnen?«

»Nein. Nur hallo morgens und auf Wiedersehen, wenn ich ging – wenn er nicht am Telefon war.«

»Haben Sie ihn je ärgerlich gesehen?« Gregory schüttelte den Kopf. »Hat er je irgendwelche Gefühle gezeigt?«

»Nun, er lachte schon über Witze am Telefon und so. Manchmal, bei wichtigen Leuten, hatte er auch so eine Art verschmitzten Charme. Aber sonst nichts. Nicht, wenn ich hier war, Sir.«

»Hört sich an wie ein ziemlich unheimlicher Geselle.«

»Unheimlich vielleicht, aber mit Klasse. Ich glaube, wenn man ihm etwas bedeutete, konnte er sehr nett sein. Aber ich hatte keinen Schimmer, ob er mich mochte oder nicht.«

»Aber trotz allem haben Sie gemerkt, daß ihm die Tageskopien nicht gefielen.«

»Ja. Das war in den letzten beiden Nächten. Er war weiß wie eine Wand, als die Lichter wieder angingen. Er *muß* gewußt haben, daß Lindsay den Film in Grund und Boden spielte.«

»Aber ist das eine Tatsache?«

»Nein. Ich hatte nur so ein Gefühl.«

»Hatten Lindsay und Sy Streit?«

»Ich habe nie einen mitbekommen. Aber größtenteils war die Atmosphäre gespannt. Sir, Sie sind im Morddezernat und wissen sicher besser als andere Leute, daß Wut nicht immer mit Worten ausgedrückt wird.«

»Ja, Gregory, das weiß ich. Aber wenn Sie mir die gespannte Atmosphäre verkaufen wollen, dann müssen Sie mir auch ein paar Tatsachen liefern. Los, wie ärgerlich war Sy? Wie reagierte Lindsay? War sie gereizt genug, um ihm zwei Kugeln zu verpassen?«

Hier in Strandnähe war das Licht des Einsatzkommandos gerade noch hell genug, um auf Gregorys Skelettarmen die Gänsehaut erscheinen zu sehen. »Bitte, Mr. Brady. Ich wollte niemanden beschuldigen. Was ich Ihnen erzählte, ist nur Hintergrund. Mrs. Keefe war vielleicht für diese Rolle die falsche Besetzung, aber ich habe vor ihr den größten Respekt. Nicht nur als Schauspielerin, sondern auch als Mensch. Ich bin sicher, daß jemand mit ihrer Intelligenz...«

»Gregory, laß den Quatsch. Dies ist keine verdammte Theoriestunde in der Filmschule.« Statt nach dem Anschnauzer zu erblassen, kam Farbe in Gregorys Gesicht. Ich war nicht überrascht, ich hatte ihm die Sicherheit vertrauten Bodens gegeben. Für ihn war ich zu einem lebenden, atmenden Filmklischee geworden: ein rauher, aber gutherziger und offensichtlich irischer Polizist wie in den Filmen des Cinema Noir. »So, jetzt erzähl mir über den Film. Ihr habt erst drei Wochen gedreht. Ist das nicht etwas zu früh für ein Urteil?«

»Nein. Jeder hat es gespürt. Es gibt bei uns ein großes Gemeinschaftsgefühl. Haben Sie *Day for Night* gesehen?«

»Nein. Aber erzähl mir nichts über Filme und Schauspieler, Gregory. Erzähl mir die Wirklichkeit.«

»Beim Drehen machten Schauspieler und Techniker nur ihre Arbeit und sprachen über andere Filme, nicht über diesen.«

»Und Lindsay Keefe? Wie konnte sie schlecht sein? Man sagt doch, daß sie eine der besten Schauspielerinnen ist, nicht wahr?«

»Sie *ist* eine gute Schauspielerin. Aber ihre Rolle verlangt Verletzlichkeit unter einer spröden Schale. Aber nur die Sprödigkeit kam über. Nur Härte, Flachheit. So wie in Fernsehserien.«

»Hast du die Auszüge persönlich gesehen?«

»Ja.«

»Nun, war sie schlecht?«

»Ja, Sir.«

»Hat Sy sich jemals unzufrieden über sie geäußert, entweder zu ihr, zu dir oder zu anderen?«

»Nein, nicht wirklich. Aber er war so undurchsichtig. Man wußte nie, was er dachte, bevor er es sagte.« Gregory zögerte. Ich wußte nicht, ob er etwas sagen wollte, um mir eine Freude zu machen oder ob er ehrlich versuchte, sich an etwas zu erinnern. Aber gerade da kam Robby Kurz über den Rasen auf uns zu.

Detective Robert Kurz. Regen, Sonne, Schnee, Hagel. Erschießen, erwürgen, erstechen, vergiften. Mann, Frau oder Kind. Was immer die Umstände eines Verbrechens waren, Detective Robby erleuchtete jeden Tatort mit seinem jovialen Grinsen, seinem liebenswerten jungenhaften Gesicht und dem hellen Schein seines Enthusiasmus.

»Hallo, Steve.«

»Hi.« Ich ging in Richtung Strand, um seiner unbarmherzigen Überschwenglichkeit zu entgehen. Natürlich kam er mir nach.

Glücklicherweise war Robby erst dreißig. Dadurch gab es eine gewisse Distanz. Ich war fast zehn Jahre länger dabei als er. Während er noch im Streifenwagen auf Verkehrssünder gewartet hatte, war ich der aufsteigende Stern der Mordkommission gewesen. Durch meine Degradierung waren wir rangmäßig gleichgestellt. Tatsächlich war ich aber als leitender Detective sein Vorgesetzter.

Er versuchte, es zu verdrängen. Trotz der kahlen Stelle auf seinem Kopf, über die er das Haar kämmte und festsprayte, trotz seiner eifrigen kleinen Frau (Mrs. Gute-Nachbarin mit einem Silberherzchen im Ausschnitt) und, wichtiger noch, trotz seiner Verhaftungszahlen, die bedauerlicherweise das Dreifache seiner Überführungszahlen ausmachten, war Robby davon überzeugt, perfekt zu sein. Der perfekte Polizist. Diese Idee gefiel ihm außerordentlich, und man konnte ihn nicht am Kaffeeautomaten, in der Toilette oder auf der Treppe treffen, ohne mit einem blendenden, selbstzufriedenen Lächeln belohnt zu werden.

»Was ist los?« fragte ich und fuhr mit der Hand über die Dornen eines großen Strandgewächses.

»Fußabdrücke auf dem Gras nahe beim Haus«, freute er sich. »Von Gummisandalen. Die normalen, billigen. Mitch vom Labor sagt, es ist Männergröße zehn oder elf. Obwohl natürlich...«, Robby hielt inne, wahrscheinlich, damit ich mich auf einen Beweis seiner kriminalistischen Intelligenz vorbereiten konnte, »...diese Art von Sandalen, die von *jedem* getragen werden kann. Aber wenn wir den Besitzer finden...«

»Wo genau waren die Abdrücke?«

Er deutete an Pool und Rasen vorbei zu einer Ecke der großen Veranda, die die ganze Hausbreite auf der Rückseite einnahm. Ich streckte den Hals und blinzelte. Ein Mann vom Labor bog gerade einige Gräser direkt beim Haus zurück. Er hatte die Fußspuren fotografiert und begann, mit Amalgam Abdrücke davon zu machen. An dieser bestimmten Ecke gab es unter der Veranda etwa fünf bis sechs Fuß Platz zum Kriechen, im Hintergrund war ein Zaun. Von den Dünen aus, nicht weit von der Stelle, wo wir uns befanden, wäre es ein leichtes gewesen, jemanden mit einem Gewehr zu entdecken. Aber nicht vom Hause aus. Wenn man sich nicht absichtlich über die Veranda lehnte und genau auf die Stelle schaute, wo der Rasen mit dem Zaun zusammentraf, könnte jemand mit einer Zweiundzwanziger bestimmt in der schattigen Sicherheit des großen alten Hauses hocken, ohne entdeckt zu werden.

»Dies kann äußerst wichtig sein.« Siegesgewiß warf Robby den Kopf zurück. Sein gesprAytes Haar bewegte sich nicht.

Aber trotz seiner Aufregung lag es mir fern, wegen der Fußabdrücke in Jubelschreie auszubrechen. Gute Untersuchungsbeamte sollten sich beherrschen können. Ich wartete lieber ab. Ich kenne die Stärken und Schwächen der Leute, mit denen ich arbeite, ganz gut. Die Techniker und Wissenschaftler von der Spurensicherung sind zwar äußerst genau, doch sie neigen dazu, bei jedem zwanzig Jahre alten Kleenexfetzen ›Aha, wichtiger Beweis‹ zu tönen. Ich wollte erst alle anderen möglichen Erklärungen für die Spuren ausschöpfen, ehe ich zwei Tage lang auf Sandalenjagd ging.

»Sieh zu, daß jemand die Gärtner überprüft«, sagte ich zu Robby. »Find heraus, ob einer von ihnen Sandalen trug. Schau auch in Sys Schrank. Ich habe keine bemerkt, als ich nachgesehen habe, und glaube auch nicht, daß er je so etwas getragen hätte. Aber vielleicht haben diesen Sommer Leute wie er entschieden, daß die Dinger doch sehr lustig sind, weshalb er fünfzig Paar davon gekauft hat.« Ich überlegte eine Sekunde. »Vielleicht nicht gerade Größe zehn oder elf. Er war ein kleiner Kerl, kleine Hände, kleine Füße, wahrscheinlich ein kleiner...«

Ich hörte auf, bevor ich angefangen hatte. Robby war für diese Art Späße nicht zu haben. »Noch was?« fragte ich ihn.

Er grinste und spielte mit der Manschette seiner Sportjacke, ein glänzendes blaues Ding mit einem angenähten Halbgürtel im Rücken. »Da waren Haare in einem der Gästezimmer, obwohl keine Gäste da waren.«

»Waren sie alle von Sy?«

»Ein Schamhaar, wahrscheinlich von ihm. Und vier Kopfhaare, die sich im Geflecht festgehakt hatten.«

»Mit Wurzeln?« Mit der neuen DNA-Methode kann man das genetische Bild eines Menschen von Körperfasern oder Flüssigkeiten wie Blut, Urin oder Sperma bekommen – von jeder Zelle mit einem Kern. Aber um Haare zu testen, braucht man die Follikelzellen, die an der Wurzel hängen. Manchmal reicht eines, aber es ist doch besser, zehn oder zwölf zu haben.

»Komplette Wurzeln auf zwei von den Kopfhaaren. Sie sind nicht von Sy Spencer, denn sie sind lang und schwarz oder dunkelbraun. Er hatte kurzes, graues Haar.«

»Ja, hab ich gesehen.«

Ich hatte auch einen kurzen Blick auf Lindsay Keefe werfen können, als ihr Agent sie fast aus dem Wagen heraushob. Sie war wie in ihren Filmen: blond bis zum Gehtnichtmehr.

»Ist das alles?« fragte ich Robby.

»Na komm«, sagte er fröhlich. »Du weißt doch, wie lange es dauert, aus den Leuten von der Spurensicherung etwas rauszukriegen.«

»Als du mit Carbone drinnen warst, hast du gefragt, ob es irgendwelche Leute gibt, die im Haus beschäftigt sind und in den Zimmern mal eine kleine Nummer abziehen konnten? Zimmermädchen, Diener... in dieser Art?«

»Was ist denn los? Hast du's eilig? Ich wollte mich gerade nach den Angestellten erkundigen, aber ich dachte, ich sag dir lieber erst Bescheid.« Er wurde still. Seit seinem letzten jungenhaften Grinsen waren drei Minuten vergangen, und sein Lächeln war etwas schief. »Schau mal, Steve, wir wissen beide, daß dies ein wichtiger Fall ist. Ich will Beförderungspunkte sammeln und du sicher auch. Wenn wir dies schnell und sauber abschließen können, wird uns das beiden nützen.«

Wenn man mit einer Gruppe Polizisten oder einer anderen Gruppe arbeitet, dann sind immer einige darunter, die einen irritieren. Entweder durch schlechte Charaktereigenschaften wie Faulheit, Unehrlichkeit, Nachlässigkeit oder durch Angewohnheiten wie Zähnesaugen, Nägelkauen oder überflüssiges Grinsen. Robby war nicht gräßlich, er war nicht hassenswert. Manchmal, wenn er über Sport sprach, besonders Hockey, konnte er sogar interessant sein. Was machte es also, wenn hinter dem ganzen liebenswerten Gegrinse nur ein selbstherrlicher Kerl stand? Ich ging ihm aus dem Weg.

Jedoch konnte ich die Überzeugung nicht verdrängen, daß er ein schlechter Polizist war. Er aber hielt sich für Suffolk Countys Rettung. Tage, manchmal Wochen bevor die Vorgesetzten überhaupt daran dachten, pochte er auf Verhaftung, denn er kannte den Täter. Und er würde ihn kriegen.

Das Lächeln und die Pfannkuchen, die er gern an Kollegen verteilte, verschwanden für die Verdächtigen. Die meisten seiner Verhöre bestanden aus fingerzeigenden Beschuldigungen. Natürlich konnte er damit Jugendliche beeindrucken, aber Verdächtige, die von anderen Beamten verhört worden waren, machte seine Methode widerspenstig, und anstatt einem gefilmten Geständnis zuzustimmen, schrien sie nach ihrem Anwalt.

Nein, ich haßte ihn nicht. Wir waren wie Öl und Wasser, Fisch und Fleisch, Tag und Nacht. Und ohne viel darüber zu sprechen, hatten wir unsere Leben und unsere Schreibtische so arrangiert wie wir wollten – getrennt.

Bis zu Sys Mord.

»Steve Brady!« rief Marian Robertson, Sys Köchin. Dann machte sie eine drehende Bewegung mit dem Zeigefinger. ›Zeig dich, Junge‹ hieß das. Und gehorsam drehte ich mich, so daß sie eine Gesamtansicht bekam. »Ich kann nicht sagen, daß du keinen Tag älter aussiehst als auf der High School«, fuhr sie fort, »aber du bist derselbe Junge mit dem Gesicht eines Mannes. Als du reinkamst, sagte ich mir, das ist der Junge, der Stopper in Marks Team war, aber dein Name fiel mir nicht ein. Ich kenne deinen Bruder. Easton Brady ist doch dein Bruder?« Ich nickte. »So ein hübscher Junge. Könnte selbst Filmstar sein.«

Mrs. Robertson plapperte weiter, überzeugt, ich hätte sie nie vergessen. Tatsächlich erinnerte ich mich erst wieder an sie, als ich in die Küche trat.

Und was für eine Küche – Knoblauchketten, Kräuterkränze, Kupfertöpfe und Strohkörbe hingen von den Wänden und den Deckenbalken. In dem hohen, geziegelten Kamin hing ein riesiger, eiserner Kessel. Er war so enorm, daß Sy sich hätte darin verstekken können.

Mrs. Robertson wandte sich ab und begann, Sandwiches für das Team draußen zu machen mit Käse, hellrosa Leberpastete und dunkel geräuchertem Schinken. Es sah wirklich hübsch aus. »Na, ist das was?« fragte sie. »Ja, Steve, als du mir deine Marke zeigtest, fiel mir wieder ein, daß du Polizist geworden bist. Aber um ehrlich zu sein, du warst bestimmt der letzte Junge von Bridgehampton High School, den ich mir in Uniform vorgestellt hätte.« Sie zwinkerte mir zu, was wohl bedeuten sollte, ›Du hast vielleicht eine Pistole und eine Dienstmarke, aber für mich bist du immer noch der freche Teenager mit Aknepickeln.‹

Marian Robertson sah so aus wie damals, als sie noch bei jedem Baseballspiel der Schule in der ersten Tribünenreihe gesessen hatte: dunkelbraune Haut, klein, mit einem runden Gesicht und einem fülligen Körper. Die einzige Veränderung, die ich bemerken konnte, war ihr Haar. Es sah aus, als ob sie aus Spaß eine graue Perücke übergestülpt hätte, um die Jungens zum Lachen zu bringen. Damals in der High School hatte sie immer Kekse für ihre ›jungen Burschen‹, die sie verteilte, wenn wir vom Spielfeld kamen.

»Mrs. Robertson, ich weiß, daß Sie bei Sergeant Carbone Ihre Aussage gemacht haben, aber ich habe noch ein paar Fragen. Wie sieht das Hausmädchen aus?«

»Das Hausmädchen? Nichtssagend.« Mrs. Robertson öffnete eine der Türen des riesigen Kühlschrankes und betrachtete die Melonen. Bevor sie sich einer Honigmelone annehmen konnte, sagte ich: »Warum setzen Sie sich nicht, Mrs. Robertson?«

»Nein. Wenn ich mich hinsetze, tu ich nichts, und wenn ich nichts tue, verlier ich die Nerven.« Sie nahm eine Honigmelone und einen anderen hellgelben Ball.

Ich schaute auf meinen Zettel. »Ist da nur das Mädchen, Rosa?«

»So ist es.«

»Ist sie schwarz, weiß, spanisch ...«

»Portugiesisch«, unterbrach mich Marian Robertson. »Klein, aber größer als ich. Kennst du das Lied?« Sie räusperte sich und summte eine Melodie. »O Gott, Steve. Ich singe! Entschuldige bitte. Wie muß das aussehen! Aber ich habe vierzehn Sommer lang für Mrs. Spencer gearbeitet, und nun das ... Ermordet!«

»Schon gut. Sie sind erschüttert und haben jedes Recht dazu.« Ich machte eine Pause. »Hatten Sie ihn gern?«

»Ja, gern schon. Ich meine, er war so höflich. Das hat jeder gesagt: ›Sy ist *so* höflich. *So* zuvorkommend.‹ Du weißt ja, wie diese New Yorker reden.« Ich nickte. Alle, die wir hier geboren waren, teilten uns die beruhigende Gewißheit, daß wir ehrlicher, anständiger – eben einfach besser waren als diese Schleimer aus New

York City. »Na, ich sage dir, bei den Filmleuten gibt es Heuchelei gleich in Doppelrationen. Aber Sy Spencer selbst schien aus einem guten Stall zu kommen – nie angeberisch oder frech.«

»Also mochten Sie ihn?«

»Nun, wenn ich darüber nachdenke, weiß ich nicht recht.«

»War er kalt? Zurückhaltend?«

»Nein. Sehr ruhig. Anständig. Lächelte viel. Lachte nie. Vom ersten bis zum vierzehnten Sommer hat er mich immer gleich behandelt. Aber es war, als ob er einmal gelernt hätte, wie man mit einer Köchin umgeht, und das war's auch. Selbst die Scherze waren vierzehn Jahre lang die gleichen. Aber er war wirklich höflich. Nach jeder Dinner-Party ein Kompliment, und wenn ihm etwas nicht so schmeckte, was selten vorkam, war er nie verletzend. Er sagte dann einfach: ›Ich bin nicht so begeistert von den Früchten in Schokolade‹.« Sie öffnete eine Büchse und gab mir einen Keks. »Wiener Mandelwaffeln.«

»Danke. Nun zum Hausmädchen, Mrs. Robertson. Wie sieht sie aus?«

»Klein, wie ich gesagt habe, gelbliche Haut, aber mit Pockennarben, armes Mädchen. Ihr Mann ist Gehilfe bei einem Tapezierer. Sie ist nicht klug, aber wirklich lieb.«

Der Keks war gut. Ich lächelte. »Welche Haarfarbe?«

»Junge, wie gut du aussiehst, wenn du lächelst! Du solltest es öfter tun. Es erleuchtet dein Gesicht.«

»Rosas Haar, Mrs. Robertson...«

»Die Originalfarbe kennen nur Gott und ihre Mutter. Ich vermute Braun. Aber seit sie hier arbeitet...« Sie schüttelte traurig den Kopf. »... Feuerwehrrot.«

»Und Sie und Rosa sind die einzigen, die hier arbeiten? Ich hatte Diener, Chauffeure und Butler erwartet.«

»Nein. Er engagierte Kellner und Barmixer für Dinners und Parties. In der Stadt hatte er einen Fahrer, aber hier fuhr er gern selbst mit diesem italienischen Sportwagen herum.«

Ich streckte die Hand nach einem neuen Keks aus. Als sie ihn mir gab, fragte ich: »Wer war heute im Gästezimmer mit Sy Spencer?«

»Wie bitte?« Sie sah überrascht aus.

»Jemand hat das Gästezimmer benutzt.«

»Außer Mr. Spencer?«

»Ja.«

»Wirklich? Ich weiß nicht, Steve. Er und Lindsay waren zusammen. Aber sie schliefen im Hauptschlafzimmer. Wie kommst du darauf, daß jemand im Gästezimmer war?«

Ich biß von dem Keks ab. »Nur ein paar Indizien«, antwortete ich. »Haben Sie jemand oben gehört?«

»Nur Mr. Spencer. Er war den ganzen Nachmittag hier, packte für Los Angeles und telefonierte. Eigentlich hätte er schon am Morgen fahren sollen, aber dann mußte er zu den Dreharbeiten, und dadurch änderten sich wohl die Pläne.«

»Niemand war bei ihm?«

»Nein.« Sie überlegte einen Moment und fügte dann hinzu: »Ich meine, ich kann es nicht beschwören, denn die paar Male, die ich im zweiten Stock war, kann man an einer Hand abzählen. Aber soviel ich weiß, war er allein.«

»Wo war Rosa?«

»Sie macht jeden Morgen die Wäsche und putzt. Nachmittags geht sie nach Hause... sie hat eine kleine Tochter. Wenn Bügelwäsche da ist, nimmt sie sie mit. Sie kommt gegen fünf wieder, um nach dem Kochen aufzuräumen – Töpfe schrubben, Boden wischen, Müll raustragen, solche Sachen. Dann bleibt sie bis nach dem Essen, wäscht ab und deckt den Tisch fürs Frühstück.«

»Mrs. Robertson, ich möchte Sie nicht in Verlegenheit bringen, aber bei einer polizeilichen Untersuchung müssen wir manchmal einige sehr direkte Fragen stellen.«

»Mach zu.«

»Gibt es einen Hinweis, daß Mr. Spencer in einem anderen als seinem Zimmer sexuelle Beziehungen unterhielt?«

»Nach dem Abendessen gehe ich nach Hause. Also was mich angeht, so konnte er es in der Sauna, im Vorführraum oder im Weinkeller treiben. Ich kann nur für meine Küche einstehen, weil mir da jede Veränderung sofort auffällt. Niemand – nicht der Chef, nicht Gott persönlich, darf in meiner Küche herumpfuschen. Verstanden, Steve? Gut!«

Die örtlichen Polizisten – in diesem Falle die Southampton-Village-Polizei – sperrten die Umgebung eines Tatorts ab. Einer von ihnen, ein schlaksiger Junge, kam in das Zelt am anderen Ende des Pools, wo Marian Robertsons Sandwiches reißenden Absatz fanden. Er rief: »Ist ein Steve Brady im Dienst?« Ich stellte meine Kaffeetasse ab. »Da ist ein Typ draußen. Wirklich geschockt wegen des Mordes. Sagt, er ist Ihr Bruder.«

Ich ging rüber zu Ray Carbone, um ihm von Eastons Verbindung mit Sy zu erzählen, obwohl ich ihn bei der näheren Untersuchung eines Leberpastetensandwichs stören mußte. »Können wir draußen einen Moment sprechen?« fragte ich.

Das grün-weiß gestreifte Zelt hatte drei Seiten. Ich vermute, es war entweder zum Umziehen für Exhibitionisten oder einfach, um geschützt vor Sonne und Wind an der Luft zu liegen. Es war weit genug vom Tatort entfernt, daß man nicht so tun mußte, als sei Sys Körper ein unwichtiges Dekorationsstück, während man sein Essen verspeiste. Auch wenn ein Stück Leberpastete herunterfiel, würden die Leute von der Spurensicherung nicht gleich mit Hurrageschrei herbeistürmen und es zur Analyse einschicken.

»Hör mal, Ray, mein Bruder – er heißt Easton – ist draußen.«

»Laß ihn rein, sich umsehen«, sagte Carbone. Im Schatten von Sy Spencers Haus wurde er plötzlich zum freundlichsten Gastgeber von Long Island. Er machte sogar eine einladende Bewegung mit seinem Arm. Dann sagte er: »Easton?«

»Ja.«

»Was für ein Name ist Easton?«

»Der meiner Mutter von ihrer Yankee-Familie drüben in Sag Harbour.«

»Was meinst du mit Yankee?«

»Alte Siedler. Die, die aus England in den östlichen Teil von Long Island kamen.«

»Ich dachte immer, du wärst irisch.«

»Mein Vater. Wegen meines Bruders...«

»Ist er älter?«

»Nein.«

»Also warum bekam er den Namen der Familie und nicht du?«

»Ich vermute, meine alte Dame hat einen Blick auf mich geworfen, meine Erbanlagen erkannt und sich entschieden, auf Besseres zu warten.«

Er sagte ›Hmm‹ in seinem Wiener Psychoanalytikerton und dann: »Erzähl mir von deinem Bruder.«

»Er ist ein netter Junge. Hat Stil.«

»Was macht er?«

»Stilvolle Dinge. Verkaufte Jaguars, aber hat sie nie so geliebt wie ich. Meinen habe ich von ihm gekauft. Dann verkaufte er teure Grundstücke, arbeitete in Boutiquen.«

»Hört sich an, als ob er viel versucht hat. Hat sich auf nichts Bestimmtes festgelegt.«

»Laß doch. Es gibt viele wie ihn, Ray. Easton ist in Ordnung. Er hat sich nur nie gefunden.«

»Wieso?«

»Schau, ich bin auch so ein Grenzfall. Wie zum Teufel soll ich wissen, was mit meinem Bruder ist?«

Drüben im Zelt drängten sich die Männer um den Tisch mit Sys Essen.

»Und dein Bruder...«, Carbone schien nach den richtigen Worten zu suchen.

»Nein. Er trinkt nicht. Vielleicht hin und wieder mal ein Bier oder besser einen vollmundigen Rotwein.«

»Warum denkst du, daß es ihm an Orientierung fehlt?«

»Ray, jetzt keinen Analytikerquatsch mehr. Mir reicht's. Es handelt sich um den Fall.«

»Der Fall? Dein Bruder?«

»Ja. Easton hat für Sy gearbeitet. So vor drei, vier Monaten hatte er keinen Job und hörte, daß Sy einen großen Teil von *Starry Night* in East Hampton drehen wollte. Also ertrickste er sich eine Einladung zu irgendeiner Wohltätigkeitsveranstaltung. Langer Rede, kurzer Sinn, er machte Sys Bekanntschaft und verklickerte ihm, daß er hier geboren und aufgewachsen sei und bestimmt nützlich sein könne. Sy mochte ihn und engagierte ihn als eine Art Verbindungsmann zu den Einheimischen: Geld verteilen, beruhigen und alles für den Film vorbereiten. Er hat es so gut gemacht, daß Sy ihn für den Film behielt.«

»Irgendwelche Probleme?«

»Nein. Es war wirklich ein Erfolg. Das ist ja das Ärgerliche: Mein Bruder hatte endlich was gefunden, das ihn interessierte und bei dem er auch gut war. Letzte Woche rief er an und sagte, daß Sy ihm wirklich Verantwortung übertragen hätte und ihm auch mehr bezahlen wolle, es aber wegen des Budgets nicht könne. Aber sein Name sollte im Vorspann erwähnt werden, nicht ganz am Anfang – aber immerhin.«

»Versteht ihr euch gut?«

»Willst du jetzt über das Analstadium sprechen?«

»Versteht ihr euch?«

»Nein. Nicht sehr. Wir sind zu verschieden. Aber er ist mein Bruder, und früher oder später sollte sich jemand seine Aussage anhören. Hör zu, ich hab dir das alles nur erzählt, weil oben so viel von Ethik geredet wird.«

»Na dann laß Robby seine Aussage aufnehmen.« Carbone hatte meinen Gesichtsausdruck richtig gedeutet. »Steve, Robby ist ein guter Junge. Okay, für deinen Geschmack vielleicht zu niveaulos und zu ehrgeizig.«

»Er ist so unausgewogen.«

»Wenn etwas schiefgeht, springst du ein. Robby bearbeitet mit dir den Fall. Du wirst sehen, alles wird gutgehen. Er ist hartnäckig. Außerdem macht es einen besseren Eindruck, wenn dein Bruder nicht gerade von deinem besten Freund verhört wird. Aber du kannst ruhig im Hintergrund dabeisein.« Er hielt inne. »Ist dein Bruder – wie soll ich sagen – ein gefestigter Mensch?«

»Nein. Er ist ein Irrer, der Sy Spencer mit einer Zweiundzwanziger wegpustete, weil dieser für ihn zu einer Vaterführerfigur geworden war, der ihm half, sich selbst zu verwirklichen und demnach den Tod verdiente.«

Ich sehe nicht übel aus, aber Easton kann man wirklich als gutaussehend bezeichnen. Obwohl wir Brüder sind, sehe ich aus wie ein irischer Polizist und er wie ein episkopalischer Anwalt. Mit anderen Worten – mein Bruder ist eine verfeinerte Ausgabe von mir. Seine Augen sind blauer, sein Kinn entschiedener, sein Haar glänzender, und er mißt wirklich einen Meter fünfundachtzig. Ich bin nur wenig kleiner, und das hat mich immer geärgert.

Easton stand in der Auffahrt, nicht weit von den Treppen zur Eingangstür. Er trug nicht wie sonst einen farbigen Blazer oder ein pastellfarbenes Sweatshirt, sondern einen dunkelgrauen Anzug und Krawatte. Seine Schuhe, leicht angestrahlt von der diskreten Beleuchtung der Auffahrt, waren heller als sein Gesicht. Außer Fassung? Selbst in dem schummerigen Licht konnte ich erkennen, daß er bis ins Tiefste erschüttert war. Die Haut war wächsern, seine Augen rot – nicht vom Weinen, aber vom Reiben.

»Hallo, East«, sagte ich. Er zuckte zusammen. »Alles okay?«

»Tut mir leid. Weißt du, was komisch ist? Ich hab hier auf dich gewartet, und meine Gedanken gingen in zehn verschiedene Richtungen. Und als ich eben deine Stimme hörte, schoß es mir durch den Kopf. ›Was zum Teufel macht Steve in Sys Haus?‹«

»Wann hast du erfahren, was geschehen ist?«

»Als ich aus New York kam. Ich bin hingefahren, um ein paar Kleinigkeiten für Sy zu erledigen, und als ich nach Hause kam, war die Nachricht auf meinem Beantworter. Es klang so wie: ›Äh, hmm... vielleicht interessiert es Sie, daß Mr. Spencer nun ja... bei sich zu Hause ermordet wurde.‹«

»Gregory J.?« fragte ich.

»Ja. Hast du ihn getroffen?«

»Ich hab ihn verhört. Armer Junge, sieht aus wie jemand aus einem Zombie-Film.«

Easton nickte und sekundenlang schien er sogar eine andere sarkastische Beschreibung zu suchen, um meine zu übertreffen, aber plötzlich überfiel ihn ein Zittern. »Verdammt, es ist kühl.« Er rieb seine Arme, aber es half nicht. Dann begannen seine Zähne zu klappern, so schnell wie diese dummen Gebisse aus den Scherzartikelgeschäften.

»Hast du heute mit Sy gesprochen, East?«

»Gestern abend.«

»War irgendwas los?«

»Nein.«

»Weißt du von Drohungen gegen ihn?« Er schüttelte den Kopf. »Gibt es Grund zu glauben, er hätte vor etwas oder jemandem Angst gehabt?«

»Nein.«

»Gab es Veränderungen in seinem Benehmen?«

Er zitterte immer noch. »Ich sag dir ja, es ging ihm gut.« Für meinen Bruder war Zittern die perfekte, geschmackvolle Art, die Nerven zu verlieren: so sauber. Es machte keinen Krach und ruinierte die Kleidung nicht durch Schweiß.

»Die können deine Aussage morgen aufnehmen. Warum gehst du nicht nach Hause? Du siehst ziemlich käsig aus.«

»Ich weiß gar nicht, warum ich hier bin.« Er blickte zum Haus. »Jedenfalls glaubte ich, herkommen zu müssen. In meinem Unterbewußtsein dachte ich: In all dem Chaos, Polizei usw. kann ich Sy vielleicht helfen. Eine verrückte Reaktion, aber Steve, es ist so ein Schock. Ich meine, die Nachricht...«

»Es muß ein ganz schöner Schlag gewesen sein.«

»Es hat mir den Atem verschlagen. Ich bin einfach in einen Stuhl gefallen. Betäubt. Aber dann, als ich hierherfuhr, fragte ich mich immer wieder, wer in Gottes Namen Sy umbringen wollte.«

»An wen denkst du?«

»Niemand hat ihn töten wollen«, sagte Easton. Er klang sehr überzeugt. Er steckte die Hände in die Taschen seiner eleganten New Yorker Hosen.

»Die Tatsachen sprechen dagegen, nicht wahr?«

»Sicher ein Einbrecher.«

»Nein.«

»Wie kannst du das wissen?«

»Was redest du? Es ist mein Job, das zu wissen.«

»Du irrst dich nie, oder?«

Wie üblich, wenn wir etwa eine Minute zusammen waren, benahmen wir uns auch jetzt wie immer – wir gingen uns auf die Nerven. Ich entschied, mich diesmal nicht aufzuregen. Und noch mehr – er war mein Bruder. Er war wirklich mitgenommen; ich mußte Verständnis zeigen.

»Es scheint einfach keine Hinweise auf Einbruch zu geben«, sagte ich so ruhig wie möglich.

»Wie wurde er getötet?«

»Erschossen. Aus einiger Entfernung. Anscheinend mit einer kleinkalibrigen Waffe. Es sieht nicht nach einer spontanen Tat aus.« Wir schwiegen einen Moment. »Also, morgen wird dich einer der anderen Kollegen verhören. Geh jetzt nach Hause.«

Wieder überlief ihn ein Schauer. »Er war wirklich gut zu mir, Steve.«

»Ja. Es tut mir leid, wirklich. Ach, East, noch was. Vergiß Auseinandersetzungen, Drohungen. Hat Sy irgendwie anklingen lassen, daß er mit jemandem Probleme hatte?«

Mein Bruder schien wirklich nachzudenken. »Ich arbeite erst seit dreieinhalb Monaten für ihn. Ich bin kein Experte. Aber nach meiner Erfahrung hast du Probleme mit allen, wenn du einen Film produzierst. Du hast den technischen Stab und eine Besetzung aus hundert Primadonnas – und die Agenten und die Gewerkschaften. Und dann sind da die Geldleute, die dir das Leben zur Hölle machen. Ein Produzent muß hart sein – und hartnäckig. Sy war es. Er ging nie einer Auseinandersetzung aus dem Weg. Er machte weiter.« Ein kleines, freundschaftliches Lächeln glitt über Eastons Gesicht. »Sy war wie eine Dampfwalze. Er konnte nicht aufhören. Entweder gingst du ihm aus dem Weg, oder du wurdest überrollt. Sicher hat ihn jeder Beteiligte irgendwann mal zur Hölle gewünscht.«

»Scheißkerl!« brüllte Carbone vor mir und Robby Kurz. Dies galt Eddie Pomerantz, Lindsays Agenten. Der war nun sicher auf dem Heimweg und hatte ihn zwei Minuten vorher informiert, daß Lindsay ein paar Valium genommen hatte und nicht mehr zu gebrauchen war. Als Carbone ihn anschrie, gab er zu, die Anzahl der Tabletten nicht genau zu kennen – aber seine Klientin sei in keinem Falle von Drogen abhängig. Carbone sagte: »Ich hab einen unserer Ärzte – den mit den Elefantenohren – zu ihr raufgeschickt. Er sagt, sie ist für die nächsten vier bis acht Stunden jenseits von Gut und Böse.«

Wir saßen in Sys Büro, einem Zimmer im zweiten Stock, das wohl mal ein Kinderzimmer gewesen war. Seine Funktion als Büro erkannte man an dem Telefon mit den vielen Knöpfen und einem kleinen Computer. Aber damit hatte sich der Fortschritt. Der Rest des Raumes ähnelte dem Zimmer eines vom Angeln besessenen englischen Gentleman: an der Wand hingen ein ausgestopfter Schwertfisch sowie einige Aquarelle von springenden Lachsen. In einer Ecke stand ein Bündel glänzender, unbenutzter Angelruten. Ein Paar Gummihüftstiefel baumelten an einem Haken und vermittelten den Eindruck, Sy sei gerade erst von einer ausgedehnten Angeltour zurückgekommen.

Carbone überflog seinen Notizblock. »Hört zu, egal wann wir hier heute abend oder morgen früh rauskommen – ich möchte euch beide um zehn Uhr hier wiedersehen, um Lindsay Keefe zu verhören. Ich werde sicherlich bei Shea sein und unser Vorgehen erörtern. Dies ist ein Fall von internationalem Interesse. Nun, Robby«, fuhr Carbone fort, »davor sieh zu, was du von Steves

Bruder Easton erfahren kannst. Dann geh zu Lindsay. Wenn du mit ihr fertig bist, beschäftige dich mit Sys Geschäftsfreunden. Erst für diesen Film, dann für die anderen.«

»Steve, du kümmerst dich um die Leute, die mit dem Film nichts zu tun haben. Und um seine Frauen. Find heraus, ob er neben Lindsay irgendwelche Affären hatte und überprüfe seine Exehefrauen. Er hatte zwei davon. Eine wohnt in Bridgehampton, also kannst du sie vielleicht vor zehn erreichen.« Er blickte wieder auf seinen Zettel. »Sie heißt Bonnie Spencer.«

Ich schüttelte den Kopf. Der Name hörte sich irgendwie bekannt an, aber ich war sicher, sie nie persönlich getroffen zu haben.

»Eine Drehbuchautorin.« Er gab mir ein Stück Papier mit der Adresse. »Weißt du, wo das ist?«

»Ungefähr zwei Minuten von da, wo ich aufgewachsen bin.«

»Die andere Ex lebt irgendwo in der Stadt. Sie war seine Erste, und morgen werden wir Namen und Adresse haben. Alles verstanden? In den nächsten Tagen werden wir unsere Kommandozentrale bei der Dorfpolizei einrichten. Ich komme morgen so schnell wie möglich.« Er unterbrach sich und sah mich direkt an. »Ich glaube, dies ist der Fall, bei dem ich erkennen werde, daß ich zu alt für den Job bin.«

Ich stand in Sys Fitneßraum und sprach am Wandtelefon mit Lynne. Jetzt schienen mir meine Zukunftsängste wegen eines Mangels an Spaß usw. einfach dumm. Alles Nervensache, letzte Verteidigung der Junggesellenexistenz. Denn objektiv gesehen war Lynne wirklich toll.

Was mich immer aufs neue an ihr überraschte, war, daß sie sich verhielt, als hätte ich einen ganz normalen, langweiligen Job. Sie ließ absichtlich nicht an sich heran, was ich tat. Ich verstand, warum: Mord ist der absolute Zusammenbruch von Recht und Ordnung, und Lynne war – als Lehrerin und auch als Privatperson – bestrebt, konstruktiv zu sein. Sie lebte, um Hoffnung zu geben, nicht, um sie auszulöschen. Mord war nichts Spektakuläres, es war Sünde und entsetzlich unfair. Töten war einfach nicht schön. Nie wollte sie blutige Einzelheiten über meine Arbeit wissen. Die Toten und wie sie es wurden, waren nicht interessant – sie konzentrierte sich auf die Lebenden.

Also plauderten wir nicht über den Mord, außer einer kurzen Erklärung, was geschehen war und wo. Wir hatten dreißig Sekunden darüber gesprochen, wie Carbone es schaffte, einem auf die Nerven zu gehen und doch gleichzeitig ein toller Kerl war, anderthalb Minuten über meine Abneigung gegenüber Robby und jetzt war mein Bruder dran.

»Hast du irgendwas gesagt wie ›Ach, Easton, es tut mir leid wegen Mr. Spencer. Ich weiß, wie sehr du ihn mochtest und wie wichtig er in deinem Leben war‹?«

»Für wen hältst du mich, Lynne?«

Abgesehen vom Fußboden bestanden alle Wände aus Spiegeln. In dem Raum war ich das einzige Ding, das nicht glitzerte. Ich richtete mich auf; Sy mußte entweder sehr eitel gewesen sein, oder er brauchte ungemein viel Ansporn.

»Steve«, sagte Lynne geduldig, »hast du überhaupt etwas gesagt, um deinen Bruder zu trösten?«

»Ja. Es tut mir leid.«

»Ist das alles?«

Gerade als ich in einem Spiegel gut aussah, erblickte ich mich in einem anderen. Ich bog die Schultern zurück. Ich wußte, daß ich keinen Bauch hatte, aber im Deckenspiegel sah es so aus, und ich zog ihn ein.

»Laß doch. Hör jetzt mit Easton auf. Ich wollte dir nur gute Nacht sagen und daß ich dich liebe.«

»Na denn, gute Nacht. Ich liebe dich auch; aber ich weiß doch, wie sehr du dir eine gute Beziehung zu deinem Bruder wünschst. Wäre jetzt nicht der richtige Moment, den ersten Schritt zu tun?«

Ich pflichtete ihr bei, und dann gab es noch einmal gute Nacht und ich liebe dich. Ich hatte fast fünf Minuten gesprochen und wollte aufhören.

Nach dem Telefonat legte ich mich auf den graubespannten Boden und schloß zehn Sekunden lang die Augen – sicher alles, was ich in den nächsten achtundvierzig Stunden an Ruhe bekommen würde. Ich weiß, es ist sentimental und wohl auch unkorrekt, wenn ich sage, daß Lynne mich gerettet hat. Aber so empfand ich es. Klar, mit dem AA war ich trocken geblieben. Und seit ich wieder bei der Mordkommission war, arbeitete ich besser als je zuvor.

Aber zu dem Zeitpunkt, als ich sie traf, fühlte ich mich unsicher. Ich versuchte es zu schaffen ganz ohne Krücken. Ohne Alkohol. Und ohne Drogen. Zwei Monate nachdem ich aus South Oaks gekommen war, bekam ich eine Grippe. Lieber schwitzte ich meine vierzig Grad Fieber aus, als mich an irgendeinem Mittel zu versuchen. Frauen gab es auch kaum, meine Lust war wie weggeblasen. In der Vergangenheit hatte fast alles, was weiblich war, eine direkte Wirkung auf mich gehabt, aber jetzt fand ich kaum eine, für die ich hätte den Gürtel aufmachen mögen. Dann Football – die Giants mochte ich gern, aber die Yankees waren nicht da –, es war November. Ich lief mindestens vier Meilen pro Tag, um in Form zu bleiben und dieses chemische Zeugs in meinem Kopf zu aktivieren. Ich habe den Namen vergessen, aber in South Oaks sagte man uns, es sei das natürliche Rauschgift des Körpers und somit in Ordnung. Also lief ich zehn, zwölf, manchmal fünfzehn Meilen an meinen freien Tagen, um die Produktion in Gang zu bringen und müde zu werden, da ich mit meiner Zeit und Energie nichts anzufangen wußte.

In dieser Anstalt hatte der Arzt mit mir darüber gesprochen, was ich tief in meinem Innern schon wußte – oder jedenfalls fühlte. Das Trinken, die Drogen und die Frauen waren eigentlich Teil eines Ganzen – Teil dessen, was er meinen selbstzerstörerischen Drang nannte. Klar, ich wollte das Hochgefühl, aber es war nicht der eigentliche Sinn gewesen. Was ich im Grunde immer gesucht hatte, war das Nichts, das absolute Vergessen.

Da war ich also – dem Vergessen den Rücken kehrend, der Realität ins Auge sehend und einen Tag nach dem andern lebend.

Aber in diesem Sommer und Herbst, nach zwei anstrengenden Jahren der Nüchternheit, bekam ich Alpträume: Ich trank wieder. Ich wachte auf aus einem Traum, in dem ich eine Flasche eiskalten Wodkas aus dem Kühlschrank nahm, mir eingoß und – fast gegen meinen Willen – einen tiefen Schluck nahm. Ich war in Panik, mir war schlecht vor Angst. Ich wußte, wie verletzlich meine Stabilität war. Wenn ich wieder den Halt verlor, würde ich in einen Abgrund ohne Boden fallen und hätte weder die Kraft noch den Mut, wieder hinauszufinden. Ich wäre endgültig verloren. Ich würde sterben. Endgültiges Vergessen.

Und plötzlich war da Lynne, wie sie neben ihrem Auto stand und den Wagenheber zusammenschraubte. Sie nahm sich in acht, als ich anhielt, aber sie sah mich direkt an und sagte: »Danke. Ich schaff das schon.« Ich zeigte ihr meine Dienstmarke und meinte, ich würde bleiben und zuschauen. Reifenwechselnde Frauen interessierten mich. Sie gab mir den Wagenheber, und als ich fertig war, gingen wir einen Hamburger essen. Plötzlich fiel mir auf, daß ich eine echte, normale Unterhaltung führte. Nicht so ein Gerede, um einer Frau zu beweisen, daß es nicht nur fürs Bett ist. Eine richtige Diskussion. Über die Probleme von legasthenischen Kindern. Darüber, ob die Körpersprache eines Menschen ihn mehr oder weniger als Opfer eines Verbrechens prädestiniert. Über öffentliche Schulen und Privatschulen. Und darüber, daß ich Alkoholiker gewesen war.

Zwei Wochen später gingen wir ins Bett. Hinterher lag ich da und dachte: O Gott, ich habe eine echte *Beziehung*!

Kapitel 3

Bonnie Spencers Hund bellte ein freudiges Willkommen: Wuff, wuff, schön, daß du da bist. Sein Schwanz beschrieb große Kreise der Wonne. Er war ein riesiger, glücklicher schwarzer Bursche, wie ein fetter englischer Schäferhund.

»Steve Brady«, rief ich und zückte meinen Dienstausweis.

Der Hund unterbrach seinen Freudenausbruch nur so lange, wie er meine Hand und meine Plakette leckte. Aber Bonnie Spencer stand still und unbeweglich in ihrer Haustür und starrte mich an. Es war sieben Uhr fünfundvierzig am Morgen nach dem Mord an ihrem Exehemann. Sie war offensichtlich nicht auf Kondolenzbesuche eingestellt, denn sie trug enganliegende türkisfarbene Leggings, ein riesiges, verwaschenes gelbes T-Shirt und Frotteesokken. An ihrem Handgelenk baumelte ein Paar Turnschuhe, als ob sie gerade einen Morgenlauf machen wollte.

»Ich bin Beamter der Suffolk-County-Mordkommission«, sagte ich.

Ihre Lippen rundeten sich, als ob sie ›Oh‹ sagen wollte, aber sie tat es nicht. Sie tat gar nichts. Blickte nicht einmal auf meine Karte. Sie starrte mich einfach an. »Bonnie Spencer?«

Ich steckte die Karte weg und vergrub meine Hände in den Taschen. Es war ein warmer Spätsommermorgen, und der Geruch von Herbstblättern lag schon in der Luft. Bonnie Spencer schien mich nicht ansehen zu wollen. Statt dessen fixierte sie fasziniert mein Auto in ihrer Einfahrt. Gut, der dreiundsechziger XKE ist wirklich ein toller Wagen, aber wenn am frühen Morgen einer von der Mordkommission in der Tür steht, sollte die Aufmerksamkeit doch ihm gelten. »Sind Sie Bonnie Spencer?« wiederholte ich.

Sie blinzelte, schüttelte ihre Betäubung ab. Ihre Augen erhellten sich. »Ob ich Bonnie Spencer bin?« lachte sie. Dann trat sie beschämt einen kleinen Schritt zurück. Sie hatte wohl gemerkt, daß ihre Darstellung einer trauernden Witwe nicht sehr überzeugend war. Sie schaltete auf bedrückt: »Klar bin ich Bonnie.«

Nun, stellen Sie sich die Exfrau eines berühmten Filmproduzenten vor. Was sehen Sie? Ein kaltes Biest, das Juwelen am Strand trägt und dessen Arme von der Sonne gegerbt sind. Eine Ziege mit langen, gelackten Nägeln, von denen fortwährend verschlüsselte Nachrichten ausgehen: Zum Teufel, ich bin so unbefriedigt.

Aber Bonnie Spencer schien nicht unbefriedigt. Und auf keinen Fall war sie elegant, besonders mit diesem großen, glücklichen Stück Hund an ihrer Seite. Ihr Aussehen? Kein Glamourgirl. Sie war eher einer dieser weiblichen Kumpeltypen, breitschultrig und sauber, wahrscheinlich aus irgendeiner Kleinstadt.

Am schönsten war ihr Haar. Glänzend und dunkel, im Pferdeschwanz zurückgebunden. Ihr Gesicht war nicht unansehnlich; sie hatte tiefe Lachfältchen um die Augen, und ihre Haut sah gesund aus, so als würde sie viel Zeit im Freien verbringen. Mit anderen Worten, Bonnie Spencer sah aus wie jemand, den man in der High School nie richtig kennenlernen konnte: der große, gesunde Sportstyp, der meist auf einem Hockeyfeld anzutreffen ist.

Nur daß sie kein Mädchen mehr war. Der kräftige Körper und das glänzende Haar täuschten. Auf den ersten Blick hatte ich sie für Anfang Dreißig gehalten. Aber auf ihrem Hals waren ein paar Falten zuviel, ihre Lippen waren etwas zu blaß, die Frische verließ sie. Sie war Ende Dreißig. Vielleicht sogar vierzig.

Im Zusammenhang mit Sy ergab sie überhaupt keinen Sinn. Wenn man den kompakten, reichgekleideten Mr. Spencer und seine luxuriöse Welt mit handgemalten Swimming-pool-Kacheln gesehen hatte und dann diese große Bonnie Spencer auf dem Holzboden ihres hübschen, aber keineswegs aufwendigen Häuschens, dann drängte sich nicht die Frage auf, warum Sy sie verlassen hatte, sondern wie ein derartiger Mann überhaupt an eine solche Frau gekommen war.

Wieder starrte sie mich an. Ihre Augen waren graublau wie der Ozean.

»Mrs. Spencer?«

»Bitte«, sagte sie fast scheu, »Bonnie.«

Und dann wechselte ihre Stimmung. Plötzlich wurde sie freundlich, einladend. Ein breites, großzügiges Lächeln. Es tut immer gut, ein warmes, unkompliziertes Lächeln zu sehen, aber warum zum Teufel lächelte sie? Warum strahlte ihr Gesicht so?

»Sie wissen von Ihrem Exgatten Seymour Spencer?«

»O Gott«, hauchte sie. Das Lächeln verschwand. Ihre etwas schrägen Augenbrauen zogen sich zusammen. »Gestern in den Zehnuhrnachrichten. Meist schreckliche Geschichten über Leute, die man nicht kennt. Aber diesmal war es Sy.« Für einen Moment glich sie dem normalen Bürger, der mit der Realität eines Mordes konfrontiert wird: ein Ausdruck des Entsetzens, dann ein Aufflammen von Unverständnis. »Sie hören das sicher immer wieder, aber ich kann es nicht glauben.« In ihrer Stimme war ehrliches Gefühl. »Es tut mir so leid.«

Zuviel Gefühl, zu ehrlich. Ich bin schon lange bei der Mordkommission. Jeden Arbeitstag meines Lebens habe ich mit den Verwirrten, den Trauernden, den Gleichgültigen verbracht. Und darum wußte ich, daß mit Bonnie Spencer etwas nicht stimmte.

Sie stand da in der Tür und änderte ständig ihr Verhalten. Nicht wie jemand, der geschockt ist und mit einer Realität fertig zu werden sucht, sondern wie jemand, der auf der Suche ist nach dem perfekten, passenden Gefühlsausdruck.

Woher ich das weiß? Jeder anständige Polizist weiß, wann er die Logik aus- und den sechsten Sinn einschalten muß. Und meiner sagte mir: Irgend etwas stimmt nicht mit der Frau. Auf diese Weise wurde aus dem Routineverhör der Exfrau eines Geldmannes eine interessante Sache.

»Möchten Sie hereinkommen?« fragte sie.

»Danke.«

Sie bewohnte ein geräumiges, solides Haus, das für eine Farmerfamilie gebaut worden war. Ich folgte ihr und dem Hund in eine große Küche und sagte: »Ja, wunderbar«, als sie anbot, Kaffee zu machen. (Wenn man während einer Befragung Kaffee annimmt, denken die Menschen, daß man auch sie akzeptiert. Sie entspannen sich und öffnen sich. Bedauerlicherweise schmeckte das Zeug meistens nach lauwarmer, flüssiger Scheiße, aber auf lange Sicht lohnt es sich wohl.)

Sie räumte die Morgenzeitungen vom Tisch; auf jeder Titelseite der Mord an Sy. Sie mußte sie geholt haben, als der Kiosk um sechs aufmachte, denn alle waren gelesen worden. Ich setzte mich auf einen Stuhl. Ich war gespannt, was Bonnie Spencer zu enthüllen hatte. Doch sie drehte sich um, um Wasser aufzusetzen und Kaffee abzumessen, so daß sie für einige Sekunden nur hübsche Schenkel enthüllte – ein bißchen zu dick, aber muskulös und fest. Der Hund legte den Kopf in meinen Schoß und schaute mich mit dem seelenvollen Blick eines Mauerblümchens in einer Bar an.

Bonnie drehte sich um. »Moose«, befahl sie, »Platz.« Sie zeigte auf einen dieser kleinen überreich dekorierten Läufer. Der Hund ignorierte sie. Bonnie zuckte die Schultern, halb für sich, halb als Entschuldigung. »Dieser Hund hat die Intelligenz einer Küchenschabe.« Sie öffnete einen Schrank und entnahm ihm ein weißes Kännchen in Form einer Kuh. Sie wartete auf meine Fragen. Ich blieb schweigsam. Sie fragte: »Hat Sy...«, hielt inne und begann von neuem. »Im Fernsehen wurde gesagt, er sei erschossen worden.« Ich nickte. Während sie Milch in das Kännchen goß, hielt sie die Kühlschranktür mit der Hüfte offen. Ich blickte hinein. Kein Weißwein, kein Ziegenkäse. Ich habe weiß Gott genug mit Feriengästen zu tun gehabt, um zu erkennen, daß Bonnie – wenigstens was das Essen anging – keine typische New Yorkerin war. Entweder mußte sie sparen, machte eine Diät oder hatte jede Hoffnung auf Gäste aufgegeben. Da waren nur ein Viertelliter Milch, ein Weizenbrot und eine große Schüssel Broccoli. »Ist der Tod gleich eingetreten?« Ihre Stimme war hell, hoffnungsvoll.

»Wir werden es nach der Autopsie wissen.« In diesem Augenblick gab Moose einen tiefen Seufzer von sich und legte sich auf meine Füße.

»Es klingt alles so nach Klischee, aber ich hoffe, er hat nicht gelitten.«

»Ja.«

»Nun«, sagte sie. »Ich nehme an, daß Sie nicht nur in der Nachbarschaft waren und Lust auf Kaffee bekamen?«

»Nein, wohl nicht.« Plötzlich erinnerte ich mich, sie schon einmal gesehen zu haben. Vermutlich auf der Post, wo sie ihre Briefe abholte. (In Bridgehampton gibt es keine Postzustellung. Man holt die Briefe selbst ab. Die New Yorker lieben es – es ist für sie das richtige Amerika. Was es wirklich ist, ist Zeitverschwendung.)

»Sie haben sicher einige Fragen«, sagte sie.

»Ja.«

Aber ich fragte nicht. Ich betrachtete das Kuhkännchen und tat, als überlegte ich. In Wirklichkeit aber versuchte ich herauszufinden, ob Bonnie Spencer einen erwähnenswerten Körper unter dem T-Shirt hatte. Aber als ich mich dabei ertappte, bekam ich Angst, denn ich hatte es mir zum Prinzip gemacht, bei der Arbeit nicht an Sex zu denken. »Erzählen Sie mir von Sy Spencer«, sagte ich schnell. »Wie lange waren Sie verheiratet?«

»Drei Jahre. 1979 bis 1982.« Sie goß das kochende Wasser durch den Filter. »Machen Sie sich keine Notizen?«

»Das werde ich mir wohl noch merken können.« Klar hatte ich vergessen, das Notizbuch rauszunehmen, und jetzt fühlte es sich plötzlich wie Blei an in der Westentasche. »Gütliche Scheidung?«

»Selbst wenn es eine Schlammschlacht gewesen wäre, glauben Sie, ich würde ihn sieben Jahre später erschießen, nur weil mir plötzlich einfällt, daß die Scheidung nicht gütlich war?«

»Man muß alle Möglichkeiten erwägen.«

»Nun, ich habe ihn nicht erschossen.« Ihre Art war ernsthaft, ehrlich, würdig. Wenn Bonnie Spencer aus einer Stadt kam, so war diese Stadt bestimmt nicht New York.

»Gut. Dann beantworten Sie meine Frage. Wie war die Scheidung?«

»Gütlich.«

»Guter Vergleich?«

»Ich bekam dieses Haus. Es ist ein Farmhaus gewesen. Es wurde gegen 1810 gebaut und...«

Ich unterbrach sie. »Was haben Sie noch bekommen?«

»Nur das Haus.«

»Gab es irgendwelche Streitigkeiten?«

»Nein. Wir waren beide wahnsinnig liebenswürdig: ›Bonnie, bitte nimm doch Alimente.‹ – ›Nein, Sy, aber danke, daß du daran gedacht hast.‹«

»Was? Keine Alimente? Er war doch ein reicher Mann.«

»Ich weiß. Aber zu der Zeit war mir Geld egal. Und dann war ich in der Phase ›betrogene Ehefrau‹. – ›Denkst du wirklich, daß ein monatlicher Scheck den Verlust eines Ehemannes ausgleicht, Sy?‹« Sie schüttelte den Kopf. »O Gott, ich war ja so überlegen. Stellen Sie sich Sy und seinen Anwalt vor – die müssen sich ja mit Freudentränen in den Armen gelegen haben.«

Das gefiel mir nicht. Und wieder überlegte ich, was bei Bonnie Spencer nicht stimmte. Aber andererseits hatte sie etwas, was mir gefiel. Vielleicht war ich nur von der heimeligen Atmosphäre eingefangen – ein polierter Holztisch mit einer ländlichen Küche, eine Frau, die einen Schrank öffnet und einige Sekunden zögert, bevor sie einen Becher auswählt. Vielleicht war es die Wärme von Moose auf meinen Füßen. Ich merkte, wie ich absackte und mein Gehirn zu Brei wurde. Bonnie stellte den Zuckertopf und das Kuhkännchen auf den Tisch und gab mir einen Becher. Darauf stand »Ich liebe – das liebe war eines dieser Herzchen – Seattle« und der Zeichnung eines Phantasietieres mit Flossen – vielleicht ein Seehund oder ein Otter.

»Ich weiß, es ist kitschig«, sagte sie. »Aber die Wahl war zwischen Kitsch und Bruch.«

»Sie bekamen überhaupt keinen Unterhalt?«

Ich senkte das Kännchen. Die Milch kam aus dem Maul der Kuh. Es war albern.

»Ich hätte nie gedacht, daß ich irgendwann Unterhalt brauchen würde. Sehen Sie, als ich Sy kennenlernte, war ich eine gefragte Drehbuchautorin. Mein Film – *Cowgirl* – war gerade angelaufen. Er bekam gute Kritiken, und auch die Besucherzahlen stimmten. Während wir verheiratet waren, schrieb ich fünf weitere Drehbücher. Drei davon schienen vielversprechend.« Sie setzte sich mir gegenüber. »Wenn man gleich zu Anfang einen großen Erfolg hat, denkt man, es geht immer so weiter.«

»Tat es das nicht?«

Sie schüttelte den Kopf. »Nein. *Cowgirl* war mein erster und einziger Film. Bei den anderen Drehbüchern kam nichts heraus. Also, mindestens dreimal bot Sy mir Unterhalt an. Aber ich wollte ihm zeigen, daß ich unabhängig war. Und wissen Sie was? Auf lange Sicht war es so besser.«

»Warum scheiterte Ihre Ehe?« Sie war wirklich keine New Yorkerin. Anstatt mir eine sozio-psycho-feministische Analyse ihrer Beziehung zu geben, verschloß sie sich. »Hören Sie, ich bin nicht zum Kaffeekränzchen hier«, sagte ich. »Ich brauche ein Bild vom Leben dieses Mannes – ein vollständiges Bild.«

Nach ungefähr einer Minute begann sie zu reden. »Als wir uns in Los Angeles kennenlernten, versuchte Sy gerade, seinen ersten Film zu produzieren. Ich war zu der Zeit bekannter als er und hatte Verbindungen zu Leuten aus der Branche. Mein Leben war aktiv und aufregend. Er machte gern mit, traf Leute, knüpfte Verbindungen.

Ich will nicht sagen, daß er mich benutzte. Ich glaube wirklich, daß er mich – nun ja – wundervoll fand. Und er war so smart und weltgewandt, daß ich bei seinem Antrag dachte: ›Wenn dieser Mann mich liebt, bin ich vielleicht wirklich wundervoll.‹ Bald machte er seinen ersten Film und dann den zweiten. Und Sy verdiente den Erfolg. Er war nicht einfach noch ein reicher Kerl mehr, der ins Filmgeschäft einsteigt, um Schauspielerinnen auszuführen und seine Freunde in Cleveland zu beeindrucken. Sy war der geborene Produzent.«

»Was macht einen geborenen Produzenten aus?« Darüber

brauchte Bonnie nicht lange nachzudenken. »Er muß den Riecher für gute Stories haben; Sy hatte einen ausgezeichneten. Und die Gabe, Menschen für seine Visionen zu begeistern. Er war ein Vorreiter. Wenn alle anderen herzerwärmende Filme drehten über Farmerfamilien mit liebenswerten alten Opas und einer Dürreperiode, dann machte Sy etwas Ausgefallenes im Science-fiction-Stil, weil ihm das Drehbuch gefiel und er an den Erfolg glaubte.«

»Also er wurde ein großer Produzent. Und Sie?«

»Nicht viel. Ich brauchte keine Geheimnummer mehr.«

»Sie wollen doch nicht sagen, daß er Sie fallenließ, als Sie keine gefragte Drehbuchautorin mehr waren?«

»Doch.«

»Wo kommen Sie her?« fragte ich.

»Ogden, Utah. Stört Moose Sie?«

»Er ist okay.«

»Sie. Sie liebt Männer. Sie läßt mich fallen wie eine heiße Kartoffel, sowie etwas in Hosen aufkreuzt. Sie ist das Stadtflittchen.« Schnell verschwand Bonnies Hundeliebhaberlächeln. Sie blickte auf die Wanduhr, war aber an der Uhrzeit nicht interessiert. Ich nahm mir vor, ihren Ruf in der Stadt zu überprüfen.

»Wie hat Sy sich benommen?«

»Wie? Nicht zu schlimm, wenn man bedenkt, wie sehr er Schluß machen wollte. Er sagte mir – sehr liebenswürdig –, daß er ein Verhältnis mit jemandem hätte. So ein Schickimicki-Typ wie seine erste Frau, nur daß diese nicht aussah, als fräße sie Hafer und wieherte. Jedenfalls sagte er mir, er liebe sie und es täte ihm leid, mich zu verletzen, aber er würde sich scheiden lassen, um sie heiraten zu können.«

»Aber das hat er nicht getan.«

»Nein, natürlich nicht. Er wollte nur einen eleganten Abgang. Das Verhältnis hatte er, also benutzte er es. Er glaubte wohl, es wäre für mich einfacher, wenn eine andere Frau im Spiel wäre. Er wußte, daß ich Liebe als Motiv sehr viel eher akzeptieren würde als den Satz: Bonnie, du bist weg vom Fenster.«

»Und hat Sie diese Behandlung nicht geärgert?«

»Natürlich war ich ärgerlich und wütend! Wenn Sie bohren, dann finden Sie bestimmt zwanzig Zeugen, die mich damals haben schreien hören: ›Ich hoffe, du verreckst, du Bastard.‹ Aber die Zeit vergeht, und letztendlich wurden wir Freunde.«

»Wann haben Sie ihn zum letzten Mal gesehen?«

»Ich bin mir nicht sicher.« Aber doch wußte sie es! Verdammt, ich konnte es fühlen. Sie hob den Kopf, betrachtete einen Topflappen an der Wand und tat, als ob sie nachdächte. »Vor ein paar Tagen. Ich war bei den Dreharbeiten.«

»Und davor?«

»Mal sehen. Vor einer Woche. Er bat mich, sein Haus zu besichtigen.«

»Blieben Sie lange?«

»Nein. Nur ein normaler Rundgang.«

»Wie gute Freunde waren Sie?«

»Recht gute.«

»Verbrachten Sie viel Zeit mit ihm?«

»Nicht sehr viel.«

»Hat er Sie hier besucht?«

»Ich weiß nicht. Mal sehen. Er ist wohl mal vorbeigekommen. Aber wir waren hauptsächlich Telefonfreunde. Er war ein Kollege, ein Mitarbeiter. Ich hatte seit einigen Jahren keine Drehbücher mehr geschrieben, aber im letzten Winter habe ich es noch einmal versucht und das Manuskript Sy geschickt. Ich hatte ihn seit der Scheidung nicht mehr gesehen, aber ich wußte, daß er ein faires Urteil abgeben würde. Und es gefiel ihm wirklich.« Sie rieb sich die Stirn. »O Gott, ich kann es nicht glauben, daß er tot ist.«

»Was ist mit dem Drehbuch?«

»Wie? Oh, wir entwickelten es zusammen. Es war so eine Art weibliche Spionage-Story.«

»Was genau bedeutet entwickeln?«

»Es bedeutet Arbeit an einem Projekt – das Drehbuch, die Finanzierung, Vorschläge für Regisseur und Stars. Aber Sy begann kein Projekt, wenn er nicht völlig mit dem Drehbuch zufrieden war. Und meines – es heißt *A Sea Change* – war noch nicht in der endgültigen Form. Aber er hatte viele Ideen. Ich begann, nach seinen Vorschlägen neu zu schreiben.«

»Und dann hätte er es produziert?«

»Ja.«

»Hat er Ihnen viel bezahlt?«

»Nein. Bisher noch gar nichts, aber wenn ich ihn gebeten hätte, hätte er mir sicher einen Vorschuß gegeben.«

»Und warum haben Sie das nicht getan?«

»Ich glaube aus dem gleichen Grund, warum ich keinen Unterhalt wollte. Ich wollte nicht gierig erscheinen. Ich weiß, das hört sich dumm an und ist es auch. Sy dachte, Menschen – vor allen Dingen Frauen – wollten ihn nur ausnutzen. So sollte er von mir nicht denken.«

»Womit bestreiten Sie Ihren Lebensunterhalt? Haben Sie von Haus aus Geld?«

Sie lachte und blickte sich in der Küche um. »Sieht das nach Geld aus?«

»Leben Sie das ganze Jahr über in Bridgehampton?« Ich war ehrlich überrascht.

»Natürlich. Oh, ich verstehe. Sie halten dies für mein rustikales kleines Sommerhäuschen, in das ich mich zurückziehe, wenn ich von meiner Wohnung im Sutton Place genug habe. Nein. Dies ist alles. Ich verdiene mein Geld mit Schreiben. Ich mache die Familiennachrichten im South Fork Star. Bestimmt ist es einer der Höhepunkte Ihrer Woche: Babies, Hochzeiten, Geburtstage. Und ich schreibe Texte für Versandhauskataloge, wie etwa ›Weiße Chiffonwolken erleuchtet durch glänzende Kulturperlenknöpfe‹.«

»Haben Sie es Sy nicht verübelt, daß Sie das Drehbuchschreiben, das ganze gute Leben für etwas weniger Interessantes aufgegeben haben?«

»Verübeln. Eine Frau verübelt es ihrem Mann vielleicht, wenn er sagt: ›Ich begehre dich nicht mehr‹.« Ein bißchen beschämt wandte sie sich ab. Dann fuhr sie fort: »Aber das ist die persönliche Ebene. Beruflich konnte ich es ihm nicht anlasten, daß andere Leute mich nicht engagierten. Es war nicht sein Fehler. Acht Studios und unzählige unabhängige Produzenten lehnten meine Drehbücher ab. Man sagte mir, sie wären nett. Nett ist Filmsprache für uninteressant. Ich bin überzeugt, daß Sy mir nichts Böses wollte, und als ich ihm das neue Drehbuch zeigte, freute er sich ehrlich für mich.«

»Sprachen Sie über etwas anderes als das Projekt?«

»Sicher. Ich kenne seine Freunde, seine Familie.«

»Brüder oder Schwestern?«

»Nein. Sy war ein Einzelkind. Seine Eltern sind inzwischen gestorben. Aber er hatte Tanten, Onkel und Massen von Cousinen und Cousins. Ich hab sie alle kennengelernt. Als ich ihn zum ersten Mal traf, gab er noch seine Poesie-Zeitschrift heraus und versuchte, seinen ersten Film zu produzieren, aber sein Büro war immer noch im Gebäude der Spiegel-Crown-Koscher-Lebensmittelfirma.«

»Spiegel?«

»Spiegel war sein richtiger Name: Seymour Spiegel.« Sie schüttelte den Kopf. »Er änderte ihn, bevor er auf die Universität ging. Ich habe nie verstanden, warum. Hat er gedacht, er würde bei der Abschlußfeier sagen können: ›Hier sind meine Eltern, Helen und Morton Spiegel. Eigentlich heißen sie Spencer – aber sie haben den Namen geändert‹? Und wenn er schon den Namen änderte, warum nicht gleich alles. Von Sy zu Seymour ist es ja nur ein kleiner Sprung.«

Bonnie schien von der Erinnerung überwältigt. Ihre Augen öffneten sich ganz weit wie bei Menschen, die versuchen, nicht zu weinen. Sie stand auf und wischte an einem offensichtlich sauberen Herd herum.

Und dann geschah es wieder: diese gezwungene Selbstkontrolle mit Veränderung der Persönlichkeit. Als sie sich wieder umdrehte, schien sie gefaßt und zeigte doch gerade genügend Anteilnahme. »Haben Sie schon einen Verdacht, wer ihn getötet hat?« fragte sie. Ehrlich, traurig, bewegt – verlogen.

»Und Sie?«

»Nein«, sagte sie. Für eine Frau ihres Alters schien sie wirklich eine gute Figur zu haben. Ich versuchte mich zu erinnern, wo ich sie schon gesehen hatte. Vielleicht beim Joggen. Sie hatte wirklich muskulöse Beine.

»Auf wen war Sy böse?«

Sie lehnte sich gegen das Küchenbüfett. »Sicherlich auf alle. Wenn er einen Film machte, war jeder, der ihn störte, sein Feind. Eigentlich komisch – denn sonst stand er eher über den Dingen. Als wir verheiratet waren, hatten wir schlimme, einseitige Kämpfe. Ich brüllte, schmiß Türen, war unbeherrscht. Sy schaute zu, als ob eine Schauspielerin eine Szene spielte. Es amüsierte ihn. Aber wenn er arbeitete, war er ganz anders. Er steckte seinen Charme in eine Schublade und holte ihn nur raus, wenn er ihn brauchte. Sein Geld und sein Ruf standen auf dem Spiel. Er schrie nicht – das war nicht seine Art –, aber er metzelte die Leute mit seiner schneidenden Stimme nieder. Es konnte einen richtig beeindrucken – diese ganze Wut vollkommen ruhig ausgedrückt. Und er gewann immer; seine Kälte hatte Erfolg. *Nichts* konnte ihn aufhalten. Man konnte brüllen, mit Anwälten drohen, die Dreharbeiten verlassen – es machte nichts. Sy nahm die Gefühle anderer nicht ernst, nur die seinen. Er weigerte sich, die Wünsche anderer in Erwägung zu ziehen. Und wissen Sie was? Er erschöpfte alle. Er gewann *immer*, und es kümmerte ihn nicht, was es den anderen kostete.«

»Und auf wen hatte er es bei Ihrem letzten Gespräch abgesehen?«

»Lindsay, nehme ich an.«

»Aber sie lebten zusammen. Sie liebten sich.«

»Nun, über die Liebessache kann man diskutieren. Doch selbst wenn es wahr wäre – wir sind hier im Filmgeschäft. Ein Produzent liebt keine Schauspielerin, die ein Zwanzigmillionendollar-Projekt in den Ruin treibt. Sy sagte mir, die Muster wären schrecklich. Das hat mich einigermaßen erstaunt, denn Lindsays Erfolg beruht nicht nur auf ihrem Aussehen; sie ist eine begabte Schauspielerin. Niemand in der Branche mag sie. Sie soll so gräßlich arrogant sein und immer mit verachtungsvoller Miene herumstolzieren. Aber im Film kann sie alles.«

»Glauben Sie, daß Sy von ihr enttäuscht war, kühler wurde?«

»Sy hatte die Gabe, sich ziemlich leicht zu ver- und zu entlieben.«

»Vergessen wir die Liebe. War er wirklich böse auf sie?«

»Klar. Wütend. Er sagte, sie würde nur so mitschwimmen, keinen Gedanken und keine Energie an die Rolle verschwenden, weil es kein wichtiger Film sei. Das irritierte Sy am meisten, denn er glaubte an *Starry Night* und Lindsay nicht. Was das Problem noch schwieriger machte, war ihre unheimliche Selbstüberschätzung. Sie gab ihre schlechte Leistung einfach nicht zu und war demzufolge auch nicht bereit, etwas zu verändern. Ich sage Ihnen, wäre Sy nicht ermordet worden, hätte er ihr das Leben zur Hölle gemacht.«

»Also war er bereit, Lindsay auszubooten?«

»Den Regisseur auch.«

»Wie heißt er?«

»Victor Santana.«

»Warum war er wütend auf ihn?«

»Weil Santana bei Lindsay weich wurde und einfach nicht eingreifen konnte oder wollte.«

»Noch jemand?«

»Das Übliche. Der Verantwortliche für die Fotografie – ein französisches Junggenie – machte zu pastellige Aufnahmen. Der technische Produzent kroch zu sehr vor der Gewerkschaft. Sy war auf alle wütend.«

»Gut. Und wer von den Filmleuten war wütend auf Sy?«

»Ich weiß nicht. Ich gehöre nicht zum Team.«

»Und Lindsay Keefe?«

»Wenn man einer von der Kritik gefeierten Schauspielerin – einem Star – sagt, daß ihre Darstellung mies ist und es auch bleibt... dann können Sie sich die Reaktion vorstellen. Aber selbst ich kann nicht glauben, daß sie Sy deswegen erschossen hat.«

»Wer sonst?«

»Ich weiß nicht.«

Ich sah ihr direkt in die Augen. »Doch, Sie wissen es. Er war Ihr Exmann. Mit Ihnen konnte er reden.«

»Soviel haben wir nun auch nicht geredet.«

»Aber genug. Was beschäftigte ihn noch?«

»Er hat nie etwas Bestimmtes gesagt.«

»Sagen Sie es mir trotzdem.«

»Nun, es handelt sich aber nur um meine Auslegung dessen, was er nicht sagte.«

»Also los.«

»Dies ist ein sehr teurer Film für eine unabhängige Produktion. Ich glaube, er hatte Sorgen, daß seine Geldgeber verärgert seien. Die Investoren hätten ja von den Problemen hören und nervös werden können.«

»Wer sind sie?«

»Genau weiß ich das nicht. Ein paar von ihnen kommen wohl aus dem Fleischgeschäft. Da gibt es einige rauhe Burschen.«

»Ja – da gibt es Mafia-Verbindungen.«

»Ist es nicht komisch, daß diese Leute überall sind? Drogen, Prostitution, Geldverleih, Corned beef. Aber nach dem, was Sy sagte, sind diese Leute keine Verrückten. Eher Geschäftsleute mit konservativen Anzügen und schweren goldenen Armbändern. Nicht der Typ, der Betonschuhe verpaßt.«

»Ist das alles? Niemand mehr mit einem Groll?«

»Ich bin mir ziemlich sicher.« Ich wartete, während sie nachdachte. »Nein«, sagte sie dann. »Niemand. Bestimmt.«

Ich stand auf und sah sie an. Sie senkte den Kopf, und ich blickte auf ihr dunkles, schimmerndes Haar. Ihr Atem ging schneller und flacher. Ich beeindruckte sie. Nicht nur der Polizist – der Mann.

»Bonnie, Sie sind klug, aufmerksam. Und nett – ich meine es als Kompliment.« Sie versuchte, meinem Blick gleichgültig zu begegnen, aber ihr Gesicht war gerötet. »Sie sind nicht ehrlich. Ich habe das Gefühl, daß Sie etwas verschweigen, und das beunruhigt mich.«

»Ich verschweige nichts.« Nur einen Augenblick lang zitterte ihre Stimme.

Ich kam näher. »Sie können mir helfen, einen Mord aufzuklären, Bonnie.«

»Ich kann es nicht. Wirklich. Ich habe Ihnen alles gesagt.«

»Hören Sie. Wenn die Dinge bei Sy Spencers Film und mit Lindsay so schlecht liefen, wem würde er sich anvertrauen? Wer kennt das Geschäft? Wer kennt ihn? Sie.«

»Bitte...«

»Bonnie – irgend etwas stimmt bei Ihnen nicht. Was verbergen Sie? Wollen Sie in Verdacht geraten?«

»Aus welchem Grund?« Sie hatte nicht gerade Angst, fühlte sich aber auch nicht ganz wohl.

»Seien Sie offen, Bonnie.« Ich näherte mich ihr. Sie wich zurück bis ans Waschbecken. Ich ging weiter, bis wir uns fast berührten. »Sagen Sie mir, worüber Sie nicht sprechen wollen. Seien Sie klug. Denn wenn ich denke, daß Sie etwas mit der Sache zu tun haben, dann werde ich hinter Ihnen her sein, bis ich die Wahrheit kenne.«

Nach Bonnies Verhör blieb mir etwas Zeit, also fuhr ich zum Strand. Die Art, wie das Gespräch endete, gefiel mir nicht. Die Annäherung und die Drohung beunruhigten mich, denn ich wollte sie nicht einschüchtern, sondern ihr nahe sein. Mein Kopf mußte wieder frei werden.

Unten am Strand wirbelte ein frischer Wind den Sand auf; scharfe, kratzende Körnchen flogen mir auf Gesicht und Hals. Halbhysterisch rannten die Feriengäste herum, schlossen ihre Sonnenschirme, klappten ihre Liegestühle zusammen, nahmen ihre Kühltaschen und liefen an mir vorbei zu ihren Autos. Kein Sandkörnchen sollte sich unter die goldfarbenen Bikinis schleichen, kein blickerprobtes Auge sollte gerötet werden. Entweder die Natur benahm sich, oder die New Yorker ließen sie allein.

Ich zog meine Schuhe aus, hockte mich geschützt vor einem Busch hin und sah ihnen nach. Damals, in den fünfziger Jahren, als ich noch ein Kind war, schliefen die Leute an heißen Sommernächten noch am Strand. Die Erwachsenen bauten Zelte auf, aber wir wickelten uns nur in Decken. Manchmal erzählten wir leise Geistergeschichten oder schmutzige Witze, aber so gegen elf Uhr verstummten wir und lagen einfach auf dem Rücken und blickten in den Nachthimmel. Die Sterne waren so schön, daß sie uns Schweigen geboten.

Ich muß so ungefähr zehn Jahre alt gewesen sein, als ich begann, ein bis zwei Nächte pro Woche aus dem Haus zu schleichen, um auch nach dem Sommer am Strand zu schlafen. Ich tat es das ganze Jahr über, außer in den Wintermonaten. Sowie das Haus dunkel war, huschte ich auf Zehenspitzen die Hintertreppe hinunter, grapschte die Deckenrolle, die ich im Werkzeugschuppen aufbewahrte, und raste mit meinem Fahrrad über die pechschwarze Straße.

Ich weiß nicht, warum ich rausmußte. Klar, selbst zu der Zeit waren mein Bruder und ich nicht gerade unzertrennlich, aber unsere Beziehung war eher von gegenseitiger Langeweile bestimmt als von Feindschaft. Schlimmstenfalls war Easton nur ein nervtötender Snob, der mich anflehte, den Toilettendeckel zu schließen und den Sitz herunterzuklappen, als ob nur das die Vanderbilts davon abhielt, ihm eine Einladung zum Tee zu schicken.

Meine Mutter? Eine Dame. Sie schlug mich nicht und schrie mich nicht an. Sie mochte mich einfach nicht. Ich war das Spiegelbild des betrunkenen Farmers, der sie gefickt und verlassen hatte. Auch hatte ich wohl viele Eigenschaften meines Vaters geerbt, und durch die Reaktionen meiner Mutter fühlte ich mich immer wie der letzte Dreck.

Ich weiß. Sie hatte es nicht leicht. Die Farm war weg und mein Alter auch. Es war nie genug Geld da, mich und Easton satt zu kriegen, uns zu kleiden und noch viel weniger für das gesellschaftliche Leben, das meine Mutter so gern geführt hätte. Also nahm sie einen Job bei Saks in Southampton an. Sie verkaufte teure Kleider an betuchte Frauen. Und wenn sie nicht durch ihren Job mit ihnen umging, dann brachte sie sich beinahe um, um bei ihren Wohltätigkeitsaktivitäten mitmachen zu können. Um in ihrer Gesellschaft zu sein, tat meine Mutter alles: Klappstühle in der Mittagshitze aufstellen, Briefumschläge lecken.

Ich weiß nicht, woher meine Mutter ihre Besessenheit für die Oberschicht hatte. Sicher, ihre Familie war alteingesessen in Sag Harbour, und wenn man ihr zuhörte, sah man die Familienporträts von Kapitänen der Walfangflotte förmlich vor sich. Aber es gab keine Porträts. Ich war nach Sag Harbour geradelt und hatte in der Bibliothek herausgekriegt, daß überhaupt kein Grund zum Ahnenkult bestand. Vielleicht waren frühere Eastons zur See gefahren, aber wohl als einfache Matrosen – Kerle mit O-Beinen und schwarzen Zahnstummeln. Mein Großvater mütterlicherseits, der vor meiner Geburt gestorben war, hatte Fahrkarten für die Sag Harbour–New London–Connecticut–Fähre verkauft.

Doch trotz aller gegenteiligen Beweise war meine Mutter überzeugt, eine Dame von Stand zu sein. Sie kümmerte sich keinen Deut um die Lokal-Elite der South Fork – Frauen von Ärzten, Rechtsanwälten, reichen Farmern. Vielleicht, weil die alle wußten, wer sie war oder nicht war. Nein, sie lebte für ›Memorial Day‹, wenn *ihre* Freunde die Sommerhäuser öffneten. Selbst als wir noch Kinder waren, sprach sie beim Abendbrot über ihre New Yorker »Freunde« – Leute mit Format.

Natürlich waren diese ihre Freundinnen einfach nur Kundinnen – Sommerfrauen, die Häuser wie das von Sy mieteten. Sie erzählte wieder und wieder von Mrs. Oliver Sacketts handbestickten Leibchen aus England oder den 31 Kleidern, die Mrs. Quentin Dahlmaier aus New York bestellt hatte, eins für jede Julinacht.

Meine Mutter fühlte sich jeden Tag ihres Lebens betrogen, weil sie keinen Fahrer (Sag nie ›Chauffeur‹, warnte sie Easton, ›das ist neureich‹), keine Zofe und keinen Zobel hatte. Sie hatte noch nicht mal ein Dach, das nicht leckte.

Und darum verließ ich wohl auch dieses Dach so oft wie möglich. Ich gehörte da nicht hin. Wie mein Alter war ich kein Mensch von Format.

Obwohl ich am Abend vorher einen kurzen Blick auf Lindsay Keefe erhaschen konnte, hatte ich in meinem Unterbewußtsein doch eine überdimensionale Filmgöttin erwartet, ein gewaltiges Monument mit riesigen glänzenden Lippen und kolossalen Beinen, die jeden Mann zerquetschen konnten. Aber die Lindsay, die beim Fenster stand und mit der weißen Gardine spielte, war normal groß, zartknochig und zierlich. Sie sah aus, als sei sie geschaffen worden, Männer groß und wichtig erscheinen zu lassen. Mit diesem Körperbau mußte sie gut zu Sy gepaßt haben – zwei außergewöhnliche Menschen.

Aber Sy war ein gewöhnlich aussehender Mann. Lindsay Keefe sah dagegen ungewöhnlich aus. Kein Wunder, daß sie von griechischen Tragödien in kleinen Provinztheatern über avantgardistische Filme in Europa zu einem amerikanischen Filmstar geworden war. Ihre Züge waren schön, wenn auch nicht perfekt, aber es kam nahe heran. Filmstars haben immer irgendeinen irritierenden Schönheitsfehler – Lindsay hatte ein schwarzes Mal auf dem Hals, wo bei Männern der Adamsapfel ist. Ich konnte meine Augen nicht davon abwenden.

Lindsays Haut war unglaublich blaß, so daß man fast das ganze Gefäßnetz darunter zu sehen glaubte. Ihr Haar war weißblond mit halb goldenen, halb silbernen Schattierungen. Ihre pechschwarzen Augen hielten einen fest. Sie war ganz in Weiß gekleidet. Langer, fließender Rock und eine einfache Schulmädchenbluse.

Auch das Wohnzimmer war ganz in Weiß – ein perfekter Hintergrund.

»Hatte Ihrer Kenntnis nach Mr. Spencer Drohbriefe oder beunruhigende Telefonate erhalten?« fragte Robby Kurz Lindsay.

Er mußte sehr früh aufgestanden sein, um sich für das Verhör vorzubereiten. In der Brusttasche seines braunen Jacketts steckte ein gelbes Tuch, und der Geruch einer doppelten Dosis Haarspray überdeckte den Duft, der von einer großen Schale weißer Rosen auf dem Tisch vor dem Sofa verströmt wurde.

Lindsay atmete scharf aus. Sie versuchte angestrengt, ruhig zu bleiben. »Natürlich gab es keine Drohungen. Was denken Sie denn? Auch keine Telefonate, bei denen jemand in den Hörer keuchte.« Für eine Frau, die unter Schock stand, war sie erstaunlich ruhig. Sie war vollkommen gefaßt und zeigte keine Anzeichen von Hysterie. Von der am Boden zerstörten Künstlerin, die ihr Agent gestern beschrieben hatte, keine Spur.

»Die Wahrheit ist, daß Sy vor nichts und niemandem Angst hatte. Er hatte die Kontrolle über alles und war auf dem Höhepunkt seiner Kräfte – intellektuell, emotional und finanziell...« Sie unterbrach sich eine Sekunde und schien in unseren infantilen, schmutzigen Polizistenhirnen zu lesen. »... Ja, auch sexuell.«

Obwohl ihre Worte grob, brüsk und an der Grenze zur Frechheit waren, saßen Robby und ich doch unbeweglich da, während sie sprach. Ihre Stimme hatte einen tiefen, erotischen Unterton, fast wie ein Summen. Sie konnte über Sys Tod reden, esoterische Gedichte vortragen, das Telefonbuch rezitieren – es machte nichts aus. Man mußte ihr einfach zuhören.

Und neben dem Gesicht und der Stimme war da auch noch der Körper. Sie posierte vor dem Fenster. Mit den offenen Vorhängen war das Licht des Vormittags so stark, daß man sie ganz klar sehen konnte. Alles badete im Licht: ihre Beine, die Linie ihres Slips über dem flachen Bauch, ihre Wespentaille – und sie trug keinen Büstenhalter. Unglaublich: ihre Brüste waren von der makellosen Art, die jeder Schwerkraft zu trotzen scheinen. Und natürlich stand sie etwas seitlich, so daß ihre Brustwarzen ganz genau gegen den Stoff ihrer Bluse abstanden.

»Sy hatte künstlerisch und finanziell Erfolg. Aber keiner in der Branche gratulierte ihm dazu. In dieser Branche wünscht man sich kein Glück. Aber würde ihn jemand ermorden, weil sein letzter Film die Goldene Palme in Cannes gewonnen und zweiundsiebzig Millionen Dollar eingespielt hatte? Aber nicht doch!«

Robby nickte zu allem, was Lindsay sagte. Aber es war ein Amoknicken. Sein Kopf hüpfte dauernd auf und nieder wie bei diesen Puppen, die man an Heckfenstern von Autos sieht.

Ich nickte nicht. Wenn auch fasziniert von Lindsays Stimme, so hatte ich doch noch genug Verstand, um zu bemerken, daß wir nur Worte von ihr bekamen. Sie gab eine kurze, kratzbürstige Privatvorstellung vor zwei ungebildeten Bullen – ohne auch nur das Geringste zu enthüllen.

Außerdem war ich ehrlich perplex über ihre Gleichgültigkeit uns gegenüber. Wir waren ja schließlich nicht wegen eines Strafzettels für falsches Parken gekommen. Von einer Schauspielerin hätte man doch wenigstens ein bißchen Gefühl erwarten können. Sie aber behandelte das Ganze wie ein Routineinterview.

Eine derartige Reaktion war mir noch nie untergekommen. Für die meisten Menschen ist Mord keine normale Angelegenheit, auch nicht der Besuch von zwei Beamten der Mordkommission. Irgendeinen Effekt hatte ich bisher immer erzielt: Respekt, Feindseligkeit, Servilität, Vorsicht, List, Hilfe. Für jemanden, der auch nur entfernt mit einem Mord zu tun hatte, waren Robby und ich Respektspersonen, Symbole des Gesetzes. Nicht für Lindsay. Für sie waren wir Hanswürste in billigen Freizeitjacken.

Sie wandte sich von uns ab und schob die Vorhänge noch weiter auseinander und blickte nach draußen, als ob sie das Licht suchte. Dann drehte sie sich wieder zu uns und ließ ihr Haar über die Schultern fallen: »Möchten Sie noch etwas von mir?« fragte sie. Robby versuchte sich zu beherrschen, kam aber nicht weit. Von ihm ging ein saurer Geruch von nasser Wolle aus; er schwitzte vor Nervosität und Begierde.

»Hat Mr. Spencer vielleicht jemanden aus seiner Vergangenheit erwähnt, der einen Groll gegen ihn hegte?« fragte Robby. Lindsay bog die Arme auf den Rücken und atmete langsam tief ein, wohl um uns zu zeigen, wie schwer es ihr fiel, die Folter des Verhörs zu ertragen. Ihr fester Busen wölbte sich nach vorn. Sie verließ ihren Standort beim Fenster und setzte sich uns gegenüber. »Nein. Ich habe Ihnen alles gesagt. Ich weiß nichts mehr.«

Diese Stimme, sie war wirklich phantastisch. Aber komisch, trotz ihrer durchscheinenden Haut, den herrlichen Titten, dem Haar und den schwarzen Rätselaugen haute mich Lindsay nicht vom Hocker. Klar, sie war nicht schlecht, aber Verachtung hat mich noch nie angemacht. Vielleicht spielte sie auch nur die harte Rolle, um ihre Verletzlichkeit zu verbergen – oder aus Angst, etwas auszuplaudern. Aber vielleicht war sie einfach nur eine freche, hochmütige, egozentrische, kalte, gefühlsgestörte Zicke.

»Nun«, fragte sie. »Noch weitere Fragen?« Robby war nicht völlig mondsüchtig, aber schien für einen Moment vergessen zu haben, daß er für Suffolk County einen Mordfall zu bearbeiten hatte und Ehemann von Silberherzchen war. »Ich glaube, das war's wohl«, sagte er. »Möglich, daß wir im Laufe der Untersuchung noch weitere Fragen haben.«

»Gut«, sagte sie und stand auf. Robby auch, aber nicht ohne mit dem Schienbein gegen den weißen Marmorcouchtisch zu stoßen.

Ich blieb sitzen. »Hat Mr. Spencer je über Treffen mit Kollegen aus seiner Zeit im Fleischgeschäft erzählt?« fragte ich. Lindsay sah mich mit einem Anflug von Neugier an. Ich hatte Robby die Fragen stellen lassen und bisher außer ›Hallo‹ und ›Tut mir leid‹ nichts gesagt. »Setzen Sie sich doch noch eine Minute, Miss Keefe.« Sie tat es und Robby auch. »Das Fleischgeschäft...«, wiederholte ich.

»Nein«, antwortete sie. »Ich bin so gut wie sicher, daß er keine von ihnen sah. Für ihn war das ein anderes Leben.«

»Haben diese Leute vielleicht Geld in den Film gesteckt, Miss Keefe?«

»Ja. Einer oder zwei.«

»Kennen Sie die Namen?«

»Nur einen. Mikey, Michael vermutlich.«

»Kein Nachname?«

»Ich kenne ihn nicht.«

»Haben Sie je gehört, daß sich Mr. Spencer mit diesem Mikey getroffen hat?« Sie schüttelte den Kopf. »Hat er mit ihm telefoniert?«

»Sy machte seine Telefonate meist aus dem Arbeitszimmer.«

»Gut. Aber sind Sie vielleicht einmal zufällig vorbeigekommen und haben ein Gespräch mit diesem Mikey gehört?«

»Ja, einmal. Und ich kam *zufällig* vorbei – kein Lauschen. Sprechen Sie nicht so mit mir, Detective Brady.«

»Ist gut. Was haben Sie beim Vorbeigehen gehört?«

»Sy versicherte diesem Mann, daß alles gutgehen würde.«

»War denn dieser Mikey beunruhigt?«

»Nein, natürlich nicht. Es war nur so ein Schmeichelanruf. Sy war ein Meister darin.«

»Keine Probleme mit *Starry Night*?« fragte ich. Sie schüttelte den Kopf, und eine platinblonde Strähne fiel auf ihre Brust. Ich aber konnte das schwarze Mal auf ihrem Hals nicht aus den Augen lassen; es wirkte wie ein unterentwickeltes drittes Auge. »War Mr. Spencer mit dem Verlauf der Dreharbeiten zufrieden?« fragte ich.

»Ja.«

»Keine Probleme mit dem Regisseur? Den Schauspielern?«

»Nichts Ungewöhnliches.«

»War er zufrieden mit Ihrer Leistung?«

»Natürlich.« Nachdrücklich, entschieden. »Warum fragen Sie?«

»Ich versuche nur, mir einen Überblick zu verschaffen«, sagte ich.

»Lassen Sie uns ehrlich miteinander sein, Detective Brady. Ich weiß nicht, was Sie gehört haben, aber während der Dreharbeiten gibt es immer Gerüchte über den Star. Manchmal ist es mehr als nur Gemeinheit. Ich weiß, daß die Leute mich für ein kaltes Biest halten, aber ich nehme meine Arbeit sehr, sehr ernst. Man sagt vielleicht, daß es meiner Darstellung an etwas fehlt oder daß meine Beziehung zu Sy nur berufliche Gründe hatte. Die Wahrheit ist – ich bin hart. Aber ich bin auch ein verletzliches menschliches Wesen.«

»Dessen bin ich sicher.«

»Und ich liebte Sy sehr.«

»Ich verstehe«, sagte ich.

»Sy gefiel meine Darstellung.« Sie neigte den Kopf einen Augenblick. Dann sah sie mir direkt in die Augen. »Sy liebte mich.«

»Das bezweifele ich nicht«, antwortete ich und dachte an die langen dunklen Haare vom Gästebett.

»Wir wollten heiraten.«

»Was wissen Sie über seine Exfrauen?«

»Nicht viel. Die erste hieß Felice. Er hat sie gleich nach dem College geheiratet. Sie war, so hieß es, furchtbar gescheit, kam aus einer guten Familie mit viel Geld.«

»Was geschah?«

»Ehrlich?«

»Bitte.«

»Sie war ätzend.«

»Hatte er in der letzten Zeit Kontakt zu ihr?«

»Nein. Da bin ich sicher. Sie wurden Ende der sechziger Jahre geschieden. Sie ist wieder verheiratet.«

»Und was ist mit der zweiten Frau?« fragte ich.

»Bonnie. Irgendwo aus dem Westen.«

»Wissen Sie etwas über diese Ehe?« fragte Robby.

»Ein Irrtum.« Lindsay spielte mit ihrer Hand. »Sie schreibt. Eines ihrer Bücher wurde verfilmt, so hat Sy sie getroffen. Ich denke, er hatte sich in eine Idee von frischer, unverdorbener Intelligenz verliebt – für fünf Minuten.«

»Und dann?«

»Die Realität. Sie buk nur kleine Brötchen. Ein Film und das war's. Sie war schon Schnee von gestern, als sie heirateten.«

»Hat er sie wiedergesehen?« fragte Robby.

»Nein. Keinesfalls. Aber sie lebt hier irgendwo. Bei der Scheidung gab er ihr das alte Sommerhaus. Doch vor ein paar Monaten hat er von ihr gehört. Sie schickte ihm ein neues Drehbuch.«

»Wollte er es produzieren?« fragte ich.

»Aber nicht doch!«

Ich mußte schlucken. »Hat er ihr das gesagt?«

»Natürlich. Er sagte mir, er würde es freundlich, aber sehr, sehr bestimmt tun. Warten Sie mal, stimmt ja. Ich hab es vergessen. Sie kam zu den Dreharbeiten nach East Hampton, verfolgte ihn. Es war sehr peinlich. Aber er sagte ihr unmißverständlich: Auf Wiedersehen, geh weg. Behalte deine Drehbücher für dich. Er hatte keine andere Wahl. Dieses Geschäft zieht labile Leute magnetisch an.«

»Aber er kannte sie«, sagte ich. »Sie war seine Exfrau. Hielt er sie für labil? Machte er sich Sorgen?«

»Nein. Soweit ich weiß, hielt er sie für eine Verliererin. Aber hätte Sy ihr auch nur ein bißchen geholfen, wäre er sie nie mehr losgeworden. Sie hätte alles verlangt: liebe mein Drehbuch, liebe mich, mach mich reich und berühmt. Leute wie sie sind unersättlich.«

Kapitel 4

Die Konferenz der Mordkommission bestand aus sechs Polizisten, die um einen Tisch herumsaßen und die Schultern zuckten. Robby hatte noch nicht mit Easton sprechen können, weil er den Fleischmann Mikey aufspüren mußte. Er entpuppte sich als Fat Mikey Lo

Troglio – ein lieber Mensch. Wie die Spiegel-Spencers so hatte auch Mikeys Familie eine der großen Fleischverarbeitungsfabriken besessen, aber er hatte auch Kontakte zu einer anderen Familie, den Gambinos. Er konnte auf eine hübsche Anzahl von Verhaftungen wegen Erpressung und tätlicher Beleidigung zurückblicken, aber man hatte ihm nie etwas nachweisen können.

Ray Carbone berichtete, daß er nur den Namen von Sys erster Frau habe herausfinden können. Sie hieß Felice Vanderventer und wohnte in der Park Avenue. Sonst war er damit beschäftigt gewesen, die Vorgesetzten zu beruhigen und eine Pressemitteilung zu schreiben.

Hugo Schultz, unser Mann bei der Autopsie, erklärte, daß Sy vor seinem Tod in Bestform gewesen sei. Keine Krankheiten. Keine Spuren von Alkohol oder Drogen. Seine letzte Mahlzeit hatte offensichtlich aus Brot und Salat bestanden. Es gab Spuren eines kürzlichen Samenergusses. Wahrscheinlich nach dem Salat. Die erste Kugel, die ins Rückenmark gegangen war, hatte ihn getötet. Die durchs Herz war unnötig gewesen; reine Zielübung, sagte Hugo.

Die anderen beiden Beamten hörten zu und tranken Kaffee. Ich erzählte Bonnies Geschichte über das Drehbuch und dann Lindsays Version und daß mich irgend etwas bei Bonnie störte. Ja, und daß Lindsays Aussage über eine gekonnte Darstellung sowohl von Bonnie als auch von Gregory J. widersprochen worden war.

Mit anderen Worten: Bei der Konferenz kam nicht viel heraus. Da dachte ich an meinen Filmexperten, Jeremy. Germy.

Jeremy Cottman, der bekannteste Filmkritiker im Fernsehen, war mein einziger reicher und berühmter Freund. Es war vielleicht keine sehr enge Verbindung. Um ehrlich zu sein, hatte ich ihn über zwanzig Jahre nicht mehr gesehen.

Jeremy hatte mit seinen reichen, aber unbekannten Eltern jedes Jahr Ferien in Bridgehampton gemacht. Sein Vater war Börsenmakler gewesen und selbst sein bester Kunde. Mr. Cottman spielte unaufhörlich Golf, und seine Haut erinnerte an ein gegrilltes Käsesandwich. Mrs. Cottman, die jeden mit Schätzchen anredete, verbrachte den ganzen Sommer mit einem unter dem Kinn zusammengebundenen Strohhut und einer Schere in der Hand, mit der sie alles beschnitt, das ihr unter die Finger kam. Ihr weißes, viktorianisches Haus überblickte Mecox Bay.

Reiche Kinder wie Jeremy spielten den ganzen Sommer lang: sie schwammen, gingen zu Parties, nahmen Reitstunden. Kinder wie ich arbeiteten. Zuerst säuberte ich Hühnerställe und sortierte Kartoffeln für den Farmer, der unser Land gekauft hatte. Als ich zwölf war, säuberte ich Swimming-pools, und später machte ich den Caddie in einem der Golfclubs.

Aber trotz der Arbeit war der Sommer immer eine verzauberte Zeit gewesen. Es wurde sehr spät dunkel, und nach dem Abendbrot trafen wir Bridgehampton-Kinder uns auf dem Baseballplatz. Nur selten erlaubten wir einem der Ferienkinder mitzuspielen, aber Jeremy schaffte es. Er war nicht nur ein guter Spieler, sondern konnte auch prima bekannte Persönlichkeiten imitieren. Bis zum Alter von ungefähr zwölf waren wir die besten Freunde. Danach trennten sich unsere Wege, und wir sahen uns nur selten. Und wenn wir uns trafen, hatten wir einander nicht mehr viel zu sagen: er war ein Intellektueller, ich ein Junkie, und Baseball spielten wir beide nicht mehr.

Aber ab und an hörte man in der Stadt von Germy. Er arbeitete für Zeitungen in Atlanta, Los Angeles und schrieb lange Filmkritiken für intellektuell angehauchte Zeitschriften.

Und dann eines Nachts im Fernsehen: Germy! Ich erinnere mich gut. Ich lag auf dem Sofa, ziemlich, aber noch nicht ganz betrunken, und spielte mit der Fernbedienung. Und plötzlich war er da, in einem großen Lederdrehsessel, die Beine gekreuzt, und erzählte uns zu Hause in seinem nasalen Akzent, warum ›Jenseits von Afrika‹ ein vollkommen überschätzter Film war. Danach machte er kurze, aber akkurate Imitationen von Robert Redford und Meryl Streep.

Germy hatte es geschafft. Er war berühmt. In den nächsten zwei Jahren wurde seine Sendung immer besser, denn er war nicht nur negativ. Neben den wirklich ätzenden Kritiken und den sarkastischen Imitationen konnte er die Zuschauer wirklich interessieren, ihnen etwas beibringen. Er zeigte Ausschnitte aus Filmen und erklärte, wie bestimmte Aufnahmen zustande kamen, und brachte einem auch die mit dem Film verknüpften Berufe näher. Er kannte auch die Schauspieler und berichtete von internen Querelen während der Dreharbeiten.

Respektloser Germy. Ganz Amerika schaute ihm am Freitagabend zu und las über ihn in *People, Time* und *Newsweek*. Ich erfuhr, daß er die Tochter eines berühmten Regisseurs der vierziger Jahre geheiratet hatte; daß sein Vater am achtzehnten Loch einen Herzanfall erlitten hatte und gestorben war, bevor man ihn ins Krankenhaus bringen konnte; daß er sich nach fünfzehn Jahren hatte scheiden lassen und eine bekannte Broadway-Designerin heiratete; daß seine Mutter gestorben war und er das Haus geerbt hatte. Aber obwohl ich über sein Leben Bescheid wußte, hatten wir uns seit der Baseballzeit nicht wiedergesehen.

Mir war ein bißchen komisch zumute bei dem Gedanken, ihn anzurufen. Unter seiner New Yorker Nummer meldete sich niemand. Ich überlegte: Es war ein wunderschöner sonniger Samstag nachmittag. Vielleicht war Germy nur ein paar Meilen entfernt? Vielleicht studierte er eine Imitation von Clint Eastwood ein. Ich lächelte, als ich in die Einfahrt einbog.

Eine Minute später war er an der Tür, die Hände wie zur Verteidigung gegen den Rahmen gestützt. »Ja?« Kühl – an der Grenze zur absoluten Kälte.

»Erkennst du mich nicht wieder, Germy?« Dann kam die Ach-mein-Gott-ich-kann-es-nicht-glauben-Nummer, gefolgt von dem gegenseitigen fingerbrechenden Handschlag. Es war echt. Wir waren beide ziemlich gerührt, uns wiederzusehen, aber nicht mutig genug, uns auf männliche Art in die Arme zu fallen. »Steve! Komm rein.«

Ich folgte ihm durch die Halle ins Wohnzimmer. Es war wie eine Zeitreise ins Jahr 1959: der blau-weiße Schirmständer gefüllt mit Tennisschlägern, der dunkle, verkratzte Spiegel in seinem Holzrahmen. »Ich kann es nicht glauben«, sagte ich. »Alles ist wie früher. Gleich kommt deine kleine Schwester und spuckt mich an.«

»Stimmt«, sagte Germy mit seiner nasalen Stimme. »Ich hatte vergessen. Sie hat einen ganzen Sommer damit verbracht, dich anzuspucken. Offensichtlich fand sie dich unwiderstehlich.«

»Was macht sie jetzt?«

»Sie ist Rechtsanwältin in einer großen Bank.«

»Spuckt sie immer noch?«

»Nicht beruflich.«

Das Cottman-Haus hatte noch immer diese Atmosphäre reicher Schäbigkeit unserer Kindertage: verblichene Kissenbezüge mit Blumenmuster, abgewetzte Läufer, die auf dem Holzfußboden rutschten, alte Korbsessel. Auf der Terrasse wucherten Blumen in den moosüberzogenen Tontöpfen seiner Mutter, und auch die alten, weißbemalten Eisenstühle waren noch da.

Wie das Haus so hatte sich auch Germy nicht viel verändert. Er war ungefähr so groß wie ich, hatte aber immer noch sein Jungengesicht mit der Knopfnase und den weitgeöffneten Augen. Klar, auf der Stirn waren ein paar Falten, sein braunes Haar war ein bißchen grau, aber er ähnelte mehr einem großen Jungen in den Sachen seines Vaters als einem wirklichen Erwachsenen. Mit einer Geste forderte er mich zum Sitzen auf. »Kann ich dir was anbieten? Einen Kaffee?« Dann erinnerte er sich. »Ein Bier?« Ich schüttelte den Kopf. »Steve! Mein Gott, erzähl mir von dir. Wo wohnst du? Was machst du?«

Germy hatte zuviel Klasse, um einfach zu fragen: ›Was willst du?‹, obwohl er vielleicht in seinem Innersten dachte, ich käme, um ein Almosen zu ergattern oder ein Autogrammbild von Goldie Hawn.

»Ich bin hier in Bridgehampton...«

»Verheiratet, ledig, gesch...« In seinem Enthusiasmus unterbrach er uns beide. »Ich habe letztes Jahr geheiratet.« Er hielt inne, damit ich mich auf die wundervolle Überraschung vorbereiten konnte: »Faith Armstead.«

Ich nickte respektvoll, als ob ich sie kenne. »Glückwunsch.«

»Sie muß heute den ganzen Tag im Theater verbringen. Ist das zu glauben?« Seine zweite Ehe war ein Erfolg. Ich hörte es an dem zufriedenen Ton, mit dem er ihren Namen aussprach. Und er schien stolz, fast ehrfurchtsvoll ihrem Beruf gegenüber. Für ihn schien sie die erste Frau der Weltgeschichte zu sein, die am Samstag arbeiten mußte.

»Und was ist mit dir?« fragte er.

»Ich habe nie geheiratet; nach Vietnam war ich am Ende.«

»Vietnam«, wiederholte Germy.

»Und dann habe ich mich an das Alleinsein gewöhnt. Ich habe meine Freiheit genossen. Aber jetzt habe ich ein tolles Mädchen. Wir werden am Thanksgiving-Wochenende heiraten.«

»Du warst in Vietnam«, sagte er leise. Diese neue, verstehende Reaktion. Nach all den Jahren, in denen man uns als Schlächter asiatischer Babies behandelt hatte, waren wir nun zu nationalen Ehren gekommen. »Warst du mitten im Getümmel?«

»Aber nein. Sie brauchten nur ein paar gute Baseballspieler, und ich habe die ganze Zeit auf dem Platz verbracht. Ich möchte gern mit dir plaudern, aber eigentlich bin ich beruflich hier.« Ich sah, wie sich sein Gesicht etwas verzog, seine runden Wangen einfielen. »Wart's ab, Jeremy. Du glaubst wohl, daß ich dir eine Lebensversicherung verkaufen will?«

»Nun...« Seine Verlegenheit verschwand. »Nein.« Er wurde wieder er selbst. »Du siehst mehr nach Holzfäller aus.«

»Ich bin bei der Suffolk-County-Mordkommission.«

»*Du*...«

»Ja. Hast nicht gedacht, daß ich auf dieser Seite des Gesetzes landen würde, oder?«

»Mordkommission«, sagte er. »Steve, das ist aufregend. Toll.«

»Ja, besonders Verwesung. Wenn ich das nächste Mal eine gute Wasserleiche habe, ruf ich dich an.«

»Macht es dir Spaß?«

»Es stimuliert meinen Intellekt.«

»Sag ehrlich.«

»Ja, ich mag es. Gern sogar. Weißt du jetzt, warum ich hier bin?«

Er brauchte nur den Bruchteil einer Sekunde »Sy Spencer.«

»Ich will von dir Hintergründe, Vordergründe, alles, was du hast. Kanntest du ihn?«

Er drehte den Stuhl, so daß er mir gegenübersaß. »Flüchtig.«

»Du gehörtest nicht zu seinem engeren Kreis?«

»Er war einer dieser mittelalterlichen Workoholics. Ein bißchen altes, viel neues Geld. Schriftsteller, Finanzmänner, Restaurantbesitzer, Modeschöpfer. Und magere geliftete Frauen und ihre fetten Männer.«

»Sy war es nicht.«

»Er war eine Ausnahme.« Germy zögerte. »Und wie war seine Gesundheit?«

»Die Autopsie hat ergeben, daß er in Bestform war. Die Leber eines Achtzehnjährigen. Prostata perfekt. Wenn er nicht mit den Kugeln zusammengetroffen wäre, hätte er hundert Jahre alt werden können. Sieh mal, Germy, ich weiß über seine Organe Bescheid, aber ich muß mehr über *ihn* erfahren. Dazu brauche ich dich. Selbst wenn du nicht sein bester Freund warst, weißt du doch sicher Bescheid über ihn und seine Arbeit.«

»Natürlich.«

»Gut. Was weißt du über *Starry Night*?«

»Klatsch oder Realität?«

»Beides, aber erst die Realität.«

Er nahm seine Brille ab und kaute nachdenklich an einem Bügel. »Gut. Ich habe eines der ersten Exemplare des Drehbuches gelesen. Es ist eine Liebesgeschichte mit Action und Abenteuer über einen charmanten Schurken, der eine reiche Frau des Geldes wegen heiratet. An der Oberfläche ist sie der kühle, intellektuelle Typ. Sie läßt sich aber von seiner Ausstrahlung und seiner Sexualität einfangen. Nun, um die Geschichte etwas abzukürzen: seine Vergangenheit – ein bißchen Kokain-Schmuggel – holt ihn ein, und ein paar Kolumbianer kidnappen seine Frau aus irgendwelchen unerfindlichen Gründen. Am Anfang ist es dem Schurken egal, aber dann wird ihm langsam klar, daß er seine Frau eigentlich sehr liebt. Inzwischen vegetiert sie gefesselt in einem Kellerloch in Bogotá oder auch Brooklyn. Auch sie erkennt, daß er mehr ist als ein charmanter Deckhengst und im Grunde die erste wahre Liebe ihres Lebens. Er sucht sie, sie entflieht, blah, blah, blah... Die Bösen scheinen zu gewinnen. Und zum Schluß leben sie glücklich bis an ihr Lebensende.«

Ich saß eine Minute still da und starrte auf die goldenen Reflexe der Sonne im Wasser. »Würde ein Typ wie ich sechs Dollar ausgeben, um mir das anzusehen?«

»Schwer zu sagen, Steve. Es ist ein Film darüber, wie man über sich hinauswächst, seine Menschlichkeit erkennt. Das Drehbuch enthält einige der besten Dialoge, die ich seit Jahren gelesen habe, wirklich geistreich. Und einige gute, ehrliche Szenen vor dem Kidnapping, wo sie anfangen, sich dem anderen zu enthüllen, dann aber einen Rückzieher machen, als hätten sie das ungeschriebene Gesetz der Oberflächlichkeit von Jet-set-Ehen verletzt. Aber das Thema ist auf keinen Fall Neuland. Soweit ich mich erinnere, ist die Handlung konventionell, aber die Charaktere sind ungewöhnlich gut skizziert.«

Wir saßen kurze Zeit in angenehmem Schweigen. Wenn man jemand von Kind auf kennt, hat man so eine Art telepathische Gabe. Ich konnte fühlen, wie Germy in seinem tiefsten Innern genau wie ich wild darauf war, die Entwicklung der Yankees zu diskutieren.

Aber ich hatte meine Arbeit zu tun und zwang mich, zum Thema zurückzukehren. »Es hört sich so an, als ob du Bedenken wegen des *Starry-Night*-Drehbuches hättest?«

»Nun, es könnte einen aufregenden, interessanten Film abgeben. Aber alles liegt in der Ausführung. Werden die Schauspieler glaubwürdig sein? Wird man eine große Liebe zwischen Lindsay Keefe und Nicholas Monteleone plausibel machen können? Seine Ausstrahlung war immer eher gefühlsmäßig als sexuell. Er ist mehr ein Mann für Männer. Seine besten Filme waren immer über Beziehungen unter Männern – Rodeoreiter, Amazonas-Forscher«, er grinste, »Polizisten. Aber die Frage, ob der Film gut wird, geht über die Hauptdarsteller hinaus. Auch die weniger wichtigen Rollen müssen gut besetzt werden. Wird der Regisseur die Action- und Verfolgungsszenen gut hinkriegen? Aber der Grund, warum Sy keine Studiofinanzierung bekam, ist der, daß man glaubte, für diese Art Film gäbe es nur ein begrenztes Publikum. Für Leute unter fünfundzwanzig ist das nichts, und der Rest ist auch nicht sicher. Selbst wenn Lindsay ihre Brüste wieder einmal entblößt – die Zuschauer haben ihren Körper oft genug gesehen. Im Drehbuch ist die stärkste Erotik verbal, nicht körperlich.« Er lehnte sich zurück und faltete die Hände hinter dem Kopf. »Ist das ausführlich genug?«

»Ja. Und was ist mit dem Geld? Ich hab gehört, daß der Film zwanzig Millionen kosten sollte. Wo kommt soviel Geld her?«

»Private Investoren oder Banken, die an Sy glaubten.«

»Wenn du eine Bank wärst, hättest du ihm vertraut?«

Germy entfaltete seine Hände und kreuzte die Arme vor der Brust. »Ich würde investieren, aber nicht zwanzig Millionen. Das scheint sehr viel für einen Film, der hauptsächlich hier draußen und in Manhattan gedreht wird. Selbst mit großzügigen Dekorationen, Kostümen und einem Regisseur, der für seine vielen Wiederholungsaufnahmen bekannt ist. Aber vom Finanziellen abgesehen waren Sys Filme wirklich gut. Er arbeitete nur mit drehreifen Büchern, stellte einen talentierten Schauspieler über einen großen Namen. Ich habe seine Filme immer bewundert.«

»Bewundert?«

Er überlegte einen Moment. »Sie haben mir nie wirklich gefallen. Ich kann es nicht erklären, aber an jedem von ihm produzierten Film war etwas Selbstzufriedenes. Bin ich nicht sensibel? Provozierend? Intelligenz und Sorgfalt waren immer da, aber irgend etwas störte die Atmosphäre. Ich denke, daß Sys Filme ihm selbst glichen.«

»Was weißt du von ihm? Wie war er?«

»Intelligent. Elegant. Weltmännisch. Nicht aalglatt. Und im Filmgeschäft, wo Umarmen, Küssen und Liebesbezeugungen zur Routine gehören, war er eine Ausnahme, weil er ein Gentleman war.« Germy hielt inne.

»Woran denkst du? Sag es, selbst wenn es unlogisch erscheint.«

»Sy war undefinierbar. Er hat mich an ein Chamäleon erinnert: Geschäftsmann mit Geschäftsleuten, Liebhaber mit Frauen, zäher Verhandlungspartner mit Gewerkschaften und voll von jiddischem Charme mit ein paar alten Reportern. Die paar Male, die wir zusammen gesprochen haben, war er sehr professionell.«

»Welche dieser Persönlichkeiten kam denn dem echten Sy Spencer am nächsten?«

»Keine Ahnung.«

»Was trieb ihn an, Germy? Geld? Sex? Macht?«

»Nun, ihm haben wohl alle drei Spaß gemacht. Aber er schien von nichts wirklich getrieben. Er konnte angenehm sein, sogar charmant. Aber ein wichtiger Teil, der Draht, der menschliche Beziehungen herstellte, schien zu fehlen.«

»Was weißt du über seine Exfrau, Bonnie Spencer?« Germy schüttelte den Kopf, nie gehört. »Sie schrieb das Drehbuch zu einem Film namens *Cowgirl*.«

»Den kenne ich. Es war ein hübscher Film.«

»Wovon handelte er?«

»Die Witwe eines Kleinranchers tritt in die Fußstapfen ihres Mannes. Der Film handelt von ihren Beziehungen zu den Arbeitern, den Nachbarsfrauen. Einige sehr gute Dialoge über ihre Liebe zum Land. Ausgezeichnet gefilmt.«

»Ein wichtiger Film?«

»Nein. Aber ein guter kleinerer.« Wieder nahm er seine Brille ab und kaute. »Sie hieß nicht Spencer, als sie das Drehbuch schrieb, irgendwie anders.«

»Sy heiratete sie, als der Film herauskam. Aber danach wurde keines ihrer Drehbücher mehr verfilmt.« Ich sah Bonnie vor mir in ihren Leggings und dem weiten T-Shirt am Waschbecken. Es war nicht das Bild einer Frau aus der Filmbranche. »Hast du je von ihr gehört?«

»Nein«, sagte er.

»Es sieht aus, als ob er sie fallenließ, als er merkte, daß sie nicht so wichtig war, wie er gedacht hatte.«

»Das wäre typisch. Für die Branche und für Sy.«

»Was ist mit Lindsay Keefe? Ich habe gehört, ihre Darstellung soll nicht sehr gut sein.«

»Damit kommen wir zum Klatsch. Mir ist es auch zu Ohren gekommen, und ich glaube es. Wenn man von ihren Titten absieht, die sie immer zur Schau stellen muß, ist sie eine anspruchsvolle Schauspielerin. Sie hat ihr eigenes Rollenfach: intellektuelle, aktive Charaktere. Doch in *Starry Night* ist das eben anders: sie muß sanft und liebenswert sein. Sie hat das Talent, dies auszudrücken, aber sie spielt aus dem Kopf, nicht aus dem Herzen. Die Rolle ist ein einziger Krampf.«

»Werden die Dreharbeiten wegen Sys Tod aufhören?«

»Spinnst du? Filme machen ist ein Geschäft. Bei einem Schauspieler, einem Regisseur müßten sie ein paar Tage unterbrechen, um Ersatz zu finden. Für einen Produzenten legen sie nicht mal eine Schweigeminute ein.«

»Hast du sonst noch gehört, was so bei den Dreharbeiten passierte?«

»Die üblichen mißgünstigen Anspielungen.«

»Gut. Erzähl.«

»Daß Sy mit Lindsay unzufrieden war und sie sich über ihre Darstellung gestritten haben sollen. Und wenn es vielleicht keine direkte Konfrontation gegeben hat, so merkte man doch, daß etwas nicht stimmte. Jedenfalls konzentrierte sie sich auf den Regisseur, Victor Santana. Machte ihn zu ihrem Verbündeten.«

»Wie bekam sie ihn auf ihre Seite?«

»Ihre Seite? Die Seite hat damit wenig zu tun.«

»Ehrlich? Lindsay hatte was mit Santana?«

»Steve, wenn der Produzent einen Tag lang nicht anwesend ist, wenn der Regisseur und die Hauptdarstellerin eine Drehbuchkonferenz im Wohnwagen des ersteren abhalten, wozu das Scriptgirl nicht eingeladen wird, und wenn sich dann der Wohnwagen auf und ab bewegt... an was denkst du dann?«

»Fröhliches Ficken. Die Frage ist, was dachte Sy? Was wußte er? Und was wollte er mit Lindsay Keefe machen?«

Wir saßen in der Küche und aßen Eis direkt aus der Packung, genau wie früher. Nach der Hälfte tauschten wir die Packungen.

Er erzählte mir, wie der Krebs seine Mutter aufgefressen hatte, welch schreckliche Schmerzen sie erlitten hatte und wie sie dann allem mit einer Überdosis Seconal ein Ende machte. Ich sagte ihm, wie leid es mir täte, daß sie nicht mehr da war, um mich Schätzchen zu nennen.

Er legte seinen Löffel nieder. »Steve, als wir Kinder waren, habe ich mich nie getraut, dich zu fragen... Ging dein Vater einfach weg? Hat deine Mutter die Familie ernährt?«

»Ja. Nach dem Verkauf der Farm hatte er verschiedene Jobs, aber er wurde immer entlassen, weil er betrunken zur Arbeit kam. Nicht angetrunken, d. h. beschwipst, sondern richtig voll. Jedenfalls verschwand er, als ich acht war.«

»Du hast nie wieder von ihm gehört?«

»Nein. Vielleicht lebt er noch irgendwo, aber darauf würde ich nicht wetten.«

Mein Vater war ein fauler, ekelhafter, schmutziger Trinker. Aber in seltenen, halbnüchternen Augenblicken war er auch ein netter Mann gewesen, der mit mir über Sport gesprochen hatte oder für einen Dollar Kaugummi kaufte, damit ich die Baseballbilder haben konnte. Er saß neben Easton, wenn dieser Schiffsmodelle baute, und sagte ›Gute Arbeit‹. Helfen konnte er nicht, seine Hände zitterten zu sehr. Und manchmal sagte er auch so kleine Dinge zu meiner Mutter, an denen man erkennen konnte, daß sie einmal etwas verbunden hatte.

»Du hast mich nie in euer Haus eingeladen«, sagte Germy ruhig. »Du hattest immer eine Ausrede. Die Maler, deine Mutter erwartete Besuch.«

»Wir hatten kein Geld. Ich hätte dir nichts anbieten können. Und alles zerfiel. Du lebtest hier, in dieser Umgebung, und es war nur euer Sommerhaus.«

Wir schwiegen eine Weile. Dann sagte Germy: »Später wurdest du ziemlich wild. Im letzten Sommer vor dem College trankst du viel, zu viel, selbst für einen Rebellen. Ich fing an, mich unwohl zu fühlen in deiner Gegenwart.«

»Ich weiß.«

»Du prahltest damals mit Einbrüchen in der Winterzeit – nur so, aus Spaß.« Er schaute mich an. »Hast du nur angegeben?«

»Nein. Und es war nicht nur ein bißchen Zerstörungswut. Ich war wirklich auf die schiefe Bahn geraten. Ich stahl Farbfernseher, Stereoanlagen. Hab das meiste von dem Zeug verkauft. Ich verpraßte das Geld – Alkohol, Platten. Lederjacke. Außer einmal, da ging ich ins Yankee-Stadion. Hatte einen tollen Platz. Es sollte ein gelungener Tag für mich werden, aber wir verloren. Scheißspiel.«

»Wann war das?«

»Juli 66.«

»Ein Scheißjahr«, sagte Germy. »Wir wurden letzte.«

»Ich erinnere mich. Das erste von vielen Scheißjahren... für mich. Die Yankees wurden besser, ich nicht. Für lange Zeit nicht.« Mit Daumen und Zeigefinger zeigte ich eine Spanne von einigen Millimetern. »Nur um so viel bin ich am Sumpf oder am Verrekken vorbeigeschrammt.«

»Das muß beängstigend sein.«

»Ja, das war es. Und ist es immer noch.«

Kapitel 5

Ich wäre gern zu den Dreharbeiten hinausgefahren, aber nach meiner Unterhaltung mit Germy war es fast Abend. Aber es war Sonnabend und die Dreharbeiten beendet. Also bestellte ich die Filmleute in unser provisorisches Hauptquartier bei der Southampton Polizei.

Man wies mir für meine Verhöre den Raum mit dem Kopierer und der Kaffeemaschine zu und erklärte, daß man mich im Falle eines größeren Kopierbedarfs stören müsse.

Der Raum war nicht schöner und nicht häßlicher als alle anderen kleinen, fensterlosen, neonbeleuchteten, skaibestuhlten Mehrzweckräume in Verwaltungsgebäuden. In der abgestandenen Luft hing der Duft von altem Kaffeesatz und Kopierflüssigkeit. Auf dem Boden lagen Schnipsel von Kaffee- und Zuckertüten sowie eine Art weißer Puder, bei dem es sich wohl um milchlosen Kaffee-Erheller handelte.

Victor Santana, der kurzhaarige, nervöse Regisseur mit dem großen Schnurrbart, der mir gegenübersaß, gehörte nicht in einen solchen Raum. Er schien eher in Dreisternerestaurants, Viersternefilme und Fünfsternehotels zu passen. Der Junge war gut verpackt: weißes Hemd mit dunkelroter Krawatte, hellgraue Hosen und schwarzer Blazer aus einem unbezahlbaren Material.

Santanas Name war spanisch, und seine Hautfarbe war ein intensives Beige, aber sein Akzent schien eher aus der Gegend von Oxford zu kommen. So ganz klappte das aber nicht. Wie seine Koteletten war auch seine Aussprache zu sehr gestutzt. Mein Eindruck war, daß er seine Herkunft nicht verleugnen, aber auch nicht ›Caramba‹ brüllen würde, wenn man ihm den Vorsitz bei der großen Parade am Puerto-Rico-Tag anböte. Er machte einen weltmännischen Eindruck, schien ganz die Art von Typ, mit dem James Bond beim Chemin-de-Fer sitzen könnte – was immer Chemin-de-Fer auch sein mochte. Aber trotz seines höflichen Lächelns und den liebenswürdigen dunklen Augen wußte ich, daß ich es mit ihm schwerhaben würde. Er schien den gleichen Text gelernt zu haben wie Lindsay: *Starry Night* war phantastisch, Lindsay eine wunderbare Schauspielerin, Sy war ein großer Produzent gewesen.

Jeden Konsonanten wie eine Perle abrollen lassend, erklärte Santana: »Ein Film ist ein Gemeinschaftsprodukt. Ich kann gar nicht sagen, was für eine Freude – künstlerisch und persönlich – es war, mit Sy und Lindsay zu arbeiten.«

Also sagte ich: »Mr. Santana, lassen Sie den Scheiß. Wir wissen genau, daß Sie und Lindsay Keefe ein Verhältnis hatten.«

Sein Oberkörper zuckte, als ob ich seinen Stuhl unter Strom gesetzt hätte. »Das ist vollkommen falsch!« erklärte er.

»Wir haben Zeugen.« Natürlich waren es nur Berichte aus zweiter Hand über einen wackelnden Wohnwagen, aber die Sache war den Versuch wert.

»Zeugen? Das kann ich nicht glauben. Zeugen für was?«

»Sie und Mrs. Keefe... in Ihrem Wohnwagen.«

Plötzlich studierte er die Venen auf seiner Hand, als seien sie Straßen zu einem sicheren Ort. Dann merkte ich aber, daß es nicht die Venen waren; er kommunizierte mit seinem Ehering. Santana war Mitte Dreißig und hatte ein paar Erfolge gehabt. Vielleicht versuchte er sich auszurechnen, wieviel ihn jede Bewegung des Wohnwagens kosten würde, wenn seine Ehe zerbrach. »Warum erzählen Sie es mir nicht?« fragte ich.

»Gut«, seufzte er. Innerlich mußte ich lachen: hier war dieser weltmännische Typ, der noch nicht mal so viel Geistesgegenwart hatte zu fragen, wer die Zeugen waren und was sie gesehen hatten. »Ich hab wohl keine andere Wahl«, murmelte er.

Natürlich hatte er eine Wahl, aber plötzlich sah ich, warum es nun leichter werden würde: Santana brannte darauf, es allen zu erzählen. Er rückte seinen gutbekleideten Hintern auf dem Stuhl zurecht und lehnte sich nach vorn. Er konnte es kaum erwarten.

Hinter dem gestelzten Akzent und den teuren Londoner Sachen versteckte sich ein aufgeregter kleiner Junge, der seine Eroberung einfach mit jemandem teilen mußte. »Wir hatten ein Verhältnis«, sagte er in vertraulichem Ton. »Sie müssen verstehen – es ist keine dieser oberflächlichen Beziehungen. Es ist Liebe. Ich möchte nicht, daß Sie denken...«

Da er so darauf aus war, alles zu erzählen, spielte ich den verständnisvollen Kumpel. »Kein Problem, Mr. Santana. Normalerweise ist es Ihre Sache, was Sie tun. Zwei Menschen, die zusammen arbeiten, können sich ineinander verlieben. Das geschieht immer wieder. Nur daß in diesem Fall dem Freund und Verlobten der Dame durch Kopf und Herz geschossen worden ist. Nur darum muß ich einige Fragen stellen.«

»Vielleicht... sollte ich mit einem Anwalt sprechen?«

»Sie können sprechen, mit wem Sie wollen. Eine ganze Anwaltskanzlei engagieren. Sie sind ein intelligenter Mann und kennen Ihre Rechte. Aber warum? Sie haben doch nichts verbrochen, nicht wahr?«

»Natürlich nicht.«

»Also beantworten Sie ein paar Fragen. Jetzt – um mir das Leben zu erleichtern. Oder wenn Sie wollen später mit Ihrem Anwalt.« Ich wollte ihn wirklich nicht in die Falle locken. Aber ich hatte einfach keine Lust zu warten, bis Mitte der darauffolgenden Woche irgendein Rechtsverdreher im blauen Nadelstreifenanzug aus Manhattan ankam, um mir Nachhilfe in Gesetzeskunde zu geben. »Wußte Sy von Ihnen und Lindsay?«

»Nein. Natürlich nicht.«

»Woher wissen Sie das?«

»Ich habe sie gefragt, weil ich etwas nervös war. Aber sie sagte, sie sei sicher.«

»Also alles in Butter zwischen den beiden?«

»Das dachte er.«

»Was soll das heißen?«

»Es soll heißen, daß er nicht wußte, was Lindsay für mich empfand und ich für sie.« Kennen Sie diese Herz-und-Schmerz-Romane, in denen die Augen des Helden glänzen? Nun, Victor Santanas Augen taten genau das. Er glühte im Feuer der Liebe. Man sollte nicht glauben, daß ein Kerl mit einem so teuren Blazer ein solcher Softie ist, aber er war es.

»War Sy mit Lindsays Darstellung zufrieden?« Das war ja nun wohl nicht seine Lieblingsfrage. Sein Glühen ließ nach. Er setzte sich auf, gerade und gespannt. Um sich zu beruhigen, streichelte er seine Krawatte; darauf waren lauter kleine Wappenzeichen, wohl Club-Embleme oder Familienwappen. »Mr. Santana, ich habe schon mit einigen Leuten gesprochen. Ich hab so eine Idee von dem, was vorgeht, also tun Sie mir den Gefallen und halten sich an die Tatsachen. Seien Sie einfach ehrlich. Also, war Sy mit Lindsay zufrieden?«

»Er war nicht begeistert.«

»Objektiv gesehen, wie war sie?«

»Sie war wunderbar. Ich meine es ernst.« Er ließ die Krawatte sein und drehte an seinem Ehering.

»Also irrte sich Sy Spencer?«

»Ja. Auf ganzer Linie.«

»Warum würde ein smarter Produzent wie er denken, daß eine Schauspielerin – in die er noch dazu verliebt ist – seinen Film ruiniert? Besonders wenn dem nicht so ist.«

»Sy wollte Lindsay vollständig unter Kontrolle haben. Wenn sie auch nur das kleinste Anzeichen von Unabhängigkeit zeigte, begann er sie zu kritisieren.«

Santanas Text war ein bißchen anders als der von Lindsay, aber so wie er aufgesagt wurde, war klar, wer ihn geschrieben hatte. »Sy hatte Angst, sie zu verlieren. Also benutzte er ihre Verletzlichkeit. Oberflächlich gesehen scheint Lindsay stark, aber sie ist eine sehr sensible Frau.«

»Was sagte Sy zu Ihnen über ihre Schauspielerei?«

»Er ließ durchblicken, daß er sie kalt fand.« Santana schüttelte den Kopf, als wenn er es nicht begreifen könne – nur war die Geste viel zu überzogen, wie bei einem Schauspieler in einem Stummfilm.

»Was wollte er von Ihnen?«

»Er bat mich, ihr gut zuzureden.«

»Haben Sie versucht, ihr im schauspielerischen Bereich gut zuzureden, mehr Wärme hineinzulegen?«

»Nein. Es war wirklich nicht nötig. Sie machte solche Sachen phantastisch.«

Am liebsten hätte ich gesagt, nun los, Santana, sei mal du selbst. Dein Alter war gewiß Hausmeister irgendwo, und jetzt sitzt du hier mit deinem falschen englischen Akzent. »Die Wärme war da«, erklärte er. »Nicht in den Worten, aber in tausend kleinen Gesten. Die Kamera lügt nicht, wissen Sie.«

»Und Sie sahen diese Wärme in den Mustern?«

»Aber ja.«

»Wer sah es außer Ihnen und Lindsay noch?« Sein Schweigen sagte alles. Also wechselte ich das Thema, bevor er es mir übelnehmen konnte. »Und Ihre Arbeit, war Sy damit zufrieden?«

Santana ließ seinen Ehering los und schaute auf. »Außer der Sache mit Lindsay war er, glaube ich, zufrieden. Wir waren erst in der dritten Woche.«

»Hat er Sie nie darauf angesprochen, wie Sie Lindsay dirigierten?« Schweigen. »Nun los. Warum soll ich mir irgendwelche Geschichten von Dritten anhören, wenn ich die Wahrheit von Ihnen kriegen kann?«

»Er sagte...« Santana schüttelte den Kopf, als könne er das Unaussprechliche nicht artikulieren.

»Was sagte er?«

»Er sagte, wenn Lindsay nicht anfinge, wirkliche Wärme zu zeigen...«

»Würde er was?«

»Würde er mich durch jemanden ersetzen, der...«

»Sagen Sie es!«

»Er war so... so roh. Was sagt man doch über Männer wie Sy:

Man kann den Jungen aus Brooklyn holen, aber nicht Brooklyn aus dem Jungen. Er sagte – ich zitiere –: ›Gib ihr einen Tritt in den Arsch und sieh zu, daß sie wie eine echte Frau spielt.‹«

»Zitat Ende«, sagte ich.

»O ja«, stimmte er zu. »Zitat Ende.«

Ich wußte nicht genau, warum Nicholas Monteleone ein so berühmter Schauspieler war. Nicht, daß er schlecht aussah. Dunkelbraunes Haar, passende Augen. Volle Lippen, die Kritiker wohl sinnlich nannten. Und viel Muskeln für einen schlanken Kerl, selbst an unnötigen Stellen wie an seinen Unterarmen. Wenn er bei uns gearbeitet hätte, wäre er bei den Gutaussehenden an zweiter oder dritter Stelle gelandet. Aber eine Million Dollar pro Film dafür? Ich hatte ein paar seiner Filme gesehen, und er hatte mich nie über Gebühr beeindruckt. Er hatte keine geheimnisvollen Züge. Trotz seiner schläfrigen, schwerlidrigen Augen war er nur Sonne und Licht.

Aber er entsprach seiner Rolle in *Starry Night*: er spielte einen Playboy. Sein volles, fast schulterlanges Haar war an den Seiten zurückgestrichen. Er hatte die Manschetten seines hellrosa Hemdes nur einmal aufgerollt, und aus irgendeinem Grund blieben sie so.

Aber in diesem Kopier-/Kaffeeraum spielte Nick eine andere Rolle – Vergiß, daß ich ein Weltstar bin, sieh mich als wahren Kumpel. Laß uns Freunde sein.

Befristete Freundschaft soll mir recht sein. Er schien zur Zusammenarbeit bereit, und, seien wir ehrlich, es ist doch schmeichelhaft, wenn sich ein Filmstar den Weg zu Ihrem Herzen ergrinsen will. Aber bei all seiner Freundlichkeit schien Nick Monteleone nichts Wichtiges zu wissen. Hatte er Sy ärgerlich gesehen? Nein, nicht daß er wüßte. Und auf diese Art verbrachten wir ganze zwanzig Minuten.

»Ah«, sagte er endlich. »Ich weiß, dies ist eine ernste Sache, und sicher benehme ich mich wie ein egozentrisches Arschloch, aber ich muß einfach fragen: Haben Sie mich vielleicht in *Firing Range* (›Schießplatz‹) gesehen? Ich spielte einen von der Mordkommission.«

»Ja«, antwortete ich. Deswegen war ich nicht ins Kino gegangen, ich hatte den Film im Fernsehen gesehen. Doch das brauchte er nicht zu wissen. »Sie waren sehr gut.« Tatsächlich war so einiges richtig gewesen: die kollegiale Atmosphäre, die Zwanzigstundentage und besonders die Müdigkeit. Aber er hatte ein Schulterhalfter getragen – was fast niemand tut –, und körperlich war er langsam gewesen, beinahe ungelenk.

Und auch jetzt, als ich ihn anschaute, bewegte er sich falsch. Er saß in männlich entspannter Pose zurückgelehnt auf dem Stuhl und wippte und verlor plötzlich das Gleichgewicht, fiel fast nach hinten. Er konnte sich gerade noch retten, gab aber seine Niederlage nicht zu, sondern stellte den Stuhl wieder auf vier Beine. Nein, einige Augenblicke lang tanzten seine Füße einen hysterischen Boogie, um wieder die Balance zu erlangen. Seine teuren Muskeln konnte man vergessen: Nick hatte die körperliche Koordination einer mechanischen Aufziehpuppe. Als Kind hatten die anderen bestimmt ›nicht Monteleone‹ gemurmelt, wenn sie ihre Mannschaften auswählten.

»Habe ich Ihnen meine Rolle nahegebracht?« fragte er. »Ich meine, war ich glaubwürdig?«

»Klar.«

Mir fiel jedoch wieder ein, daß ich den Kopf geschüttelt hatte, darüber, daß ein weißer Lieutenant von der Mordkommission in Chicago im schwarzen New Yorker Jargon sprechen mußte.

»Sie denken bestimmt, daß ich auch so ein eitler Schauspieler bin, und haben wohl recht – aber ich bin wirklich neugierig: Glauben Sie, daß Sie mit mir hätten arbeiten können?«

Ich bemerkte plötzlich, daß er von mir bedingungslos akzeptiert werden wollte. Also rief ich aus: »Wissen Sie, es war wirklich verrückt. Sie waren tatsächlich einer von uns! Im Hauptquartier hätte Ihr Schreibtisch neben dem meinen gestanden.«

Nicholas entspannte sich. Er ließ die Macho-Stuhl-Nummer. Er streckte seine Beine aus. Er trug Schuhe, die aus vielen kleinen Lederstreifen bestanden.

»Erzählen Sie mir von den Mustern«, fragte ich. »Was ist das eigentlich? Die Aufnahmen des ganzen Tages?«

»Der Film muß entwickelt werden, also sind es die Aufnahmen vom Vortag. Alle gedrehten Einstellungen. Der Regisseur und der Redakteur sitzen hinten und reden – flüstern – darüber, was gut ist und was nicht und welche Licht- und Farbkorrekturen man noch machen müßte.«

»Wer sieht sie noch an?«

»Die Schauspieler. Manchmal. Ich persönlich bin meiner Arbeit gegenüber ausgesprochen kritisch und seh auch gern, was die anderen machen. Verstehen Sie? Ich muß wissen, wie ich ausgeleuchtet bin, wie mein Kostüm ist, mein Make-up usw.«

»Hat sich Lindsay die Muster angesehen?«

Nicholas preßte seine vollen Lippen zusammen. »Nein. Sie ging immer nach den Dreharbeiten zu Sy, um dort in seinem Pool zu schwimmen. Gut für die Brustmuskeln.«

»Wie kommt es denn, daß sie sich nicht sehen wollte? Sie soll doch intelligent sein. Ist sie ihrer Arbeit gegenüber weniger kritisch als Sie?«

»Wollen Sie die Wahrheit wissen, die reine Wahrheit? Lindsay leidet an krankhafter Selbstüberschätzung.« Das von einem Mann, der jeden Abend hinging, um sich sein Make-up anzusehen! »Sie ist fest davon überzeugt, daß sie ihre Leistung steuern kann, während sie spielt. Also warum sich ansehen? Außerdem«, Nicholas schüttelte entmutigt den Kopf, »braucht sie, wenn sie wissen will, wie sie gespielt hat, nur nach jeder Aufnahme in die spanischen Augen zu sehen. Sie verstehen, was ich meine.«

»Hatte sie wirklich was mit Santana?«

»Hatte sie? Sie führte ihn an der Leine. Komm, Victor, sei ein guter Junge... Eine Tragödie für den Rest der Besetzung. In der ersten Woche war Victor wirklich gut, voller Ideen, energisch –

einfach toll zum Arbeiten. Und er ließ Lindsay auch nichts durchgehen, denn vom ersten Tag an hatte er die Pistole im Genick. Sy war mit Mrs. Keefes Arbeit nicht zufrieden. Lindsay ist wie sie ist und merkte natürlich sofort, daß sich das Kräfteverhältnis zu ihren Ungunsten verändert hatte. Sie brauchte einen Partner. Also nutzte sie Victors Schwäche aus. Lindsay versteht es, schwache Punkte herauszufinden.«

»Und welcher ist Santanas?«

»Oh... daß er im Filmland leben darf. Victor Santana ist ein guter Filmemacher gewesen und wurde dann Regisseur. Seine zwei ersten Filme sind ganz gut angekommen. Aber unter seiner intellektuellen Verkleidung ist er noch immer ein erstaunter kleiner Junge, der East Harlem noch nicht verdaut hat. Und dann Lindsay – vom klassischen Theater zum Glitzerstar mit Nickelbrille. Die Salonkommunistin, die Nymphomanin. Die einzigen, die bei ihr ankommen, sind Oberlinke oder die wirklich Reichen. Also denkt sich Victor: Diese Frau schläft mit den bekanntesten Männern der Welt – lettischen Schriftstellern, Fidel Castros Verteidigungsminister, Sy Spencer –, wenn also diese Frau mit mir ins Bett gehen will, dann muß ich wohl der MANN unter den Männern sein.«

»Wie kam sie an Sy? Was war seine Schwäche?«

»O das war leicht. Sy war das Abbild eines intellektuellen Snobs. Und wenn Lindsay auch in jedem ihrer Filme mit den Titten wackelt, so hält man sie doch für eine ernstzunehmende Schauspielerin. Sie bekommt phantastische Kritiken in den richtigen Zeitschriften – die mit den französischen Namen und dem billigen Papier und auch in den anderen. Außerdem wußte sie über Nicaragua Bescheid, bevor die anderen auch nur entdeckten, daß es existierte. Ich würde wetten, daß diese Frau jeden Sandinisten im Bett hatte, der mehr als einfacher Soldat war. Und außerdem ist sie eine wirkliche Schönheit. Dann das naturblonde Haar...«

»Wirklich? Das Haar ist echt?«

»Aus informierten Kreisen wurde mir berichtet, daß die Wurzeln mit dem Rest übereinstimmen.«

»Na so was?« Dann fügte ich hinzu: »Zurück zu den Mustern. War Sy jedesmal dabei?«

»Das mußte er. Erstens war er wirklich interessiert, und zweitens konnte er so seine Investitionen steuern.«

»Hat er sich je unzufrieden geäußert?«

»Nein. Wissen Sie, das hängt ganz vom Regisseur ab, aber meistens kommen außer den Interessierten auch andere zu den Mustervorführungen, wie etwa der Bildregisseur, der Autor, Kameraleute, Tontechniker, Regieassistenten, Produktionsassistenten, Maskenbildner, Dekorateure – alle künstlerischen Mitarbeiter. Meistens sitzen ungefähr fünfzehn Leute herum, kauen Kaugummi und schauen zu. Also Sy, der stolz war auf sein Savoir-Faire, hätte nie vor ihnen allen über Lindsay gemeckert.« Die Haut um Nicks Augen herum glänzte, und er glich einem Waschbären. Erst hielt ich es für einen Lichteffekt, aber dann sah ich, daß es Gesichtscreme war.

»Woher wußten Sie also, daß er mit ihr nicht zufrieden war?«

»Nun, ungefähr vor einer Woche haben wir sehr lange gedreht, und fast niemand kam zu den Mustervorführungen. Man zeigte eine Szene, in der ich sie während eines sintflutartigen Regenfalles wie Dreck behandele und weggehe. Lindsay rennt mir nach. Die meisten, darunter auch Santana, waren ausgelaugt und gingen sofort nach dem Ende der Vorführung. Ich blieb noch ein bißchen, weil ich etwas mit Sy besprechen wollte. Da hörte ich ihn, wie er vor einigen seiner Leute loslegte. Er hatte sich sehr unter Kontrolle und klang weder laut noch ärgerlich. In der gezeigten Szene wirkte Lindsay ganz wie eine vollbusige Barbie-Puppe. Kein Leben, kein Gefühl. Nun denn, Sy war wirklich cool; er lachte über die Szene und darüber, wieviel es kosten würde, Blitzeffekte einzubauen und ob diese überhaupt benötigt würden. Alle fingen an, über Blitze zu diskutieren. Dann, ganz plötzlich, lachte Sy und sagte, daß das Beste für den Film wohl wäre, wenn der Blitz Lindsay träfe. Dann meinte er: ›Alles nur Spaß‹, aber alle wußten, was gemeint war.«

»Und was war das?«

»Das ist so eine Redensart der Geldgeber. Wenn ihr wirklich etwas passiert wäre, hätten die Versicherungen bezahlen müssen, und man hätte mit einer anderen Schauspielerin neu beginnen können. Sy machte Witze, aber im Grunde hieß es: Vergeßt die Herzen im Gleichtakt, weg mit ihr.« Nicholas machte eine Pause. Er wollte etwas loswerden. Einatmen, ausatmen, einatmen. Endlich spuckte er es aus: »Darf ich Sie Steve nennen?«

Ich bin kein Schauspieler, aber ich holte mein wirksamstes Freund-und-Helfer-Lächeln heraus. »Klar, natürlich.«

Er lächelte ebenfalls. »Und du kannst Nick zu mir sagen. Also Steve, nur unter uns. Wegen Sy und Lindsay. In der letzten Woche kam es mir so vor, als hätte Sy andere Interessen.« Nicholas schob die Augenbrauen zusammen und hob sie dann vielsagend. »Verstehst du, was ich meine?«

»Er hatte jemand anderen?«

»Ich bin mir nicht sicher, aber man merkte, wie Lindsay versuchte, ihn zu umgarnen, er aber darauf nicht ansprach. Als Schauspieler verstehe ich einiges von der Körpersprache, und bei Sy drückte sie aus: ›Laß mich, ich hab Kopfschmerzen.‹«

»Vielleicht grämte er sich nur wegen ihrer Leistung?«

»Kann sein. Aber in den ersten zwei Wochen war er immer um sie herum, fast den ganzen Tag war er bei den Dreharbeiten dabei. Zu der Zeit wußte er schon, daß sie nicht ihr Bestes gab, aber er war so wild auf sie, daß er nicht böse sein konnte. Du hättest ihn sehen sollen – die nackte Begierde. Doch plötzlich fing er an, auf die Uhr zu sehen und früh zu gehen.«

»Hast du darüber irgendwelche Gerüchte gehört?«

»Nein. Das ist meine Theorie.« Nicholas, der Elegante, erhob sich, streckte seine Arme aus und knallte mit den Händen voll gegen die Wand. Er setzte sich wieder und tat so, als ob seine Knöchel nicht weh täten. »Kann ich dir wirklich trauen, Steve?«

»Aber ja doch.« Ich lehnte mich vor und gab ihm einen leichten, freundschaftlichen Klaps. »Das weißt du doch.«

»Kennst du Katherine Pourelle?«

»Die Schauspielerin? Klar.«

»Dies ist eine rein private Information. Ich hatte mal was mit ihr, als wir beide noch Anfänger waren. Sie war damals noch mit ihrem Agenten verheiratet. Nun, wir hatten die heiße Affäre – große Liebe, dramatische Trennung, glühender Haß. Letzten Winter trafen wir uns zufällig beim Skilaufen. Sie hat inzwischen einen neuen Ehemann – Grundstücksmakler. Wir sprachen uns aus und wurden, das kann man sagen, Freunde.« Ich nahm an, er wollte mir damit bedeuten, daß er mit ihr ins Bett ging, während der Ehemann die Pisten heruntersauste, und lächelte wissend. »Nun, sie rief mich Dienstag abend aus Los Angeles an und wollte wissen, wie der Film liefe. Zuerst dachte ich, sie hätte gehört, wie schlecht Lindsay war und wollte klatschen. Kat haßt Lindsay und liebt Klatsch. Sie haben einmal ein Stück zusammen gespielt, und jeder, der einmal mit Lindsay gearbeitet hat, verabscheut sie. Also sprachen wir über Lindsay und Santana und daß er ihr erster nichtkommunistischer Südamerikaner ist. Wir unterhielten uns sehr ausführlich über sie, aber etwas blieb ungesagt. Ich konnte es einfach fühlen, denn schließlich ist Sensibilität ja Teil meines Berufes.«

»Richtig«, sagte ich ermutigend.

»Also sagte ich zu ihr: ›Los, Kat, sag mir, was du weißt.‹ Sie läßt mich schwören, es niemandem zu erzählen: Sy hatte sie am Vormittag angerufen!«

»Und?«

»Er hat sie gebeten, sich das Drehbuch von *Starry Night* anzusehen. Top Secret. Verstehst du, was ich meine?«

»Sie sollte sich Lindsays Rolle anschauen?«

»Ganz genau!« jauchzte Nicholas. »Ich glaube, Sy spürte die Zwanzigmillionendollar-Katastrophe kommen, und ich glaube, daß er eine mit noch blonderen Haaren oder noch größeren Titten gefunden hatte. Lindsay hatte keine Macht mehr über ihn. Weißt du, Steve, mir scheint, daß Sy Lindsay abservieren wollte.«

Eigentlich hatte Lynne mit mir gar keinen so schlechten Fang gemacht: Ich wollte, was sie wollte. Liebe, Beisammensein, eine Familie; und ich akzeptierte selbst ihre hochnäsige Sippschaft. Aber andererseits akzeptierte sie auch den ganzen Rest von mir: ehemaliger Alkoholiker (ganz zu schweigen von den anderen Drogen), ehemaliger Weiberheld, nicht mehr ganz jung, Streß-Läufer, Workaholic. Sie nahm mich, wie ich war und ohne zu fragen.

War sie perfekt? Nein. Sie konnte einem mit ihrer Ordnungsliebe auf die Nerven gehen. Jeden Abend inspizierte sie, ob ihre Bleistifte auch für den nächsten Tag gespitzt waren. Für Lynne bestand Spontaneität darin, nachts nackt zu schwimmen – aber erst nach den Vorbereitungen für den nächsten Schultag und vor den Dreiundzwanziguhrnachrichten. Aber obwohl ich sie damit aufzog, gab mir diese Eigenschaft doch eine gewisse Sicherheit. Ich brauchte dieses geordnete Leben mit perfekt angespitzten Bleistiften. Ihre Unvollkommenheiten wurden zu Tugenden.

Warum also war ich nicht mehr so glücklich? Warum konnte ich Lynne nicht so akzeptieren wie sie mich – ohne Vorbehalte? Warum konnte ich mir nicht sagen: Klar, sie ist ein bißchen zu ernsthaft, aber was macht das schon aus bei diesen Beinen und diesen Haaren. Warum verplemperte ich meine Zeit damit nachzugrübeln, daß ich nicht hundert Prozent glücklich war? Waren neunundneunzig Prozent nicht genug? Sie hatte viele, viele gute Eigenschaften, warum mußte ich mich auf die versteifen, die ihr fehlten? Warum zum Teufel sollte es auch noch lustig sein?

Es war nicht so, daß Lynne keinen Humor hatte. Sie hatte. Aber für den Humor der anderen. Sie lächelte, wenn immer ich etwas leicht Geistreiches von mir gab. Sie lachte über Filme von Woody Allen und Eddie Murphy, über die Pfarrerwitze meines Kollegen Marty McCormack (bei denen der Kirchenmann natürlich immer das letzte Wort hatte) und über jeden Versuch der Kinder von Holy Spirit Academy, lustig zu sein.

Es war auch nicht so, daß Lynne selbst nie etwas Komisches sagte – es fehlte ihr einfach die Spontaneität und Lebendigkeit.

Aber ich konnte das Gefühl nicht verdrängen, das mich auf der Decke in meinem Hintergarten überkommen hatte. Es war mehr als Enttäuschung und weniger als Furcht. Ich wußte wirklich nicht, was es war. Aber hier war ich, machte eine kleine Telefonpause mit den Füßen auf dem Kopierapparat und fragte Lynne gemeinerweise: »Wen findest du sexyer, mich oder Nicholas?«

Und als sie wie erwartet ›Dich‹ geantwortet hatte, schämte ich mich, weil ich eine Sekunde lang gehofft hatte, sie würde sagen: »Was glaubst du denn? Nicholas Monteleone natürlich!«

»Ist er nett?« fragte sie.

»Ja. Freundlich und ein guter Redner für jemanden, der sein Geld damit verdient, die Texte anderer Leute zu sprechen. Es tat mir richtig leid, als ich mit dem Verhör durch war. Aber er ist so gut, daß man sich fragt, ob es echt ist oder nur Spiel.« Ich schaute auf die Uhr – es war nach fünf. »Sag, hattest du dich auf ein tolles Essen eingestellt?«

»Nein, aber du, wenn ich mich nicht irre.«

»Nun ja...«

»Laß nur. Ich kenne dich. Ich kenne dich so gut, daß ich mir gleich ein Tiefkühlabendessen warm machen werde, und gegen zehn kommst du vielleicht vorbei, um hallo zu sagen.«

»Ich bin eben ein sehr freundlicher Mensch.«

»Ach ja? Du wirst nicht zu freundlich sein können. Meine Mitbewohnerinnen sind heute abend hier.«

»Scheiße. Gut, wenn ich gegen zehn, halb elf hier fertig bin, hol ich dich ab und wir gehen zu mir.«

Gerade als Lynne sagte, »Okay, aber nicht zu spät, denn ich habe noch einen ganzen Stapel von Klassenarbeiten durchzusehen«, erschien ein Dorfpolizist mit einem Überraschungsgast an der Tür: Gregory J. Canfield.

Gregory starrte mit offenem Mund auf das Zimmer und mich mit den Füßen auf dem Kopierer. Vielleicht wollte er sich dieses Bild für die Abschlußprüfung an der Filmhochschule einprägen. Jetzt – ohne Leiche in der Nähe – war er ganz Filmmann.

Ich sagte ›Bis später‹ zu Lynne und ›Danke‹ zu dem Polizisten, setzte mich wieder hin und bat Gregory, das gleiche zu tun. Aber kaum hatte er den Raum betreten, blieb er stehen. Man konnte förmlich sehen, wie sich sein Geist auf eine Nahaufnahme der Pinnwand konzentrierte, auf dem eine leicht vergilbte Suchliste des FBI, handgeschriebene Zettel, auf denen Dobermannwelpen, ein 280 ZX Datsun Bj. 81 und ein Winchester-Gewehr angeboten wurden, hingen.

»Gut, Gregory. Jetzt wissen Sie, was untere Mittelklasse bedeutet. Bitte setzen.« Er tat es. »Sie sind gekommen, um zu helfen, nicht wahr?«

Er nickte. Heute sah er weniger abscheulich aus als gestern, hauptsächlich darum, weil er statt ausgebeulter Shorts ausgebeulte Hosen trug und mir so den Anblick seiner skelettartigen weißen Beine ersparte. »Mir ist eingefallen, was ich gestern abend vergessen habe.«

»Prima«, antwortete ich. Ich wartete. Er starrte auf meinen Holster am Gürtel. »Also, was ist Ihnen eingefallen?«

»Nun, Sie fragten mich, ob Sy Spencer Drohungen erhalten hätte.«

»Und?«

»Ich weiß nicht, ob man es als Drohung bezeichnen kann. Als echte Drohung.« Gregory zögerte und starrte mich mit demselben Interesse an wie die Pinnwand. Er errötete, drehte sich hin und her, strahlte mich an. Ich war sein wirklich echter Polizist.

»Hören Sie, Gregory, ich möchte, daß Sie mir alles erzählen, auch wenn es nur ein schiefer Blick ist.«

»Wußten Sie, daß Sy eine Exfrau hatte, die in Bridgehampton lebt?«

Mein Herz machte einen Sprung. Ich setzte mich auf – hellwach. Verdammt, ich hatte mich nicht geirrt. Da war was mit ihr. »Bonnie Spencer«, sagte ich. Sein Gesicht fiel zusammen. »Wenn ich bis jetzt nicht gewußt hätte, daß Sys Exfrau hier wohnt, wäre ich wohl ein schlechter Polizist!« Gregory schien zu überlegen, ob er deprimiert sein sollte oder nicht. »Nun bitte. Sie sind mein Schlüsselmann in dieser Affäre. Ich hab doch nur den Namen gesagt. Aber nun müssen Sie mir erzählen, was Sie wissen.«

»Nun, Sy heiratete sie am Anfang seiner Karriere als Produzent. Sie hatte ein Szenario geschrieben – das ist ein anderes Wort für Drehbuch. Das sagt man mehr in England. Jedenfalls hat sie Ende der siebziger Jahre einen Film namens *Cowgirl* gedreht. Ein unwichtiges Machwerk. Sie zeichnete mit Bonnie Bernstein.«

Dieses große Utah-Mädchen sah mir nicht nach Bernstein aus. »War sie vorher schon verheiratet gewesen?« fragte ich.

»Ich weiß nicht.«

»Also weiter.«

Komisch, als er weitersprach, bemerkte ich, daß Bonnie mir seit heute morgen nicht aus dem Kopf gegangen war. Ich konnte sie einfach nicht abschütteln. In meiner Phantasie erschien sie mir in irgendeinem ärmellosen Ding, Kleid oder Oberteil, das ihre breiten Schultern teilweise freiließ. Ich sah ihre Arme und Schultern, stark, weich, goldfarben. Eine unglaublich seidige Haut. Es war ein aufregendes Bild, das mit der wahren Bonnie in ihrem zu großen T-Shirt überhaupt nichts zu tun hatte.

»Die Ehe zerbrach«, fuhr Gregory fort, »und sie war dann auch als Autorin nicht mehr gefragt.«

»Wie kam das?«

»Ich weiß es nicht.«

Vielleicht, dachte ich, erinnerte mich Bonnie Spencer an ein anderes großes, bezauberndes Mädchen aus meiner Vergangenheit. Das wäre möglich. Aber ich wohnte nur vier Meilen von ihr entfernt und hatte möglicherweise an einem Sommerabend einen Blick von ihr erhascht oder sie während meiner Kneipentage getroffen. Wie sollte ich das wissen? Während der jahrelangen Trinkerei – besonders am Ende – gab es schwarze Löcher in meinem Gedächtnis. Wir hätten uns in einer Bar treffen und die ganze Nacht über diskutieren können, ohne daß dies den leisesten Schimmer einer Erinnerung hinterlassen hätte.

Gregory sprach weiter. »Nach dem, was ich gehört habe, ist diese Bonnie wohl eine ziemliche Niete. Die Ehe mit Sy ist wohl das einzige, was für sie spricht. Und ich hätte bestimmt nie von ihr erfahren, wenn sie nicht zu den Dreharbeiten gekommen wäre.«

Richtig. Bonnie hatte erwähnt, daß sie Sy dort besucht hatte. »Was ist passiert?«

Gregory rieb seine Handflächen, als wolle er sie für ein inbrünstiges Gebet aufwärmen. »Einer der anderen Produktionsassistenten kam angelaufen und sagte, Sys Exfrau sei da und er wisse nicht, was er tun solle. Aber er konnte nichts tun, denn sie war gleich hinter ihm. Sie war ihm einfach gefolgt. Als Frau ist sie ziemlich nichtssagend, aber sie hat wohl einiges von Sy gelernt, denn bevor ich ein Wort sagen konnte, ging sie an mir vorbei und klopfte an die Tür des Wohnwagens. Ich sagte: ›Verzeihen Sie, Miss, der Wohnwagen ist privat. Bitte warten Sie da drüben.‹ Da öffnete Sy aber schon die Tür. Er schaute sie kurz an und sein Gesicht...«

»Sagen Sie schon.«

»Purpurrot, wirklich. Sie sagte so was wie ›Hallo, Sy‹, als hätte sie einen herzlichen Empfang erwartet, der natürlich nicht kam.« Gregory zog seine eingefallenen Wangen ein und schien auf Applaus zu warten.

Der blieb aus. »Gregory, Sie kamen, um mir von einer Drohung zu erzählen.«

»Richtig. Ja also, Sy sagte mit einem vernichtenden Blick: ›Das hier ist keine Bonnie-Bernstein-Produktion. Du kannst ja die Gepflogenheiten. Zu den Aufnahmen kommt nur, wer eingeladen ist.‹ Und, glauben Sie mir, er sagte es nicht gerade leise, man konnte ihn gut hören.«

Scheiße, ich wußte ja, daß mit Bonnie was nicht stimmte, aber es war mir peinlich für sie. »Wie reagierte sie?« fragte ich.

»Sie schien wie vom Blitz getroffen. Irgendwie hatte sie wohl erwartet, mit offenen Armen aufgenommen zu werden und nun...«

Ich unterbrach ihn: »Die Drohung, Gregory!«

»Richtig. Sie stand einen Moment wie gelähmt da. Man kann es verstehen – diese Erniedrigung. Ich dachte schon, sie würde weinen. Aber das tat sie nicht. Nein. Ganz leise, wirklich ganz leise, so daß ich wohl der einzige war, der es hören konnte, sagte sie: ›Sy, das ist das letzte Mal, daß du dich wie ein räudiger Bastard benimmst.‹ Das hat sie gesagt. Wenige Tage vor dem Mord. Und dann drehte sie sich um und ging weg.«

Kapitel 6

Was für ein Tag! Was verbargen Lindsays Eiskruste und der Zukkerguß von Nicholas Monteleone? Es betrübte mich, meinen Bruder traurig zu sehen. Würde er auch diese Arbeit verlieren? Und dann Germy, meine Vergangenheit. Lynne.

Und Bonnie Spencer. Sie hatte mich am meisten beeindruckt. Seit dem Morgen bemühte ich mich, die Erinnerung an sie abzuschütteln, die Erinnerung an die begehrenswerte, bloßarmige Bonnie meiner Phantasie und die Erinnerung an die Richtige, groß und unattraktiv. Okay, sie hatte phantastische Schenkel, aber ich wollte sie aus meinem Kopf haben und sie ging nicht.

Nachdem Gregory gegangen war – nicht ohne vor ungefähr zehn Leuten im Aufenthaltsraum erklärt zu haben, daß ich eine ›herrliche Kombination‹ aus Humphrey Bogart und David Carradine sei –, nahm ich das Telefon, um Marty McCormack zu Hause anzurufen. Ich wollte ihn informieren und ihn fragen, ob er es gut fände, wenn ich Bonnie zum Verhör bestellte. Nur um ihr ein bißchen angst zu machen. Aber im Grunde wollte ich nur mit einem Freund reden.

Doch dann plötzlich kam das Gefühl. Es ist schwer zu beschreiben, aber jeder Alkoholiker kennt es: ein leichtes Zusammenziehen der Kehle, Herzflattern, Erschöpfung, Gereiztheit. Das alles geschieht in der Zehntelsekunde, bevor das Gehirn meldet: ›Mensch, ich hätte wirklich gern einen Drink‹. Ich legte den Hörer weg und fuhr nach Westhampton Beach.

Wenig später saß ich auf einem braunen Klappstuhl im Keller der Methodistenkirche inmitten des entsetzlichen Zigarettenqualms eines AA-Treffens. Doch ich konnte mich nicht konzentrieren. Statt dessen fiel ich zurück in meinen Traum von Bonnie – noch einmal erlebte ich unser Treffen vom Morgen und verschönerte es. Wieder war ich in ihrer Küche und ging auf sie zu. Sie stand mit dem Rücken zum Waschbecken, und diesmal berührte ich sie. Ich küßte sie, und mit einem Seufzer, der Erlösung und Begehren verriet, schlang sie ihre Arme um mich. Es war wunderbar.

Ich merkte, daß ich schneller atmete und meine Beine sich bewegten, und zwang mich, meine Aufmerksamkeit nach vorn zu richten.

Der Rauchnebel ließ den dick mit Lippenstift bemalten Mund der Sprecherin sanfter erscheinen. Auf ihrem Gesicht sah man Schminkflecken, und ihr dunkelbrauner Lidschatten zog sich bis zu den Augenbrauen hoch. Obwohl sie ein hartes Gesicht hatte, klang sie nicht so. Sie hatte diese hohe, dümmliche Kleinmädchenstimme und konnte kaum älter sein als Lynne. »Also dann hab ich immer die Salzlösung für meine Kontaktlinsen ausgegossen und Wodka in die Flaschen getan«, erklärte Jennifer. Wir lachten und applaudierten, der Trick war neu. »Jedenfalls hatte ich drei Flaschen in meinem Schubfach bei der Arbeit. Zwei- oder dreimal am Tag zwinkerte ich wie verrückt und begann, die Augen zu reiben.«

Normalerweise mag ich diese Treffen im Sommer nicht. Kurioserweise waren die AA-Treffen zu einer ausgesprochenen IN-Sache geworden. Heruntergekommene Kirchenkeller waren voll von Yuppies, die Abstiegs-Stories und Visitenkarten austauschten. Trotz aller Warnungen gab es viel Anmache. AA war zu einer neuen Szene in den Hamptons geworden, und Einheimische wie ich fühlten sich wie Hinterwäldler in eigenem Gebiet. Jennifer kicherte. »Dann grapschte ich mir eine Flasche Salzlösung, ging zum Waschraum und goß den Wodka runter. Nach der Arbeit packte ich die leeren Flaschen in meine Handtasche, nahm sie mit nach Hause und füllte sie für den nächsten Tag.« Dieses Treffen war gar nicht so schlecht. Mit den anderen zusammen nickte ich in Erkenntnis von Jennifers Verzweiflung und – trotz ihres offensichtlichen Mangels an Intelligenz – ihrer Erfindungsgabe. Ich dachte: Wie sind wir doch alle gescheit, wenn wir uns selbst betrügen!

Ich streckte die Beine aus, legte einen Fuß über den anderen und zwang mich, zu entspannen, zuzuhören, zu verstehen und zu lernen. Aber gerade, als ich darüber grübelte, warum so viele Alkoholiker diesen fast religiösen Glauben an die Geruchlosigkeit von Wodka haben, kam Bonnie schon wieder dazwischen.

Was verbarg sich unter der Tünche von Aufrichtigkeit und selbstkritischem Humor? Eine Art Psychopathin, die Sy verfolgte, damit er irgendeinen Mist verfilmte oder um ihn wieder verliebt zu machen? Oder einfach nur eine Versagerin ohne jede Begabung, die unter Alkohol- oder Drogeneinfluß zum Drehort gekommen war?

Und was war mit der Drohung, die Gregory gehört hatte? Für einen Polizisten der Mordkommission sind ihre Worte weniger bedeutungsvoll als »Ich krieg dich schon noch« oder »Ich schneid dir die Eier ab«. Als ich sie verhört hatte, war der Besuch bei den Dreharbeiten nur kurz erwähnt worden, und Bonnie hatte den Eindruck vermittelt, daß Sy sie eingeladen hätte.

Und die Geschichte mit dem Besuch in Sys Haus? Warum sollte jemand wie Sy Spencer den Zorn Lindsays riskieren, indem er seine Exfrau einlädt, das Schlafzimmer mit den Einbauschränken und dem übergroßen Bett anzusehen? Warum sollte er Bonnie das alles unter die Nase reiben, als ob er sagen wollte ›Na siehst du, hier ist er gelandet, dein Unterhalt‹. War er ein solch taktloser Fiesling? Aber vielleicht war Bonnie auch dorthin uneingeladen gekommen. Hatte sie es mir einfach nur aus Ehrlichkeit erzählt, oder war sie gesehen worden? Hatte sie Schubladen durchstöbert, etwas mitgenommen? Sie war doch bestimmt clever genug zu wissen, daß wir das ganze Haus nach Fingerabdrücken abgesucht hatten und daher wußten, daß sie da gewesen war.

Verdammte Bonnie! Den ganzen Tag über war sie mir nicht aus dem Kopf gegangen. Sie hatte mir selbst die Begegnung mit Lindsay Keefe vermiest. Davon hatte ich mir wenigstens ein bißchen Aufregung versprochen, und was war passiert? Ich war vollkommen desinteressiert gewesen, weil mir Lindsay mit ihrer Busenschau nach der Frische Bonnies so unnatürlich erschienen war.

Was war bloß los mit mir? Gregory hatte sie schon ganz gut beschrieben – ein unscheinbarer Typ Frau. Keine besonderen Augen, eine normale Nase. Einen Mund, der mir nicht aufgefallen war. Warum also wollte ich sie?

Applaus ertönte. Ich schaute auf. Jennifer lächelte mit lippenstiftverschmierten Zähnen und verließ die Estrade. Willie, der Gruppenleiter und hiesiger Motorradmechaniker, kam nach vorn. Vor Jahren hatte er bei einer Schlägerei seine Zähne verloren, die Prothese war zu groß für ihn, und er lispelte. »Diesch war ein tollesch Treffen«, rief er freudig. »Nun ischt Schlusch. Alle, die esch wollen, können jetscht mit mir beten.«

Rein architektonisch gesehen hätte das Haus meiner Mutter – ein altes Gebäude mit einer wettergebeutelten Zedernverkleidung und einer großen Veranda – anheimelnd, altmodisch oder einladend sein können. Aber das war es nicht. Zu viele Bäume standen zu nah: übermächtige Eichen, dunkler, trauriger Ahorn und grimmige Fichten, deren feuchte Schatten das Haus in ein ungewisses Licht tauchten. Natürlich war es drinnen immer dunkel, vor allem im Wohnzimmer mit seinen ewig feuchten Polstermöbeln. Kein Wunder, daß ich nach Vietnam gegangen und nicht mehr dorthin zurückgekommen war. Aber Easton war nie ausgezogen.

Natürlich kann man denken: Ach ja, achtunddreißig Jahre und noch bei der Mutti... aber so war es gar nicht. Mein Bruder war kein Muttersöhnchen. Klar, mit seinen dunkelblauen Blazern und seiner gebräunten Haut sah er vielleicht wie der Erbe irgendeines Familienvermögens aus, war aber überhaupt nicht verwöhnt. Von meinem Vater hatte er nicht viel gehabt, denn der war ja kurz nach seinem sechsten Geburtstag verschwunden. Meine Mutter zog ihn mir auf jeden Fall vor und gab jeden Cent für ihr gesellschaftliches Vorankommen aus, nicht für das seine. Sie hätte eher hundert Dollar für eine Eintrittskarte zu einem obskuren Wohltätigkeitsball ausgegeben, als ihrem Sohn etwas Gutes zu tun.

Easton hatte die großen Träume meiner Mutter geerbt, aber im Gegensatz zu ihr nicht den Bezug zur Realität verloren. Egal, wieviel Zeit er in den schönen Häusern der Feriengäste verbrachte, wußte er doch immer, daß er nicht zu ihnen gehörte und im Grunde arm war. Außerdem fehlte ihm dieser geheimnisvolle persönliche Magnetismus, der Geld anzieht.

Warum sollte Easton eine Wohnung mieten? Beides setzte ein festes Einkommen voraus und daher die Beibehaltung eines Arbeitsplatzes. Das war nun aber nicht seine Stärke.

Es schien mir, daß die gegenwärtige Lösung sowohl Easton wie auch meiner Mutter gut zupaß kam. Er brauchte keine Miete zu bezahlen, gab nur, wenn er etwas hatte. Und meine Mutter war wohl froh, ihn dazuhaben, um die typischen Männerarbeiten zu erledigen: Rasenmähen, Sturmfenster einsetzen, die Mäusefallen im Keller überprüfen. Sie war nie eine richtige Farmersfrau gewesen, selbst als wir noch eine Farm hatten.

Mit Easton hatte meine Mutter auch ein Publikum für ihre Monologe. Sie konnte am Tisch sitzen, das Essen auf dem Teller hin und her schieben, eine Zigarette anzünden und über das französische Fünftausenddollarkleid reden, das Mrs. Preston Cartwright am Montag nach ihrer großen Party hatte umtauschen wollen. Oder darüber, wie sie die richtigen diplomatischen Schritte unternommen hatte, um zur stellvertretenden Vorsitzenden der jährlichen Cocktail-Party des Southamptoner Heimatmuseums gewählt zu werden.

Nicht, daß sie viel Zeit zusammen verbrachten. Meine Mutter benutzte das Schlafzimmer im ersten Stock, und Easton stand der zweite Stock zur Verfügung. Ich glaube nicht, daß sie sich nach mehr Gesellschaft sehnten. Verglichen mit mir, war Easton der Stolz meiner Mutter, aber verglichen mit dem, was sie von ihm erwartet hatte – Vorstand einer großen Maklerfirma, Partner in einem Anwaltsbüro in der Wall Street –, war er ein Versager.

Aber einer mit Stil.

Robby Kurz atmete tief ein, nachdem wir geklingelt hatten. »Easton Brady«, sagte mein Bruder und schüttelte ihm die Hand.

Robby starrte Easton an. Dann zwinkerte er ein paarmal, als wolle er sich von einer Vision befreien. Wahrscheinlich hatte er sich eine zwei Jahre jüngere Ausgabe von mir vorgestellt, und das stimmte ja auch fast. Aber er sah sich auch in Gegenwart eines Herren in grauen Flanellhosen, hellblauem Hemd und saphirblauem Pullover mit V-Ausschnitt. Das längliche Haar war nach hinten zurückgestrichen, keine Hippiemähne, nicht ungepflegt, aber es schien zu sagen: ›Vergib die Länge, ich komme gerade von den Bermudas‹.

Noch eine halbe Stunde später schoß Robby immer wieder schnelle, ungläubige Blicke von Easton zu mir. Er saß meinem Bruder gegenüber an einem faltbaren Bridge-Tisch in dessen Wohnzimmer – meinem ehemaligen Schlafzimmer. Als Kind hatte Easton diesen Tisch benutzt, um seine Schiffsmodelle zu bauen. Ich saß hinter meinem Bruder auf einer schönen alten Ledercouch, die er wohl auf einer Auktion aufgegabelt hatte.

Mit Ray Carbone war ich so verblieben, daß ich dem Verhör beiwohnen, aber nicht eingreifen sollte. Doch hin und wieder drehte mein Bruder den Kopf und sah mich an, während Robby ihn über das Team ausfragte. Was soll's, ich nickte ihm zu und ließ ihn wissen, daß alles okay war.

»Was genau haben Sie gestern in New York gemacht?« fragte Robby.

»Ich habe mich mit dem Verantwortlichen für die Besetzung getroffen. Sy und Santana wollten einen bestimmten Typ für den kolumbianischen Drogenboß.«

»Meinen Sie damit, daß nicht alle Rollen besetzt sind, selbst jetzt, wo die Dreharbeiten angefangen haben?«

»Das ist richtig.« Eastons Stimme klang gleichgültig, so, als sei er schon zwanzig Jahre und nicht erst ein paar Monate im Filmgeschäft tätig. »Das kommt ziemlich oft vor. Wir wußten, daß wir jederzeit einen der Schauspieler nehmen konnten, die schon vorgesprochen hatten, hofften aber auf jemand Besonderen. Das Problem war, ihn zu finden.« Ich legte meinen Kopf an das kühle Leder der Couch, verschränkte die Arme und betrachtete meinen Bruder. Ich war beeindruckt: keine verschwitzte, übereifrige Rederei wie damals, als er Häuser, Jaguars oder handgestrickte Seemannspullover verkaufte. Easton war ein Filmmann geworden. »Wir hatten fast jeden braunhäutigen Schauspieler über fünfzig in New York und Kalifornien gesehen. Kein Glück, aber wir wollten nicht aufgeben. Wenigstens jetzt noch nicht.« Er schien sich wirklich auszukennen. Plötzlich war ich stolz auf meinen Bruder.

Easton zupfte den V-Ausschnitt seines Pullovers zurecht. »Der Besetzungsverantwortliche wollte Schauspieler in Chicago suchen lassen und die dortige Vertreterin damit betrauen. Aber der Preis war zu hoch. Sy glaubte, es wäre besser, sie persönlich zu treffen, anstatt am Telefon zu verhandeln, doch er hatte keine Zeit. Er wurde am Drehort gebraucht und mußte noch nach Los Angeles; also bat er mich, ihn zu vertreten.«

»Wie lange ging die Konferenz?«

»Ungefähr von vierzehn bis fünfzehn Uhr dreißig, sechzehn Uhr. Sie können ja nachfragen.«

»Haben Sie während dieser Zeit mit Sy telefoniert?«

»Nein. Ich wollte nach dem Abendessen, so gegen neun, zu ihm fahren, um alles mit ihm zu besprechen.«

»Hat er Gäste zum Abendessen erwartet?« mischte ich mich ein.

»Nein«, antwortete Easton. »Nur Lindsay.«

»Sind Sie nach der Konferenz direkt hierher zurückgekommen?« fragte Robby.

»Nein. Ich ging zu Sys Hemdenschneider, brachte ihm ägyptische Baumwolle und holte ein paar fertige Hemden ab.« Von der Couch aus konnte ich Eastons Gesicht nicht sehen, aber er mußte gelächelt haben, denn plötzlich zeigte auch Robby sein strahlendes Lächeln. »Produktionsassistent«, fuhr Easton fort, »und Mädchen für alles. Meine Aufgabe war es, Sy Arbeit abzunehmen. Ich nahm an Konferenzen teil, machte Anrufe und traf kleinere Entscheidungen. Und manchmal war ich auch Laufjunge.« Er schwieg einen Moment und sagte dann ernst: »Es war der beste Job, den ich je hatte.«

Die Blätter der Eiche vor dem Fenster meines ehemaligen Schlafzimmers schienen fast schwarz im Dämmerlicht. Dies ist die Zeit, in der ehemalige Trinker melancholisch werden, aber ich fühlte mich plötzlich ganz wohl – wegen Easton.

Offenbar hatte mein Bruder früher irgendeinen inneren Defekt gehabt, der ihm seine Chancen bei der Arbeit verbaute. Vielleicht war er zu verkrampft, zu eifrig gewesen. Jedenfalls ließ ihn jetzt das für seine Übertreibungen bekannte Filmgeschäft plötzlich viel natürlicher erscheinen. Noch immer wirkte er nicht wie der Kumpel von nebenan, dem man auf die Schulter klopft, aber er machte einen entspannten und gelösten Eindruck. Vielleicht, dachte ich, könnten wir jetzt nach all den Jahren wirklich Brüder sein. Lynne würde sagen: ›Laß uns doch Easton zum Essen einladen‹, und ich würde zufrieden nicken.

»Warum mußte Mr. Spencer nach Los Angeles?« fragte Robby.

»Er war an vier oder fünf verschiedenen Projekten interessiert. Eine ganze Menge Konferenzen waren geplant.«

Ich unterbrach. »Ist es nicht ein bißchen ungewöhnlich für einen Produzenten, während der Dreharbeiten die Stadt zu verlassen?«

Easton drehte sich um und zeigte das Profil, aus dem ersichtlich wurde, wer die besseren Erbanlagen mitbekommen hatte. »Nicht grundsätzlich. Sy war der Hauptproduzent. Er hatte einen sogenannten Nebenproduzenten, der alles überwachte und sich um die täglichen Probleme kümmerte. Und er hatte mich, um kleinere Krisen zu überwinden – so konnte er ganz gut ein paar Tage wegfahren.«

»Aber hier lief alles ziemlich schlecht, oder nicht?«

»Was meinst du damit?«

»Die Sache mit Lindsay?«

»Lindsay«, Easton schien ein bißchen geniert, so als würde er mit einer Bestätigung der Schwierigkeiten Sy verraten. »Also hast du die Gerüchte gehört.«

»Wir haben von den schlechten Mustern gehört«, sagte ich ihm. »Waren sie wirklich so schlecht?«

Er zuckte die Schultern. »Ich bin nicht so sicher, Steve. So lange bin ich noch nicht im Geschäft. Ich meine, wenn Sy mich fragte, gab ich vor, eine Meinung zu haben und hoffte, nicht wie ein Vollidiot dazustehen. Aber meine Reaktionen sind zum großen Teil immer noch die eines Mannes, der eine Eintrittskarte kauft und sein Popcorn ißt: entweder gelangweilt oder begeistert. Nach dem, was ich sehen konnte, schien Lindsay ganz gut. Und sie – da gibt es kein anderes Wort – sah atemberaubend aus. Aber ich glaube zu verstehen, was Sy meinte. Wann immer Lindsay auf der Leinwand erschien, war ich nur von ihrer Schönheit gefangen. Meine Aufmerksamkeit war abgelenkt. Und um ehrlich zu sein, wäre ich noch abgelenkter gewesen, wenn ich mit dem Film nichts zu tun gehabt hätte.«

»Aber das Ganze war keine Katastrophe?« fragte ich.

»Nicht ihre Darstellung an sich. Aber ich denke, von Sys Standpunkt aus war der ganze Film ein Desaster, denn es kam darauf an, daß die Zuschauer diese Frau liebten. Und selbst ich konnte sehen, daß man Lindsay unmöglich lieben konnte. Man mochte sie noch nicht einmal. Sie ließ einen kalt.«

Robby machte weiter. »Ist Sy nach Los Angeles geflogen, um

mit Katherine Pourelle über Lindsays Rolle zu sprechen?« Ich sah Eastons Reaktion – er war vollkommen überrascht, daß wir schon so weit vorgedrungen waren. Er drehte sich zu Robby.

»Mensch, wer hat euch das erzählt?« Keiner von uns beiden antwortete. Dann sagte mein Bruder: »Also Glückwunsch, wer auch immer euer Informant ist, wußte, wovon er sprach.« Er schaute mich wieder an. »Wer hat es euch gesagt?«

»Nein, East – wir dürfen es nicht erzählen.«

»O ja. Stimmt. Entschuldige. Ich wollte nicht indiskret sein.« Er lächelte. »Jedenfalls nicht zu indiskret. Ja, Sy wollte sich mit Katherine Pourelle treffen. Aber wenn ihr mich fragt, war das Ganze ein typisches Sy-Manöver. Er hätte etwas von dem Gespräch durchblicken lassen, Lindsay hätte Angst bekommen, wäre aufgewacht und, nun ja, hätte angefangen zu spielen. Aber ich schwöre, Sy hätte sie *nie* gefeuert.«

»Hat er Ihnen das gesagt?« fragte Robby und räusperte sich. Er wurde langsam heiser. Der Tag war lang gewesen, und er sah abgespannt aus. Selbst die Ecken seines gelben Tuchs hingen müde aus der Brusttasche.

»Nein. Aber ich habe Sy kennengelernt. Er konnte objektiv sein, zäh, ja selbst grausam zur Schauspielerin Lindsay sein, aber der Frau gegenüber war er verletzlich. Sie hatte viel Macht über ihn.«

»Sex?« fragte ich.

»Ja«, antwortete Easton.

»War es nur eine Sexbeziehung, oder war auch Liebe dabei?« fragte Robby.

»Es muß beides gewesen sein.« Easton senkte den Kopf. Seine Schultern hoben und senkten sich mit jedem Atemzug. Und plötzlich wußte ich es. Easton war – genau wie Sy – vielleicht objektiv, was ihre schauspielerische Leistung anbetraf, aber nicht, was die Frau anbetraf – auch er stand in ihrem Bann.

»Es ist nicht nur ihre Schönheit, ihr Talent oder ihre Intelligenz«, erklärte er und versuchte, unberührt zu erscheinen. »Sie hat so eine Art, auf Männer zu wirken...« Wieder nickte Robby konvulsiv. »Sy brauchte Lindsay zu sehr, um sie feuern zu können.« Ich hörte Easton schlucken. Er hatte einen ganz schönen Kloß im Hals.

»Er brauchte sie, auch wenn es ihn zwanzig Millionen Dollar kostete?«

»Ja.«

Aber was war mit Nick Monteleones Theorie, daß Sys Gefühle für die schöne Lindsay abgekühlt waren und er sich seine Streicheleinheiten anderswo holte? Ich dachte wieder an diese langen, nichtblonden Haare aus dem Gästezimmer.

»Warst du bei der Unterhaltung über Lindsay und den Blitzschlag dabei?« fragte ich.

Easton setzte sich kerzengerade hin. Wieder schien er erstaunt, daß wir getan hatten, was wir tun mußten: Informationen zusammentragen. Dann sagte er: »Guter Gott, ihr seid aber gründlich! Also ja, ich habe es gehört. Aber Lindsay aus dem Film zu wünschen, war eigentlich nur Sys Methode, Dampf abzulassen.«

»Was meinst du damit?«

»Sie war eine große Enttäuschung, aber er hätte sie nie gefeuert. Glaub mir, Steve, er hatte keine Möglichkeit, sie loszuwerden.« Easton befeuchtete sich die Lippen mit der Zunge. »Er war hilflos, wenn es um Lindsay ging.«

Normalerweise hätte ich ihn damit aufgezogen und gesagt: Sy hilflos? Und du, mein Junge? Und hätte darüber gespottet, daß er sich in einen Filmstar verliebt hatte. Aber ich wollte meinen Bruder vor Robby nicht bloßstellen. Ich bemerkte auch, daß dies das erste Mal war, daß Easton wirklich Gefühl zeigte. Es war so gar nicht seine Art. Darüber sollte man nicht lachen.

»Wie ist das mit den anderen Investoren?« fragte Robby. »Es war ja nicht nur Sys Geld, nicht wahr? Was ist mit Mike LoTroglio?«

»Mikey!« sagte Easton. »Ja natürlich. Ich hatte ihn vergessen. Ihr solltet ihn sehen. Wirklich ein harter Bruder. Daneben wirkt

Marlon Brando in ›Der Pate‹ wie ein Pussykätzchen.« Er verstummte und überdachte seine Worte. »Aber vielleicht ist es nicht fair. Doch er hat einen so starken Akzent und sieht ziemlich unheimlich aus. Vielleicht hält man ihn deshalb für gefährlicher als er ist.«

»Hatte Sy auf irgendeine Weise Angst vor ihm?«

Stille. Easton schien zu überlegen. Ich sah mich im Zimmer um. Auf dem Beistelltisch neben der Couch lag ein Manuskript. Ich nahm es in die Hand. Das Rascheln führte dazu, daß sich mein Bruder umdrehte. Als er sah, was ich in der Hand hatte, sackte sein Körper zusammen, und seine Sicherheit verließ ihn. Robby schien er vergessen zu haben. »Siehst du dieses Drehbuch, Steve?« Er klang wie ein Kind, kurz bevor es in Tränen ausbricht. »Sy gab es mir am Donnerstag, am Tag bevor... Er sagte: ›Unser nächster Film, Easton. Er wird Geschichte machen.‹«

»Es tut mir wirklich leid«, sagte ich. »Es klappte gut, nicht wahr?«

»Endlich hatte ich...« Er erinnerte sich an Robbys Anwesenheit. »Mein Leben war mit seinem verbunden«, sagte er ruhig. Dann atmete er tief ein, und als er wieder sprach, war er ganz der alte Easton mit seiner Aggressivität. »Nun, ich werde mich wohl nach etwas anderem umsehen müssen. Es paßt mir gar nicht, nach Kalifornien ziehen zu müssen, aber es muß wohl sein. Da ist schließlich die Action, da geht was ab.«

O Scheiße, dachte ich. Easton hatte mit Sy Glück gehabt. Er hatte jemanden gefunden, der seinen Southampton-Stil mochte und der ihm eine Chance gegeben hatte. Aber mit welchen Erfahrungen würde mein Bruder in Hollywood aufwarten können? Mit denen eines gescheiterten Autoverkäufers? Jahrelang hätte Easton noch nicht einmal Wasser bei durstigen Wüstenbewohnern loswerden können. Es fehlte ihm an Überzeugungskraft, an Mut. Was würde er in Los Angeles anfangen? Wie würde er in einer Stadt voller Haie zurechtkommen?

»Wo waren wir stehengeblieben?« fragte Robby. Er massierte

sein Nasenbein, als würde ihm das neue Kräfte verleihen, aber es klappte nicht. Junge, er war fertig. Ich überlegte: dreißig Jahre ist zu jung, um so schnell müde zu werden. Vielleicht war das der Grund für seine Drängelei auf Verhaftung. Der Junge hatte kein Durchhaltevermögen. Lange Verhöre schafften ihn.

»Wir waren bei Mikey«, erinnerte ich ihn.

»Richtig! Mikey. «

»Sy war ein bißchen nervös, wenn Mikey anrief«, sagte Easton zu Robby. »Aber ›nervös‹ für Sie oder mich heißt Nägelbeißen oder wütend werden. Bei Sy war es nur eine leichte Anspannung in der Stimme. Man mußte ihn schon gut kennen, um es zu merken.«

»Schien er beunruhigt?« fragte Robby.

»Ich weiß nicht. Da war nur diese Spannung. Immer, wenn Mikey anrief, schüttelte Sy den Kopf und flüsterte: Ich bin nicht da.«

Während mein Bruder sprach, fing ich an, im Manuskript zu blättern: *Die Nacht des Matadors* nach dem Originalbuch von Murray Mishkin. Ich fing an zu lesen:

> WEITWINKELAUFNAHME VON MATADOR, groß, beherrschend, bedrohlich gegen schwarzen Hintergrund.
>
> MATADOR
>
> Ich bin Roderigo Díaz de Bivar – El Cid. Und ich bin Francisco Romero, siebenhundert Jahre später, und durchbohre den Stier mit meinem Degen.
> Geräusch: Lautes Atemgeräusch. Ist es der Matador oder der Stier?
> Und ich bin Manolete, zu Tode gespießt und der junge El Cordobes.
> Kamera hebt sich. Hintergrund erhellt sich, und wir sehen Matador im Zentrum der Arena, umgeben von Picadores zu Pferde und Banderilleros. Er schwingt eine rote Muleta.
> Ich bin Spanier.

Kamera nah auf Matadors Muleta; wir hören Flamenco-Musik.

Ich bin der Mann. Vorspann läuft auf rotem Hintergrund.

Ich dachte mir, selbst für Geld würde ich das nicht lesen und noch weniger ansehen, demnach ist es sicher ein Meisterwerk.

»Hat Mikey LoTroglio oft angerufen?« fragte Robby.

»In der letzten Woche schon. Ungefähr zwei- bis dreimal am Tag.«

Robby zog spielerisch die Finger durch die Fransen der Tischdecke. »Worum ging es bei Mikeys Anrufen?«

»Ich nehme an, daß er Gerüchte über den Ablauf der Dreharbeiten gehört hat. Sy hat natürlich alles dementiert.«

»Glauben Sie, daß Mikey ihm drohte?«

»Ich weiß es nicht genau«, sagte Easton. »Aber alles, was er sagte, beunruhigte Sy.« Er unterbrach sich. »Er bekam auf der Oberlippe diese kleinen Schweißperlen. Man kann es sich kaum vorstellen. Sy war eigentlich gar nicht der Typ.«

Schweißperlen sind im Staate New York kein Verhaftungsgrund, aber Robbys Gesichtsausdruck besagte das Gegenteil. Plötzlich war er wach, voll da. Mikey war sein Kunde. In Robbys Augen erschien der Schimmer von Handschellen.

»Langsam, Robby«, sagte ich.

»Steve, das ist eine gute Spur«, freute sich Robby und hatte Eastons Anwesenheit vollkommen vergessen, »Mikey ist ein übler Patron.«

»Klar, aber er ist kein Idiot. Würde er Sy wegen einer schlechten Investition erschießen?«

»Warum nicht? Das ist schließlich die Mafia.«

»Ja«, gab ich zu. »Aber es sieht nicht nach einem ihrer Verbrechen aus. In diesem Milieu neigt man dazu, den Verbrechen eine persönlichere Note zu geben als zwei Schüsse aus einiger Entfernung.«

Aber vielleicht hatte Sy andere Feinde, überlegte ich. Einen abgelehnten Dichter aus seiner Zeit als Herausgeber der Zeitschrift beispielsweise, jemanden aus dem Showgeschäft, den er brüskiert hatte, ein beleidigter Bürger von South Fork. Und Lindsay? Berechnend, egoistisch, arrogant, vielleicht skrupellos, vielleicht am Ende ihrer Doppelrolle als Star und Geliebte. Konnte sie schießen?

Und dann Bonnie – wieviel Nachforschungen hatte sie für *Cowgirl* angestellt?

»Und die Exfrau?« fragte ich Easton. »Ich habe gehört, daß Sy sich für ihr Drehbuch interessierte.«

Mein Bruder schüttelte den Kopf. »Nein. Sy gab mir ihr Drehbuch, kurz nachdem ich angefangen hatte, für ihn zu arbeiten. Er bat mich, ein paar nette Sachen zu finden, die er bei der Ablehnung sagen könnte, wie etwa: Aber die Dialoge sind so frisch, so ehrlich.«

»Wie waren sie denn?«

»Keine Ahnung. Jedenfalls nicht entsetzlich. Aber Sy sagte, sie sei vierzig Jahre zu spät geboren und schriebe B-Serien für Frauen von 1942.«

»Hat sie ihn je angerufen?« fragte Robby.

»Ja. Ehrlich gesagt, ein paarmal pro Woche. Und sie kam auch zum Drehort, was Sy überhaupt nicht gefiel. Ich weiß es, ich war in seinem Wohnwagen. Sy war immer beherrscht, aber an diesem Tag dachte ich, er würde einen Anfall bekommen.« Easton verstummte und sah mich an.

»Was denkst du«, fragte ich ihn, »beleidigte Frau?«

»Ich weiß nicht«, sagte Easton langsam. »Ich bin kein Polizist. Solche Sachen kann ich nicht abschätzen. Aber Steve, eines muß ich dir sagen: Sys Gesichtsausdruck gefiel mir gar nicht, als er sie sah. Ich hatte so ein Gefühl, daß etwas nicht stimmte.«

Kapitel 7

Wenn ich pünktlich sein wollte, so blieben mir noch genau zwei Minuten für die Fahrt zu Lynne. Was machte ich also? Ich fuhr direkt zu Bonnie Spencer, parkte meinen Wagen um die Ecke und stellte mich auf den Bürgersteig gegenüber.

Das Haus war im einfachen, fast strengen Kolonialstil gebaut – nicht mehr als eine zweistöckige Kiste mit Dach und Schornstein. Aber davor stand eine schöne Weide, und im Mondlicht schimmerten die grauen Dachschindeln wie Silber gegen den dunklen Himmel.

Die Vorhänge waren zugezogen, jedoch nicht so fest, daß ich nicht das blaue Flimmern eines Schwarzweißfernsehers erkennen konnte. Und was hatte ich Lynne versprochen, als ich sie aus Southampton anrief? Ich wäre gegen zehn, spätestens halb elf Uhr bei ihr. Es war achtundzwanzig Minuten nach zehn. Ich überquerte die Straße und ging über den gepflasterten Weg auf Bonnies Haus zu.

Diese Moose war wirklich ein ganz besonderer Wachhund. Erst als ich auf die Klingel drückte, war ein leises Knurren zu hören, dann ertönte freudiges Heulen. Durch die schmalen Fenster der Eingangstür konnte ich sehen, wie sie wild mit dem Schwanz wedelte.

Das Außenlicht ging an. Dann kam Bonnie in den Flur. Für einen Augenblick fürchtete ich, sie bei trauter Zweisamkeit vor dem Fernseher gestört zu haben, aber als sie näher kam, erkannte ich, daß kein Mann da war. Sie trug ausgebeulte Trainingshosen und ein rotes T-Shirt. Sie war nicht geschminkt, aber vielleicht schminkte sie sich nie. Ihr Haar hing auf die Schultern hinunter, stand jedoch am Hinterkopf hoch, so als habe sie längere Zeit auf der Couch gelegen.

Ich versuchte, ihren Ausdruck zu deuten, als sie sah, daß ich es war: Erleichterung darüber, keinen nächtlich herumspukenden Widerling zu sehen, gepaart mit Erstaunen darüber, daß ich es schon wieder war und vielleicht – sofern man es in so kurzer Zeit sehen kann – eine Vorahnung. Vielleicht war unsere Nähe am Morgen dafür verantwortlich.

Jetzt konnte ich es mir kaum vorstellen, daß ich den ganzen Tag an diese Frau gedacht hatte. »Ich weiß, es ist spät«, sagte ich, bevor sie den Mund öffnen konnte, »aber schließlich handelt es sich um einen Mord.«

»Wollen Sie hereinkommen?« Ihre Mundwinkel zuckten ein wenig, so als wolle sie lächeln, doch sie entschied sich dagegen. Dann drehte sie sich um und führte mich nach rechts ins Wohnzimmer. Sie machte ein paar Lampen an und den Fernsehapparat aus.

Ich konnte den Abdruck ihres Kopfes auf dem Couchkissen sehen und setzte mich daneben; das Kissen war noch warm. Moose stand neben mir und schien zu überlegen, ob sie heraufspringen sollte. Dann aber senkte sie ihre Masse auf den Boden, warf mir einen liebevollen Blick zu und legte sich wieder über meine Füße. Das Mädchen ist vielleicht mittelmäßig, dachte ich mir, aber der Hund ist einsame Spitze. Ich bewegte meinen Fuß hin und her und kratzte den Bauch des Tieres.

Bonnie saß mir gegenüber in einem Schaukelstuhl. Der Raum war hübsch – gelb, pfirsichfarben und weiß, und paßte nicht zu ihr. Klar, es war gemütlich, aber der Stil entsprach einem Designer aus Manhattan. Ein solcher Raum sollte einfach und anheimelnd sein, aber ohne jeden Kitsch. Alles war vorhanden: geflochtene Läufer auf dem Holzfußboden, Patchworkdecken, Kissen aus Patchwork, bestickte Tücher in Rahmen und alte, weiße Wasserkrüge auf dem Kaminsims. Links neben dem Kamin ein überdimensionaler Blasebalg. Bonnie bemerkte, daß ich ihn anschaute.

»Als wir das Haus kauften, begann Sy, sich für amerikanische Volkskunst zu interessieren.« Als Beweis deutete sie auf ein paar Regale, auf denen Bücher und Holzenten standen. »Was aussah, als ob es quaken könnte, kaufte er. Und er wollte sogar einen handgeschnitzten Webstuhl aus dem vorigen Jahrhundert ersteigern. Wollte er vielleicht am Wochenende Flachs spinnen? Dann hatten wir unsere erste Party hier. Ein bekannter Verleger stolzierte ins Zimmer, schaute sich um und sagte: ›Wie niedlich!‹ Warum mußte dieser gehässige Kerl das sagen? Jedenfalls hat Sy das Haus von dieser Minute an gehaßt.« Ich reagierte nicht, also sagte sie schnell: »Nun bin ich hier mit den ganzen Enten. Kann ich Ihnen etwas anbieten? Kaffee? Einen Drink?«

»Warum haben Sie Sy am Drehort besucht?«

Ihre Antwort ließ ein bißchen auf sich warten. »Nur aus Freundschaft. Und dann hatte ich wohl auch ein bißchen Heimweh nach den alten Zeiten.«

»Zwischen Ihnen und ihm?«

»Nein. Zwischen mir und dem Film. Manchmal...«, ihre Stimme wurde rauh, »vermisse ich es sehr. Nicht nur das Schreiben, das ganze Drum und Dran und...«

Ich unterbrach sie, bevor sie mir ihre Entzugserscheinungen weiter ausbreiten konnte. Ich wollte es nicht hören. »Sie kamen zu den Dreharbeiten von *Starry Night*. Was geschah? War Sy froh, Sie zu sehen?«

»Ich vermute, daß Sie darauf schon eine Antwort haben.« Das Lampenlicht zeichnete helle Flecke auf ihr dunkles Haar.

»Ich möchte *Ihre* Antwort.« Ich zog meine Füße unter dem Hund hervor, der mich erstaunt ansah. »Wo liegt das Problem? Freute Sy sich, Sie zu sehen oder nicht? Das müssen Sie doch wissen.«

»Er schien verärgert, daß ich uneingeladen kam«, sagte sie schließlich. »Nicht wütend, so als ob er mich umbringen...« Plötzlich senkte sie beschämt die Augen. »O Verzeihung, ich hatte ganz vergessen, warum Sie hier sind. Es tut mir wirklich leid, ich wollte mich nicht lustig machen über...«

»Schon gut. Sie wollten ausdrücken, daß er Ihnen nichts Schwerwiegendes angetan hätte.«

»Richtig. Aber er wollte auch nicht höflich sein.«

»Wie verhielt er sich also?«

»Sein Benehmen war eine Mischung aus Gleichgültigkeit und Wut.«

»Könnten Sie sich etwas präziser ausdrücken?«

»Er schrie nicht.« Ihr T-Shirt war gerade eng genug, um zu sehen, daß sie einen normalen Standardbusen hatte. »Aber ich glaube, er mußte sich sehr zusammennehmen.«

»Wenn Sie so gute Freunde waren, warum sollte er sich dann so verhalten?«

»Ich weiß nicht. Vielleicht war er gerade wütend wegen etwas anderem und ich kam einfach im falschen Moment.«

»Okay.« Ich hätte mich in den Hintern treten können. Warum hatte ich den ganzen Tag lang dieses Mannweib zu einem erotischen Wunschbild heraufstilisiert?

Dann hob Bonnie die Arme und strich ihr Haar zurück. Nur einen Augenblick lang nahm sie es zum Pferdeschwanz zusammen. Die Unterseite ihrer Arme war weich und makellos. Ich stellte mir vor, wie sie auf der Couch lag und ich diese Haut küßte.

Ich räusperte mich. »Sind Sie hingegangen, um ihn wegen des Drehbuchs zu fragen?« Meine Stimme hörte sich irgendwie unecht an.

»Nein.« Sie ließ ihr Haar fallen. Es war eine elegante, langsame, fließende Bewegung. »Wir hatten seine Kritiken schon durchgesprochen, und ich arbeitete an den Veränderungen.«

»Und Sie sagen, daß es ihm gefallen hat?«

»Ja.«

»Ist Ihnen je in den Sinn gekommen, daß er Ihre Arbeit vielleicht aus einem anderen Grund lobte?«

»Warum sollte er das tun?«

»Die Wahrheit?«

»Nur zu.«

»Vielleicht fand er Sie interessanter als Ihr Drehbuch. Und innerlich haben Sie es gefühlt und...«

Ihr Gesicht rötete sich. »Lassen Sie mich Ihnen etwas sagen. Ich bin keine neurotische New Yorkerin, die gern das Schlimmste von sich denkt. Meine Arbeit gefiel Sy. Ich weiß es genau. Denken Sie denn, daß er so ein schmieriger Filmtyp war, der nur zu sagen brauchte ›O Baby, was für eine Szene‹ und ich hirnlose Gans mache die Beine breit?«

»Langsam. Ich wollte Ihre Gefühle nicht verletzen, aber solche Fragen gehören nun mal zu meinem Job. Okay?«

Sie beruhigte sich. »Tatsächlich waren Sy und ich echte Freunde. Schauen Sie, ich war nicht sein Typ, auch nicht damals, als er mich heiratete. Und das hat sich in den vergangenen neun Jahren auch nicht geändert. Er stand auf Typen wie Lindsay oder Yale-Absolventinnen oder Jet-set-Kreaturen mit französischem Akzent. Ich war seine Exfrau, er brauchte mir nichts vorzumachen. Er kannte mein Angebot und hatte bereits dankend abgelehnt.«

»Und in Erinnerung an die guten alten Zeiten?« Sie schüttelte heftig den Kopf. »Bonnie, haben Sie mit Sy geschlafen? Haben Sie ihn deshalb aufgesucht?«

»Nein!«

»Oder wollten Sie der Welt zeigen, daß Sie wieder im Geschäft sind?«

»Nein.«

»Denn wenn es so wäre, bestünde kein Verdacht gegen Sie.« Das war natürlich Quatsch. »Könnte es nicht so gewesen sein – zwei Erwachsene, die einander kannten, einander mochten...«

»Nehmen Sie's nicht persönlich, aber das ist wirklich Unsinn.«

»Gut. Keine Fragen mehr.« Ich stand auf und ging zu ihr herüber. Moose blieb an meiner Seite. »Für heute.« Dann setzte ich mein charmantestes Lächeln auf. »Es tut mir leid, daß ich Sie beleidigt habe.«

»Ist schon gut«, sagte sie. Die Stimme wurde sanfter. Sie blickte zu mir auf, und in ihren Augen glänzte ein feuchter Schein, als erwarte sie einen Kuß.

»Fein. Danke für Ihr Verständnis.« Ich streckte die Hand aus und fuhr ihr durchs Haar. So ein Pech, der Ärmelknopf meines Jacketts verfing sich. »Tut mir leid«, sagte ich so unschuldig wie möglich und versuchte, den Knopf freizubekommen. Ihr Haar roch nach irgendeiner Frühlingsblume, Flieder vielleicht oder Hyazinthe. Ich erfaßte den Knopf und bekam ihn mit ein paar Haaren los. »Bitte, sehen Sie das nicht als polizeiliche Brutalität an.«

Sie schenkte mir ein offenes, ehrliches Lächeln. »Nein. Ist schon in Ordnung.«

»Bis bald, Bonnie.«

Als ich wieder in meinem Auto saß, legte ich vier von Bonnies Haaren in einen kleinen Plastikumschlag. Drei hatten Wurzeln – es würde für eine vergleichende Analyse reichen.

Ich habe nie gern mit Frauen geschlafen, die ihren Mund nicht halten können. Kein Mann hat etwas gegen ein ermutigendes Wort dann und wann, einen Ratschlag, einen echten Lustschrei. Aber die meisten Frauen, die ich vor Lynne hatte, fühlten sich bemüßigt, mir eine kommentierte Rundfahrt in Sachen Sex zu bescheren.

Es war immer der gleiche Text: Wie die Reise ging – Oh, es ist so wundervoll. Hör nicht auf. Anweisungen an den Fahrer – Etwas fester, nein, langsamer. Nein höher, noch höher. Und was sonst noch so auf der Liste stand: Ich werde dich jetzt mit dem Mund glücklich machen (ein Angebot, das ich nie ablehnte, denn es verband Lust mit Stille). Und natürlich erfährt man auch, wenn die Reise zu Ende geht: Oh, gleich bin ich soweit... O ja, warte... Bitte, ich kann es nicht mehr aushalten... Nein... o mein Gott.

Lynne redete nicht. Das war angenehm. Natürlich hatte sie das Selbstbewußtsein der Jungen und Schönen. Sie wußte, daß sie nicht zu reden brauchte, um einen Mann bei der Stange zu halten. Und sie schwieg auch, weil sie irgendwo – vielleicht in Manhattanville College – gelernt hatte, daß eine Dame nicht »Fick mich« schreit, wenn sie sich in den Armen eines Herrn befindet.

Aber in jener Nacht hatte ihr Schweigen einen strafenden Charakter. Sie war ärgerlich, daß ich um Viertel nach elf bei ihr geklingelt und ›O Mist, tut mir leid‹ gesagt hatte, als ich sah, daß sie sich schon für die Nacht zurechtgemacht hatte. Dann war sie böse auf sich selbst, daß sie sich nur mit einem Regenmantel über dem Nachthemd hatte von mir mitnehmen lassen. Im Auto hatte sie kein Wort gesagt.

Aber die Rache bestand nicht nur aus Schweigen. Als ich ihren Mantel aufmachte und ihr abnahm, löschte sie das Licht. Ich sollte sie nicht sehen dürfen.

»Du bist wirklich wütend«, stellte ich fest. »Warum sagst du es nicht?«

»Gut. Ich bin wütend.«

»Sag mir, warum.«

»Weil du einfach davon ausgehst, daß ich dir immer zur Verfügung stehe. Zu jeder Tages- und Nachtzeit. Ich verstehe ja, daß du verrückte Arbeitszeiten hast, doch du scheinst nicht einzusehen, daß auch ich mein Leben organisieren muß. Nein. Du willst Sex, du willst reden und erwartest, daß ich alles stehen- und liegenlasse. Das ist nicht gerecht.« »Es tut mir leid.« Ich stellte mich neben sie, ließ meine Hände unter ihr leichtes Nachthemd gleiten und zog es ihr aus. Ich umschlang sie mit einem Arm und entkleidete mich mit dem anderen. »Ich liebe dich«, sagte ich und wartete. Die Antwort blieb aus.

Nun gut, dann mußte eben eine romantische Geste helfen. Ich war wahnsinnig müde, aber ich hob sie auf, trug sie zum Bett und legte sie sanft nieder. Ein bißchen riskant in meinem Alter und im Dunkeln, aber Lynne war leicht. O Wunder – es klappte. Sie sagte zwar nicht ›alles vergeben‹, sondern schwieg weiter, doch fühlte sie nach mir und zog mich neben sich.

Also liebten wir uns im Dunkel. Irgendwie wurde mein Vergnügen durch ihr konsequentes Schweigen noch gesteigert. Ich konnte mich auf alles konzentrieren – das Geräusch ihres Körpers auf dem Laken, ihres sich vertiefenden Atems. Vielleicht würde es heute anders werden als sonst. Jedoch gerade als ich ›Lynne‹ rufen wollte, verlor ich jedes Gefühl für die Realität.

Ich lag nicht mehr mit meiner Verlobten im Bett. Ich bumste wie in den alten Tagen, wo es unwichtig war, wer neben, über oder unter mir lag, solange nur die wichtigsten Teile nicht fehlten. Ich wollte es nur hinter mich bringen. Und dann...

Die Überraschung, aber für mich.

Die gesichtslose Frau verschwand. Bonnie Spencer war mit mir im Bett. Sie war wild. Die sanften, streichelnden Hände auf meinem Rücken gehörten vielleicht Lynne, aber die Bonnie meiner Phantasie hatte ihre Beine eng um mich geschlungen und verkrallte sich in meinem Rücken. Dann stöhnte sie lustvoll und stieß die gleichen tierischen Laute aus wie ich. Ihr dunkles Haar breitete sich auf dem Kopfkissen aus, der Blumenduft war berauschend. Als ich in sie eindrang, ließ sie ein Schluchzen vernehmen. O Gott, dachte ich, das ist ES. Ich schrie: Ich liebe dich, ich liebe dich und hörte, wie Bonnie das gleiche stöhnte.

Es war perfekt.

Es war vorbei.

Endlich sprach Lynne: »Das war schön.«

»Ja, das war es.«

»Weck mich um sechs, ja? Ich möchte früh nach Hause. Ich will mein Haar aufdrehen und dann zur Schule rüberfahren, um ein paar Bücher zu holen.«

Ich sagte okay, schloß die Augen und versank in der Dunkelheit.

Ich stieß die schwere Glas- und Bronzetür um neun Uhr fünf auf und ging direkt auf Rochelle Schnell zu, Erste Vizepräsidentin der Bridgehampton-Filiale der South Fork Bank and Trust.

»Ich respektiere deinen Verstand«, sagte ich zu ihr.

»Das hast du mir schon vor fünfundzwanzig Jahren erzählt.«

»Hat es was gebracht?«

»Nein. Aber der Versuch verdiente Anerkennung.«

Rochelle war vierzig Jahre alt. Ich wußte es, weil wir zusammen im Kindergarten von Sagaponack gewesen waren. Da unsere Geburtstage nur zwei Tage auseinander lagen, gab es eine gemeinsame Feier. (Ihre Mutter, Mrs. Maziejka, sollte den Kuchen und meine die Getränke liefern. Aber weil meine Mutter arbeitete, brachte Mrs. Maziejka immer beides und schrieb sogar auf eine Hälfte der Kuchen ›Rochelle‹ in rosa Zuckerguß und ›Steve‹ in Blau auf die andere.)

Rochelle saß hinter einem Riesenschreibtisch und trug ein dunkelgraues, strenges Kostüm. Als sie aufstand, um mich zu begrüßen, sah ich, daß ihr Rock allerdings so ein elastisches kurzes Ding war, das aussieht wie ein zu groß geratener Gürtel. »Ich hab dich lange nicht gesehen«, sagte sie und küßte mich. »Du siehst phantastisch aus.«

»Ja? Du auch, Rochelle. Aber du wirst Probleme bekommen. Niemand vertraut seine Ersparnisse einem Bankier an, der einen derartigen Rock trägt.«

»Steve, werde erwachsen!«

»Okay. Tut mir leid.«

Sie lächelte. »Was kann ich für dich tun? Oder bist du nur hergekommen, um meinen Rock zu begutachten?«

Wir setzten uns beide. »Ganz inoffiziell. Ich möchte wissen, ob ihr eine Kundin namens Bonnie Spencer habt.«

Rochelle fiel mir ins Wort. »Nein, nein. Spaß beiseite. Ich bin eine ehrbare Frau. Ich darf dir nicht mal einen Namen sagen. Ich werde unsere Rechtsabteilung fragen, aber du mußt mir einen offiziellen Antrag vorlegen. Und selbst wenn sie ein Konto hätte, müßte ich ...«

»Ich möchte wissen, ob sie ein Konto hier hat. Keine Einzelheiten. Bitte, tu mir den Gefallen. Wir kennen uns schon so lange.«

»Ja, klar kenne ich dich.« Langsam atmete sie aus. Dann drehte sie sich um und tippte auf die Tasten des Computers. Ihr Diamantehering von Mr. Schnell, der die Bank gekauft hatte, um sie zu erobern, blitzte. Ihre rosa Fingernägel klapperten auf den Tasten.

»Ja. Sie hat ein Konto.«

»Danke.«

»Gern geschehen.«

»Wieviel ist drauf?«

»Nein. Du bist Polizist. Halte dich an das Gesetz. Mit Schmeicheleien kriegst du es auch nicht aus mir heraus. Ich habe dir schon mehr gesagt, als ich durfte. Nichts mehr. Hol dir das Papier.«

»Aber Rochelle, wegen des Bankgeheimnisses mußt du sie ja davon unterrichten, daß eine Untersuchung durchgeführt wird.«

»Ist das so schlimm?«

»Ja. Bitte, hör mich an. Bonnie Spencer ist ein nettes Mädchen, und ich will ihr keine Angst machen. Ihr Exmann...«

»Ach... dieser Spencer!«

»Ja. Und siehst du, die oben werden langsam nervös. Darum wäre es schön, wenn ich auf unbürokratische Art und Weise herausfinden könnte, ob sie wirklich so in Ordnung ist, wie sie scheint und über ihr Konto keine großen Beträge gehen. Ich möchte ihren Namen aus der Geschichte raushaben. Verstehst du mich? Die Frau ist wirklich okay. Sie hat mit dem Mord nichts zu tun. Ich brauche nur ein paar Zahlen, so daß wir sie von der Liste streichen können. Die Zeit wird knapp. Oder möchtest du, daß irgend so ein Anfänger im ersten Jahr bei ihrem Arbeitgeber anruft und sagt: ›Ich bin von der Mordkommission von Suffolk County und hätte gern ein paar Einzelheiten über Bonnie Spencer.‹?«

Wieder klapperten Rochelles Nägel auf der Tastatur. »Sie hat einhundertundfünf Dollar auf ihrem Girokonto. Die Kontenbewegungen sind regelmäßig, also sind wir wohl ihre Bank.« Erneutes Klappern. »Sechshundertvierunddreißig Dollar auf einem Sparkonto, das letzten Monat etwas über siebenhundert hatte.« Klappern. »Visa-Karte, aber nur selten genutzt.«

Ich zeigte auf den Computerschirm. »Was sagt dir das alles?«

»Daß ihr Exmann mit seinen Unterhaltszahlungen sehr im Verzug war.«

»Sie bekam keinen Unterhalt.«

»In dem Fall ist sie einfach arm.«

Das einzig Angenehme an Bonnies Nachbarin war ihr Name: Wendy Morrell. Er erinnerte an eine tanzende Jungfrau auf einer taufrischen Wiese. Tatsächlich aber ähnelte sie im Morgenlicht eher einer Hexe in olivgrünem Sportdreß. Ihr ganzes Gesicht war voll von diesen Luftpusteln, die unter der Haut wachsen. Ein besonders großes Exemplar wuchs auf ihrer linken Wange, und unbewußt fuhr ich mir mit der Hand übers Gesicht, als ob es ansteckend wäre.

»Natürlich hab ich alles über den Mord gelesen«, sagte sie. »Aber nie wäre ich drauf gekommen, daß zwischen Bonnie Spencer und Sy Spencer eine Verbindung besteht.«

Wendy Morrell war ungefähr Anfang Dreißig. Ihr magerer Körper, der auf einem Foto aus der Dritten Welt Mitleid erregen würde, ruft in Manhattan Bewunderung hervor. Unter dem breiten Goldarmband auf ihrem Unterarm konnte man die Knochen erkennen. Wendys Haar war so kurz, wie es nur frischgebackene Rekruten oder sehr, sehr schöne Frauen tragen sollten.

Wir standen vor der Tür ihres modernen Hauses. Sie hatte mich nicht hereingebeten. Vielleicht genierte sie sich, denn Häuser wie das ihre – ein geometrisches Millionen-Dollar-Objekt – waren in der Gegend ganz plötzlich aus der Mode gekommen.

»Daß diese beiden Spencers überhaupt auf demselben Planeten wohnten, ist an sich schon ein Wunder«, fuhr sie fort. »Ich will ja nichts Schlechtes über sie sagen, aber da ist so ein Widerspruch – auf der einen Seite Eleganz, auf der anderen Nachlässigkeit. Verstehen Sie? Sie läuft. Jogginganzüge sind wirklich kein Thema für mich, aber sie ist in den Hamptons und nicht in Kalamazoo oder wo immer sie auch herkommt. Sie könnte wenigstens ein bißchen auf ihr Äußeres achten und nicht Sachen tragen, als hätte sie die Schränke eines Turnvereins ausgeraubt. Ich meine, irgendwas von Sys Lebensart *muß* doch auf sie abgefärbt haben.«

»Kannten Sie ihn?«

»Nun,wir sind einander nie vorgestellt worden. Aber er gehörte zu meinen Kreisen. Sy war ein Bekannter meines Freundes Teddy

Unger. Kennen Sie ihn? Ihm gehört die Hälfte von New York, natürlich die bessere. Also, auch wenn wir uns nie wirklich begegnet sind, gehörten Sy, mein Exmann und ich doch zur gleichen Gesellschaftsschicht.« Wenn sie damit die Reichen und die Schönen meinte, so konnte ich mir Wendy Morrell in der letzten Kategorie nur schwerlich vorstellen.

»Was ist nun mit der Exfrau«, fragte sie, »steht sie unter Verdacht?«

»Nein. Dies ist nur eine Routinebefragung. Ich möchte nur wissen, welche Art Mensch Bonnie Spencer ist.«

»Da kann ich Ihnen nicht helfen. Ich bin nicht der nachbarliche Typ.« Wendy blickte erst auf Bonnies, dann auf ihre Auffahrt. Ich hatte meinen Wagen kurz vor ihrer Garage geparkt, so daß Bonnie ihn nicht sehen konnte. Wendy blickte den Jaguar mißtrauisch an, als ob er etwas Übles, Anrüchiges repräsentierte und es geschmacklos von einem Polizisten war, ein derartiges Auto zu fahren.

»Aber vielleicht haben Sie so nebenbei etwas aufgeschnappt«, regte ich an. »Hat sie oft Gäste?«

»Ich wünschte, ich könnte Ihnen einen ausführlichen Bericht geben, aber ich habe sehr viel zu tun. Ich verbringe meine Zeit nicht damit, Bonnie Spencer zu beobachten, glauben Sie mir. Ich habe eine Firma zu leiten.« Sie sagte Firma, als handele es sich um General Motors.

»Was machen Sie?«

»Wendys Suppen. Ich bin Inhaberin und Geschäftsführerin. Es sind schon viele Artikel über mich erschienen. New York Times, Vogue usw. Und Elle. Kennen Sie Elle? Der Bericht hieß ›Sündhaft sublime Suppen‹.«

»Kochen Sie die hier?«

Sie lächelte. Ein Irrtum. Ihr Schöpfer hatte Wendy Morrell mit sehr viel Zahnfleisch ausgestattet. »Nein. Die Fabrik ist in Queens. Ich beschäftige fünfundsiebzig Leute.«

»Also leben Sie nicht das ganze Jahr über hier?«

»Nein. In New York. Hier verbringe ich nur lange Wochenenden.«

»Nun, Mrs. Morrell, offensichtlich sind Sie sehr beschäftigt, aber erfahrungsgemäß sind solche Menschen gute Beobachter.« Sie stimmte mir zu. »Sie sind nicht die neugierige Nachbarin, aber...«

»Ich weiß überhaupt nichts über sie. Wir nicken uns zu.«

Wir grüßen uns. Das ist alles. Denn auch wenn ich hier bin, habe ich keine Ruhe. Das Telefon, das Fax. Mein Büro läßt mich einfach nicht in Frieden. Ich muß mich zum Ausruhen zwingen. Kaffeeklatsch ist bei mir nicht drin.«

»Und Bonnie Spencer, mag sie Kaffeeklatsch?«

»Soweit ich weiß, nicht.«

»Ich möchte wissen, ob häufig Besucher kommen.« Sie schaute wieder auf meinen Jaguar. »Männer in Sportwägen?«

»Männer in Sportwägen, Männer in Limousinen, Männer in jeder Art von Fahrzeug. Ist Ihnen das neu?« Sie machte eine Kunstpause. »Einmal hab ich sogar einen Lieferwagen gesehen. Er fiel mir auf, weil es so spät am Abend war. Seien wir großzügig – vielleicht handelte es sich um eine Reparatur, die der junge Mann von Anfang Zwanzig dringend durchführen mußte.«

»Ich werde jetzt ganz ehrlich mit Ihnen sein, Mrs. Morrell, denn ich fühle, bei Ihnen kann ich das.« Sie belohnte mich mit einem kurzen Anblick ihres Zahnfleisches. »Haben Sie den Eindruck, daß Mrs. Spencer ihre Partner häufig wechselt?«

»Vielleicht interessiert sie sich nur wegen ihrer Spalte in der Zeitung für die Hälfte der Männer von Bridgehampton. Einmal kam sie her und wollte mich interviewen. Ich war sehr freundlich und sagte ihr, daß ich sehr beschäftigt sei, aber ein anderes Mal gern.« Sie hielt inne. »Sind Sie auch wirklich von der Polizei?«

Ich gab ihr meine Dienstmarke, die sie zur Prüfung dicht an ihre Nase preßte.

»Haben Sie ein bestimmtes Auto kürzlich bei Bonnie Spencer gesehen? Einen schwarzen Sportwagen.«

Sie lächelte. »Ich weiß, wie ein Maserati aussieht. Mein Exmann fuhr einen Ferrari zweihundertfünfzig GT. Glauben Sie mir, während dieser Ehe habe ich Sportwagen kennengelernt.« Sie schaute zu meinem hinüber. »Ich kann einen Jaguar E-Typ erkennen, wenn ich einen sehe.« Es war mir unangenehm, daß diese Hexe sich mit Sportwagen auskannte. »Und die Antwort auf Ihre Frage ist ja.«

»Ja was, Mrs. Morrell?«

»Es war ein Maserati in ihrer Einfahrt. Letzte Woche. Jeden Morgen, den ich da war, um Viertel vor zwölf. Ein phantastisch angezogener Mann stieg aus. Jetzt wird mir klar, daß es Sy Spencer gewesen sein muß. Aber sicher gibt es dafür eine vernünftige Erklärung, vielleicht ißt sie früh zu Mittag.«

»Vielleicht. Wann ging er?«

»Gegen vierzehn, fünfzehn oder sechzehn Uhr.«

»Haben Sie je Streit gehört?«

Sie schüttelte den Kopf. »Ich kann es einfach nicht glauben! Er war ein so eleganter und weltgewandter Mann. Ich meine, er konnte jede Frau haben, die er haben wollte. Warum sollte jemand wie er seine Zeit mit einer so unscheinbaren Frau wie ihr verschwenden?«

»Vielleicht ist sie nett.«

»Nett?« Wendy Morrell schob den Kopf nach vorn und runzelte die Stirn, als höre sie zum ersten Mal von einem neuen, heißen Trend. »Nett?«

Kapitel 8

Nette Bonnie Spencer.

Zum Teufel mit ihr. Die ganze Zeit habe ich gewußt, daß etwas faul war. Die ganze Zeit hatte ich gewußt, daß sie mich, was Sy anging, belog. Aber irgendwo hatte ich immer noch die stille Hoffnung genährt, sie wäre eine anständige Person und hätte nur wegen des Films Verbindung mit ihrem Exmann gehabt. Denn wenn ich je Freundschaft für eine Frau hätte empfinden können, so wäre es Bonnie gewesen. Sie schien so geradeheraus, daß ich wirklich geglaubt hatte, Wendy Morrell würde sagen: Ein schwarzer Sportwagen? Nein. Das einzige Auto, das ich bei ihr gesehen habe, ist das vom Gasableser – und es stand nie länger als neunzig Sekunden da.

Zur Hölle mit Bonnie. Ich legte den dritten Gang ein.

Von Bridgehampton zum Hauptquartier nach Yahauk waren es neununddreißig Meilen, größtenteils auf gerader, vierspuriger Straße. Ehemals war es meine persönliche Teststrecke gewesen. Seit ich jedoch nüchtern geworden war, fuhr ich kaum jemals schneller als fünfundsiebzig Meilen pro Stunde.

Aber heute, auf der fast leeren Straße, mußte ich einfach schneller fahren. Ich konnte nicht verstehen, daß ich sie so falsch eingeschätzt hatte. Nicht Moose war das Stadtflittchen. Das Tier war nicht das Tier. Es war Bonnie, diese dumme Ziege, die ihre Beine nicht zusammenhalten konnte. Zur Hölle mit Bonnie, und zur Hölle mit diesem Fall. Sowie alles vorbei war, würde ich zu Lynne sagen: Komm, laß uns nicht warten bis Thanksgiving. Wir suchen uns einen Pfarrer, der nicht so ausgebucht ist wie ich, und heiraten gleich. Und vergiß St. John. Wir fahren nach London. Ich geh mit dir in die Museen. Ins Theater. Ich besuche englische Schulen mit dir und lerne alles über die neuesten Methoden zur Behandlung von Legasthenie. Und ich geh auch in die Oper – ich schwör's dir.

Sergeant Alvin Miller von der Polizei in Ogden, Utah sprach ganz langsam, als ob jedes Wort einen langen Weg gehen müsse, um herauszukommen. »Nun, Detective Brady, einer der Jungens hat Ihre Anfrage so gegen zehn letzte Nacht durchgegeben. Ich bin nicht mehr in der Abteilung. Ruhestand, wissen Sie, schon seit elf Jahren.« Ich wechselte den Hörer aufs andere Ohr. »Aber weil es nicht so dringend war, wollte ich nicht um Mitternacht in New York anrufen. Ich hoffe, es macht nichts.«

»Kein Problem.« Auf der anderen Seite des Raumes saß Chris, ein Neuer, an seinem Schreibtisch und aß eine Quarktasche. Die Mordphotos, die auf meinem Tisch lagen und Sy mit den zwei kleinen ordentlichen Wunden zeigten, waren viel weniger ekelerregend als der kauende Chris. »Ich danke Ihnen für den Rückruf«, sagte ich zu Miller.

»Ist schon gut. Also, Sie wollen etwas über das Bernstein-Mädchen wissen. Sagen Sie bloß nicht, daß sie Schwierigkeiten hat.«

»Nein. Ihr geht's gut. Es ist ihr Exmann...«

»Ist sie geschieden?«

»Ja, seit ein paar Jahren.«

»Na so was. Wie war noch ihr Vorname?«

»Bonnie.«

»Stimmt. Bonnie Bernstein. Lebt sie in New York?«

»Nein. In Bridgehampton. Das ist eine kleine Stadt im östlichen Teil von Long Island.«

»Oh. Ich hab gehört, daß sie nach Hollywood gegangen ist. Hat sogar einen Film gemacht. Ich habe den Titel vergessen, aber ich hab ihn gesehen. Nicht schlecht.«

»Ihr Kollege, mit dem ich gesprochen habe, sagte mir, Sie würden die Familie kennen.«

»Ja. Kannte sie ganz gut zu meiner Zeit.« Ich hatte Lust, den Kerl zu schütteln, um die Worte schneller aus ihm herauszukriegen.

»Können Sie mir von den Leuten erzählen?«

»Sicher.« Mit meinem angefeuchteten Zeigefinger wischte ich

den Abdruck einer Kaffeetasse weg, während ich auf das nächste Wort wartete. »Wenn ich mich recht erinnere, haben die Bernsteins – Bonnies Großeltern waren das – den Laden eröffnet.«

»Ja, ja«, murmelte ich aufmunternd.

»Haben ihn Bernsteins genannt.«

»Haben ihre Eltern ihn weitergeführt?«

»Ja, ganz prima.«

Draußen im Vorraum gab Ray Carbone einer der zwei Sekretärinnen der Mordkommission ein Blatt Papier. Der schmerzliche Ausdruck in seinen Augen ließ darauf schließen, daß es sich um eine neue Pressemeldung handelte, aus der hervorging, daß wir nichts wußten.

»Was für ein Laden war Bernsteins?«

»Ein Sportartikelgeschäft.«

»Schläger, Bälle?«

»Nein. Eher Gewehre, Angelzubehör.«

»Handwaffen?«

»Klar Handwaffen. Wir sind hier in Utah.«

»Gewehre?«

»Ja.«

»Gibt es das Geschäft noch?«

»Nein. Mrs. Bernstein – Bonnies Mutter – starb. Dan, ihr Vater, verkaufte den Laden und zog sich zurück. Ich glaube, nach Arizona, aber ich kann es nicht beschwören. Vielleicht auch Neu Mexiko. Und die Jungens – drei oder vier waren es wohl – sind auch nicht in Ogden geblieben. Einer von ihnen ist Professor an der Utah University, aber von den anderen weiß ich nichts.«

»Bonnie war das einzige Mädchen?«

»Soweit ich mich erinnern kann, ja. Und das kann ich, weil sie mit meinem Eddie zusammen im Jugendclub war.«

»Waren die Bernsteins Mormonen?«

»Natürlich nicht. Sie sind aus New York. Sie müßten es wissen.«

»Richtig. Lassen Sie mich offen reden, Sergeant Miller.«

»Das ist der beste Weg.«

»Der Fall, den ich untersuche...«

»Ich weiß, um was es sich handelt. Man sagte mir, Sie seien bei der Mordkommission. Bei euch in Long Island braucht man eine ganze Abteilung nur für Mord, was?«

»Ja. Das Opfer war Bonnies Exmann. Er wurde mit einer Zweiundzwanziger erschossen. Der Täter war ein guter Schütze. Ich möchte Bonnie da heraushalten.«

»Was wollen Sie wissen?«

»Ich möchte Sie fragen, ob Bonnie mit einer Zweiundzwanziger schießen könnte.«

»Ich weiß nicht.«

»Ihrer Ansicht nach?«

»Ich weiß nur, daß Bonnie ein richtiger Wildfang war, ihre Familie ein Sportartikelgeschäft hatte und ihr Vater wohl der beste Schütze von Ogden war – ich ging mit ihm auf Hirschjagd. Nun, sie war ihres Vaters Liebling, und es kann gut sein, daß er oder einer ihrer Brüder ihr beigebracht hat, wie man mit einer Zweiundzwanziger umgeht.«

»Danke.«

»Und jetzt erwarten Sie von mir, daß ich sage ›Sie kann es nicht getan haben‹, oder?«

»Ich wäre nicht überrascht.«

»Also, ich sag's nicht. Sie hat Ogden verlassen. Ging nach Hollywood und dann nach New York. Unter diesen Umständen kann ich mich doch nicht festlegen, nicht wahr?«

»Richtig.«

»Unter uns, Detective Brady. Sie sind vielleicht aus New York und halten sich für sehr schlau, wenn Sie mir sagen, Sie wollen Bonnie Bernstein von der Liste haben. Hört sich ganz so an, als ob Sie denken, sie hätte ihren Exmann erschossen. Es sogar vielleicht geplant hat...« Er atmete sehr lange und sehr langsam ein. »Wenn die Frau, die Sie verdächtigen, nur noch ein kleines bißchen ist wie das nette, lächelnde Mädchen aus Eddies Club, wollen

Sie wissen, was ich dann denke? Ich denke, daß Sie eine ganz miese Theorie haben. Verstehen Sie? Sie sind auf dem Holzweg.«

Robby Kurz gab seine Wette ab. »Fat Mikey LoTroglio. Okay, man hat ihm nie etwas nachweisen können, aber sein Name wurde in Zusammenhang mit drei – ich sage drei – Mafiamorden genannt. Er braucht nur seinen fetten Finger zu heben und jemand stirbt.«

»Nix da«, sagte ich. »Bonnie Spencer. Motiv und Gelegenheit.«

Ray Carbone legte seine zwanzig Dollar dazu. »Wer bleibt noch? Lindsay Keefe? Okay, vielleicht fühlte sie sich in die Ecke getrieben. Ihre Arbeit, ihr Ruf waren in Gefahr. Und bestimmt ist sie so rachsüchtig wie alle Egozentriker. Es wäre zwar wie im Film, wenn sie es getan hätte, aber ich setze auf sie.«

Charlie Sanchez stand kurz vor der Pensionierung und nahm nicht mehr teil. Er schrieb unsere Wetten auf, faltete das Geld zusammen und tat es in die Tasche seines geliebten Veloursjacketts.

Wir saßen alle vier um den Tisch im Aufenthaltsraum. »So wie die Dinge liegen, fehlen hier tausend Dollar«, sagte Charlie. Er hatte recherchiert. »Ich habe folgendes herausgefunden: Um vierzehn Minuten nach acht am Freitagmorgen war Sy am Geldautomaten der Midland Marine Bank in Southampton.«

»Seine Sekretärin in New York sagte, er hätte sie informiert, daß er Bargeld für die Reise nach Los Angeles abheben würde«, fügte Ray hinzu.

Charlie fuhr fort: »Sy hatte so eine Vorzugskarte für gute Kunden und konnte bis zu tausend Dollar abheben. Und das hat er auch getan. Hat einer von euch tausend Dollar gefunden?«

Robby schüttelte den Kopf. »Nein. Es waren...«, er nahm sein Notizbuch, »einhundertundsiebenundvierzig Dollar in seiner Brieftasche.«

Ich schloß die Augen, konzentrierte mich und sagte dann: »Hört euch mal diese Zeiteinteilung an. Sy ist um acht Uhr vierzehn zur Bank gegangen, bei den Dreharbeiten in East Hampton war er um acht Uhr fünfunddreißig, acht Uhr vierzig. Das ist die Zeit, die man von Southampton nach East Hampton braucht, wenn man ohne Pause fährt. Als er da war, blieb er fast die ganze Zeit in seinem Wohnwagen und sprach mit verschiedenen Leuten. Richtig? Dieser Gregory war meistens in seiner Nähe, und wir haben alle befragt, die mit Sy gesprochen haben. Niemand hat etwas von dem Geld erwähnt. Es ging meist um technische Sachen: ein Mann für Spezialeffekte, Nick Monteleone und seine Maskenbildnerin. Ein paar Minuten mit Lindsay während einer Anprobe, bei der die Schneiderin und die Kostümbildnerin dabei waren. Er hat nicht mit Gewerkschaftlern, Polizisten oder Politikern gesprochen, d. h. Leuten, denen er Geld hätte zustecken können. Ist das klar?« Alle nickten. »Also nehmen wir an, er hat das Geld bei sich gehabt. Gegen elf Uhr fünfzehn fährt er mit tausend Dollar in der Tasche weg. Diesmal nicht zu Bonnie. Statt dessen scheint er geradewegs nach Hause gefahren zu sein, wo er um zehn vor zwölf ankam. Dafür haben wir die Aussage der Köchin, denn er wollte schnellstmöglich einen grünen Salat und Brot zum Mittag.«

»Soll das etwa Mittagessen sein?« Charlie schüttelte den Kopf. »Ist das zu glauben? Ein Kerl mit einer eigenen Köchin und will Salat. Diese Irren aus New York machen mich noch krank.«

»Und was folgern wir daraus, Steve?« fragte Ray.

»Daraus folgern wir, daß Sy nach seiner Heimkehr noch eine Person außer der Köchin gesehen hat. Diese Person hat er dann wohl auch im Gästezimmer gebumst. Auf dem Kopfkissen haben wir Haar von Bonnie Spencers Farbe gefunden; wir warten jetzt auf die Laboranalyse. Aber ich wette, daß es von ihr ist.«

»Warum fixierst du dich so auf sie?« fragte Ray.

»Weil es ein intelligenter Mord und sie eine intelligente Person ist. Weil er sie benutzt hat – zweimal, und ich glaube nicht, daß sie zu der Sorte von Mensch gehört, die ein drittes Mal zuließe. Ich denke, sie hat einen harten Kern. Außerdem hat sie mir etwas verschwiegen, denn sie war auch am Freitag in seinem Haus. Also Motiv und Gelegenheit.«

»Weißt du, was ich nicht verstehe? Daß er Lindsay Keefe mit seiner Exfrau betrog«, sagte Charlie. »War er nicht ganz richtig im Kopf?«

»Konzentriert euch auf die fehlenden tausend Dollar«, erinnerte ich meine Kollegen. »Fragt euch selbst: Wo war die Brieftasche mit dem Geld?«

»In der Innentasche seines Blazers«, sagte Ray.

»Wo?«

»In seinem und Lindsays Schlafzimmer auf einem Bügel an der Schranktür. Die Sachen für seine Reise waren alle fertig – eine Reisetasche und eine Ledermappe mit ein paar Drehbüchern.«

»Richtig«, sagte ich. »Aber die Taschen der Hosen, die er an dem Tag getragen hatte, waren leer bis auf etwas Kleingeld und seine Wagenschlüssel. Diese Hosen aber waren im Gästezimmer. Ich denke mir das so: er packt, bekommt dann Lust auf Sex und ruft Bonnie an. Er schmuggelt sie an der Köchin vorbei nach oben ins Gästezimmer. Er wirft seine Hosen über den Stuhl, bumst sie und dann...«

»Dann was?« fragte Ray. »Ich habe von dieser Person bisher nur gewußt, daß sie seine Exfrau ist und in der Nähe wohnt. Was, glaubst du, ist passiert?«

»Meine Vermutung? Sie hatten Streit. Er sagt, sie soll sich anziehen und abhauen. Oder vielleicht hat er es gar nicht gesagt, sie hat es selbst gemerkt. Wie auch immer, er nimmt einen Bademantel, läßt sie im Zimmer und geht vor dem Flug etwas Schwimmen. Auf jeden Fall fühlt sie sich betrogen, durchsucht seine Hosentaschen und nimmt die tausend Dollar.«

»Und dann geht sie raus, findet zufällig eine Zweiundzwanziger und erschießt ihn«, fügte Charlie ironisch hinzu. »Kann eine Autorin zwei Volltreffer auf fünfzig Fuß landen?«

»Könntest du es, Charlie, wenn du das Gewehr hättest?«

»Auf fünfzig Fuß? Warum nicht.«

»Na siehst du, warum nicht auch sie«, sagte ich und erzählte, was ich über die Bernsteins herausgefunden hatte.

»Nun, *ich* kann mir Bonnie nicht als Verdächtige vorstellen«, sagte Robby. »Selbst wenn sie langes dunkles Haar hat, mit Sy schlief und vielleicht auch gut schießen kann, was ich bezweifle, warum sollte sie ihn töten?«

»Viele Gründe.« Die Erklärungen, die Überlegungen und vor allem der Gedanke, daß sich das Puzzle langsam zusammenfügte, machten mir immer mehr Spaß. Aber am meisten freute ich mich, daß ich keine Mühe hatte, Argumente gegen Bonnie zu finden. Also war mein Kopf wohl doch härter als mein Schwanz. »Erstens lebt sie von der Hand in den Mund«, erklärte ich. »Sie wurde bei der Scheidung betrogen. Sie sah Sys Lebensstil, sah, wie er in Saus und Braus lebte. Sie sieht seinen Überfluß und vergleicht ihn mit ihrer Armut. Vielleicht hat sie davon gesprochen, ihn um Hilfe gebeten und auch damit gerechnet. Welchen Grund hätte sie denn sonst gehabt, jeden Tag der letzten Woche mit ihm zusammenzusein? Nur er lehnt ab.«

»Warum hat sie denn nicht weitergemacht?« fragte Ray. »Sie hätte von der Sympathie profitieren oder ihm Schuldgefühle suggerieren können.«

»Vielleicht hatte sie ihm schon alles gegeben – viel ist es ja nicht. Sie bumst und sie ist nett. Was hat sie sonst noch zu bieten? Und es ging vielleicht auch nicht nur ums Geld. Vielleicht war sie wieder in ihn verliebt und glaubte ernstlich, sie könne ihn zurückbekommen. Aber was immer sie auch von ihm wollte: Sy sagte nein.«

»Also nur deshalb soll sie ihn getötet haben?« fragte Robby. Er schien nicht überzeugt, aber man darf nicht vergessen, daß er zwanzig Dollar auf Mikey LoTroglio gewettet hatte.

Ich legte noch zu. »Sie hat die ganze Zeit Informationen zurückgehalten und uns angelogen. Warum? Damit wir nicht denken sollen, sie sei ein Flittchen? Nein. Sie hat etwas zu verbergen. Einen Mord.«

Robby überlegte einen Moment. Dann fragte er: »Aber warum würde sie ihn erschießen? Rache?«

»Rache plus Verzweiflung plus Habgier.«

»Und wo soll die Zweiundzwanziger herkommen?« fragte Charlie.

»Sie lebt allein. Vielleicht hat sie die Waffe schon seit Jahren. Ein Geschenk von Daddy Bernstein. Vielleicht hatte sie auch gefühlt, daß es das letzte Mal war, und brachte das Gewehr in ihrem Wagen mit. Oder sie ging, fuhr nach Hause, holte es und kam wieder. Hört doch, Jungs. Bei den Dreharbeiten trug Sy seine Hose, also hat ihm dort niemand das Geld weggenommen. Dann kommt er nach Hause, bumst mit einer bisher unbekannten Brünetten – die Bonnie sein muß, geht schwimmen und Peng – er ist weg und das Geld auch.«

»Selbst wenn sie da gewesen wäre, hätte ihn auch ein anderer erschießen können«, sagte Ray Carbone.

»Möglich. Aber wer? Warum? Bei Bonnie wissen wir's.«

»Also hat sie ihn wegen der tausend Dollar ermordet?« fragte Robby. »Ich muß dir sagen, Steve, das klingt nicht sehr wahrscheinlich. Nicht nach dem, wie du sie beschrieben hast. Deiner Beschreibung nach ist sie ein guter Mensch. Außer dem Herumgebumse, aber was soll's, sie ist einsam.«

»Aber *warum* ist sie einsam?« Ich schaute nicht zu Ray Carbone, obwohl ich ihn überzeugen wollte. »Fragt euch selbst doch einmal, warum eine normale, alleinstehende Frau in einer Stadt bleibt, in der sie keine Wurzeln hat. Einer Stadt, die den größten Teil des Jahres leer ist, in der es nur Einheimische gibt und ein paar Antiquitätenhändler, die von der rüden Schönheit der winterlichen Seelandschaft sprechen. Warum hat sie nicht das Haus verkauft – selbst jetzt hätte es ganz schön was gebracht –, ist nach Manhattan gezogen und hat sich einen anständigen Job gesucht?« Charlie rieb sich das Kinn, Robby blickte leicht interessiert, und Ray lehnte sich vor. »Ich sag euch, warum nicht. Sie ist eine Niete, und sie weiß es. Sie hat einen Zufallserfolg, und genau zu der Zeit trifft sie Sy. Diese Ehe hebt ihr Selbstwertgefühl. Aber dann langweilt er sich und sieht sich woanders um. Sie bleibt in dem einsamen Haus, weil sie ganz genau weiß, daß es in der Stadt keine Entschuldigung für ihr Versagen gäbe. So lebt sie von der Hand in den Mund, kann aber ihre Illusionen behalten: Sy wird wiederkommen, eines ihrer Drehbücher wird verfilmt werden, sie ist etwas wert. Und was geschieht dann?«

Trotz der Tatsache, daß Mikey LoTroglio jeden Moment mit seinem Anwalt eintreffen sollte, war Robby ganz Ohr. »Und was geschieht?« fragte er, als handele es sich um das Ende einer Gutenachtgeschichte.

Ich trumpfte auf. Ich wußte, daß es von Vorteil war, Robby auf meiner Seite zu haben und nicht auf den Spuren der Mafia. »Sy schläft wieder mit Bonnie, weckt Hoffnungen. Plötzlich denkt sie: Mensch, bin ich gut, ich werde meinen Mann wiederkriegen, in der Fifth Avenue leben und ein Siebenmillionendollar-Haus am Strand haben. Dann hat sie wohl angefangen, auch Sy davon zu erzählen, denn plötzlich läßt er sie fallen. Vielleicht auf nette Art. Oder er sagt ihr die Wahrheit: Bonnie-Baby, ich war sauer auf Lindsay, brauchte eine Abwechslung und du warst verfügbar. Es hat weiter nichts bedeutet.«

Ray zerlegte seinen leeren Plastikbecher in weiße Schnipsel. »Gut. Seine Zurückweisung muß sie getroffen haben, vielleicht schwer. Aber reicht das, um eine solche Reaktion bei ihr hervorzurufen?«

»Ja. Weil er ihr dieses Mal keine Illusionen läßt. Er wollte sie nicht. Er wollte ihr Drehbuch nicht. Denkt daran: Er hat sie gedemütigt, hat sie wie ein Straßenmädchen behandelt, als sie zu den Dreharbeiten kam. Und auch um der alten Zeiten willen hat er ihr nicht aus einer schwierigen Lage herausgeholfen. Seht, es waren zwei Phasen. Das erste Mal hatte er sie benutzt, um einen Fuß ins Filmgeschäft zu bekommen. Das zweite Mal zur Entspannung, weil er sich über Lindsay ärgerte. Und dann Ciao, Schätzchen, ich muß nach L. A. Ich sage euch – er ging aus dem Gästezimmer und ließ sie mit nichts zurück.«

»Das ist nur Theorie«, murmelte Robby, aber er klang schon fast überzeugt.

Ebenso Ray. »Okay, Steve und Robby«, sagte er, »vergeßt die anderen nicht, aber verliert diese Bonnie nicht aus den Augen. Es scheint, als ob sie besondere Aufmerksamkeit verdient.«

Fat Mikey LoTroglio sah aus wie die sizilianische Version von Humpty Dumpty. Eine blau-rote Seidenkrawatte baumelte von einem seiner Kinne, die auf seiner Brust lagen. »Ich bin mit Sy aufgewachsen«, erklärte er Robby und mir. »Er war wie ein Bruder für mich. Ich sag euch – wenn ihr den Kerl findet, der ihn umgelegt hat, ruft mich an. Ihr braucht nur zu sagen, hey, Mikey, wir haben den Burschen, und ich...«

»Als Mr. Spencer ermordet wurde«, unterbrach Fat Mikeys sehr junger, Pseudo-Yuppie-Anwalt, »nahm Mr. LoTroglio Cocktails mit einigen Geschäftspartnern ein, die das natürlich bezeugen können.« Der Anwalt trug eine runde Nickelbrille, als hoffe er, für John Lennon gehalten zu werden.

Mikey wandte sich ihm zu. »Ich nehme keine Cocktails ein, ich genehmige mir Drinks.« Er sah uns an und erklärte: »Das ist ein neuer Anwalt. Mein Alter, Teddy Connelly – kennen Sie ihn? – hatte einen Schlaganfall. Er ist in irgendeinem Krankenhaus in Rhode Island. Sie sollten ihn sehen: ein Wrack. Traurig, traurig. Und nun dieser Scheißmord...« Er schüttelte ungläubig den Kopf. »Sy tot – das ist wie ein Messer in meinem Herzen.«

»Was wird aus Ihrer Investition in *Starry Night*?« fragte ich.

»Mr. LoTroglios Beteiligung an diesem Geschäft ist nicht erwiesen«, sagte der Anwalt.

»Wir wissen, daß Mikey vierhunderttausend in den Film investiert hat; sein Schwager und sein Onkel haben noch mal sechshunderttausend hineingesteckt«, sagte Robby, aber ohne die übliche Rachsucht in der Stimme. Irgendwann zwischen dem Zeitpunkt, zu dem Ray und Charlie den Raum verlassen hatten, und dem Moment, wo Mikey und sein Anwalt ihn betraten, war Robby zur Bonnie-Spencer-Theorie übergelaufen. Robby war auf meiner Seite. Nun gehörte sie ihm, und er würde sie kriegen.

»Waren Sie zufrieden mit Ihrer Investition?« fragte ich.

Mikey klapperte naiv mit den Augenlidern: »Was verstehe ich vom Filmgeschäft?«

»Etwas müssen Sie schon verstehen, wenn Sie eine Million Dollar aufbringen.«

»He – wenn mein Freund Sy mich um ein bißchen Geld bittet, gebe ich es ihm.«

»Mr. LoTroglios Finanzberater waren beeindruckt von Mr. Spencers Resultaten«, sagte der Anwalt leise. »Sie hielten *Starry Night* für ein vielversprechendes Geschäft – auch wenn jegliche Investition in dieser Branche ein gewisses Risiko einschließt.«

»Hat Sy Sie über die Fortschritte des Films informiert?« wollte ich wissen. Fat Mikey schüttelte den Kopf, seine Kinne wabbelten. »Eine Million Dollar, Mikey. Waren Sie nicht neugierig?«

»Nee, was soll's. Sy sagt mir, daß der Film einen Oscar einbringen wird. Mikey, laß deinen Smoking für nächsten März reinigen, sagt Sy. Das reichte mir.«

»Sie haben also nichts über Probleme mit dem Film gehört?«

Mikey lächelte – nun, seine Mundwinkel bewegten sich aufwärts. Er kreuzte die Arme auf dem Bauch. »Was für Probleme?«

»Daß der Film Mist war.«

»Na so was! Davon hab ich nie gehört.«

»Der einzige Weg, den Film zu retten, wäre gewesen, sich von Lindsay Keefe zu trennen. Das hätte die Geldgeber – also Sie – noch ein paar Millionen mehr gekostet.«

»Quatsch«, sagte Mikey.

»Letzte Woche haben Sie oft mit Sy Spencer telefoniert. Worüber haben Sie gesprochen?« fragte Robby.

Mikey sah den Anwalt an, der mit seinen Fingernägeln zu kommunizieren schien. »He, du aus Harvard. Komm zu dir. Mein Gedächtnis ist nicht so gut. Erinnere dich mal, vielleicht hab ich es dir gesagt. Über was habe ich mit Sy gesprochen? Es ist gut möglich, daß wir ein paarmal telefoniert haben, aber ich kann mich beim besten Willen nicht an den Inhalt der Gespräche erinnern.«

»Sie erwähnten allgemeine Unterhaltungen mit Mr. Spencer, bei denen Sie sich nach seinem Ergehen und dem des Films erkundigten, woraufhin er Ihnen mitteilte, daß alles in Ordnung war.«

»Das stimmt«, bestätigte Mikey. Er drehte den Kopf und sah Robby direkt in die Augen. »Alles war in Ordnung. Und dann... eine Scheißkugel, zwei Scheißkugeln. Ich sage Ihnen, ein Stück von mir ist mit Sy gestorben. Wir waren wie Brüder. Als Kinder folgten wir seinem und meinem Vater durch die Fabriken. Während die Alten darüber diskutierten, was man alles in eine Salami hineinstopfen kann, sprachen Sy und ich über... das Leben.«

»Das Leben«, wiederholte ich.

»Ja. Leben. Wie in der Philosophie. Jetzt erinnere ich mich. Wir haben letzte Woche über Philosophie gesprochen.« Der Anwalt legte eine bremsende Hand auf Mikeys enormen Schenkel, die er aber entweder nicht fühlte oder einfach ignorierte. »Da waren wir nun, zwei Geschäftsleute. Aber wir waren so gute Freunde, daß wir nicht übers Geschäft zu reden brauchten. Wir redeten über Plato.«

»Wo waren Sie letzten Freitag abend, Mikey?« erkundigte sich Robby.

»Sie wollen mein Alibi?«

»Mr. LoTroglio war in Rosies Bar im Fleischdistrikt«, sagte der Anwalt. »Er ist gut bekannt dort. Viele Leute haben ihn gesehen, und mehrere unterhielten sich mit ihm.«

»Über Plato?« fragte ich.

»Nein, Sie Arschloch«, sagte Mikey. »Über Leberwurst.«

Einem meiner Bekannten gehörten ein paar Videogeschäfte in der South Fork, und er war verliebt in meinen Jaguar. Also machten wir einen Deal. Wenn immer ich nicht auffallen wollte, konnte ich eins seiner Spießerautos – Honda Accord oder Plymouth Voyager – nehmen und meins in seiner Garage lassen. Kurz nach vier Uhr nachmittags parkte ich also den Voyager gegenüber von Bonnies Haus und wartete.

Beschattung war schon immer eine meiner bevorzugten Tätigkeiten. Ich nahm mir eine Flasche Soda, eine Thermos mit Kaffee und einen Topf zum Pissen mit, lehnte mich zurück und glitt in eine Art Dämmerzustand. Es war wie Schlafen mit offenen Augen; ich paßte auf, aber mein Geist war woanders, und die Zeit glitt unbemerkt vorbei. Erst wenn der Himmel sich rötete, merkte ich, daß die Nacht vorbei war.

Aber heute war ich nervös und schaute alle zwei Minuten auf die Uhr. Ich wünschte, ich hätte am Kiosk gehalten, denn ich brauchte einen Schub Schokolade. Und warum hatte ich nicht einfach einen jüngeren Kollegen hergeschickt?

Doch um fünf Uhr war das Warten zu Ende. Sie kam in ihren Joggingklamotten heraus. Komisch, sie war genauso angezogen, wie ich mich anziehen würde. Shorts, T-Shirt, wollene Socken, ein leichtes Sweatshirt um die Taille gebunden, für den Fall, daß es am Wasser kühler würde. Sie hatte einen roten Ball dabei, und Moose lief glücklich bellend an ihrer Seite. Ich rutschte tiefer auf dem Sitz. Bonnie und Moose liefen in Richtung Strand.

Mensch, dachte ich, als sie verschwanden, diesen Hund habe ich richtig lieb. Vielleicht weil er schwarz ist und mich an einen Hund erinnert, den wir auf der Farm hatten. Es war eine Labradorhündin gewesen, Inky, ein liebenswertes Tier, das mich und Easton wie ihre Babies behandelte. Sie bewachte uns beim Spielen, bellte, wenn wir uns zu weit entfernten, und knurrte jeden an, der uns zu nahe kam.

Ich zog ein Paar Gummihandschuhe, wie wir sie für die Arbeit am Tatort tragen, über, stellte meinen Pieper ab und sah mich um. Alles klar. Ich überquerte die Straße und betrachtete das Haus. Wahrscheinlich würde ich durch ein Kellerfenster klettern können; selbst wenn ich eine Scheibe zerbrechen mußte, würde sie es wahrscheinlich tagelang nicht bemerken. Oder vielleicht konnte ich die Hintertür auf bekommen. Aber wie ich vermutet hatte, brauchte ich mich gar nicht anzustrengen. Bonnie hatte die Eingangstür offengelassen.

Selbst wenn sie schnell lief und den Ball nur einmal warf, hatte ich gute zwanzig Minuten. Aber ich würde oben anfangen, und falls sie früher zurückkäme, könnte ich durch die Hintertür verschwinden.

Volltreffer! Eines der Schlafzimmer benutzte sie als Büro und da, in einer überfüllten Mappe »Zu erledigen« war die Fotokopie des Verkaufsangebots für ihr Haus vom 4. August; also hatte sie sich entschlossen, es zu verkaufen, solange noch Sommergäste da waren. Hatte sie zu der Zeit schon wieder mit Sy angefangen? Verkaufte sie es, weil sie schon von dem großen Haus am Ozean träumte, einem Privatkino, Kreditkarten und einem Ehering? Oder war es vor Sy gewesen? War sie am Ende angelangt? Ich notierte mir die Nummer des Maklers.

Ich mußte schnell und ordentlich arbeiten, wobei Ordnung nicht eigentlich das Problem war. Bonnies Ablagemethode war eher auf der chaotischen Seite. Aber da es keine legale Durchsuchung war, konnte ich es mir nicht leisten, Spuren zu hinterlassen.

Ich durchsuchte auch ihr Schlafzimmer, aus dem hauptsächlich zu ersehen war, daß sie den lokalen Buchhandel unterstützte. Ihre Büstenhalter waren eher nützlich und langweilig, aber die Höschen nicht – winzig und schwarz und rot. Ich begann, sie mir darin vorzustellen, rief mich aber zur Ordnung. Ihr Schlafzimmer war angenehm und friedlich mit den weißen Spitzengardinen, dem einfachen Bett und der altmodischen Kommode. Ich wollte hier raus. Ich war schon halb aus der Tür und auf dem Weg nach unten, als ich kehrtmachte, um ihren Schrank zu überprüfen.

Nochmals Volltreffer! In einer Stiefelspitze – einem dieser Orte, an denen Frauen unweigerlich ihre Wertsachen verstecken – fand ich es: eine Rolle Geldscheine, die mit einem Gummiband zusammengehalten wurden. Achthundertundachtzig Dollar. Mehr, als sie auf dem Sparkonto hatte. Viel Geld für ein armes Mädchen wie Bonnie.

Wechselgeld von tausend Dollar.

Kapitel 9

Was ist denn daran so furchtbar? Sex kann selbst mit einer großartigen Geliebten wie Lynne zur Routine werden. Deshalb also ein Trick: man stellt sich eine andere anstelle seiner Freundin vor, und plötzlich wird aus einem normalen Koitus das Jahrhundertereignis. Das ist nicht schlimm, niemand wird betrogen, niemand verletzt.

Aber es war nicht nur diese Vorstellung. Mein ganzes Leben, nicht nur der Fall, konzentrierte sich auf Bonnie. Ich hatte mir in der Bank von Rochelle Schnell ein paar Rollen Vierteldollars geben lassen, und ein- oder zweimal am Tag – okay, drei- oder viermal – wählte ich Bonnies Nummer in einer Telefonzelle, nur um sie ›Hallo‹ sagen zu hören. Einmal, als ich die Angst in ihrer Stimme hörte, bekam ich einen Riesenkloß im Hals, als ob ich weinen wollte.

Vielleicht hatte mich das Mitleid gepackt, weil ich eine Stunde vorher die sie betreffenden Angaben durchgelesen hatte, wo neben ihrer Größe auch ihr genaues Alter vermerkt war. Fünfundvierzig Jahre – ich konnte es nicht glauben. Aber auch das schreckte mich nicht ab. Ich gab mich weiter meiner Psychose hin, denn das mußte es wohl sein. Immer wieder fuhr ich mit einem von T. J.s Autos auf dem Weg zur Arbeit oder zurück an ihrem Haus vorbei, manchmal auch zwischendurch. Und wenn ich den Anblick eines Schattens hinter einem der Fenster erhaschen konnte, durchzuckte mich ein Glücksgefühl. Einmal lag Moose auf dem Rasen und leckte sich die Vorderpfote mit ihrer großen rosa Zunge, und dieses Bild versetzte mich fast in einen Freudentaumel.

Kurz bevor ich nach der illegalen Durchsuchung ihr Haus verlassen hatte, fand ich in der Garage einen Jeep Wrangler. Es machte mich so unglaublich glücklich, daß Bonnie ein Auto mit Vierradantrieb fuhr. Aber dieses Glücksgefühl war fast gleichwertig mit der Freude gewesen, die ich empfunden hatte, als ich das Geld in ihrem Stiefel fand.

Carbone und der Lieutenant, ein Knabe namens Jack Byrne, der mehr flüsterte als sprach, riefen mich und sagten: »Hör zu, du mußt ein paar Leute in New York besuchen. Die erste Frau und den Scheidungsanwalt. Das ist eine Sache für dich, nicht für Robby. Da braucht man etwas Feingefühl.« Ich hätte erleichtert sein sollen. Hier war sie, die Chance, von der South Fork wegzukommen, die Besessenheit loszuwerden, das Bonnie-Trauma zu beenden, einfach mit dem Unsinn aufzuhören.

Aber als ich auf der Long-Island-Schnellstraße nach Westen fuhr, konnte ich nur an ihr dunkles, schimmerndes, süß-duftendes Haar denken. Ich wollte es von ihrer Stirn zurückstreichen, damit spielen, nachdem wir uns geliebt hatten. Doch ich wollte es auch in einer kleinen Plastiktüte sehen: Beweisstück D.

Verdammt, ich wollte T. J.s Lieferwagen nehmen, am Ende ihrer Straße parken und ihr Haus beobachten, um einen Blick von ihr zu erhaschen. Ich wollte nicht arbeiten, und auf keinen Fall wollte ich nach Manhattan.

Felice Tompkins Spencer Vanderventer war die Karikatur einer angeberischen, hochmütigen, reichen Society-Ziege. Ja, sie hatte gehört, daß ihr erster Mann ermordet worden war. Traurig.

Sie war nicht redselig. Alles an Felice war streng, angefangen mit ihrem Gesicht, das lang und rechteckig war wie ein Geschenkkarton für eine Schnapsflasche, bis zu ihrem Kleid, das aussah, als bestünde es aus braunem Altpapier und das mit einem schmalen Gürtel in der Mitte zusammengehalten wurde.

Sie war so alt wie Sy – dreiundfünfzig. Vielleicht hatten sie mit einundzwanzig wie ein Paar ausgesehen, aber jetzt hätte sie, vorausgesetzt, er hätte noch gelebt und sie wären verheiratet geblieben, sich bestimmt peinliche Anspielungen auf ihren Sohn anhören müssen. Sie gehörten nicht nur verschiedenen Welten, sondern auch verschiedenen Generationen an.

Ihr Wohnzimmer, in das sie mich gebeten hatte, war so riesig, daß man darin hätte Basketball spielen können, wenn es nicht so vollgestopft gewesen wäre. Es schien, als habe jemand das gesamte Inventar eines Antiquitätengeschäfts, das auf dunkle, häßliche Stücke spezialisiert war, aufgekauft. Hier gab es keine verblichene, ruhevolle Heimeligkeit wie bei Germy, nur hohes, überdekoriertes, schweres Mobiliar mit Klauenfüßen. Man brauchte bestimmt fünf Männer, um auch nur einen ihrer schwarzen, geschnitzten Holzstühle hochzuheben. Auch die Bilder waren schwere, zu dunkle Ölgemälde mit Früchten, Krügen, toten Hasen und nichtssagenden Frauen, die Mandoline spielten, in verzierten Goldrahmen.

»Wann haben Sie zum letzten Mal mit Mr. Spencer gesprochen?« Mein linker Schuh quietschte jedesmal, wenn ich mein Gewicht verlagerte. Sie hatte mir keinen Platz angeboten.

»Vor ungefähr zehn Jahren.« Selbst in der Helle des frühen Nachmittags war das Zimmer so dunkel, daß man Felices Züge kaum erkennen konnte – nur die Zähne. Sie waren doppelt so groß wie normal und vermittelten den Eindruck, als gehörten sie einer Vollblutstute. Felice war so häßlich, daß klar war, daß das Haus und alles, was dazugehörte, weder Mr. Spencer noch Mr. Vanderventer gehörte.

»Kennen Sie seine zweite Frau, Bonnie Spencer?«

»Ich habe beide einmal kurz vor der Carnegie Hall gesehen, und Sy machte uns bekannt.«

»Hat Sy während Ihrer Ehe je einen Mann namens Mikey LoTroglio erwähnt?«

»Ich glaube schon.«

»Was hat er über ihn gesagt?«

»Ich weiß nicht. Irgend etwas über ihre Väter, die beide im Fleischgeschäft waren.« Sie sprach »Fleischgeschäft« mit Ekel aus, so als hätte Sy mit Aas gehandelt. »Ich habe mich um diesen Teil seines Lebens nie gekümmert.«

Ich opferte noch weitere fünf Minuten, aber alles, was ich erfuhr, war, daß Felice Sy geheiratet hatte, weil er Wordsworths ›Ankündigungen der Unsterblichkeit aus Erinnerungen an die frühe Kindheit‹ zitieren konnte. Sie ließ sich scheiden, als sie herausfand, daß gesellschaftlicher Aufstieg ihm mehr bedeutete als Dichtung. Und auch weil sie erfuhr, daß er sie betrog. Mit wem? Mit ihrer Cousine. Claudia Giddings, Treuhänderin der New Yorker Philharmonie. Er hatte gesagt, daß er Claudia liebte und sie heiraten wolle, tat es aber nicht.

Die Fahrt nach Manhattan war Zeitverschwendung gewesen, dachte ich. Was hatte ich bisher erfahren? Daß Sy ein Mann gewesen war, der gerne Frauen vernaschte, besonders dann, wenn die Frauen entweder seinem Status oder seiner Karriere nützlich sein konnten. Und auch, daß Germy recht hatte: Sy war ein Chamäleon. Ein gebildeter Rezitator von Gedichten für Felice, ein liebenswerter, erdverbundener Junge für Bonnie, ein kühler, beherrschender Geldmann für Lindsay. Und nicht nur bei Frauen. Irgendwie wurde er zu dem, als den man ihn sehen wollte. Ein kalter, ferner Filmgott für Gregory C. Canfield. Ein umgänglicher Kumpel für Nicholas Monteleone. Ein Blutsbruder für Mikey. Ein Retter für Easton.

Ich ging zu Fuß zum Büro von Jonathan Tullins. Er war beide Male Sys Scheidungsanwalt gewesen. Offenbar lief das Geschäft gut, denn sein Büro stand voller teurer, komfortabel aussehender Ledermöbel. »Setzen Sie sich, Detective Brady.« Er hatte eine tiefe melodische Stimme und den Brustkorb eines Opernsängers.

»Ich habe Ihr Büro angerufen und mit Sergeant Carbone gesprochen«, sagte er. »Und scheinbar ist man bei Ihnen an Bonnie Spencer interessiert, denn Sie sind ja gekommen.« Er schien begeistert von seiner eigenen Stimme. »Um zur Sache zu kommen, Detective Brady, Sergeant Carbone war einverstanden, daß diese Unterhaltung inoffiziell ist und nicht in den Akten erwähnt wird.«

»Richtig.«

»Sehen Sie, einerseits besteht das Anwaltsgeheimnis gegenüber einem Klienten bis nach dem Tod.«

»Ja.«

»Darum wollte ich nicht mit Ihnen reden.« Er drehte sich auf seinem Ledersessel und stützte die Arme auf den Schreibtisch. »Andererseits war Sy nicht nur ein Klient, sondern auch ein guter Freund. Er rief mich letzten Donnerstag an. Einen Tag vor seinem Tod. Er war sehr, sehr beunruhigt.« Tullins hatte dieses verwöhnte, selbstzufriedene Gesicht, wie man es oft bei Politikern findet.

»Worüber war er beunruhigt, Mr. Tullins?«

»Geld.« Ich wartete. »Und seine frühere Frau, Bonnie Spencer.«

›Scheiße‹, dachte ich. »Verlangte sie Geld von ihm?«

»Nein. Aber Sy fürchtete, daß sie es tun könnte. Sehen Sie, Sy hatte sie in den Hamptons getroffen. Sie lebt das ganze Jahr über da, bekam das alte Sommerhaus. Er hatte nach der Scheidung nichts mehr mit ihr zu tun gehabt, aber dann schrieb sie ihm wegen eines Drehbuchs.« Er unterbrach sich. »Sie wissen doch, daß sie mal Drehbuchautorin gewesen ist?«

»Ja«, erwiderte ich. »Im Team bin ich der Bonnie-Spencer-Experte.«

»Sie haben zweimal deswegen telefoniert. Er gab sich Mühe, nett zu sein, sie zu ermutigen. Und dann war er wegen der Dreharbeiten für *Starry Night* den ganzen Sommer über dort. Nun, aus einem Impuls heraus besuchte er sie zu Hause. Eins kam zum anderen...« Der Anwalt räusperte sich.

»Sexuelle Beziehungen«, schlug ich vor.

»Ja. Er rief mich deswegen an.«

»Während?«

»Danach, Detective Brady. Offensichtlich geht es ihr finanziell schlecht, und Sy – post hoc ergo propter hoc – war beunruhigt, daß sie vielleicht wegen der erneuten sexuellen Beziehungen Unterhalt verlangen könne. Ich versicherte ihm, daß dies unmöglich sei. Die Ehe war vorbei, also auch seine Verantwortung ihr gegenüber.«

»Sagte er, sie hätten nur einmal miteinander geschlafen?«

»O ja, absolut. Sehen Sie, er war mit Lindsay Keefe zusammen. Warum er unter diesen Umständen mit Bonnie etwas anfing, ist eines dieser Geheimnisse, die im Menschen selbst liegen. Aber da haben wir es.«

»Hatte Bonnie irgendwelche Drohungen ausgesprochen?«

»Nein. Aber Sy schien unverhältnismäßig beunruhigt ihretwegen, nervös, schuldbewußt. Es paßte nicht zu ihm. Darum habe ich mich bei Ihnen gemeldet. Irgend etwas *war* mit Bonnie. Ich habe sie bei der Scheidung kennengelernt, und ehrlich gesagt, ich mochte sie nicht. Diese ewige Ausgeglichenheit wirkte so falsch. Ich traute ihr einfach nicht. Ich vermute, daß es Sy dann auch komisch vorkam. Vielleicht befürchtete er Erpressung: Zahl, oder ich sag es Lindsay. Oder er dachte, sie würde sich an ihm und an seinem Besitz rächen. Sehen Sie, er war ziemlich betroffen über ihre Armut. Er erzählte, er hätte Löcher in einem ihrer Kopfkissenbezüge gesehen. Das nur symbolisch, aber was er über ihr kleines Nachmittagsabenteuer sagte, war: ›Ich bin gespannt, was der Preis dafür sein wird.‹ Es hat mich seit dem Mord bewegt. Glauben Sie, er hatte eine Ahnung, daß sein Leben der Preis sein würde?«

Was für eine Zeitverschwendung, dachte ich, als ich zu meinem Wagen zurückging. Ich konnte nicht verstehen, warum Carbone und Byrne darauf bestanden hatten, daß ich einen Tag an diese beiden Dummköpfe verschwendete. Die ganze Verwaltungsspitze von Suffolk County schien die Nerven verloren zu haben und machte sich in die Hosen, weil der Fall in den Medien viel Staub aufwirbelte. CBS, NBC, CNN und ABC zeigten Luftaufnahmen von Sandy Court, und ein cleverer Fotograf hatte von einem Boot aus Aufnahmen von Lindsay am Strand geschossen. Außerdem schien es Tausende von Großaufnahmen zu geben, die Captain Shea vor einem Strauß von Mikrofonen zeigten, als er sagte: ›Wir sind im Moment dabei, verschiedene Möglichkeiten zu überprüfen.‹ Die *New York Times* sprach es direkt aus und schrieb, die Polizei von Suffolk County schiene blockiert, und *Newsweek* stimmte zu: ›Die Polizei scheint nichts zu wissen‹. Also wollte man sich gegen jede Eventualität schützen und folgte jeder möglichen Spur, selbst der dümmsten. Also ein ganzer Tag im Eimer. Hundert Meilen nach New York und hundert zurück, nur um herauszufinden, daß Sy Spencer gern reiche und/oder berühmte Frauen bumste und irgendein hochnäsiger Anwalt glaubte, Sy Spencer hätte sein Schicksal in einem abgenutzten Kopfkissenbezug gesehen.

Ich bog in eine Nebenstraße ein, betrat einen Laden und kramte mehrere Vierteldollars aus der Tasche. Das Angebot an Kondomen erstaunte mich, und ich überlegte, welcher Hornochse wohl blau geriffelte kaufen würde. Dann wählte ich die Vorwahl für Long Island und Bonnies Nummer. Sie antwortete »Hallo«. Der Ton war vorsichtig, resigniert, als ob sie schon auf das Auflegen vorbereitet sei. »Hallo«, wiederholte sie. Ich hing auf und rief Robby an. Noch kein Laborbericht, nichts. Da ich nicht im Berufsverkehr nach Hause fahren wollte, ließ ich mir von Robby die Namen, Adressen und Telefonnummern der uns bekannten Geschäftspartner von Mikey LoTroglio geben.

Drei davon waren Männer, die ausgesagt und beschworen hatten, daß Fat Mikey mit ihnen am Freitag, dem 18. August von ungefähr fünfzehn bis achtzehn oder neunzehn Uhr in Rosies Bar gesessen hatte. Die Besitzer einiger anderer Namen hielten sich im Bundesgefängnis von Pennsylvania auf. Mrs. Fat, Loretta LoTroglio, hatte zwei Tage vor dem Mord das Mount Sinai Hospital aufgesucht, um sich eine Silikonbrust implantieren zu lassen. Die alte war verrutscht und in der Achselhöhle oder sonstwo gelandet.

In Ermangelung eines Besseren entschied ich mich, Mikeys Freundin Terri Noonan zu überprüfen. Sie arbeitete halbtags als Empfangsdame bei einem Optiker und wohnte in Jackson Heights.

Mir schwebte eine giftblonde, kräuselgelockte Kreatur mit Kaugummi vor. Terri Noonan hatte braungelockte Haare und war ungeschminkt. Sie trug einen gestärkten weißen Kittel mit rundem Kragen. Kein Schmuck. Sie sah aus, als gehöre sie zu einem Orden, der den Habit aufgegeben hatte, nicht aber die Gelübde. Erst bei zweimaligem Hinsehen bemerkte man ihren phantastischen, langbeinigen Körper, der an ein Showgirl erinnerte.

Terri versuchte ein leises »Mikey wer?«, ließ es jedoch sein, als ich »Aber, aber Terri« sagte. Sie bat mich herein und machte einen Tee. Die Wohnung wie das Mädchen war angenehm und einfach, obwohl ich im Schlafzimmer ein rundes Bett mit einer violetten Steppdecke gesehen hatte. Aber im Wohnzimmer standen eine grüne Couch, grüne bequeme Clubsessel, ein paar Pflanzen in großen Töpfen. Der Boden war mit einem grünen Teppich belegt. Nett. Die Art Möbel, die eine Polizistenfrau kaufen würde. Sie goß aus einer geblümten Teekanne ein, ging dann wieder in die Küche und kam mit einem Teller Kuchen zurück; wahrscheinlich kaufte sie ihn jeden Tag frisch, um ihn für Mikey dazuhaben. Ich mußte sie immerzu anstarren – sie hätte Straß und einen Tanga tragen sollen. »Mikey war so aufgeregt wegen Sy. Ohne Flachs«, sagte sie und deutete auf ein Stück Linzer Torte: »Da ist Himbeergelee drin.«

»Meinen Sie, daß Mikey aufgeregt war, weil es mit dem Film Ärger gab?« Ich glaube nicht, daß Terri sich verstellte; Mikey hatte ihr wahrscheinlich nichts erzählt. »Wissen Sie, der Film, den Sy machte. Mikey hatte Geld in den Film investiert.«

»Ich schwöre, Officer, daß er nie von einem Film oder einer Investition gesprochen hat.«

»Und hat er auch nie von einem Streit mit Sy erzählt?«

»Ich schwöre beim Leben meiner Mutter: kein Wort. Ich meine, ich kannte Sy dem Namen nach, weil er sehr bekannt war. Einmal, als Loretta, Mikeys Frau, in La Costa war, gingen wir zu der Premiere von einem von Sys Filmen und dann zu einer großen Party. Aber sie waren alte Freunde, und Mikey sprach nicht so viel von ihm, außer von der Vergangenheit. Aber Sys Tod hat Mikey richtig mitgenommen.« Terri blinkerte. »Er weinte, und Mikey ist nicht so einer von diesen Softies, die immer heulen. Ich hatte ihn nie zuvor so gesehen.«

»Wann war das, Terri?«

»Lassen Sie mich nachdenken. Ich glaube, Sonnabend morgen, denn ich hatte ihm ein Käseomelett gemacht.«

»Wußten Sie, daß Sy am späten Freitagnachmittag getötet wurde? Gegen sechzehn Uhr zwanzig.«

»Die genaue Zeit kannte ich nicht«, sagte sie und knabberte an einem Stück Schokoladenkeks.

Ich stellte die Teetasse hin und sah sie direkt an. »Terri, dies ist wichtig. Wo war Mikey zur Zeit des Mordes?«

»Freitag?«

»Freitag.«

»Warum ist das wichtig?«

»Soll ich es Ihnen buchstabieren?«

Terri zupfte an ihrem Kragen. »Mikey war hier. In dieser Wohnung.«

»Mit Ihnen?«

»Ja.«

»Was tat er?«

Sie schaute auf ihre flachen Schuhe. »Es war persönlich.«

»Haben Sie und Mikey um oder gegen sechzehn Uhr am letzten Freitag persönliche Beziehungen unterhalten?«

Sie hob ihre rechte Hand. »Von drei bis sechs«, schwor sie.

»Mikey muß ganz gut drauf sein.«

»Er ist ein bißchen auf der üppigen Seite, aber bei guter Gesundheit.«

»Wollen Sie eine Erklärung unterzeichnen, daß er hier bei Ihnen war?«

»Ja«, sagte sie. »Mit meinem Blut, wenn es nötig ist.« Ich gab ihr statt dessen meinen Kugelschreiber und sah ihr zu, als sie schrieb: »Ich, Theresa Kathleen Noonan, beschwöre...« »Sehen Sie, Mikey konnte gar nicht in den Hamptons gewesen sein«, sagte Terri, als sie unterschrieben hatte, »wo er doch hier bei mir war.«

Aber nun hatte Mikey zwei Alibis – das bedeutete gar keins.

Also hätte ich doch jetzt ein besseres Gefühl wegen Bonnie haben müssen, nicht wahr? Es hätte doch angenehm sein müssen, zu wissen, daß meine kranke Phantasie tatsächlich nichts als Schall und Rauch war.

Auf der Heimfahrt hatte ich dann diesen Tagtraum: Ich klopfte an Bonnies Tür und sagte: Ich habe Mikey LoTroglios Alibi platzen lassen, und dann haben wir sein Telefon angezapft, und rat mal? Er bekam einen Anruf von einem billigen Gangster, der die Zweiundzwanziger auf Mikeys Befehl abgefeuert hat. Du bist frei, Bonnie.

Dann kam der andere Traum, wo sie von einem flotten Lauf nach Hause kommt, das Gesicht gerötet, der Atem beschleunigt. Ich komme an, steige aus dem Auto und sage: Hör zu, alles ist in Ordnung. Wir haben eine Routineüberprüfung gemacht, und es hat sich herausgestellt, daß Victor Santana ein Haus gemietet hatte, in dem ein Waffenständer war. Jetzt hat der Eigentümer bestätigt, daß eine Zweiundzwanziger fehlt. Nein, nicht Santana – Lindsay. Sie wußte, daß Sy nach Kalifornien fliegen wollte, um sie zu ersetzen, und ist einfach ausgerastet. Sie ging in ein Geschäft in der Nähe des Drehorts und kaufte die Munition. Sie trug eine dunkle Sonnenbrille. Der Kerl im Geschäft hatte noch nie einen Film gesehen und sie nicht gleich erkannt. Hör zu, Bonnie, sagte ich in Gedanken. Ich weiß, daß es die Hölle für dich war. Es tut mir leid. Und Bonnie sagte Gott sei Dank und war so dankbar, daß sie ihre Arme um mich schlang. Ich rieb mein Gesicht an dem ihren, und dann kam eines zum anderen, und schließlich waren wir in ihrem Schlafzimmer und liebten uns die ganze Nacht.

Der Tagtraum begleitete mich den ganzen Weg nach Southampton, und gerade als ich zum vierten Mal zum Orgasmus kam, bemerkte ich die Abzweigung zu Lynne. Da wurde ich nüchtern, und mein Gehirn begann wieder zu funktionieren.

Und es sagte mir, daß weder Mikey noch Lindsay Sy Spencer getötet hatten. Es war Bonnie.

Es wurde bestätigt. Bonnies Maklerin bestätigte, als ich sie zu Hause anrief, daß Bonnie etwas Großes von Sy erwartete. Sie meldete sich am Telefon mit: »Hallo, hier ist Regina!« und klang wie eine dieser freundlichen, reich geschiedenen Frauen, die nach der Trennung in der South Fork geblieben sind.

Sie erzählte: »Ich hab's Bonnie gesagt. Kind, jetzt ist der Markt schlecht. Behalte dein Haus, warte.« Obwohl es nach neun Uhr abends war, klang die Stimme der Maklerin noch immer furchtbar vital, wenn auch schon leicht verwischt, wahrscheinlich von zwei oder drei Cocktails. »Aber sie sagte, sie brauche das Geld und ich solle es versuchen.«

»Hat sie darüber gesprochen, was sie nach dem Verkauf tun wollte?« fragte ich.

»Lassen Sie mich nachdenken.« Ich wartete. »Irgendwas von dahin gehen, wo sie hergekommen sei. Obwohl ich ihr sagte, Bonnie, du kannst nicht nach Hause zurück. Ja, so war's.«

»Gab es Interessenten für das Haus?«

»Ein oder zwei Angebote, aber sehr niedrig. Und sie bestand auf dem vollen Kaufpreis. Das war sehr unrealistisch, und ich habe es ihr gesagt.«

»Und dann?«

»Ich rief sie an, um zu fragen, ob ich kommen könne, um den Interessenten das Haus zu zeigen, und sie sagte, es täte ihr leid, aber sie hätte Besuch. Das geschah zwei- oder dreimal. Und dann habe ich gesagt, also Bonnie, man reißt sich nicht um dein Haus. Es gibt genug von der Sorte. Wenn ich also nächstes Mal anrufe, geh mit deinen Gästen eine halbe Stunde an den Strand oder in die Stadt. Und dann lachte sie... sie hat Humor, und sagte, es wäre ein Mann. Am nächsten Tag rief sie dann an und legte die Sache auf Eis, angeblich, weil sich die Dinge zu bessern schienen. Sie ließ durchblicken, daß der Mann sehr beschäftigt wäre und es trotzdem schaffe, sie jeden einzelnen Tag zu besuchen. Daher wolle sie keine Leute im Haus haben. Also fragte ich, ob heiratsmäßig was anläge. Und da sagte sie, am Sylvesterabend wäre sie bestimmt nicht allein und auch danach nicht. Für mich klang das alles ziemlich ernsthaft, und ich hab sie gefragt, ob ihr Typ nicht einen Freund hätte. Wir haben dann noch Witze gemacht über zwei alte Damen – nicht richtig alt, wir sind in den Vierzigern –, die eine Doppelhochzeit feiern.«

Also hatte Bonnie etwas von Sy erwartet. Nun, warum nicht? Sie investierte ja schließlich auch. Das wurde vom Laborbericht bestätigt, der am nächsten Tag auf Ray Carbones Schreibtisch lag. Die Haare, die ich Bonnie ausgerissen hatte, waren identisch mit denen aus Sys Gästezimmer. Sie war mit Sy am Nachmittag des Mordes im Haus gewesen.

Motiv? Ja. Und jetzt auch Gelegenheit.

Kapitel 10

Ich hatte Bonnie aus der Wanne geholt. Sie trug einen blauweiß gestreiften Bademantel, und das Ende ihres Pferdeschwanzes war naß. Ihre Handgelenke glühten vom zu heißen Wasser. Vielleicht hatte sie Entspannung gesucht. Aber ihre Augen waren geschwollen, möglicherweise aus Mangel an Schlaf oder auch vom Weinen. Sie wußte, daß sie bei unserer Hitparade dabei war. Vielleicht auch, daß sie die Nummer eins war.

Aber sie spielte nicht die leidende Unschuld. Sie kreuzte die Arme und stand mir kerzengerade gegenüber. »Ich wäre dankbar, wenn Sie zu normalen Geschäftsstunden kommen könnten«, sagte sie. Ihre gekreuzten Arme schoben ihre Brüste nach oben. Sie sah mich starren, senkte die Arme und steckte die Hände in die Taschen. Ich malte mir aus, daß ich hinter ihr stünde und ihr süß duftendes Haar roch, ihren Nacken küßte und meine Hände zu den ihren in die Taschen steckte.

Es war eine eigenartige Situation, bei der jeder wußte, was der andere dachte. Wir wußten beide, daß sie unter dem Bademantel nichts trug. Wir wußten beide, daß ich es bemerkt hatte. Und wir wußten beide, daß durch einen einfachen Griff zum Gürtel der Mantel aufgehen würde. Wir würden es beide im Flur ihres Hauses treiben, weil wir so verrückt nacheinander waren, daß wir nicht warten konnten.

Ich sagte: »Ich verstehe, daß es Ihnen unangenehm ist, so spät gestört zu werden, aber für mich sind es normale Arbeitszeiten.«

»Ist gut«, sagte sie. »Entschuldigen Sie mich einen Augenblick. Ich ziehe etwas über.« Sie ging nach oben. Ich schloß die Augen, lehnte mich an die Wand und begann mir vorzustellen, ich hätte an dem Gürtel gezogen. Der Bademantel öffnet sich, ich ziehe sie an mich. Sie ist noch ganz warm vom Bad. Bevor ich den Bademantel abstreifen kann, öffnet sie meine Hose, holt ihn heraus, nimmt ihn in die Hände und...

Ich hörte sie auf der Treppe und öffnete schnell genug die Augen, um sie die Treppe herunterkommen zu sehen. Sie hatte Jeans und ein weißes Männerunterhemd mit V-Ausschnitt angezogen. Es saß so eng, daß man jedes Detail ihres weißen Spitzenbüstenhalters erkennen konnte. Den hier hatte ich bei meiner illegalen Durchsuchung nicht gesehen. Es war so ein kleiner BH, den Frauen nicht zum Stützen tragen, sondern für Männer. Verdammte Hexe, dachte ich. Aber sie sah phantastisch aus.

»Hmm«, sagte ich.

»Wie bitte?«

»Wo ist Ihr Hund?« Das war die einzige Frage, die mir einfiel.

»Mein Hund?« Sie entspannte sich etwas, wurde sogar ironisch. »Wieso? Wollen Sie sie befragen?«

»Ja. Ich möchte ihre Beziehung zu dem Getöteten feststellen.«

»Ich hab sie vor zwei Jahren aus dem Tierheim geholt, also hat Sy sie nie richtig kennengelernt.«

Ich begann zu lächeln. »Ich hab doch nur gefragt, wo Ihr Hund ist.«

Bonnies Ton blieb spöttisch. »Ich habe sie erschossen.«

Ich lächelte nicht mehr. »Hören Sie auf.«

»Ha«, rief sie aus wie ein Anwalt in einer Fernsehserie, der eine Information erhält, die seinen Klienten entlastet. »Sehen Sie! Im Grunde Ihres Herzens halten Sie mich nicht für fähig, einen Mord zu begehen.«

»Nein. Ich glaube nur, daß Sie unfähig sind, Ihren Hund zu töten.« Bonnie lachte ein bißchen zu laut. Sie trat einen Schritt zurück, ihre Schultern versteiften sich. Sie hatte Angst. Doch dann nahm sie sich zusammen und zwang sich zu entspannen.

»Wo ist sie?« Ich haßte es, immer dieselbe dumme Frage zu stellen. Doch hatte ich damit angefangen und mußte nun so tun, als handele es sich um eine Schlüsselinformation.

»Sie geht nachts gern raus.« Eine kühle, nüchterne Antwort. Nein, kalt. »So gegen zehn mache ich die Hintertür auf und rufe nach ihr. Zwei Minuten später ist sie da.« Bonnie wandte sich von mir ab, ich sollte die Angst in ihrem Gesicht nicht sehen. Sie ging in die Küche, öffnete die Tür und rief: »Moose! Knochen!« Dann ging sie zum Kühlschrank und nahm ein Bier heraus. Sie bot mir keins an, so daß ich nicht nein, danke sagen konnte. Kaum hatte sie den Verschluß entfernt, kratzte Moose auch schon an der Tür. Ich öffnete. Sie ließ einen glücklichen Laut hören und begann, meine Hand zu lecken.

Aber Bonnie war nicht glücklich. Sie war damit beschäftigt, hart zu sein. Sie zog den Hund von mir weg, streichelte seinen Kopf und nahm einen Knabberknochen aus einer Dose. Sie steckte ihn in Mooses Maul und war plötzlich so zärtlich wie eine Mutter, die ihrem Kind einen Lolli gibt. Moose blickte zu mir. Vielleicht mochte sie mich, aber ich gehörte nicht zum nächtlichen Ritual. Sie fürchtete wohl, ich könne ihr den Schatz entwenden, und trollte sich aus der Küche, den Knochen im Maul. Ich grinste, Bonnie nicht.

»Was wollen Sie wissen?« fragte sie. Sie warf den Kopf nach hinten und nahm einen Schluck Bier. Ich starrte auf die Linie ihres Halses, die steigenden Brüste. Ich wollte sie besitzen. »Nun?«

Gut. Sie wollte es. Sie sollte es bekommen. »Können Sie mit einer Zweiundzwanziger umgehen?«

In einem Film würde Bonnie ihre Überraschung durch Vergießen des Bieres gezeigt haben. Hier aber schluckte sie nur etwas härter. »Das ist nicht komisch.«

»Ich will auch nicht komisch sein. Sie sind die Komische. Ich bin der Polizist, und es ist mir sehr, sehr ernst. Ich möchte wissen, ob Sie mit einer Zweiundzwanziger schießen können.«

»Darauf muß ich nicht antworten.«

»Das haben Sie bereits. Sie haben nicht nein gesagt.«

»Ich habe auch nicht ja gesagt.« Plötzlich verwandelte sich ihre Angst in Wut. Sie knallte die Bierflasche auf den Tisch. »Lassen Sie mich etwas sagen. Seit ich acht oder neun bin, habe ich Kriminalfilme gesehen. Ich kenne die harten und die weichen Methoden. Ich weiß, daß Sie mich so sehr einschüchtern sollen, daß ich Ihnen alles erzähle. Oder Sie sollen mich einwickeln, daß ich alle meine kleinen Geheimnisse ausplaudere. Also hören Sie: Sie sind kein Humphrey Bogart! Und raten Sie mal was? Ich hab nichts Böses getan. Ich habe nichts zu gestehen. Sie verschwenden Ihre Zeit!«

»Ja?« Ich legte eine unsichtbare Flinte an, zielte und schoß. »Bonnie Bernstein Spencer. Ihrer Familie gehörte Bernsteins Sportartikelgeschäft in Ogden, Utah. Ein Geschäft, das keine Springseile verkaufte. Nein: Gewehre und Handfeuerwaffen. Mrs. Bernstein-Spencer hatte mehrere ältere Brüder und den Ruf, ein halber Junge zu sein. Ihr Vater war als guter Schütze bekannt. Er fuhr sogar nach Wyoming auf die Hirschjagd. Sagen Sie mir, Bonnie, ist Ogden ein hübsches Städtchen? Denn wenn Sie mir jetzt nicht antworten, nehme ich das nächste Flugzeug, bleibe einen halben Tag in der Stadt, und dann garantiere ich Ihnen, ich komme zurück mit den Überresten des Hasen, dem Sie 1965 zwischen die Augen geschossen haben plus zehn beeidigten Aussagen von Zeugen, die Sie dabei gesehen haben.«

Sie begann zu weinen. Diese runden, stummen Tränen, die nasse, breite Spuren auf den Wangen hinterlassen. »Bitte«, flüsterte sie, »tun Sie mir das nicht an.«

»Ich will nur die Wahrheit wissen.« Ich bemerkte, daß auch ich flüsterte. »Bonnie, können Sie schießen?«

»Ja.« Ich konnte sie kaum verstehen. »Aber ich schwöre bei Gott, ich habe Sy nicht getötet.«

Jesus, dachte ich, ich hab sie. Fast. »Sie müssen verstehen«, sagte ich sanft, »Leute schwören immer bei Gott. Ich schwöre bei Gott, ich bin unschuldig.«

»Aber ich bin es!«

»Beweisen Sie es mir.«

»Wie?«

Ich brauchte sie nur langsam und zärtlich zu überzeugen. »Wir können Sie durch einen ganz einfachen kleinen Test entlasten. Kommen Sie mit mir. Ich fahre Sie zum Hauptquartier und bleibe bei Ihnen. Sie brauchen nur eine kleine Speichel- und Blutprobe abzugeben. Nur ein kleiner Piekser. Und dann sind Sie aus dem Schneider.«

Es folgte ein langer Moment des Schweigens. Ich hörte das tiefe Brummen des Kühlschranks und dann das Klickern von Mooses Krallen, die in die Küche zurückkam. Sie schaute uns an. Sie verstand nicht, warum wir nicht fröhlich waren.

»Los, Bonnie.«

Ich stellte sie mir vor im Wagen auf dem Weg zum Hauptquartier. Unsere Arme und Schultern würden sich in den Kurven berühren. Ich stellte mir die Wärme vor, die diese kurze Reibung erzeugen würde. Nein – nicht diesen Traum.

Aber dann, im Hauptquartier würde meine Verzauberung ein Ende haben. In dem unbarmherzigen Licht dort würde ich Bonnie Spencer als das sehen, was sie war – eine Mörderin. Natürlich hatte sie es nicht tun wollen. Wenn sie diesen Augenblick noch einmal leben könnte, wäre Sy Spencer noch unter uns. Und zweifelsohne tat es ihr leid. Aber doch: eine Mörderin. Und da, in diesem harten Licht, wäre es mir nicht länger möglich zu begehren, was ich am meisten haßte: Mörder.

Und plötzlich fühlte ich mich krank, übel, wie nach zu viel Alkohol. Verzweiflung überkam mich. Und ich stellte mir die Frage, wie zum Teufel ich den Rest meines Lebens ohne sie verbringen sollte. Für einen Moment versagte meine Stimme, doch dann sagte ich: »Lassen Sie uns gehen, Bonnie.«

»Nein.«

»Kommen Sie doch. Sie haben alles zu gewinnen, nichts zu verlieren. Machen wir ein Ende.«

»Raus mit Ihnen!«

»Bonnie...«

»Und kommen Sie nicht wieder. Ich rede nicht mehr mit Ihnen.«

»Schatz, es tut mir leid, aber Sie müssen.«

»Nein. Und ich bin nicht Ihr Schatz. Wenn Sie noch mehr Fragen haben, können Sie mit meinem Anwalt sprechen. Und jetzt: Raus.«

Robby Kurz glitt zu meinem Schreibtisch, leckte seinen kleinen Finger und fuhr sich über die Augenbrauen. »Sollte es etwas geben, was ich von dir nicht weiß?« fragte ich.

»Gideon ist draußen«, sagte Robby übertrieben affektiert. »Er freut sich schon sehr auf dich.«

»Gideon wer?«

»Bist du vorbereitet?« Er schwenkte eine Visitenkarte. »Gideon Isaiah Friedman aus East Hampton, Süßer. Anwalt von Bonnie Spencer.«

Gideon Friedman kam auf mich zu. Er machte weder kleine tänzelnde Schritte, noch lispelte er. Doch man wußte sofort Bescheid. Vielleicht weil sein Äußeres dem Bild eines typischen englischen Provinzanwalts glich: unglaublich zwangloser, perfekt geschnittener brauner Tweedanzug mit sportlichem Hemd, grüne Strickkrawatte und braune Wildlederschuhe. Vielleicht war es auch sein vorzüglicher Haarschnitt oder sein zu jungenhaftes gutes Aussehen für einen Mann Ende Dreißig.

Oder war es die Art, in der er mich ansah, als ich aufstand, um ihm die Hand zu schütteln.

»Hallo«, sagte er.

»Hallo«, gab ich zurück.

»Ich vertrete Bonnie Spencer.« Er hatte diesen etwas vertraulichen Ton in der Stimme, der mich an die Kellner der schicken und teuren Fischrestaurants erinnerte, die jeden Sommer auf- und wieder zumachen, weil selbst der dämlichste New Yorker Snob rohe Muscheln kein zweites Mal freiwillig ißt. Ich sah Gideon an und dachte: Jetzt kann sich Bonnie auf einen Gefängnisaufenthalt zwischen fünfundzwanzig Jahren und lebenslänglich gefaßt machen.

»Wollen Sie sich nicht setzen«, schlug ich vor. Er nahm auf dem Plastikstuhl neben meinem Schreibtisch Platz und schaute sich um. »Nun, Mr. Friedman, was kann ich für Sie tun?«

»Ja.« Plötzlich wurde aus dem Homo ein Anwalt. »Bitte erklären Sie mir doch diesen Unsinn, daß Bonnie Blut- und Speicheltests machen soll, um als Verdächtige auszuscheiden.«

»So hatte ich das gemeint.«

»Nun machen Sie mal 'ne Pause. Sie meinen den DNS-Test, stimmt's?« Ich zuckte die Achseln. »Was soll denn das? Sy Spencer ist aus der Ferne erschossen worden. Handelt es sich um Schweiß, der auf die Mordwaffe getropft ist? Ein bißchen Speichel? Hat der Täter gesabbert?« Eine eigenartige Mischung, dieser scharfe Anwaltssarkasmus mit der verschwörerischen Kellnerstimme. »Oder gab es eine Art Kampf, und Sie haben Blut oder Hautzellen unter Sys Fingernägeln gefunden?« Für jemanden, der nicht wußte, was wir hatten und was wir wollten, war er gar nicht schlecht.

»Ich kann jetzt nicht über die Indizien diskutieren.«

»Warum nicht?«

»Das müßten Sie wissen. Es ist noch zu früh.«

»Na gut«, sagte er. »Dann hat es ja wohl auch keinen Sinn, Blut zu untersuchen. Ich werde also meiner Klientin raten, auf ihrem Recht zu beharren und sich diesem Test nicht zu unterwerfen.«

Erst dann wurde mir klar, daß Gideon wahrscheinlich für Modeschöpfer arbeitete. »Sie sind kein Strafverteidiger, nicht wahr?«

Ich erwartete, daß er ärgerlich oder aber beschämt reagieren würde. Aber er nahm sich zusammen und blieb ruhig. Er betrachtete die Spitzen seiner englischen Schuhe. »Warum fragen Sie?«

»Weil ein Strafverteidiger wissen würde, daß ein Verdächtiger in einem Mordfall einen Bluttest nicht verweigern kann.«

»Warum nicht?«

»Weil Blut- und andere medizinische Tests Fakten darstellen, keine Aussagen. Sie werden vom Fünften Zusatz der Verfassung nicht erfaßt.«

»Wer sagt das?«

»Das Oberste Bundesgericht.«

»Wirklich? Seit wann?«

»Nun, ich denke, in den letzten fünf oder zehn Jahren.«

»Dann muß es gleich nach Abschluß des Studiums gewesen sein. Ich werde es überprüfen.«

Nun ja, vielleicht arbeitete er für die Lobby der Friseure oder verwaltete Grundstücke für reiche Theaterleute, aber er war kein schlechter Kerl. Er war weder dumm, noch war er zu sehr von sich eingenommen. Doch was würde er vor Gericht tun? Sich mit Talar und weißer Perücke verkleiden? Und was würde er tun, wenn der Staatsanwalt Bonnie ins Kreuzverhör nähme? Riechsalz schnuppern?

»Was für ein Anwalt sind Sie?« fragte ich.

Er lächelte mit perfekten, weißen Zähnen. »Ich bin auf Grundbesitz spezialisiert.«

»Grundbesitz«, wiederholte ich. »Dann haben Sie wohl in East Hampton viel zu tun.«

»Ich werde Ihnen sagen, was Sie denken«, sagte Gideon. »Okay?« Ich zuckte die Schultern. »Sie denken: ›O fein. Ich kann

Bonnie Spencer ein Leben lang hinter Gitter bringen, und dieser Grundbesitzanwalt, der sie vertritt, wird ihr gerade noch zum Abschied zuwinken können.‹« Ich lehnte mich auf meinem Stuhl zurück und versuchte, erschüttert über diese lächerliche, nein, voreingenommene Idee zu wirken. Das war nicht sehr einfach, denn im Grunde hatte ich es ja gedacht. »Aber so wird es nicht laufen, Brady. Lassen Sie mich Ihnen sagen, wie es weitergehen wird. Wenn Sie nur mit ihr spielen, dann möchte ich Sie bitten, sofort damit aufzuhören. Ich gehe sonst und mache einen Aufstand bei Ihrem Vorgesetzten.«

»Glauben Sie, daß mich das interessiert? Gehen Sie doch, machen Sie Ihren Aufstand. Der Captain ist in dem Büro neben der Eingangshalle.«

»Es sollte Sie aber interessieren, meinen Sie nicht?«

»Nein.«

Er schwieg einen Moment. »Gut. Wenn Sie wirklich glauben, genug Beweise zu haben, möchte ich Sie bitten, es mir zu sagen. Denn in dem Fall möchte ich kurz rausgehen und Bill Paterno in die Sache einschalten.« Ich nahm einen Bleistift und rieb ihn zwischen den Handflächen. Paterno war der beste Strafverteidiger in Suffolk County.

»Denken Sie, daß Bonnie Spencer sich Bill Paterno leisten kann?« fragte ich, als ob mir ihre finanzielle Situation unbekannt sei.

»Nein. Aber ich kann es.« Gideon mimte einen starken jiddischen Akzent. »Ich verdiene ganz gut und habe ein paar hübsche Investitionen.« Dann fügte er hinzu: »Bonnie gehört zu meinen liebsten Freunden.«

Ja, das paßte zusammen. Ich konnte sie mir vorstellen: Giddie und Bonnie. Er würde sie zu sich nach East Hampton zu mexikanischem Bier und Tortillas einladen. Ich sah sie kichern und klatschen, über James Stewart und Henry Fonda, oder tiefe Gefühle teilen.

»Sie können Paterno engagieren, Mr. Friedman. Sie können

auch Clarence Darrow aus der Erde buddeln, aber Bonnie muß die Tests machen. Und dann haben wir sie.«

»Warum? Weil sie Ihnen gesagt hat, daß sie schießen kann? Bitte. Mädchen aus Utah können so etwas eben.«

»Wird dort eine Zweiundzwanziger mit jeder Packung Tampons verteilt?«

»Wo ist das Gewehr?« fragte er. Ich sagte nichts. »Bonnie besitzt kein Gewehr. Und sie hat sich auch keins geliehen.« Gideon wartete. »Sie haben doch die Mordwaffe nicht, oder?« Ich blieb stumm. »Warum Bonnie? Warum nicht Lindsay?«

»Lindsay?«

»Lindsay kann schießen. Glauben Sie mir nicht? Leihen Sie sich mal *Transvaal* aus. Großaufgemachter Kitsch, aber Sie werden sie mit einem Gewehr sehen.«

»Sie ist Schauspielerin. Ein Gewehr zu halten, heißt nicht, daß sie schießen kann.«

»Finden Sie es doch heraus.«

»Mr. Friedman, wir wissen, wo sich Lindsay Keefe zur Zeit des Mordes aufhielt.«

»Und«, meinte er und schnippte einen unsichtbaren Fussel von seinem Tweedärmel. »Wollen Sie damit sagen, daß meine Klientin in der Nähe von Spencers Haus war?«

»Möglich.«

»Ich glaube Ihnen nicht.« Wieder zuckte ich mit den Achseln. »Hören Sie mit dem Gezucke auf«, sagte er. »Es ist sehr störend. Seien wir realistisch. Sie wollen doch diese Frau nicht quälen, oder? Sie wollen sie nur ein wenig aufscheuchen. Nun, das ist Ihnen gelungen. Sie steht am Rande des Zusammenbruchs. Warum sagen Sie mir nicht, aus welchem Grunde Sie die Tests wollen? Vielleicht kann ich sie überreden, darauf einzugehen – sofern es nicht gegen ihre Interessen ist.«

Ich dachte darüber nach. Der einzige Grund, einen Verdächtigen über die Beweise zu informieren, ist, daß man hofft, eine Untersuchung abzukürzen und ein Geständnis zu erreichen. So eilig hatte ich es nicht. Ich konnte noch vierundzwanzig Stunden warten. Ich fühlte, daß noch etwas kommen würde. Und ich mußte mich absichern wegen der illegalen Durchsuchung von Bonnies Haus, indem ich einen Durchsuchungsbefehl erlangte und dann die Grundstückspapiere und das Geld in ihrem Stiefel ›fand‹. Diese beiden Tatsachen sollten dem Staatsanwalt dann reichen.

»Wissen Sie«, sagte ich zu Gideon, »der Täter ist ein intelligenter Mensch. Aber *so* intelligent nun auch wieder nicht. Er oder sie«, Gideon verzog das Gesicht, »hat so viele Indizien hinterlassen, daß wir förmlich darüber stolpern. Für die Beweismittel wird man einen Umzugswagen brauchen. Also warum soll ich Ihnen jetzt sagen, was wir haben, wenn wir heute nachmittag alles wieder auf den neuesten Stand bringen müssen.«

»Sie bluffen«, kommentierte Gideon.

»Tun Sie mir einen Gefallen, Mr. Friedman. Überbringen Sie Ihrer Klientin eine Botschaft von mir. Sagen Sie ihr, wenn sie es getan hat, soll sie jetzt kommen. Vielleicht können wir dann die Sache zu einem für beide Seiten befriedigenden Abschluß bringen.«

»Warum wollen Sie nicht anständig sein? Sie ist ein wundervoller Mensch. Warum können Sie nicht wenigstens an ihrer Schuld zweifeln?«

»Lassen Sie mich ausreden. Wenn sie so weitermacht und nicht mit einem Geständnis rüberkommt, wird es noch schwieriger für sie.«

Gideon fragte: »Denken Sie, daß Sie meiner Klientin gegenüber objektiv sind?« Mir gefiel die Art nicht, wie er mich ansah, ich bekam ein unangenehmes Gefühl. Hatte er bei mir etwas bemerkt? Hatte Bonnie etwas gesagt? Aber was schon. Daß ich einmal ein bißchen zu nahe bei ihr gestanden hatte? Daß sie ein paarmal eine Beule unter meinem Jackett bemerkt hatte, die nicht mit meiner Pistole zu tun hatte?

»Ja, ich kann objektiv sein. Sie ist eine liebenswerte Dame. Mit Sinn für Humor. Meiner persönlichen Auffassung nach ist sie ein

Schatz.« Gideon hörte gespannt zu. »Aber sie ist ein Schatz mit einem gemeinen Zug.«

»Sie irren.«

»Ich sag's nicht gern, aber ich habe recht. Sehen Sie, ich glaube, daß Bonnie eine Art Haßliebe für Sy empfand. Sie war allein, geschieden, arm, erfolglos. Und dann kam ihr Ex, bumste sie ein paarmal... Wir wissen es, obwohl sie das Gegenteil behauptet. Sie lügt die ganze Zeit. Jedenfalls bumste er sie und sagte dann byebye. Keine Freundschaft, keine Heirat, kein Geld. O ja, und kein Film. Kein gar nichts. Also löschte sie ihn aus.«

»Das glauben Sie doch nicht ernstlich?«

»Doch.«

»Sie haben keine Beweise.«

»Wir haben genug Beweise.« Ich legte meine Füße auf den Schreibtisch. »Ich muß es Ihnen sagen, für ein so nettes Mädchen ist ein derart kriminelles Verhalten nicht schicklich. Aber was ich denke, ist unwichtig. Die Dame wird verschwinden. Darauf sollten Sie sich einstellen. Vielleicht geben Sie ja sogar eine hübsche Abschiedsparty für sie.«

Marian Robertson, Sys Köchin, wurde von der Produktionsgesellschaft bezahlt, bis Lindsay *Starry Night* beendet hatte. »Köchin«, fauchte sie. »Sie eine Köchin brauchen? Weißt du, was sie ißt? Obst. Gut, hin und wieder mal 'ne Nuß. Kein Wunder, daß sie so bleich ist. Ich sitze den ganzen Tag herum, und wenn sie nach Hause kommt, darf ich ihr sieben Melonenbällchen machen. Welcher Mensch kann von Melonenbällchen leben?«

Ich konnte nicht sofort antworten, denn ich hatte den Mund voll. Sie hatte darauf bestanden, Eier mit Schinken zu machen, nicht zu vergessen die Muffins und den Kaffee. »Sie mögen sie nicht«, brachte ich schließlich heraus.

»Es gibt Schlimmere.«

»Wen?«

»Die Frechen. Und die Angeber. Die, die zwei Minuten vor einem Essen für zwanzig Personen kommen und mir sagen, daß sie auf Diät sind. Die, die sich bemüßigt fühlen, einer Farbigen zu erklären, was milles feuilles sind.«

Ich tat etwas Marmelade auf ein Muffin. »Wie ist das mit Leuten wie Bonnie Spencer?« fragte ich. Marian Robertson kaute an der Innenseite ihrer Wange. »Erinnern Sie sich an Bonnie, Sys Exfrau?«

»O natürlich! Nettes Mädchen.«

»Mrs. Robertson, dies ist sehr schwierig für mich. Ich kenne Sie, seit ich ein Kind war. Ich bewundere Sie und möchte nicht, daß Sie Schwierigkeiten bekommen.«

»Ich?«

»Ja. Wir haben greifbare Beweise dafür, daß Bonnie Spencer am Nachmittag des Mordes hier im Haus war. Natürlich können Sie mir jetzt sagen, daß Sie von ihrer Anwesenheit nichts wußten, aber früher oder später werden wir Bonnie unsere Beweise präsentieren. Dann wird sie vielleicht sagen: ›Und diese nette Mrs. Robertson, die ich so gut kannte, als ich noch mit Sy verheiratet war, sie machte mir immer meinen Lieblingspudding. Also Mrs. Robertson und ich haben uns so nett unterhalten.‹ Und dann hätten Sie ein Problem, weil Sie ausgesagt haben, sie wäre nicht hier gewesen.«

»Noch Kaffee?«

»Mrs. Robertson, es ist ein Verbrechen, Beweise zurückzuhalten und die Polizei zu belügen.«

Endlich sagte sie: »Du setzt auf das falsche Pferd, Steve. Bonnie ist ein gutes Mädchen.«

»Wenn sie so gut ist, warum lügen Sie, um sie zu beschützen? Lassen Sie sie doch ihre Qualitäten beweisen.«

»Es ist ihre Sache, ob sie der Polizei erzählt, daß sie hier war, nicht meine.« Sie begann, den Tisch abzuräumen. Meine Zeit als gerngesehener Gast war vorbei.

»War sie am letzten Freitagnachmittag hier?« Sie nahm die Zuckerdose.

»Ja.«

»Haben Sie mit ihr gesprochen?«

»Nur hallo, wie geht's und ein kurzes Schwätzchen.«

»Hat sie Sie geküßt? Haben Sie sich gefreut? ›Schön, Sie zu sehen, Mrs. Spencer?«

»Ich nenne sie Bonnie. Und sie war froh, mich zu sehen, und ich auch. Ich habe sie umarmt. Und was wollen Sie jetzt mit mir machen? Mich auf den elektrischen Stuhl setzen?«

»Mrs. Robertson, ich versuche nur, mir die Atmosphäre des Nachmittags zu gegenwärtigen.«

»Die Atmosphäre war, daß Mr. Spencer wohl genug von Madame Melonenbällchen hatte, denn er brachte Bonnie ins Haus. Und er lächelte, war glücklich mit ihr... wie in alten Zeiten. Und sie blieben nicht in der Küche. Ich vermute, sie hatten oben etwas anderes zu tun. Aber das war in Ordnung, denn ich hatte das Gefühl, daß Bonnie wiederkommen würde. Ich kenne sie. Mr. Spencer würde telefonieren, sie würde in die Küche kommen und wir würden alles aufarbeiten.«

»Sagen Sie mir jetzt die Wahrheit. Haben Sie oben Geräusche gehört, die nach Streit klangen?«

»Nein.«

»Auch keine anderen?«

»Nein. Hör zu. Er wäre nicht zum Pool gegangen und hätte telefoniert, wenn Bonnie noch oben gewesen wäre. Man kann über ihn sagen, was man will, aber er hatte gute Manieren. Es war nicht seine Art, eine Dame nicht nach Hause zu fahren oder sie wenigstens zu ihrem Auto zu begleiten. Glaub mir, nach Bonnie und vor Lindsay gab es ganz schön viele Frauen, die nach oben gingen, um den Blick zu genießen oder was auch immer. Er hat sie stets wie ein Gentleman verabschiedet.«

»Wie kommt es also, daß Sie ihn nicht hörten, als er sie rausbrachte?«

»Ich weiß nicht. Vielleicht habe ich Eierschnee geschlagen oder mir die Nase gepudert.«

»Haben Sie Mr. Spencer herunterkommen und zum Pool gehen hören?«

Sie nickte. »Und was ist mit Bonnie? Haben Sie sie gehen hören, nachdem er draußen war?« Sie antwortete nicht. »Gut. Was genau haben Sie zwischen dem Moment, wo Bonnie mit Sy nach oben ging, und dem Moment, wo Sie den Schuß hörten, gehört? Bonnies Stimme, ihre Schritte, das Geräusch ihres Autos?«

»Sie hat ihn nicht getötet.«

»Was haben Sie gehört, Mrs. Robertson?«

»Ich habe gar nichts gehört.« Sie nahm meinen Teller und die Muffins weg. »Macht dich das glücklich, Steve?«

Ich kannte das alte Sprichwort ›Schmerz hinterläßt keine Erinnerung‹. Körperlicher Schmerz, wie in Vietnam, als ein Junge aus Kalifornien im Drogenrausch Feindgeräusche hörte, seine M-60 lud und mich durch die Schulter schoß. Der Arzt pumpte mich mit Drogen voll, aber sie mußten mir einen Knebel in den Mund stopfen, damit ich durch mein Schreien nicht unsere Position verriet. Ich, der mit einem gewissen Hochmut auf verwundete, brüllende Kameraden herabgeblickt hatte, ich stöhnte nun so laut, daß sie den Knebel drinließen und ihn erst herausnahmen, als ich kotzte und an meinem Erbrochenen zu ersticken drohte.

Den Flug zum Lazarett glaubte ich, nicht zu überleben. Die ganze Zeit verlangte ich nach einem Priester. Und das bei mir, dessen letzte Beichte wohl zur gleichen Zeit stattgefunden hatte wie meine Erstkommunion. Aber an den Schmerz selbst kann ich mich nicht erinnern.

Und auch an Gefühlsschmerz erinnert man sich nicht. An den eines siebenjährigen Jungen, der Baseball spielt und dessen Vater mit einem Traktor auf das Spielfeld fährt. Er bricht sich fast den Hals beim Absteigen, nimmt aber den Schläger eines Spielkameraden und will ein paar Bälle schlagen.

Oder an den des einundzwanzigjährigen Soldaten, der einen schweren Vietkong-Angriff am Morgen überlebt hat. Seinen einzigen, wirklichen Freund, Mickey, erwischte es. Er wurde im wahrsten Sinne des Wortes von einem Schrapnell auseinandergerissen. Er war der wunderbarste Mensch, den ich je gekannt hatte. Da lag er nun, ein Bein war weggerissen, seine Gedärme lagen auf der Erde. Zwei Stunden später sah ich, wie der Bulldozer kam, seinen und ungefähr sechzig andere Körper aufschaufelte, in den Lastwagen schmiß und sie wegbrachte.

Noch mehr Schmerz? Fünfunddreißig Jahre alt sein und meinen Freund, meinen Vertrauten, die einzige Person, mit der ich außerhalb der Arbeit sprach – der Mann, dem der Getränkeladen gehörte – dabei beobachten, wie er mit seiner Frau einen schnellen, angeekelten Blick tauschte, als ich durch die Tür komme.

Man weiß, daß man diesen Schmerz und noch mehr gefühlt hat. Bei der Erinnerung daran fühlt man sich vielleicht traurig oder zuckt zusammen, aber man erinnert sich nicht an den Schmerz als solchen.

Als ich also bei Bonnie klingelte und niemand aufmachte, ich dann zur Garage lief, um zu sehen, ob ihr Auto da war, und sie schließlich im Gemüsegarten fand, lachte ich fast über die Panik, die mich überkommen hatte. Der Schmerz über ihr Fortgehen war schrecklich gewesen, aber was soll's? Man vergißt.

Und als Moose zum Empfang bellte und Bonnie aufschaute, mich sah und schauderte – ein heftiger, unkontrollierbarer Angstschauer –, da wollte ich verschwinden, sterben, es tat so weh. Aber ich sagte mir: Du wirst es überleben.

Sie hockte neben einem Korb voller Auberginen. »Was wollen Sie damit machen?« fragte ich.

»Raus hier.« Ihre Stimme war ein heiseres Flüstern. Sie stützte ihre Hände auf die Knie, und langsam, als sei die Anstrengung zu groß, stieß sie sich nach oben. All ihr Feuer, ihre Energie, all ihr Humor waren verschwunden.

»Bitte, verstehen Sie doch...« Was sagte ich da? Nichts Persönliches. »Sie haben gelogen, Bonnie.«

Sie verließ den Garten, ließ die Auberginen, einen Eimer voller

Tomaten, Moose, alles hinter sich. Ungelenk, ohne ihre sonstige Anmut ging sie auf das Haus zu. Ich folgte ihr. »Wir haben die Aussage eines Anwohners, der nicht nur Sys Wagen als das Auto identifiziert hat, das in der Woche vor seinem Tod jeden Tag hier war, sondern auch Sy kannte. Ich meine, wir wissen Bescheid. Warum haben Sie gelogen?«

Sie antwortete mir nicht. Sie zeigte auch keine Regung, als ich ihren Arm packte, um sie festzuhalten oder was immer ich auch tun wollte. »Und warum haben Sie wegen Ihres Drehbuchs gelogen? Haben Sie nicht daran gedacht, daß er jemandem erzählen würde, daß es Mist war?«

Sie stolperte über eine Baumwurzel. Ihr Arm entglitt mir, und sie fiel auf Hände und Knie. »Alles in Ordnung?« fragte ich. Sie saß auf der Erde, atemlos, und betrachtete die kleinen Steinchen und Gräser auf ihren Händen und das kleine blutige Rinnsal, das auf ihr Handgelenk zufloß. Aber sie stöhnte nicht, und sie weinte auch nicht. »Bonnie«, sagte ich. Aber sie hörte mich nicht.

Moose kam angelaufen, wedelte mit dem Schwanz und leckte ihre Hand. Bonnie zeigte keine Reaktion. »Bitte«, sagte ich. Ich zog sie hoch, sie wehrte sich nicht. Wieder auf den Beinen, setzte sie ihren unsicheren Weg zum Haus fort. »Hören Sie, Ihr Anwaltsfreund. Er wird für den besten Strafverteidiger bezahlen.«

Mir war schlecht. Ein leeres Gefühl. Aber ich hatte schon mehr ausgehalten. Irgendwie wußte ich, daß ich in zwei Wochen ein alkoholfreies Bier trinken und Kartoffelchips essen würde. Und Lynne würde sanft versuchen, es mir zu vermiesen.

Man vergißt Schmerz. Wirklich.

Bonnie öffnete die Küchentür.

»Glückwunsch«, sagte sie leise.

»Ich will keine Glückwünsche. Glauben Sie mir, es tut mir leid.«

»Nein. Sie haben erreicht, was Sie wollten. Sie haben mich gekriegt. Mein Leben ist vorbei. Was Sie tun, ist vielleicht kein Mord, aber das Resultat ist das gleiche: ein toter Mensch.«

»Es muß sein«, sagte ich.

»Warum?«

»Weil Sie jemanden umgebracht haben.« Sie ging hinein und schloß das Fliegengitter. Ich sah sie verschwommen, entfernt. »Versuchen Sie nicht, zu fliehen. Sie sind unter vierundzwanzigstündiger Überwachung.«

»Wo sollte ich hingehen, wo Sie mich nicht finden?«

»Richtig.«

»Es ist so traurig.«

»Das ist es«, stimmte ich zu.

»Nein. Es ist traurig, weil ich es nicht getan habe.« Es war sehr heiß draußen. Ich begann zu zittern. Ich wußte, diesen Schmerz würde ich nie vergessen. »Keine Angst«, sagte Bonnie. »Sie werden darüber hinwegkommen.«

Kapitel 11

Kurz vor acht Uhr am nächsten Morgen hielten wir vor Bonnies Haus. Eine Minute später schaute sie von der kleinen Schrift des Durchsuchungsbefehls auf, schluckte und sagte: »Ich werde meinen Anwalt verständigen.«

»Wie es Ihnen beliebt«, sagte Robby großzügig. Dann versuchten er und der andere Beamte, ein kleiner, drahtiger Typ, der die Figur eines Bodybuilders hatte, an ihr vorbei ins Haus zu dringen.

»Das dürfen Sie nicht!« rief Bonnie. Sie versuchte, uns aufzuhalten. Ich war derjenige, der sie beiseite schob.

»Berechtigtes Eindringen«, sagte ich. »Rufen Sie Ihre Bürgerrechtskommission an.«

Ich hatte Hysterie erwartet, aber sie stand nur ganz ruhig neben der Treppe. Sie war da, aber auch abwesend. Die Welt, in der sie lebte, war so scheußlich, daß sie sich in ein anderes, besseres Universum zurückgezogen hatte. Ich stand und schaute sie an, aber ich glaube nicht, daß sie mich sah. Endlich bewegte sie sich und ging an mir vorbei in die Küche, um Gideon anzurufen. Ich hätte ein Geist, Luft sein können. Moose reagierte wie Bonnie und wedelte nicht einmal mit dem Schwanz.

Ich folgte ihnen in die Küche und durchsuchte die Schränke, als ob ich vermutete, eine Tasse voller Zweiundzwanziger-Kugeln neben der Barbecuesauce zu finden. Für jemand, der dem Ruin nahe war, gab Bonnie zuviel Geld für Senf aus: Senf mit Honig, mit Estragon, mit grünem Pfeffer. Ich sah zu ihr hinüber. Ich überlegte, ob ein kleiner Witz über Senf die Atmosphäre vielleicht lokkern würde. Doch sie drehte mir den Rücken zu und telefonierte mit ruhiger Stimme.

Laut, wie ein Maracas-Spieler eines südamerikanischen Orchesters schüttelte ich eine Dose mit Popcorn-Mais. Ich wollte Aufmerksamkeit. Sie sollte meine Gegenwart zur Kenntnis nehmen – und mir dadurch das Gefühl geben, daß ich lebte. Ich war vollkommen fertig.

Zum Teufel mit der verdammten Traurigkeit, sagte ich mir. Deine Besessenheit ist zu Ende. Sei froh. Aber ich konnte es nicht dabei belassen. Und ich konnte nicht aufhören, Bonnie zu provozieren.

Aus der Durchsuchung ihrer Handtasche machte ich eine richtige Show. Schleimig, aufdringlich, die Privatsphäre verletzend. Ich wußte: Frauen haßten das. Jeden Schlüssel betrachtete ich genauestens, glättete ein paar Kleenextücher, studierte den Kassenzettel eines Supermarkts. In Zeitlupe nahm ich ihre Brieftasche auseinander und fand siebzehn Dollar in Scheinen, vierundvierzig Cents Kleingeld, ihren Führerschein, ihre Visa-Karte, die Karte der Leihbücherei. Und die Fotos: Vater in kariertem Hemd mit einer Forelle, Vater und Mutter – groß und breitschultrig wie Bonnie – in Sonntagskleidung, lächelnd, aber unnatürlich steif. Man sah ihnen an, wie unwohl sie sich fühlten. Da gab es die Brüder und die Schwägerinnen auf Skiern, Nichten mit Pferden, Neffen mit Hunden. Auf allen Bernstein-Fotos waren die Berge im Hintergrund.

Ich wartete auf ihre Reaktion: weglaufen, mich angreifen, ihren Haß hinausschreien. Nichts. Also machte ich besonders viel Wesens um ein kleines Plastiketui mit zwei Tampons. Ich hielt sie einzeln gegen das Licht, als erwartete ich eine Zündschnur anstelle eines Fadens. Keine Wirkung. Sollte ich sie herausfordern und sagen, was, haben Sie wirklich noch Ihre Regel? und es abstreiten, wenn ihr Anwalt mir Beleidigung vorwarf? Aber ich tat es nicht; der gutgebaute Nachwuchs-Detective war in der Nähe. Ich wollte nicht, daß er mich für voreingenommen hielt.

Bonnie legte den Hörer auf. Ich machte mit der Handtasche weiter. Ich stieß auf Puder, den Frauen mit diesen großen Pinseln auftragen. Damit lieferte ich mein Meisterstück, indem ich den Puder in eine Plastiktüte kippte, als wäre der Puder Rauschgift, gegen das Crack noch harmlos ist. Sie machte keine bissige Bemerkung. Den Durchsuchungsbefehl in der Hand ging sie ganz einfach aus der Küche und ließ mich stehen wie einen Vollidioten. Ich sank auf den gleichen Stuhl wie beim ersten Mal, als sie mir Kaffee angeboten hatte. Ihre Handtasche hielt ich immer noch fest.

Ungefähr zehn Minuten später war ich mit der ergebnislosen Durchsuchung der Küche fertig. Ich fand Bonnie auf dem Backsteinvorsprung des Kamins, den Durchsuchungsbefehl neben sich. Sie hatte die Arme über der Brust verschränkt, als warte sie auf die wärmende Hitze des Feuers. Aber natürlich war kein Feuer da. Draußen wurde es immer heißer, der Himmel war von einem fast schmerzhaften Blau. Die Sonne strömte durchs Fenster und hinterließ glänzende Vierecke auf der dösenden Moose und dem dunklen Holzfußboden.

Bonnie hatte den Kopf gesenkt und bemerkte nicht, wie unser Kollege Mr. Bodybuilder mir eine schwere Einkaufstasche übergab. Da er bisher nur einen von Mooses halb angeknabberten Knochen gefunden hatte, sehnte er sich offensichtlich nach einem klaren Indiz für Bonnies Schuld.

Ich leerte die Tasche auf dem Couchtisch aus. Bonnie sah herüber: eine Kaffeemühle und eine dieser teuren Espresso-Cappuccino-Maschinen. Auf dem Boden der Tasche war eine American-Expreß-Quittung: Seymour Spencer, Mitglied seit 1960, hatte dafür bezahlt.

Ich ging zu ihr, setzte mich auf die andere Seite des Durchsuchungsbefehls und wedelte mit der Quittung vor ihrer Nase herum. »Mochte Sy seinen Espresso vorher oder nachher?« fragte ich. »Manche brauchen etwas Anregung.« Sie antwortete nicht, aber ich hatte es auch nicht erwartet. Auch hatte Gideon sie sicher gewarnt, etwas zu sagen, und sie befolgte seinen Rat. »Kommt Ihr Anwalt her?« fragte ich. Sie nahm das Papier in die Hand, suchte nach einem Platz, es wegzustecken, fand aber keinen. Also behielt sie es in der Hand. Ich drehte mich, um sie wenigstens anschauen zu können. Ihr T-Shirt stammte offensichtlich von einem feministischen Filmfestival. Über ihrer Brust stand: FRAUEN MACHEN FILME in Rot, Grün, Gelb und Blau.

Ich zeigte auf Sys Namen auf der Quittung. »Dreihundertfünfundfünfzig Dollar für eine Tasse Kaffee«, sagte ich. Auf der anderen Seite des Raumes stieß Detective Bodybuilder ein wieherndes Geräusch aus, das er wohl für männliches Lachen hielt. Bonnie schob die Quittung mit ihrem Handrücken fort, sie flatterte auf den Boden.

Es war still im Haus; zu hören war nur das Geräusch von Robbys Schritten über uns. Ich wollte, daß er das Geld im Stiefel und das Verkaufsangebot für das Haus fand. Ich hatte ihm gesagt: Such du oben, ich bleibe unten und beaufsichtige sie.

Aber sie ging nirgendwohin, und auch ich mußte bleiben. Ich saß einfach da, neben ihr. Immer wieder warf ich ihr Blicke zu. Anstatt das Haar lose hinter den Ohren oder zum Pferdeschwanz gebunden zu tragen, hatte sie es zu einem Zopf geflochten. Ich hatte unbezähmbare Lust, jeden einzelnen dieser schimmernden

Stränge zu streicheln. Ich wollte sagen: Alles wird gut, aber stattdessen fragte ich: »Wo haben Sie das Gewehr versteckt?« Sie bewegte sich nicht. »Bonnie, Ihre Chancen schwinden. Wenn Sie es uns schwermachen, werden wir es Ihnen auch schwerer machen.«

In dem Moment kam Gideon Friedman herein. Der perfekte Ninja-Anwalt: verbeulte schwarze Baumwollhosen, schwarzer Pullover, das Haar nach hinten gekämmt. Ich stand auf. »Hallo, Mr. Friedman. Nett, Sie zu sehen.«

Er ging an mir vorbei und hockte sich vor Bonnie hin. »Hast du irgend etwas zu ihm gesagt?« fragte er. Sie schüttelte den Kopf. »Gutes Mädchen.« Er nahm den Durchsuchungsbefehl, stand auf und studierte ihn. Nachdem er konstatiert hatte, daß er in Ordnung war, wollte er ihn wegstecken, hatte jedoch auch keine Taschen. Also behielt er ihn in einer Hand und zog Bonnie mit der anderen in die Küche.

Dort müssen sie sehr leise gesprochen haben, denn ich konnte nichts hören. Noch nicht mal das Gesumme einer geflüsterten Unterhaltung. Ich ging zu ihren Bücherregalen. Meistens Taschenbücher: Hunderte von Krimis, einige Bestsellerromane, Bücher über das Filmgeschäft, Naturbücher – hinter denen keine Sexliteratur verborgen war.

Dann kam Robby die Treppe herunter. Er grinste und hielt eine Plastiktüte hoch, in der die Rolle von Scheinen war, die Bonnie in ihrem Stiefel versteckt hatte. Ich ging zu ihm. »Achthundertundachtzig«, erklärte er.

»In Zehnern oder Zwanzigern?« Ich versuchte, überrascht auszusehen. »Wie aus einem Automaten?«

»Recht hast du.«

»Noch was?«

»Nicht wirklich.« Robby schien ein bißchen enttäuscht. Wahrscheinlich hatte er auf ein rauchendes Gewehr gehofft.

»Kein Vibrator im Nachttisch?« Er schüttelte den Kopf. »Keine interessanten Papiere?«

»Nichts.« Scheiße, ich mußte rauf, mich mal umsehen und das

Verkaufsangebot finden. Wenn sie es nicht weggeworfen hatte. »In ihrem Arbeitszimmer nur Drehbuchkram und Ablehnungsbriefe. Aber hör zu, Steve. Wir haben genug. Dieses Geld ist der Pfahl durch ihr Herz. Und wenn wir erst die Blutprobe haben, ist alles vorbei.«

»Keine Ablehnungsbriefe von Sy?«

»Nein. Aber das brauchen wir auch nicht. Wo ist sie?«

»In der Küche mit ihrem Anwalt.«

»Sollen wir es ihr jetzt sagen?« Er war wie ein Bluthund, er konnte nicht warten.

»Ja«, sagte ich. »Bringen wir es hinter uns.« Meine Kehle war trocken. Ich atmete, aber bekam nicht genug Luft.

Wir gingen in die Küche. Robby schwenkte das Geld vor Bonnie hin und her. »Achthundertachtzig Dollar in Zwanzigern«, sagte er zu ihr.

»Wenn Sie irgend etwas zu sagen haben, wenden Sie sich bitte an mich«, sagte Gideon.

»Oh, tut mir leid!« Robby grinste ihn verlogen an. »Ich möchte nur wissen, wo das Geld herkommt. Vielleicht kann Ihre Klientin es uns sagen.«

»Oh«, begann Bonnie, »es ist...«

»Ruhe«, fuhr Gideon sie an.

»Aber Gideon, das hat doch gar nichts mit Sy zu tun.«

Friedman schien nicht begeistert. »Würden Sie uns wohl einen Moment allein lassen?« bat er. Wir gingen aus der Küche, hörten Flüstern. Ich atmete tief ein, aber mir wurde nur schwindelig. Dann rief Gideon. »Es ist gut. Sie können wieder hereinkommen.« Als wir drin waren, nickte er Bonnie zu.

Sie wandte sich an Robby, als wäre er der einzige Polizist im Raum. »Das Geld, das Sie gefunden haben, ist der Rest von zweitausendfünfhundert Dollar, die ich im letzten Dezember bekam. Ich arbeite für ein Versandhaus, und der Eigentümer bezahlt mich einmal pro Jahr. Bar.« Dann fügte sie hinzu: »Ohne Beleg.«

»Also gibt es keinen Beweis für diese Zahlung«, konstatierte ich. Bonnie zwang sich, mich anzusehen, vermied jedoch jeden Blickkontakt.

»Das ist der Zweck der Sache«, erklärte sie. Sehr geduldig, als spräche sie zu einem geistig Minderbemittelten. »Es soll ja auch keine Spur geben.«

»Also haben wir nur Ihr Wort dafür, wo das Geld herkommt.«

»Woher sollte ich sonst achthundertachtzig Dollar herhaben?«

»Am Morgen seines Todes hat Sy Spencer tausend Dollar von einem Geldautomaten geholt. Als wir ihn fanden, waren sie nicht mehr da.«

Gideon unterbrach. »Jetzt reicht's aber! Nennen Sie das Polizeiarbeit? Sie suchen überhaupt nicht. Alles, was Sie nicht erklären können, geht auf Bonnies Konto. Wahrscheinlich hat Sy es jemandem gegeben oder sich etwas gekauft.«

»Nein«, sagte Robby.

»Sagen Sie nicht nein. Ich kannte den Mann. Wenn er Wünsche hatte, erfüllte er sie sich. Gefiel ihm eine Krawatte für hundert Dollar, so kaufte er sich eine in jeder Farbe.«

»Glauben Sie mir, wir haben nachgeprüft«, fuhr Robby fort. »Er hatte keine Zeit, etwas zu kaufen. Und er hat auch niemandem etwas gegeben. Wer immer zuletzt mit Mr. Spencer zusammen war, nahm das Geld. Und wir wissen, daß diese Person Mrs. Spencer war.«

»Sie *wissen* es? Wie denn das?« fragte Gideon, als könne er es nicht glauben. Aber ich merkte – er wußte es auch.

»Weil sie an diesem Tag im Gästezimmer seines Hauses zusammen geschlafen haben.«

»Wirklich?« Nichts ist so unangenehm wie ein verzweifelter Anwalt, der versucht, Humor zu zeigen.

»Ja, wirklich. Im Bett fanden wir Haare, die nicht Sy gehörten. Wetten, daß, wenn wir Proben von Mrs. Spencers Blut bekommen, alles zusammenpassen wird?«

Bonnies Hand flog zu ihrem Kopf. Sie erinnerte sich. Ihr Blick war eine furchtbare Mischung aus Trauer und Wut.

»Wollen Sie wissen, was an dem Nachmittag passierte, als Sy ermordet wurde?« Ich konnte nur zu Gideon sprechen, Bonnies Anblick war mir unerträglich. »Ihre Klientin hatte sexuelle Beziehungen mit Sy Spencer. Es gab eine Meinungsverschiedenheit. Er verließ das Zimmer. Sie nahm die tausend Dollar aus seiner Hosentasche. Als er schwimmen ging, zog sie ein Paar Gummisandalen an...«

»Ich habe keine Gummisandalen«, sagte sie zu Gideon.

»... und ging nach unten an einen bestimmten Platz direkt bei der hinteren Veranda, wo sie...«

Ich konnte fühlen, wie Bonnie mich direkt ansah. Ihre Augen waren riesig. »Nein! Ich habe es nicht getan. Dieses Geld, ich bekam es...«

»Okay«, unterbrach ich. »Geben Sie mir die Nummer von dem Katalogmann.«

Bonnie sah zu Gideon, wartete aber diesmal nicht auf sein Signal. Gerade als er anfing, den Kopf zu schütteln, sagte sie: »Der Mann heißt Vincent Kelleher. Er wohnt in Flagstaff, Arizona. Ich mache drei Kataloge für ihn; *Ländliches Kochen*, *Juno*, das ist für füllige Damen, und... Gott, der andere fällt mir nicht ein. Doch. *Pfefferpralinen* für Reizwäsche.«

Bevor ich etwas sagen konnte, lief sie aus der Küche und nach oben in ihr Arbeitszimmer. Ich folgte ihr. Ihre Hände zitterten, als sie ihr Adreßbuch durchblätterte. »Hier.«

Ich wählte die Nummer. Es war noch niemand in der Firma. Gideon kam nach oben, gefolgt von Robby. Endlich bekam ich Kellehers Privatnummer von der Auskunft und weckte ihn. Ja, er war Vincent Kelleher. Detective Bodybuilder hatte wohl gemerkt, daß etwas im Busche war, denn auch er kam nach oben. Der Raum war aber zu klein für uns alle, also blieb er an der Tür stehen und starrte auf Bonnies *Cowgirl*-Poster. Ja, bestätigte Vincent Kelleher, er gäbe mehrere Kataloge heraus. Ja, eine Bonnie Spencer hatte für ihn gearbeitet. Ohne Rechnung? Nein, niemals. Hatte er Mrs. Spencer letzten Dezember zweitausendfünfhundert Dollar in bar gezahlt? Nein! Zu irgendeinem anderen Zeitpunkt? Nein. Vor ein paar Jahren hätte sie für ihn gearbeitet und er hätte sie bezahlt, per Scheck. Ob sie denn Schwierigkeiten habe, Detective.

Ich legte auf und wandte mich an Robby. »Er hat sie nie in bar bezahlt.«

»Das habe ich mir gedacht«, sagte er.

Bonnie klammerte sich an den Aufschlag meines Jacketts. »Ich schwöre Ihnen...« Zum ersten Mal berührte sie mich. Ich schob ihre Hand weg.

»Und interessehalber«, fuhr ich fort, »wollte Mr. Kelleher wissen, ob die Dame in Schwierigkeiten sei.«

»Meiner Ansicht nach ja«, sagte Robby. »In großen Schwierigkeiten.« Er sah Gideon an und lächelte. »Jedenfalls denke ich, daß die Dame morgen verhaftet werden wird.«

»Ich glaube, wir sollten miteinander reden«, sagte Gideon zu mir.

»Ich glaube, es ist zu spät.«

»Er hat recht«, sagte Robby. »Es ist zu spät. Jetzt kann nicht mehr verhandelt werden.«

»Ich wollte auch keine Verhandlungen«, antwortete der Anwalt.

»So ist's richtig«, stimmte Robby ihm bei. »Keine Verhandlungen. Und wissen Sie, warum? Weil Bonnie Spencer erledigt ist und wir darin einig sind.«

Ja, Vietnam-Veteran mit Purple Heart und Bronze-Stern. Ein großer, mutiger Polizist. Ein richtiger Mann, mit allem, was dazugehörte. Als aber die Wagen sich vor Bonnies Haus aufreihten wie zu einer Beerdigungsprozession – Bonnie und Gideon in seinem 735er BMW, Robby und Detective Bodybuilder in Robbys silbergrauem Olds Cutlass und ich in meinem Jaguar, verließ mich der Mut. Ich wollte nicht Teil des Konvois sein, der sie zum Bluttest ins Hauptquartier brachte. Sowie ich konnte, bog ich ab und fuhr zur Schnellstraße. Dort drückte ich auf die Tube. Einhundertundzehn Meilen. Der Jaguar gab sein Bestes. Als ich lange vor den anderen im Hauptquartier ankam, konnte ich mich nicht dazu bringen, die Räume der Mordkommission zu betreten. Ich ging auf die Toilette und setzte mich auf einen Klodeckel.

Ich hatte Angst, Bonnie gegenüberzutreten. Nein, ich hatte Angst vor dem, was ich getan hatte. Mit trockenem Mund und hämmerndem Herz saß ich da und fühlte, daß ich zum Opfer einer wahnsinnigen Komödie geworden war: Diese Frau, die mir aus irgendeinem Grund so viel – nein alles – bedeutete; diese Frau, ohne die ich mir das Leben nicht mehr vorstellen konnte, würde dank meiner polizeilichen Fähigkeiten, meiner schlauen Überredungskunst, meiner unfehlbaren Logik ins Gefängnis gehen. Nie würde ich diese Frau – diese Zauberin – wiedersehen.

Was immer auch ihre Magie ausmachte, sie hatte getan, was niemand zuvor geschafft hatte: mich zum Leben erweckt. Aber ich hatte das Geheimnis um Sys Mord dem Geheimnis ihres Zaubers vorgezogen. Ich Vollidiot – ich hatte den Bann gebrochen.

Und da war ich nun gänzlich und vollkommen ohne sie. Ohne jede Hoffnung, sie jemals wieder berühren zu können, mit ihr zu reden. Der Rest meiner Tage – mit Ehe, Kindern, Morden, Enkelkindern und Pensionierung – würde sich in einem dichten, grauen Nebel abspielen.

Es ist phantastisch, ein richtiger Mann zu sein. Ein Detective der Mordkommission, der auf einem Toilettendeckel sitzt und den Anblick einer Mörderin mit einem schimmernden Zopf und einem herrlichen Hund fürchtet.

Langsam begann ich, wieder normal zu atmen, blieb aber noch sitzen, bis ich mich völlig unter Kontrolle hatte.

Bonnie und Gideon, die lange genug hier in der Gegend gelebt hatten, kannten wahrscheinlich die Abkürzung für den Long-Island-Expressway. Aber warum sollten sie eine Abkürzung nehmen? Auch Robby und Detective Bodybuilder würden sie nicht zur Eile antreiben. Es konnte also fast noch eine Stunde dauern, bis sie hier eintrafen.

Ich verließ die Herrentoilette und schleppte mich ins Büro. Da wir in Schichten arbeiten, teilen sich zwei oder drei Kollegen einen Schreibtisch. An dem meinen saß Hugo. Ich bedeutete zu bleiben und ging an Robbys Platz. Zwei Minuten später steckte Ray Carbone den Kopf durch die Tür. Seinem Gesichtsausdruck nach zu urteilen war er in Stimmung, über die Austrittswunde in Sys Kopf oder die Jungsche Persönlichkeitstheorie zu diskutieren. Also nahm ich schnell den Telefonhörer, wählte eine Nummer und tat, als warte ich auf ein Gespräch mit einem wichtigen Zeugen. »Es ist zehn Uhr vierzehn Minuten und zwanzig Sekunden«, sagte die Computerstimme. Carbone winkte und ging. Ich war vollkommen fertig, saß einfach da und hörte, wie die Zeit verging: »Zehn Uhr sechzehn Minuten und dreißig Sekunden.«

Ich öffnete Robbys Schublade und suchte nach einem Schreiber, damit ich vorgeben konnte, Notizen zu machen. Keine Stifte, aber zwei halbleere Flaschen Mundwasser, eine Visitenkarte von Mikey LoTroglios Anwalt und Robbys Akte über Mikey. Ich nahm sie heraus: Michael Francis LoTroglio alias Mikey LoTroglio alias Fat Mikey alias Mikey Lopkowitz alias Mr. Piggy alias Michael Trillingham. Den Faxnotizen und Computerausdrucken von der New Yorker Polizei und dem FBI konnte man die Verhaftungen entnehmen: Erpressung, Wucher, Hehlerei, Steuerhinterziehung. Und Mord, zweimal. Richie Garmenda von der Gewerkschaft der Fleischeinzelhändler war unter einem Pier auf der Westseite mit eingeschlagenem Schädel gefunden worden. Und Solly Jacobson, Buchhalter in einem Transportunternehmen, wurde vermißt und für tot erklärt. Berichten zufolge war er in einen Zementmixer gefallen und auf diese Weise zu einem Bestandteil von Battery City Park in Lower Manhattan geworden.

Trotz all seiner Verhaftungen war Mikey nur einmal wegen Steuerhinterziehung angeklagt worden.

»Es ist zehn Uhr achtzehn Minuten und zehn Sekunden.« Ich schloß die Augen und sah Bonnie vor mir, wie sie zuletzt gewesen war. Sie hatte sich für die Fahrt zum Hauptquartier umgezogen:

schwarzer Baumwollpulli, weißer, enger Rock und schwarzweiße Schuhe mit hohen Absätzen. Ich konnte kein Make-up bemerken, aber sie mußte es benutzt haben, denn ihre Augenlider waren bronzefarben und die Lippen sahen aus, als hätte sie Himbeeren gegessen. Es war nicht Bonnie, sondern eine große, tragische Gestalt. Sie trug lange Goldohrringe und sah unglücklich aus. Ich öffnete die Augen, konnte aber die Vision nicht abschütteln.

Ich zwang mich, wieder auf die Akte zu sehen. In seiner runden, unbeholfenen Schrift hatte Robby viele Notizen gemacht: Mikeys Verbindungen mit der Mafia, darunter auch Killern, wie das Familienunternehmen den Geschäften der Mafia als Tarnung diente, seine Freundschaft mit Sy und seine Beteiligung an *Starry Night*. Seitenweise ausführliche Notizen. Ich sah, wie er alles vorbereitet hatte, um Mikey auf der Konferenz als Täter zu präsentieren.

Aber auf der Konferenz hatte ich ihn überzeugt, daß Bonnie unser Kunde war, und gleich danach waren aus den Seiten Absätze geworden, aus den Absätzen Sätze. »Sechsundzwanzigster Neunter, vier Uhr zehn.« Das war ungefähr eine halbe Stunde nachdem Mikey mit seinem Anwalt hiergewesen war. Weder Robby noch ich hatten uns viel Mühe gegeben – wir wußten ja, wer Sy getötet hatte. »Gespräch mit Nancy Hales, Buchhalterin bei Starry Nights Productions Inc.«, hatte er geschrieben. »Gab endlich zu, daß Mikey wegen des Films Bestechungsversuche unternommen hatte.«

Ich blätterte um, aber es war nichts mehr da. Dann beendete ich mein Gespräch mit der Zeitansage. Irgend etwas stimmte hier nicht. Keine Notizen mehr? Selbst wenn Robby einen Videofilm von der zielenden Bonnie gehabt hätte, ein paar Fragen mehr wären angebracht gewesen. Was bedeutete zum Beispiel ›gab endlich zu‹? Wie hoch war das Bestechungsgeld? Wie war es angeboten worden? Per Telefon? Persönlich? Hatte diese Buchhalterin über Mikey Bescheid gewußt? Wie hatte sie abgelehnt, oder vielleicht nicht? Ich legte die Akte in die Schublade, lehnte mich zurück und schloß die Augen. Keine Aufregung. Ist nicht mein Problem.

Doch dann war ich wieder hellwach, nahm den Hörer und rief

Nancy Hales im Büro von Starry Nights Productions an. Ich erzählte ihr ein Märchen über Robby, dem ein anderer Fall zugewiesen worden war und daß ich nur seine Notizen aufarbeitete.

»Wie oft haben Sie mit Detective Kurz gesprochen?« fragte ich so nebenbei.

»Nur einmal persönlich.«

»In Ihrem Büro?«

»Ja, und zweimal am Telefon.« Ihre Stimme war rauchig und übertrieben langsam. Entweder war sie etwas dümmlich, aus den Südstaaten oder im Telefonsexgeschäft.

»Erzählen Sie mir von Mikey LoTroglio.«

»Ich habe...«

»Ich weiß, aber ich möchte es in Ihren eigenen Worten hören und mich nicht von den Notizen beeinflussen lassen.« Dann fügte ich hinzu: »Glauben Sie mir, es ist zu Ihrem Besten.«

»Er sagte...« Sie war nervös. »Der Detective sagte, ich bekäme keinen Ärger, wenn ich hilfreich wäre.«

»Das ist richtig. Nun sagen Sie mir, was geschah.«

»Eines Tages kam Mr. LoTroglio ins Büro und suchte Mr. Spencer; aber ich denke, er wußte, daß Mr. Spencer nicht da war. Verstehen Sie, was ich meine?«

»Ja.«

»Er fragte nach der Buchhaltung, und jemand brachte ihn zu mir. Er nahm sich einen Stuhl und erkundigte sich, ob etwas Komisches vorginge. Ich sagte ›komisch‹ und er ›Verarsch mich nicht‹. Also sagte ich ihm, ich könne Geschäftliches nicht mit ihm besprechen. Dann meinte er, daß er einer der Hauptinvestoren sei, und ich antwortete, daß ich das wüßte. Trotzdem brauche er aber die Erlaubnis von Mr. Spencer.« Sie unterbrach sich. »Er war... ich wußte ja, daß er so was wie ein Gangster ist. Nicht wie Scarface, aber trotzdem, ich hatte Angst. Darum habe ich es getan.«

»Sein Geld genommen?« fragte ich.

»Hmm.«

»Wie hat er es Ihnen gegeben?«

»Er hat es irgendwie unter das Telefon geschoben.«

»Ich meine, in welchem Nennwert?«

»Fünfziger.«

»Wie viele Fünfziger?«

»Hat der andere Polizist...«

»Ich dachte, Sie wollten helfen.«

»Zehn Fünfziger.«

»Und was bekam er für seine zehn Fünfziger?«

»Die Lindsay-Keefe-Sache.«

»Tun Sie mir einen Gefallen, Nancy. Ich mache meine eigenen Notizen. Erklären Sie mir die Sache mit Lindsay.«

»Also der zusätzliche Scout für Außenaufnahmen, die zwei zusätzlichen Fahrer, die Prämie für Nicholas Monteleone bei Vertragsunterzeichnung und vier Innendekorationen... das hat einfach alles nicht existiert. Sy ließ mich ein paar Rechnungen verbuchen und das Geld herumschieben.«

»Zu Lindsay schieben?«

»Ja.«

»Um wieviel Geld ging es dabei?«

Sie flüsterte: »Halbe...«

»Eine halbe Million?«

»Hmm...«

»Warum bekam Lindsay Keefe eine halbe Million zusätzlich?«

Ihr Flüstern wurde noch leiser. »Ich weiß es nicht. Ich vermute, sie drohte auszusteigen.«

Ich verstand nichts mehr. Sy wollte sie doch los sein. »Wann war das?«

»Drei Tage vor Drehbeginn.«

Ich atmete tief ein. »Nancy, warum sollte er ihr eine zusätzliche halbe Million geben? Sie hatte doch einen Vertrag, nicht wahr?«

»Ja.«

»Also?«

»Also er war verrückt nach ihr. Ich meine richtig verrückt. Er hätte alles getan, um sie glücklich zu machen.«

Oder eher gesagt, um sie in seinem Bett zu halten. Er war Sy Spencer. Er konnte über das Budget verfügen, und wenn *Starry Night* neunzig Millionen einbrachte, dann würden ein paar Hunderttausend nicht auffallen. Und für anderthalb Millionen Dollar hatte Sy sich eine phantastische Bettgefährtin eingehandelt und eine Schauspielerin, die seinen Film umbrachte. Das mußte seiner Arroganz einen ziemlichen Schlag versetzt haben. »Hatten Sie den Eindruck, daß Mikey LoTroglio die Gerüchte über Lindsays schauspielerische Leistung gehört hatte?«

»Ich denke... Es gab viele Gerüchte. Ich glaube schon, daß er sie gehört hat.«

»Wie?«

»Wahrscheinlich hat er jemanden aus dem Drehteam bestochen.«

»Wen zum Beispiel?«

»Ich weiß nicht.«

»Und dann erfuhr er durch Sie, daß Sy die Bücher gefälscht hat, um Lindsay eine Zulage von fünfhunderttausend Dollar zu geben.«

»Ja.«

»Und wie hat Mikey reagiert?« Schweigen. »Hat Detective Kurz Sie das nicht gefragt?«

»Nicht wirklich.«

»Nun, aber ich frage Sie.«

»Mr. LoTroglio wurde ganz rot im Gesicht und sagte etwas Drohendes.« Sie machte eine Pause. »Ich hätte es dem anderen Detective erzählt, aber er hat nicht gefragt.«

»Und von sich aus haben Sie es nicht getan.«

»Nein.«

»Sie hatten Angst.«

»Ja.«

»Erzählen Sie mir, was Mr. LoTroglio gesagt hat.«

»Als er die genaue Summe hörte, die Lindsay kassiert hatte, sagte er: Ich bin sehr, sehr unglücklich über meinen guten Freund

Sy. Mein guter Freund erzählt mir, daß alles in Ordnung ist, daß meine Investition sich auszahlen wird. Und in der Zwischenzeit steckt mein guter Freund Sy seiner Schauspielerfreundin eine Fünfzigprozentprämie zu. Und die vermiest den Film so, daß noch nicht mal der Yeti ihn kaufen würde. Ist das möglich? Ist es möglich, daß mein guter Freund Sy versucht, mich auszutricksen? Ich hoffe nicht.«

Kapitel 12

Was war mit Robby? Mein Gott, wäre ich auf Mikey LoTroglio angesetzt gewesen, so hätte ich den Kerl zur Schnecke gemacht, der behauptete, der Täter wäre die Exfrau. Sie hat mit Sy geschlafen, ja und? Gibt es ein Gesetz dagegen? Sie gingen ins Bett, dann gab sie ihm ein Küßchen und ging nach Hause. Sie kann schießen? Na und, Idiot, das ist dein Problem. Aber Mikey oder einer seiner Jungens? Und was ist mit dieser Lindsay? Sie spielte in einem Film, in dem sie mit einem Gewehr hantierte.

Und selbst wenn die Exfrau in ihrer Jugend mit einem Gewehr zwischen den Beinen geschlafen hat, hätte sie immer noch so gut schießen können? Kann eine so nette, warmherzige Dame einen so gemeinen, kaltblütigen Mord planen? Und selbst wenn sie von Sy genug hatte, wo hätte sie so schnell das Gewehr herbekommen? Wir sprechen hier über die Wirklichkeit und nicht über einen verdammten Agatha-Christie-Roman.

Und hör mal, Idiot, würde ich schreien und vielleicht mit meinem Stift auf ihn zeigen, paß auf. Und was ist mit der kriminellen Vergangenheit? Wer würde eher schießen, wenn er betrogen wird: eine abgehalfterte Drehbuchautorin, die mit jedem zweiten Mann in der Umgebung geschlafen hat und daran gewöhnt ist, verlassen zu werden? Oder ein bekannter böser Bube, der gerade entdeckt hat, daß ihn sein sogenannter guter Freund um eine halbe Million Dollar betrügt?

Wäre ich Robby gewesen, so hätte ich gekämpft. Ich hätte aus Fat Mikey den perfekten Schuldigen gemacht. Aus Lindsay auch, wenn ich mir's recht überlege. Sie war ein Filmstar, eine Egozentrikerin, und Sy wollte sie loswerden.

Also was war los? Als ich auf der Konferenz die Argumente gegen Bonnie aneinandergereiht hatte, warum hatte Robby nicht einige auseinandergenommen? Es wäre so leicht gewesen.

Ein Gedanke durchzuckte mich: Mein Gott, ich habe das Leben einer Unschuldigen zerstört.

Aber dann sagte ich mir: Überleg doch mal, was sie dir angetan hat. Dieses Naturkind ist eine abgefeimte Verstellungskünstlerin. Erst sieht sie dich schmerzvoll an, mit dem Blick eines verwundeten Rehs. Und dann die kalte Schulter. Da hast du dich für schlau gehalten, aber sie hatte dich schon die ganze Zeit über durchschaut und zieht ihre Nummer ab. Sie zittert an einem heißen Tag vor einem kalten Kamin, läßt ihre Lippen beben, schwört, daß sie es nicht war. Und dann merkt sie, daß du's ihr nicht abkaufst. Also gut – Pech gehabt. Sie hat ihr Bestes getan. Dann geht sie eben nach oben und steckt ihre goldenen Ohrringe an.

Aber wenn sie nun doch die Wahrheit gesagt hat? Warum hat sie dann gelogen? Gut, sie hat gelogen – ihn aber nicht getötet.

Nicht getötet? Bonnie Spencer, Mikey LoTroglio und Lindsay Keefe – wer hätte am ehesten...

Robby kam herein und eilte zu seinem Schreibtisch. Es paßte ihm nicht, meine Füße neben seinem Bleistiftständer zu sehen, war aber zu aufgeregt, um zu protestieren. »Bonnie ist jetzt unten. Sie ist im Labor, mit ihrem Anwalt.« Ich rührte mich nicht. »Willst du nicht hingehen?«

»Was ist mit Mikeys Schmiergeld?« fragte ich ihn. Sein Blick glich dem eines prämierten Dorftrottels. »Das Schmiergeld für die Buchhalterin im *Starry-Night*-Büro.«

»Was spielt das jetzt noch für eine Rolle?«

»Die Rolle ist die, daß wir wissen, daß Mikeys Alibi im Arsch ist. Und durch die Aussage der Buchhalterin haben wir auch ein Motiv. Warum zum Teufel hast du die Untersuchung nicht weitergeführt und...«

Gebieterisch hielt Robby seine Handflächen in die Höhe. Stop! Aggressiv wie die Typen in der Polizeischule, die Verkehrsrecht unterrichten. »Nun mal einen Moment, Steve«, gereizt, eindeutig gereizt. »Unser Täter – und darüber sind wir uns doch einig – ist in diesem Moment im Labor.«

Er drehte sich abrupt um, verließ die Abteilung und ging nach unten. Ich blieb ihm auf den Fersen.

»He – ich will mit dir reden«, sagte ich. Er lief weiter.

Als wir unten ankamen, verließen Bonnie und Gideon gerade das Labor. Sie preßte ein Stück Gaze an ihre Armbeuge und sah mich erst, als ich fragte: »Wie war's?« Sie blickte auf, und pure Angst zeichnete sich auf ihrem Gesicht ab. Sie war das nette Mädchen aus dem Horrorfilm, das gerade das Monster gesehen hat.

Und so fühlte ich mich auch. In ihren hochhackigen Schuhen versuchte sie so schnell zu flüchten, daß sie umknickte und gefallen wäre, hätte Gideon nicht ihren Arm ergriffen. Einen Moment lang lehnte sie sich schutzsuchend gegen ihn.

Noch einmal sah ich die schreckliche Angst in ihren Augen, dann entfernte sie sich mit schnellen Schritten durch die Eingangshalle. Gideon hatte Mühe, ihr zu folgen.

Nachdem sie um eine Ecke verschwunden waren, sagte Robby: »Ich gehe jetzt zum Gericht und hole den Haftbefehl.« Er setzte sich in Bewegung.

Ich hielt ihn am Ärmel fest. »Noch nicht!«

»Wie meinst du das ›noch nicht‹?«

»Ich meine, wir machen einen Fehler, wenn wir zu hastig vorgehen.«

»Nein, machen wir nicht!«

»Doch.«

»Nein.«

»Robby, wie viele Arbeitsstunden hat du investiert, um das Gewehr zu finden? Wir müssen etwas mehr tun.«

Er zog seine Oberlippe hoch, und die Farbe seiner gefletschten Zähne paßte zu seinem beigen Anzug und den Schuhen.

»Was zum Teufel ist mit dir los?« fragte er. »Wirst du weich? Willst du sie entkommen lassen?«

»Wohin kann sie gehen?«

»Überallhin. Ich hab in ihren Schrank geschaut. Sie hat Wanderstiefel, einen Rucksack.«

»Verdammt, sie ist kein Trapper, sondern ein jüdisches Mädchen. Was soll sie machen? Sich im Moor verstecken, Wildenten erlegen und sie über dem Lagerfeuer rösten?« Ich erwähnte nicht, daß mir dieser Alptraum letzte Nacht den Schlaf geraubt hatte: Bonnie kann fliehen, verschwinden, sich draußen verstecken, langsam nordwärts ziehen, ein Boot stehlen, Long Island verlassen. »Oder denkst du, ihr Homo-Anwalt wird sie in seinem Weinkeller verstecken?«

»Sie könnte nach Utah zurückkehren.«

»Und was soll sie da machen? Wir haben die Adressen ihrer Brüder und ihres Vaters in Arizona. Sie hat kein Versteck.«

»Wenn wir sie jetzt festnageln, sind wir Helden. Verdammt, ist dir denn deine Karriere überhaupt nicht wichtig?«

»Leck mich am Arsch, Robby.«

Robby schlug mit der Faust an die Wand. Es gab ein dumpfes, undramatisches Geräusch. Aber seine Stimme machte es wett, brüllend und verstärkt durch den engen Korridor, so daß man uns auf dem ganzen Flur hören konnte. »Du wirst den ganzen Fall versauen.«

»Nein! Ich tue meine Arbeit und werde allen Hinweisen nachgehen. Ich werde mich nicht wie ein Arschlecker aufführen, der alles niederwalzt, nur weil er es nicht erwarten kann, einen Schuldigen zu präsentieren.« Ich machte ein nasses Kußgeräusch in die Luft. »Juhu, Captain Shea. Hier ist die Lösung des schrecklichen

Mordfalles, der die Aufmerksamkeit aller Medien auf sich gezogen hat. Aber bitte – das Lob gebührt Ihnen. Die Befriedigung einer gut ausgeführten Arbeit...« Robby riß die Fäuste hoch und tänzelte auf den Zehenspitzen. In seiner Hosentasche klapperten die Schlüssel.

»Rühr mich nicht an, Robby.«

»Halt dein verdammtes Maul, Brady.«

»Faß mich nicht an. Ich bin vierzig und...«

»Hör zu, du Versager, du verhurter Säufer. Ich gehe zum Gericht, um einen Haftbefehl zu holen. Jetzt sofort.«

»Gut. Dann verschwinde! Und während du auf dem Weg bist, gehe ich zu Captain Shea und erzähle ihm, was für ein fauler Schweinehund du gewesen bist. Daß du das Gewehr außer acht gelassen hast und ihm einen Fall präsentierst, der vor einem Schwurgericht in fünf Sekunden zu Staub zerfällt.«

Es war wie ein lebendes Bild. Ich bewegte mich nicht. Robby behielt seine Fäuste oben und öffnete sie ganz langsam, als hätte er seinen Plan geändert und wolle mich nun erwürgen. Endlich sagte ich: »Mach dir nichts draus. Beruhige dich.«

»Du verdammter Scheißkerl.«

»Hör mir zu. Tu nichts Überstürztes. Wenn du zu Shea gehst, wird der Bezirksstaatsanwalt in Sachen Mikey LoTroglio herumstochern. Oder Lindsay Keefe.«

»Lindsay«, zischte er.

»Verstehst du nicht? Irgendein Schmutzblatt wird ein Foto von ihr bringen aus *Transvaal*, auf dem sie ein Gewehr hält. ›Hat Lindsay Keefe das Töten gelernt?‹ Und die *Daily News* wird einen großen Artikel über Sys Verbindungen zur Mafia bringen. Verstehst du nicht, wenn wir nicht ganz klar auf jede Frage antworten können, die Bonnie Spencer betrifft, wird man glauben, wir wollten aus Bequemlichkeit alles auf die arme, liebe Exfrau schieben. Und dann müßten wir beide es auslöffeln.«

Robby antwortete nicht. Er ließ die Arme sinken, drehte sich um und stapfte zurück zur Mordkommission.

»Stell mir keine Fragen über den Fall, Germy«, sagte ich ins Telefon.

»Ich frag dich auch nicht«, tönte seine Neuengland-Stimme. »Ich bin Filmkritiker, kein Klatschkolumnist. Und ich habe auch nicht gefragt, was bei dem Fall nicht stimme, sondern bei dir.«

»Nichts.«

»Nein. Du hörst dich – wie soll ich sagen – flach an. Müde.«

»Ja. Der Fall macht mich fertig. Ich bin zu alt für diesen Kram.«

»Welchen Kram?«

»Ich kann mit Außenstehenden darüber nicht sprechen.«

»Du willst nicht darüber reden.« Ich hatte Hugo von unserem gemeinsamen Schreibtisch vertrieben und alle meine Akten ungeöffnet vor mich hingelegt. »Erzähl mir von Lindsay Keefe.«

»Großartig. Klassisches Cinema noir. Ein ungehobelter Polizist verliebt sich in eine blonde, beunruhigende Frau.«

Er hatte es geschafft – ich mußte lächeln. »Germy, du dummer Stiesel«, sagte ich. »Ich bin sehr gehobelt. Und ich bin nicht in Lindsay verliebt. Ich möchte nur etwas über *Transvaal* wissen.«

»Warum?«

Ich zögerte und meinte dann: »Ich kenne dich lange genug, um zu wissen, daß du deinen Mund halten kannst, Germy.«

»Das ist richtig, Steve.«

»Gut. Ich habe gehört, daß Lindsay in diesem Film mit einem Gewehr schießen mußte.« Germy ließ ein vornehmes Geräusch auf halbem Wege zwischen Ah und Oh hören. »Was mich interessiert, ist, ob du mir jemand nennen kannst, der über die Dreharbeiten Bescheid weiß.«

»Jemand, der weiß, ob Lindsay wirklich geschossen hat oder sie nur den Abzug betätigte und der Tontechniker ›Peng‹ einspielte.«

»Ja.«

»Ruf mich in einer Stunde wieder an.« Er hielt inne. »Hör auf einen alten Freund, Steve, du scheinst wirklich nicht gut drauf zu sein. Paß auf dich auf. Okay?«

»Klar«, sagte ich. »Wird schon werden.«

Ich wählte Lynnes Nummer, in der Hoffnung, ihren Anrufbeantworter zu erreichen. Aber sie nahm selbst ab. »Hallo.« Fröhlich, einladend. Ich legte auf und rief meinen Bruder an.

»Easton. Erinnerst du dich, daß du sagtest, Sy würde Lindsay niemals feuern?« fragte ich.

»Hmm. Er hätte sie in dem Glauben gelassen, es aber nie getan.« Eastons Sprache war schwerfällig, als hätte er Drogen genommen.

Offensichtlich hatte ich ihn aus einem seiner rituellen Marathonschläfe geweckt: gestreifter Pyjama, Telefon auf einem Kissen neben dem Bett, Vorhänge fest zugezogen für dauernde Dunkelheit. Es waren Fluchten, die Wochen dauern konnten, unterbrochen nur von Ausflügen in schlappenden Hausschuhen zur Küche, wo er unlustig weiche Nahrung – Fruchtcocktail, Eiscreme – in sich hineinlöffelte. Manchmal gab er eine fadenscheinige Entschuldigung, leichte Grippe oder so. Eastons Schlafphasen kamen immer, wenn er erkannte, daß er nicht der Super-Versicherungsagent oder der Star der Herrenbekleidung werden würde. In solchen Zeiten kam er immer später zur Arbeit, um dafür früher zu gehen, manchmal schon am frühen Nachmittag. Der Chef rief dann an, erst um zu verwarnen, dann, um zu feuern. Und Easton murmelte für gewöhnlich »Wenn Sie wollen«, um sich dann wieder hinzulegen.

Nun – warum sollte er wach bleiben, jetzt, wo Sy tot war. »East, los! Konzentrier dich einen Moment.«

Gereizt. »Ich bin konzentriert.«

»Glaubst du, daß Lindsay irgendwie erfahren hatte, daß Sy Katherine Pourelle bitten wollte, sich das Drehbuch anzusehen oder sie in Los Angeles treffen wollte?«

Easton tat sein Bestes. Ich konnte ihn förmlich sehen, wie er den Kopf schüttelte, um klar zu werden. »Wußte sie...«, wiederholte er. Plötzlich klang er wach, interessiert, beschützend. »Warum stellst du Fragen über Lindsay?«

»Sieh mal, ich weiß ja, daß du dich zu ihr hingezogen fühlst.

Aber bitte versuche, objektiv zu sein, East. Es handelt sich schließlich um einen Mord.«

»Und du denkst, daß Lindsay, wenn sie es gewußt hätte... Steve, das ist idiotisch.«

»Wahrscheinlich, aber ich darf keine Spur auslassen.«

»Laß mich überlegen«, sagte er. »Ich muß wohl ein bißchen eingenickt sein. Ich bin noch etwas groggy.« Aus meinem Schubfach holte ich einen Schlüsselanhänger mit Nagelschneider und praktizierte eine Art Maniküre. Mir schien, daß die Zeit auch noch für eine Pediküre reichen würde, aber dann sprach Easton, wenn auch etwas zögernd. »Lindsay hatte... ein gewisses Interesse an Sys Geschäften.«

»Was heißt das im Klartext? War sie neugierig?«

»Wenn du es so ausdrücken willst.«

»Was tat sie?« Er antwortete nicht. »Hör auf, den edlen Ritter zu spielen. Ich will sie ja nicht verhaften, nur ein bißchen Papierkram zu Ende bringen.«

»Wird Lindsay verdächtigt?«

»Nein.«

»Wer denn?«

»Das bleibt unter uns, ja?«

»Natürlich.«

»Die Exfrau. Aber in dem Film *Transvaal* schoß Lindsay mit einem Gewehr. Also muß ich etwas mehr über sie wissen. Sag schon, in welcher Beziehung war sie neugierig?«

»Ich sagte ›interessiert‹. Siehst du, normalerweise ging Sy nach ihr schwimmen. Also wenn sie zum Duschen ins Haus kam, ging sie in sein Büro.«

»Und?«

»Sie tat, als suche sie nach Briefmarken oder Büroklammern, aber in Wirklichkeit stöberte sie in den Papieren auf dem Schreibtisch. Sy hatte so einen Computerterminplaner. Einmal sah ich, wie sie damit hantierte. Wahrscheinlich las sie alle Aufzeichnungen. Klar, das sieht nach Heimlichtuerei aus, aber so war es nicht.

Sy war nicht nur ihr Geliebter, er war auch ihr Arbeitgeber. Sie wußte wie alle anderen, wie brutal er sein konnte, wenn er nicht zufrieden war – und er war mit ihr nicht zufrieden. Also versuchte sie ganz einfach, ihre Interesse zu wahren.«

»Komm zum Thema, Easton. Denkst du, sie wußte, warum er nach L. A. wollte?«

Er überlegte. Ich wartete. »Sie ging immer öfter in sein Arbeitszimmer. Sah jeden Morgen nach, noch bevor Sy aufstand, ob ein Fax gekommen war, alles vor Drehbeginn.«

»Woher weißt du, daß sie es so früh machte?«

»Ich war auch gern früh da. Dies ist alles so... beschämend.«

»Hör mal, denkst du, daß du der erste Mann auf der Welt bist, der wegen einer Frau so reagiert? Ich bin dein Bruder. Mir kannst du es sagen. Du kamst früh, weil du sie sehen wolltest.«

»Ja. Aber sie hat sich eigentlich nie vor mir versteckt. Entweder betrachtete sie mich als ein Möbel... also keine Gefahr. Oder sie ahnte meine Gefühle für sie und wähnte sich in Sicherheit.« Easton seufzte. »Das muß es wohl gewesen sein. Aber wenn du wissen willst, ob Lindsay etwas über Sys Pläne wußte, dann lautet die Antwort ja.«

Eine halbe Stunde später rief Germy zurück. Er hatte mit dem Produzenten von *Transvaal* gesprochen. Ein südafrikanischer Wildhüter war als technischer Berater engagiert worden und hatte Lindsay ein paar Schießstunden gegeben. Der Produzent wußte nicht, ob sie eine gute Schützin war, aber sie hatte ein kurzes Techtelmechtel mit dem Wildhüter gehabt, bevor sie sich für den schwarzen Hauptdarsteller interessierte.

Gegen Mittag rief Gideon an. Er war wieder in seiner Kanzlei. Für Bonnie hatte er Bill Paterno engagiert, wollte jedoch noch eine letzte Unterredung mit mir. Persönlich. Von Mann zu Mann. Er sagte es ohne Ironie. Ob er ins Büro kommen könne? Ich schaute rüber zu Robby. Er saß gebückt über seinem Schreibtisch und verglich noch einmal alle Analysen; seine Lippen bewegten sich – wohl in einem stummen Gebet zum Gott der Wissenschaft, seinen

Kreuzzug gegen Bonnie Spencer zu unterstützen. Er sah teigig, konzentriert und ein bißchen verwirrt aus. So erklärte ich Gideon den Weg zum nächsten Diner und bat ihn, mich um dreizehn Uhr dreißig dort zu treffen, und dort mit mir zu reden, während ich ein Sandwich mit Hühnersalat und Schinken verspeiste und einen Vanille-Shake trank – was unter Beachtung guter Manieren etwa vier Minuten dauern würde.

Das *Blue Sky* war früher ein richtiger Fettstall gewesen, aber der neue, griechische Besitzer hatte alles renovieren lassen. Die Wände waren mit imitierter Eiche verkleidet, von der Decke hingen Glaskugeln und Plastikpflanzen. Die Speisekarte, eine komplette Liste aller mikrowellengerechten Nahrungsmittel, war so dick wie eine Bibel. Der Eigentümer stand neben uns und wartete auf unsere Bestellung.

Ich sah Gideon an. »Der Koch wäscht seine Hände fast immer, nachdem er auf der Toilette war, also können Sie ohne Lebensgefahr den Geflügelsalat oder den Thunfisch nehmen. Die Hamburger schmecken wie Winterreifen. Eine echte Spezialität.«

»Hören Sie nicht auf ihn«, sagte der Besitzer. »Er macht immer dumme Witz. Mein Essen ist gut. Das Tagesgericht ist heute Flunder auf Spinat mit Feta.«

Gideon lehnte dankend ab. Er hatte schon gegessen. Nur einen Eiskaffee, bitte.

»Fangen Sie an«, sagte ich.

Gideon ordnete die Bestecke auf dem Tisch und sah mich an. »Ich hatte gehofft, daß diese Unterhaltung nicht notwendig werden würde«, sagte er ruhig.

»Sie ist es auch nicht. Sie hätten sich die Fahrt und die Magenschmerzen nach dem Eiskaffee sparen können. Wir fügen jetzt nur noch alle Informationen zusammen, und morgen werden wir wahrscheinlich Ihre Klientin verhaften.«

»Sie heißt Bonnie.«

»Das weiß ich.« Meine Gesichtsmuskeln begannen zu schmerzen; ich konnte den Druck von Tränen irgendwo hinter den Augen spüren. Bloß nicht vor diesem Kerl die Fassung verlieren. »Also weiter.«

»Warum wollen Sie sie unbedingt festnageln?«

»Mr. Friedman, mit allem Respekt, Sie sind ihr Freund. Sie machen aus der Aufklärung eines Verbrechens eine persönliche Angelegenheit. Und dies ist auch nicht Ihr Gebiet. Sie verschwenden meine Zeit und tun Ihrer Klientin nichts Gutes. Warten Sie doch bis morgen, und lassen Sie Paterno agieren. Er kennt sich damit aus.«

Der Wirt kam mit dem Eiskaffee. Gideon wartete, bis er wieder weg war. »Sie sind derjenige, der subjektiv ist«, sagte er.

»Was wollen Sie damit sagen?«

»Damit will ich sagen, daß es moralisch und ethisch nicht vertretbar ist, bei einer Untersuchung gegen jemanden mitzuwirken, mit dem man...«

›Jetzt kommt's‹, dachte ich, aufpassen. »Mit dem man was?«

»Geschlafen hat.«

Hitze stieg in mir auf. Das Blut strömte mir zu Kopf. Ich war wütend. Auch enttäuscht. Ich hätte nicht geglaubt, daß sie eine so schmutzige Ausflucht suchen würde. Das zeigt, in welcher Verfassung ich war: Es machte mir keine Schwierigkeiten zu glauben, sie könne böswillig einen Mord planen und ausführen. Aber eine schmutzige Lüge erzählen? Nicht meine Bonnie! »Das ist vollkommener Unsinn«, sagte ich.

»Nein. Es ist kein Unsinn.« Er war ruhig, seiner sicher. Was immer er mir auch für Blödsinn auftischte – Bonnie hatte ihn davon überzeugt.

»Ihre Freundin hat einige Probleme mit der Wahrheit. Ich habe sie nie angefaßt. Nie eine anzügliche Bemerkung gemacht. Nichts.«

»Jetzt erzählen Sie Unsinn.«

»Sie wollen diesen Eiskaffee doch gar nicht. Fahren Sie zurück nach East Hampton, beschäftigen Sie sich mit Grundbesitzrecht, und vergessen Sie diese Unterhaltung.« Er blieb sitzen. »Also gut.

Der Chef der Mordkommission heißt Shea. Gehen Sie zu ihm, oder legen Sie offiziell Beschwerde ein.«

»Was geschah zwischen Ihnen beiden, daß Sie ihr so viel Böses wollen?«

Ich sah auf. Mein Sandwich und der Shake kamen. Das Essen wirkte bleich, aufgedunsen, tot – wie etwas, was man aus dem Wasser gezogen hat. »Sehen Sie«, sagte ich zu Gideon, »offensichtlich hat sie Ihnen weisgemacht, daß irgendwas vorgefallen ist. Ich will Sie nicht vom Gegenteil überzeugen.« Ein Stück Schinken hing aus dem Brötchen – dunkel, gerollt, wurmartig. »Aber ich will mir mein Essen nicht vermiesen lassen, indem ich mir anhöre, wie Sie mir erzählen, ich hätte sie beim Verhör angefaßt oder ihr meine Dienstmarke gezeigt und gesagt ›Bums mich oder du kommst in den Knast‹. Okay? Also gehen Sie, Mr. Friedman.«

Seine Stimme war kaum zu verstehen. »Ich spreche nicht über die Untersuchung. Ich spreche über das, was vor fünf Jahren passiert ist.«

»Wie bitte?«

»Vor fünf Jahren. Man kann es nicht Verhältnis nennen, aber es war auch nicht die typische einmalige Affäre.«

»Irrtum«, brummte ich.

»Sie rief mich am nächsten Tag an. Ich erinnere mich. Sie sagte: ›Gideon, ich habe einen wundervollen Mann getroffen.‹«

»Sie lügt. Oder vielleicht... hat sie die ganze Sache zu sehr mitgenommen, wenn sie nicht schon vorher etwas gestört war.«

»Sie ist vollkommen normal.«

»Also ist es vielleicht ein wirklicher Irrtum, und sie glaubt einfach nur, mich schon getroffen zu haben. Sie wissen doch sicher, daß in ihrem Bett schon eine stattliche Anzahl Männer gewesen ist.«

Über seiner Ninja-Verkleidung trug Gideon jetzt einen leichten olivgrünen Seidenblazer. Er rollte die Ärmel hoch und wieder runter. »Bonnie sagte: ›Er ist in Bridgehampton aufgewachsen. Auf einer Farm. Ungefähr zwei Minuten von hier.‹« Ich sagte nichts, schüttelte nur den Kopf. »Ich erinnere mich an die Unterhaltung, Mr. Brady. So aufgekratzt hatte ich sie noch nie erlebt. Sie sagte: ›Er ist Polizist, auch das noch. Ein Detective. Sehr intelligent. Einen tollen Sinn für Humor. Ich habe wirklich Spaß gehabt.‹«

»Aber nicht mit mir. Es tut mir leid, Sie glauben ehrlich, was Sie erzählen, aber ich war es nicht.«

Gideon tat etwas Sahne in sein Glas. »Sie sagte...«

»Bitte. Es hat doch alles keinen Sinn.«

»Lassen Sie mich ausreden. Sie sagte: ›Sein Name ist Steve Brady.‹« Ich saß ihm gegenüber und schüttelte immer noch verneinend den Kopf. »Ich erinnere mich an den Namen, denn wir hatten eine amüsante Diskussion darüber, wo der Name Brady herkommt und ob Sie vielleicht irischer Abstammung sein könnten und daher die sexuellen Fähigkeiten resultieren. Bonnie sagte, sie würde Sie beim nächsten Mal fragen.« Gideon tat etwas Süßstoff in seinen Kaffee. »Sie hatte keinen Zweifel, daß Sie wiederkommen würden. Das war das Komische daran: ihre absolute Überzeugung, daß diese Nacht etwas Besonderes gewesen war. Sie war ja keine Anfängerin, sie kannte die Spielregeln und hat nie Selbstbetrug praktiziert. Sie weiß, was passiert, wenn man eine Bar-Bekanntschaft bittet...«

»Welche Bar?«

»Die Gin Mill. Drüben in...«

»Ich weiß, wo es ist. Weiter.«

»Was ist da noch zu sagen? Bonnie wußte, daß ein Mann, den man aus einem Lokal zu sich mitnimmt, am nächsten Tag keine Blumen schickt.«

»Ich habe Blumen geschickt?«

»Nein. Nur so eine Redensart. Aber sie fühlte, daß zwischen Ihnen beiden etwas gewesen war, etwas anderes.« Ich stützte den Kopf auf meine Hand und rieb mir die Stirn. »Sie können es nicht vergessen haben. Und selbst wenn sie nur ein Abenteuer gewesen ist, das Wiedersehen, das Haus...«

»Ich sag Ihnen doch, ich habe keine Erinnerung daran.«

Gideons junges, gutaussehendes Gesicht zeigte eher einen Ausdruck des Unverständnisses als des Zorns. »Warum also die Vendetta, wenn Sie sich nicht erinnern?«

»Es gibt keine Vendetta. Sie ist schuldig.«

Sein Löffel schlug gegen das Glas, als er umrührte, aber seine Stimme war sanft. »Warum baten Sie nicht einen Kollegen, sich mit Bonnie zu beschäftigen?«

»Dafür gab es keinen Grund. Ich hatte sie nie zuvor gesehen.«

»Aber doch. Es ist geschehen.«

Es dauerte eine ganze Weile, aber dann sagte ich: »Sehen Sie, ich bin Alkoholiker. Seit fast vier Jahren bin ich jetzt trocken. Aber in meinem Leben gibt es Lücken. Tage, vielleicht Wochen, an die ich mich nie wieder erinnern werde. Vielleicht... es gab so viele Frauen. Sie kann eine davon gewesen sein. Von Anfang an kam sie mir bekannt vor. Ich dachte, ich hätte sie mal in der Stadt gesehen.«

»Also streiten Sie es nicht mehr ab?«

»Nein. Aber ich gebe es auch nicht zu. Vielleicht habe ich die Nacht mit ihr verbracht. Vielleicht habe ich ihr gesagt, wie phantastisch sie ist. Das war so ein Spruch von mir. ›Es ist nicht nur der Sex, Baby, du bist es. Ich weiß, daß du ein phantastischer Mensch bist.‹ Aber selbst wenn ich mit ihr zusammen war, ich werde mich nie erinnern können, was ich tat oder sagte.«

»Nur zur Erinnerung, Sie sagten, daß Sie sie liebten.«

»Aber ich habe sie nie wiedergesehen, oder?«

Gideon lehnte sich zurück und kreuzte die Arme über der Brust. Entspannt, locker. »Sie sagte, damals seien Sie dicker gewesen.« Seit ich mit dem Trinken aufgehört und dem Laufen angefangen hatte, war ich um zwanzig Pfund leichter geworden. »Und Sie hatten einen dichten, fallenden Schnurrbart.« Ja. »Darum brauchte sie einen Moment, um Sie an der Tür wiederzuerkennen. Und wissen Sie, was sie dann dachte? Sie dachte: ›Was soll's, wenn er vorher nicht gekommen ist. Er ist wieder da.‹«

»Mr. Friedman, verstehen Sie nicht? Entweder hat sie in der

Stadt eine kleine Untersuchung über mich angestellt und sich alles ausgedacht, oder es ist wirklich passiert. Doch das ändert nichts. Man kann mir die Untersuchung des Falls entziehen, einen anderen damit betrauen – aber das Resultat wird dasselbe sein. Bonnie Spencer wird verurteilt werden, aufgrund von – gut, ich gebe zu, Indizienbeweisen, aber plausiblen. Und sie wird ins Gefängnis kommen. Also, ob ich nun mit ihr geschlafen habe, ihr meine Liebe erklärt oder sie nie gesehen habe, bevor ich an ihrer Tür klingelte, wird keinerlei Einfluß darauf haben.«

»Bonnie hatte recht. Sie sind sehr intelligent.«

»Danke.«

»Hören Sie mich bis zum Schluß an. Sie haben eine intelligente und plausible Theorie aufgestellt, wie Sy ermordet worden ist. Ich möchte Sie jetzt nur bitten, Ihre Fakten noch einmal zu überprüfen und Ihre Phantasie noch einmal zu benutzen.«

Ich schüttelte den Kopf.

»Versuchen Sie es, konstruieren Sie eine andere Theorie. Eine wahre, kein Hirngespinst.«

»Das kann ich nicht.«

»Denken Sie darüber nach, Detective Brady.«

»Darüber gibt es nichts nachzudenken.«

»O doch. Und Sie wissen es.«

Kapitel 13

Ich verließ das Lokal, ohne gegessen zu haben. Am Nachmittag war die Augusthitze in lähmende Schwüle umgeschlagen. Ich überlegte mir, ob ich zu einem AA-Treffen gehen sollte, fuhr aber statt dessen ziellos nach Norden. Ich parkte auf dem Parkplatz eines Einkaufszentrums, machte das Dach auf, schloß meine Waffe weg und zog mir Shorts und Turnschuhe an, die ich immer im Wagen hatte. Mein Sporthemd hatte ich dazu benutzt, den Öl-Meßstab zu reinigen, mußte also mit freiem Oberkörper laufen.

Die Schwüle war erstickend. Ich wünschte mir eines dieser modischen Stirnbänder, die die Yuppie-Jogger tragen, um den Schweiß aus den Augen zu halten.

Während der ersten beiden Meilen durch das trostlose Suffolk dachte ich überhaupt nicht an Bonnie. Ich dachte an überhaupt nichts. Doch plötzlich, etwas außerhalb der Stadt, wo die Kartoffelfelder schon fast bereit waren für die Ernte, kam sie. Bonnie! Diesmal kein Wunschtraum – die wahre Erinnerung.

Labour Day gegen vier Uhr nachmittags. Die Bar – richtig, Gideon, die Gin Mill – war dunkel und überfüllt. Die Saison war vorüber, und jetzt hatte auch ein Einheimischer Gelegenheit, nach einem Sommer mit Sekretärinnen und Krankenschwestern für eine Nacht einen anderen Typ Frau aufzugabeln. Es war leicht. Jetzt, in der ersten Septemberwoche, waren auch die fünfunddreißigjährigen weiblichen Führungskräfte mit der fabelhaften Figur und der geeisten Frisur nicht mehr abgeneigt. Aber statt dessen bemerkte ich Bonnie. Vielleicht, weil sie die einzige war, die keine Dauerwelle und kein modisch zusammengewürfeltes Outfit trug. Sie lehnte an der Theke und überragte die anderen Frauen. Sie wühlte in der Tasche ihres kurzen rot-blauen Schottenrocks nach Geld, um ihr Bier zu bezahlen. Sie trug ein ärmelloses rotes T-Shirt, und während ich mich zu ihr hindrängelte, sah ich den Schimmer ihrer breiten, gebräunten Schultern. Seidige Haut, dachte ich, nicht ledrig. Ich legte ihr die Hand auf den Arm – seidig, und gab dem Barmann drei Dollar. »Danke«, sagte sie lächelnd.

Aber das war alles. Die Erinnerung war zu Ende. Schwitzend lief ich noch einige Meilen, in der Hoffnung, einen klaren Kopf zu bekommen. Doch da war immer wieder Bonnie in der Gin Mill, wie sie ihr Bier mit zwei Händen hielt, wie einen Brautstrauß. Damals hatte sie kurzes Haar, das aussah, als habe sie es selbst geschnitten. Ihre Arme und Schultern schimmerten im Halbdunkel.

Auf dem Parkplatz ging ich ein paar Schritte, um mich abzukühlen, aber die Luft war zu stickig. Ich wartete noch ungefähr fünf Minuten in der Hoffnung auf eine Brise. Vergebens. Also stieg ich ins Auto und trocknete mich mit dem ölbeschmutzten Hemd ab. Während ich mich umzog, spielte ich im Geist die Szene immer wieder ab.

»Ich bezahle.« Ich hatte meinen Drink, Wodka mit etwas Limonensaft, hingestellt und gab dem Barmann drei gefaltete Dollarscheine.

Bonnies Lächeln, so strahlend, daß ich sekundenlang ganz benommen war. »Danke.«

Ich stieg aus und kaufte mir im Supermarkt eine große Flasche Limo, die ich im Auto durstig austrank, während ich mir unsere Begegnung wieder und wieder vorstellte.

»Ich bezahle.«

»Danke.«

Logischerweise hatte ich dann wohl ›Steve Brady‹ gesagt und sie ›Bonnie Spencer‹, und zwei Minuten später hätten wir dann vielleicht über zwei Leute aus Bridgehampton gelacht, die sich in East Hampton treffen. Aber ich konnte mich einfach an nichts mehr erinnern. Vielleicht war auch gar nichts weiter geschehen, und sie, als Drehbuchautorin, hatte eine ganze Story daraus gemacht und sie ihrem Anwalt serviert. Nur da war Gideon, der sich an ihre Euphorie erinnerte und auch an meinen Namen. Ganz gleich, wer er war – er war ein intelligenter Mann und ein gewiefter, vielleicht sogar anständiger Anwalt. Ich glaubte nicht, daß er einen Polizisten im Rahmen einer Untersuchung belügen würde, nicht einmal, um einen Freund zu retten.

Nun, was immer mit Bonnie geschehen war – ich hatte es verloren. Schade. Ich hätte gern gewußt, wie es war, mit ihr zu schlafen. Nach ein paar Meilen hielt ich zum Pinkeln an und wollte dann zum Hauptquartier zurückfahren. Ich legte die Hand auf den Schalthebel.

Mein Gott – alles kam wieder.

Wir tranken, tauschten Namen aus und entdeckten, daß wir beide in Bridgehampton lebten. »Sie sind nicht hier geboren«, sagte ich.

»Was heißen soll, daß Sie es sind.«

»Richtig. Woher kommen Sie?«

Sie seufzte, als ob sie schon zu oft auf diese Frage geantwortet hätte. Aber es war kein gelangweilter Seufzer, dazu war sie zu nett. »Jetzt erwarten Sie Dayton, Ohio.«

»Wieso? Denken Männer immer Dayton, Ohio, wenn sie Sie sehen?«

»Meistens schon. Nur einmal wünsche ich mir, daß mich jemand anschaut und sagt ›Mon Dieu, Paris‹.«

Also sagte ich Paris, und wir sprachen über Utah und dann darüber, wie sich der Westen vom Mittelwesten und der Westküste unterscheidet. Eine tolle Diskussion in einer überfüllten, lauten Bar. Ich erinnere mich an ihre Theorie, daß die Höhe der Berge weltliche Sorgen verkleinert und daß die Leute in Utah, Idaho und Wyoming nicht so sehr daran interessiert waren, geschäftliche Erfolge zu erzielen oder ihren Namen in der Zeitung zu sehen. Der Westen war da, wo es keine Angst vor Anonymität gab und wo Mittelklasse eine Leistung und nicht eine Schande war. Es machte mir Spaß, vor allem, weil es keine typische Barunterhaltung war. Ich konnte fühlen, daß sie viel darüber nachgedacht hatte und es jetzt zum ersten Mal aussprach.

Irgendwie kamen wir dann auf das Thema Forellenfang. Es ergab sich, daß sie ihre eigenen Fliegen knoten konnte. Ich sagte, ich wäre kein großer Angler, aber vielleicht könnten wir einmal zusammen gehen. Sie sagte, für Forellen sei die Nacht besser, lächelte und fügte hinzu: »Rufen Sie mich an, wenn Sie mindestens drei Lederknoten so gut binden können wie Ihre Schnürsenkel.« – »Kann ich Sie nicht schon vorher anrufen?« hatte ich gefragt, und sie schenkte mir ein wundervolles Lächeln.

Gerade als ich dachte: ›Dies ist eine unglaubliche Frau‹, schubste mich jemand gegen sie. Oh, mein Himmel!

Elektrizität. Magnetismus. Was immer es auch war, ich konnte es nicht fassen. Wir standen da, Körper gegen Körper, unfähig, uns zu trennen. Und diese anständige Bonnie – höflich, liebenswürdig, humorvoll, Liebhaberin von Bergen und Fischerin von Forellen, war genauso begierig und unvernünftig wie ich. Ihre Hand glitt zwischen meine Beine, nicht nur, um mich zu erregen, sondern auch zu ihrem eigenen Vergnügen, das dann natürlich auch zu meinem wurde. Sie ließ ein leises Grollen vernehmen. Ich wußte, sie würde laut sein. Wild.

»Bloß raus hier«, sagten wir beide im selben Moment. Wenn das geschieht, lacht man normalerweise. Aber wir hatten die Grenze überschritten – der Spaß war vorbei.

In meinem Wagen fuhren wir zu ihr. Sie sagte nicht viel außer ›nächste Straße rechts‹. Ich muß vollkommen weggetreten gewesen sein, denn ich kann mich weder an die Straße noch an das Erdgeschoß ihres Hauses erinnern, nur daran, daß ich ihr ins Schlafzimmer folgte und sie auszog, sobald wir drinnen waren.

Wir waren so besessen, daß wir wild an unseren Kleidern herumzerrten. Bonnies Hände zitterten, sie kam mit meinen Knöpfen nicht zurecht, also zog ich mich selbst aus. Bonnie sah mir dabei wie gebannt zu.

Sie berührte mich und kam näher. Sie öffnete sich für mich, und ich drang in sie ein. Keine Zärtlichkeit. Kein Vorspiel. Wir konnten nicht mehr warten.

Sie kam schnell. Ich legte sie aufs Bett, denn ich wollte auf ihr liegen. Ihre Arme und Beine umschlangen mich, und wir wurden zu zwei Hälften ein und derselben Person.

So hatte ich nie geliebt. Ich will damit nicht sagen, daß ich mich gehen ließ. Ich hatte einfach keine Kontrolle mehr. Immer, wenn ich dachte, es wäre vorbei und ich könne Luft schöpfen, wurde ich von einer neuen, stärkeren Welle überrollt.

Endlich wurden ihr Wimmern und ihre Seufzer zu Lustschreien. Ich kam mit ihr und hörte mich so laut schreien, daß ich Angst bekam.

Dann lagen wir schweigend auf der weißen Bettdecke. Normalerweise hätte ich jetzt angefangen, auf dem Fußboden nach meinen Sachen zu suchen. Aber ich konnte mich nicht bewegen. Und ich wollte nicht gehen. Endlich sagte Bonnie: »Wie können wir dieses peinliche Schweigen überwinden?«

»Erzähl mir mehr vom Angeln.«

»Du brauchst eine Glasrute«, murmelte sie. »Laß dir kein Bambus aufschwatzen.«

Ich hielt sie leicht im Arm und ließ meine Hand auf ihrem Rükken entlanggleiten. Ihre Haut war samtig. Eine kleine, schon herbstliche Brise bewegte die weißen Spitzengardinen.

»Das ist wunderbar«, sagte ich.

»Ich weiß.«

»Ich meine den Wind.«

Plötzlich bemerkte sie das offene Fenster. »O Gott«.

»Was ist?«

»Wir waren etwas laut. Warte nur, irgendeiner meiner Nachbarn wird denken, man hat mich ermordet und die Polizei rufen.« Ich begann zu lachen, denn sie kannte meinen Beruf nicht. »Du wirst nicht mehr lachen, wenn du die Sirenen hörst.«

»Wetten?« Ich zog sie herunter, so daß sie mir gegenüberlag. »Ich bin Polizist. Detective bei der Mordkommission.«

»Nein. Das wäre zu interessant. Es ist nicht wahr.«

»Aber doch.« Sie schüttelte den Kopf. »Was bin ich also?«

»Ich weiß nicht. Du bist so ein Macho-Typ, aber sicherlich machst du was ganz Liebes. Kinderschuhe verkaufen. Kleine, winzige Dinger mit einem Luftballon als Prämie.« Sie biß sich auf die Lippen. »Wenn ich recht habe, sterbe ich.«

Ich schleppte mich aus dem Bett und griff nach meiner Hose. Bonnie sah erst überrascht aus, dann verletzt. Sie fuhr mit den Fingern durch ihr kurzes Haar, als wolle sie sich auf einen würdigen Abschied vorbereiten. Aber ich warf ihr nur meine Dienstmarke zu. Sie fing sie auf, obwohl ich miserabel geworfen hatte. Ihre linke Hand schoß hervor.

»Gute Reflexe«, sagte ich.

»Brauche ich auch. Du bist nicht gerade Sandy Koufax.«

Quer durch den Raum starrten wir uns überrascht an; sie, weil ich Polizist war, ich, weil sie über Baseball Bescheid wußte. Aus irgendeinem Grund, trotz all dem, was passiert war, war dies zu intim. Schnell begannen wir gleichzeitig zu reden. Sie sagte etwas über Kriminalromane, ich bat um einen Drink. Sie bot mir Eistee oder Diätcola an, aber ich sagte »Trinken«. Alles, was sie hatte, war leichtes Bier und eine Flasche Rotwein. Wein war okay für mich. Sie zog einen Bademantel über und ging nach unten.

Sowie sie den Raum verlassen hatte, bekam ich Platzangst. Ich wollte raus. Es war nicht das Zimmer, soviel wußte ich. Es war geräumig, angenehm und weiß bis auf die alten Deckenbalken und die grün-blau gestrichene Schutzverkleidung. Es war auch nicht überfüllt: ein weißes Himmelbett mit einfachen Holznachttischen auf jeder Seite, ein kleiner Hocker, der Schminktisch mit seinen gelb-weiß gestreiften Vorhängen und ein klobiger, bequem aussehender Lehnstuhl mit einer Stehlampe daneben.

Doch trotz der kühlen Luft, die durch das geöffnete Fenster hineinkam, wollte ich raus. Nach Hause, ein paar Drinks, vielleicht nachher zur Bucht fahren und den Sonnenuntergang anschauen. Ich zog meinen Slip an.

Auf der Treppe hörte ich ihre Schritte und nahm schnell den Telefonhörer ab. Wenn sie hereinkam, wollte ich sagen: Verdammt. Ja. Sofort, und ihr dann eine kurze, aber gräßliche Mordgeschichte auftischen. Vielleicht ›Erstechen mit nachfolgender Brandstiftung‹, etwas Interessantes mit durchgeschnittenen Kehlen und zerfetzten Genitalien. Während sie noch kotzte, würde ich schnell gehen.

Aber als sie eintrat, trug sie ein Büchse Cola, ein Weinglas, die Flasche und hielt den Korkenzieher zwischen den Zähnen. Sie sah unbeschreiblich komisch aus. Ich legte den Hörer auf und nahm den Korkenzieher. »Büro angerufen?« fragte sie und gab mir die Weinflasche.

»Ja. Aber nichts, was nicht warten könnte.« Ich öffnete die Flasche, goß ein und trank. Der Fluchtgedanke rückte in die Ferne. »Komm, zieh den Bademantel aus.«

»Nicht jetzt.«

»Jetzt.«

»Ich glaube nicht, daß ich nackt ein Getränk mit Kohlensäure zu mir nehmen kann.«

»Versuch's mal, Bon.« Ohne Scham legte sie das Kleidungsstück ab. »Du hast einen schönen Körper.«

»Danke.«

Ich trank mein Glas aus und goß mir neu ein. »Weißt du, daß du einen guten Körper hast?«

»Ich denke schon.« Sie zog die Überdecke zum Fußende des Bettes. »Aber ich stehe nicht gerade vor dem Badezimmerspiegel und stöhne vor Zufriedenheit.« Sie stellte die ungeöffnete Büchse auf den Nachttisch, glitt unter das weiße Baumwoll-Laken und hielt es für mich hoch.

Hätte ich sie in die Arme genommen, so wäre ich wieder verloren gewesen. So legte ich mich auf die Seite, ließ meine Finger über ihre herrliche Haut gleiten, kam aber nicht zu nahe.

Ich war wunschlos glücklich, so dazuliegen, ihre Wärme und die Frische des Himmels hatte die Härte des Tages verloren und war sanfter, feiner geworden. Blau mit Rosa und Gold.

Um die Stimmung nicht zu stören, flüsterte ich: »Ich liebe diese Tageszeit.«

Bonnie schaute zum Fenster. »Magische Stunde.« Sie küßte mich auf den Mund, sanft, fast vorsichtig. »Das ist ein Ausdruck aus dem Filmgeschäft für die Zeit zwischen Sonnenuntergang und Dämmerung. Genug Licht für Aufnahmen – aber sanftes, ruhiges Licht. Magisches Licht. Man muß schnell arbeiten, denn bevor man sich versieht, ist es vorbei. Aber in der kurzen Zeit kann man wirklich wunderschöne Stimmungen einfangen.«

Ich trank noch etwas Wein. Dann muß ich für ein paar Minuten eingeschlafen sein. Als ich erwachte, betrachtete Bonnie mein Gesicht. Sie schlug die Augen nieder und sagte etwas zu schnell: »Ich habe mich gerade gefragt, wie du ohne Schnurrbart aussehen würdest.«

»Nein. Du hast gedacht, ›das ist wirklich mal ein toller Mann‹.«

»Ja.«

Ich ließ meine Finger über ihren Hals und ihre Brust gleiten. Ich streichelte ihren Bauch und spürte, wie ihre Muskeln sich spannten. Zwei oder drei innige Küsse. Und dann ging es wieder los. Diesmal mit einer Begierde, die das bereits Gewesene wie einen Flirt erscheinen ließ. Wir bissen und kratzten. Ich hörte mich knurren.

Bonnie zog sich zurück. Die Wildheit erschreckte sie. Sie wollte wieder menschlich sein, eine sexy Frau, kein wildes Tier. Sie wurde kühl und technisch und vollführte ein paar interessante Kunststücke mit ihre Zungenspitze. Dann kniete sie sich hin, um mich zu besteigen. Ich wußte, was passieren würde: Sie würde ihren Rücken zurückbiegen, ihren Kopf hin und her werfen und ihre Brüste federn lassen. Dann würde sie sich vorbeugen und noch mehr Zungentricks machen. Sie wollte das gleiche wie ich: die Oberhand.

Aber ich wollte keine gekonnten Sexspiele. Ich drückte sie auf den Rücken. Wir waren Tiere, und ich war der Hengst. Sie sollte es spüren. Ich hielt ihre Arme fest, öffnete ihre Beine mit meinem Knie und gab es ihr. Sie war stark und kämpfte, um sich loszumachen, aber die ganze Zeit stieß sie unter Schluchzen immer dasselbe Wort hervor: mehr.

Als es vorbei war, wandte sie sich von mir ab. Sie machte kein Geräusch, aber ich fühlte, wie ihr Rücken vom Weinen geschüttelt wurde. Auch mir war irgendwie zittrig. Ich hatte mich überhaupt nicht mehr unter Kontrolle gehabt. Was, wenn sie nicht nach mehr verlangt hätte? Was, wenn sie gewollt hätte, daß ich aufhöre? Hätte ich es gekonnt?

Ich legte meine Wange gegen ihren Nacken. »Bonnie, alles ist gut.« Sie sagte nichts. »Zu hart?«

»Nein.«

»Zu was?«

»Zuviel.«

»Zuviel was?«

»Ich weiß es nicht.«

Ich legte sie auf den Rücken und küßte sie. Ihre Wangen waren naß. »Nächstes Mal werde ich ganz sanft sein, okay? Du wirst denken, was für eine Technik. Der Junge muß seinen Doktor in Kamasutra gemacht haben.« Bonnies Züge wurden weicher durch das Lächeln. Ich wußte, daß sie nicht hübsch war, aber sekundenlang war sie wunderschön.

Mit der Spitze ihres Zeigefingers wischte sie die letzte Träne ab; eine liebenswerte, zarte Geste von einem so großen, kräftigen Mädchen.

»Als du mich festgehalten hast...«

»Sag nur.«

»Was, wenn du ein schlechter Mensch gewesen wärst?«

»Aber das bin ich nicht. Ich bin ein toller Mensch. Nun laß uns über was anderes reden. Sind deine Augen graublau oder blaugrau?«

»Bitte, es ist mir ernst.«

Ich drehte das Kopfkissen auf die kühle Seite. »Nun, wenn es dir ernst ist, dann solltest du es dir zweimal überlegen, bevor du Zufallsbekanntschaften mit nach Hause nimmst.« Bis ich es aussprach, hatte ich nicht bemerkt, wie sehr es mich störte, mich aufregte. Verdammt, es war so leicht gewesen. Ich wollte nicht, daß sie mich, einen Fremden, anfaßte. Mit mir spielte. In der Öffentlichkeit. Hier war sie: groß und sauber und anständig, konnte ihre eigenen Fliegen knoten – eine wundervolle Frau. Aber anstelle eines leichten Kusses, eines Lächelns, um die Spannung zu dämpfen, nachdem wir aneinandergedrängt worden waren, hatte sie meine Eier in die Hand genommen, meinen Schwanz gestreichelt. »Du wußtest überhaupt nichts von mir, und du sagtest ›Bloß raus hier‹.«

Bonnie bekam nicht den schuldbewußten, leicht genierten Blick, den ich erwartet, vielleicht sogar erhofft hatte. »Ich habe dich für intelligenter gehalten.«

»He, ich spreche nicht von Moral. Ich spreche als Polizist, der gesehen hat, wie nette Mädchen aussehen, wenn die Dinge außer Kontrolle geraten.«

»Ich kann auf mich selbst aufpassen.«

»Du bist kräftig. Ein Bergmädchen aus Utah, stimmt's? Wenn also jemand über die Stränge schlägt, dann benutzt du eben irgendeinen Selbstverteidigungsquatsch aus einer Frauenzeitschrift. Laß mich dir sagen, Bonnie. Bevor du deine Finger in seine Augen stecken, ihn auf den Fuß oder in die Eier treten kannst, bist du schon vergewaltigt oder tot.«

»Ich kann gut Menschen beurteilen.«

»Denkst du, all diese netten Mädchen haben gedacht: ›Der Kerl ist ein Psychopath, aber er hat so schöne Grübchen‹. Nein, sie sagten genau wie du ›Ich kann gut Menschen beurteilen‹.«

Sie blieb einen Moment still. Dann richtete sie sich auf und sagte: »Bist du nicht verhungert?«

»Wenn ich darüber nachdenke, ja.«

»Rühreier? Toast und Omelette?«

Während sie nach unten ging, um das Abendessen zu machen, duschte ich schnell. Ich zog mich wieder an, ging aber barfuß hinunter. Als ich in der Küche saß und ihr zuschaute, wie sie die Eier aufschlug, fühlte ich mich richtig wohl. So müssen sich Ehemänner fühlen, dachte ich. Aber es war eigenartig, die Hausfrau mit dem Schneebesen schien überhaupt keine Verbindung mit der zügellosen Person zu haben, die oben mit mir im Bett gewesen war. Dann drehte sie sich um, und ihr Mund war vom vielen Küssen geschwollen.

Bonnie gab mir Ei und gebutterten Toast. Ich ging zum Kühlschrank und nahm ein paar von ihren leichten Bieren heraus. Ich erinnere mich, daß wir noch mindestens eine Stunde in der Küche saßen, aber worüber wir geredet haben, habe ich vergessen.

Ich erinnere mich, daß ich später dachte, daß Bonnie voller Anmut war. Eine angeborene körperliche Anmut, wie sie bei Sportlern vorkommt. Einen festen, sicheren Gang, eine gerade, anmutige Haltung. Und geistige Anmut. Sie konnte Situationen gut einschätzen und wußte, wann sie fragen und wann sie schweigen mußte.

Und sexuelle Anmut. Sie stand auf Sex, und zwar mit mir. Sie setzte sich nicht in Szene, streckte nicht ihren Hintern zur Bewunderung vor, obwohl er bewundernswert war. Sie hielt ihre Brüste nicht wie Doppeltrophäen in einem erotischen Wettbewerb hoch. Alles war natürlich, anmutig, ohne Ziererei.

Wir waren zu erschöpft zum Ficken, also liebten wir uns ganz zärtlich. Danach lag ich auf dem Rücken, starrte an die Deckenbalken und dachte: ›Ich habe mehr getan, als sie nur zu befriedigen. Ich bin ihr wichtig.‹

»Darf ich jetzt einschlafen?« fragte sie.

»Klar.«

»Hoffentlich bleibst du bis morgen früh.«

»Natürlich.« Ich war ärgerlich. Dachte sie denn, ich sei nur gut für eine schnelle Nummer und würde dann um drei Uhr morgens auf Zehenspitzen verschwinden?

»Sei nicht böse«, sagte sie. »Es ist nicht deine Schuld. Ich brauchte eine Beruhigung.«

»Sei beruhigt«, flüsterte ich.

Gegen drei wachte ich kurz auf. Sie schlief tief und fest. »Bonnie!«

Ihr Kopf ruhte auf meinem Arm, und ich konnte ihre Wimpern fühlen, als sie die Augen öffnete.

»Hallo...«

»Hör zu, ich will dir was sagen.«

»Was?«

»Ich liebe dich.«

»Ich liebe dich auch.« Dann sagte sie: »Sind wir dazu nicht zu alt?«

»Nein. Schlaf weiter.«

Um sechs Uhr dreißig stand ich auf. Sie machte Kaffee. Wieder sagte ich: »Ich liebe dich«. Ich versprach, sie von der Arbeit aus anzurufen und später mit ihr zur Gin Mill zu fahren, um ihren Wagen zu holen.

Ich stieg in den Jaguar. Er hatte die ganz Nacht draußen verbracht, und die Sitze waren naß vom Tau. Ich fuhr nach Hause, naß, schlapp, aber voll von etwas, das ich für Glück hielt.

Zu Hause angekommen, gähnte ich und wünschte, ich wäre wieder im Bett in Bonnies Armen. Ich war wirklich erschöpft und brauchte eine Stärkung. Erst einen doppelten Screwdriver, dann einen zweiten. Später rief ich im Büro an und sagte Carbone, ich hätte einen Virus erwischt. Er war sehr verständnisvoll.

Ich ging auf fünftägige Sauftour, an deren Ende Bonnie nur noch eine vage, unangenehme Erinnerung war.

Als ich dann Ende des darauffolgenden Jahres zur Behandlung nach South Oaks eingeliefert wurde, hatte ich Bonnie ganz aus meinen Gedächtnis getilgt. Bonnie Spencer hatte nie existiert.

Kapitel 14

Kurz vor sechzehn Uhr kam ich zum Hauptquartier zurück. Schon bevor ich den verräterisch geröteten Ray Carbone erblickte, sah ich wie Julie, die Empfangsdame, einen Bleistift aufnahm und ihn über ihre Kehle zog. Als würde es mir an den Kragen gehen. Da aber die Nichtbeachtung der offiziellen Regeln der Abteilung bei mir zur Gewohnheit geworden war, hatte ich keine Ahnung, was diesmal anlag. Dann deutete Carbone mit dem Daumen zum Büro des Captains; es handelte sich also um den Spencer-Fall, und diesmal würde es kein Routineverweis sein.

Auch der Anblick von Frank Shea, Krawatte geknotet, Jackett zugeknöpft, der mit Zeigefinger auf einen Stuhl deutete, war nicht gerade beruhigend. Trotz der Flaggen hinter seinem Rücken hatte Shea mehr Ähnlichkeit mit einem Schnulzensänger als mit einem Polizisten. In normalen Zeiten klebte auf seiner Stirn eine mit Haarfett geformte Locke, sein Schlips hing herunter, das Hemd war halb offen und gab den Blick frei auf ein goldenes Amulett vom heiligen Michael, ein Kruzifix, den langen, gebogenen Zahn irgendeines toten Tieres und drei Brusthaare. Sein Jackett trug er nur für Vorgesetzte und bei Beerdigungen.

Carbone nahm einen Stuhl und stellte ihn neben Sheas Schreibtisch, so daß sie mir beide gegenübersaßen. »Was ist los?« fragte ich.

»Ich habe Sie gewarnt, Brady«, antwortete Shea.

»Wovor?«

»Das wissen Sie. Sehen Sie sich an!« Gut, ich war gelaufen und hatte dann im Auto mit offenem Verdeck über Bonnie nachgedacht. Vielleicht war ich einem Sonnenstich nahe. Auf dem Parkplatz vor dem Hauptquartier hatte ich kurz in den Rückspiegel geschaut und bemerkt, daß ich unter der Sonnenbräune blaß war. Auch hatte ich Kopfschmerzen, und der Schweiß rann mir herunter. Aber *so* schlimm war es nun auch wieder nicht »Sehen Sie sich doch an!« brüllte Shea.

»Wieso? Ist eine neue Kleidervorschrift erlassen worden?«

»Zur Hölle mit Ihnen, Brady.«

Ich linste rüber zu Carbone. »Willst du mir nicht sagen, was los ist?«

»Steve...« Da Shea die Rolle des bösen Vorgesetzten übernommen hatte, konnte Carbone mitfühlend sein. Er hörte sich an wie eine Mischung aus Psychiater und Priester. »Robby hat es uns erzählt.«

»Was erzählt?«

Shea nahm einen Briefbeschwerer und schlug damit auf den Tisch. »Daß Sie keinen Haftbefehl holen wollen.«

»Ja, das ist richtig. Ich will jetzt noch keine Verhaftung.«

»Für wen halten Sie sich eigentlich?« fragte Shea. »Wir haben genug Beweise, um die Spencer lebenslänglich wegzustecken. Sie weiß es, sie wird fliehen.«

»Wohin?«

»Halten Sie den Mund. Sie wird fliehen, während Sie Theorien über Lindsay Keefe herausbrabbeln.«

»Hören Sie zu... Wir sind etwas übereifrig gewesen. Mein Fehler. Aber wir müssen an Lindsay und Fat Mikey denken. Shea, beruhigen Sie sich einen Moment und...«

»Sie Scheißkerl. Ich habe Ihnen einmal vertraut.«

»Was meinen Sie?«

»Erinnern Sie sich? Sie versprachen mir, trocken zu bleiben.«

»Zum Teufel, das bin ich.«

»Robby Kurz behauptet das Gegenteil.«

»Daß ich trinke? Quatsch.«

»Robby war so unglücklich. Es fiel ihm so schwer, es mir zu sagen.« Shea schwieg einen Augenblick. »Er schwor, es sei die Wahrheit. Er sah, daß ich den Kopf schüttelte, es nicht glauben wollte. Aber er schwor. Wodka. Alkoholiker denken, er riecht nicht, aber glauben Sie mir, da ist ein Geruch. Er sagte, man röche es an Ihrer Haut.«

»Robby kann im ganzen Wodka der Welt ersaufen. Klar, wir hatten eine Meinungsverschiedenheit, und vielleicht bin ich ausgeflippt. Aber daß ich trinke, ist eine dreckige Verleumdung!«

»Er hat es gerochen. Sie haben beim Gehen geschwankt und...«

»Nein!«

»Es ist ihm vor zwei Tagen aufgefallen. Sein einziger Fehler war, es zu verschweigen, um Sie zu schützen.«

Jetzt wurde mir wirklich schlecht. In meiner Kehle fühlte ich den sauren Geschmack von Erbrochenem. Ich wurde ganz ruhig. »Denken Sie, daß ich jetzt betrunken bin?«

Carbone sah traurig aus. Shea sagte: »Stinkbesoffen.«

»Ich möchte, daß einer von euch mit mir zum Labor kommt, wo ich einen Alkoholtest machen will.« Sie sahen sich an. Ich fügte hinzu: »Blut und Urin auch. Jetzt gleich. Ich will es euch beweisen, daß ich trocken bin. Und seit drei Jahren.«

»Sie sind puterrot!« rief Shea anklagend. »Und Sie schwitzen wie ein Schwein!«

»Warum fragen Sie mich denn nicht, wieso? Habe ich darauf kein Recht? Wollen Sie wissen, warum ich so aussehe? Ich war draußen in Southampton, ungefähr eine Viertelmeile von Sys Haus entfernt, und habe jeden Zentimeter Marschland abgesucht. Sie wissen und ich weiß, daß wir die Waffe brauchen, und dieser Schleimscheißer Robby Kurz – der sie finden sollte – hat auf seinem Arsch gesessen und seine Dankesrede für die Beförderung vorbereitet, anstelle nach der verdammten Zweiundzwanziger zu suchen. Verzeihung, seine Rede schreiben und sich Lügen auszudenken.«

»Sie bezichtigen *ihn* der Lüge?« fragte Shea mit einem gemeinen, hinterlistigen Lächeln.

»Ja.«

»Warum sollte er lügen, Brady?«

»Weil er ein fanatisches, ehrgeiziges, selbstgerechtes Schwein ist. Sie kennen ihn, wenn er es auf jemanden abgesehen hat. Er trägt Scheuklappen und will die Wahrheit nicht sehen. Und er lügt, weil er weiß, daß, wenn er diesen Fall schnell abschließt, er im nächsten Monat Sergeant sein kann – und der erste auf der Liste, wenn Sie in Pension gehen. Außerdem ist er ein heimtückischer Arschkriecher, dem meine Art vorzugehen nicht gefällt und der mich aus dem Weg haben will. Ich soll ihn nicht an der Verhaftung hindern können. Denn Frank, ich könnte ihn aufhalten. Ich habe berechtigte Zweifel. Wenn uns ein Irrtum unterläuft, wird Bonnie Spencer ziemlichen Ärger machen. Sie hat eine große Klappe.«

Shea und Carbone wechselten einen Blick. Ich fuhr fort. »Und Robby will mich aus dem Weg haben, weil Bonnie meine Idee war

– Ray kann es bezeugen –, und er will die Lorbeeren ernten.« Shea schnaufte nur. Carbone ließ den Kopf hängen. Er mochte mich wirklich und wollte mir glauben. Aber er hatte zuviel Psychologie studiert und wußte, daß Alkoholiker infantil und egozentrisch sind und Lügen ihnen zur zweiten Natur wird. »Komm mit mir zum Labor, Ray.«

»Brady«, sagte Shea. »Sie wissen doch, wohin Ihre Nummer führen wird?«

»Ja. Zu meiner Entlastung.«

»Nein. Denn ich werde Ihren Bluff aufdecken, Sie Schweinehund. Ich will, daß Sie jetzt ins Labor gehen, verstehen Sie mich? Sie haben die Anklage aufgebaut, und ganz plötzlich, wenn alle Vorgesetzten und alle Medien hinter mir her sind, sabotieren Sie alles. Wie stehen wir da, wenn die Presse herausfindet, daß wir sie hatten und sie uns durch die Lappen gegangen ist?«

»Frank, sagen Sie mir, warum sollte ich so etwas tun?«

»Weil Sie auf einer Sauftour waren und jedes Gefühl für Recht und Anstand verloren haben.« Seine Stimme wurde lauter, theatralisch. Er griff nach dem Briefbeschwerer, hielt ihn in der Faust und schüttelte sie in meine Richtung. »Und Ihre Verantwortung der Abteilung gegenüber und auch mir. Ich habe damals meinen Kopf für Sie hingehalten.«

Ich stand auf und wandte mich Ray zu. »Du bist der Psychologe. Selbst wenn ich abgerutscht wäre und die längste Sauftour meines Lebens hinter mir hätte – warum sollte ich den Fall versauen? Hielte ich Bonnie Spencer für die Schuldige, würde ich mich nicht eher hinsetzen, ein paar Gläser auf die Justiz trinken und das Weib verhaften?«

Sheas Stimme war kalt. »Robby hat Sie mit dieser Spencer gesehen, als sie das Haus durchsuchten. Er bemerkte, daß er abgeschoben, nach oben geschickt wurde. Dann sah er, wie Sie immer um sie herum waren, ihr in jedes Zimmer folgten, und als Sie sie fragten, woher das Geld aus dem Stiefel stammt, zogen Sie Samthandschuhe an. Ein richtiger Gentleman. Als Sie den Katalogmann anriefen, hatte er den Eindruck, es täte Ihnen weh, als sei die Wahrheit für Sie unerträglich.«

»Shea, das ist Blödsinn.«

»Und nun, ganz plötzlich, schalten Sie um auf Lindsay, auf Mikey. Auf alles, was Robby von Bonnie Spencer fernhält. Also ist meine Antwort auf Ihre Frage: Weil Sie in Bonnie Spencer verliebt sind.«

Natürlich klappte es mit dem Alkotest. Dann lief ich auf einer Linie entlang, hob verschieden große Geldstücke auf, ohne zu fummeln, sagte das Alphabet auf. Dann dauerte es noch zwei Minuten für den Blut- und Urintest. Ray war bei mir, als der Laborant die Nadel einstach. Er sagte: »Shea wird froh über den Atemtest sein, und wenn die anderen auch in Ordnung sind...«

»Glaubst du den Liebesquatsch?«

»Ich weiß nicht.«

»Du kennst doch Lynne. Ich frag dich, Ray, glaubst du, daß ich auf ein ausgetrocknetes Weib abfahre, das jeder in der Stadt schon mal gehabt hat?«

»Ich habe sie gesehen, als sie zum Test kam. Sie ist nicht übel.«

»Sie ist nicht Lynne.«

»Sieh mal, ich weiß nur, daß du eine schöne, gut konstruierte Anklage gegen sie hast – ich habe dich gehört –, und plötzlich schmeißt du sie weg. Warum?«

»Weil ich denke, daß sie es nicht war.«

Carbone schüttelte den Kopf. »Das nehme ich dir nicht ab.«

»Wo ist Robby?«

»Warum?«

»Weil ich wissen will, warum er nicht Manns genug war, mir gegenüberzutreten.«

»Er hätte es getan.«

»Also?«

»Er ist auf dem Gericht in Southampton und holt den Haftbefehl. Und dann wird er Bonnie Spencer verhaften.«

Bonnie öffnete die Tür einen Spaltbreit. »Haben Sie einen Befehl?«

»Nein. Hör zu, Bonnie...«

Sie schloß heftig die Tür. Ich klingelte. Nichts außer Moose hinter der Tür, die sich bellend als Wachhund aufführte, durch wildes Schwanzwedeln aber ihren wahren Charakter verriet. Ich blinzelte, versuchte durch die Gardine zu sehen. Bonnie war irgendwo im Haus verschwunden.

Ich finde es herrlich, wie Polizisten im Film eine Kreditkarte herausziehen, ein bißchen mit dem Zylinder herumspielen, und schon öffnet sich die Tür. Ich verschwendete ungefähr fünf Minuten mit meiner Karte, dem Schweizer Messer und jedem Schlüssel an meinem Ring. Es war riskant, denn ich mußte leise sein, damit sie nicht das Hauptquartier anrief und sich über die Belästigung beschwerte. Endlich klickte das Schloß, und ich war drinnen.

Ich brauchte die Räume nicht einzeln durchzukämmen; Moose führte mich zu einer offenen Tür, dann in den Keller. Bonnie stand beim Wäschetrockner und faltete ein Geschirrtuch. Als sie aufschaute, um Moose zu begrüßen, sah sie mich. Mein Gott, welch ein Schrei!

»Bonnie, hör mich an – ich will dir nichts tun!« Ihr Kopf drehte sich in verzweifelter Suche nach einem Schutz, aber man kann sich nicht mit einer Flasche Weichspüler gegen einen psychopathischen, bewaffneten Polizisten wehren. Ich trat einen Schritt auf sie zu in der Hoffnung, ihr sagen zu können, daß ich ihr helfen wolle; aber sie wich zurück, als wolle sie in den engen Zwischenraum zwischen Waschmaschine und Trockner verschwinden. Also hielt ich eine gewisse Entfernung ein. »Ich weiß, daß du denkst, ich sei verrückt oder so was, aber bitte hör mir zu. Wir haben nicht viel Zeit.« Verdammt. Nicht viel Zeit war nicht die richtige Wendung gewesen. Bonnies Augen verdunkelten sich, als glaube sie, ihr blieben nur noch einige Minuten der Freiheit oder vom Leben. »Bonnie, paß auf. Der Kerl, mit dem ich an diesem Fall arbeite – kurz, dieses Arschloch mit Haarspray – hat das Hauptquartier vor mir verlassen. Er holt einen Haftbefehl. Also spielt Zeit jetzt eine Rolle. Wenn er gleich an deine Tür klopft, dann kann ich... kann ich dir nicht helfen. Verstehst du?« Sie sagte nichts, hörte aber zu und sah mir direkt in die Augen. Es war ein so intensiver Blick, daß ich fast zu fühlen glaubte, wie sie meine Gedanken aufsaugte, verstand, warum ich bei ihr war. Aber sie wartete, daß ich weitersprach. »Mir sind Zweifel gekommen. Ich meine, ich glaube nicht, daß man dich jetzt verhaften soll. Bei Sys Tod sind noch zu viele Fragen offen, als daß wir sagen könnten, der Fall sei eindeutig klar. Ich möchte Antworten auf diese Fragen finden. Aber nun mußt du dich entscheiden – du kannst hierbleiben und mit Kurz gehen, wenn er dich holen kommt...«

»Oder?«

»Komm schnell raus hier. Mit mir. Sofort.«

Intelligentes Mädchen. Sie dachte daran, die gefaltete Wäsche in den Trockner zurückzustopfen, damit es nicht aussah, als wäre sie gewarnt worden. Wir rannten aus der Hintertür und dann durch ein kleines Wäldchen, wo ich den Wagen versteckt hatte, falls Robby käme. Moose rannte hinter uns her. Bonnie stieg ins Auto, und während die Tür noch offen war, sprang der Hund über ihre Knie hinweg auf den Fahrersitz.

»Raus mit dir«, sagte ich, öffnete die Tür zum Fahrersitz und zog sie am Halsband.

»Wann werde ich zurückkommen?«

»Wie soll ich das wissen? In zwei Minuten, wenn du mich nicht überzeugst.«

»Und wenn ja?«

»Ich weiß nicht.«

Plötzlich hatte sie eine Idee. »Wenn du das Verdeck runtermachst, könnte ich Moose auf den Knien halten und wir hätten alle drei Platz.«

»Wenn ich das Verdeck runtermache, du Idiot, dann werden hundert Zeugen erklären: O ja, wir haben Bonnie und ihren Hund gesehen. Sie fuhren zu Steve Brady, in seinem Wagen. Hundert Zeugen dafür, daß ich eine Untersuchung behindere.«

»Du meinst, dies ist nicht legal?« Doch bevor sie noch den Satz beendet hatte, wußte sie die Antwort. »Das kann ich nicht zulassen.«

Ihre Hand war auf dem Türdrücker. »Beweg dich nicht«, befahl ich.

Sie schüttelte den Kopf. »Nein, ich will raus hier.«

Ich zog meinen Revolver. »Wenn du dich bewegst, Bonnie, dann kriegst du eine Kugel zwischen die Augen.«

»Laß das.«

Was für eine Situation – in meinem Kopf hämmerte es, mir war schlecht vor Durst, und ich zielte mit meiner Dienstwaffe auf die Hauptverdächtige eines Mordfalles, der ich zur Flucht verhalf. Und dann war da noch dieses enorme, schwarze, haarige Biest, das mit hängender Zunge auf dem Fahrersitz saß, als ob es auf Grün wartete. »Ich will jetzt nicht streiten. Dein Leben steht auf dem Spiel – also schmeiß diesen Koloß hier raus und laß uns abhauen.«

Bonnies Stimme war so leise, daß ich sie kaum verstehen konnte. »Die Hintertür ist zu. Sie kann nicht an ihr Wasser, und wenn ich nicht da bin...«

Ich steckte meinen Revolver weg, zerrte Moose aus dem Auto und setzte mich hinter das Steuer. Bonnie ergriff natürlich die Gelegenheit, öffnete ihre Tür und stieg aus. »Komm rein!« brüllte ich. Sie schüttelte den Kopf. Ich ließ den Motor an. »Auf Wiedersehen.« Bonnie pfiff zwei schnelle, hohe Noten. Moose rannte zu ihr, und Bonnie schubste sie rein.

Und so kam es, daß wir zu mir fuhren mit Bonnie auf dem Beifahrersitz und Moose bellend vor Freude auf unser beider Knien.

Fertighäuser für Wanderarbeiter sind nicht ob ihrer herausragenden Architektur und kathedralenhaften Räume bekannt. Also hatte der Schickimicki-Architekt, von dem ich es gekauft hatte, nicht viel Platz gehabt, um seine Begabung unter Beweis zu stellen. Den größten Teil des Hauses umfaßte ein ›Wohnbereich‹, der Küche, Eß- und Wohnzimmer vereinigte. Dann hatte er an beiden Seiten etwas abgehackt, und auf der einen war ein Schlafzimmer entstanden.

Als ich das Haus kaufte, war dieses Schlafzimmer möbliert gewesen, aber das Bett war gerade groß genug für zwei Zwerge in Missionarsstellung. Ich hatte es rausgeworfen und ein Doppelbett angeschafft. Damit blieb nur noch genug Platz, um die Schranktüren zu öffnen und ins Badezimmer zu gelangen.

Auf der gegenüberliegenden Seite waren zwei durch ein Bad verbundene Gästezimmer entstanden. Eins mit einem Muschelmuster dekoriert, das andere aus unerfindlichen Gründen mit Ananas. Ich führte Bonnie in das zweite.

Ich zog die Jalousien herunter. »Versteh mich nicht falsch«, sagte ich. »Nur damit man dich nicht sieht.«

»Ich versteh schon.« Ihre Stimme zitterte. Das einzige Zeichen ihrer Angst.

Ich drehte mich zu ihr herum. Sie saß kerzengerade mit zusammengepreßten Knien auf einem kleinen Stuhl. Ich ließ mich auf der Ecke des Bettes nieder, aber weil das Zimmer so klein war, blieb nicht viel Platz zwischen unseren Knien. »Jetzt will ich hören, was wirklich geschehen ist, von Anfang an. Jede Einzelheit von der Minute an, wo du Sy wiedergesehen hast. Oder warst du die ganze Zeit seit der Scheidung mit ihm in Kontakt?«

»Nein.«

»Gut. Aber zuerst möchte ich etwas klarstellen.«

»Du meinst wegen...«

»Nein.«

Aber sie konnte es nicht lassen. »Gideon hat angerufen. Er sagte mir, daß du dich nicht erinnerst... an unser... Treffen.«

»Dafür ist jetzt keine Zeit.« Ich mußte unparteiisch sein, professionell. »Ich möchte deine letzte Lüge aufklären.«

»Es hört sich an, als ob es die letzte von einigen tausend wäre.«

»So ist es ja auch, ungefähr.«

»Wenn ich so eine Lügnerin bin, warum sollte ich jetzt die Wahrheit sagen, wo die Polizei mir auf den Fersen ist?«

»Weil du am Ende bist.«

»Nun ja.« Ihre Stimme zitterte. »Das ist wohl richtig.« Sie senkte den Kopf und starrte auf ihre Hände. Sie hatte schöne Hände mit langen Fingern und ovalen, unlackierten Nägeln. Hände, wie man sie in der Werbung für Handcreme sieht.

»Also, warum hast du die Geschichte über die achthundertachtzig Dollar in deinem Stiefel erfunden?«

»Es war die Wahrheit!«

»Bonnie, versteh mich richtig. Wenn du mich bescheißt, fliegst du raus.«

»Bitte, ruf den Mann wieder an.« Ich schüttelte den Kopf. »Versuch zu verstehen«, flehte sie. »Vincent Kelleher ist ein nervöser, nicht sehr erfolgreicher Geschäftsmann, der verkitschte Gebrauchsartikel per Katalog verkauft. Und plötzlich bekommt dieser Krämer einen Anruf der Polizei wegen Geld, das er mir unter der Hand gegeben hat. Eine illegale Zahlung. Er war schon immer kribbelig gewesen, und als du angerufen hast, war er bestimmt überzeugt, Eliot Ness und die Steuerfahndung würden ihn sofort festnehmen.«

»Du bist gut, Bonnie. Wirklich.«

»Nein. Wenn ich so gut wäre, hättest du meine Lügen geglaubt und ich wäre nicht in dieser Situation. Bitte, ruf Vincent Kelleher an.«

Aber da meldete sich mein Pieper. »Brady, bitte sofort Carbone anrufen.« Ich wies Bonnie an, zu bleiben wo sie war und ging ins Schlafzimmer.

Carbone fragte mich, wo ich sei, und ich erzählte ihm, daß ich nach sechzig Stunden Arbeit endlich einmal zu Hause war. Außerdem sei ich erledigt, und die Diskussion mit Shea und ihm hätte mir den Rest gegeben. Ob er vielleicht einen andern Alkotest wolle? Er antwortete, sie hätten vielleicht überstürzt gehandelt und Robby als Nichttrinker hatte wohl einige Symptome falsch gedeutet. Sonst noch was, wollte ich wissen. Bonnie Spencer ist verschwunden, sagte er. Also ist Robby außer sich? Ja, und Shea auch. Aber Ray, beruhigt euch doch alle. Es ist gleich halb sieben. Die Kühle des Abends kommt. Vielleicht ist sie unten am Strand oder bei Freunden. Geht alle einen trinken auf meine Kosten. Oder willst du, daß ich mal hinfahre? Ja, vielleicht ist das eine gute Idee, sagte er.

»Okay, ich werd ihr Haus überwachen und mich ein bißchen umsehen. Aber tu mir einen Gefallen. Ruf Robby ab. Wenn ich ihn bei Bonnies Haus sehe, bring ich ihn um, ich schwör's dir.« Carbone war einverstanden. Er wollte gerade aufhängen, als ich fragte, ob die Resultate meiner Tests schon da wären. »Ja«, sagte er. »Alles in Ordnung. Shea hat sicherlich überreagiert, aber er ist kein Dummkopf. Ihr beide liebt euch nicht gerade, und er hat dich wiedergenommen, weil er dich brauchte, nicht weil er dich mochte. Also, Detective Brady, tu was für deine Beförderung – liefere uns Bonnie Spencer.«

Der Motor von Robbys Wagen lief bereits, als ich vor Bonnies Haus ankam. Ich hielt neben ihm, er schmiß mir den Haftbefehl ins Auto und zischte ab, so schnell wie seine Karre es erlaubte. Und er wußte, warum – ich wollte ihn fertigmachen, und er wollte es verhindern, wenn er konnte.

Ein paar Minuten später kamen zwei Streifenwagen aus Southampton. Sie sollten so lange bleiben, bis jemand von Suffolk County sie ablöste. Ich gab ihnen den Haftbefehl und sagte, daß ich das Haus noch einmal überprüfen würde. Ostentativ zog ich mir ein Paar Gummihandschuhe über und ging hinein. Nach fünf Minuten war ich wieder draußen. In meinen Taschen hatte ich platt zusammengefaltet etwas Unterwäsche, ein T-Shirt und ihre Zahnbürste. Und ein Paket Hundefutter. Ich schwenkte zwei Indiziensäcke mit einem Paar Turnschuhe und einer Haarbürste. Als ich abfuhr, winkte ich den Polizisten einen Gruß zu.

Alles nur Angabe. Meine Hände waren feucht, und mein Magen

krampfte sich zusammen. Aber nicht wegen des augenscheinlichen Grundes, der hieß, daß ich dabei war, mein berufliches und privates Leben zu zerstören. Ohne die zwei Jahre Gefängnis wegen Behinderung einer polizeilichen Ermittlung. Mir waren die Konsequenzen meines Vorgehens völlig klar. Ich erinnere mich, daß ich darüber nachdachte, wie sich eine Verurteilung auf meine Pension auswirken würde und ob es im Gefängnis von Green Haven AA-Versammlungen gäbe. Doch mit diesen Überlegungen hatten die nassen Hände und der schmerzende Magen nichts zu tun.

Nein, ich fuhr nach Hause zurück mit einem Riesenkloß in der Kehle, weil ich Angst hatte, Bonnie könnte fort sein. Sie reagierte schnell, wie vor einer Woche bei Sy, als sie ihn tötete und tat, was angesagt war: weglaufen. *Nein.* Sie hatte ihn nicht getötet. Ich glaubte ihr. Aber vielleicht hatte sie Visionen von nickenden Geschworenen und war geflüchtet. Oder sie hatte Angst und brauchte jemand zum Trösten – wie Gideon und war zu ihm gelaufen. Oder vielleicht, wie eine gute Amerikanerin mit Vertrauen auf Gott und die Verfassung, war sie weggelaufen und hatte von einer Telefonzelle Detective Kurz von der Mordkommission angerufen.

O mein Gott, was sollte ich tun, wenn sie weg war?

Es war erst Donnerstag abend, aber trotzdem trudelten schon die Wochenendgäste an. Seit ich vor einer halben Stunde zu Bonnie gefahren war, hatte die Verkehrsdichte stark zugenommen. Nur durch rücksichtsloses Verhalten gelangte ich über die Kreuzungen. Ich fluchte, als ich an einem Bahnübergang halten mußte und der längste Zug in der Geschichte der Long Island Railway vorbeidonnerte.

Ich rannte ins Haus und fiel über Moose, die angerannt kam, um mich zu begrüßen. »Geh aus dem Weg, du dumme Töle«, sagte ich und kraulte ihren Kopf. Okay, dachte ich, Bonnie hat den Hund zurückgelassen. Sie wußte ja, daß ich auf ihn aufpassen würde. Das Haus war totenstill. Ich ging schweren Herzens auf das Anaszimmer zu und rief »Hallo« in die Stille hinein. Noch ein

Funken Hoffnung. »Hallo...« Kein Geräusch. »Bonnie!« schrie ich.

»Hier«, rief Bonnie zurück. Ich fuhr zusammen. »Du bist es. Ich hab dich rufen gehört, aber war mir nicht sicher. Es hätte ja auch ein Freund sein können, oder ein Einbrecher, nicht?«

Mein Körper entspannte sich in einer Welle von Erleichterung, und ich mußte mich einen Moment an die Wand lehnen, um mein Gleichgewicht wiederzuerlangen. Dann ging ich in ihr Zimmer.

Sie hatte sich auf dem Bett zusammengerollt und las ein altes Taschenbuch. Sie legte es auf den Boden und setzte sich. Ich gab ihr die Schuhe und die Haarbürste und nahm die Wäsche und die Zahnbürste aus meiner Tasche. Ich stand noch immer unter Schock und war zu keiner Unterhaltung fähig.

»Danke.«

Ich spielte mit der Tasche mit dem Hundefutter. Sie lächelte und wartete, daß ich etwas sagen würde, also sagte ich, ich würde Moose füttern, duschen und dann wiederkommen. Ich war erstaunt, es klang alles so normal. Wollte sie etwas essen? Ich hatte ein paar Fertigmahlzeiten im Haus. Nein, danke, sie war nicht hungrig.

Ich schob trotzdem zwei Portionen in den Ofen. Wenn es Zeit war, würde sie dem fettigen, panierten Huhn sicher nicht widerstehen können. Sonst würde ich es eben essen. Ich ging unter die Dusche. Wasser, viel Seife und der Tannenduft vom Shampoo. Jetzt ging es mir besser. Ein kühler, sauberer Mann anstatt eines verschwitzten, überreizten Wracks. Ich griff nach dem Handtuch, ein bißchen enttäuscht, daß Bonnie sich nicht reingeschlichen hatte. Tief in meinem Innersten hatte ich gehofft, sie zu sehen, wenn ich aus der Dusche stieg.

Ich zog mich an, nahm mein Notizbuch und rief Vincent Kelleher, den Katalogkönig an. »Hier ist wieder Detective Brady.«

»Ja, Sir.«

»Mr. Kelleher, ich kenne Sie nicht, aber irgendwie habe ich den Eindruck, daß Sie mir nicht die Wahrheit gesagt haben. Und das betrübt mich sehr.« Stille. »Hören Sie, ich bin an Ihrer steuerlichen Situation überhaupt nicht interessiert. Ob Sie mit Beleg oder ohne zahlen, ist mir völlig egal. Aber mir ist nicht egal, wenn Sie mich belügen.«

»Warum glauben Sie, daß ich Sie belüge«, flüsterte er.

»Weil ich ein intelligenter Polizist bin. Wollen Sie mir bitte Näheres über Ihre finanziellen Transaktionen mit Bonnie Spencer erzählen?« Schweigen. »Wenn Sie ehrlich mit mir sind, hängen wir beide auf, und die Sache ist gelaufen. Wenn Sie mich aber verscheißern, dann kann ich gern mit einem meiner Freunde in Washington reden.«

»Ich habe sie bezahlt...« Seine Stimme erstarb. Dieser Mann hatte einen irischen Namen. Ich konnte mir nicht vorstellen, daß er ein solcher Waschlappen war.

»Wie haben Sie sie bezahlt?«

»In bar.«

»Wieviel?«

»Eintausendfünfhundert Dollar. Fünfhundert pro Katalog, den sie machte. Sie wollte so bezahlt werden. Ich schwöre Ihnen, es war nicht meine Idee.«

»Wie haben Sie es ihr übergeben?«

»Ihr Vater lebt bei Scottsdale. Einmal im Jahr kommt sie ihn besuchen. Dann kommt sie her und sieht sich die Entwürfe für die nächsten Kataloge an. Wir unterhalten uns...« Wenn dieser Kerl je bei Rot über die Kreuzung fuhr, würde er sich bestimmt selbst Handschellen anlegen und beim Richter um die Höchststrafe bitten.

»Sie unterhalten sich und dann? Geben Sie ihr das Geld?«

»Ja, in einem Umschlag. Aber ich verspreche Ihnen, es wird nicht wieder geschehen.«

Ich suchte und fand noch ein paar Taschenbücher, die ich in ihr Zimmer brachte. »Die sind für später«, sagte ich. »Jetzt müssen wir reden.« Ich zog die Jalousie hoch und sah hinaus. Es lag noch etwas von der magischen Stunde in der Luft.

»Gut. Ich will dir ja nicht sagen, wie du deine Arbeit machen sollst, aber vielleicht könntest du Vincent Kelleher anrufen.«

»Warum?«

»Weil er dir nicht die Wahrheit gesagt hat. Und *ich* will es jetzt tun. Ich weiß, daß ich mich selbst in diese Situation gebracht habe, und du gibst mir jetzt eine neue Chance. Ich möchte deines Vertrauens würdig sein. Und ich möchte, daß du mir glaubst.«

Dieses Mal siegte der Polizist über den Mann. Sie sollte nicht denken, daß ich bedingungslos auf ihrer Seite wäre. Sie sollte mich überzeugen. Ich sagte: »Vielleicht ruf ich ihn später an. Jetzt erzähl mir erst mal, wie das mit Sy wieder angefangen hat.«

Kapitel 15

»Als ihr euch getrennt habt, Sy und du, gab es da viel böses Blut?«

»Nein.« Bonnie lehnte sich zurück. Sie trug die gleichen Kleider wie zu Hause: rote Nylonshorts und ein schwarzes Top. Die weißen Söckchen waren bei dem Lauf über das Feld schmutzig geworden, und sie hatte sie ausgezogen. Schuhe hatte sie keine getragen.

»Am Tag, als ich mein Einverständnis zur Scheidung unterzeichnete, hat er mich zum Essen ausgeführt. Le Cirque. Weiches Licht, weiche Servietten – und auch weiches Essen, damit man beim Kauen kein Geräusch macht. Wir saßen nebeneinander. Er hielt meine Hand unter dem Tisch und sagte: ›Es war meine Schuld, daß ich dich nicht genug lieben konnte. Aber ich werde immer für dich dasein, Bonnie.‹«

Mooses schien das gleiche sagen zu wollen. Der Hund legte seinen Kopf auf die Bettdecke, bis Bonnie ihn kraulte. Dann legte er sich mir zu Füßen.

»Hast du gekotzt, als er es sagte?«

»Nein. Das war vor der Vorspeise. Aber siehst du, in seiner schleimig-eleganten Art war Sy ehrlich. Er glaubte, was er sagte, auch wenn er mich in dem Moment vergaß, als ich den Zug nach Bridgehampton nahm. Aber ich hatte ihm wegen der Trennung keine Schwierigkeiten gemacht; klar habe ich geweint und ihn gebeten, einen Eheberater aufzusuchen – aber das war's auch. Ich wollte keinen Unterhalt, also war er mir gewogen. Wenn jemand gefragt hätte: ›Sy, wie war deine zweite Frau?‹, hätte er gesagt: ›Hm, zweite Frau. O ja, Bonnie. So süß. So natürlich.‹ Es war komisch, Nettigkeit machte keinen Eindruck auf ihn, aber wenn ihm jemand irgendwo dazwischenkam, vergaß er denjenigen nie.«

»Warum hast du nicht um deine Ehe gekämpft?«

»Weil...« Sie legte die Hände wie zum Gebet aneinander und berührte mit den Fingerspitzen ihre Lippen. Dann sagte sie: »Weil ich wußte, daß er mich nicht mehr liebte, sofern er es überhaupt je getan hatte. Sy konnte sich verlieben, aber es war, als würde ein Schauspieler eine Rolle lernen. Als ich ihn in Los Angeles kennenlernte, kam er wohl gerade von einem John-Ford-Festival, also wurde ich sein Cowgirl. Er lief blinzelnd und rauchend in Jeans herum – das war vor seinen entkoffeinierten Gesundheitstagen. Er brach die Filter von den Zigaretten ab und zündete sie dann mit diesen Streichhölzern an, die man an den Schuhsohlen reibt. Wir ritten auch viel. Westernsattel. Aber nach drei Wochen in New York – sechs Wochen nach unserer Hochzeit – wurde ihm das Cowboyspiel zu langweilig. Und ich auch. Ich wußte es.« Sie arrangierte das Kopfkissen als Rückenstütze. »Es hatte keinen Sinn, ihn bei der Scheidung zu bekriegen. Er hatte versucht, ein anständiger Ehemann zu sein, aber es war einfach zu anstrengend.«

»Wie kann er denn ein anständiger Ehemann gewesen sein? Du hast doch gesagt, er hätte dich mit irgendeiner Puppe betrogen?«

»Seiner Ansicht nach war er es. Er hielt Türen auf. Er dachte an Geburtstage, Feiertage. Er hatte wirklich Stil; einen Valentinstag schenkte er mir einmal eine neue Angelbox, und als ich sie öffnete, war da ein langes Collier mit Vierzehnmillimeterperlen.«

»Was sind Vierzehnmillimeterperlen?«

»*Große* Perlen.« Ihre Hände beschrieben die Größe eines mittleren Globus. Es ärgerte mich, daß sie teure Geschenke mochte. Ich wünschte, sie hätte die Perlen abgelehnt, aber dem war nicht so gewesen. »Du mußt Sy verstehen«, fuhr sie fort. »Er konnte nicht treu sein, er konnte nicht ehrlich sein. Er mußte – wie soll ich sagen – schlitzohrig sein. Er mußte Situationen manipulieren. Es ging auch um Geld. Immer hatte er Angst, man könne ihn betrügen. Also spielte er Anwälte, Börsenmakler und Buchhalter gegeneinander aus. Er aber betrog die ganze Zeit. Persönliche Ausgaben versteckte er in Filmbudgets. Und ich spreche dabei nicht von einem Jogginganzug oder einem Paar Hanteln. Bei seinem zweiten Film fielen der Fitneßraum und der Whirlpool in unserer Stadtwohnung ab. Worte wie illegal oder amoralisch konnte man bei ihm nicht benutzen, weil er sie auf verdrehte Weise als Kompliment auffaßte. Er sah seine Betrügereien als Abenteuer und sich selbst als eine Art Robin Hood. Aber er nahm nur von den Reichen, um den Reichen zu geben.«

»Wußtest du nichts davon, als du ihn heiratetest?«

»Nein. Ich sah nur den charmanten, kultivierten Mann mit Fältchen um die Augen, dem *Cowgirl* gefiel und der alles über Western wußte. Und nicht nur oberflächliches Wissen. Ich erinnere mich an eine Beschreibung eines Tom-Mix-Stummfilms... Außerdem schien er wirklich über alles Bescheid zu wissen: kambodschanische Architektur, die Urknalltheorie, die sprachliche Verbindung zwischen Finnisch und Ungarisch. Aber was mich wohl am meisten bei ihm angezogen hat, war, daß er mich schätzte. Meine Arbeit. Meine Augen. Mein Haar. Mein... das Übliche. Dieser Mann war ein solcher Kenner, daß ich dachte: ›Mein Gott, ich bin wer.‹«

Sie massierte ihr Knie mit einer langsamen, präzisen Bewegung, die man bei einer alten Verletzung anwendet, und warf mir einen schnellen Blick zu. Ich wußte, was sie dachte. Trotz unserer Verschiedenheiten hatte ich ihr gegenüber wie Sy reagiert. Denn auch ich hatte sie in dieser Nacht bewundert: Ich schwöre zu Gott, Bonnie, so jemanden wie dich habe ich noch nie getroffen. Bonnie, deine Haut ist wie Samt. Weißt du, Bonnie? Deine Augen haben die Farbe des Ozeans. Nicht im Sommer, an einem hellen Wintertag. Ich könnte mich stundenlang mit dir unterhalten, Bonnie. Bonnie – ich liebe dich.

»Aber Sys Begeisterung hielt nie lange an. Er hatte einen Schrank voller Ausrüstungen für Sportarten, die er ein paarmal ausprobiert und dann aufgegeben hatte: Golf, Racquet-Ball, Tauchen, Polo, Langlauf. Und wenn er Frauen hätte in Schränke pakken können, so hätte er es auch getan. Nach zwei Monaten Ehe hatte er bereits ganz andere Interessen.«

»Das tut mir leid.«

»Braucht es nicht. Irgendwie hat es mich dann amüsiert.« Sie hob den Kopf und imitierte eines dieser hochmütigen New Yorker Schickimicki-Lächeln. »Aus der Art, wie er sich kleidete, konnte ich erraten, mit wem er gerade ein Verhältnis hatte. Eines Tages hängte er seinen taillierten italienischen Maßanzug in den Schrank und fing an, in Jeans und Rollkragenpullover herumzulaufen. Daraus konnte ich ersehen, daß es mit der modeschmuckbehangenen Designerin aus war und die nicht mehr so taufrische alternative Filmkritikerin seine Gunst errungen hatte. Ich mußte einfach darüber lachen.«

»Erzähl mir kein Scheiß.«

Bonnie zog mit dem Finger die Falten des Bettüberwurfs nach. »Gut«, sagte sie ruhig. »Was er mir antat, hat mir gestunken. Und noch mehr, es brach mir das Herz. Ich bin nicht der Typ Frau, auf den Männer fliegen. Bis es dann doch einer tat. Ich war so glücklich. Aber bevor ich noch mein Liebesgedicht von vierzehn lausigen Zeilen an ihn beendet hatte, war es schon wieder aus.«

»Also war die Ehe beendet, bevor sie geschieden wurde?«

Sie nickte. »Wir schliefen noch miteinander, aber es war keine Liebe mehr da, und auch sonst waren wir nicht oft zusammen. Wenn er abends zu Hause war, ging er meistens in sein Arbeitszimmer, las Drehbücher oder telefonierte. Nach der Trennung ging mein Leben einfach immer so weiter. Es war nicht schwer; wir waren ja kein richtiges Paar gewesen.«

»Aber deine wirtschaftliche Situation, dein Status änderten sich. Wie sah dein Leben aus?«

»Wie meinst du das?« Plötzlich war sie sehr interessiert, noch mehr Linien auf die Decke zu malen.

»Glücklich, traurig, wunderbar, schrecklich?«

»Es war okay.« Sie sah mich nicht an.

»Bitte, Bonnie.«

»Warum ist das nötig?«

»Weil ich die Umstände kennen muß, unter denen du mit Sy wieder zusammengekommen bist.«

»Die Umstände waren eben, daß ich eine unabhängige Frau war – bin. Keine Bindungen. Meine Mutter starb, als ich siebzehn war – Gehirntumor. Mein Vater heiratete wieder, eine Frau aus Salt Lake City. Er verkaufte sein Geschäft, und sie zogen nach Arizona in eine Pensionärsstadt. Meine Brüder sind alle verheiratet und haben Familie.«

Sie wurde nachdenklich, hörte mit der Decke auf und begann, mit ihrem Zopf zu spielen. Gedankenverloren löste sie das Gummiband und entflocht die Strähnen. Als sie wieder zu sprechen begann, streichelte sie ihr Haar, als wolle sie es trösten.

»Mein Leben: Ich lebe in einer hübschen Stadt am Meer in einer Gegend, in die ich nicht gehöre. Ich habe Gideon und seinen Freund, zwei Freundinnen und viele nette Bekannte. Im Sommer ist es besser. Aus Sys Tagen gibt es noch ein paar Leute – einen Filmverleiher, einen Reporter vom Wall Street Journal, die Häuser hier in der Gegend haben. Wir verbringen nette Stunden zusammen. Ich bin freiwillige Mitarbeiterin in der Erwachsenenbildung und engagiere mich sehr für den Umweltschutz. So habe ich Gideon kennengelernt. Er verteidigte einen Umweltsünder, und wir fingen an, einander anzubrüllen. Aber später haben wir uns gut verstanden. Möchtest du noch mehr wissen? Mit den Katalogen und Beiträgen für die Lokalzeitung und technische Zeitschriften verdiene ich so achtzehntausend Dollar pro Jahr. Weiter? Sex? Solange es noch kein AIDS gab, schlief ich mit jedem, der mir gefiel. Jetzt lese ich, laufe fünf Meilen pro Tag und schaue mir am Abend zwei Filme an. Während meiner Ehe hatte ich eine Abtreibung, weil Sy sagte, er wäre für Kinder noch nicht bereit. Ich wollte unbedingt ein Baby haben. Als ich dann achtunddreißig war und es mir aufging, daß mich nie wieder jemand heiraten würde, hörte ich mit der Verhütung auf. Ich konnte nicht mehr empfangen. Meine Eileiter waren durch einen Tripper verklebt worden, den mir mein Mann sechs Monate nach der Abtreibung verpaßt hatte. Das ist alles.« Bonnie faltete die Hände auf den Knien. »Ich vermute, du hast etwas Aufregendes erwartet.«

»Ein bißchen schon.« Ich mußte gekonnt vorgehen. Was sollte ich denn sonst tun? Sie in die Arme nehmen, sie trösten? Ich fragte: »Wir haben zwei Kondompackungen im Papierkorb in Sys Gästezimmer gefunden. Wenn du nicht mehr schwanger werden kannst...«

»AIDS und andere Geschlechtskrankheiten. Wenn ich die Möglichkeit gehabt hätte, ihm auch noch übers Gesicht eine Maske zu ziehen, bevor ich ihn küßte, so hätte ich es getan. Aber das wäre wohl des Guten zuviel gewesen.«

»Erzähl mir mehr aus deinem Leben.«

»Was gibt es denn da zu erzählen? Ich hatte eine sehr glückliche Kindheit. Und dann wurde mein Drehbuch verfilmt, ich bekam gute Kritiken, traf Sy und wir heirateten. Natürlich wußte ich, daß es Schwierigkeiten geben würde. Auch Tragödien, wie der Tod meiner Mutter. Aber es kam mir nie in den Sinn, daß das Leben eigentlich gar nicht so schön ist. Und es ist es nicht. Nicht schrecklich – aber soviel Einsamkeit hatte ich mir nie vorgestellt.«

»Aber jetzt geht es um etwas Ernsteres als um dein persönliches Glück«, erinnerte ich.

»Ich weiß.«

»Zum Beispiel die Möglichkeit einer Anklage wegen Mordes.«

Meine Stimme klang so grimmig und tief wie eine fünfundvierziger Schallplatte, die auf dreiunddreißig abgespielt wird. Plötzlich wurde das kleine Zimmer eng und dumpf wie eine Zelle.

Bonnie wollte sich nicht von der Stimmung anstecken lassen. Sie zeigte eines ihrer weiten Lächeln. »Nun, dann werde ich eben wegen Mordes verurteilt. Denk mal an das Drehbuch, daß ich nach zwanzig oder dreißig Jahren schreiben könnte. Keine Klischees wie lesbische Wärterinnen, zerfledderte Kittel, unter denen nackte Brüste hervorschauen. Nein, ich würde es vom sozialen Aspekt aus betrachten, vielleicht ins Fernsehen kommen.«

»Erzähl mir von dem Drehbuch, an dem du mit Sy gearbeitet hast.«

»Na gut. *A Sea Change*. Es basiert auf einer wahren Begebenheit aus dem Zweiten Weltkrieg. Ein deutsches U-Boot kam vor der Küste von Long Island nach oben und setzte zwei Saboteure ab. In meiner Geschichte werden sie von zwei Frauen am Strand beobachtet: eine gutbürgerliche Hausfrau und ein Barmädchen, das auch Extras macht. Im Film geht es darum, was die beiden Frauen tun, damit die Nazis erwischt werden, aber auch um die Freundschaft, die sich entwickelt.«

»Als du fertig warst, hast du es Sy geschickt?«

»Ich habe ihn angerufen.«

»Was geschah?«

»Erst habe ich mit seiner Sekretärin gesprochen und gebeten, er möge mich zurückrufen. Das hat er auch ein paar Tage später getan. Ehrlich gesagt, schien es ihm ein bißchen unangenehm zu sein. Er dachte wohl, ich wolle Geld. Aber als ich ihm den Grund sagte, war er nett: Das klingt toll. Schicke es per Eilboten. Ich muß es lesen!«

Nein, es war nicht nur, daß sie keine Schminke trug oder ihre phantastischen Wadenmuskeln. Bonnie war einfach anders als alle Frauen, die ich je getroffen hatte. Weibliche Tricks jeder Art schienen ihr völlig abzugehen. Ich sah ihr direkt in die Augen, und sie zeigte keine dieser typisch weiblichen Reaktionen: Sie zupfte sich nicht das Haar zurecht, warf mir keinen waidwunden Blick zu oder schob das Becken vor. Möglicherweise kam das von der Kindheit mit den älteren Brüdern, dem hirschschießenden Vater und der breitschultrigen Mutter. Vielleicht hatte sie sogar versucht, mit den Wimpern zu klimpern oder zu kichern, und niemand hatte davon Notiz genommen. Vielleicht war sie mit weitäugigem dümmlichen Blick zwischen den Gewehren im Laden umhergegangen oder hatte ungläubig den Motor des Familienautos angestaunt und bekam dafür – wirklich oder symbolisch – einen Tritt in den Hintern. Sie war kein Weibchen. Sie war einfach eine Frau.

»Du sagst, daß Sy dein Drehbuch gefallen hatte?«

»Ja.«

Ich dachte an Eastons Worte. »Und warum hätte er dann einem seiner Mitarbeiter sagen sollen, daß dieser sich etwas Nettes ausdenken sollte, um dich loszuwerden. Und warum sollte er Lindsay erzählen...« Ich überlegte, wie ich es ausdrücken könnte, daß Sy das Manuskript als Scheiße bezeichnet hatte, ohne es aussprechen zu müssen.

»Ich bin mir nicht sicher. Bei Lindsay glaube ich, daß es logisch war, daß er versuchte, unsere Beziehung zu vertuschen. Lindsay hat diesen Instinkt, mit dem sie eine Frau auf drei Meilen Entfernung wittert. Sy war sehr vorsichtig. Außer einer Sonnenbrille und einer falschen Nase beachtete er jede Vorsichtsmaßnahme, wenn er herkam.« Sie machte ein paar Streckbewegungen. Man merkte, wie schwer ihr die Gefangenschaft fiel.

»Warum sollte er seinen Assistenten bitten, sich etwas auszudenken?«

»Viel Arbeit vielleicht.«

»Nein.«

»Wann hat er seinen Assistenten gebeten, es zu lesen?«

»Vor ungefähr zwei Monaten.«

»Da hatte ich ihm gerade meinen zweiten Entwurf gegeben. Sy sagte, daß er ihm gut gefiele, daß er jedoch nicht die Zeit hätte, sich damit zu beschäftigen, bis *Starry Night* abgedreht wäre.«

»War das der Entwurf nach seinen Vorschlägen?«

»Ja.«

»Meinst du, daß Sy die Story nicht gefiel, auch wenn er das Gegenteil behauptete?«

Sie überlegte. »Ja, das ist möglich. Vielleicht – ich weiß nicht – vielleicht wollte er mich nur für eine kurze Zeit wiederhaben.« Sie sah so mutlos aus, als habe sie gerade die Ablehnung erhalten. »Dabei hat er mir so nett geschrieben, so ähnlich wie ›Habe es überflogen und finde es toll. Kann kaum erwarten, es richtig zu lesen‹.«

Das war wieder ein Argument für sie. Wenn Sy das Drehbuch gefallen hatte, hatte sie jeden Grund, ihn am Leben zu wünschen. Ein toter Produzent macht keine Filme.

»Er hat dir geschrieben?« fragte ich.

»Ja. Er hatte kleine Visitenkarten mit seinem Namen drauf. Seine Initialen hat er immer gehaßt. SS klang wie ein Nazi-Soldat und SIS – Seymour Ira Spencer – wie eine pubertäre Badezimmerkritzelei. Eine dieser Karten hat er benutzt.«

»Maschine- oder handgeschrieben?«

»Ich denke, es war seine Schrift.«

»Hast du sie aufgehoben?«

»Ja. Sie muß im Sea-Change-Ordner in meinem Arbeitszimmer sein.« Sie hielt inne. »Warte! Du willst den Beweis, daß es ihm von Anfang an gefiel, nicht? Dann schau in demselben Ordner nach. Da ist die Beurteilung, die er nach der Lektüre der ersten Fassung abgegeben hat. Typisch Sy. Acht Seiten, eng beschrieben, vielsilbig. Er spricht alles an – von der Charakteren bis zur falschen Anwendung des Konjunktivs. Und überall Anmerkungen wie »brillant«, »einschneidend« oder »ergreifend«. Er schrieb auch, es wäre »aktuell«. Das muß ein Schock für ihn gewesen sein, denn er hatte mir immer gesagt, ich sei zu spät geboren worden und hätte 1941 wirklich gute Filme machen können. Er konnte es kaum fassen, daß ich mal ein Drehbuch geschrieben hatte, das nicht nur Damenkegelclubs und skurrilen Professoren von der Filmhochschule gefallen würde.« Sie stand vom Bett auf und begann, hin und her zu laufen, was nicht leicht ist, wenn man nur drei Schritte vor und drei zurück machen kann. »Du hattest doch einen Durchsuchungsbefehl. Wie kommt es, daß du die Akte nicht gelesen hast?«

»Robby Kurz hat sicher einen Blick darauf geworfen und sie für unwichtig erklärt.« Ich nahm mein Notizbuch und schrieb auf ›Bons Sea-Akte‹.

»Unwichtig? Ihr hört, daß Sy meine Arbeit haßte, daß er mich ablehnte, wodurch ich ein Motiv gehabt hätte, ihn zu töten, wenn ich eine rachsüchtige Verrückte gewesen wäre – und du sagst unwichtig!«

»Das Suchen von Entlastungsmaterial gehört nicht zu unserem Job.«

»Aber es ist euer Job, Menschen falsche Anklagen unterzujubeln.«

»Setz dich!«

»Ich will mich nicht hinsetzen«, fauchte sie. »Mein Gott, ich fühle mich so eingesperrt hier.«

Ich war beleidigt, ich wollte, daß es ihr bei mir gefiel. »Willst du mal 'ne Gefängniszelle ausprobieren?«

»Und du? Vielleicht kriegst du eine neben mir.« Bonnies Schritte wurden schneller, gehetzter. Plötzlich blieb sie stehen, lächelte. Dieses falsche Filmlächeln ohne jede Wärme und Herzlichkeit. »Ich hab eine großartige Idee. Wir nehmen eine gemeinsame Zelle und treiben's immer, wenn das Licht ausgeht. Eine richtige Liebesgeschichte. Wir werden miteinander reden, uns unsere Leben erzählen. Die Wahrheit, selbst wenn sie weh tut. Nicht die, die wir für andere Leute zurechtgemacht haben. Und Sex! Wir werden es stehend, sitzend, von vorn, von der Seite treiben...«

»Bonnie... hör auf!«

»Warum? Ich sag dir, das kann irre werden. Als ob wir etwas erfänden, das die Welt nie zuvor gesehen hat. Und am nächsten Tag...«

»Bitte... hör auf.«

»... am nächsten Tag wärest du frei. Du könntest es vergessen. Du könntest es aus deinem Leben streichen.« Sie hob ein fiktives Glas. »Darauf will ich trinken.«

»Es tut mir leid, wenn ich dir weh getan habe«, begann ich. »Damals war ich am Arsch.«

Ich stand auf und ging ins Bad. Moose folgte mir. Keine Kleenex, also nahm ich Toilettenpapier, denn ich wußte, sie würde weinen. Ich kam zurück und legte ihr den Arm um die Schultern, bereit, ihr Schluchzen aufzufangen. Aber sie entzog sich und drehte mir den Rücken zu. Sie weinte nicht und wollte sich von mir nicht trösten lassen.

»Bonnie«, sagte ich zu ihrem Rücken. »Bei AA machen wir eine Liste von Menschen, denen wir weh getan haben. Dann müssen wir Bereitschaft zeigen, es wiedergutzumachen. Ich weiß, daß ich dich verletzt habe. Ich will mich auch nicht entschuldigen...«

»Gideon sagte, du erinnerst dich nicht mehr, was passiert ist.«

»Das ist richtig. Aber später, als er gegangen war, kam die Erinnerung wieder. Also, laß mich dir sagen...«

Sie drehte sich um und sah mich so direkt an, daß ich mich abwandte. »Keine Entschuldigungen. Ich will keine edelmütigen Gesten, die dir deine Selbstachtung wiedergeben. Ja, du hast mir weh getan. Aber ich habe es geschehen lassen. Aus einem Sexfilm wollte ich eine gefühlvolle Romanze machen. Na gut – ich war die Dumme.«

»Du weißt, daß es nicht gespielt war.«

»Ich weiß. Aber es ist Schnee von gestern.« Sie setzte sich korrekt aufs Bett, Füße auf dem Boden, Hände auf den Knien. Dann war Stille. Man hörte nur den Schrei einer Möwe. Bonnie sagte: »Verzeih den Ausbruch.«

»Ist schon gut.«

»Ich will nicht bitter sein. Ich habe nur einen Moment lang die Kontrolle verloren. Ich bin erledigt. Seit Sy ermordet wurde, habe ich kaum geschlafen. Nicht, seitdem du bei mir geklingelt hast. Ich habe Angst. Ich wache auf, die Sonne scheint, ich gähne und recke mich – und dann überkommt mich diese furchtbare Angst. Ich bin gefangen in einem Alptraum, und die Sonne kann mich nicht erreichen. Und du – ich kann meine Erinnerung an dich nicht von meiner Angst vor dir trennen. Es ist schwer für mich, in deinem Haus zu sein.«

»Ich verstehe und möchte dir nur sagen, wie leid...«

»Laß uns jetzt damit aufhören.«

»Kann ich...«

»Bitte nicht.«

Es wurde dunkel. Ich mußte Lynne anrufen. Ich ging in die Küche, aber anstatt den Hörer in die Hand zu nehmen, tat ich Mooses Fressen in eine Schüssel und gab ihr etwas Wasser. Dann nahm ich unser Essen aus dem Ofen und brachte es mit Besteck und Servietten in Bonnies Zimmer. Ich dachte, sie würde ablehnen, aber als ich mit den Colas zurückkam, hatte sie bereits ein Hühnerbein und die Hälfte des Kartoffelpürees mit Mais verschlungen.

Ich knabberte an einem Flügel und dachte darüber nach, daß es ungefähr eine Million Dinge gab, über die ich gern mit dieser Frau gesprochen hätte: welche Mannschaften sie mochte, was das mit den Mormonen auf sich hatte, ob sie in Zeitungen auch über Osteuropa und die Staatsverschuldung las oder nur über gefährdete Fauna, welches ihre liebste Laufstrecke war, ob sie nur Filme mit John Wayne und Katherine Hepburn mochte, oder sah sie auch manchmal einen guten Horrorfilm, glaubte sie an Gott, fühlte sie sich nach der Abtreibung schuldig oder tat es ihr einfach nur leid, war es in jener Nacht nur Sex gewesen oder hatte sie sich in mich verliebt.

Was ich sie fragte, war: »Wann hast du angefangen, wieder mit Sy zu schlafen?«

»In der letzten Woche.«

»Warum?«

»Wieso ›warum‹?«

»Weswegen? Dachtest du, wenn du mit ihm ins Bett gehst, würde er deinen Film machen?«

»Weißt du«, sagte sie und griff nach einer Serviette, »es gibt da einen uralten Witz im Showbusineß: Eine wunderschöne, talentierte Schauspielerin kommt ins Büro eines Produzenten und sagt: ›Ich will diese Rolle. Ich tu alles – wirklich alles für diese Rolle.‹ Sie kniet nieder und verspricht: ›Ich blas dir jetzt einen, wie du es noch nie erlebt hast.‹ Und der Produzent blickt auf sie hinunter und sagt: ›Gut... aber was habe ich davon?‹« Bonnie wischte sich die Hände ab. »Also was hatte Sy davon? Nichts. Ich konnte nichts für ihn tun, das ihn hätte dazu bringen können, etwas zu tun, was er nicht tun wollte.«

»Aber wie konntest du mit so einem Mistkerl schlafen? Gut, er hat dir das Haus überlassen, aber sonst hat er dich ruiniert. Er hat dich zur Abtreibung...«

Sie unterbrach mich. »Niemand hat mich dazu gezwungen.«

»Vielleicht nicht. Aber er hat dir einen Tripper verpaßt, nicht wahr? Vom Ehebruch gar nicht zu sprechen, aber er hat dir die Chance verdorben, das zu bekommen, was du am meisten auf dieser Welt wolltest.«

Ich hatte sie getroffen, wo sie am verletzlichsten war. Sie zuckte nicht, sie stand einfach da und hielt ihren Teller. »Laß mich das in die Küche bringen?« Ihre Stimme war unnatürlich hoch.

»Nein. Ich habe keine Vorhänge oder so was an den Fenstern. Ich kann nicht riskieren, daß du gesehen wirst. Ich bringe es später raus.« Ich nahm ihr den Teller aus der Hand und stellte ihn auf den Boden. »Du bekommst Platzangst, nicht?«

»Und hier ist noch nicht einmal Platz«, sagte sie leise.

»Komm mit.«

Ich warf ihr den Beutel mit den Turnschuhen zu. Sie zog sie an. Dann machte ich die Lampe aus, nahm ihren Arm und führte sie durch das dunkle Wohnzimmer und aus der Hintertür heraus. Es war fast Nacht. Der Himmel, auf dem schon einige Sterne leuchteten, war von gleichmäßigem Dunkelblau. Indigo, wie mein Jaguar. Ich setzte sie auf die Hintertreppe und flüsterte: »Sprich leise.«

»Bist du besorgt wegen der Bauern? Sie könnten im Dunkeln pflügen und durch die Büsche spähen.«

»Bauern beunruhigen mich nicht. Aber ein Freund könnte vorbeikommen. Also was willst du? Hier sitzen oder wieder reingehen?« Als Antwort lehnte sie sich gegen den Türrahmen und atmete tief ein. Was immer sie in den Bergen gehabt hatte, dies war bestimmt besser. Die belebende Salzluft, der Duft der Fichten, der leichte Moschusgeruch der Erde. »Mehr Fragen, Bonnie.«

»In Ordnung.«

»Warum hast du mit Sy geschlafen, nach dem, was er dir angetan hatte?« Sie antwortete nicht. Ich glaube, sie war immer noch bei dem abgetriebenen Kind. »Nun los.« Ich stieß sie an. »Du erscheinst mir nicht als masochistisches Weibchen, das sich gern benutzen läßt. Du spielst eher nach den Spielregeln der Männer als nach denen der Frauen. Du verbringst einen netten Abend, sagst danke, und das war's. Du fühlst dich am nächsten Morgen nicht wie ein Stück Dreck, sondern stehst zu dem, was geschehen ist.«

»So ist das nie.«

»Aber es ist nicht weit von der Wahrheit, oder? Du sagst dir doch nicht ›O Jesus, wie ich mich hasse‹?«

»Menschen wie ich sagen selten ›O Jesus‹.«

»Du weißt, was ich meine.«

»Bin ich eine dieser Frauen, die mit jedem schläft, um sich zu erniedrigen? Nein. Ich habe es getan, weil ich Sex mag. Und manchmal einfach, damit jemand mich im Arm hält.«

»Also antworte mir.«

»Ich habe mit Sy geschlafen, weil er da war. Ein wirklich lebendiger Mensch, der mich kannte. Er kam zu mir wegen des Drehbuchs, und wir sprachen dann über die Frau meines Bruders Jim, für die er immer schon etwas übrig gehabt hatte, über die Bypass-Operation seines Onkel Charly und den Film, den er nach *Starry Night* machen wollte.«

Diese Sterne. Die Nacht war so klar, und die Sterne waren nicht fern und kalt, sondern glitzernde warme Punkte: ›Hallo da unten!

Nette Welt haben wir hier!‹ »Als Sy die Krüge auf dem Kaminsims sah, erinnerte er sich an die Reise nach Maine, wo wir ein paar davon gekauft hatten. Es war so schön – eine gemeinsame Erinnerung. Was noch? Er sagte, mein Manuskript sehe schrecklich aus, und konnte nicht glauben, daß ich noch eine Schreibmaschine benutze. Er nahm den Telefonhörer, rief seinen Assistenten an und wies ihn an, einen Computer samt Drucker für mich zu bestellen.« Ich nahm mir vor, Easton danach zu fragen, ob ich für einen IBM PC und einen Blumenstrauß zu haben war? Teilweise schon. Sy tritt in dein Leben, und auf einmal bestimmt er alles. Laß dir sagen, es ist sehr angenehm, wenn jemand da ist und für dich sorgt: deinen Kühlschrank füllt, dir elektronisches Spielzeug kauft, dein Haar bürstet, dich fragt, wie's dir ergangen ist. Das ist die eine Seite. Und die andere ist – ich habe mit Sy geschlafen, weil ich mich ... so ungeliebt fühlte, daß es nicht mehr auszuhalten war.« Bevor ich etwas sagen konnte, fügte sie hinzu: »Und frag mich nicht, ob ich glaubte, er liebe mich. Die Antwort darauf kennen wir beide.«

»Warum du? Ich will ja nichts gegen dich sagen, aber er lebte mit Lindsay Keefe...«

»Ich habe mehr Sexappeal als Lindsay Keefe.« Das war keine Prahlerei. Sie meinte es. Dann streckte sie die Beine aus und berührte die Fußspitzen. Sie konnte einfach nicht stillsitzen, sie hatte zuviel Energie. Ich fragte mich, wie sie zwei Stunden lang einen Film ansehen konnte. Es war ein so dunkles, unbewegliches Hobby für jemanden, der nach Tageslicht und frischer Luft aussah. »Für Sy war es nicht nur der Sex«, erklärte sie. »Als er mit mir schlief, hat er es in Wirklichkeit Lindsay heimgezahlt. Er hat immer schon gern betrogen. Irgendwie bekamen es seine Frauen immer heraus, und er mochte es, wenn sie sich an ihn klammerten. Er mochte auch ihre Angst. Und wenn sie anfingen zu spionieren, war er begeistert. Aber bei Lindsay war es mehr als normale Untreue – er war stocksauer auf sie.«

»Warum? Weil sie in dem Film nicht gut war?«

»Ja. Weil sie nicht gut war und es auch nicht versuchte. Schau mal, Sy hatte sein Geld, das der Bank und das Geld einiger Freunde investiert. Es war ein echtes Risiko. Er wußte, daß diese Art von kultivierter Abenteuerromanze nicht zum Kassenschlager wird, wenn nicht etwas ganz Besonderes dabei ist. Und mit *Starry Night* glaubte er, es zu haben. Was immer Sy auch gewesen sein mag, er glaubte an das, was er tat.«

Ich erinnerte mich, daß Germy das Drehbuch gefallen hatte. »Hast du das Skript gelesen?«

»Ja. Es war phantastisch. Aber Sy brauchte einen Kassenschlager *und* begeisterte Kritiken. Und Lindsay Keefe war sein As im Ärmel. Sie ist ein Star, und besonders Männer lieben sie. Aber mehr noch, sie hat gute Filme gemacht. Die Kritiker nehmen sie ernst. Sy wußte auch, daß mit der falschen Besetzung dieser Film nur einer von vielen sein würde. Aber mit Schauspielern, die den Charakteren wirkliches Leben verleihen, die Dialoge lebendig machen, hätte er alle Chancen auf einen wirklichen kommerziellen Hit gehabt. Nach dem, was er sagte, war er auf dem besten Weg dazu, denn Nick Monteleone war ideal für seine Rolle. Er war liebenswürdig, ohne eine Gary-Grant-Imitation zu sein, aber auch männlich und aufregend. Aber Lindsay hat einfach alles ruiniert. Sie spielte ihre Rolle, als sei sie unter ihrer Würde, und dies war beleidigend für Sy und seine Urteilsfähigkeit. Ein intelligenter Mensch tat ihm das nicht an. Ich sag dir – er hätte sie am liebsten umgebracht.«

»Warum hat er sie nicht aus dem Haus geworfen? Sie gefeuert?«

»Nun, er konnte sie nicht feuern, bis er einen Ersatz hatte, und das würde unheimlich teuer werden. Lindsay hatte einen Vertrag, der ihr ihre Gage sicherte, ob sie nun spielte oder nicht. Er sah sich nach jemand anderem um und wollte deshalb nach Los Angeles. Und aus dem Haus werfen? Vor allem war er ein geschickter Diplomat. Wenn er aus irgendeinem Grund mit keiner anderen Schauspielerin abschließen konnte, hätte er mit Lindsay weitermachen müssen. Und solange sie bei ihm lebte, mit ihm schlief und kleine Zehntausenddollargeschenke von ihm bekam, wäre sie manipulierbar gewesen. Hätte er sie an die Luft gesetzt, wäre sie seine Feindin geworden, anstatt sich weiterhin passiv-aggressiv zu geben.«

»Glaubst du, daß Lindsay von Sy und dir wußte?«

»Von mir speziell? Nein. Daß er mit irgend jemand etwas hatte? Auf jeden Fall. Nicht, daß Sy es mir gesagt hätte, aber er rief ihren Wohnwagen von meinem Haus aus an, sie haben diese tragbaren Telefone. Sie fragte ihn wohl, wo er wäre, und er nahm dann einen langen Anlauf und sagte: ›Oh, äh, ich esse mit einem alten College-Freund, Bob. Hab ihn zufällig getroffen. Wir sind hier in so einer kleinen Pinte.‹ Dann fragte sie ihn, wo genau, und er fing wieder an: Oh, äh, Water Mill.‹ Er log, aber so, daß sie es mitkriegte.«

»Hat Sy durchblicken lassen, daß auch Lindsay jemanden hat?« Bonnie lächelte und schüttelte den Kopf, als sei diese Vermutung einfach zu komisch. »Warum nicht? War er so gut im Bett, daß sie niemanden anderes haben wollte?« Zugegeben, dies war keine Polizistenfrage. Ich wollte es wissen.

Vielleicht ahnte sie es, denn sie wollte nichts sagen. »Das ist nun wirklich nicht wichtig.«

»Doch, das ist es. Ich muß alles über ihn wissen. Ich muß wissen, wie er mit Menschen umging, mit Frauen. Ich muß wissen, wie er sich Lindsay Keefe gegenüber verhielt. Warum bist du so sicher, daß sie nichts anderes wollte?«

»Weil Sy jeden zufriedenstellen konnte.« Sie setzte sich gerade hin, schaute mir in die Augen, versuchte, objektiv zu wirken. Hätte sie eine Brille getragen, so hätte sie diese jetzt abgenommen und den aufrichtigen Blick aufgesetzt. »Sy war ausgesprochen anpassungsfähig, was Frauen anbetrifft. Er konnte so sein, wie sie ihn gerne haben wollten. Gut, er konnte sich nicht in einen Kerl von einem Meter neunzig mit Riesenpenis verwandeln, aber er konnte ebenso vulgär wie romantisch sein. Er konnte ein Tier sein oder Fred Astaire mit Ginger Rogers. Vergiß wahre Leidenschaft oder echte Wärme – dazu war er nicht fähig. Aber er konnte ein sensationelles Tier sein, ein phantastischer Fred Astaire. Was immer du wolltest.«

Moose kam zur Tür und bellte. Auch sie wollte sich unterhalten. Ich konnte es nicht riskieren, sie hinauszulassen und die Nachbarshunde aufzuwecken. Also gingen wir wieder in das Ananaszimmer. Ich machte die Lampe an, und wir nahmen unsere Positionen ein. Aber da wir jetzt miteinander auskamen, hielt ich es für angebracht, meine Füße aufs Bett zu legen. »Und wenn ich dir sage, daß Lindsay was mit Victor Santana hatte?« fragte ich.

»Nein!«

»Also...?«

Bonnie überlegte einen Augenblick. Die frische Luft hatte ihren Kopf frei gemacht, ihre Augen glänzten wieder. »Wahrscheinlich hätte sie es geschafft. Und weißt du, warum? Sy hätte es nie geglaubt.« Sie zog die Knie hoch und schlang ihre Arme darum. »Aber hätte er es erfahren, wäre es das Aus für sie gewesen. Sy war unglaublich rachsüchtig. Wenn irgend jemand – ein Agent, jemand vom Studio – ihm dazwischenfunkte, kam er auf Sys schwarze Liste. Ehrlich, er hatte so eine Liste im Kopf, mit einer Art Hitparade, die ständig variierte. Und wenn du einmal drauf warst, dann bliebst du es auch.«

Ich dachte mir, daß Sys Rachsucht doch bestimmt ein wichtiges Element war. Vielleicht hatte er Lindsay wegen ihrer schlechten Leistung auseinandergenommen, oder er hatte von Santana erfahren. Vielleicht fühlte sie, daß er ihr weh tun konnte. Nicht nur durch einen Rausschmiß, sondern dadurch, daß er ihre Karriere zerstörte, indem er allen erzählte, sie wäre als Schauspielerin OUT. Hätte sie ihm etwas antun können? Es klang logisch, dachte ich. Fast.

Bonnie sagte: »Ich glaube wirklich nicht, daß Sy es wußte. Er war nicht in seiner blutrünstigen Stimmung. Mir schien er sehr entspannt und recht optimistisch wegen seiner Reise nach L. A. Eigentlich hatte er den Zehnuhrfünfzehnflug nehmen wollen, aber dann entschied er sich, zu den Dreharbeiten zu fahren, um dort die Stimmung etwas zu heben. Dann rief er mich an und bat mich, zu ihm zu kommen. Ich war noch nie in seinem Haus gewesen. Er hat mit mir die große Besichtigungstour gemacht, wollte mein Erstaunen erleben.«

»Hast du ihm den Gefallen getan?«

»Klar. Wenn ein Haus Bewunderung verdiente, dann war es dies.«

»Und er war ganz entspannt?«

»Ja. Er sagte, er habe alles in seiner Macht Stehende getan, um die Stimmung am Drehort zu heben, und es war ihm auch gelungen. Und was die Reise nach L. A. betraf, so hatte er Kopien des Drehbuchs an drei verschiedene Schauspielerinnen geschickt. Er wollte den Neunzehnuhrflug nehmen, gut schlafen und sich dann mit ihnen zum Frühstück, Mittag und Abendessen treffen. Einer von den dreien wollte er noch am selben Tag ein Angebot machen. Er sagte: ›Ich hab im Moment ein kleines Problem mit Starry, aber du wirst sehen, ich kriege es wieder hin. Dies wird mein größter Film. Mein bester.‹«

Ich nahm meine Füße vom Bett und zog den Stuhl näher heran; jetzt mußten wir zur Sache kommen. Ich wollte mich von ihr nicht bezaubern lassen. »Sag mir, warum du Sy gedroht hast.«

»Wovon sprichst du?«

»Bonnie, laß das. Du besuchtest ihn am Drehort. Wir haben Zeugen. Du sagtest: ›Sy, dies ist das letzte Mal, daß du dich wie ein räudiger Bastard benimmst.‹«

»Nennst du das Verhör?« Schnippisch wie eine New Yorkerin.

»Laß den Quatsch, Bonnie.«

»Nein, du. Hast du denn überhaupt keine Menschenkenntnis? Da ist Sy Spencer, mein Exmann, der jeden Tag zu mir kommt, mit mir schläft, mir sagt, wie sehr ich ihm fehle, wie menschlich ich doch sei, wie leer sein Leben doch sei trotz der anderen Frauen und daß er glaubt, einen schrecklichen Fehler gemacht zu haben. Schrecklich war sein Wort. Klar, ich wußte, daß es größtenteils

Unsinn war, doch er sagte auch, ich solle bald einmal zu den Dreharbeiten kommen. Also ging ich hin. Vielleicht wäre es besser gewesen, auf eine schriftliche Einladung zu warten, aber was soll's. Doch als ich dort ankam, schickte er mich weg – alle konnten es hören. Ich war nicht verletzt. Ich war wütend. Und es sollte das letzte Mal sein, daß er sich mir gegenüber so benahm. Er kam später zu mir, aber ich habe ihn nicht hereingelassen. Vorbei. Adieu.«

»Nur, daß es nicht vorbei war.«

»Ein paar Minuten später rief er von seinem Autotelefon aus an. Er sagte, er fühlte sich entsetzlich. Er erklärte, daß wir uns, wenn ich am Drehort erschien, verraten würden, denn er brächte niemals jemanden mit außer den Geldgebern. Und er könnte es sich nicht leisten, daß Lindsay etwas bemerkte, dafür wäre es noch zu früh. Also mußte er mich öffentlich verleugnen. Natürlich entschuldigte er sich und schwor, er würde Lindsay abschieben. Sobald sie weg sei, könne ich jederzeit kommen. Er sagte, er sei stolz auf mich. Ich hatte schließlich *Cowgirl* geschrieben. Er wollte mich vorzeigen, mich dem Team vorstellen.« Ich sagte nichts. Es war nicht nötig. Sie fuhr fort: »Für einen gebildeten Mann war er ein solcher Idiot. Selbst wenn man ihm glauben wollte – man konnte es nicht.«

Ein leichter Nachtwind wehte die restliche Hitze des Tages fort. Bonnie zitterte. »Soll ich dir einen Pullover geben?«

»Nein, danke, mir geht's gut.«

Ich hätte sie gern in meinem alten Universitätspullover gesehen. Ich hätte gern ihre Hände zwischen die meinen genommen und gerieben. Tatsache war, daß ich Bonnie gern hier bei mir hatte. Trotz der verzwickten Situation, trotz der Funken von Ärger, die immer wieder zwischen uns aufflammten, war es so gemütlich. Ich mochte so vieles an ihr: angefangen dabei, daß sie keine dummen Cholesterinwitze wegen der Fertigmahlzeiten gemacht hatte bis hin zu ihrem wundervollen glänzenden Haar. Aber das Beste war: trotz ihrer Nähe war ich nicht mehr von ihr besessen.

Vielleicht hatte meine Erinnerung die Zwangsvorstellungen besiegt. Hier war ich und konnte mit ihr in einem kleinen Zimmer sitzen und sie wie ein richtiger Polizist verhören. Sie hatte keine Macht mehr über mich. Ich konnte entspannen und brauchte mir nicht mehr vorzustellen, wie ich sie berührte und küßte. Ich hatte es überstanden. Es wurde auch Zeit.

In diesem Moment der Selbstbeweihräucherung schaute ich fort von ihrem Mund. Wären die Rollos nicht unten gewesen, hätte ich den Mondaufgang beobachtet. Da es aber keinen Nachthimmel anzuschauen gab, blickte ich anderswo hin und bemerkte, wie eng die Nylonshorts zwischen ihren Beinen saßen.

Mein Atem wurde schneller. Bonnie griff hinter sich, nahm das Kopfkissen und legte es auf ihre Knie. Es war eine unbewußte Geste der Selbstverteidigung. Aber ohne es zu bemerken, begann sie, mit dem Zipfel des Kissens zu spielen, ihn mit ihrem Daumen zu reiben. O Gott, dachte ich, das könnte sie jetzt mit mir tun. Meine Erregung steigerte sich. Fast konnte ich den sanften Druck ihres Daumens spüren.

Um ihren Zauber zu brechen, stellte ich mir Lynne vor: kastanienbraunes Haar, große braune Augen, Pfirsichhaut. Ihre Taille, ihre phantastischen Beine. Aber aus den Einzelteilen wurde kein Ganzes – ich konnte Bonnies Zauber nicht brechen.

Aber sie konnte es. Entweder ging ihr plötzlich auf, was sie tat, oder sie hatte die veränderte Atmosphäre im Zimmer bemerkt, denn sie steckte sich das Kissen wieder in den Rücken. »Was möchtest du sonst noch wissen?« fragte sie ganz sachlich.

»Warum hast du mich belogen?«

»Meinst du, als du das erste Mal zu mir kamst?«

»Ich kam rein und stellte eine einfache Frage: Wann haben Sie Sy zum letzten Mal gesehen? Du sagtest, du bist nicht sicher, aber vor ein paar Tagen bei den Dreharbeiten. Ich fragte, ob du ihn davor gesehen hättest, und du wußtest es nicht so genau, aber dachtest, es sei ungefähr eine Woche her gewesen. Er hätte dir sein Haus gezeigt. Du hättest nicht viel Zeit mit ihm verbracht.«

»Du hast ein gutes Gedächtnis.«

Ich wußte, wenn ich sie anschaute, würde es mich wieder überkommen, also blickte ich an ihr vorbei auf die Wand. »Ich fragte, ob Sy dich zu Hause besucht hat. Wieder unpräzise, aber dann sagtest du, er sei wohl mal vorbeigekommen. Einfach so. Zwei alte Freunde, die an einem Drehbuch arbeiten. Nun möchte ich es aber wissen: Hattest du dir ein Alibi konstruiert, bevor ich kam? Oder hast du improvisiert?«

»Willst du mir nicht wieder eine deiner Warnungen zukommen lassen? Du weißt schon: Wenn du mir nicht die Wahrheit sagst, schlag ich dir den Schädel ein.«

»Nein. Es heißt: ›Ich schlag dir deinen dummen Schädel ein.‹ Können wir nun weitermachen?«

»Was ist los?«

Nur weil ich die Wand hypnotisiere, soll was los sein? »Nichts ist los. Ich habe dich etwas gefragt und warte auf eine Antwort.«

»Ich hatte ein Alibi, aber ich habe auch improvisiert.« Sie atmete tief ein. »Nachdem Sy angerufen hatte, fuhr ich zu ihm. Er zeigte mir das Haus, und – o Wunder – wir landeten im Bett.«

»Ja. Welch Wunder!« Ich sah ihn vor mir, den Arm um sie gelegt, wie er sie von einem schönen Raum in den anderen geleitete, mit dem ›Das könnte wieder Dein sein‹ unausgesprochen in der Luft. Ich sah seine Hand auf ihrem Hintern, als er sie ins Gästezimmer führte, die Tür schloß. »Von wann bis wann habt ihr gebumst?«

Sie schnappte: »Warum fragst du nicht gleich, was wir getan haben und wie es war?«

»Halt doch deinen Mund. Verstehe mich richtig, du bist zum Arbeiten hier. Ich hab dich nicht aus Freude an deiner Gesellschaft hergebracht. Oder um mich an deinem Liebesleben hochzuziehen.« Frustriertes Begehren ist gut für die Laune. »Also, von wann bis wann?«

»Von dreizehn bis vierzehn Uhr dreißig. Willst du wissen, ob es mir gutgetan hat?«

»Es tut dir bestimmt immer gut, Süße. Sonst würdest du es nicht so oft tun.«

Ich hatte sie verletzen wollen, und es hat geklappt. Es gibt nichts Besseres als eine Beleidigung, um dem Zauber einer Frau zu entkommen und sie an den Rand der Tränen zu bringen. Wirklich zu empfehlen. »Das hättest du nicht zu sagen brauchen.« Ihre Stimme zitterte, sie mußte sich zusammennehmen.

»Hat dich bei Sy jemand gesehen?«

»Mrs. Robertson, die Köchin.« Sie sprach zu der grünen Bettdecke.

»Hast du dich mit ihr unterhalten?«

»Ja. Sy hat mit Kalifornien telefoniert, um sich zu vergewissern, ob seine Verabredungen alle klappten. Sie und ich haben ein bißchen geplaudert.«

»Worüber?«

»Über unsere Familien. Sys Familie. Sie hatte im zweiten Sommer unserer Ehe bei uns angefangen. Seit der Scheidung hatte ich sie nicht mehr gesehen.«

»War das vor oder nach der Bumserei?«

»Sprich nicht so mit mir!«

»Vorher oder nachher? Beeil dich, Bonnie, die Zeitbombe tickt. Robby Kurz sucht nach dir.«

»Vorher.«

»Du hast mit Mrs. Robertson gesprochen, bist nach oben gegangen, bist mit Sy ins Bett gegangen... besser so?«

Sie antwortete nicht. Plötzlich stieg ein anderes Bild vor mir auf; Sy, wie er sie bestieg, sie überall anfaßte, ihre Haut berührte. »Und dann was? Los. Gab es eine Unterhaltung?«

»Nur über die drei Schauspielerinnen, die er treffen wollte. Welche von ihnen ich für die Rolle am besten fände und warum. Er sagte, er würde mich aus L. A. anrufen und mir berichten.«

»Ist das alles?«

»Ja, fast.«

»Was noch?«

»Er sagte, er liebe mich.«

»Hast du ihm geglaubt?«

»Ich glaubte, daß er in dem Moment selbst davon überzeugt war.«

»Hast DU ihm geglaubt?«

»Nein.«

»Gab es Anzeichen, daß er unter Druck stand?«

»Nein. Er schien entspannter als vor zwei Wochen.«

»Also gabt ihr euch ein Abschiedsküßchen und dann...?«

»Er ging zum Duschen und packte dann wohl, nehme ich an. Ich wollte mich unten von Mrs. Robertson verabschieden, aber sie war nicht in der Küche. Also fuhr ich nach Hause.«

»Hast du noch mit Sy gesprochen?«

»Nein. Nie wieder. Das nächste, woran ich mich erinnere, ist, daß ich im Garten Dahlien schnitt. Das Telefon klingelte, und Mrs. Robertson erzählte mir, was passiert war. Daß die Polizei da war. Es war eine komische Situation. Was sie sagte, waren nur leere Worte, ohne Sinn. Dann meinte sie, sie habe der Polizei nichts von meiner Anwesenheit erzählt, und ich solle es dann besser auch nicht tun. Ich habe ihr gedankt und aufgelegt.«

»Das war ja auch wirklich ein guter Rat!«

»Sie hat es gut gemeint. Bitte, trag es ihr nicht nach.«

Als ob ich Mama Robertson verhaften würde, ihr Nudelholz konfiszieren und sie einschließen würde in eine Zelle voller Dealer und Junkies. Aber ich sagte nur: »Weiter.«

»Ich war zu traurig zum Weinen. Ich habe die Nachrichten gesehen, und dann begann ich, nachzudenken. Was, wenn mich die Polizei verhört? Ich weiß, wie sie vorgeht. Die Exfrau ist eine logische Verdächtige. Ich hab mich aber nicht hingesetzt und mir etwas zurechtgelegt. Dann aber in der Nacht – ich konnte nicht schlafen – fiel mir ein, daß meine Fingerabdrücke in seinem und seine in meinem Haus sind. Also konnte ich in dieser Hinsicht nicht lügen. Auch nicht wegen des Besuchs am Drehort, obwohl ich nicht wußte, daß man mich gehört hatte.«

»Also hast du dich entschieden, die Wahrheit zu sagen und ein paar Details wegzulassen.«

»Ja, richtig. Ich dachte, es wäre besser, nicht zu sagen, daß ich mit ihm geschlafen hatte, um unangenehme Fragen zu vermeiden. Aber wegen meines Besuchs bei ihm war ich mir nicht sicher. Es gab keinen Grund, ihn nicht zu erwähnen. Ich hatte kein Motiv, ihn zu töten. Man würde mich nicht verdächtigen. Aber Marian Robertson hatte nichts von mir gesagt, also dachte ich: Wenn es hart auf hart kommt, sage ich es. Wenn nicht, ist es auch gut.«

»Aber es ging hart auf hart, und du hast die Wahrheit nicht gesagt.«

Bonnie stand auf und bog das Rollo etwas zur Seite, so daß sie hinaussehen konnte. »Als ich am nächsten Tag die Tür öffnete und...« Sie drehte sich um, lehnte sich gegen die Wand und sah mich an. »Bitte, unterbrich mich nicht. Was ich zu sagen habe, fällt mir sehr schwer.« Ich nickte. »Ich habe nur diese eine Nacht mit dir verbracht, aber sie war etwas ganz Besonderes. Nein, das ist eine Untertreibung. Ich hatte mich in dich verliebt. Als du nicht anriefst, tat ich es. Zu Hause hast du eine Geheimnummer. Und bei dir im Büro habe ich viermal meine Nummer hinterlassen, in der Hoffnung, daß telefonisch hinterlassene Nachrichten übermittelt werden.

Und dann, fünf Jahre später warst du plötzlich da an meiner Tür. Einen Moment lang erkannte ich dich nicht... konnte es nicht glauben... und dann war ich so glücklich. Ich will sagen, am Tag zuvor war Sy getötet worden, eine furchtbare Sache. Ich hatte einen guten Freund verloren, oder wenigstens einen Exehemann, einen Geliebten, einen Produzenten. Aber ich konnte nur denken: Stephen ist wieder da. Aber anstatt mir irgendein Gefühl zu zeigen, zeigtest du mir deine Dienstmarke. Plötzlich wußte ich, warum du da warst. Und du warst so korrekt. Also nahm ich mich zusammen. Ich dachte mir, daß es für dich genauso peinlich wäre wie für mich. Aber das Komische war, dir schien es nicht peinlich zu sein. Du warst ganz bei der Sache, aber nett. Hin und wieder erkannte ich Züge des Mannes jener Nacht. Du hast ein wunderschönes Lächeln, das du gut einzusetzen verstehst. Und ich...«

Wieder drehte sie sich zum Fenster. Ich blieb ruhig, weil sie mich drum gebeten hatte und auch, weil ich nicht wußte, was ich sagen sollte. »Ich wollte wieder von dir begehrt werden. Ich wollte, daß du gut von mir denkst. Du solltest mich nicht als Herumtreiberin betrachten.«

»Bist du nicht.« Ich wünschte, sie würde sich wieder umdrehen, aber sie stand einfach da und blickte das Rollo an.

»Ich bin dran. Du warst einverstanden. Tatsache ist: Du hast mich in einer Bar aufgelesen. Ich hab dich angemacht und war dabei nicht diskret. Tatsache ist auch: Ich nahm dich mit nach Hause, und – um deine Worte zu gebrauchen – wir bumsten, ohne daß ich auch nur deinen Beruf kannte. Ich wußte noch nicht mal deinen Nachnamen. Den erfuhr ich erst aus deinem Polizeiausweis. Doch all das war nebensächlich. Ich wußte, daß du der Richtige warst. Es war ein Wunder, und es geschah mir. Also ließ ich es so laufen. Ich hab alles gegeben. Warum mich zurückhalten? Es kam mir nie in den Sinn, daß du es nicht verstehen könntest, es nicht genießen könntest. Wir waren unter einem Zauber, und du hattest verstanden.

Aber fünf Jahre nach diesen Tatsachen war ich einfach irgendeine Frau, die dich in einer Bar befummelt hat und dich nicht schnell genug ins Bett kriegen konnte. Dann fragtest du mich, wann ich Sy das letzte Mal gesehen hatte. Ich konnte einfach nicht sagen ›Gestern, im Bett‹. Ich wollte einen guten Eindruck auf dich machen, und du solltest nicht wissen, daß ich mich vor weniger als vierundzwanzig Stunden für einen Mann ausgezogen hatte, der mit einer anderen Frau zusammenlebte: Lindsay Keefe, eine weltbekannte Schönheit. Natürlich kann man denken, daß ich für Sy genau den gleichen Wert hatte wie für dich – nämlich keinen.

Ich muß wohl nachträglich Keuschheit gewollt haben. Ich wollte von dir respektiert werden. Du solltest meine Offenheit schätzen und mich nicht für eine halten, die es mit jedem treibt.

Ich bin vielleicht nicht ganz ehrlich. Ich weiß nicht, mit wie vielen Männern ich zusammen war, dreißig, vierzig, vielleicht mehr.«

Ich erinnerte mich, wie ich dem Klapsdoktor in South Oaks erzählt hatte, daß die Anzahl der Frauen, die ich gehabt hatte, in die Hunderte ginge, aber ich wisse nicht, ob dreihundert oder fünfhundert. In den siebziger und teilweise in den achtziger Jahren vögelte ich jede zwischen Hampton Bays und Montauk. Bonnie sagte: »Du wußtest, daß ich leicht zu haben war. Du wußtest, daß ich eine Vergangenheit hatte. Aber ich dachte, jetzt habe ich eine neue Chance bekommen. Vielleicht kann er jetzt begreifen, daß das zwischen uns einzigartig war.«

Endlich drehte sie sich um. Ihr Gesicht war vor Müdigkeit geschwollen. Ich dachte: Sie ist alt und sieht auch so aus. Und Lynne ist so jung.

»Weißt du«, fuhr Bonnie fort, »du hattest mich nie gefragt, was ich tue. Als du kamst, um mich zu verhören, und als es herauskam, daß ich mit Sy arbeitete, war ich so glücklich. Ich wollte dich beeindrucken. Ich wollte, daß du denkst: Sie ist eine Drehbuchautorin. Sie ist keine Schlampe, sondern eine interessante Frau, eine gute Frau. Sie ist etwas wert.« Bonnie stand kerzengerade. »Ich wollte eine Frau sein, die du lieben kannst. Und darum hab ich dich belogen.«

Ein stärkerer Windstoß ließ das Rollo gegen das Fenster schlagen. Bonnie zuckte zusammen, als wäre es ein Gewehrschuß. Ich sagte: »Ich weiß, daß ich dazu beigetragen habe, dich unglücklich zu machen. Es tut mir leid.«

Sie entfernte sich vom Fenster, bis sie neben dem Nachttisch mit der Lampe stand, nur Zentimeter von mir entfernt. »Was hältst du davon«, schlug sie vor, »anstatt dich zu entschuldigen, mich einfach ein bißchen anständiger zu behandeln? Hör auf von Bumsen und Beine breit machen zu reden, als wäre ich die Stadtnutte von Bridgehampton und du ein stiernackiger Bulle. Ich bin ein Mensch, der sich in großen Schwierigkeiten befindet. Wenn du mir helfen willst, warum nicht mit ein bißchen Freundlichkeit?«

»Gut«, sagte ich. Die Brise hatte sich in einen kalten Wind verwandelt. Mich fröstelte. »Tut mir leid.«

»Danke.«

Bonnie hatte Gänsehaut auf Armen und Beinen. Ich ging in mein Schlafzimmer und holte einen Pullover für sie und anderes Zeug. Moose ging neben mir. Ich versuchte, ihr ein Paar Socken ins Maul zu stopfen, die sie Bonnie wie ein Apportierhund bringen sollte. Das stellte ich mir lustig vor. Aber Moose sah das nicht so. Sie ließ die Socken fallen und warf mir einen gekränkten Blick zu, als habe ich ihr Hamburger versprochen.

Als ich im Gehen das Licht auslöschte, merkte ich, daß der Anrufbeantworter blinkte. Zwei Nachrichten. Laute. Ich stellte das Gerät leiser. Eine war von Germy, der eine gute Quelle für Yankeetickets hatte. Dann Lynn: »Hallo. Ich liebe dich und denke an dich. Liebling, ich weiß, daß du beschäftigt bist, aber kannst du mich nur ganz kurz anrufen? Ich muß meiner Mutter sagen, ob wir Hühnerbrüstchen mit wildem Reis oder Roastbeef für den Empfang wollen. Du wirst sagen, ich soll entscheiden, aber bitte, ich möchte, daß auch du daran teilnimmst.«

Ich rief beim Hauptquartier an und sprach mit Carbone. Noch keine Spur von Bonnie, sagte er. Ich habe sie auch nicht gefunden, antwortete ich. Aber ich habe ihr Haus überprüft. Es sieht nicht so aus, als wäre sie überstürzt geflohen und hätte alle Sachen mitgenommen. Meiner Ansicht nach war sie einfach ausgegangen und würde später wiederkommen. Ich hätte eine Liste von ihren Freunden und Bekannten und würde alle überprüfen. Soweit kein Glück. Ich fragte, ob Robby nach Hause gegangen sei, und Carbone sagte, er sei noch im Büro und studiere die Akten.

Ich ging wieder ins Zimmer und gab Bonnie den Pullover und die Socken. Normalerweise sehen Frauen in Männersachen niedlich aus, aber bei ihr war alles normal, ihr paßten sie. Ich sagte: »Da waren zwei Anrufe auf meinem Apparat. Die beiden müssen angerufen haben, als ich bei dir war?«

»Ja, einer.«

»Konntest du mithören?« Sie nickte. Ich erinnerte mich an Lynnes sonniges ›Hallo, ich liebe dich...‹ Mir war es unangenehm. »Also weißt du, daß ich jemanden habe.«

»Ja.«

»Ich werde heiraten.«

»Glückwunsch.« Ehrlich, nicht schnippisch.

»Danke. Sie ist wirklich ein Glücksfall. Unterrichtet behinderte Kinder. Hat die gleichen Ziele wie ich, weißt du? Stabilität, eine Familie, und sie ist katholisch. Das ist wichtig für mich.« Bonnie machte einen Doppelknoten in ihre Schnürsenkel. »In der letzten Zeit – wohl durch AA – habe ich dieses Gefühl bekommen, daß ich die Kirche brauche. Einen Platz zum Beten. Und wohl auch wegen des Rituals.«

Ich trug wirklich dick auf. Aber ich wollte ihr eigentlich erzählen, daß ich das letzte Mal mit acht Jahren in der Kirche gewesen war und die Messe auf lateinisch zelebriert wurde. Damals überlegte ich, was wohl passieren würde, wenn man alles verstünde. Würde man dann den Glauben verlieren? Es beunruhigte mich.

Und ich wollte ihr auch erzählen, daß meine Mutter bereit gewesen war, die Kinder katholisch zu erziehen, als sie meinen Vater heiratete. Sie kannte ihre Pflichten. Sie brachte mich einmal pro Woche zum Bibelunterricht, aber nach meiner Erstkommunion hatte sie gesagt: ›Steve, mein Lieber. Du bist ein großer Junge. Wenn du zum heiligen Sonstwas gehen willst, dann mußt du dein Fahrrad nehmen. Ich wünschte, ich könnte dich hinbringen, aber ich bin die ganze Woche auf den Beinen. Sonntag muß ein Ruhetag sein.‹ Jeden einzelnen Sonntag von Mai bis nach Weihnachten bin ich hingefahren. Dann begann es zu schneien, und die Straßen waren vereist. Nach der Schneeschmelze ging ich nicht wieder hin.

Da fing ich an zu lächeln. Ich kannte Bonnie so gut, daß ich sie fast hören konnte: Du bist fast vierzig Jahre alt. Hör auf, deine Mutter verantwortlich zu machen. Niemand hat die Kirchentür vermauert.

Aber ich wollte ihr auch sagen, daß meine Mutter Easton nie hingeschickt hatte. Sie beschützte ihn vor dem tödlichen römischen Virus. Jahre später, als er mit Sommergästen in Southampton herumhing, hatte ich gehört, wie er am Telefon erzählte, sein Ur-Ur-Großvater sei episkopalischer Bischof von Long Island gewesen. Ich weiß nicht, ob meine Mutter es ihm erzählt oder er es sich ausgedacht hatte, aber daß es eine Lüge war, wußte ich.

Aber ich plapperte weiter. »Hör mal, ich weiß, daß ich mir lächerlich vorkommen werde, wenn ich hingehe und sage ›Vergib mir, denn ich habe gesündigt‹. Seit meiner letzten Beichte sind zweiunddreißig Jahre vergangen. Aber ich möchte es tun, und Lynne unterstützt mich. Ich bin glücklich, daß die Kirche Teil unseres gemeinsamen Lebens sein wird.« Bonnie wandte sich ab, stützte sich mit beiden Händen gegen die Wand und lehnte sich nach vorn, um ihre Wadenmuskeln zu strecken. Ich kam mir so dumm vor. Da laberte ich den größten Unsinn zusammen und konnte nicht aufhören. »Lynne ist jung. Dreiundzwanzig. Aber sie ist schon eine gefestigte Persönlichkeit. Und sieht phantastisch aus. Langes, kastanienbraunes Haar...«

»Beruhige dich«, sagte Bonnie und streckte sich noch einmal. »Ich werd schon nicht auf dich losgehen.«

»Ich bin ruhig«, antwortete ich und versuchte, es auch zu erscheinen. »Ich dachte nur, es würde helfen, wenn du Bescheid weißt.«

»Tatsache war und ist, daß du keine Verwendung für eine sterile, fünfundvierzig Jahre alte Jüdin hast. Glaub mir, ich weiß, daß ich keine heiße Nummer bin. Aber da du ja zu deinem Gebetskram zurückkehrst – was ich bewundernswert finde –, solltest du mal dein Gewissen überprüfen. Hättest du mir die Wahrheit gesagt, wenn ich die Nachricht nicht gehört hätte?

»Darauf kann ich nicht antworten.«

»Hättest du mich angemacht, wenn ich sie nicht gehört hätte?«

»Das weiß ich auch nicht, ich glaube, es gibt noch eine gewisse Anziehung zwischen uns.«

»Sogar mehr.«

»Gut, es ist mehr, viel mehr. Und ich hoffe nur, daß ich dagegen ankämpfen kann. Aber jetzt, wo du von Lynne weißt, fühle ich mich viel besser. Sicherer, um die Wahrheit zu sagen. Und du?«

Bonnie lachte. Ein fröhliches, inspiriertes Lachen. Es hätte mir gefallen, wenn es nicht auf mein Konto gegangen wäre. Sie sagte: »Ich war nicht unbedingt um meine Sicherheit besorgt. Aber ich bin froh, daß es raus ist. Ich freue mich für dich und wünsche dir alles Gute. Und auch mir«, fügte sie hinzu. »Wenn möglich, will ich aus dem Schlamassel raus. Ich will eine Zukunft.«

»Ich hoffe es für dich.«

»Nun, du bist der Polizist. Was ist der nächste Schritt?«

»Ich will Lindsays Alibi überprüfen. Angeblich stand sie die ganze Zeit in East Hampton vor der Kamera; aber ich bin nicht so sicher. Es gibt doch bestimmt sehr viel Leerlauf beim Drehen, nicht wahr?« Sie nickte. »Erzähl mir darüber.«

»Jedesmal wenn aus einer anderen Perspektive gedreht wird, müssen Beleuchtung, Dekor und Kamera neu aufgebaut werden. Das hängt ganz von der Szene ab. Wenn nur eine Großaufnahme vorbereitet wird und das Team sich beeilt, kann es nach zwanzig Minuten weitergehen. Aber wenn aus einer ganz anderen Perspektive gedreht werden soll, dann kann es schon eine Stunde dauern, wenn nicht mehr.«

»Ich möchte herausfinden, ob es einen Leerlauf von ungefähr vierzig Minuten gegeben hat. Zwanzig Minuten vom Drehort bis nach Sandy Court und dieselbe Zeit wieder zurück. Also, wer könnte am besten darüber Bescheid wissen? Ihr Agent? Er heißt Eddi Pomerantz.«

Bonnie kannte den Namen. »Der ist wahrscheinlich schon seit der Stummfilmzeit im Geschäft. Ich nehme nicht an, daß er bei den Dreharbeiten dabei war. Er ist Geschäftsmann, macht Abschlüsse und hält nicht Händchen. Dazu wären wohl eher ihr Manager oder dessen Assistent da.«

»Nein, ich glaube nicht.«

»Vielleicht war sie mit anderen Schauspielern zusammen?«

»Nein. Nach dem, was ich gesehen habe und Monteleone mir erzählt hat, konnte keiner sie leiden. Sie ist kalt, gemein. Als ob sie etwas Besonderes wäre und die üblichen Regeln des menschlichen Zusammenlebens nicht einzuhalten bräuchte.«

»Aber sie ist es. Wenn du im Filmgeschäft jemand bist, dann hast du einen Freibrief für schlechtes Benehmen. Das solltest selbst du wissen. Lindsay ist ein eingebildetes, langweiliges, boshaftes Wesen. Aber wenn sie will, kann sie schauspielern, und sie ist schön und hat den besten Busen der Welt. Die Leute müssen sie einfach anschauen. Man kann die Augen nicht von ihr abwenden. Sie ist ein wirklicher Star. Also gibt sie sich nicht mit dem Fußvolk ab. Das sind nur Schauspieler, keine Stars. Und was Santana betrifft: Selbst wenn zwischen ihnen etwas lief, so wäre er am späten Nachmittag viel zu beschäftigt gewesen, um sich um sie zu kümmern.«

Ich rief mir Berichte und Verhöre ins Gedächtnis zurück. »Soweit ich mich erinnern kann, hat Santana getan, was immer Regisseure den ganzen Nachmittag tun. Er war die ganze Zeit da. Also, wer hätte bei ihr sein können?«

»Viele Stars haben gute Kontakte zu ihren Maskenbildnern oder Friseuren. Wie wirkliche Damen – die scheinen sich mit ihren Friseuren auch gut zu verstehen. Vielleicht war sie bei ihnen?«

»Ich will Lindsays Alibi pflücken, nicht verstärken.«

»Wir wollen die Wahrheit finden. Auf jeden Fall könnte die Maskenbildnerin sagen, ob Lindsay irgendwelche Freunde hatte. Für Besorgungen außerhalb des Drehorts gibt es Chauffeure; aber ich kann mir nicht vorstellen, daß sie sagte: ›Jack, fahren Sie mich nach Sandy Court, damit ich Sy umbringen kann.‹«

»Wie kann ich die Namen der verschiedenen Mitarbeiter des Teams erfahren?«

»Jeder bekommt eine Namensliste. In Sys Haus müßte eine sein.«

»Als Sy getötet wurde, sprach er von dem tragbaren Telefon aus mit Eddie Pomerantz. Glaubst du, daß dieser eine Ahnung von Sys Plänen in L. A. hatte?«

»Sicher.«

»Wieso?«

»Weil dies ein Klatschgeschäft ist. Und mehr noch: ein öffentliches Geschäft. Man spricht einfach über alles – Verträge, Essen, Autos, Kindheitstraumata, Sex, Hotels, Klagen, Verdauungsbeschwerden. Ich vermute, wenn Lindsay es nicht herausgefunden hatte, dann wußte Eddie Pomerantz bestimmt aus zwei oder drei verschiedenen Quellen Bescheid und wollte Sy überreden, die Reise abzusagen.«

»Er sagte, sie sprachen über fotografische Details.«

»Um deine Worte zu gebrauchen«, sagte Bonnie, »Scheiße.«

»Gut, ich werde sehen, ob ich etwas herausfinden kann. Bleib, wo du bist.«

Bonnie schüttelte den Kopf. »Nein, ich muß zurück.«

»Hast du es eilig, verhaftet zu werden?«

»Nein. Aber ich kann es nicht verantworten, daß du deine Karriere ruinierst, indem du eine flüchtige Mordverdächtige beherbergst. Und das meine ich auch so.« Ich glaubte ihr.

»Du liest vielleicht Krimis, aber du weißt überhaupt nichts über das Gesetz. Du bist nicht flüchtig. Noch nicht. Du bist Gast in meinem Hause. Entspanne dich. Nimm ein Buch. Geh schlafen.«

»Ich kann nicht schlafen.«

»Also schreib ein Drehbuch über einen ermordeten Produzenten und finde den Schuldigen.« Sie blickte an mir vorbei zur Haustür. »Du denkst daran, ein bißchen zu joggen, wenn ich weg bin, nicht, Bonnie? Vielleicht ein Zehnmeilensprint zu Gideon? Und jetzt stell dir die Frage: Will ich meinem besten Freund die Entscheidung aufbürden, mich entweder zu verraten oder aufzunehmen?«

»Nein.«

»Dann bleib hier. Während ich draußen bin, will ich nicht in Ungewißheit darüber sein, wo du bist und was du tust.«

Sie nahm meine Hand. »Bitte versprich mir, daß, wenn du mir nicht helfen kannst, du mich...«

»Nein, Bonnie. Ich werde dich nicht verhaften. Denk nicht nur schlecht von mir.« Sie drückte meine Hand und ließ sie dann los. »Wenn ich dir nicht helfen kann, dann sag ich es dir, und dann bist du allein.«

Bonnie schaute mich an. »Mein Ehrenwort: Wie immer es auch ausgeht, ich werde niemals jemandem erzählen, was du getan hast.«

»Ich weiß.« Wir standen sekundenlang beieinander. Dann sagte ich: »Ich muß jetzt gehen.« Aber ich blieb. »Bonnie?«

»Ja.«

»Willst du mir einen Abschiedskuß geben?«

»Das hab ich schon mal versucht. Mit nicht sehr viel Erfolg.«

»Aber Bonnie...«

»Nein. Außerdem hast du Wichtigeres zu tun, als zu küssen.«

»Was denn?«

»Deine Verlobte anzurufen und dich zwischen Hühnerbrüstchen und Roastbeef zu entscheiden. Und dann rauszugehen und zu versuchen, mein Leben zu retten.«

Kapitel 16

Easton war noch nicht aufgestanden, aber wenigstens schlief er nicht mehr mit der Decke über dem Kopf. Er lag auf der Seite, den Kopf auf die Hand gestützt und las ein Manuskript. Ich handelte wie ein richtiger großer Bruder und rief »Buuh«.

Er schrie auf, aber es klang mehr nach dem Quieken eines übergroßen Vogels. »Mach das nie wieder!« brüllte er. »Was fällt dir ein, du Schwachkopf. Bist du wieder die Treppen heraufgeschlichen, damit du Mutter nicht zu begrüßen brauchst?«

»Ja. Weißt du, ich erinnere mich, daß du sie Mom nanntest, bis dir aufging, daß Menschen der Oberklasse dies nicht zu tun pflegen.«

»Wenigstens bin ich glaubwürdig. Wenn du es versuchtest...«

Ich war zufrieden. Easton schien zu erwachen. »Du klingst viel besser. Am Telefon hast du dich wie ein Klageweib angehört.«

»Ich fühl mich auch besser. Ich habe gute Nachrichten.«

»Was denn?«

»Ich wollte ein paar Anrufe machen, um Arbeit zu finden. Hab es aber nicht geschafft. Zu erschüttert. Nun denn, einer von Sys Bekannten, den ich getroffen hatte, Philip Scholer, der Regisseur, war im Juni hier in der Gegend und hat schnell ein paar Fotokopien gebraucht. Er rief Sy an, um zu fragen, wohin er sich wenden sollte. Sy war nicht da, aber ich bot an, ihm behilflich zu sein und erledigte alles in weniger als einer Stunde. Also, er hat mich heute angerufen. Er braucht schon längere Zeit einen Assistenten, und als er von Sy hörte, dachte er an mich. Der Clou ist, er bezahlt den Hin- und Rückflug, so daß ich erst noch mit ihm darüber reden kann.«

»Mann, super.« Easton strich seine Pyjamajacke glatt, als wäre er bereits beim Vorstellungsgespräch. »Ich freu mich wirklich für dich. Schrecklich, die Sache mit Sy. Es hat dir viel Spaß gemacht, für ihn zu arbeiten. Nie zuvor hab ich dich so glücklich gesehen.« Mein Bruder nickte kurz zustimmend, aber ich spürte, daß er bereits Philip Scholer die Treue hielt. »Du kannst was für mich tun.«

»Was?«

»Gib mir ein Exemplar der Mitarbeiterliste. Du hast doch eins?«

Easton stieg aus dem Bett, schlüpfte in ein Paar Hausschuhe und ging in sein Arbeitszimmer. »Wozu brauchst du sie?« fragte er.

»Nachprüfen, ob am letzten Freitag gewisse Leute da waren, wo sie behaupteten zu sein.«

»Wer zum Beispiel?«

»Jeder, der ausgesagt hat. Reine Routine.«

Aber Easton schüttelte den Kopf. Er nahm es mir nicht ab. »Lindsay?«

»Lindsay.«

»Steve, glaub mir, du verrennst dich.«

»East – du bist so vernarrt in sie, daß du nicht klar denken kannst.«

»Ja, vielleicht. Aber Sy ging es auch so. Er hätte sie nie gefeuert.« Er wurde ein bißchen weinerlich. »Ich hab es dir gesagt.« Er öffnete eine Schublade, holte einen Aktendeckel mit Etikett hervor und blätterte die Papiere durch. Er wußte, was er suchte und wo er es suchen mußte. Es war erstaunlich, wie ähnlich wir uns in dieser Beziehung waren. Alles mußte seinen bestimmten Platz haben, unter Kontrolle sein. Selbst wenn ich aus meinen Trinkorgien wieder zu mir kam, fand ich die Flaschen und Büchsen ordentlich aufgereiht auf der Spüle. Als ich im letzten Jahr vor der Entziehungskur Bierdosen neben dem Fernsehsessel und einmal sogar eine leere Flasche im Badezimmerwaschbecken entdeckte, dämmerte mir allmählich, wie weit es mit mir gekommen war.

Easton gab mir die Liste. »Ich weiß, was du mir über Lindsay erzählt hast, aber wir haben eine Menge anderer Aussagen. Nämlich, daß Sy sie feuern wollte.« Easton schien nicht überzeugt und etwas verstört wegen Lindsay. Ich versuchte, ihn aufzurichten. »Ich bin sicher, zwischen sechzehn und neunzehn Uhr war sie in ihrem Wohnwagen mit einem Dutzend glaubwürdiger Zeugen. Wir haben nur herausgefunden, daß es zwischen Sy und ihr böses Blut gab. Und dann bumste sie...« Mein Bruder wandte den Kopf ab, als wolle er es nicht hören. »... Victor Santana.« Keine Regung, keine Entspannung auf seinem Gesicht. »Und es scheint, als könne sie mit einem Gewehr umgehen. Sie hatte Schießunterricht für einen Film. *Transvaal.*«

Easton klatschte den Ordner hart auf den Schreibtisch, als wolle er ein großes, lästiges Insekt zerquetschen. »Aber was ist mit Sys Exfrau? Verdammt, ich dachte, ihr hättet sie überführt.«

»Wir haben Zweifel. Ach ja, Sy hat dich gebeten, einen Computer mit Drucker für sie zu kaufen, stimmt's?«

Easton überlegte. Dann starrte er an die Decke, als könne er die

Antwort dort ablesen. Mir wurde ein bißchen bange. Hatte sie wieder gelogen? Endlich sagte er: »Richtig. Ich erinnere mich. Einen günstigen Computer mit Drucker. IBM war zu teuer. Er hatte gehört, daß die koreanischen auch in Ordnung sind und deshalb sollte ich für das Ganze nicht mehr als tausend Dollar ausgeben.«

»Hat er gesagt, warum er ihn ihr schenken wollte?«

»Nein. Ich vermute, es war der Trostpreis für die Ablehnung ihres Drehbuchs.«

»Hast du ein Exemplar davon? *A Sea Change.*«

»Nein.« Er hielt inne. »Steve, ich will dir in deinem Job keine Ratschläge geben, aber sie hatte jeden Grund, ihn umzubringen.«

»Warum?«

»Er hat ihr Manuskript abgelehnt.«

»Hast du irgendwelche Notizen, Briefe an sie, in denen steht ›Ich lehne ab‹?«

»Nein. Diese Art Sachen diktierte er seiner Sekretärin in New York telefonisch. Wenn sie es nicht zur Korrektur zurückgefaxt hat, dann unterschrieb sie mit seinem Namen. Es kam nicht mehr hierher.«

»Also weißt du gar nicht, ob er das Manuskript wirklich abgelehnt hat.«

»Er wollte die Sache nicht weiterführen. Er hat sie vom Drehort verwiesen. Auf sehr unhöfliche Art. Es muß eine furchtbare Demütigung für sie gewesen sein.«

»Selbst wenn es so war, ist das noch kein Grund für einen Mord – außer sie ist verrückt. Und den Eindruck macht sie nicht.«

»Also brauchst du einen neuen Verdächtigen, und dazu nimmst du dir Lindsay vor.« Mein Bruder, der Gemäßigte, handelte gar nicht so gemäßigt. Sein Hals und seine Ohren waren rot. Er regte sich richtig auf in Verteidigung seiner Herzensdame. »Warum? Gib mir einen guten Grund, warum die Mordkommission sich für sie interessieren sollte. Presserummel?«

»Sei kein Idiot.«

»Ich halte dein Handeln für überaus unanständig.« Ich zuckte die Schultern. Easton stapfte rüber zur Ledercouch. Er bedeckte sein Gesicht mit den Händen und wiegte den Kopf hin und zurück. Ich wollte gerade eingreifen, als er aufsah.

Seine Stimmung hatte sich verändert. Er war ruhig, nachdenklich, nicht mehr außer sich. »Ich weiß nicht, vielleicht kann ich nicht logisch denken, wenn es um Lindsay geht. Jugendlicher Enthusiasmus. Vielleicht hast du recht.«

»Recht womit?«

»Das Lindsay nicht unbedingt die vollkommene Geliebte war. Es ist schon möglich, daß sie einen anderen hatte. Ich kann es nicht beschwören. Siehst du, mir gegenüber sagt niemand etwas, weil ich sozusagen Sys Junge war. Aber ich habe ein paar Gerüchte über sie und Santana gehört.«

»Meinst du, daß Sy es ahnte?«

Easton überlegte. Viel zu lange, es wurde spät. Ich schaute auf die Liste, dann auf meine Uhr. Ein Großteil der Starry Night Crew wohnte in einem Motel in Three Mile Harbour. Vielleicht konnte ich sie noch erreichen. Einige waren bestimmt schon zum Wochenende nach Hause gefahren, aber ich glaubte nicht, daß viele das wohl bekannteste Feriengebiet Amerikas gegen ein Wochenende in New York tauschen würden. »East, ich muß gehen.«

»Sy agierte sehr geschickt«, sagte er nachdenklich, ohne mich zu beachten. »Aber ich erinnere mich an etwas. Vielleicht ist es wichtig. Jeden Sonnabend in der Woche vor und den ersten zwei Wochen nach Anfang der Dreharbeiten machte er Lindsay ein Geschenk. Er legte es auf ihren Platz am Frühstückstisch, so daß sie es sehen mußte, wenn sie herunterkam. Ich meine damit keine Schachtel Pralinen. Art-déco-Diamantohrringe. Kaschmirschals für fünfhundert Dollar das Stück in allen Regenbogenfarben. Ich glaube, er schenkte ihr sieben oder acht davon. Sie bedeckten ihren Stuhl. Es war ein unwahrscheinlicher Anblick. Eine Rolex. Nichts, was er ihr gab, kostete weniger als zwei- oder dreitausend Dollar. Aber am letzten Sonnabend seines Lebens ließ er nur einen Zettel zurück: »Bin beim Tennisturnier. Bis heute abend.«

»Hast du den Zettel gesehen?«

»Ja. Er lag einfach da. Weder in einem Umschlag noch gefaltet. Und vielleicht bin ich auch nicht der Gentleman, der ich vorgebe, zu sein. Das weißt du besser als jeder andere. Ich habe keine Bedenken, anderer Leute Post zu lesen, besonders nicht im Falle Lindsay.«

»Hat er wirklich bei einem Tennisturnier gespielt?«

»Das möchte ich bezweifeln. Er war kein besonders guter Spieler. Schwache Vorhand. Er wäre schon vor Mittag ausgeschieden. Und Steve, das ist es. Ich war im Haus, als Lindsay runterkam. Ich sah sie. Sie schaute auf ihr Gedeck. Nichts. Auf dem Stuhl, unter dem Tisch. Nichts. Dann las sie den Zettel und stürmte aus dem Zimmer.«

Jetzt ging ich nur noch in Kneipen, wenn es beruflich notwendig war; es war ein Risiko, das ich sonst nicht eingehen mußte. Doch das erste, was ich tat, als ich in die Bar des Summerview Hotels kam, war ein Glas Mineralwasser zu bestellen und wie verrückt daran zu nippen.

Die Fahrer, sechs an der Zahl, waren dickbäuchige, bartlose, trinkfeste Iren, die Brüder oder Söhne bei der Polizei hatten und die Plakette respektierten. Wir freundeten uns schnell an. Lindsays Fahrer war ein apfelbäckiger Koloß namens Pete Dooley.

»Bekommt sie keine Limousine mit Chauffeur?« fragte ich.

»Hmm. Vielleicht Leute wie Stallone oder so. Lindsay kriegt mich und 'nen Kombi.« Er blickte auf mein Glas. »Möchten Sie was Stärkeres?«

»Darf nicht.« Er verstand. »Wie ist sie, Pete?«

»Ich habe Schlimmere erlebt. Sie ist ein Aas. Sie glaubt, Sachen wie hallo, bitte oder danke braucht sie nicht zu sagen. Aber auf der anderen Seite schnupft sie kein Koks, macht sich nicht naß oder weint.«

»Hat sie je mit Ihnen gesprochen?«

»Nur wo sie hin will und so.«

»Was wollte sie an Sy Spencers Todestag?«

»Nicht viel. Ich hab sie um sechs Uhr morgens abgeholt. Nicht nach Hause gefahren. Ihr Agent überbrachte ihr die traurige Nachricht und nahm sie mit zurück.«

»Haben Sie sie überhaupt tagsüber gesehen?«

»Nur so ab und an. Vor dem Mittag schickte sie mir einen Assistenten mit einem Brief. Ich sollte ein Paket in einem Unterwäscheladen in Southampton abholen, bezahlen, eine Quittung verlangen und das Wechselgeld nachzählen. Geizige Ziege. Ich fuhr nach dem Essen, holte es und kam wieder.«

»War das Paket schon fertig?« Er nickte. »Hat es sich nach Unterwäsche angefühlt, oder hätte auch etwas Schwereres drin sein können?«

»Unterwäsche. Vierhundertdreiundsechzig Dollar und achtzehn Cents für Unterwäsche, und das für jemand, der nie einen BH trägt. Was zum Teufel kann über vierhundert Dollar kosten?«

»Da bin ich überfragt. Vielleicht irgendein Spitzenzeugs. Hat sie Ihnen das Geld in bar gegeben, Pete?«

»Ja. Zwanziger.«

Ich bestellte ein zweites Mineralwasser. Pete und die anderen sahen sich die Crewliste mit mir zusammen an. Sie sagten, daß Barbara, die Maskenbildnerin, das Wochenende in der Stadt verbrachte, ich es aber bei dem Friseur und der Kostümbildnerin versuchen könne. Sie zeigten mir die Namen und vermuteten, daß sie irgendwo im Hotel zu finden wären.

Hätte er in seinem Zimmer nicht fünf Lindsay-Perücken auf gesichtslosen Styroporköpfen stehen gehabt, hätte man den Friseur auch für einen Taxifahrer oder Schweißer halten können. Er hatte ungefähr soviel Stil wie die Pizza-, Käse- und Pepperoniflecken auf seinem Hemd. Er und zwei andere Kerle – Bühnenarbeiter, sagte er – sahen sich einen Softporno an. Alles, was er mir sagen konnte, war, daß in der Szene des fraglichen Tages Lindsay trotz innerer Schmerzen ihre Wildheit und Ungebundenheit beweisen wollte und angezogen ins Meer rannte. Auf dem Bildschirm beugte sich eine Stewardeß im Minirock ohne Höschen über einen Passagier, und der Haarkünstler drehte sich immer wieder um, als hätte er noch nie einen nackten Hintern gesehen. »Lindsay«, erinnerte ich ihn, »wir sprechen über Lindsay.« »O ja«, sagte er.

Lindsays echtes Haar wurde von einer Kappe geschützt. Sie trug eine trockene Perücke, wenn sie zum Wasser, und eine nasse, wenn sie aus dem Wasser kam. Er stand am Strand und frisierte die Dinger. Wenn sie gebraucht wurde, war sie immer fertig. Wo war Lindsay, wenn sie nicht spielte? Bei den Kostümen oder in ihrem Wohnwagen. Ja, sie hätte weggehen und wiederkommen können. Irgendwann am Nachmittag hatte ein Umbau mehr als eine Stunde gedauert. Nicht so sehr wegen der Beleuchtung, aber der Videotechniker hatte Schwierigkeiten mit seiner Ausrüstung gehabt. Niemand hatte sie während dieser Zeit gesehen, sie zog sich gern zurück. Niemand wußte, was sie tat. Wahrscheinlich las sie Illustrierte, denn der Wohnwagen war voll davon. Sie suchte wohl nach ihrem Namen oder ihrem Bild – das machen alle. Aber vielleicht schlief sie auch oder meditierte. Wer weiß? Wen interessiert's?

Ich überlegte, daß Lindsay ein ganz schönes Risiko eingegangen wäre, wenn sie versucht hätte, sich unbeobachtet wegzuschleichen. Außerdem, erklärte der Friseur, hätte es ja immer ein Kostüm- oder Drehbuchproblem geben können, das ihre Anwesenheit erforderte. Auch war sie viel zu auffällig.

Ich fragte, ob noch andere Perücken da wären. Keine weißblonden. Im Schminkwagen wären noch zwei dunkelbraune für Nick Monteleone.

Im Fernsehen begann eine der Stewardessen, mit den Brustwarzen ihrer Kollegin zu spielen. Ich gähnte, war todmüde. Die Bühnenarbeiter starrten auf den Fernsehschirm und stießen sich an. Der Friseur verlor sein Interesse für mich. Mir war es egal. Ich verließ den Raum.

Das Summerview war ein normales Motel. Ein langgestrecktes, zweistöckiges Rechteck mit einem Balkon um die ganze obere

Etage. Keine Unterkunft für die Reichen, sondern für normale Menschen, die tagsüber am Strand sitzen und am Abend ein bißchen Luxus schnuppern wollten.

Für *Starry Night* war die ganze zweite Etage gemietet worden. Ich ging den Balkon entlang. Nach den Geräuschen zu urteilen, die aus dem Zimmer 237 kamen, hatte entweder eine der Stewardessen Anschluß gefunden, oder ein Pärchen trieb es ziemlich heftig. Ich gähnte abermals, wartete noch dreißig Sekunden auf den Höhepunkt; da dieser aber noch nicht auf dem Plan zu stehen schien, klopfte ich. Laut. Ungefähr eine Minute später öffnete die Kostümbildnerin Myrna Fisher die Tür einen Spalt und lugte heraus. Sie war um die fünfzig und hatte ihr Negligé falsch herum an. Ich zeigte ihr meine Plakette, entschuldigte mich, sie geweckt zu haben. Könnte ich hereinkommen und ein paar Fragen stellen? Sie sagte, sie hätte... nun, Besuch. Ich würde sie nicht lange aufhalten. Nur ein paar kleine Fragen.

Sie nahm die Kette von der Tür und ließ mich ein. Im Bett, mit der Decke so hochgezogen, daß nur ein Skelettkopf hervorschaute, lag Gregory J. Canfield, Sys Produktionsassistent, mit all seiner Magerkeit und seinen zwanzig Jahren.

»Hallo«, quiekte er.

Ich wollte ihm sagen, daß alles in Ordnung war und ich nicht vorhatte, seine Mutter anzurufen, aber statt dessen machte ich Myrna ein Zeichen, sich an dem runden Formicatisch niederzulassen, der vor dem dichtverhängten Fenster stand. Ich setzte mich ihr gegenüber. »Erzählen Sie mir von Lindsay Keefe am letzten Freitag. Wie hat sie sich benommen? Hat sie Sy Spencer gesehen, als er kam? Sagen Sie mir alles, was Ihnen einfällt.«

Eine Zeitlang tastete sie nach den Knöpfen ihres Morgenmantels, gab es dann aber auf und hielt ihn mit der Hand zusammen. Ich konnte nicht glauben, daß sie Kostümbildnerin war. Sie glich mit ihrer untersetzten Figur, ihrem grauen Haar und ihrer fleckigen Haut eher einer Buchhalterin. »Es sollte die große Partyszene unter dem Zelt sein. Ich wollte sie in ein kanariengelbes Scaasimodell kleiden – rückenfreies Oberteil, bauschiger Rock –, aber dann gab es eine Änderung. Sie mußte ins Wasser laufen, also trug sie gelbe Seidenhosen und eine Bluse. Billige Sachen. Modeschmuck. Pantoletten von Jourdan, aber die verliert sie im Sand.«

Vom Bett erklang Gregorys Stimme: »Pantoletten sind Schuhe ohne Fersenteil mit Absatz.« Ich nickte dankend, und Myrna strahlte ihn an, bevor sie sich mir wieder zuwandte.

»Sy kam so gegen elf Uhr in den Garderobenwagen. Wir hatten Lindsay die nassen Sachen ausgezogen und sie in ein Badetuch gewickelt. Sie begrüßten sich.«

»Küßten sie sich? Irgendwelche Anzeichen von Zuneigung?«

Myrna dachte nach. »Ich glaube – aber ich bin nicht sicher –, daß er sie auf den Hals oder die Schulter küßte. Aber vielleicht auch nicht. Sie hatten es verloren.«

»Was verloren?«

»Ihr Gefühl füreinander. Nun, jedenfalls von seiner Seite aus. Es war immer er gewesen. Ich habe bei drei Filmen mit ihr gearbeitet und glaube nicht, daß *sie*...« Myrna warf mir einen vielsagenden Blick zu, und ich nickte verstehend zurück. »Aber Sy Spencer war verrückt nach ihr.«

»Was hatte sie anderes als ihr Aussehen?« Ich mochte Myrna mit ihrer pfiffigen Art. »War es ihr Intellekt?«

»Dadurch, daß man mit intelligenten Männern schläft, wird man keine Intellektuelle. Lindsay ist nicht wirklich klug. Aber Sy war verrückt nach ihr und nicht nach ihrem Hirn. Er war verrückt, weil sie so kalt war. Ich hatte noch nie bei einem seiner Filme mitgemacht, aber ich vermute, daß alle Frauen ihn beeindrucken wollten. Lindsay kümmerte das alles nicht. Er war keiner ihrer linken Gedichteschreiber. Er war nur ein reicher Trottel, der ihr Dinge kaufen konnte. Es interessierte sie nicht, was er dachte oder sagte. *Das* hat ihn so verrückt gemacht.«

»Aber es ließ nach.«

»Ja.«

»Warum?«

»Nun, ich weiß nicht, was im Schlafzimmer vorging.« Sie bedachte Gregory mit einem schnellen, glücklichen Blick. »Aber Sie haben sicher gehört, daß es ein Problem mit ihrer schauspielerischen Leistung gab. Ich bin sicher, ihm gefiel das nicht. Und außerdem ist sie langweilig. Stundenlang spricht sie über ihre Auffassung einer Rolle. Oder sie hält Vorträge über Rassismus und den Hunger in der Welt. Sie tut, als sei sie der einzige verantwortungsbewußte Mensch auf dieser Erde – außer ihren schwarzbärtigen Freunden. Die meisten von uns Durchschnittsbürgern haben Verantwortung, einige üben Wohltätigkeit. Aber so wie sie reden normale Menschen nicht, wenn sie sich für etwas einsetzen. Aber Lindsay tut es. Sie kann nicht über alltägliche Dinge sprechen, weil sie innerlich tot ist. Und langfristig gesehen, war Sy nicht nekrophil.«

»Das bedeutet...«, begann Gregory.

»Danke, ich kenne die Bedeutung.« Ich wandte mich wieder Myrna zu. Sie lächelte Gregory bewundernd an. »Was geschah, nachdem Sy Lindsay geküßt hatte?«

»Nicht viel. Er sagte, daß er nach Los Angeles müßte, er nicht gern fahren und sie furchtbar vermissen würde. Worte. Sie wollte Geld, aber er sagte, er bräuchte sein Geld für die Reise. Aber sie durchsuchte seine Taschen, klopfte sie ab wie die Polizei und holte eine Rolle Scheine hervor.«

»Was hat er gesagt?«

»Nichts. Er ließ es ihr. Ich vermute, es war nicht das erste Mal.«

»Und dann?«

»Dann sagten sie beide ›Ich liebe dich. Du wirst mir fehlen‹, und er ging.«

»Schien sie traurig? Verstört?«

»Wollen Sie die Wahrheit? Wütend war sie. Sie hielt das Geld, als wären es seine Eier. Sie drückte so hart, wie sie konnte.«

Ich saß im Büro des Summerview. Die Empfangsdame war mehr als kooperativ gewesen. Sie hatte fast einen Knicks gemacht, als ich darum bat, das Telefon benutzen zu dürfen. Sie bestand außerdem darauf, mir Kaffee bringen zu dürfen. Entweder war sie ein Polizistenfan, oder sie vermittelte gewisse Damen. Wahrscheinlich letzteres.

Ich rief Carbone zu Hause an und erzählte ihm, daß ich bei der Überprüfung von Bonnies Freunden in East Hampton nur mal auf Verdacht im Summerview vorbeigegangen sei. Ich erklärte ihm, daß ich dem Katalogheini das Geständnis abgerungen hatte, daß er Bonnie in bar bezahlt hatte. Außerdem hatte ich einen Zeugen dafür, daß Lindsay Bargeld aus Sys Anzug genommen hatte, und einen anderen, der von ihr fünfhundert Dollar in Zwanzigern für Unterwäsche bekam.

»Unsere Indizien gegen Bonnie Spencer werden wackelig«, bemerkte ich. Er antwortete nicht, was ich als Zustimmung wertete.

Ich fragte, ob Robby noch im Büro Akten studierte. Carbone sagte, als er gegangen sei, wäre Robby nicht mehr da gewesen. Einer der Jungs habe ihm gesagt, Robby sei plötzlich wie von der Tarantel gestochen aufgesprungen und rausgerannt. Carbone hatte keine Ahnung, wohin, kannte aber Robbys schlechtes Durchhaltevermögen. Vielleicht wollte er einfach nur schnell ins Bett.

Als ich aufhing, war ich nervös. Robby war außer sich. Er war wütend genug gewesen, um die Lüge über mein Trinken zu erzählen. Ein Mann in diesem Zustand legt sich nicht einfach schlafen.

Ich fuhr nach Westen und bog dann zu Bonnies Haus ab. Keine Spur von Robby. Detective Bodybuilder war gerade im Dienst und führte sich ein Riesensandwich zu Gemüte. Ich fragte: »Ist sie schon gekommen?« Er schüttelte den Kopf.

Ich nahm ihn mit nach oben. Bonnie hatte Stöße von Akten. Aber es war nicht zu glauben: Für jemanden, der schreibt, hatte sie überhaupt keinen Sinn für Logik. Es schien, als habe sie weder das Alphabet noch seine Möglichkeiten je kennengelernt. Die meisten ihrer Papiere befanden sich in Aktendeckeln oder Umschlägen, die vollkommen wahllos in Schubladen gestopft waren oder aufgestapelt in einem altmodischen Ausgangs-Eingangskasten lagen.

Schließlich fand ich die Akte *A Sea Change.* Mein Herz klopfte. Ich öffnete den Ordner so vorsichtig, als könnte er mir in den Händen explodieren. Aber da waren Sys Brief und auch seine Notiz ›Liebe es...‹

Detective Bodybuilder las über meine Schulter mit. Ich erzählte ihm, daß der Fall gegen Bonnie sich auflöste. »Willst du nicht ein paar Pluspunkte sammeln und die Akte abliefern?« fragte ich.

Er sah mich erstaunt an: »Bist du sicher, daß du die Punkte nicht selber willst? Du hast doch die Akte gefunden.«

»Nein. Du tust mir sogar einen Gefallen. Ich brauche keine Punkte mehr. Und außerdem ist es meine Schuld, daß die Anklage gegen Bonnie zerfällt. Carbone und Shea halten mich bereits für einen Verrückten, der in Bonnie verliebt ist. Und da sie ja sowieso entlastet werden wird, kannst du ruhig den Helden spielen.« Da ich das Gefühl hatte, daß er Robby nicht unbedingt mochte, fügte ich hinzu: »Du hast vielleicht gehört, daß Kurz mir Schwierigkeiten macht. Er will sie unbedingt festnageln. Ich wäre dir für deine Hilfe dankbar.« Er war vollkommen einverstanden.

Phantastisch. Ich brauchte einen Zeugen, daß Sys Brief und seine Notiz wirklich existierten. Ich konnte nicht glauben, daß Robby sie zerstören würde, aber ich traute es ihm zu, sie ein paar Tage lang verschwinden zu lassen.

Moose bellte, als ich vor meinem Haus vorfuhr, und mich überkam ein solches Glücksgefühl, daß ich meine Müdigkeit vergaß. Ich malte mir aus, wie ich nach der schwanzwedelnden Begrüßung durch den Hund schnell ins Ananaszimmer gehen und mich aufs Bett setzen würde und wie Bonnie dann ihre Arme um mich schlingen und mich festhalten würde. Eine verlockende Vision.

Ich richtete mich auf und nahm mich zusammen. Aus Erfahrung wußte ich, wie verletzlich Übermüdung macht. Man kann nicht hart bleiben, wenn man sich nach Trost sehnt. In meiner Stimmung würde mir Alkohol nicht helfen, auch kein heißer Sex. Ich brauchte Zärtlichkeit und Ansprache.

Im Haus fuhr ich Moose kurz mit der Hand übers Fell und hörte dann den Anrufbeantworter ab. Nur Lynne: »Ich sehe schon, du bist *sehr* beschäftigt. Gute Nacht, Steve. Ich liebe dich und denke an dich. Wir sprechen uns morgen.«

Ich war ausgelaugt, und deshalb störte mich ihr Verständnis so sehr. Warum konnte sie nicht einfach mal sagen: Du egoistischer Macho. Warum nimmst du dir nicht zwei Minuten Zeit und rufst an? Aber dann revidierte ich meine Meinung – nein, ich mußte dankbar dafür sein, wie vernünftig Lynne war, wie erwachsen und wie überlegen. Erst dann ging ich gestärkt zu Bonnie.

Sie legte den Stephen-King-Thriller, in dem sie gelesen hatte, auf den Nachttisch. Sie hatte geduscht und ihr Haar gewaschen. Es war streng nach hinten geflochten und glänzte feucht. Sie trug das saubere rosa T-Shirt, das ich ihr mitgebracht hatte. Der strenge Eindruck wurde aber ausgelöscht durch ihr warmes Willkommenslächeln.

»Hallo!«

»Wie geht's?« Ich war gewarnt, wach und konnte mir ein bißchen Freundlichkeit erlauben.

»Soweit ganz gut«, sagte Bonnie. »Ein paar Minuten lang war ich in Panik. Ich hatte mich über das Gefängnis lustig gemacht, aber plötzlich, als ich darüber nachdachte...«

»Schon dich. Es ist eine schwere Zeit. Denk nicht daran.«

Lynnes Nachricht hatte mir wirklich den Kopf frei gemacht. Bonnie würde mich nur die nächsten zwei Tage begleiten, Lynne dagegen den Rest meines Lebens. Mich machte nur nervös, daß ich im selben Haus mit Bonnie schlafen mußte. Ich würde sicherlich sofort einschlafen, aber mich verfolgte die Vorstellung, wie sie durchs Haus schlich, in mein Bett glitt und flüsterte ›Bitte, halt mich fest‹. Die kleinste Berührung würde mich aus der Bahn werfen. Ich konnte das Risiko nicht eingehen. Meine Handflächen begannen zu schwitzen. Ich tat, als würde ich meine Wadenmuskeln massieren, und wischte mir den Schweiß an den Hosenbeinen ab. Ich entschied mich, einfach meine Zimmertür abzuschließen.

Ich setzte mich hin, schob aber den Stuhl weiter vom Bett weg. So war es besser. »Laß mich dir die Lindsay-Keefe-Story erzählen«, sagte ich.

Sie hatte die Arme um die Knie geschlungen, wie ein Kind, das am Lagerfeuer einer Geistergeschichte lauscht. Ich wartete, daß sie sagen würde: ›Toll. Gute Arbeit!‹

Aber sie schüttelte nur den Kopf und meinte: »Geh dich ausschlafen. Du hast es nötig.«

»Wie meinst du das?«

»Damit meine ich, daß du morgen klarer denken wirst.«

»Laß den gönnerhaften Unsinn. Es geht mir auf die Nerven.«

»Nennst du das Indizien gegen Lindsay?« fragte Bonnie.

»Sie hatte ein Motiv. Er wollte sie feuern.«

»Also hätte sie einen Anwalt genommen und gekämpft. Oder sie hätte Journalisten erzählt, was für ein Desaster *Starry Night* war und sie es nicht mit ihren hohen Anforderungen vereinbaren könne, bei einer derart miesen Produktion mitzuwirken.«

»Hör mal. Im Geschäft wußte man doch, daß *sie* das Desaster war. Wenn Sy sie feuerte, wäre sie womöglich ruiniert gewesen.« Bonnies Blick sagte mir ›Was verstehst du schon davon?‹. »Sei nicht so verdammt herablassend, Bonnie.«

»Wer denkst du denn, wer Sy war? Ein Großmogul von 1939? Louis B. Mayer, der sagen konnte: ›Nie wieder wirst du in dieser Stadt arbeiten‹? Nein. Sy war ein erstklassiger Produzent – aber Lindsay ist ein Star. Eine schlechte Leistung hätte ihr nichts anhaben können.«

»Du hast mir doch gesagt, daß ihr Agent Sy wahrscheinlich anflehen würde, sie nicht zu feuern.«

»Das ist sein Job. Aber wenn Sy es dann doch getan hätte, hätte sie es überlebt. Sie ist kalt und berechnend. Natürlich wußte sie, daß ein Rausschmiß ihrer Karriere nicht zuträglich sein würde, aber sie wußte auch, daß es keine Katastrophe gewesen wäre. Nicht genug für einen Mord.«

»Du gehst davon aus, daß sie logisch denkt.«

»Hast du Beweise, daß sie es nicht tut?«

Ich schob den Stuhl näher zu ihr. Ich wollte sie überzeugen, sie auf meiner Seite haben. »Ich muß mich bei meinem Job auf mein Gefühl verlassen können, und ich sage dir, irgend etwas stimmt nicht mit ihr. Sie ist schön, aber irgend etwas fehlt – die Menschlichkeit. Und als Sy sich von ihr zurückzog, erst als ihr größter Fan, dann als Liebhaber oder Verlobter, was auch immer, war das für sie ein Zeichen, daß sie nicht perfekt war. Und das konnte sie nicht ertragen.«

»Gern sag ich es nicht – aber eure Beweise gegen mich sind besser.«

»Weißt du, du kannst soviel Krimis lesen wie du willst, aber von Mord verstehst du immer noch nichts.«

»Wie kam sie von East Hampton ungesehen nach Sandy Court?«

»Das werde ich schon noch herausfinden.«

»Wie?«

»Wer bist du? Ihr Anwalt?«

»Und angenommen, sie versteht wirklich etwas von Gewehren, wo sollte sie eins herbekommen?«

»Aus einem Waffengeschäft, du Trottel.«

»Im Staat New York muß man die Personalien angeben, nicht?«

»Waffenverkäufe werden registriert. Aber sie konnte ja einen falschen Namen angeben.«

»Und der Ladenbesitzer soll sie nicht erkannt und nicht allen davon erzählt haben?«

»Sie ist Schauspielerin«, bemerkte ich. »Denkst du, in so einem Fall käme sie blond und vollbusig anspaziert? Vielleicht hat sie sich verkleidet und eine von Monteleones Perücken getragen.«

»Wo soll sie das Gewehr versteckt haben? Unter ihrem und Sys Bett? In Mrs. Robertsons Keksdose?«

Ich stand auf. »Noch was?«

»Sei nicht böse, weil ich nicht deiner Meinung bin. Hör zu: Ich war eine recht gute Schützin. Zu meinem zwölften Geburtstag schenkte mir mein Vater eine Marlin, und in den folgenden sechs Jahren ging ich mit ihm und meinen Brüdern auf die Jagd. Wenn ich jetzt jemanden durch den Kopf schießen sollte, aus... fünfzig Fuß Entfernung?«

»Ja.«

»Also, wenn ich mich plötzlich entschlossen hätte, Sy umzubringen, hätte ich es da auf Anhieb tun können? Vielleicht. Hätte ich den Mord geplant und Schießübungen gemacht, wäre die Wahrscheinlichkeit, daß ich getroffen hätte, erheblich größer. Aber anzunehmen, daß jemand wie Lindsay nach ein paar Stunden Unterricht durch einen sexbesessenen weißen Jäger zwei Schüsse auf Sy abfeuern kann und zweimal ins Schwarze trifft – wenn du das wirklich glaubst, dann kannst du dein Gefühl wegstecken und den Beruf wechseln.«

Ich sagte nicht gute Nacht. Ich sagte gar nichts, sondern verließ das Zimmer.

Kapitel 17

Und plötzlich wußte ich, warum ich nicht würde schlafen können. Ich hatte den ganzen Tag über literweise Kaffee getrunken.

Und dann meine Ängste wegen Bonnie. Angst Nummer eins: Der Fall gegen sie löste sich auf, daß aber der kurzhaarige, rosagesichtige Assistent des Staatsanwalts, der aussah wie eine Kreuzung zwischen einem Schwein und einen Ku-Klux-Klan-Führer, doch noch eine Anklage herausschinden könnte. Angst Nummer zwei: Bonnie, in Kenntnis ihrer Unschuld (oder Schuld) würde sich in der Nacht aus dem Haus stehlen, und man würde nie wieder von ihr hören. Angst Nummer drei: Sie würde in mein Schlafzimmer kommen, und ich müßte sie zurückweisen. Angst Nummer vier:

Wissend, daß ich sie nie zurückweisen konnte, würde Bonnie kommen, mich die ganze Nacht beschäftigen, um ihren Einfluß auf mich dazu zu gebrauchen, eine Anklage gegen jemand anderen zu konstruieren. Angst Nummer fünf: Bonnie Bernstein Spencer war eine Mörderin, deren Wahnsinn nur von ihrer Voraussicht und Kaltblütigkeit übertroffen wurde. Das Mädchen mit diesem herrlichen Lächeln war ein kriminelles Genie, das dem besten Polizisten immer einen Schritt voraus war. Angst Nummer sechs: Bonnie war, was sie zu sein schien, ein gutes, intelligentes, durch und durch anständiges Wesen. Sollte es mir gelingen, ihre Unschuld zu beweisen, würde sie den Rest ihres Lebens in Einsamkeit verbringen, ohne daß jemand sie je geliebt hatte.

Auch konnte ich nicht schlafen wegen des trockenen Kratzens hinten in meiner Kehle und der Erinnerung an ein kühles, frisches Bier.

Und ich konnte deshalb nicht schlafen, weil ich merkte, daß dieser Fall einen Wendepunkt in meinem Leben bedeutete. War es deshalb, weil die Tat auf heimatlichem Boden in der South Fork geschehen war? War es der Zufall, daß das Opfer und ich dieselbe Frau benutzt hatten (oder von ihr benutzt worden waren)? War es eine Art unsinniger Familienehre der Bradys, daß dieser Fall nicht ungelöst abgelegt werden sollte; daß ich etwas für Sy tun mußte, weil dieser meinem Bruder geholfen hatte? Oder war ich hellwach, weil dieses mein letzter Fall als freier, d. h. unverheirateter Mann sein würde? Bald würde ich zu gewissen Zeiten an bestimmten Orten sein müssen. Stoffproben für die Möbelbezüge begutachten. Unsere energiesparende Klima- und Luftentfeuchtungsanlage installieren. Den Grill aufbauen für die Schwertfischsteaks, wenn Schwester Marie, die Direktorin von Lynnes Schule, zu uns zum Essen kam. Beim Baseballspiel der Kinderliga den Schiedsrichter spielen.

Kein Schlaf. Ich konnte noch nicht einmal entspannen. Der Kaffee gluckste in meinem Bauch, und ich fühlte mich elend, verirrt, ängstlich, wie ein Kind in einem kleinen Boot auf hoher See. Ich lag im Bett und überlegte, ob ich meine Schlafzimmertür halbgeöffnet lassen sollte, um einen eventuellen Fluchtversuch Bonnies zu bemerken, oder sie zu schließen und mich damit der Möglichkeit berauben, sie flüstern zu hören, ›Steve, schläfst du‹?

Ich wälzte mich von einer Seite auf die andere, um meinen Magen zu beruhigen. Aber alles, was ich damit erreichte, war, mich derart ins Laken einzurollen, daß ich aufstehen mußte, um mich wieder zu befreien. Ich legte mich wieder hin und starrte an die Decke – mein Herz raste.

Noch ein Grund für die Schlaflosigkeit: Gab es irgendwo in diesem Spencer-Fall ein Zeichen, das ich übersehen hatte? Ein Signal, das ich hätte hören sollen?

In der Stille hörte ich meinen flachen, schnellen Atem. Mein Gott, ich fühlte mich scheußlich. Mein Nacken und die linke Schulter schmerzten entsetzlich. Ich versuchte, mich an die Entspannungstechnik zu erinnern, die man uns in South Oaks beigebracht hatte, aber ich hatte vergessen, ob man durch die Nase ein- und den Mund ausatmete oder umgekehrt.

Ein Schmerz fuhr in meinen linken Arm. Mein Herz raste. Ich legte mir die Hand auf die Brust: die Haut war klamm. Die Übelkeit blieb. Ein Infarkt? Nein, Erschöpfung.

Nein – ein Schlaganfall. Ich knetete meinen Oberarm. Der Schmerz ließ nach, aber der Muskel war fast taub. Konnte es wirklich ein Schlaganfall sein? Ich überlegte: Bis ich den Mut aufbringe, nach Bonnie zu rufen, wird es zu spät sein.

Und in diesem Moment fiel ich anstatt ins Koma in tiefen Schlaf. Es war ein so tiefer, traumloser Schlaf, daß, als ich in der Dunkelheit aufwachte, mein erster Gedanke war: Verdammt, ich habe einmal um die Uhr geschlafen. Aber dann sah ich die grünen Zahlen des Weckers: drei Uhr fünfundvierzig.

Ich unterzog mich dem üblichen Wieder-Einschlaf-Ritual: Kopfkissen zurechtschütteln, Laken glattstreichen, Wecker umdrehen. Aber es half nichts. Ich war hellwach.

Ich wußte, was mich geweckt hatte. Ich wollte Bonnie.

Mondlicht drang an den Rändern des Rollos herein, und die weißen Wände des Ananaszimmers schimmerten. Ich hörte ein rhythmisches Klopfen, aber es war nur Mooses großer Schwanz, der in Vorfreude auf einen Besuch auf den Boden hämmerte. Bonnie bewegte sich kurz, aber offensichtlich war das Klopfen ein bekanntes nächtliches Geräusch, und sie rollte ich wieder im Schlaf zusammen.

Ich hätte jetzt gehen können, es wäre so leicht gewesen. Nichts Verführerisches war zu sehen. Kein einladender nackter Arm auf der Bettdecke. Kein Bein, keine Hüfte, die mich hätten beunruhigen können. Nur ihr Kopf schaute unter der Decke hervor.

Aber auf dem Stuhl lagen die Pullover, die ich ihr geliehen hatte, alle ordentlich gefaltet; und neben dem Bett, nicht so ordentlich, ihr T-Shirt und das dünne weiße Etwas, das ihr Höschen war. Das war zuviel.

Ich saß auf der Bettkante, küßte ihr Haar, flüsterte ihren Namen. Sie hob den Kopf und öffnete die Augen. Keine flatternden Wimpern, kein gekünstelter, desorientierter Blick. Sie wußte Bescheid.

»Was willst du?«

»Einen Besuch machen.« Ich lächelte mein verführerischstes Lächeln, aber sie lächelte nicht zurück. Ich schob die Decke zurück. »Siehst du, du wußtest, daß ich kommen würde. Du bist schon vorbereitet.« Ich legte mich neben sie. Im Mondlicht schimmerten die weißen Stellen ihrer Haut wie Perlmutt. »Ein Gastgeber muß seine Gäste unterhalten.« Ich küßte ihre Wangen, ihren Mund, die Linie zwischen gebräunter Haut und weißen Brüsten. Ich war sanft, zärtlich, gefühlvoll. Ich wollte ihr zeigen, daß ich nicht nur über sie herfallen konnte, sondern auch Feingefühl besaß.

Bonnie streckte sich nicht und murmelte ›Oh, wie wundervoll‹. Nein, sie strich mir das Haar aus der Stirn. Es war eine so liebevolle und behutsame Geste, daß sie mich aus der Bahn warf. Ich hörte auf mit den Küßchen und griff nach ihrer Hand. Aber sie überließ sie mir nicht.

»Sag mir«, flüsterte sie. »Hat dieser Besuch etwas zu bedeuten?« Direkte Worte, direkter Blick. Die Wahrheit wurde verlangt. Ach Quatsch, ich konnte ihr erzählen, was ich wollte. Sie war ja so verdammt gutgläubig. »Oder ist es vielleicht nur für heute nacht?«

Warum machte sie es sich so schwer? Warum konnte sie nicht einfach so tun, als sei es ihr egal? Es war fast so, als ging sie mit einem Schild: GROSSE KLAPPE, ABER ZUTIEFST VERLETZLICH durchs Leben. Was soll man so einem Menschen sagen?

»Nur für heute nacht, Bonnie.« Wir lagen nebeneinander. Ganz dicht. Hätte einer von uns tief eingeatmet, so hätten wir uns berührt.

»Noch so ein einmaliges Gastspiel? Ist das alles, was du für uns willst?«

Ich schloß meine Augen, weil ich Tränen fühlte. »Ja.«

»Hast du nichts Besseres anzubieten?«

»Nein.«

»Ändert es etwas, daß ich dich liebe?«

»Nein, das tut es nicht.« Bevor ich ihr sagen konnte, daß es mir leid tat, legte sie einen Finger auf meine Lippen.

»Sag nicht, daß es dir leid tut. Dich entschuldigen, daß du mich nicht lieben kannst, wäre billig, und du bist nicht billig.«

»Du auch nicht.«

»Das weiß ich.«

Sie bewegte sich ein bißchen, und wir berührten uns. Ich ließ meine Hände über ihren Körper gleiten. Sie war seidig, schlafwarm. Ich konnte nicht fassen, wie weich und sanft sie war.

»Warte. Hör mir zu«, sagte sie. »Dies sind meine Regeln für einmalige Gastspiele: Du darfst nicht sagen, ›Du bist schön‹. Du darfst nicht sagen, ›Du bist ein wunderbarer Mensch‹.« Sie verstummte. »Und du darfst nicht sagen, ›Ich liebe dich‹. Der Rest ist in Ordnung.«

Sie umarmte mich und zog mich auf sich. Langsam, als ob wir Wochen, Jahre, die Ewigkeit hätten, ließ sie ihre Finger meinen

Rücken hinabgleiten, dann über meinen Hintern und zwischen meine Beine. Ich war so überwältigt, sie endlich wieder berühren und küssen zu können, daß ich mich nicht mehr beherrschen konnte.

Plötzlich spürte ich Tränen auf meinem Gesicht.

»Stephen, ist alles in Ordnung?«

»Ja. Nur übermüdet, überreizt.« Bonnie trocknete mir die Wangen mit dem Laken. Ihre Zärtlichkeit machte es nur noch schlimmer. Ich streichelte ihre Hand und schob sie dann weg. »Ich bin in Ordnung. Hör mal, niemand nennt mich Stephen.«

»Du brauchst nicht mit mir zu schlafen, wenn du es nicht willst, Stephen.«

»Ich will es aber.«

Also taten wir es.

Danach brachte ich sie in mein Schlafzimmer, und vor dem Einschlafen liebten wir uns noch einmal. Meine Erinnerung an die Nacht vor fünf Sommern war ihr nicht gerecht geworden. Ich hatte mich nur an die Wildheit erinnert und die Zärtlichkeit ganz vergessen.

Und dieses Mal waren da auch die Regeln. Bonnies Spielregeln für einmalige Gastspiele. Während wir uns liebten und auch danach, als wir dalagen und über nichts Wichtiges sprachen, wollte ich mehr als Seufzer, Stöhnen, Tierlaute und Nichtigkeiten. Aber ich konnte nur an die verbotenen Worte denken. Sie hatte die Sache wirklich gut im Griff, und nur jemand, der in einmaligen Gastspielen bewandert war, konnte die Wichtigkeit dieser Regeln voraussehen.

Ich mußte das Spiel spielen. Ich wollte nicht, daß sie mich für billig hielt. Also schrie ich nicht ›Ich liebe dich‹, sondern versuchte, es ihr zu zeigen.

Als wir endlich einschliefen, lagen unsere Köpfe zusammen auf dem Kissen. Ihre Hände hielt ich fest in den meinen nahe an meinem Herzen.

Magische Stunde.

Während ich Moose ein bißchen ausführte, machte Bonnie das Bett. Aber sie hatte das Laken so über die Decke geschlagen, daß zuviel davon zu sehen war. Als sie unter der Dusche war, machte ich es noch einmal. Sie bemerkte es sofort: »Du hast das Bett neu gemacht.«

»Es war nicht richtig.«

»Du sollst nicht ordentlich sein. Das ist nicht männlich.« Sie saß auf dem Bett in Shorts und einem meiner Unterhemden und hielt ihren Kaffeebecher wie ein Mann. »Ordnung ist weiblich«, erklärte sie. »Chaos ist männlich.«

»Nach unserer Nacht erzählst du mir, daß ich nicht männlich bin...?«

»Gehst du nie ins Kino?« Sie machte Bewegungen wie ein Regisseur, der eine Kameraeinstellung probt: »KAMERA FÄHRT IN POLIZISTENSCHLAFZIMMER. Totale Unordnung. Verdächtig graues Laken bedeckt die halbe Matratze. NAHAUFNAHME Nachttisch, Pistole, leere Whiskyflasche, zerknülltes Papier, vertrocknete Reste eines Abendessens und überfüllte Aschenbecher. Wie kommt es, daß du so ordentlich bist?«

»Gute Polizisten sind nun mal so. Ich habe die Dinge gern unter Kontrolle. Aber die Frage ist: Warum bist du so schlampig?«

»Wovon redest du? Ich bin nicht schlampig.«

Ich lachte. »Bonnie, ich habe bei dir eine Haussuchung gemacht! Deine Socken sind nicht paarweise geordnet. Du schmeißt sie einfach in die Schublade zusammen mit deinen BHs, die aussehen wie ein Haufen Spaghetti. Die Kaffeelöffel liegen zusammen mit den Suppenlöffeln. Ja, und dann sind deine Papiere nicht alphabetisch geordnet. Man blickt nicht durch.«

»Ordnung zählt nicht. Sauberkeit ist wichtig.«

»Seit zehn Jahren hast du keine Zeitschrift und kein Taschenbuch weggeworfen. Wer zum Teufel hebt eine Fernsehzeitschrift von 1982 auf?«

»Du bestimmt nicht.«

Ja, da war es wieder. Seit wir kurz vor sechs aufgewacht waren, hatte sich Bonnie von mir zurückgezogen. Nicht im Stil einer verletzten Frau, die kurze, kühle Antworten gibt. Nein, Bonnie war kumpelhaft. Natürlich verstand sie, daß sie im Schlafzimmer bleiben mußte, während ich fort war. Die Fenster im Wohnzimmer hatten keine Vorhänge, und wenn jemand käme . . . Und natürlich würde sie mir mehr von Sy erzählen. Über den Fall sprechen? Klar.

»Bonnie, laß uns die Luft bereinigen.«

Sie lächelte wie ein Mädchen vom Frühstücksfernsehen. Zuviel Zähne. Dann langte sie auf den Nachttisch und stellte den Wecker wieder auf. »Schau. Es ist fast sieben. Die Nacht ist vorbei. Die Sonne scheint.« Ihr Lächeln verging. Ihre Lippen schlossen sich, ernst, prüde. »Jetzt ist es Zeit zu arbeiten.«

Aber ich blieb beim Thema. »Ich bin kein guter Fang, weißt du.«

»Ich weiß.«

»Irgend etwas fehlt mir. Irgend etwas stimmt nicht mit mir.« Kein Gegenargument, keine Zustimmung. Sie saß still in ihrer überperfekten Pose. »Die Sache ist die, daß ich mit Lynne die Chance habe, ein fast normales Leben zu führen. Das habe ich nie gehabt.« Ich wartete, daß Bonnie ausrufen würde: Aber liebst du sie denn? Und ich? Aber sie sagte: »Laß uns über das Motiv reden.«

»Das soll nicht heißen, daß du mir nichts bedeutest. Das weißt du.«

»Ich bin sicher, jeder einzelne aus dem *Starry-Night*-Team hatte etwas gegen Sy.«

»Bonnie, wenn wir darüber reden, wird es auch leichter für dich.«

»Sy betrog Menschen um Geld, er belog sie, er stellte sie vor anderen Menschen bloß. Also gibt es hier in East Hampton siebzig oder achtzig Leute, die ein Motiv hatten, ihn zu töten. Und dann noch fünfhundert oder sechshundert andere, die er im Laufe der Jahre verletzt oder beleidigt hatte. Was machst du in so einem Fall, in dem das Mordopfer ein Ekel ist?«

Ich hatte ihr ja nur helfen wollen. Aber wenn sie arbeiten wollte, na gut. »Man muß nach einer echten Verletzung suchen«, erklärte ich. »Gab es jemanden, dem Sy wirklich geschadet hat oder schaden wollte? Nicht nur einfach verletzte Gefühle, die Wut auslösen. Ich spreche von Verletzungen, die ein Leben zerstören können. Man muß nach ernsthaften Verletzungen suchen. Menschen, die nur beleidigt sind, scheiden aus. Beleidigung zählt nicht. Mit einer Ausnahme. Verrückte. Vielleicht hatte Sy einem Schauspieler eine Hauptrolle versprochen, und dann bekam derjenige nur einen Kellnerpart. Ein normaler Mensch würde so was vergessen. Aber ein Verrückter kann seine Rache jahrelang planen.«

»Wie oft passiert das?«

»Nicht oft. Selbst Verrückten reicht es irgendwann. Sie suchen sich neue Feinde. Nur, wenn wir vollkommen im dunkeln tappen, überprüfen wir die Vergangenheit des Opfers mehr als nur routinemäßig. Verrückte leiden nicht im stillen. Sie schicken anonyme Briefe. Machen Drohanrufe. Und ein Mann wie Sy hätte doch in solch einem Fall bestimmt etwas unternommen. Er hat schon zu viele Leute gesehen, die von Verrückten umgebracht wurden, nicht wahr?«

»Natürlich. Wenn Sy geglaubt hätte, ein Verrückter wäre ihm auf den Fersen, so hätte er alles getan. Sogar Leibwächter engagiert. Er war selbst nicht sehr mutig, mußt du wissen.«

Das überraschte mich. Er war mir so beweglich vorgekommen. »Nenn mir ein Beispiel.«

Bonnie dachte nach und rieb sich die Stirn. »Also einmal, da waren wir in Grand Tetons beim Reiten. Sy wurde abgeworfen. Nichts war passiert. Nur der Hintern tat ihm weh. Das Pferd hatte keine Schuld, es hatte einen Bären gesehen und gescheut. Aber er wollte um nichts in der Welt auf das Pferd zurück. Selbst dann nicht, als ich ihn einen Feigling nannte, was nicht gerade taktvoll war.

Aber es brauchte gar nichts zu geschehen, um ihn zu ängstigen. Sy fürchtete sich vor allem. Jedesmal, wenn wir im Theaterviertel spazierengingen und ein paar Schwarze, die nicht nach Heilsarmee aussahen, vorbeikamen, versteifte er sich. Nur ein bißchen, aber tief in seinem Innern sah er schon die Schlagzeilen: ›Filmproduzent von Jugendlichen kastriert!‹ Was ich sagen will, ist, wenn jemand aus seiner Vergangenheit ihm ans Leben gewollt hätte, hätte Sy sich geschützt. Er hätte es gewußt.«

»Gut.« Ich holte mir einen Kaffee aus der Küche. Als ich zurückkam, begann ich zu erzählen. »Weißt du, als ich klein war, hatten wir eine Farm und zwei Pferde. Prancer und Red. Ich bin jahrelang nicht geritten...«

»Was willst du von mir?« fragte Bonnie ruhig.

»Ich weiß es nicht«, antwortete ich genauso ruhig.

»Was immer uns verbunden hat, ist seit anderthalb Stunden vorbei. Denk daran. Und egal, was heute geschieht, egal, was du findest oder nicht, um fünf Uhr heute nachmittag bin ich weg. Also interessiert es mich nicht, ob du als Kind auf Pferdchen geritten bist. Von deinem ersten Yankee-Spiel will ich auch nichts wissen. Und du sollst mir auch nicht erzählen, wie du Vietnam losgeworden bist.«

»Habe ich dir davon erzählt? Mein Drogenproblem?«

»Dein Heroinproblem. Ja, du hast es mir erzählt. Es interessiert mich nicht. Und dein Alkoholproblem ist mir auch egal. Und weil wir gerade dabei sind – die langen, kastanienbraunen Haare deiner Verlobten und ihr Einsatz für die Behinderten kümmern mich auch nicht. Du bist mir egal. Noch zehn Stunden – außer wir sehen uns, Gott bewahre, in einem Gerichtssaal wieder –, dann verschwinde ich aus deinem Leben.«

Ich stand auf und ging aus dem Zimmer. Ich erinnere mich nicht mehr, was ich dachte oder fühlte. Daß ich die Frühstücksteller abwusch, die Milch in den Kühlschrank tat, weiß ich. Dann ging ich wieder ins Zimmer. Bonnie war wie vorher, vielleicht noch entfernter.

Wäre dies ein Film gewesen, so wäre sie durch einen Spezialeffekt immer weiter zurückgeglitten, bis sie nur noch als Lichtpünktchen zu sehen gewesen wäre.

»Sag mir, wer ein echtes Motiv hatte, Sy zu töten«, verlangte sie.

»Du.«

»Wer noch?«

»Lindsay.«

»Du weißt, was ich von deiner Theorie halte.«

»Es interessiert mich einen Dreck, was du davon hältst«, sagte ich. »Sie ist auf der Liste.«

»Und wer noch?«

»Irgendein Kerl, der in *Starry Night* investiert hatte. Einer aus Sys Zeit in der Fleischbranche.«

»Wer?«

»Mikey LoTroglio.«

»Fat Mikey!« Bonnies Gesicht bekam Farbe, allein der Name machte sie glücklich. Sie vergaß, unbeteiligt zu sein. »Ich liebe Fat Mikey.«

»Du liebst ihn? Er ist ein Böser. Mafia.«

»Ich weiß. Aber er ist so gut gelungen. Für mich jedenfalls.«

»Wie meinst du das?«

»Er wußte, daß ich Autorin bin, also dachte er, ich hätte nicht die leiseste Ahnung vom wirklichen Leben. Er war sehr beschützend. Fragte, ob Sy mich gut behandelte. Ich machte auch immer lange Spaziergänge durch die Stadt, und das gefiel ihm gar nicht. Er sagte Sy, daß ein Ehemann seiner Frau derartige Dinge verbieten müsse. Als er dann einsah, daß Sy mich nicht hindern konnte, kaufte er mir einen Stadtplan. Darauf markierte er alle seiner Ansicht nach gefährlichen Gegenden in Rot. Und er nannte mich Bonita. Aus irgendeinem Grund hatte er entschieden, ich hätte Klasse und verdiente einen würdigeren Namen. Als er hörte, daß wir uns trennten und ich keinen Unterhalt wollte, rief er mich an und gab mir Ratschläge.«

»Was sagte er?«

»Er sagte, er bewundere, was ich tat, aber das Leben sei kein Film. Im richtigen Leben, Bonita, sagte er, nehmen sich betrogene Ehefrauen einen Anwalt. Siehst du, Mikey war Sys Freund. Er hätte zu ihm stehen sollen. So funktioniert es normalerweise. Aber Mikey wollte mich unbedingt zu einem seiner Anwälte schleppen. Und er tat es, weil er mich wirklich mochte. Ich mochte ihn auch. Er war ein richtiger Mann. Sys andere New Yorker Freunde ließen sich durch einen Oberkellner aus der Ruhe bringen. Nicht Mikey. Er war schlecht, aber echt.«

»Hast du ihn seit der Scheidung gesehen oder mit ihm gesprochen?«

»Nein.«

»Wußtest du von Sy, daß Fat Mikey in *Starry Night* investiert hat?«

»Ja.« Ganz normal, entspannt, als ob ich gerade gefragt hätte, ob sie einen Drink wolle.

Nur hatte ich sie schon vorher nach Sys Investoren gefragt, und sie hatte mir irgendeinen Quatsch erzählt und verneint, sie zu kennen. Ich explodierte. »Ich hab dich schon mal nach Sy und seinen Fleischkumpeln gefragt, und du sagtest...«

»Schrei nicht so.«

»Ich schreie nicht.« Ich schlug mit der Faust auf den Nachttisch, und ein Regen von Kleingeld rieselte auf den Boden. »Ich rede laut.« Ich verstummte, bis ich meine Stimme wieder unter Kontrolle hatte. »Sag mal, Bonnie, gibt es etwas, was du sagst, das der Wahrheit entspricht?«

»Ich hab dir nichts von Mikey erzählt, weil er in der Vergangenheit viel Ärger mit der Polizei hatte.«

»Meinst du nicht, daß es dafür auch Gründe gegeben hat?«

»Laß doch. Natürlich gab es Gründe. Er ist ein Krimineller. Nur weil ich ihn mag, heißt das noch lange nicht, daß ich nicht weiß, wer er ist. Er ist ein moralisch verwerfliches Subjekt. Hätte ich dir von seiner Investition erzählt, wäre er in Schwierigkeiten geraten, und ich weiß, daß er Sy nicht ermordet hat.«

»Warum? Weil du es warst?«

»Ja.«

»Hör zu, Liebling. Warum tust du nicht Mikey einen Gefallen. Gestehe. Sage: Sy zwang mich zur Abtreibung, betrog mich, hing mir einen Tripper auf, machte mich steril.« Keine Reaktion. Ich hätte genausogut das Einmaleins aufsagen können. »... ließ mich fallen wie eine heiße Kartoffel. Dann kam er wieder und brachte mein Leben durcheinander. Er liebte mich nicht, hat mich nie geliebt. Er hat mich nur benutzt. Immer und immer wieder. Und hier bin ich nun: ich werde nicht jünger, bin allein und habe kein Geld. Also nahm ich die Zweiundzwanziger aus Papas Geschäft und schoß das Scheusal tot. Das würde Mikey viel helfen.«

»Red keinen Blödsinn«, befahl sie. »Fang an zu denken. Sieht Sys Mord nach einem Mafiaverbrechen aus?« Dem war nicht so, aber ich zuckte nur die Schultern. »Es kann nicht Mikey LoTroglio gewesen sein. Sy hätte es nie zum Konflikt kommen lassen, er fürchtete ihn.«

»Ich dachte, er und Mikey waren Freunde.«

»Das waren sie. So ähnlich jedenfalls. Eine Seite von Sy, die weltmännische, war stolz, einen Gangster zu kennen. Und für die andere, die skrupellose, war der Kindheitsfreund namens Fat Mikey ein Geschäftsvorteil. Aber vor allem war Sy ein typischer Neurotiker. Er hatte Angst vor jeder Art von Gewalt und vor jedem, der eine Waffe trug, anderen befehlen konnte, zu verletzen oder zu töten. Sy unterwarf sich Mikey. Im Restaurant ließ er ihn bestellen, und wenn Mikey sagte: ›Sy, das wird dir schmecken‹, dann aß er auch fritierten Goldfisch in Sahnesauce. Du kannst mir wirklich glauben – wenn Mikey über sein Geld beunruhigt war, hätte Sy seine Brieftasche gezückt und bezahlt. Das Doppelte.«

»Wir sprechen über eine Million Dollar.«

»Das ist kein Problem. Sy war wohl zehn oder fünfzehn Millionen schwer.«

Ich schüttelte den Kopf. »Fünfundvierzig.« Bonnie blickte erstaunt. »Dir ist einiges entgangen.«

Aber das schien sie nicht zu interessieren. »Wer erbt sein Geld?« fragte sie. »Seine Eltern sind beide tot.«

»Niemand. Er hat eine Stiftung gegründet für die Künste.«

Bonnie stand vom Bett auf und legte sich bäuchlings auf den Boden. Dann begann sie, Liegestütze zu machen und zählte leise. Bei fünfundvierzig sagte sie: »Ich mag deine Verdächtigenliste nicht.« Sie war noch nicht außer Atem.

»Warum solltest du auch. Du bist ja drauf.«

Da sie immer weitermachte und schon über die sechzig hinaus war, wurde ich langsam unruhig und ging zum Telefonieren in die Küche.

Zuerst rief ich Detective Bodybuilder an und bat ihn, Mikey ausfindig zu machen. Ich hätte noch ein paar zusätzliche Fragen.

Dann weckte ich Germy und fragte ihn, ob er mir schnell die Namen der Darsteller und Techniker aus Lindsays Film *Transvaal* besorgen könne. Er meinte, ich klänge viel besser, und ich antwortete, daß ich mich auch so fühle. Er sei übers Wochenende in Bridgehampton und ob ich mit meinem Mädchen vorbeikommen wolle. Ich wollte es versuchen.

Ich rief bei Robby an. Seine Frau sagte, er sei schon vor Stunden zur Arbeit gegangen, was wahrscheinlich hieß, daß er gerade das Garagentor geöffnet hatte. Ich fragte bei Detective Bodybuilder nach. Er war seit sechs Uhr dreißig da und hatte Robby weder gehört noch gesehen.

Als nächster war Lindsays Agent Eddie Pomerantz dran. Er hatte ein Haus in East Hampton. Ich sagte ihm, ich sei in einer Stunde da. Er schien nicht begeistert und sagte, sein ganzes Wochenende sei ausgebucht. Ich bat ihn, seinem Anwalt auszurichten, mich in zehn Minuten anzurufen. Gut, er würde mich in einer Stunde empfangen.

Dann Lynne. Sie sagte, sie hätte an mich gedacht, und ich sagte das gleiche. Sie wollte den größten Teil des Tages zu Hause arbeiten. Ich sagte, ich würde versuchen, vorbeizukommen, und sie war einverstanden.

Ich dachte, ich werde Frau und Kinder haben und glücklich sein und mich den Rest meines Lebens nach Bonnie sehnen.

Als ich wieder ins Schlafzimmer kam, saß sie auf dem Bett und studierte ihre Füße. Sie blickte nicht auf. »Hör zu«, sagte ich, »wegen vorhin. Es tut mir leid, daß ich davon geredet habe.«

»Von meiner Sterilität?«

»Ja. Du weißt ja, wie ich bin. Es war taktlos.«

»In Wirklichkeit war es mehr als taktlos. Es war grausam.«

»Ich entschuldige mich.«

»Ist gut«, sagte sie zu ihren Fußsohlen. »Laß uns weiterarbeiten. Hast du noch andere Theorien? Irgendwelche Ideen?«

»Was zum Beispiel?«

»Ich habe über Sy nachgedacht. Ich hab dir doch gesagt, daß er nicht beunruhigt oder verängstigt schien. Aber andererseits war er auch nicht ganz so wie sonst.« Sie unterbrach sich. »Es ist mir peinlich, jetzt über Sex zu sprechen, aber das letzte Mal, als wir zusammen waren... war er irgendwie abwesend. Ich meine, technisch lief alles wie immer... aber er war nicht bei mir. Normalerweise versuchte er immer, die Wünsche einer Frau zu erkennen und sie auch zu erfüllen. Das war für ihn wichtiger als der Akt als solcher. Aber an dem Tag war alles so mechanisch. Da er durch seine Flugumbuchung Zeit übrig hatte, bat er mich zu kommen. Aber als ich kam, benahm er sich wie ein Schauspieler, den seine Rolle nicht interessiert. Er tat, was er tun mußte, doch in Gedanken war er ganz woanders.«

»Und vorher war das nie passiert?«

Sie schüttelte den Kopf. »Nein. Aber siehst du, es ist nichts Konkretes. Es ist nur so ein Gefühl, das eine Frau – oder Exfrau – für einen Mann bekommt. Er war einfach nicht da.«

»Ich will deine Gefühle ja nicht verletzen, aber vielleicht war er ja auch nicht mehr so scharf auf dich.«

»Nein. Dann hätte er mich nicht gerufen. Hätte er nur Sex und Schönheit gewollt, hätte er es ja auch mit Lindsay im Wohnwagen treiben können. Oder hätte jemand anderen gefunden. Vergiß nicht: Sy war ein unverheirateter, heterosexueller Multimillionär und Filmproduzent. Er hatte eine IQ von hundertvierzig und eine gute Figur. Frauen finden das toll. Aber an jenem Nachmittag wollte er mich.«

»Wofür denn? Ich weiß, warum ich dich brauche. Und er?«

»Bequemlichkeit. Bei mir konnte er er selbst sein. Soweit das bei ihm möglich war. Bestimmt nicht wegen des Spaßes, denn er nahm sich selbst viel zu ernst, um sich gehenzulassen und zu lachen. Aber es schien ihm Freude zu machen, mit mir zu wandern und Vögel zu beobachten. Für ihn war es eine Abwechslung. Und er mochte gern bei mir draußen sitzen, Limonade trinken und reden. Und der Sex war gut.« Ich wartete, daß sie sagen würde, ›aber nicht so gut wie mit dir, Stephen‹. Aber sie sagte: »Sy und ich wußten, wie wir einander Freude machen konnten.«

»Wie schön für dich.« Schlampe, dachte ich wütend. Dann ging ich zu meinem Schrank und holte eine Krawatte heraus, eine, die mir Easton vor vier oder fünf Jahren zu Weihnachten geschenkt hatte. Natürlich war sie geschmackvoll: rote, blaue und hellgelbe Streifen.

Bonnie schien es nicht zu bemerken. »Ich weiß, daß du gehen mußt, aber denk mal eine Minute lang nach. Als Polizist hat irgend jemand irgendwas gesagt, daß meinen Eindruck bestätigen könnte? Haben andere eine Veränderung bemerkt?«

Ich setzte mich auf die Bettkante und begann mit den Kragenknöpfen. Sie half mir nicht. »Das ist nicht so einfach«, sagte ich. »Sy hatte eine Begabung, das zu sein, was die Menschen in ihm sahen. Und das nicht nur im Bett. Er konnte bei Mikey zäh sein, bei einem Filmkritiker intellektuell, bei einem jüdischen Reporter ein jüdischer Filmmann. Er schien keinen festen Kern zu haben. Du kennst ihn besser als alle anderen. Wer war der richtige Sy Spencer?«

»Ich weiß nicht, ob es überhaupt einen gab.«

»Richtig. Also ist es fast unmöglich für mich, herauszufinden, ob Sy wirklich nicht er selbst war, wenn niemand sein wirkliches

Selbst kannte. Ich weiß nur, daß er immer sehr beherrscht war. Ich meine, es war nicht seine Art, zu schreien, Assistenten zu treten und Schauspieler anzuspucken. Und vor dem Mord war in seinem Benehmen nichts Ungewöhnliches zu bemerken. Er benahm sich wie ein vernünftiger, logischer Mensch. Keine plötzlichen Ausbrüche, keine Anfälle von Melancholie.«

»Also siehst du nichts.«

»Halt den Mund und laß mich ausreden.«

»Sag mir nicht, ich soll den Mund halten. Bitte mich, ruhig zu sein.«

»Bitte sei ruhig und leck mich...«

»So ist es besser.«

»Gut. Da gibt es zwei Dinge, aber die sind so winzig, daß sie vielleicht nichts bedeuten. Aber wie du die Intuition einer Ehefrau hast, so habe ich die eines Polizisten.«

»Was ist das? Sag es mir.«

»Sy konnte materielle Dinge genießen, Frauen auch, wenn er in Stimmung war. Aber im Grunde war er ein richtiges Schlitzohr. Immer auf der Suche nach einem besseren Deal, immer besorgt, man könnte ihn betrügen. Und du hast mir gesagt, daß einer deiner Gründe, keinen Unterhalt zu verlangen, der war, daß du dir seine Freundschaft erhalten wolltest. Du sagtest auch, daß er glaubte, Frauen würden ihn nur seines Geldes wegen wollen. Hab ich recht?«

»Ja.«

»Also wenn man das alles weiß, muß man sich doch fragen, weshalb er Lindsay Keefe eine halbe Million mehr bezahlte als vereinbart?«

Bonnie schien erstaunt. »Sieht ihm das ähnlich?«

»Nein. Es sieht mehr nach einem Trottel aus, der nie im Leben einen Film gemacht hat.«

»Richtig. Irgend so ein Idiot, der sich von einem Filmstar einwickeln läßt und so geschmeichelt ist, daß er noch fünfhunderttausend drauflegt.«

Bonnie lehnte ihr Kinn auf die gefalteten Hände. Sie war interessiert. »Da bist du auf etwas gestoßen. Ich weiß nicht, was, aber ohne heftigen Grund hätte Sy keinen Pfennig herausgerückt.«

»Also was war der Grund? Ist es möglich, daß er eine außervertragliche Vereinbarung mit ihrem Agenten hatte?«

Während sie überlegte, biß sie an ihren Fingerknöcheln. »Das bezweifle ich«, sagte sie endlich. »Lindsay und Nick bekamen jeder eine Million. Normalerweise kriegen sie zwei bis drei Millionen, aber erst hinterher.«

»Prozente davon, was eingespielt wird?«

»Ja. Und warum sollte Lindsays Agent eine Nebenvereinbarung machen? Er vertraut doch keiner Schauspielerin. Er und seine Agentur brauchen, um ihre zehn Prozent zu kassieren, die Sicherheit eines schriftlichen Vertrages.«

»Also wenn es eine Vereinbarung gab, dann war es eine private zwischen Sy und Lindsay.«

»So muß es sein. Aber ich kann es mir einfach nicht vorstellen. Außer...«

»Außer was?«

»Sie lebte mit ihm, schon seit Monaten. Sy führte Frauen aus, ging mit ihnen ins Bett, blieb wohl auch mal hin und wieder übers Wochenende. Aber außer mir und Lindsay hat nie eine Frau ihre Zahnbürste bei ihm gehabt. Es war nicht seine Art. Vielleicht war er wirklich in sie verliebt und wollte sie heiraten.«

»Aber es kam etwas dazwischen.«

»Ja, und man muß sich fragen, wessen Fehler es war. Wenn es ihre Schuld war, hatte sie Ärger. Sy war nachtragend.«

»Und wie hätte seine Rache ausgesehen?«

»Zu Anfang hätte er nicht mehr mit ihr geschlafen... ohne ihr zu sagen, warum. Und das hat er getan.«

»Das weißt du nicht sicher.«

»Ich weiß, was er mir erzählt hat. Er schlief nicht mehr mit ihr. Und ich kenne ihn gut genug, um zu wissen, daß du splitternackt auf dem Kopf stehen und die Nationalhymne pfeifen konntest –

und er es trotzdem nicht mehr als einmal pro Tag wollte oder konnte. Ich hasse diese technischen Einzelheiten.«

»Heraus damit.«

»Nun, er konnte scheinbar endlos vögeln, aber wenn er erst einmal... du weißt schon.« Sie genierte sich.

»Bonnie, du bist fünfundvierzig Jahre alt.«

»Danke. Nun, wenn er einmal gekommen war, dann hatte es sich. Da er aber jeden Tag bei mir war, hätte er schon eine Schiene anlegen müssen, um etwas aufzustellen.«

»Er brauchte dich jeden Tag?«

»Jeden Tag. Und er war so wütend auf sie. Während der Dreharbeiten wurde er immer unangenehm, und zwar auf diese ruhige, gemeine Art. Wenn auch nur eine Fliege an der Wand saß, ließ er fünf Bühnenarbeiter mit Maschinengewehren rufen, um sie umzulegen. Aber Lindsay behandelte er anders. Er war giftig. Er bedachte sie mit den schlimmsten Schimpfwörtern, und das war gar nicht seine Art.«

»Zum Beispiel?«

»Nun, vielleicht findest du sie gar nicht so schlimm, denn du hast ein übles Mundwerk. Aber Sy hielt sich für den Gipfel der Kultiviertheit und für einen klugen Kopf. Das bedeutete, politisch einwandfreie Eiscreme zu kaufen und pro Umwelt, Antipelz und profeministisch zu sein. Doch ganz plötzlich nannte er sie ›Fotze‹. Du kannst dir nicht vorstellen, was das bei ihm bedeutete. Sicher, er war eine miese, herzlose, rachsüchtige Ratte – aber immer eine gut erzogene Ratte. Er konnte einen Menschen zerstören und ihm dabei erzählen, wie hoch er seine Freundschaft schätzt. Also vermute ich, Sy liebte Lindsay. Dann wandte er sich gegen sie. Und wenn ich nur von seinem Vokabular ausgehe, nehme ich an, daß er die Kontrolle verloren hatte. Sie hatte ihn verraten.«

»Nun, sie verriet ihn, indem sie ihre Schauspielerei verpatzte«, schlug ich vor.

»Richtig. Aber in der ersten Woche oder so schien ihm das nichts auszumachen. Klar, die Muster waren scheußlich, aber du sagtest, daß sie und er noch in bestem Verhältnis bei den Dreharbeiten gesehen wurden.«

»Okay. Also was haben wir? Er war genervt, böse ihretwegen, aber trotz ihrer miserablen Leistung wollte er sie immer noch. Doch dann sucht sie sich Santana als Helfer aus, und Lindsays Art, Hilfe zu suchen, war, jemanden zu bumsen. Dann, innerhalb von ein oder zwei Tagen, will Sy sie ersetzen. Eine andere für die Rolle in *Starry Night* und fürs Bett. Also frage ich dich, was ist dein Eindruck. Sieht es nicht so aus, als ob Sy von Santana wußte?«

»Es scheint so, aber ich kann es nicht mit Gewißheit sagen. Natürlich war er wahnsinnig egozentrisch und hätte es nur schwer akzeptiert, daß eine Frau einen anderen ihm vorzieht. Aber er war auch sehr, sehr gerissen. Er hatte sie von seiner Liste gestrichen. Vielleicht kann man das eine kluge Entscheidung nennen, dazu verstehe ich zu wenig von der geschäftlichen Seite des Filmemachens, aber es war auch eine persönliche Entscheidung. Es war Lindsays erste weiche, romantische Rolle, und er ließ überall durchblicken, daß sie nicht die Vielseitigkeit, den Charakter, das Talent hatte, eine solche Rolle zu meistern. Sy kannte die Macht von Gerüchten: ›Wenn Sy Lindsay ersetzen will, dann muß sie ja wirklich fürchterlich sein.‹«

»Wollte er sie ruinieren?«

»Hätte er es gekonnt, würde er es wahrscheinlich getan haben. Aber wie ich schon sagte, kein Produzent kann einen Star ruinieren. Sy wollte Lindsay auf jeden Fall soviel Schaden zufügen, wie er irgendwie konnte.«

»Bei den Aufzeichnungen sprachen ein paar Leute über Blitze – Spezialeffekte. Sy sagte, wenn Lindsay vom Blitz getroffen würde, wäre das die Antwort auf seine Gebete. Offensichtlich war es ein Witz. Aber es blieb der Eindruck, daß Sy ihren Tod nicht beweint hätte – im Gegenteil.«

Bonnie kaute weiter mit Hingabe an ihren Knöcheln. »Gut, Sy hatte sich verliebt, war betrogen worden und wollte Rache.«

Ich nickte. »Richtig. Jetzt müssen wir nur noch rauskriegen, ob seine Vernarrtheit in Lindsay nur eine zeitweilige Entgleisung war oder ob er allmählich den Verstand verlor.« Ich ging und schloß die Kassette oben in meinem Schrank auf, nahm meine Dienstwaffe heraus und dann mein Jackett. »Ich hab so ein Gefühl, daß er wirklich dabei war, durchzudrehen.«

»Warum?« Sie sah mir zu, wie ich den Holster umlegte, das Jakkett anzog. Ich merkte, daß sie mich nicht gehen lassen wollte. Und, im Gegenteil zu allen Frauen, mit denen ich geschlafen hatte – weibliche Polizisten ausgenommen –, zeigte sie keine Reaktion der Angst oder Abwehr in Gegenwart meiner Achtunddreißiger.

»Sy hatte diesen Hilfsproduzenten«, sagte ich. »Einen neuen Mann, den er hier für *Starry Night* engagiert hatte.«

»New Yorker Filmclique?«

»Mein Bruder. Er heißt Easton.«

»Das ist dein Bruder? Sy hat von ihm erzählt.«

»Was hat er gesagt?« Bonnie wollte nicht mit der Sprache heraus. »Los, ich weiß, wie er ist.«

»Sy sagte, er wäre sehr gutaussehend, aber ein bißchen ...«

»Ein Versager.«

»Jemand, der im Leben nicht viel Erfolg gehabt hat. Aber stellte sich als großartig heraus. Sy mochte ihn sehr. Sie paßten gut zusammen. Sy brauchte jemanden, der vierundzwanzig Stunden pro Tag bereitstand und jeden seiner Aufträge ausführte. Es scheint, als ob dein Bruder dies mit Begeisterung tat. Und mehr noch – entschuldige, das sind Sys Worte –, er hatte wohl nicht viel Ehrgeiz. Sy sah ihn schon als einen ständigen Mitarbeiter.«

»Ein verherrlichter Diener.«

»Warum sagen wir nicht einfach treuer Gefolgsmann.«

»Das ist ganz mein Bruder. Ich war mit Robby Kurz bei Easton. Wegen der Moral. Ich darf meinen eigenen Bruder nicht verhören. Als ich bei ihm war, hab ich ein Manuskript gefunden. Easton sagte, Sy hätte ihm erzählt, es würde ihr nächster Film werden.«

»War es meins?«

»Nein. Ich hab kurz mal draufgeschaut. Ich hatte zuvor noch nie ein Drehbuch gelesen. Aber Bonnie, es war ein so verdammter Mist. Er muß wirklich den Verstand verloren haben.«

»Weißt du den Titel noch?«

»Ja. *Die Nacht des Matadors* von...«

»Murray Mishkin!«

»Hast du es gelesen?«

»Vor Jahren. Sy würde nie *Die Nacht des Matadors* produzieren. Niemals. Es war ein Witz. Klar, der Autor hatte es nicht als solchen gemeint. Sy bekam es ungefähr ein Jahr nach unserer Heirat, und es war so schlecht, daß es fast schon komisch war. Er las daraus vor: ›Ich töte die Bestie, um die Bestie in meinem Herzen zu töten, Carlotta.‹ Gut, ich will gern zugeben, daß Sy wegen Lindsay ein bißchen blöde geworden war, aber nie wäre er so verrückt gewesen, diesen Film zu machen.«

»Aber warum sollte er dann meinem Bruder davon erzählen?«

»Zum Spaß.«

»Das glaube ich nicht.«

»Vielleicht wollte er ihn nur prüfen, um zu sehen, ob er den Mut hatte, ihm seine ehrliche Meinung zu sagen. Und hätte er Positives gesagt, hätte Sy ihn die nächsten zwanzig Jahre damit aufgezogen.«

»Easton war sicher, daß es Sys nächstes Projekt war.«

»Nun, vielleicht ist alles ein Irrtum. Du hast einfach das falsche Drehbuch erwischt.«

»Kann sein«, sagte ich. »Ich werde meinen Bruder anrufen.« Ich ging zur Tür. »Wir haben eine Abmachung«, erinnerte ich sie. »Du gehst nicht fort, bevor ich wiederkomme.«

»Ich weiß.«

»Ich sagte siebzehn Uhr, aber wenn es später wird, warte noch. Ich weiß, daß es schwer für dich ist. Was kann ich dir sagen?«

»Sag mir: ›Bonnie, du bist schön. Du bist ein wundervoller Mensch. Und ich liebe dich.‹«.

»Wiedersehen«, sagte ich.

»Bis bald, mein Großer.«

Kapitel 18

Bonnie hatte Gideon anrufen und ihn beruhigen wollen, und auch ich wollte mit ihm sprechen, bevor er auf irgendwelche Gedanken kam. Ich konnte ihn mir vorstellen, wie er auf sein Telefon starrte und sich fragte: Ist es möglich? Ist dieser Brady wirklich ein lächelnder Psychopath, der sie entführt, vergewaltigt, foltert? Langsam würde er den Hörer aufnehmen, die Mordkommission anrufen und Shea von Bonnie und mir erzählen.

Aber von zu Hause aus konnte ich keinen Anruf riskieren. Vielleicht war Gideons Telefon angezapft, um eine Nachricht von Bonnie abzufangen. Bevor ich also zu Pomerantz fuhr, hielt ich bei einer kleinen Tankstelle und ging dort in eine Telefonzelle.

Gideons Freund war am Apparat. Als ich Bonnie erwähnte, stellte er mich sofort durch.

»Ihrer Freundin Bonnie geht es gut«, sagte ich. »Sie dachte nur, es sei noch zu früh für eine Verhaftung.«

Gideon fragte nicht, mit wem er sprach. Er wußte es. »Ich mache mir Sorgen. Es wäre mir lieber, wenn ich wüßte...«

»... daß ihr nichts fehlt? Sie trug mir auf, Ihnen mitzuteilen, Gary Cooper wäre in *The Westerner* so gut wie nie gewesen.« Ich konnte nicht glauben, daß ich akzeptiert hatte, eine so blöde Botschaft zu übermitteln. »Ende des Gesprächs. Sie ruft Sie heute abend an.«

Eddie Pomerantz trug ein orangefarbenes Hemd, seine Halbbrille hing an einem orangefarbenen Band herab auf seinen Bauch. Das Hemd schlotterte über einem Paar khakifarbener Shorts.

Wir standen in seinem Wohnzimmer, dessen gesamte Rückfront aus Glas war. Das Haus selbst erhob sich auf einer Klippe mit einem atemberaubenden Blick auf das weißschäumende Wasser und die Segelboote von Northwest Harbour.

»Wir haben die ganze Sache doch geklärt, als Sy getötet wurde«, sagte Pomerantz. »Erinnern Sie sich? Wir sprachen über ein Foto in *USA Today*, das Lindsay nicht gefallen hatte.« Demonstrativ blies er Luft aus den aufgeplusterten Wangen.

Auch ich versuchte, ruhig zu bleiben, sogar wenn er mich durch seine falschen Zähne hindurch anlog. »Ihretwegen mußte ich eine Verabredung zum Frühstück absagen«, klagte er. »Was wollen Sie von mir?« Nervös betrachtete er das Zifferblatt seiner riesigen Armbanduhr.

Ich nahm meine rostfreien Handschellen heraus und schlenkerte sie vor seinen Augen. »Ich will gar nichts von Ihnen, Mr. Pomerantz. Ich will Sie nur verhaften. Paragraph vier Strich zweiundneunzig des Strafrechts des Staates New York.« Das hatte ich mir ausgedacht. »Behinderung einer polizeilichen Untersuchung. Und Paragraph elf Strich achtunddreißig A: Hilfe und Unterstützung...«

Ich brauchte nicht auszureden. Er taumelte rückwärts zu einer langen Couch und ließ sich fallen. Die Handschellen schienen ihn zu faszinieren. Ich steckte sie wieder weg. Er keuchte: »Wenn ich Ihnen jetzt etwas anderes erzähle als damals...« Seine Lippen bewegten sich unkontrolliert, aber er konnte den Satz nicht zu Ende bringen.

Meinetwegen sollte er keinen Herzschlag bekommen. Bei Tageslicht bemerkte man, daß er schon gut über siebzig war. In jüngeren Jahren hätte er mir sicher ziemliche Schwierigkeiten gemacht, aber jetzt war er alt, müde und wahrscheinlich nicht bei bester Gesundheit. Irgendwie tat es mir leid, ihn zu ängstigen. »Wenn Sie mithelfen, wird nichts geschehen.«

»Ja. Das will ich.« Die Couch hatte einen Bezug mit breiten roten und weißen Streifen, auf denen das orangefarbene Hemd besonders scheußlich aussah.

»Erzählen Sie mir von dem Telefonat«, sagte ich. »Haben Sie Sy angerufen oder er Sie?«

»Ich rief ihn an.«

»Weswegen?«

»Er hatte Probleme mit Lindsays Leistung.«

»Ich wäre Ihnen sehr dankbar, wenn Sie mir gegenüber offen sein würden, Mr. Pomerantz.«

»Sy wollte nach Los Angeles fliegen, um mit anderen Schauspielerinnen über Lindsays Rolle zu verhandeln. Er schien bereit, drei Wochen Arbeit in den Müll zu werfen und mit einem neuen Star wieder anzufangen.«

»Und was taten Sie?«

»Ich versuchte, ihn aufzuhalten.«

»Mit Erfolg?«

»Ich weiß nicht. Er wollte Lindsay nicht mehr. Darüber schien er sich klar zu sein.« Pomerantz spielte nervös mit seinem Brillenband. »Ich versuchte, ihn dazu zu bringen, mich anzurufen, nachdem er mit den anderen gesprochen hatte. Dann wurde er erschossen.«

»Zwei Schüsse?«

»Ja.«

»Sind Sie ganz sicher?«

»Ja. Ich kenne Gewehrschüsse. Ich war im Krieg.« Ich nickte respektvoll. »Ich bin verwundet worden. Einen Zentimeter tiefer, und es wäre durchs Herz gegangen. Ich kenne mich also aus, und ich habe zwei Schüsse gehört.«

»Sie wickeln Ihre Geschäfte meist über Telefon ab?«

»Klar. Den Großteil.«

»Also hören Sie gut.«

»Ausgezeichnet.«

»Wenn jemand nicht in Form wäre oder einen plötzlichen Stimmungsumschwung hätte, würde Ihnen dies auffallen?«

Pomerantz verstand mich. »Ja. Und nichts deutete darauf hin, daß Sy jemanden sah – mit oder ohne Gewehr. Oder daß etwas nicht stimmte. Aber ist er nicht von hinten erschossen worden?«

»Ja, aber wenn ihm der Mörder bekannt war, hat er ihn vielleicht aus den Augenwinkeln gesehen, ihn auf die eine oder andere

Weise gegrüßt und sich dann abgewandt. Was ich suche, ist ein ›Hallo, Joe‹ oder ›Wie geht's, May‹, das gegen Anfang der Unterhaltung aufgetaucht ist.«

»Nichts Derartiges«, sagte Pomerantz.

»Keine Pause, kein hastiges Einatmen?«

»Nichts. Peng, peng und dann vollkommene Stille.« Er putzte seine Brille mit dem Hemdzipfel.

»Lassen Sie uns jetzt über Lindsay sprechen. Ganz ehrlich. Wußte sie, wie die Dinge mit Sy standen und daß er sie feuern wollte?«

»Ja.«

»Wußten Sie, daß sie mit Victor Santana schlief?«

»Ja.« Zusammengepreßte Lippen. »Ich bin jetzt zweiundfünfzig Jahre im Geschäft, und wissen Sie, was mir jetzt aufgeht? Ich hasse sie alle. Selbst die Intelligentesten sind dumm. Dumm und arrogant. Sie denken, daß sie sich alles erlauben können.«

»Mit jemand wie Sy Spencer konnte man sich aber nicht alles erlauben, oder?« fragte ich.

»Nein.«

»Denken Sie, daß Sy Lindsays Betrug ahnte?«

»Ja.«

»Warum?«

»Er hat es mir gesagt. Ich hab mich schwer dafür eingesetzt, sie in *Starry Night* zu behalten, und er sagte: ›Ich kann nicht, Eddie. Du hast die Muster gesehen. Sie bringt es nicht.‹ Dann lachte er sein unangenehm kaltes Lachen und fuhr fort: ›Tut mir leid. Sie bringt nur was... in Santanas Wohnwagen.‹«

»Wenn eine der Schauspielerinnen in L. A. zugesagt hätte, wäre das dann Ihrer Ansicht nach das Aus für Lindsay gewesen?«

»Wahrheit?«

»Ja.«

»Natürlich wäre es das Aus gewesen, nur hätte es zuviel gekostet. Selbst wenn Sy jemanden für weniger Geld gefunden hätte, hätte ihn der Spaß doch fast drei Millionen für Gage und Neuaufnahmen gekostet. Er hätte keine Fremdfinanzierung mehr bekommen. Er hätte zwei Millionen siebenhunderttausend Dollar seines eigenen Geldes vorschießen müssen, um Lindsay loszuwerden.«

»Wäre es ihm das wert gewesen?«

»Ich glaube, daß er viel darüber nachdachte. Aber ich arbeite seit zehn Jahren mit Sy und kenne ihn und seinen Geiz. Die ganze Sache wäre sicher äußerst unangenehm geworden, aber am Ende hätten die Namen doch Nicholas Monteleone und Lindsay Keefe gelautet.«

»Wußte Lindsay das auch?«

»Ich habe es ihr gesagt.«

»Hat sie Ihnen geglaubt?«

»Ich weiß nicht. Sie hatte Angst.«

»Angst um ihren Ruf als Schauspielerin?«

»Nein. Angst vor Sy Spencer.«

Ich kann nicht sagen, daß Lynne vor Begeisterung umfiel, als sie mir die Tür öffnete, aber sie sah erfreut aus. Ihr schönes, kastanienfarbenes Haar fiel über ihre Schultern. Sie trug eine frische weiße Bluse und einen getupften Minirock. Ich brauchte einige Sekunden, um zu verstehen, daß sie geküßt werden wollte. Also tat ich es. Dann trat ich ein.

Das Haus war sonntäglich ruhig. Lynnes zwei Mitbewohnerinnen arbeiteten außer Haus, und sie hatte ihre Papiere auf dem Couchtisch im Wohnzimmer ausgebreitet. Nein – ausgebreitet ist nicht das richtige Wort. Ich bewunderte die symmetrischen Stapel und die Art, wie ihre Stifte und Farbmarkierer absolut parallel aufgereiht waren.

»Du bist schon die Richtige«, sagte ich lächelnd, »Wenn ich im Jahre 2013 meine Steuererklärung von 1996 suche, dann findest du sie in drei Sekunden.«

»Denkst du nicht, daß ich pedantisch bin?« fragte Lynne. Ich setzte mich in einen Sessel, und sie quetschte sich neben mich.

»Judy sagt immer, ich sei pedantisch. Nur weil ich meine Schuhe mit den Spitzen nach außen stelle. Sie sagt, wenn ich sie einfach nur auf den Boden schmeißen könnte, wäre ich kreativer.«

»Versuch's doch mal von der Seite zu sehen: keiner von uns beiden wird wohl jemals so etwas wie Hamlet schreiben, aber wir werden weder einen Kontoauszug noch ein Kind verlegen. Das ist doch beruhigend.«

»Ja, das ist es«, sagte sie lächelnd. »Sag mir, wie steht's mit deinem Fall?«

»Es geht voran«, antwortete ich.

»Gut. Die Presse macht bestimmt viel Druck.«

»Ja, das stimmt.« Ich blickte mich im Wohnzimmer um. Nichts paßte eigentlich zusammen. Stühle mit Bezügen aus Kunstleder oder gestreiftem Stoff, der Nierentisch aus den fünfziger Jahren, die massive bronzene Stehlampe und das Kunstposter mit einer Blumenvase – das alles war das, was die Familien von drei hübschen, heiratsfähigen Mädchen in den Mittzwanzigern nicht mehr brauchten; alle drei Mädchen, so konnte man annehmen, würden Ehemänner und geschmackvolle Möbel haben, bevor sie dreißig waren. »Wie sieht deine Klasse für September aus?«

»Ich glaube, diesmal wird es eine Herausforderung. Ich bin ganz aufgeregt. Können wir die Liste durchgehen?«

»In zwei Minuten?«

Lynne kuschelte sich an mich. »Hast du nicht mehr Zeit?«

»Tut mir leid.«

»Und die Hühnerbrüstchen? Hast du dich entschieden?«

Meine Hand glitt in den Ausschnitt ihrer Bluse und umfing den Büstenhalter. »Dies sind keine Hühnerbrüstchen.«

»Du weißt, was ich meine.«

Ich lächelte und zog meine Hand zurück. Ich begehrte sie nicht.

»Gehst du heute an den Strand?« fragte ich.

»Ja, ich hätte schon Lust, aber ich muß mein Haar schneiden lassen.« Sie schien zu denken, daß mir die Neuigkeit nicht gefiel, also fügte sie hinzu: »Nur ein bißchen, an den Spitzen.«

»Die Spitzen sehen doch gut aus.« Ich war so gelangweilt und gleichzeitig böse mit mir selbst, daß ich es war.

Ich dachte: Mit Bonnie könnte ich die gleiche Unterhaltung über Hühnerbrüstchen und Haarspitzen führen, und es wäre auch nicht das weltbewegendste Gespräch oder das amüsanteste, aber ich würde jedes Wort aufsaugen.

Selbst wenn ich zwei Monate Urlaub hätte, würden Lynnes Legastheniker und andere Behinderte mich nicht interessieren. Nicht, weil das Problem als solches mich kaltließe, sondern weil Lynne mich kaltließ.

Wie konnte jemand die richtigen Voraussetzungen mitbringen, trotzdem nicht die Richtige sein? Sie entsprach dem, was ich brauchte. Warum wollte ich sie nicht? Andere Männer wollten. Wenn wir zusammen auf der Straße waren, drehten sich die Köpfe. Den größten Teil des Tages klingelte ihr Telefon. Alte männliche Freunde und auch neuere konnten einfach nicht glauben, daß sie heiraten wollte, ohne ihr phantastisches, unglaubliches Angebot überhaupt berücksichtigt zu haben.

Lynne spielte mit den Venen auf meinem Handrücken. Plötzlich war mir klar, daß ich sie nie würde lieben können. Sie besaß nichts mehr, was mich interessierte. Nicht ihre Arbeit, nicht ihre Familie, nicht ihre Freizeit, nicht ihre Gefühle.

Aber ich wollte über jeden Kurs Bescheid wissen, den Bonnie an der Universität von Utah belegt hatte. Ich wollte wissen, wie ihre Brüder hießen, wollte wissen, für wen sie 1980 gestimmt hatte und wann und wie sie entjungfert worden war. Sie wollte mir erzählen, wie eine jüdische Familie nach Ogden, Utah gekommen war. Ich wollte *Cowgirl* sehen. Ich wollte ihr neues Drehbuch lesen und ihre Beschreibung der Badeanzüge für übergewichtige Damen. Ich wollte ihren Vater kennenlernen, ihn von seiner Frau weglotsen und mit ihm jagen gehen. Ich wollte sogar mit ihr Vögel beobachten – oder ihr dabei zusehen. Ich wollte mit ihr laufen, zelten, Forellen fischen. Ich wollte ihr alles über meine Arbeit, mein Leben erzählen, mit ihr Filme von 1940 sehen. Sie lieben.

»Du bist so still«, sagte Lynne.

»Ja. Ich habe viel um die Ohren.« Ich dachte, vielleicht sind das alles nur Ausreden und im Grunde will ich nur Moose.

»Na los, worüber lächelst du?« fragte Lynne.

»Über gar nichts.«

»Gibt es sonst noch was Neues?«

Ich versuchte, mich aufzusetzen, aber sie saß so nahe, daß ich mich nicht bewegen konnte. »O Lynne, es tut mir leid.«

Sie wußte es, fragte aber in Hoffnung auf eine Widerrede: »Stimmt etwas nicht?«

»Ich weiß nicht, wo ich anfangen soll. Ich weiß nicht, was ich sagen soll.«

»O Gott.« Jetzt stand sie vor mir. Sie sah phantastisch aus, ein nettes Mädchen. Erwachsen, solide, fleißig. »Was ist los?« Es wäre logisch gewesen, sie zu heiraten. »Trinkst du wieder?«

»Nein.«

»Gibt es jemand anderen?«

Ich war wie gelähmt. »Ja«, sagte ich endlich.

»Wer ist sie?«

»Jemand, den ich vor ein paar Jahren kannte.«

»Hast du dich mit ihr getroffen?«

»Nein. So ist es nicht. Ich habe sie erst vor kurzem wiedergetroffen und es gemerkt.«

Lynne fing an zu weinen. »Was bemerkt?«

»Ich weiß nicht.«

»*Was* bemerkt, Steve?«

»Daß ich immer mit ihr zusammensein will.«

Endlich konnte ich mich bewegen. Ich stand auf und legte die Arme um sie. Ich wünschte, ich hätte sagen können, wie leid es mir tat. Aber ich fühlte nur Traurigkeit darüber, daß ich ihr weh tun mußte. Sie war ein so anständiger Mensch, und sie liebte mich, oder wenigstens den Mann, für den sie mich hielt. Und sie liebte die Idee, jemanden zu lieben, der ihre Hilfe brauchte.

Sie befreite sich und schaute zu mir auf. Alles, was sie tat, war so hübsch, selbst ihr Weinen. Zwei niedliche Tränen liefen parallel zueinander ihre Wangen herab. Sie schluckte und gewann wieder etwas Selbstbeherrschung. »Du liebst mich nicht?« fragte sie.

Ich nahm sie wieder in die Arme. »Lynne«, sagte ich in ihr wundervolles Haar. »Du bist ein phantastischer Mensch. Du bist schön, lieb, geduldig...«

»Du liebst mich nicht.«

»Ich glaubte, daß ich dich liebe. Wirklich.«

»Wirst du sie heiraten?«

»Ich weiß nicht. Ich weiß gar nichts. Ich glaube, ich hab die Kontrolle verloren und versteh nicht, was passiert. Alles kommt so plötzlich. Als ich herkam, wollte ich nur ein paar Minuten bleiben. In meinen kühnsten Träumen hatte ich nicht geglaubt, daß wir heute diese Unterhaltung haben würden. Ich wünschte, ich wäre besser vorbereitet gewesen...« Sie begann wieder zu weinen. »Ich wünschte nur, ich hätte dir die Schmerzen ersparen können.«

Sie brach aus meiner Umarmung aus. »Meine Mutter hat die Einladungskarten bestellt.«

»Es tut mir leid.«

»Ist sie hübscher als ich?« Lynne wischte sich die Tränen ab.

»Nein.«

»Jünger?«

»Nein. Älter.« Dann fügte ich hinzu: »Älter als ich.« Ihre schönen Augen weiteten sich ungläubig. »Nicht viel älter«, sagte ich.

»Ist sie ein guter Mensch?«

»Ja.«

»Was macht sie?«

»Sie schreibt.«

»Kommt sie aus New York?«

»Nein.«

»Ist sie reich?«

»Nein.«

»Was ist es? Sex?« Ich antwortete nicht. »Ist es das?«

»Sex ist ein Faktor.«

»Es war doch gut mit mir, nicht wahr?«

»Ja, das war es.«

»Du schuldest mir eine Erklärung, Steve.«

»Ich weiß. Entschuldige.« Was zum Teufel sollte ich ihr noch erzählen? Die Wahrheit. Nicht die ganze Wahrheit, aber wenigstens keine Lügen. »Du bist all das, was ich bewundere. Als ich dich kennenlernte, konnte ich nicht glauben, daß du echt bist, denn ich dachte, niemand kann so anständig sein; es ist eine Art Rolle. Aber das war es nicht, und ich begriff, daß du alles bist, was sich ein Mann von einer Frau wünschen kann.«

»Warum willst du mich dann nicht?«

»Weil du so wundervoll bist. Und ich nichts weiter als ein ehemaliger Trunkenbold bin, der deinen Anforderungen nicht genügen kann.«

»Aber du sollst doch nichts anderes sein als du selbst.«

»Aber sieh doch, Lynne. Ich kann deinen Erwartungen nicht gerecht werden. Ich kann das Leben nicht leben, das gut für dich wäre. Ich dachte, es wäre möglich. Ich hatte gehofft, mit einer guten und schönen Frau, netten Kindern und einem behaglichen Heim Frieden zu finden. Mehr habe ich nicht gewollt. Aber dazu bin ich jetzt zu kaputt und brauche andere Dinge. Es reicht nicht, einen weißen Zaun um mich zu ziehen, um aus mir einen normalen Menschen zu machen.«

»Was brauchst du denn?«

»Sie.«

»Warum?« fragte Lynne.

Und dann sagte ich es. »Weil ... wir Spaß miteinander haben.«

Carbone hatte den Pieper dreimal in zwei Minuten betätigt. Ich parkte neben einem der ach so typischen Hummerrestaurants und benutzte die Telefonzelle. »Was gibt's so Eiliges, Ray?«

»Robby hat sie festgenagelt.«

»Sie?« Lindsay, er wird Lindsay sagen.

»Bonnie.«

Ich wußte, daß meine Stimme nicht so klang, wie ich mich fühlte: verrückt vor Angst. Ich mußte mich anhören wie der solide, zähe und erfahrene Polizist aus Robbys Jugendträumen. »Mein Gott, macht er immer noch weiter damit? Ich hab mich fast totgearbeitet und viel Beweismaterial gegen Lindsay gefunden. Wir müssen unsere Kräfte konzentrieren auf...«

»Steve, hör mir zu. Er ging gestern noch spät zu Sys Haus zu der Stelle unter der Veranda, wo die Fußabdrücke gefunden wurden.«

»Und?« Mein Körper schien zu summen wie eine Hochspannungsleitung.

»Er hat ein anderes dunkles Haar gefunden. Wie die auf dem Kopfkissen. Es hatte sich im Gitterwerk verfangen, das den Platz unter der Veranda abdeckt. Sie muß sich für kurze Zeit dagegen gelehnt haben. Er hat es heute persönlich ins Labor nach Westchester gebracht. Dort wartet er jetzt auf das Resultat. Aber du und ich wissen: es muß von Bonnie sein. Daß sie mit Sy im Bett war, wußten wir schon, aber jetzt kennen wir auch die exakte Position, aus der sie die Schüsse abgegeben hat.«

Sie hat gelogen, dachte ich. Ich starrte auf das Telefon und die idiotische Benutzungsanleitung. Daß ich Bonnies Erklärungen geglaubt hatte, war nicht das Schlimmste. Das Furchtbare war, ich konnte nach Hause gehen, gegen Möbel treten, Geschirr zerschmettern, die Wände mit Fäusten bearbeiten, sie anschreien: ›Du verdammte lügnerische Hure‹, und sie würde meinen Arm berühren, mir in die Augen schauen und sagen: ›Stephen, ich hab es nicht getan. Ich schwör's dir.‹ ›Also wie kommt dein Haar dahin?‹ Sie würde sagen: ›Jemand hat es hingelegt. Der Polizist, der hinter mir her ist. Du hast doch gesagt, daß er mich will.‹ Ich würde fragen: ›Und das soll ich dir glauben?‹ ›Ja.‹

Und – wider alle Logik würde ich es tun.

»Ray«, sagte ich. »Du hast doch nicht etwa Probleme?«

»Was meinst du damit?«

»Gibt es da nicht eine Möglichkeit, daß Robby etwas zu übereifrig geworden ist?«

»Laß das. Soweit würde er nicht gehen. Du weißt, daß er keine Beweise fälschen würde. Sieh den Tatsachen ins Auge. Sieh diese Frau, wie sie ist.« Sekundenlang herrschte Stille. Ich konnte das Wasser in den Hummerbehältern gluckern hören. »Steve, bist du noch da?«

»Ja.«

»Was wirst du jetzt tun?«

»Was soll ich deiner Ansicht nach tun?« fragte ich.

»Finde sie!«

Ich warf eine weitere Münze ein und rief meine Freundin Sally-Jo Watkins im Büro des Bezirksstaatsanwalts an. Auch wenn man es aufgrund ihres Namens nie vermutet hätte, der eher etwas hinterwäldlerisch klang, war sie die stellvertretende Staatsanwältin für Suffolk County.

»Was willst du? Ich bin beschäftigt. Ist es wegen des Spencer-Falls? Den behandelt Ralph. Sprich mit ihm.«

»Ich muß aber mit dir sprechen.«

»Warum? Wir haben auch unseren Amtsweg. Genau wie ihr. Ich kann vor Arbeit nicht mehr aus den Augen gucken. Was immer du auch willst, ich kann dir nicht helfen. Sprich mit Ralph.«

»Er ist nicht flexibel genug. Ich kann nicht mit ihm reden.«

»Und ich nicht mit dir.«

»Sally-Jo. Als du noch beim Morddezernat warst, habe ich dir mindestens dreimal die Kastanien aus dem Feuer geholt. Du schuldest mir was.«

»Ich hab dich zum Steakessen eingeladen, weißt du noch? Als du aus der Klapsmühle kamst. Ich mußte warten, bis du trocken warst, sonst hätte es bei deiner Sauferei ein Jahresgehalt gekostet.«

»Schon gut. Aber in all den Jahren habe ich mindestens zwanzigtausend Kalorien in Cheeseburgern in dich hineingesteckt, also sagen wir, daß du mir noch den Gegenwert eines opulenten Mittagessens schuldest.«

»Leg los, Junge, und schnell.«

»Es ist nur eine Hypothese: Ich habe alles richtig gemacht, den Tatort eines Mordes bis nach der Autopsie bewahrt, meine Männer alles aufs gründlichste untersuchen lassen. Es hat weder geregnet noch geschneit. Nichts hat unsere Muster beschmutzt, unsere Arbeit behindert. Ideale Bedingungen.«

»Weiter.«

»Nicht viele Beweise. Nur Haare. Haare der Geliebten des Opfers in dem Bett, wo sie es getrieben hatten. Dann, eine Woche später, vier Tage nachdem die Sperren abgebaut waren, findet man ein anderes Haar. Sieht aus wie das der Geliebten. Nehmen wir an, die Analyse bestätigt es.«

»Wo wurde erwähntes Haar gefunden?«

»Im hölzernen Gitterwerk gefangen. Dort, nehmen wir an, hat sich der Kopf des Täters befunden. Nun, als Anklagevertreter, würdest du an dieses plötzlich auftauchende neue Indiz glauben? Es verwenden?«

»Nun ja. Im allgemeinen ist jedes sachdienliche Indiz bei einem Prozeß zugelassen. Aber auch die Umstände, unter denen das Indiz gefunden wurde, sind wichtig. In einem Fall wie diesem würde die Verteidigung vorbringen, daß ihr ja so gute Arbeit unter idealen Bedingungen geleistet hattet und der verspätete Fund diesen zusätzlichen Haares merkwürdig erscheint.«

»Die Verteidigung würde argumentieren, es wäre nachträglich plaziert worden?«

»Richtig.«

»Würde ein Anwalt wie Paterno es tun?«

»Einer wie Paterno würde damit alles zu Fall bringen. Wir würden angeben, es sei übersehen worden. Menschliches Versagen. Polizisten sind Menschen, und warum um alles in der Welt sollten wir diese Person beschuldigen wollen? Nur weil wir tief in unserem Innern an ihre Schuld glauben? Lächerlich.«

»Wenn du in so einem Fall die Anklage hättest, was würdest du tun?«

»Ich würde zwei Tage damit verbringen, dem Polizisten, der das Haar gefunden hat, die Hölle heiß zu machen. Ihm sagen, wenn er nicht hundertprozentig sicher ist, daß nicht einer seiner Kollegen es nachträglich eingeschmuggelt hat – ohne ihn direkt zu beschuldigen –, solle er es vergessen, denn es könnte die ganze Anklage ins Wanken bringen und der Verteidigung eine zusätzliche Chance geben. Dann würde ich mich hinsetzen und nachdenken. Sieh mal, dieses eine Haar legt den ganzen Ausgang des Prozesses in die Hand der Analyse und stellt auch den guten Beweis – das Haar aus dem Bett – in Frage. Man braucht keinen Anwalt wie Paterno, um die Geschworenen an einem Wunder, das sich eine Woche zu spät ereignet hat, zweifeln zu lassen. Von der Anklage aus gesehen sind zweifelnde Geschworene gefährlich. Berechtigte Zweifel sind schlimm.«

»Danke, Sally-Jo.«

»Also, du Trottel. Hat deiner Ansicht nach Bonnie Spencer ihren Exmann erschossen oder nicht?«

»Nein.«

»Da habe ich aber anderes gehört.«

Würde Bonnie den Telefonhörer aus der Hand geben, oder mußte ich ihr das Handgelenk brechen? Sie ließ zwar los, aber machte sofort einen Satz auf die Tür zu. Sie wollte zur Polizei, sich ergeben.

»Hör auf!« brüllte ich. Ich hielt sie im Schwitzkasten, aber es war, als hätte ich es mit einem kräftigen Mann zu tun, denn durch ihre Erregung schien sie doppelt so stark. »Du hast es nicht getan, also warum zum Teufel willst du...« Sie sagte etwas, aber ihre Worte wurden durch hysterisches Stöhnen und Schluchzen unverständlich. Ich hielt sie fest und wartete auf ihr inständiges Flehen. Stephen, bitte glaub mir. Statt dessen bekam ich ihren Ellbogen in die Magengrube. Das nahm mir die Luft weg, so daß ich sie losließ. Ich beugte mich nach vorn und versuchte zu atmen. Mensch, tat das weh!

Bonnie fragte: »Hab ich dir weh getan? Tut mir leid.«

Aber ich konnte ihr nicht antworten. »Stephen, geht es dir gut? Wo tut es weh? O mein Gott.« In Wahrheit dauerte der Schmerz – der Schmerz, an dem die Frau schuld ist, derentwegen man gerade seine Verlobte verlassen hatte – nur Sekunden. Aber ich sagte es Bonnie nicht. Statt dessen ließ ich mich von ihr Schritt für Schritt zu meinem Bett führen und mir beim Hinlegen helfen. »Langsam«, sagte sie. Als ich flach auf dem Rücken lag, hatte sie sich wieder vollkommen unter Kontrolle. »Kannst du atmen?« Sie blickte mir in die Augen, vielleicht wollte sie sehen, ob die Pupillen erweitert waren. »Stephen?«

»Nein«, murmelte ich, »es ist vorbei.« Sie mußte sich tief über mich beugen, um mich zu verstehen.

»Du hast mir eine Rippe gebrochen, und ein riesiger Knochensplitter durchbohrt mein Herz. Ich sterbe, Bonnie. Auf Wiedersehen.« Ich griff nach ihrer Hand und zog sie aufs Bett. »Einen letzten Kuß.« Sie sah mich schräg an. »Ist gut«, sagte ich, »werd wieder hysterisch. Lauf weg. Ich will dich nicht hindern, du bist zu stark.«

»Hör mal. Ich *muß* mich stellen. Dieser Robby ... ich glaube, er ist es ... will meinen Kopf. Wenn ich hierbleibe, wird ihm etwas anderes einfallen.« Ihre Stimme wurde höher. »Laß es mich jetzt machen, solange mein Anwalt noch etwas für mich tun kann.«

»Bitte warte noch.« Sie atmete tief und geräuschvoll ein. »Wir werden es schaffen. Aber ich brauche dich noch. Wenn du erst verhaftet bist, wird es wahrscheinlich ein Problem wegen der Kaution geben. Es handelt sich um eine Anklage wegen Mord zweiten Grades, und du bist hier ja auch nicht so verwurzelt. Du wirst ins Gefängnis kommen. Verstehst du?«

»Ja.«

»Es ist kein schöner Ort. Die Leute sind nicht sehr lustig, und man sieht keine Bette-Davis-Filme. Es wird dir nicht gefallen. Wenn ich es kann, werde ich es dir ersparen. Und auch aus egoistischen Gründen. Ich brauch dich noch für Informationen. Nur bis fünf. Dann kannst du Gideon anrufen, er soll Bill Paterno alarmieren, und die Sache kann losgehen. Aber laß dir gesagt sein, wenn man dich einlocht, wird es mir kaum möglich sein, mit dir in Kontakt zu treten. Dein Anwalt wird Polizisten verbieten.«

»Aber ich kann ihm doch sagen, daß du hilfst.«

»Bonnie, glaubst du wirklich, ein Anwalt nimmt dir ab, daß ein Detective von der Mordkommission seiner Klientin wohlgesonnen ist und sich für sie einsetzt?«

»Vielleicht ja.« Ich war erstaunt, wie naiv sie war. Sie hatte so etwas Uramerikanisches. Sie wollte sich stellen und damit ihr Vertrauen in das System beweisen. Sie würde in die Hölle kommen. Für Bonnie war Gefängnis ein Film mit herzzerreißender Geschichte über ausgebeutete Frauen und sadistische Wärterinnen. Häßlichkeit war ein Filmdekor. Sie wußte nichts von den irren Schreien, der Wut, der Gewalt, dem Gestank. Sie kannte Crack-Süchtige nur aus den NBC-Nachrichten. Sie wußte gar nichts.

»Also, du hast mir gesagt, du würdest heute schwer über die Lösung des Falles nachdenken. Wie weit bist du gekommen?«

»Ich weiß es nicht. Du wirst es mir sagen.«

Ich nahm ihre Hand. Sie zog sie fort. Ich hatte vergessen, ihr zu sagen, daß ich sie liebte und Lynne nicht heiraten würde. Ich griff noch einmal nach ihr. Aber sie stand auf und ging hinüber zu meinem Lehnstuhl. Auf dem Tisch daneben waren ein Block und ein Bleistift, und als sie sich setzte, nahm sie den Block auf. »Ich habe zu viele Krimis gelesen und gesehen«, erklärte sie. »Als ich über den ganzen Fall nachdachte und das, was du mir erzählt hast, verdächtigte ich schließlich Victor Santana und Mrs. Robertson.«

»Warum um Gottes willen?«

»Weil er eifersüchtig auf Sy war und wußte, daß dieser ihn für einen Schwächling hielt. Und wenn Lindsay rausgeflogen wäre, dann wäre er der nächste gewesen.«

»Und Marian Robertson?«

»Was weiß ich? Vielleicht kam Sy einmal zu oft in ihre Küche, kostete die Bearnaise und schlug etwas mehr Kerbel vor.«

»Du wärst ein guter Polizist geworden.«

»Du bist von meinen Schlußfolgerungen nicht beeindruckt?«

»Nein.«

»Das habe ich mir gedacht. Darum habe ich auch aufgehört, mir die ganze Sache als Film vorzustellen. Ich hab mich also auf Sy konzentriert. Laß uns meine letzten paar Tage mit ihm durchsprechen unter Berücksichtigung all deiner neuen Erkenntnisse.«

»Also los.«

Sie setzte sich tiefer in den Lehnstuhl und sah von dem Block auf. »Denk an Sys Benehmen. War er irgendwie verändert?«

»Er war unkonzentriert, als er dich bumste.«

»Nennen wir es zerstreut«, schlug sie vor.

»Zerstreut. Drittklassiges Bumsen. Was immer.«

»Es war zweitklassig«, sagte sie. »Mit dir war es drittklassig.«

»Nein. Mit keinem war's so gut wie mit mir. Das weißt du. Gib es zu.«

»Nein. Also Sy war zerstreut. Das könnte bedeuten, daß etwas Wichtiges vor sich ging oder vor sich gehen sollte. Was noch?« Ich dachte, sie würde selbst auf ihre Frage antworten, aber sie wartete auf mich.

Ich überlegte. Was war in Sy Spencers letzten Tagen ungewöhnlich gewesen? Liebe. »Er hatte sich in Lindsay verliebt«, begann ich. »Und sie verletzte ihn. Ganz plötzlich wurde aus dem Peiniger der Gepeinigte. Es muß ein Schock für ihn gewesen sein.«

»Richtig. Also was passierte? Selbst unter den besten Umständen war Sy rachsüchtig, wenn man ihm in die Quere kam. Und nun betrog ihn das Objekt seiner Liebe. Er mußte gleichziehen.«

»Aber letztendlich konnte er das nicht.« Ich erzählte ihr, daß Eddie Pomerantz mir gesagt hatte, daß Sy Lindsay des Geldes wegen doch in dem Film behalten würde.

Bonnies Augen weiteten sich. »Das ist ja noch besser!« Sie sprang aus dem Sessel und kam zu mir. »Denk«, befahl sie.

»An was?«

»Rache ist eins. Darauf hatte ich mich konzentriert. Aber wie konnte er Rache und Geld bekommen?«

Ich fuhr hoch. »Mein Gott! Die Versicherung!«

Bonnie grapschte nach meinem Ärmel. »Wenn Lindsay der Blitz getroffen hätte, hätte er das Geld und eine neue Schauspielerin bekommen.«

»Und seine Rache«, sagte ich langsam. »Gut. Jetzt nichts überstürzen. Die Wahrheit ist aber – nicht Lindsay wurde vom Blitz getroffen, sondern Sy. Was kann das bedeuten?«

»Stephen, wer wurde ermordet? Sy?«

»Natürlich Sy.«

»Oder jemand in einem weißen Bademantel mit Kapuze, der am Swimming-pool stand wie normalerweise Lindsay Keefe, wenn sie vom Drehen kam und ihre Bahnen schwamm?«

»Jemand Kleines«, sagte ich.

Und Bonnie sagte: »Ja, klein wie Sy.«

Kapitel 19

Bonnie war ganz aufgeputscht, sprach zu schnell, lief im Zimmer umher und versuchte, aus dem Fenster zu schauen. Es war schwer für sie, in einem so beengten Raum aufgeregt zu sein. »Gut«, sagte sie. »Jetzt müssen wir herausfinden, ob dies wirklich eine Möglichkeit ist und dann...«

»Stop. Dies ist meine Show, nicht deine. Ich bin der Boß, du bist Null.«

»Sei ruhig. Ich weiß, was ich tue.« Sie setzte sich auf die Kommode und schwang die Beine wie ein Pendel.

»Bei allem Respekt, du bist vielleicht ganz schön clever, aber wenn es um Polizeiangelegenheiten geht, kennst du dich nicht aus. Wir können jetzt nicht über Hierarchiefragen diskutieren, also bestimme ich.« Sie führte die Hand an den Mund, als sei sie gelangweilt durch unseren kindischen Machtkampf. »Verschon mich mit dem Gegähne, Bonnie.«

»Ich gähn ja gar nicht.«

»Jetzt denk nach! Rede nicht einfach los! Hat Sy, während ihr zusammen wart, jemandem gedroht oder einer Person den Tod gewünscht?«

Immer noch die Beine schwingend, schüttelte sie den Kopf. »Aber das heißt nicht, daß er nicht nachtragend war. Er hatte seine Haßliste. Wenn ihn jemand in der Schule Schlappschwanz genannt hatte und er dreißig Jahre später die Gelegenheit hätte, ihm eins auszuwischen, dann hat er das mit Freuden getan. Aber er hat in diese Rache nie den Tod einbezogen. Er wollte keine körperlichen Schmerzen zufügen. Er wollte denen, die ihm in die Quere kamen, lediglich seelisch weh tun.«

Das war ein weiterer Punkt auf Bonnies Liste der Eigenschaften: Sie hängte ihr Mäntelchen nicht in den Wind. Wie die Dinge aussahen, hätte sie Sy leicht als Menschen mit mörderischen Instinkten darstellen können. Aber dazu war sie zu fair.

»Gut«, sagte ich. »Also war Sy ganz einfach normal nachtragend.«

»Nur daß sich diese Eigenschaft mit zunehmendem Alter verstärkte – oder mit dem Erfolg und der Macht. Sieh mal, vielleicht war der Mann, den ich geheiratet habe, kein lieber kleiner Schmusekater; aber der Sy, den ich jetzt wiedersah, war viel härter, so von sich eingenommen und so menschenverachtend. Jeder, der gegen ihn war, war böse, selbstsüchtig, dumm und verdiente demnach das, was Sy ihm antun wollte. Für ihn war seine Rache Gerechtigkeit.«

»Kannte er so etwas wie Moral?«

Bonnie überdachte beineschwingend diese Frage. »Er hatte ausgezeichnete Manieren. Er hatte die richtigen politischen Ansichten: Apartheid ist schlecht, Regenwälder sind gut. Aber sonst habe ich von moralischen Vorstellungen bei ihm nicht viel bemerkt.«

»Also können wir ihn amoralisch nennen.« Sie nickte. »Und wir können sagen, daß er vielleicht nicht vor Mord zurückgeschreckt wäre, hätte er ihn nicht für unnötig und gefährlich gehalten.«

»Oder unziemlich. Dartmouth-Schüler töten nicht.«

»Aber was, wenn Sy jetzt anders darüber dachte? Er war erfolgreich und machte mit guten Filmen das große Geld. Er kontrollierte alles. Ist es möglich, daß er so eingebildet war, daß er alles, was er tat, für richtig hielt?«

Bonnie schob sich weiter nach hinten auf die Kommode und saß jetzt im Schneidersitz. Nachdenklich starrte sie über mich hinweg ins Nichts. »Klar, es ist möglich. Er glaubte, was die Presse über ihn sagte: Sy Spencer war überlegen, kreativ, kultiviert. Er konnte nicht billig sein wie diese Produzenten von der Westküste mit ihren Autotelefonen und Bowlingbahnen in ihren Häusern. Und er war so sensibel, daß er auf keinen Fall grausam sein konnte. Aber lassen wir Sys idealisierte Version seiner selbst. Ich denke, alles, was zuletzt in seinem Leben passierte – enttäuschte Liebe, sein Rachebedürfnis, seine Geldprobleme – trug dazu bei, ihn zum Äußersten zu treiben. Was dann seine Entscheidung provozierte, war die Angst.«

»Angst wovor?«

»Vor Mißerfolg. Die Studios waren von *Starry Night* nicht begeistert gewesen, aber er hatte daran geglaubt und sich selbst um die Finanzierung gekümmert. Sy sagte mir, der Film sei wirklich ein Musterbeispiel des amerikanischen Films, in dem die Mitwirkenden über sich hinauswachsen. Aber Lindsay ruinierte alles. Nicht nur dadurch, daß sie ihn mit Santana betrog und dadurch lächerlich machte, sondern vor allem, weil sie zerstörte, was ihm am wichtigsten war: seinen Film, seinen Ruf, seine Unsterblichkeit.«

»Also kostete sie ihn eine halbe Million extra künftige Gewinne, machte ihn als Mann unmöglich und stieß ihm durch die Sache mit Santana einen Pfeil ins Herz.«

»Das ist noch nicht alles. Durch sie litt sein Ruf im Filmgeschäft. Sy hat es mir erzählt. Man begann bereits zu tuscheln, ›Siehst du, wir hatten recht. *Starry Night* ist ein Blindgänger‹.

Und die leblose Darstellung von Lindsay – nach der Vorpremiere hätten seine Freunde und die Kritiker alle gesagt: ›War das, was wir soeben gesehen haben, wirklich ein Sy-Spencer-Film?‹«

»Aber du kennst doch die alten Herren von Hollywood«, entgegnete ich. »Die machten Filme, die von den Kritikern verrissen und von ihren Freunden belacht wurden. Aber sie gaben nicht auf. Sie waren zäh, sie konnten es aushalten. Also warum nicht Sy?«

»Stephen, erinnerst du dich, wie wir darüber sprachen, daß Sy verschiedene Gesichter hatte und keine eigene Identität zu besitzen schien? Nun, das war kein Gag. Sy ließ zu, daß seine Umwelt ihn bestimmte, und wenn diese Umwelt über ihn lachte – wegen Santana oder des Films –, dann war es wahrscheinlich, daß er sich in den verwandelte, den diese Leute in ihm sahen: in einen Versager, ein Nichts, einen Dummkopf.«

»Also wollte er ihren Tod, weil sie ihn lächerlich machte. Aber hätte er sie nicht lieber selbst umgebracht?«

»Nein. Ich kann ihn mir nicht vorstellen, wie er Strychnin in ihre Melonenbällchen spritzt. Und nie hat er eine Feuerwaffe angefaßt. Ich erinnere mich, daß wir einmal über Entenjagd sprachen, und er benahm sich, als wolle ich Tick, Trick und Track meucheln. Gewehre waren schlecht. Wenn er sie erstochen hätte, wären Flecken auf den Teppich gekommen. Auch hätte er ihr nicht den Schädel mit einem Feuerhaken eingeschlagen – vielleicht wäre Hirnmasse auf seinen Anzug gekommen. Sy war viel zu etepetete zum Töten und hätte sich nie die Hände schmutzig gemacht. Er war ein Gentleman und überließ die Schmutzarbeit lieber anderen.«

»Hatte er immer jemanden dafür?«

»Immer.«

»Also, wen kannte er, der diese Art Schmutzarbeit für ihn übernehmen konnte?« fragte ich. Sie wußte es, wollte es aber nicht sagen. »Und wie ist es mit Mikey LoTroglio?«

»Nein.«

»Warum nicht?«

»Hätte Mikey oder einer seiner Jungs es getan, wäre Lindsays Bild auf der Titelseite von *People*, und darunter stünde 1957 bis 1989 unter ihrem Foto, und Sy würde *Starry Night* drehen, und zwar mit Nicholas Monteleone und Katherine Pourelle in den Hauptrollen.«

Ich sagte ihr, sie irre sich und die Mafia sei auch nicht mehr das, was sie einmal war. Aber sie war nicht meiner Meinung.

Dann rief ich im Hauptquartier an. Detective Bodybuilder sagte mir, daß man von Robby nichts gehört hatte und auch Mikeys Aufenthaltsort nicht bekannt sei. Er war weder in seinem Fünfzehnzimmerhaus in Nassau County noch bei Terry Noonan in Queens und auch nicht im Club der Söhne von Palermo. »Und was ist mit dieser Bar im Fleischdistrikt, Rosies?« fragte ich.

»Ich hab den Barmann nach ihm gefragt«, sagte Detective Bodybuilder, »und der hat mir nur geantwortet ›Mikey wer?‹.«

»Rosies...«, wiederholte Bonnie, als ich aufgelegt hatte. »Ich habe davon gehört.« Sie nahm den Hörer, wählte die Auskunft und bat um die Nummer von Rosies Bar und Grill in der Ninth Avenue. Dort rief sie dann an und fragte nach Michael LoTroglio. Ich schüttelte resignierend den Kopf. Offensichtlich bekam sie dasselbe ›Mikey wer?‹ zu hören wie Detective Bodybuilder. Sie aber unterbrach den Mann. »Vielleicht kennen Sie Mr. LoTroglio nicht, aber er kommt hin und wieder zu Rosies.« Ihre Stimme klang befehlend, sicher, wie die eines guten Polizisten. »Bitte, versuchen Sie ihm eine Botschaft zu übermitteln. Sagen Sie, Bonnie Spencer hätte angerufen und müsse ihn dringend sprechen.« Sie gab meine Nummer an und legte auf.

»Viel Glück«, sagte ich.

»Danke.«

Ich sagte ihr, ich wolle zum Ort fahren und versuchen, Lindsay zu überreden, uns zu helfen. Und noch ein paar andere Dinge. Ich begann, sie aufzuzählen, als das Telefon klingelte. Ich erkannte die Stimme. »Geben Sie mir Mrs. Spencer«, befahl Mikey. Ich gab Bonnie den Hörer.

»Mike?« Eine Pause. »Gut.« Pause. »Ich hab dich auch vermißt.« Ich stand ganz dicht neben ihr und hörte mit. Ehrlich gesagt«, fuhr sie fort, »geht's mir nicht so wahnsinnig gut.«

»Was ist los, Bonita?«

»Ich bin die Hauptverdächtige in der Mordsache Sy Spencer.«

»Was?«

»Es liegt ein Haftbefehl gegen mich vor.«

Mikey lachte, aber es war kein amüsiertes Lachen, eher ein ungläubiges Schnauben. »So was Dämliches habe ich schon lange nicht mehr gehört.«

»Ich weiß. Mikey, laß dir erzählen, was passiert ist.«

»Du brauchst mir nichts zu erklären.«

»Ich weiß, aber siehst du, ich war sozusagen wieder mit Sy zusammen. Die Polizei fand Material, das beweist, daß ich, bevor er getötet wurde in seinem Haus war – und nicht gerade im Wohnzimmer beim Tee. Daraus haben sie die Theorie entwickelt, daß Sy mein neues Drehbuch abgelehnt hat und ich ihn deshalb erschossen habe. Sie wissen, daß ich mit einem Gewehr umgehen kann.«

»Was kann ich tun?« fragte Mikey. »Für dich tu ich alles. Soll ich einen netten, ruhigen Platz für dich finden, wo du nicht auffällst? Brauchst du Geld? Willst du, daß ich ... Hör zu, normalerweise würde ich nicht so mit dir sprechen, aber wir haben ja auch keine normale Situation. Soll ich also Abrakadabra sagen? Du brauchst es nur zu sagen. Du bist ein lieber Kerl und eine richtige Dame, und du warst meiner Terri eine gute Freundin.«

»Terri ist eine wunderbare Frau«, sagte Bonnie. Ich konnte kaum glauben, daß diese Unterhaltung stattfand, hier bei mir. »Ihr habt Glück, daß ihr einander gefunden habt.«

»Danke«, erwiderte Fat Mikey. »Ich sage ihr immer wieder, daß sie zu gut für mich ist, aber sie will davon nichts hören.«

»Mike, laß mich dir sagen, was ich von dir will. Du kannst ablehnen. Du kennst mich, ich bin nicht der Typ, der auf die Einlösung von Schuldscheinen besteht.«

»Ich höre.«

»Es gibt da einen Polizisten, der an dem Fall arbeitet. Detective Brady.«

»Ich habe ihn kennengelernt.«

»Er ist auf meiner Seite und will mir helfen.«

Es gab eine lange Pause, in der er sich wohl überlegte, ob das Ganze nicht eine Falle war. Aber er vertraute Bonnie, denn er fragte nur: »Wie kommst du darauf, daß er auf deiner Seite ist?«

»Weil er weiß, daß die Anklage gegen mich auf schwachen Füßen steht und er einen anderen Verdacht hat.« Pause. »Und weil er in mich verliebt ist.« Ich trat einen Schritt zurück und starrte sie an. Aber sie sprach einfach weiter, also hörte ich wieder zu.

»Der Bulle ist in dich verliebt?«

»Ich glaub schon. Also Mike, wenn du es über dich bringen kannst, sprich doch bitte mit ihm. An einem Ort deiner Wahl. Er hat das Gefühl, während eurer ersten Unterhaltung wäre dir vielleicht etwas entfallen, das wichtig sein könnte.« Mikey ließ noch einen seiner Lach-Schnaub-Töne vernehmen. »Er hat mir geschworen, eure Unterhaltung würde unter euch bleiben.« Ich berührte ihre Schulter und schüttelte den Kopf, aber sie sprach einfach weiter. »Wenn du meinst, daß es dich in irgendeiner Weise kompromittieren könnte, dann tu es bitte nicht. Ich weiß jetzt, wie es ist, wenn man die Polizei auf den Fersen hat, und ich wünsche es weder dir noch Terri, noch deiner Familie. Es ist entsetzlich.«

»Wo bist du jetzt, Bonnie? Sag es mir.«

»Er versteckt mich. Ich kann dir nicht sagen, wo.«

»Sag ihm, er soll mich in einer Stunde im Gold Coast Restaurant in Manhasset treffen.« Ich schüttelte den Kopf und machte eine verlängernde Geste mit den Händen.

»Er sagt, er wird länger als eine Stunde brauchen.«

»Also in anderthalb Stunden. Auf dem hinteren Parkplatz. Er soll aus seinem Auto aussteigen. Verstanden?«

»Danke«, sagte Bonnie. »Ich sage nicht, daß ich in deiner Schuld stehe, Mike, aber ich bin dir von ganzem Herzen dankbar.«

»Schon gut, Bonnie.«

»Ich *liebe* dich?« fragte ich.

»Irgend etwas mußte ich doch sagen.«

»Glaubst du wirklich, daß ich dich liebe?«

»Ja, aber das bedeutet gar nichts. Du hast entschieden, daß ein Leben mit Kombi, Kindern mit Sommersprossen, Geschlechtsverkehr jeden Mittwoch, Sonnabend und Sonntag vorbeugende Maßnahmen sind, um dich vor der Selbstzerstörung zu bewahren. Ich glaube, du hast einen Handel mit dir selbst geschlossen und Leidenschaft gegen ewige Bequemlichkeit eingetauscht. Du hast dich selbst davon überzeugt, daß Leidenschaft etwas ist, das dir schaden könnte. Nun, vielleicht hast du recht. Sieh dir mein Leben an. Was hat Leidenschaft mir gebracht? Was kann ich nach fünfundvierzig Jahren Spaß vorzeigen? Einen Film, an den sich niemand erinnert und einen Haftbefehl wegen Mordes. Du hast die richtige Wahl getroffen. Was kann ich dir schon bieten? Zwei ausgetrocknete Eileiter und ein paar Lacher. Vergiß also, was ich von Liebe gesagt habe. Unter Streß rede ich Unsinn. Denk nicht mehr darüber nach: sie ist perfekt. Hol sie dir, heirate sie. Mazel Tov.«

Es war wieder so ein wolkenloser, heißer Tag. Seit zehn Minuten wartete ich in einiger Entfernung von meinem Auto. Kein Mikey. Ich öffnete mein Jackett, aber ließ dadurch nur noch mehr heiße, feuchte Luft an mein durchgeschwitztes Hemd. Als ich fünf Minuten später meine Krawatte löste, öffnete sich die Tür eines roten Kleinwagens, und mit der Eleganz einer Bratwurstfüllung quoll Mikey heraus. Er hatte mich wohl beobachtet, seit ich angekommen war.

Wir nickten uns zu. Er trug Sportkleidung, in der er mehr nach Mutterschaft als nach Mafia aussah: weiße Hosen und ein weites, rot, blau und purpur geblümtes Hemd.

»Hübsches Auto.« Das war alles, was mir einfiel.

»Nicht meins.« Ich wußte nicht, ob er damit gestohlen oder geborgt meinte. »Ziehen Sie Ihr Jackett aus, und öffnen Sie Ihr Hemd.« Dann machte er mir ein Zeichen, zu den Mülleimern zu gehen, und überprüfte Brust und Rücken nach Drähten oder Mikros. Während ich mein Hemd wieder zuknöpfte, sah er sich den Holster an, klopfte meine Hose ab und nahm Brieftasche, Dienstmarke und Handschellen heraus. Als er fertig war, grummelte er: »Wollen wir reingehen?«

Ich schauderte ob der plötzlichen Kälte der Klimaanlage. Mikey wählte einen Tisch, und ohne mich zu fragen bestellte er zwei Clubsandwiches und zwei Eistee. »Sie brauchen nichts zu essen. Ist nur zum Schein. Und jetzt erzählen Sie mir von unserer gemeinsamen Freundin.«

»Ich glaube nicht, daß sie es getan hat.«

»Das ist ja wohl klar.«

»Aber wenn ich nicht herausfinde, wer der wirkliche Täter war, dann stehen die Chancen gut, daß sie einen langen Urlaub antreten wird.«

»Was hat man gegen sie in der Hand?«

»Viele Kleinigkeiten. Manche sagen, daß Sy ihr Drehbuch nicht verfilmen wollte; und es gibt einen Zeugen dafür, daß er sie jeden Tag besucht und sie ein Verhältnis hatten. Der Staatsanwalt kann sie als zurückgewiesene Frau hinstellen, die sich rächen wollte.« Kein Wunder, daß niemand Mikey hatte festnageln können. Er war einfach zu clever. Er saß da wie ein riesiger, geblümter Buddha, doch man konnte spüren, wie er analysierte, Hypothesen aufstellte, Fakten speicherte – und das alles, während er mir genau zuhörte. »Die greifbaren Beweise stellen ein anderes Problem dar«, fuhr ich fort. »Vier ihrer Haare wurden in dem Kopfteil des Bettes gefunden, in dem sie mit Sy eine halbe Stunde bevor er getötet wurde zusammen war. Sie kennen die DNS-Tests, die wir durchführen?«

»Ich weiß besser Bescheid als Sie, Brady. Machen Sie weiter.«

»Jetzt hat man ein anderes Haar gefunden. Genau an der Stelle, von der die Schüsse gekommen sein müssen.«

Mikey schüttelte angeekelt den Kopf. Seine Kinne wackelten. »Wer hat es da hingetan?«

»Es könnte von Bonnie sein.«

»Wenn Sie das glaubten, wären Sie jetzt nicht hier.«

»Es ist nicht wichtig, wer es da hingetan hat. Wichtig ist, daß ich Hilfe brauche. Sie muß sich bis heute nachmittag fünf Uhr gemeldet haben, oder sie wird für flüchtig erklärt. Sollte es zum Prozeß kommen, wäre dies nicht von Vorteil.«

»Warum tun Sie das?«

»Dazu fehlt mir die Zeit – ich habe nur noch Zeit bis fünf Uhr. Entweder ich sitze hier mit Ihnen und philosophiere – ich weiß, wie gern Sie über Plato sprechen –, oder ich versuche, Bonnie Spencers Haut zu retten.«

»Sprechen Sie nicht so über sie. Ein bißchen Respekt. Was wollen Sie wissen?«

»War es Ihnen bekannt, daß Sy Lindsay eine halbe Million extra bezahlte?«

»Sicher. Die Buchhalterin hat es mir erzählt. Es störte sie, daß die Investoren betrogen wurden, und sie vertraute sich mir an.«

»Sie haben sie bestochen und wahrscheinlich bedroht.«

»Sie sprachen von einer Frist bis fünf Uhr. Also vergeuden Sie keine Zeit mit Polizeikram.«

»Haben Sie Sy bedroht, als Sie das mit der zusätzlichen Bezahlung herausfanden? Das ist kein Polizeikram. Ich möchte mir ein Bild von der Situation machen.«

»Ich hab ihn nicht bedroht. Ich hab ihm nur gesagt, daß er ein dämlicher, betrügerischer Arsch sei. Gut – ich habe es sehr laut gesagt, und Sy hatte Angst vor mir. Das streite ich nicht ab. Aber ich hätte ihn nie getötet oder mißhandelt. Dazu kennen wir uns zu lange, und ich bin ein sentimentaler Mensch.«

Die Sandwiches kamen. Riesige, Reiche-Leute-Sandwiches, protzig, mit viel Salat und so hoch, daß die Zahnstocher darin wie kleine Schwerter wirkten. Ich aß die Hälfte von meinem, Mikey aß seins ganz und dann meine Hälfte. Er sprach und kaute zur gleichen Zeit. Schinkenpartikel und Tomatenkerne flogen aus seinem Mund, gingen aber glücklicherweise vor meinem Teller nieder.

»Glauben Sie, daß Sy Sie fürchtete?«

»Er war nervös. Wissen Sie, schon als Kind machte Sy sich in die Hosen, wenn ich nur die Faust ballte. Aber er war nicht zu Tode erschreckt oder so was.«

»Hat er gesagt, warum er Lindsay das Extrageld gab?«

Mikey schüttelte traurig den Kopf und rollte ungläubig die Augen. »Sie werden es nicht glauben, Brady. Als ich ihn anbrüllte; brach er zusammen. Er weinte nicht, aber saß im Sessel und lamentierte. Er hörte auf, Quatsch zu erzählen, wie etwa daß Lindsay ein besseres Angebot gehabt und zusätzlichen finanziellen Anreiz gebräucht hätte. Er erzählte mir, daß er es ihr gab, weil sie gesagt hatte – also hören Sie gut zu: ›Sy, ich hasse Männer, die sich zurückhalten. Ich brauche einen Mann, der geben kann.‹«

»Wie bitte?«

Mikey stopfte ein paar Kartoffelchips in den Mund und fuhr fort: »Ich schwöre es. Ist das nun wahnsinnig oder nicht?«

»Das ist es«, pflichtete ich bei. »Also liebte er sie wirklich.«

»Vollkommen verrückt nach ihr. Ich hab ihn nie so gesehen.«

»Noch nicht einmal mit Bonnie oder seiner ersten Frau?«

»Die erste war eine magere Essiggurke ohne Busen, mit diesen großen, gelben Zähnen. Er hatte sie nur geheiratet, damit man ihn in der sogenannten guten Gesellschaft akzeptierte. Und Bonnie – diese Ehe habe ich nie verstanden. Als ob eine Schlange einen Welpen geheiratet hätte. Sicherlich hatte es damit zu tun, daß Sy ins Filmgeschäft wollte und sie war drin. Vielleicht war er es auch müde, der Mayflower-Kaste anzugehören und wollte wieder Jude sein, und sie war jüdisch – aber nicht übertrieben.«

»Denken Sie, daß er Lindsay geheiratet hätte?«

»Klar.«

»Warum hat er dann aber wieder mit Bonnie angefangen?«

»Ist mir unverständlich. Als sie mir davon erzählte, fiel mir fast das Kinn herunter. Ich sag Ihnen, was ich glaube. Die Lindsay-Sache begann, ihm angst zu machen, und er wollte nach Hause zu Mutti.« Er hielt inne. »Essen Sie Ihre Kartoffelchips?«

Ich schob ihm meinen Teller hinüber. Er verschlang die Chips samt Essiggurkengarnitur. »Mike, was Sie mir erzählen, ist interessant, hilft mir aber nicht weiter.«

»Sie meinen, ich verschweige etwas?«

»Ich weiß es nicht, aber Ihre Informationen helfen Bonnie nicht. Und Sie wollen ihr doch helfen, oder?«

Er wischte sich den Mund mit dem Handrücken ab. »Stellen Sie keine dummen Fragen.«

»Ist gut.«

»Ich hatte in der zweiten Drehwoche von dem Extrageld erfahren und sagte es ihm auf den Kopf zu. Er fiel gleich um und entschuldigte sich, wie ich es Ihnen sagte. Am nächsten Morgen bekam ich fünfhunderttausend in übertragbaren Wertpapieren. Und wenn Sie versuchen sollten, das gegen mich zu verwenden, können Sie Ihre Knochen numerieren.«

»Mike«, sagte ich ruhig. »Keine Drohungen. Ich will Bonnie helfen. Das ist alles.«

»Sie sind verheiratet?« fragte er.

»Nein.«

»Nun. Dabei blieb es. Bis zum Dienstag vor seinem Tod. Er rief mich an und sagte, er könne nicht weg wegen des Films, müsse aber *unbedingt* mit mir sprechen. Er würde ein Privatflugzeug oder einen Wagen mit Chauffeur schicken. Ich sagte ihm, daß ich Flugzeuge nicht leiden könne und Chauffeure Augen und Ohren hätten. Aber ich würde zu ihm rauskommen, weil ich sein Freund sei. Also fuhr ich hin – mein Gott, was für ein Haus. Er erzählte mir, daß Lindsays Leistung grauenhaft wäre und der Film in Schwierigkeiten sei. Ich antwortete, daß ich dies bereits wüßte und mehr von ihm erfahren wollte. Ich ließ ihn auch wissen, daß, sollte ich meine Einlage verlieren, ich erwartete, daß er dafür geradestünde.

»Eine gute Investitionsmethode.«

»Die einzige! Und dann sagt er mir, daß Lindsay ihn betrügt. Ich sagte so was wie ›Schade‹, aber das interessierte ihn nicht.«

»Was interessierte ihn?«

»Er wollte sie loswerden.«

»Getötet?«

»Denken Sie nach, Brady.«

»Er bat Sie, ihn von ihr zu befreien?« Mikey nickte. Seine mit Brot- und Chipskrümeln bedeckten Kinne wackelten auf und ab. »Hat er eine Methode vorgeschlagen?«

»Nein. Weil ich ihn aufgehalten habe. O ja, er sagte, es könne so leicht sein: anonyme Briefe beispielsweise, die den Verdacht auf irgendeinen verrückten Fan lenken würden. Aber ich wies ihn an, seinen Mund zu halten und nicht mehr daran zu denken. Er war ein Amateur und wußte nicht, wovon er sprach.«

»Es klingt aber anders.«

»Ja, ich muß zugeben, die Idee war nicht schlecht. Aber das hätte ich ihm nie gesagt. Er wollte ihren Tod, weil sie den Regisseur bumste und er seinen Film noch einmal drehen wollte und das Geld brauchte. Glauben Sie, daß ich so was auch nur mit den Fingerspitzen anrühren würde?«

»Hat er Ihnen eine Gegenleistung angeboten?«

»Soweit sind wir nicht gekommen.«

»Hat er noch etwas gesagt?«

»Nein. Aber bevor ich ging, sagte ich ihm, daß er nicht die nötige Erfahrung hätte und sein Plan fehlerhaft sei. Ich sagte ihm auch, daß er, wenn er es mit irgendeinem kleinen Rabattkiller versuchte, innerhalb von vierundzwanzig Stunden festgenagelt würde. Und ich riet ihm, sich wie ein Mann zu benehmen. Wenn der Film ein Flop werden sollte, dann müsse er das eben akzeptieren. Dann ging ich schnell. Ich sag Ihnen was: Sie wissen, daß ich Sy angst machte?«

»Ja, klar.«

»Nun – er machte mir angst. Es lief mir kalt den Rücken hinunter. Was zum Teufel ist das für eine Welt, in der Leute wie Sy Spencer andere Leute umbringen wollen? Sagen Sie es mir: Was ist aus uns geworden?«

Kapitel 20

Das Herrenhaus am Ozean, Hauptschauplatz für *Starry Night*, hatte einen Tennisplatz mit allem, was man sich wünschen konnte: weiße Holzbänke, Trinkwasserbrunnen, Berge schneeweißer Handtücher auf einem weißen, gußeisernen Ständer und blaue Zypressen, die den Zaun verdeckten. Wunderschön. Doch mußte man verrückt sein, gerade jetzt dort spielen zu wollen. Die Temperatur betrug mindestens vierzig Grad im Schatten, aber es gab keinen. Lindsay Keefe und Nicholas Monteleone wechselten Flugbälle – wenn man es so nennen kann – in praller Sonne. Es gab noch nicht einmal die Idee eines kühlenden Lüftchens. Über den Platz hinaus sah die Gischt der Wellen aus, als koche der Ozean.

Jedesmal, wenn Nick seinen Schläger ansetzte, verfehlte er den Ball, und Victor Santana rief: »Schnitt!« Dann stürzte sich eine ganze Horde Helfer auf die Schauspieler. Die Produktionsassistenten hielten Sonnenschirme über die Köpfe der Darsteller, während andere ihnen mit tragbaren Ventilatoren Luft zufächelten. Dann machten sich die Friseure und Maskenbildner ans Werk, und wieder andere präsentierten Lindsay und Nick Wasserflaschen mit Strohhalmen.

»Nur noch eine Einstellung«, versprach Santana. Seine getönte Haut war fast haselnußbraun und paßte phantastisch zu seiner Kleidung: grünes Dschungeloutfit. Er brauchte nur noch einen kürzeren Haarschnitt, eine M-16 und ein paar Joints - der Kämpfer wäre fertig gewesen. Santana fuhr fort: »Ich muß noch mehr Aufnahmen von Lindsay haben, denn Nick...« Er schüttelte resigniert den Kopf. »Und wieder ein halber Tag Weitwinkelaufnahmen mit einem Tennisprofi. Ich kann es einfach nicht glauben, vor Drehbeginn hat er einen Monat lang auf Produktionskosten Trainerstunden genommen.«

»Monteleone hat Schwierigkeiten mit der Koordination«, bemerkte ich. »Er braucht ein Lehrbuch, um auch nur in die Nähe eines Balls zu kommen. Aber bitte, Santana, ich weiß, daß Filmemachen wichtig ist, daß Zeit Geld bedeutet und Sie es mit sensiblen Künstlern zu tun haben, doch ich brauche etwas mehr Kooperation.«

»Bitte, nur noch eine Aufnahme.« Die Helfer verließen den Platz. »Ich gebe Ihnen mein Ehrenwort.«

Lindsay war keine geborene Sportlerin, aber sie konnte einen Ball aufschlagen und gleichzeitig schön aussehen. Ihre dunklen Augen wurden durch eine rosa Sonnenbrille geschützt, und ihr zu einem kunstvollen Pferdeschwanz frisiertes Haar begann zu wehen, als ein Techniker die große Windmaschine anstellte. Noch einmal rief Santana: »Action!«.

Das Team sah den Schauspielern zu. Die Männer nahmen die ganze Szene auf, doch die Frauen schienen nur Augen für Lindsay zu haben. Überlegten sie, wie das Leben wäre mit diesen Brüsten, diesen Beinen, diesem Pferdeschwanz? Waren sie neugierig? Neidisch? Wütend, daß ihnen diese Gaben nicht zuerkannt worden waren? Ich dachte an Bonnie, Lindsays Rivalin.

Hätte Sy seine Scharfschützin von Exfrau überreden können, eine Zweiundzwanziger anzusetzen, als Mikey es abgelehnt hatte, Lindsay zu töten? Vielleicht hatte er sie mit Versprechungen über die Verfilmung ihres Drehbuchs, eine neue Ehe oder einfach Erinnerungen an die guten, alten Zeiten gelockt?

Warum zum Teufel dachte ich so etwas? Glaubte ich wirklich, Bonnie Spencer wäre fähig, einen anderen Menschen zu töten?

Nein.

In der von Santana angeordneten zwanzigminütigen Pause gingen Nick, Lindsay und einige Assistenten, die wohl aus Gewohnheit mitkamen, ins Haus, das wie eine Kreuzung zwischen dem Weißen Haus und dem Taj Mahal aussah. Bevor er in seinem Zimmer verschwand, ließ mir mein Freund Nick einen kumpelhaften, kollegialen Gruß zukommen.

Als ich Lindsays Zimmer betreten wollte, das einem einzigen großen Moskitonetz glich, schloß mir eine der Begleiterinnen die Tür vor der Nase. »Sie muß sich jetzt entspannen«, murmelte sie in dem Ton einer Krankenschwester auf der Intensivstation. Ich drängte an ihr vorbei, befahl allen außer Lindsay, den Raum zu verlassen, und knallte die Tür zu.

Das Bett und die Fenster waren von dem tülllähnlichen Material verhängt, und aus unerfindlichen Gründen fand man es auch auf den Stühlen. Lindsay drapierte sich auf einen Diwan. Ich rückte einen Stuhl näher, den ich zuvor von seiner Garnitur befreit hatte. Sobald sie lag, begann sie eine laszive Nummer, indem sie ihre Hände langsam über Gesicht und Hals gleiten ließ und dann ein paar Kissen arrangierte, um ihre Brüste zu Geltung zu bringen.

Auf einem Tischchen stand ein Karton mit ausländischem Wasser in blauen Flaschen. Sie streckte in einer müden Bewegung den Arm aus, kam aber nicht heran. Sie wartete, daß ich aufstand und ihr eine Flasche reichte. Das tat ich nicht. Also nahm sie sie selbst und trank mit den lauten Geräuschen einer Trickfilmfigur.

»Die Hitze macht mich fertig«, sagte sie. Ich glaubte ihr. Sie war rot und mit Schweiß bedeckt.

»Es muß teuflisch sein draußen.«

Vermutlich hatte sie ihre Höflichkeitsration mit der Bemerkung über das Wetter erschöpft, denn plötzlich fuhr sie mich an: »Also, was wollen Sie?«

»Ich will, daß Sie mit dem Lügen aufhören. Wenn nicht, dann werden wir Sie verhaften.«

»Diese Taktik haben Sie bei meinem Agenten angewandt. Er ist alt und hat die Dinge nicht mehr so im Griff, also klappte es. Aber nicht mit mir.«

»Wollen wir wetten? Fünfzig Dollar, daß Sie, bevor ich nur Ihre Fingerabdrücke nehmen lasse ...«

»Glauben Sie wirklich, mir angst machen zu können?«

»Keine Ahnung. Aber ich weiß, daß ich Ihre Filmerei unterbrechen kann. Und wenn Sie dem Richter vorgeführt werden, könnten viele Reporter im Saal sitzen. Denen können Sie dann erklären, wie wenig Angst ich Ihnen mache – obwohl ich Sie wegen Unterschlagung von Informationen im Mordfall Sy Spencer verhaftet habe.«

»Sie sind nur ein Scheißprolet.«

»Aber einer, der verhaften kann.«

Eine lange Stille folgte. Ich hatte Lust, die Augen zu schließen, zu entspannen, aber wegen des Eindrucks der Autorität und der männlichen Überlegenheit funkelte ich sie an. Sie stützte sich auf ihren Ellbogen. »Manchmal mag ich Scheißproleten«, sagte sie mit verhangener, einladender Stimme. Eine Hand streckte sich in meine Richtung.

»Miss Keefe, lassen Sie uns ehrlich sein. Soweit ich sehen kann, sind Ihre Probleme nicht so ernst, daß Sie einen Polizisten bumsen müßten.« Die Hand zog sich zurück. »Sie brauchen nur einige Fragen zu beantworten. Und die Chancen stehen gut, daß außer mir niemand davon erfährt. Klar?«

»Ja.« Brüsk. Das gespielte Begehren wurde wieder durch ihren normalen Hochmut ersetzt.

»Hat Sy Sie auf die Affäre mit Santana angesprochen?«

»Ja.«

»Wir spielen nicht ›Was bin ich‹. Erzählen Sie mir mehr darüber.«

Sie trank den Rest des Wassers und nahm eine zweite Flasche. »Er wurde nicht laut. Die ganze Zeit sprach er so ruhig, als unterhielten wir uns über das Wetter. Und in diesem ruhigen Ton sagte er mir, ich sei eine Hure. Daß ich meine schauspielerischen Fähigkeiten verloren hätte.« Sie hielt inne, wollte nicht weitersprechen.

»Fahren Sie fort«, sagte ich.

Sie rang sich durch. »Er wollte mich aus dem Film raushaben. Den ganzen Abend über und am nächsten Morgen folgte er mir überall im Haus und sprach mich mit ›Hure‹ an, als sei es mein Vorname. Wieder und wieder erzählte er mir, ich würde *Starry Night* ruinieren, und immer in diesem ruhigen, kalten Ton.«

»Wann begann das?«

»In der Woche seines Todes. Montag abend.«

»Drohte er, Sie zu feuern?«

»Nein. Er wollte, daß ich aussteige.«

»Wieso?«

»*WIESO?*« fragte sie und schaute mich an, als hätte ich gerade die dümmste Frage des zwanzigsten Jahrhunderts gestellt. »Weil ich damit den Vertrag gebrochen hätte, deshalb. Also hätte er mir nichts zu bezahlen brauchen, die Versicherung kassiert und neu beginnen können.«

»Ist das möglich?«

»Natürlich. Und dann hätte die Versicherungsgesellschaft mich verklagt, um ihre Kosten erstattet zu bekommen.«

»Also wollten Sie nicht gehen?«

»Natürlich nicht. Es war ein verrückter Vorschlag.«

»Warum glaubte er, Sie würden kündigen, wenn die Konsequenzen für Sie so schwerwiegend gewesen wären?«

»Darum.«

»Wie bitte?«

»Weil er versuchte, mich so durcheinanderzubringen, so zu ängstigen, daß ich alles tun würde, was er wollte.«

»Was machte er?«

»Schon bevor er mir erzählte, daß er über Victor Bescheid wußte, war er kälter gewesen. Sehr kalt.«

»Schlief er nicht mehr mit Ihnen?«

Sie betrachtete mich mit Abscheu. Was machte ich in ihrem Liebesleben? »Er faßte mich nicht an«, sagte sie. »Wollen Sie noch mehr wissen? Aber natürlich wollen Sie das. Wenn ich seine Hand nehmen wollte, zog er sie zurück, als hätte ich Lepra. Als ekle er sich vor mir.«

»Aber er wollte nicht sagen, was los war?«

»Zuerst nicht. Nur immer diese furchtbare Kälte.«

»Benahm er sich auch vor anderen so, bei den Dreharbeiten?«

»Nein. Das irritierte mich. Vor Zeugen war er bezaubernd.«

»Und wie verhielten Sie sich?«

»Na wie schon? Glauben Sie, alle sollten wissen, daß ich ernste Probleme mit dem Produzenten hatte? Er war sehr liebevoll zu mir, also war ich es auch zu ihm. Ich dachte, da er in der Öffentlichkeit so nett war, würden wir uns vielleicht wieder arrangieren können. Am Mittwoch traf ich Victor zum letzten Mal.«

»Sagten Sie Santana, daß es aus war?«

»Nein. Ich brenne keine Brücken hinter mir ab. Was, wenn es mit Sy nicht mehr klappte? Ich erzählte Santana, ich hätte meine Tage, sehr schlimm.«

»Wie schön.«

»Ich kenne Männer. Das schreckt ab. Jedenfalls tat ich alles, um den Bruch mit Sy zu kitten. Wenn nicht den persönlichen, dann den beruflichen. Aber es war alles so komisch. Vor den anderen spielten wir weiterhin die Verliebten.«

»Wie am Tag seines Todes mit der Geldrolle. So verliebt waren Sie?«

»Wenn Sie es sagen, klingt es wie Taschendiebstahl. Aber es war die Geste einer Ehefrau.«

»Sie sagten, die Dinge verschlechterten sich. Wann?«

»Donnerstag morgen. Mein Wagen kam kurz vor sechs, und als ich aus dem Schlafzimmer nach unten kam, wartete Sy in der Halle.« Unter der Schicht von Schminke und Schweiß wurde ihr Gesicht blaß. Ihr Mund bewegte sich in mechanischen Zuckungen wie der einer Marionette. »Er war irgendwie abwesend und sagte, er hätte alle Arten von Freunden. Ich wußte nicht, was er meinte, aber ich wollte weg von ihm. Er stand genau neben mir. Sein Gesicht war nur Zentimeter von meinem entfernt. Er sagte, einige seiner Freunde wären keine netten Menschen, aber sie hätten in *Starry Night* investiert und dann gehört, daß die Muster schrecklich seien. Ihnen gefiele das nicht, und sie wollten mich draußen haben. Wenn ich nicht freiwillig ginge, sagte Sy, wäre er für eventuelle Folgen nicht verantwortlich zu machen.«

»Haben Sie nach der Art der Folgen gefragt?«

»Ja.« Ihr Körper zuckte in einem unwillkürlichen Schauer.

»Was sagte er, würde passieren?«

»Säure ins Gesicht.«

»Mein Gott! Was taten Sie?«

»Ich sagte, ich würde die Polizei anrufen, ging zurück ins Schlafzimmer und nahm den Hörer. Aber er riß ihn mir aus der Hand. Ich ließ ihn – alles war so vorhersehbar.«

»Hat er noch weitere Drohungen geäußert?«

»Nein, natürlich nicht. Er machte einen Rückzieher, verlor seine Beherrschung, der kleine Bastard. Entschuldigte sich. Flehte mich an, ihm zu vergeben.«

»Und was sagten Sie?«

»Daß ich es mir überlegen wollte.« Lindsays Lippen formten so etwas wie ein Lächeln. »Ich wußte, wie man Sy behandeln mußte. Er sollte ruhig nach L. A. fliegen und sich mit Katherine Pourelle und den anderen Versagern treffen. Sonntag abend würde er wieder mich wollen. In seinem Film. In seinem Bett. Für immer.«

»Glauben Sie, daß er Sie heiraten wollte?«

»Er hätte ungefähr eine Woche gebraucht, um die Sache mit Victor zu verdauen, aber danach auf jeden Fall.«

»Sind Sie sicher?«

»Ich weiß es.«

»Hätten Sie ihn geheiratet?«

»Was meinen Sie?«

»Ich weiß nicht. Er hat gedroht, Sie verunstalten zu lassen, Ihr Leben, Ihre Karriere zu ruinieren.«

»Die Eifersucht machte ihn fertig.«

»Er war ein Produzent, der Sie aus seinem Film und aus seinem Leben vertreiben wollte.«

»Nur weil ich ihn so verwundet hatte. Ich gebe zu: Ich habe einen Fehler gemacht. Einen großen Fehler. Aber Sy hätte sich wieder beruhigt. Wir paßten gut zusammen, und er wußte es. Ich bin – nun, was ich eben bin, und er war ein erfolgreicher, brillanter Produzent. Er wollte aufsteigen. Und intellektuell befanden wir uns auf gleicher Ebene. Um die Wahrheit zu sagen, die Eifersucht fand ich ganz schön; es gefiel mir, daß er endlich mal ein Gefühl zeigte.« Lindsay begann, ihre nackten Beine aneinander zu reiben. Sie schien erregt, nicht soviel durch die Erinnerung an Sys verrücktes Benehmen, sondern an die Macht, die sie über ihn ausgeübt hatte. »Eifersucht«, sagte sie und genoß das Wort. »Sy war beherrscht davon.«

»Glauben Sie, daß er Sie liebte?«

»Natürlich liebte er mich.«

Ich stand auf und sah sie an. »Der Mörder war fünfzig Fuß entfernt von einer kleinen, weißgekleideten Person, ungefähr von Ihrer Größe. Als das Gewehr abgefeuert wurde, hätte Sy irgendwo über Kansas sein müssen. Und Sie hätten Ihre Schwimmzüge im Pool machen sollen.«

»Nein!« Jetzt half keine Schminke mehr. Ihr Gesicht fiel wächsern in sich zusammen wie das einer Leiche.

»Doch.«

»*Warum?*«

»Wahrscheinlich haßte er Sie.« Ich entledigte mich eines Moskitonetzes und verließ das Zimmer.

Ich rief Carbone an und sagte, ich sei am Drehort, um zu überprüfen, ob Bonnie Kontakt mit den Leuten vom Team gesucht hatte und um zu erfahren, ob sie nicht irgendeine neurotische Nummer abgezogen hatte. Er berichtete, daß Detective Bodybuilder, Robby und Charlie Sanchez nach ihr suchten. So ganz nebenbei fragte ich, ob man die DNS-Resultate für das neue Haar kenne. »Es ist Bonnies«, sagte Carbone. »Glaubst du immer noch an ihre Unschuld?«

Ich riet ihm, die Beweisablage zu überprüfen und nachzuzählen, wie viele Haare wir in der ersten Nacht gefunden hatten. Dann sollte er mal runtergehen und in den Umschlag sehen, den das Laboratorium nach den ersten Tests zurückgesandt hatte. Er würde eins weniger finden.

Er erwiderte, ich sei im Begriff, mein seelisches Gleichgewicht zu verlieren und würde etwas – ich habe den Namen vergessen – auf Robby Kurz projizieren; des weiteren empfahl er mir Urlaub und bat mich, sollte ich zufällig an dem schicken Fleischgeschäft in East Hampton vorbeikommen, ihm doch zwei Pfund von den Fenchelwürstchen mitzubringen.

Ich legte auf. Robby *mußte* das Haar hingeschmuggelt haben. Er hatte ja auch das Alkoholgerücht und das Bonnie-und-Steve-Gerücht in die Welt gesetzt. Er wollte sie und mich dazu. Früher oder später würde ihm aufgehen, daß Bonnie einen Beschützer hatte. Von da aus würde es nur ein kleiner Schritt zu mir sein.

Bonnie konnte ich verstecken, Moose nicht.

Gregory C. Canfield sollte eigentlich seiner Arbeit als Produktionsassistent nachgehen, das heißt in diesem Falle, frische Feigen, Mortadella, ein Weizenbrot und eine Flasche italienischen Wein für Nick Monteleone besorgen. Gerüchten aus dem Team nach zu urteilen, hatte Nick verlauten lassen, bei der Hitze wünsche er einen leichten Imbiß, kein schweres Abendessen. Da Lindsays farblose Darstellung sich nicht verbessert hatte, ruhten alle Hoffnungen, den Film zu retten, auf Nicks gelocktem Haupt. Nach einer kurzen, vierzigminütigen Konferenz zwischen verschiedenen Verantwortlichen der Produktion und einem Telefonat mit Nicks Agenten in Beverly Hills wurden die oben genannten Nahrungsmittel als leichter Imbiß definiert und Gregory entsandt.

Doch würde er gewiß nicht ohne Abschiedsgruß seine Freundin Myrna verlassen. Und da waren sie – händchenhaltend im Garderobenwagen, blickten einander verzückt in die Augen und gaben sich kleine, spitzlippige Abschiedsküsse. Es schien sie nicht zu stören, daß eine von Myrnas Helferinnen ganz in der Nähe Lindsays Tennisdreß bügelte. Auch als ich ›Hallo, Gregory‹ rief, schaute er mich nur etwas verschwommen an und kehrte dann zurück in die Tiefe von Myrnas Augen.

Der Wohnwagen glich einem riesigen Kleiderschrank mit Kleiderständern, Schuhregalen, Schubladen voller Unterwäsche, Tüchern und Modeschmuck. Ich klopfte Myrna auf die Schulter.

»Na, wie geht's Ihnen?« fragte sie.

»Gut, danke.« Sie sah genauso unordentlich aus wie bei unserem ersten Treffen. Dieses Mal trug sie ein langes, sackähnliches Gewand mit einem Papagei darauf. Es sah aus, als hätte sie es 1957 in Honolulu gekauft und seitdem sehr oft getragen. »Myrna, ich brauche Gregory für einen Moment.«

»Stimmt was nicht?« fragte sie.

»Nein. Alles in Ordnung. Nur ein paar Kleinigkeiten.« Sie nickte, gab Gregorys Hände frei und schubste ihn zärtlich in meine Richtung.

Ich nahm ihn mit nach draußen zu einem Tisch mit Keksen, Kuchen und Pfannkuchen, auf denen der Zucker schmolz. Es gab auch eine Schüssel mit blauen Trauben, aber sie waren heiß. Gregory gab mir eine Dose Cola aus der Kühlbox. »Na wie geht's, Mann?« fragte er. Ein paar Nächte mit Myrna, und aus dem verstörten Schreckgespenst war ein überlegener Mister Cool geworden.

»Geht soweit ganz gut«, antwortete ich. Das stimmte nicht; es war zehn Minuten vor fünf. Ich preßte die kalte Dose gegen meine Stirn. »Erinnern Sie sich an die Unterhaltung bei den Mustervorführungen? Die mit dem Blitzschlag.«

Gregory nickte. »Klar doch.« Er sah nachdenklich aus. Wahrscheinlich erinnerte er sich an ein technisches Detail des Filmstreifens und wollte es mir beschreiben. Das brauchte ich nicht.

»Wer war dort? Sie sagten, es sei spät gewesen und die meisten Leute wären schon weggewesen.«

»Hmm«, begann er.

»Kein Hmm, Worte.«

»Sy.«

»Gut. Weiter so.«

»Einer der Assistenten. Sys persönlicher Knappe. Er heißt Easton.«

»Wer noch?«

»Ich. Nick Monteleone. Der Fotograf, d. h. der Cinematograf.«

»Wie heißt er, Gregory?«

»Alain Duvivier.«

»Ein Franzose?«

»Mais oui, Monsieur le Detective. Er war da und seine Freundin auch.«

»Ihr Name?«

»Monica. Monique. Aber sie ist weg.«

»Warum?«

»Er fing was mit der Dekorateurin an, Rachel.«

»Wer war noch da?«

Gregory schloß die Augen. Er schien sich die Szene noch einmal vorzuspielen. »Niemand sonst.«

»Sind Sie sicher?«

»Ganz sicher.«

»Blieb Sy noch da?«

»Das weiß ich nicht. Er schickte mich weg, um sein Manuskript neu zu ordnen.«

»Holen Sie mir Alain.«

»Geht nicht. Ich sollte in East Hampton sein und er...«

»Holen Sie ihn jetzt.« Nach zwei Minuten war er da.

Filmleute scheinen sich nicht wie normale, arbeitende Erwachsene kleiden zu können. Alain Duvivier sah aus wie der Urtyp eines kreativen Franzosen. Er war Anfang Zwanzig mit dunkelblondem Haar, das ihm über die Schulter fiel, Augenbrauen der gleichen Farbe und einem Ohrring. Er trug gelbe Shorts und so ein Ringerhemdchen, das praktisch keine Seiten hatte. Größenmäßig ähnelte er einem Grizzlybären, Gregory verschwand neben ihm.

»Hallo«, sagte ich.

»Allo«, antwortete er und fügte dann mit gebührender Düsternis hinzu: »Sy, sehr, sehr traurig.« Er klang so französisch, daß ich fast auf ein Olala wartete, aber es kam nicht.

»Mr. Duvivier, ich habe gehört, daß Sie an einem bestimmten Abend bei der Mustervorführung dabei waren, während derer eine bestimmte Unterhaltung stattfand.« Er konzentrierte sich zu stark, also sprach ich langsamer. »Es gab da einige Bemerkungen über Blitze und eine Diskussion – ein Gespräch – über das, was passieren könnte, wenn der Blitz Lindsay Keefe träfe – erschlüge. Erinnern Sie sich daran?«

»Blitzlicht Lindsay?« fragte er.

»Nein. Blitz.«

»Blitz?«

Ich sah Gregory an. »Wie zum Teufel heißt Blitz auf französisch?«

»Ich hatte Spanisch.«

Ich wandte mich wieder an Duvivier. »Blitz.« Ich zeigte zum Himmel und machte eine Zickzackbewegung. Er schaute etwas unsicher zu Gregory und reagierte auch nicht, als ich ein donnerndes Geräusch machte, dem eine neuerliche Blitzimitation folgte.

Duvivier stammelte: »Rachel...«

»Rachel?« fragte ich.

Gregory sagte: »Seine Freundin übersetzt ihm alles.«

»Versteht er kein Englisch?«

»Nun, nur technische Ausdrücke. Und er sagt sehr oft ›hübsches Mädchen‹.«

»Au revoir«, grüßte ich Duvivier.

»Bye-bye«, antwortete er.

Gut. Der Ton des Fernsehers war leise genug, so daß niemand ihre Anwesenheit im Hause bemerken konnte. Bonnie schaute sich in meinem Lehnstuhl einen Film an. Bevor sie die Fernbedienung betätigte, konnte ich sehen, daß es etwas in Schwarzweiß gewesen war, das ich auch gern gesehen hätte. Mit Kirk Douglas oder Burt Lancaster. Ich verwechsele die beiden immer.

Sie schob sich aus ihrem Sitz. »Fertig? Es ist halb sechs.«

»Geduld.«

»Wir haben eine Vereinbarung.« Sie war sehr friedfertig.

»Geht es dir gut?«

»Mir geht's gut.« Es stimmte nicht, aber da sie weder weinte noch beleidigt oder böse war, konnte ich es nicht beurteilen. »Wie wollen wir vorgehen? Soll ich erst Gideon anrufen, oder willst du mich absetzen...«

»Bonnie, hör zu. Vertraust du mir, meinem Urteil?«

»Ist es nicht ein bißchen spät, das zu fragen?«

»Wir müssen hier raus, und zwar schnell. Ich habe so ein Gefühl, daß Robby, der Arsch, hier ankommen und nach dir suchen wird.«

»Warum?«

»Dazu ist jetzt keine Zeit. Ich erklär's dir auf dem Weg. Laß uns gehen.«

»Auf dem Weg zu mir?« Sie war so ruhig, so nachdenklich. Das konnte sie auch, denn das Verlassen meines Hauses bedeutete soviel wie eine Fahrt zum Bezirksgefängnis.

»Du fährst noch nicht nach Hause.«

»Du hast es mir versprochen.«

»Ich weiß. Aber ich will noch eines ausprobieren. Willst du mir glauben? Mir eine halbe Stunde mehr schenken?«

»Ja.« Leise, korrekt, damenhaft. »Ich will.«

»Dann erhebe deinen Hintern, Bon.«

Sie blickte aus dem Abstellraum in die Küche. Der Herd und der Kühlschrank waren älter als ich.

»Wo sind wir?« Ihre Stimme war nur ein Hauch. Sie hatte gesehen, wie ich den Schlüssel aus einem unbenutzten Blumentopf genommen hatte und dachte, wir brächen irgendwo ein. Aber es schien sie nicht zu erstaunen.

»Mein Elternhaus.« Ich führte sie durch die Küche zur Treppe. »Mein Bruder war bei dem Gespräch über Blitze dabei. Er hat immer Sachen für Sy erledigt. Ich möchte wissen, ob er sich daran erinnert, was nach den Aufzeichnungen bzw. am nächsten Tag geschah.« Bonnie blieb so plötzlich stehen, daß wir zusammenstießen. »Weiter...« Ich zog sie und fuhr fort: »Ich möchte wissen, wen Sy getroffen hat...« Sie bewegte sich nicht. »...und mit wem er gesprochen hat.«

Und dann sah ich, was sie so faszinierte. Ein Gewehrschrank. Pinienholz. Auf einer Farm kennt man das.

Und auch, wenn man in einem Geschäft für Jagdartikel großgeworden ist und einen Vater hatte, der der beste Schütze der Stadt war.

Nein, dachte ich. Nein. Sie war es nicht.

Kapitel 21

Dies war einmal die Brady-Farm gewesen. Ich war hier aufgewachsen und hatte nie wirklich den leichten Geruch des Verfalls bemerkt. Er war wohl immer da gewesen, aber nur, wenn ich zu lange auf der Wohnzimmercouch saß, war er mir aufgefallen. Hier aber, im Herzen des Hauses, ließ er sich nicht ignorieren.

Als mein Vater weg war, wurde er durch Nelkenduftspray von Saks vertrieben, und die wenigen Male, die ich nach meinem Fortgehen nach Hause zurückgekommen war, hatte ich wohl unbewußt durch den Mund geatmet. Doch als ich jetzt Bonnie die Treppe hinaufführte, stieg mir der Modergeruch unangenehm in die Nase.

Es war mir peinlich. Eines Tages würde ich vielleicht in der Lage sein, ihr davon zu erzählen, aber jetzt sollte sie einen guten Eindruck von meiner Familie bekommen. Sie sollte weder den Gestank bemerken noch die schwarzen, gebogenen Ecken des Treppenläufers. Sie sollte glauben, wir wären arm, aber sympathisch. Ich wollte nicht, daß sie glaubte, wir wären arm und so verbittert, daß es uns unmöglich war, Freundlichkeit auszustrahlen.

Als wir halbwegs die Treppe hinauf waren, drehte Bonnie sich um. »Vielleicht warte ich besser unten.« Ich antwortete nicht. Was sollte ich tun? Ihr einen Platz auf der Modercouch anbieten? Und meiner Mutter , wenn sie von der Arbeit käme, sagen: »Mom, das ist Bonnie Spencer. Die Jüdin, deren Mann in Southampton ermordet wurde.« Und meine Mutter: »Ach ja, das ehemalige Munsey-Haus. Paine Munsey. Er ist im Zuckergeschäft. Sie sind nach Little Compton gezogen. Es gefiel ihnen hier nicht mehr.«

Ich legte Bonnie die Hand auf den Rücken. »Es wird nicht lange dauern«, sagte ich und schubste sie vor mir her. Ich war glücklich, daß ich Gelegenheit hatte, sie zu berühren.

Es war richtig, Bonnie bei der Befragung meines Bruders dabeizuhaben. Sie war intelligent, nicht voreingenommen, und vielleicht würde sie das fehlende Element finden, das die Gleichung aufgehen ließe. Klar, Easton war am Tag des Mordes in New York gewesen, doch hätte er am Vortag etwas bemerken können. Ein Telefongespräch, eine Notiz, einen Brief, in denen Feindseligkeit eine Rolle spielte.

Vielleicht hatte er auch kurz nach der ›Blitz‹-Unterhaltung ein Wort wie Lindsay, Gewehr, Schießen, Pool oder Versicherung aufgeschnappt.

Aber was, wenn eines dieser Worte etwas mit Bonnie zu tun hatte? Ganz plötzlich, am Ende dieses Treppenaufgangs, fühlte ich mich wie damals als Kind – leer und traurig.

Ich wußte, sie konnte es nicht getan haben.

Und wenn doch? Nun, dann würde ich wieder zu dem werden, der ich vorher gewesen war. Zu einem Nichts. Mein Leben hielt nur zwei Entschädigungen für mich bereit: Baseball und Arbeit. Aber weder die Yankees noch die Suffolk-County-Polizei konnten Seelen retten. Alle Drogen, die ich versucht hatte – Pastel Patti, Bier, Hasch, Frauen, LSD, Alkohol, Krieg, Heroin, mehr Frauen, mehr Schnaps, Lynne –, hatten nur den Schmerz ein wenig gemildert, aber keinen Frieden gebracht. Nur Bonnie Spencer hatte mich glauben gemacht, daß ich erlöst werden könnte.

Und wenn ich mich in ihr täuschte? Ich könnte wieder anfangen zu trinken und sterben. Oder ich würde einfach ein alter Polizist, der zwischen Baseballspielen und AA-Treffen hin und her pendelt, bis der Tod ihn erlöst.

Aber ich wußte, daß sie es nicht getan hatte.

Nicht nur Easton war überrascht, als ich mit Bonnie in sein Zimmer trat. Bonnie auch. Erstaunt, wütend, überrascht. Easton hatte Sy Spencers Krawatten gestohlen! Ihre Hände ballten sich zu Fäusten, sie hätte ihn erschlagen können. Da waren sie – blaue Krawatten mit winzigen Steigbügeln, grüne mit kleinen Ankern, rote mit mikroskopisch kleinen französischen Flaggen. Alle ausgebreitet auf dem Bett, um für Eastons Vorstellungsgespräch in Kalifornien eingepackt zu werden. Es gab keinen Zweifel über den rechtmäßigen Eigentümer. Easton hätte sich diese Qualität nie leisten können, und außerdem hatte ich sie in Sys riesigem Schrankzimmer gesehen, als ich das Haus durchsucht hatte. Und auf dem Bett waren außerdem – Bonnies Gesicht wurde immer grimmiger – Sys Pullover. Handgestrickte Baumwolle und Kaschmir, modisch weit für Sys Größe, aber knapp für jemand wie Easton. Bonnies Miene sagte: Nimm ihn fest!

Und Eastons Ausdruck? Wütend sicher, denn ich war wieder auf meine heimliche Art eingedrungen. Er stand breitbeinig, die Arme über der Brust gekreuzt; würdig, obwohl er nur einen seiner scheußlichen kurzen Bademäntel trug. Aber er war auch verwirrt und schien sich zu fragen: Ich kenne diese Frau mit Steve, aber wer ist sie? Und geniert; schließlich starrten wir alle drei auf teure Kleidungsstücke aus dem Schrank des sehr eleganten und auch sehr toten Sy Spencer.

Offensichtlich spiegelte meine Miene nicht gerade Freude über die kleinen Diebereien meines Bruders wider. Ich sah ihn förmlich vor mir, wartend, daß wir die Sperren abbauten und gingen. Dann konnte er – unter Vorschub von Aufräumungsarbeiten – durch die Schränke gehen. Ich vermutete, daß bei einer Durchsuchung seiner Schubladen auch Manschettenknöpfe und vielleicht eine dieser kleinen Goldmünzenuhren mit Alligatorarmband finden würde.

Ich wollte gerade die Atmosphäre mit einem kleinen Scherz auflockern, als Easton anfing, sich aufzuspielen. »Ich hätte gern gewußt, was dies zu bedeuten hat, Steve.«

»Möchtest du das?«

Gerade jetzt, wo er überheblich werden wollte, erkannte er Bonnie. Offensichtlich schien ihn ihre Gegenwart zu beunruhigen. Er führte eine Art Tanz vor dem Bett auf, als ob er entweder aus ihrem Blickfeld verschwinden oder ihr den Anblick der Kleidungsstücke ihres Exmannes ersparen wolle. »Was macht *sie* denn hier?« fragte er.

»Wir sind zusammen. Du weißt, daß es Bonnie Spencer ist?«

»Ja.«

Ich schubste Bonnie zu einem Stuhl. »Bleib hier«, befahl ich und wandte mich wieder an meinen Bruder, der jetzt etwas ruhiger geworden war. »Hast du sie gesehen, als sie bei den Außenaufnahmen an Sys Wohnwagen klopfte?«

»Ja.« Seine Stimme klang forciert. Ich dachte, er scheint sich entsetzlich zu schämen, daß wir ihn auf frischer Tat ertappt haben. Jeder weiß, daß man Millionen stehlen und hochgeachtet sein kann, aber stehle Krawatten, und du bist ein Unmensch.

»Und Sy forderte sie auf zu verschwinden, weil sie dort nicht hingehörte?«

»Ja.«

»Stephen, hör zu ...«, begann Bonnie.

»Nicht jetzt.« Dann fragte ich meinen Bruder: »Wußtest du, daß Sy eine Affäre mit ihr hatte?«

»Wie bitte?« Sein Ton war ungläubig.

»Antworte mir!«

Ich mußte herauskriegen, inwieweit er über Sys Privatleben Bescheid wußte. Was wußte er? Was konnte er erraten? Hatte Sy an dem gewissen Abend Telefongespräche geführt? Vielleicht hatte Easton die eine oder andere Bemerkung mitgehört. Würde denn der so propere Easton wirklich lauschen?

Als ich ihn so vor mir sah, ging mir auf, daß er ein phantastischer Zeuge der Anklage war. Korrekt gekleidet, mit einer seiner neuen Krawatten. Sein Haar würde im hellen Licht des Zeugenstandes glänzen, seine dunkle, akzentfreie Stimme würde anklagen, überzeugen.

Ich schaute zu Bonnie – ihre Augen hatten sich an Easton festgesaugt.

Dann fiel mir wieder ihr Blick unten bei dem Gewehrschrank ein. Ihr Ausdruck des Schmerzes, der Kenntnis, was die Tür verbarg.

Und was verbarg sie?

Das Zwölfschußgewehr meines Vaters.

Und seine Zweiundzwanziger.

Und dann wußte ich, was Bonnie wußte.

Easton schien es zu fühlen. Er stand ganz still und schaute mich an.

Jetzt zum Verhör. Mit der unnachahmlichen Brady-Ordnung nahm ich Sys Pullover vom Bett und legte sie ordentlich auf die Kommode. Dann nahm ich die Hand meines Bruders, und wir setzten uns auf den frei gewordenen Platz.

»East«, sagte ich.

»Ja?«

»Möchtest du mir etwas sagen?«

»Nein.«

»Bitte!«

Sein Nacken und seine Ohren röteten sich, aber er beharrte in seiner Haltung. »Nein. Auf keinen Fall.«

»Ich habe das Gewehr gefunden.« Er schüttelte den Kopf. »Ich habe es gefunden, East.« Innerlich betete ich, daß er es mit seinem angeborenen Ordnungssinn wieder auf den alten Platz gehängt und nicht von einer Fähre aus in den Long-Island-Sund geworfen hatte. Doch sein Anblick bestätigte meine Vermutung. Er rückte von mir ab und glättete nervös unsichtbare Fältchen in einer Krawatte neben sich. Leise sagte ich: »Es ist nur eine Zeitfrage, bis wir die Ergebnisse der ballistischen Tests haben.« Er sah mich nicht an. »Wir feuern das Gewehr ab und vergleichen die Markierungen der Kugeln mit denen, die auf Sy abgefeuert worden sind. Und die Spuren werden übereinstimmen, East.«

Easton hob das Kinn und blähte verachtungsvoll die Nasenflügel. »Ich kann es nicht glauben, daß du auch nur an so etwas denken kannst.«

»Wie soll ich es nicht denken?«

»Du bist mein Bruder.«

»Ich weiß. Vielleicht habe ich darum so lange gebraucht.«

Sonst hatte ich bei der Auflösung eines Falles immer einen Energiestoß gehabt, eine Art Wissensdurst. Aber jetzt fühlte ich mich nur müde und ausgelaugt.

»Ich möchte, daß ihr beide sofort geht«, befahl mein Bruder. Er blickte Bonnie böse an. »Es gibt nichts zu besprechen.«

»O doch, sehr viel«, sagte ich.

»Das ist alles vollkommen idiotisch.«

»Nein. Ernst und wichtig.«

»Ihr habt keine Beweise.«

»Ich habe die Mordwaffe.«

»Sei nicht melodramatisch. Sind Fingerabdrücke darauf? Na, sind welche da?«

»Es kann gut sein, selbst wenn du denkst, du hättest alles abgewischt. Wir benutzen jetzt Lasertechnologie.«

Er schüttelte den Kopf. Entweder glaubte er mir nicht, war nicht beeindruckt oder hatte keine Angst. »Und wenn da keine Abdrücke sind?« fragte er.

»Wer sonst würde Dads Zweiundzwanziger nehmen und Sy Spencer erschießen? Mutter vielleicht?«

»Du mußt sie natürlich da hineinziehen!«

»Bleib ruhig. Wer hat es denn getan? Du oder ich?«

Ich stand auf und ging zu Eastons Kleiderschrank. Alles war in perfekter Ordnung: Anzüge, Hemden, Krawatten (mehr von Sy), Hosen, Blazer, Schuhe. Letztere in ihren Schachteln ohne Vorderseite, so daß man jedes Paar gut sehen konnte. Alle Arten von Schuhen: Mokassins, Schnürschuhe, Golfschuhe, Tennisschuhe, Laufschuhe, Slippers. Und Gummisandalen. Ganz normale Gummisandalen für den Strand, wie man sie überall kaufen kann. Herrengröße elf – meine Größe, Eastons Größe.

Mit einem Kuli in der rechten Hand schubste ich den Karton von seinem Bord auf meine in ein Taschentuch gewickelte linke Hand.

Ich sagte: »Als wir Kinder waren, hast du Wetten immer verabscheut. Weißt du, warum? Weil ich immer gewann. Und jetzt wette ich mit dir, daß diese Sandalen mit den Abdrücken übereinstimmen werden, die wir vom Tatort haben. Bei Sys Rasen handelt es sich um eine ganz besondere Art, die sonst hier nicht wächst – Adelphi. Der Experte sagte mir, es müsse ein Vermögen gekostet haben, eine so große Fläche damit zu bedecken.« Ich hielt die Schachtel hoch. »Ich wette, wir werden ein oder zwei Halme Adelphi genau hier finden.«

Es dauerte einen Moment, bevor Easton seinen Blick von dem Schuhkarton abwenden konnte. Dann winkte er mich geheimnistuerisch mit seinem Zeigefinger heran. Ohne Bonnie anzuschauen, flüsterte er: »Warum ist sie hier?«

»Sie hat mir geholfen, Auskünfte über Sy gegeben.«

Easton schien sich über seinen nächsten Schritt nicht im klaren zu sein. Sein Mund öffnete sich, aber er blieb stumm.

»Ich sag ihr, sie soll ein bißchen spazierenfahren.« Er schien erleichtert und senkte den Kopf. Es sah fast nach einer Verbeugung aus.

Ich ging zu Bonnie und sprach leise: »Kannst du mein Auto fahren? Du kennst ja dieses Naturschutzgebiet ungefähr zwei Minuten nördlich von hier. Dann nimm kleine Nebenstraßen bis zu Gideon. Parke nicht zu nah an seinem Haus. Ruf ihn auch nicht an, daß du kommst. Und geh von hinten zum Haus, falls es überwacht wird. Verstanden?«

Sie war gefaßt und ganz geschäftsmäßig. »Ja.«

»Erzähle Gideon, was los ist. Unter den gegebenen Umständen wird er nicht wollen, daß du dich stellst. Also warte ab.«

»Brauchst du Hilfe? Soll ich jemanden anrufen?«

»Nein.«

»Versprich mir...«

»Ja. Ich paß schon auf. Sollten sie dich trotz allem erwischen und verhaften, dann mach keine Aussage.«

»In Ordnung.«

Ihr Blick traf Easton. Ich wußte, was sie dachte: Wenn ich ihn nicht festnageln konnte, würde sie dran sein. Vielleicht würden auch die Analysen keine Bestätigung bringen. Oder ich würde es nicht über mich bringen, meinen Bruder auszuliefern.

»Ich vertraue dir«, sagte Bonnie zum Abschied. Sie nahm meine Autoschlüssel und ging.

»Du hast Sy getötet«, sagte ich zu Easton.

»Bitte, Steve...«

»Du hast ihn umgebracht.«

Er ließ sich in den von Bonnie verlassenen Stuhl sinken. »Ich wollte es nicht. Es tut mir leid.«

»Du wolltest Lindsay töten?«

»Ja. Wie bist du darauf gekommen? Durch die Unterhaltung über Blitzschlag?«

»Sag mir, was passiert ist, Easton.«

»Weißt du, was komisch ist?« Er zog am Saum seines Bademantels wie eine Frau mit häßlichen Beinen an einem zu kurzen Rock. »Sonst nennst du mich immer East, und jetzt sagst du Easton.«

»Was ist passiert?«

Die blauen Augen meines Bruders füllten sich mit Tränen. »Du mußt wissen, daß ich diesen Mann geliebt habe. Er war zwar nur sechzehn Jahre älter als ich, aber er war wie ein Vater für mich.« Er verbarg das Gesicht in den Händen und weinte.

Ich saß auf dem Bett und betrachtete ihn. Gern hätte ich Mitleid gehabt, aber die Nummer DER WEINENDE MÖRDER hatte ich schon zu oft gesehen.

Menschen, die töten, sind eigenartig. Nicht nur, weil sie Gott ein Schnippchen schlagen, sein Geschenk des Lebens auslöschen und die einzige Tat begehen, die ohne Zweifel und überall verdammenswert ist. Nein, was mich an Mördern immer faszinierte, waren nicht ihre Bosheit, ihre Distanz zum Rest der Menschheit, sondern ihre Nähe dazu. Ich habe Mütter, die ihre Kinder zu Tode geprügelt hatten, an deren Särgen weinen sehen. Ich habe junge Männer am Grabe ihrer Freundin vor Leid schreien hören, und doch hatten sie das Mädchen geschlagen, erwürgt und dann vergewaltigt. Sie waren so verletzlich, so hilflos, diese Mörder. Und ich wußte auch, was kommen würde: Eastons Augen würden mich anflehen – hab Mitleid, hilf mir, sei nicht hart, denn ich, der Überlebende, bin auch nur ein Opfer dieses furchtbaren Verbrechens. Mein Verlust ist unersetzlich, sieh doch meine Tränen.

Ich machte es mit Easton genau wie bei den anderen. Ich gab ihm, was zu verdienen er glaubte: Sympathie, Mitleid, Verständnis. »Es muß furchtbar sein«, sagte ich.

»Es ist die Hölle.« Ich schüttelte den Kopf, als könne ich seine, unsere Trauer kaum ertragen.

Wer hatte ihm das Recht gegeben zu töten, mit Sys Krawatten nach Kalifornien zu fliegen und Bonnie fünfundzwanzig Jahre für seine Schuld bezahlen zu lassen?

Ich empfand keine Trauer über das dumme, vergeudete, leere Leben meines Bruders und auch keine Schuldgefühle, ihm nicht genug geholfen zu haben. Nein, mir war kalt, und ich war müde. »Erzähl mir, wie es geschah, East«, drängte ich. O wie war mein Ton doch mitfühlend.

»Jetzt sagst du wieder East.«

Ich lächelte. »Ich weiß. Du bist doch mein Bruder, oder etwa nicht? Komm, laß uns reden. Erzähl mir, was geschah. Gab es schon vor dem besagten Abend Andeutungen in die Richtung, daß Sy sich Lindsays entledigen wollte?« In einem Gespräch mit einem Mörder versucht man möglichst, das Wort Mord nicht zu erwähnen.

»Nein. Nichts. Ich wußte, daß es Schwierigkeiten gab. Sy hatte sie von einer Minute zur anderen fallengelassen. Aber du weißt ja wohl, daß er sich nur selten anvertraute.«

»Doch dann fiel die Bemerkung mit dem Blitzschlag und daß mit Lindsays Tod die Probleme beendet wären. Was passierte dann?«

Easton antwortete nicht. Er zog weiter am Saum seines Bademantels. Es war eines dieser häßlichen Dinger, die Mutter im Schlußverkauf erstand und dann für Weihnachten aufsparte. Er hatte die graubraune Farbe eines Putzlappens.

»Wer hat die Idee mit Lindsay gehabt? Du oder Sy?«

»Ich. Aber nicht wie du denkst. Ich habe ihm nur ein paar Fragen über die Versicherung gestellt. Er sagte, wenn einer der Hauptdarsteller stürbe, würden die Versicherungen bezahlen, um den Film neu drehen zu können. Wenn man zum Beispiel einen Vierzigtagedrehplan hatte und der Star stirbt nach fünfzehn, dann erhalten die Produzenten das Geld für die fünfzehn Tage. Sy sagte, der Versicherungsschutz sei ziemlich fair.«

»Aber da war noch nicht die Rede davon, daß du ihm die Sache erleichtern solltest?«

»Nein. Da noch nicht.«

Mein Bruder schien zu bedauern, daß Sy nicht gleich auf sein Angebot eingegangen war. Ich zweifelte nicht daran, daß Eastons Versicherungsgespräche Sy auf eine Idee bringen sollten. Vielleicht hatte er vorher gar nicht daran gedacht. Aber da war sie plötzlich: Wenn der Blitz einschlüge.

Aber Sy war kein Idiot. Er wußte, wie gefährlich Blitze sind und daß nur Experten damit umzugehen wissen. Experten wie Mikey. Keine Amateure wie mein Bruder. Also hatte er Easton übergangen und sich an einen Profi gewandt. Aber der Profi war intelligenter gewesen als Sy und Easton zusammen. Er hatte abgelehnt.

»Wann kam die Sache wieder auf die Tagesordnung?«

»Mittwoch abend.«

Ich lehnte mich auf dem Bett zurück und versuchte, den Eindruck des großen Bruders zu erwecken, der den kleinen über seinen ersten Schultag ausfragt. »Wie hat er es angesprochen?«

»Das hat mich ja so erstaunt, Steve. Er war so unglaublich direkt. Er sagte: ›Wir müssen ein Ende machen mit Lindsay.‹ Er hatte bereits seine Flugreservierungen und seine Termine in L.A. und wollte es am Wochenende in seiner Abwesenheit erledigt haben.« Easton sprach so schnell und frei, daß ich ihn nicht unterbrach, um zu fragen, warum er es am Tage vor dem Wochenende getan hatte. »Er fragte nicht, willst du es tun oder so. Er sah es als gegeben an.«

»Das paßt ja wohl ins Bild, nicht?«

»Sarkastisch brauchst du nicht zu werden.«

»Nein, East, das bin ich nicht. Aber ich will eine ehrliche Unterhaltung. Keine Lügengeschichten zwischen uns, wir sind Brüder.«

»Bitte, Steve, werde nicht überheblich.«

»Aber nicht doch. Also, hat er es geplant oder du?«

»Er hatte alles im Kopf. Er erfand den Mörder – einen verrückten Fan. Er wollte alle glauben machen, Lindsay habe einen Brief mit Liebesschwüren und Morddrohungen erhalten.«

»Aber so einen Brief hat sie nie bekommen?«

»Klar hatte sie verrückte Briefe bekommen. Das passiert allen Schauspielern. Es gehört dazu. Sie hatte auf Feten mit Sys Freunden davon erzählt. Sy sagte, der Mord würde eben einfach eine schreckliche Konsequenz dieser Briefe sein. Er würde der Polizei erzählen, sie sei beunruhigt über einen Drohbrief gewesen, den er aber nie gesehen habe. Er hätte ihr angeraten, eine Privatdetektei zu beauftragen, aber sie war mit dem Film beschäftigt und tat nichts. Und dann sollte ich sagen – aber nur wenn gefragt –, daß ich Lindsay und Sy über den Brief sprechen gehört hatte.«

»Wollte er einen Brief fälschen?«

»Nein. Er sagte, er hätte daran gedacht und es auch fast getan. Aber es sei zu riskant.«

Sys Cleverness erstaunte mich. In nur zwei Tagen hatte er einen brillanten, fast perfekten Plan für Lindsays Beseitigung ausgebrütet. Nur, anstatt Mikey auf seine Seite zu bringen, hatte er einem Dummkopf vertraut. Also war er vielleicht letztendlich doch nicht so klug gewesen. Er hatte seinen eigenen Tod geplant.

»Wer hat das Gewehr ausgesucht?«

»Ich. Er wollte, daß ich sie ersteche.«

»Wäre das nicht sehr schmutzig gewesen?«

»Ja, aber ausgesprochen überzeugend«, erklärte Easton. »Stich einmal zu, um zu töten, und dann wieder und wieder, so daß es nach der Tat eines Irren aussieht, sagte er. Aber ich habe ihm erklärt, daß ich dafür nicht geschaffen sei.« Ich nickte ernsthaft, als hätte ich großen Respekt vor der Empfindsamkeit meines Bruders. »Doch ich erzählte ihm, daß ich früher ein recht guter Schütze gewesen bin. Er war begeistert über das Gewehr, weil wir keines zu kaufen brauchten. Der Gedanke an Spuren machte ihn nervös.«

»Das kann ich verstehen. Wir haben die Bücher der Waffenhändler überprüft. Er war nicht dumm.«

»Ja, das stimmt.« Mein Bruder wurde wieder ein bißchen weinerlich.

»East, wie hast du es geschafft, das Gewehr zu nehmen, das jahrelang nicht angerührt worden ist, und darauf zu vertrauen, daß du Lindsay mit einem oder zwei Schüssen würdest erledigen können?«

Er lächelte wissend. »Nun, etwas Mut brauchte es schon. Aber ich hab alles gut geplant. Aber zuerst mußte ich den Schlüssel für das Vorhängeschloß des Waffenschrankes finden. Ich habe stundenlang gesucht. Du wirst nie erraten, wo er war.«

»Auf dem Waffenschrank.«

»Du wußtest es?«

»Klar. Du hättest mich fragen sollen. Du hättest Zeit gespart.« Wir kicherten beide. »Also nahmst du das Gewehr, schloßest wieder zu und gingst. Kimme, Korn, Ziel.«

»Nein. Ich habe es gereinigt.«

»Klug. Hast du es ausprobiert?«

Er nickte. »Ich war auf einem Schießstand.«

»Wo?«

»In Riverhead.«

»Gut. Da war ich auch schon. Wo hattest du die Munition her?«

»Aus einem Eisenwarengeschäft in der Nähe.«

»Hast du Schießübungen gemacht?«

»Ja. Aber ich brauchte nicht viel. Das ist wie Radfahren. Man verlernt es nie.«

»Das stimmt.«

»Und fünfzig Fuß ist nahe.«

»Hattest du mit Sy abgesprochen, von welcher Stelle aus du schießen solltest?«

»Ja. Man hatte einen guten Blick auf den ganzen Pool, aber wegen der Veranda war die Stelle geschützt. Ich mußte nur dafür sorgen, daß niemand in der Nähe war. Sy sollte in L.A. sein, die Köchin sollte freihaben. Sy befürchtete, daß Lindsay irgendwelche Leute einladen könnte oder daß Victor Santana zum... na, du weißt schon.«

»Und wenn Santana da gewesen wäre?«

»Dann hätte ich gewartet.«

»Und wenn er nicht gegangen wäre? Hättest du ihn auch erledigt?«

»Nicht am Sonnabend. Ich sollte dann am Sonntagnachmittag wiederkommen. Dann wäre er sicher weg gewesen und hätte den nächsten Drehtag vorbereitet. Sie wäre allein gewesen. Aber... du willst doch, daß ich ehrlich bin?«

»Ganz bestimmt, East.«

»Wenn nicht, dann sollte Santana auch daran glauben. Es hätte ausgesehen, als hätte der Irre sie zusammen gesehen und sei eifersüchtig geworden.«

Ich stand auf und ging zum offenen Fenster. Ich war erschöpft, ausgelaugt, mußte aber einige Schübe von irrer Aggressivität niederkämpfen. Ich hatte Lust, ihn von seinem Stuhl zu stoßen und seinen Kopf wieder und wieder auf den Boden zu schlagen. Ich war entsetzt – er, der Mörder, war so zivilisiert und ich, der Polizist, dem Irrsinn nahe.

»Und was geschah nun am Freitag?« fragte ich.

»Ich war früher fertig in New York und bin auf Nebenstraßen nach Hause gefahren. Ich war kurz vor vier hier. Du kannst dir ja vorstellen, daß ich aufgeregt war. Das Wochenende sollte anders sein.«

»Ja.«

»Ich hab mir gesagt, ich kann nicht warten. Ich muß es heute zu Ende bringen. Ich konnte den Streß nicht länger aushalten. Aber ich habe überlegt. Ich hatte Sy versprochen, bis Sonnabend oder Sonntag zu warten, um sicherzugehen, daß er in Kalifornien war. Aber ich rief die Fluggesellschaft an und fragte, ob der Zehnuhrfünfzehnflug nach L.A. auch gestartet sei. Sie sagten ja und er wäre auch kurz nach vier New Yorker Zeit gelandet. Also wußte ich...« Stolz richtete er sich auf, »daß er angekommen war.«

»Du riefst ihn nicht an, nur um sicherzugehen?«

Der Stolz schmolz dahin. Easton schien zu schrumpfen. »Ich wollte nicht überängstlich erscheinen, und Sy sollte nicht denken, ich hätte Schiß. Er sagte, wir würden telefonieren, aber nicht mehr als üblich.«

Easton verschwieg etwas. Ich spürte es. Er hatte dieses unsichere, suchende Don-Quayle-Lächeln, das er auch als Kind immer aufgesetzt hatte, wenn Mutter ihn nach der Schule fragte. »East, du vergißt etwas«, sagte ich freundlich. »Los. Was ist es?«

»Sy hinterließ eine Nachricht auf meinem Anrufbeantworter.«

»Was sagte er?«

»Daß er den Hubschrauber nehmen und anstatt am Vormittag erst um sieben Uhr abends fliegen würde und anriefe, sowie er im Hotel sei. Aber siehst du, als ich aus der Stadt kam, habe ich mir die Nachrichten nicht angehört. Ich kann es immer noch nicht verstehen – so eine Nachlässigkeit. Das ist nicht meine Art. Aber ich zog nur den Anzug aus und wechselte...«

»... zu Gummisandalen?«

»Ja. Und Shorts und Hemd, so daß ich normal wirkte.«

»Wo war das Gewehr?«

»Nachdem ich es aus dem Schrank genommen hatte, blieb es im Kofferraum meines Wagens. In einer dieser Sporttaschen. Sy hatte mir geraten, es so zu machen und Kleidungsstücke darüberzulegen, so daß es nach Wochenendgepäck aussah. Er meinte, nur das Gewehr allein würde komisch in der Tasche wirken.«

»Und dann?«

»Ich tat, was Sy gesagt hatte. Fuhr seitlich an das Haus heran, bei der Garage, wo Platz für drei oder vier Wagen ist. Ich öffnete das Fenster, stellte den Motor ab und saß einfach ein paar Minuten lang da.«

»Er wollte, daß du dich vergewisserst, daß niemand in der Nähe war?«

»Richtig. Dann stieg ich aus, nahm die Tasche und ging zu dem Platz unter der Veranda.«

»Wie spät war es?«

»Kurz nach vier. Ich wußte, daß bei *Starry Night* die Szene gedreht wurde, wo Lindsay ins Meer rennt. Ich hoffe nur, daß sie müde und nervös war und man sie deshalb früher gehen ließ. Die beiden Freitage davor war es so gewesen.«

»Weil sie müde war?«

»Nein. Weil sie zu Sy gehörte und verwöhnt war.«

»Hätte man mit den Dreharbeiten aufgehört, wenn sie gegangen wäre?«

»Nein. Sie hätten noch bis sechs oder sieben weitergemacht und sich auf Nick konzentriert. Für ihn war es egal, ob sie da war oder nicht. Darauf zählte ich.«

»Und Mrs. Robertson?«

Easton schlug sich an die Stirn. »Mein Gott, stimmt ja. Es war Freitag.«

»Du hattest sie vergessen?«

»Vollkommen. Hat sie mich gesehen?«

»Du weißt genau, daß ich dir das nicht sagen kann. Also du kamst zu der Stelle unter der Veranda. Was geschah dann?«

»Nun, sie war da, stand beim Pool und sprach in das tragbare Telefon. Nur daß sie es nicht war.«

»Die Unterhaltung konntest du nicht hören, oder?«

»Wie denn? Das Rauschen des Meers ist immer da, und außerdem kam klassische Musik über die Lautsprecher.«

»Und die Gestalt stand mit dem Rücken zu dir?«

»Ja. Und Sy trug den gleichen weißen Bademantel wie Lindsay. Solche Dinger sind haufenweise da, für Gäste. Aber es sah nach Lindsay aus.«

»Das glaube ich – klein, schlank und die Kapuze oben.«

Mein Bruder schien erstaunt. »Warum hatte er die Kapuze auf?«

»Er war geschwommen, sein Haar war naß.«

»So was Dummes! Wäre die Kapuze unten gewesen, hätte ich es sofort gemerkt.«

»Wann hast du es erfahren?«

Er schluckte. »Als ich nach Hause kam.«

»Du hast ihn erschossen und bist dann gleich nach Hause gefahren?«

»Ja. Das hatte er mir gesagt. Fahr gleich nach Hause. Nicht zu schnell und nicht zu langsam. Als ob man bei dem Verkehr hätte schnell fahren können! Und dann sollte ich ihn im Bel-Air anrufen und für den Fall, daß er nicht da war, eine Nachricht beim Castingchef hinterlassen. Wenn alles in Ordnung war, sollte ich sagen, ich würde ihm noch drei Exemplare des Drehbuchs per Eilboten schicken.« Er setzte sich kerzengerade auf seinem Stuhl hin. »Ich kann es dir nicht beschreiben – diese Nachrichten auf dem Anrufbeantworter. Erst spulte ich zurück und hörte Sy sagen, er würde den Siebenuhrflug nehmen. Und dann...« Easton weinte ehrlich, aber er übertrieb seine Gesten, indem er aufstand, seinen Kopf gegen die Wand lehnte und sie immer wieder mit der Faust bearbeitete.

»Und dann...«, fuhr er fort, »dann kam dieser Junge, dieser Assistent mit ›es würde mich vielleicht interessieren, daß Sy bei sich zu Hause umgebracht worden sei‹. O Himmel...«

»Ich weiß nicht, was ich sagen soll, East. Was für ein Schock!«

Er lehnte sich gegen die Wand und wischte seine Augen mit dem Revers des Bademantels. »Was soll ich jetzt machen, Steve?«

Ich beachtete seine Frage nicht und stellte selbst eine. »Was war mit dem Drehbuch, das du mir gezeigt hast? *Die Nacht des Matadors?*«

»Bei ihm zu Hause gab es Schränke voller Drehbücher. Als die Polizei letzten Sonnabend weg war, habe ich einfach eins rausgegriffen. Weißt du, als mir aufging, was ich getan hatte, wollte ich beweisen, was für eine gute Beziehung ich zu Sy hatte. Niemand sollte denken, ich hätte ihn umbringen können. Denn was wäre ich denn ohne ihn gewesen?«

»Erzähl mir von der Lindsay-Geschichte«, sagte ich. »Du benahmst dich, als ob du verrückt nach ihr wärst. Das stimmte doch nicht, oder?«

»Nein. Natürlich nicht. Ich sah sie, wie sie war.«

»Aber du gabst vor, in sie verliebt zu sein. Warum?«

»Das hab ich mir auch nachher ausgedacht«, sagte er, und die Erinnerung an seine Schlauheit ließ ihn aufleben. »Vielleicht hätte sich jemand an das Gespräch bei der Mustervorführung erinnert und irgendwelche Schlüsse gezogen. Aber wenn die Polizei glaubte, ich wäre in sie verliebt gewesen, dann hätte man mich nie verdächtigt.«

»Wenn wir gleich zu Anfang Lindsay als Opfer erkannt hätten, dann wärst du sofort in Verdacht gewesen.«

»Warum?« Er sah verärgert aus.

»Weil du eine emotionale Beziehung zu ihr hattest.«

»Das ist dumm.«

»Na ja, das ist eben die Polizei. Dummer, einfallsloser Beamtengeist. Immer nach Vorschrift.«

Verächtliches Kopfschütteln. »Komische Vorschrift.«

»Jedenfalls«, sagte ich, »Vorschrift oder nicht, wir haben dich, Easton, nicht wahr?«

»Nein!« Er lief auf mich zu und ergriff mein Jackett. »Steve, das wirst du doch nicht tun?« Augen und Mund waren weit vor Entsetzen. »Steve! Bist du verrückt? Ich bin dein Bruder.«

»Das weiß ich.«

»Wie kannst du nur daran denken, so etwas zu tun.«

»Zieh dich an«, sagte ich. Aber er stand einfach da und klammerte sich immer noch an mein Jackett. »Es wird spät. Komm!«

»Denk nach! Überlege, was du tust. Und Mutter?«

»Sie wird bald kommen. Dann kannst du ihr erzählen, was los ist. Oder wenn sie sich verspätet, dann komme ich nachher noch mal und erklär's ihr. Aber erst bringe ich dich ins Hauptquartier.«

Seine Arme baumelten leblos hinunter. Er sprach leise und eindringlich. »Steve, versteh doch. Das wird sie umbringen.« Ganz der gute Sohn.

»Das glaube ich nicht.«

»Ich kenne sie besser als du. Einen solchen Schlag erträgt sie nicht.«

»Aber ja doch.«

»Du denkst, sie ist zäh, aber das ist nicht wahr.«

»Ich weiß. Sie ist einfach nur leer. Sie wird es überleben. Bitte, laß mich nicht mehr den Polizisten spielen als nötig. Zieh dich an.«

Statt dessen setzte er sich auf den Stuhl. »Was würde passieren, wenn du mich laufenließest?«

»Es würde Bonnie Spencer das Leben kosten.«

»Nein, bestimmt nicht.«

»Doch. Es gibt einen Haftbefehl.«

»Wie kommt es dann, daß sie mit dir hier war?«

»Weil ich mich um sie kümmere. Ich glaubte nicht an ihre Schuld.« Ich schaute nach draußen. Die Dämmerung begann.

»Du willst mich verhaften lassen? Ich soll ins Gefängnis? Steve!« schrie Easton. »Wer, zum Teufel, ist sie? Wie kannst du sie beschützen wollen und nicht mich?«

»Ich beschütze sie, weil sie unschuldig ist.« Ich sprach mehr in die Dämmerung als zu Easton.

»Aber ich bin dein Bruder.«

»Du bist ein Mörder.«

Easton näherte sich dem Fenster. Ich breitete mich unwillkürlich aus, für den Fall, daß er hinausspringen wollte. Aber er starrte nur hinaus in das Zwielicht. »Nichts wird Sy jetzt wieder zurückbringen«, sagte er.

»Ich weiß.«

Er sah mich an. »Ich will nicht, daß diese Frau für mich ins Gefängnis geht.«

»Seit wann?«

»Hör zu. Wir können uns doch etwas einfallen lassen. Ich kann ihr ein Alibi verschaffen.« Ich reagierte nicht. »Einen Moment.« Easton rieb sich die Hände. »Also erstens werde ich erzählen, daß die Dinge mit Lindsay schlecht standen und Sy wieder mit seiner Exfrau glücklich zu sein schien – und kein Hehl daraus machte. Ich hätte es vorher nicht erwähnt, weil ich in Lindsay verliebt war und nichts sagen wollte, was ihr hätte schaden können. Ich werde meinen Irrtum zugeben, mich entschuldigen. Dann werden sie nicht glauben, daß seine Exfrau einen Grund hatte, ihn umzubringen. Und dann sage ich... Ich wüßte, daß ich auf dem Rückweg von New York angehalten und sie aus einer Telefonzelle angerufen hätte. Wegen ihres Drehbuchs oder so. Und sie sei zu Hause gewesen. Hätte abgenommen und...«

»Nein.«

»Warum nicht?«

»Weil es so einfältig ist, daß man darüber lachen muß. Und weil sie anständig und ehrenhaft ist und dieses falsche Alibi sie krank machen würde. Sie hat es nicht nötig zu lügen. Wir haben unseren Täter, Easton.«

»Ist bei dir immer alles entweder schwarz oder weiß? Kennst du keine Zwischentöne?«

»Ich wünschte, dies alles würde nicht geschehen«, sagte ich.

»Braucht es auch nicht.«

»Ich habe keine Wahl. Ich bin Polizist. Ich weiß, daß es in dieser Welt Millionen von Zwischentönen gibt. Ich kenne sie, aber ich kann nur nach schwarz oder weiß handeln.«

Easton kam zu mir und schlang seine Arme um mich. Eine wirkliche Umarmung. Außer von meinem Vater, wenn er angetrunken war, und meiner Großmutter war ich noch nie von einem Mitglied meiner Familie umarmt worden.

»Steve«, sagte mein Bruder. »Ich brauche dich so. Mein Leben ist nichts als eine Aneinanderreihung von Fehlern gewesen. Ein Versteckspiel nach dem anderen. Und jetzt das. Ich weiß nicht, für wen ich mich hielt und was ich sein wollte, aber ich habe alles falsch gemacht. Mehr noch. Ich habe ein Verbrechen begangen.« Ich fuhr ihm über den Hinterkopf. Sein Haar war viel weicher als meines. »Eine verabscheuungswürdige Tat, ich weiß es. Aber ich war so verwirrt, so schwach, daß ich bis jetzt nicht den Mut hatte, den Tatsachen ins Auge zu sehen. Bis eben.« Er nahm seine Arme weg und trat etwas zurück. »Hör mich bis zum Ende an. Bitte.«

»Weiter.«

»Ich weiß, du denkst, daß ich nutzlos bin. Und du hast recht. Nie habe ich mich nach den Prioritäten im Leben gefragt. Und jetzt muß ich mich der Wahrheit stellen. Ich kann bis zum Ende meines Lebens ins Gefängnis gehen. Du weißt, was Gefängnis ist.«

»Ja.«

»Ist es so schlimm, wie man sagt?«

»Schlimmer.«

»Ich schwöre dir bei allem, was mir heilig ist, daß ich den Rest meines Lebens damit verbringen werde, meine Tat wiedergutzumachen.« In dem perfekten goldenen, rosa und blauen Licht stand er vor mir. »Wir hatten nie eine sehr enge Beziehung, aber wir sind doch Brüder. Ich will keine Sonderbehandlung, aber ich bitte dich, ich flehe dich an – gib mir noch eine Chance. Wir haben beide nie viel Glück gehabt. Ich habe meine Chance vertan. Für immer. Aber vielleicht kannst du mir doch etwas geben.«

»Was?«

»Vergebung.«

Ich schaute an ihm vorbei nach draußen in das magische Licht der Dämmerung. Sie kommt und geht schnell. Im Film gibt es sie zweimal – morgens und abends. Aber im wirklichen Leben gibt es Momente der Gnade fast nie.

Wenn ich meinen Bruder auslieferte, war es sein Ende. Ich konnte ihm Freiheit geben, die Möglichkeit, sein Heil zu finden, denn was er sagte, war richtig: nichts konnte Sy zurückbringen. Ich brauchte mich nur von Easton überwältigen zu lassen, und er würde in ein anderes Leben verschwinden.

»Kannst du mir nicht vergeben, Steve? Hast du denn nie etwas Falsches getan?«

»Spinnst du? Der Großteil meines Lebens war falsch. Das ist kein Geheimnis.«

»Ach was? Also sind wir gleich.«

»Nein, East. Selbst wenn ich etwas Falsches tat, so wußte ich, daß es Gesetze gibt. Und auch, daß Gott da war.«

»Aber Gott vergibt.«

»Ich weiß. Und vielleicht wird Gott dir vergeben oder hat es schon getan. Das kann ich nicht beurteilen. Und vielleicht kann ich persönlich dir auch vergeben. Aber ein Leben ist ausgelöscht worden.«

»Was meinst du damit?«

»Daß eine Entschuldigung nicht ausreicht.«

»Du schickst mich ins Gefängnis?«

»Nein, das ist nicht meine Aufgabe. Ich werde dich nur wegen Mordes an Sy Spencer verhaften.«

»Verdammt! Damit bringst du mich doch ins Gefängnis!«

»Ich tue nur meinen Job.«

»Ich werde sagen, daß du mich vorschiebst, um diese Frau zu retten.«

»Das Gewehr, East. Die ballistischen Tests. Die Sandalen mit Adelphi-Gras.«

»Jemand hätte das Gewehr und meine Sandalen stehlen können.«

»Und hat sie wiedergebracht?«

»Beweise doch, daß ich es war.«

»Es gab da einen Mann, der in einem Eisenwarengeschäft Munition gekauft hat und am Tag vor dem Mord mit einer alten Marlin 22 auf einem Schießstand bei Riverhead Zielübungen gemacht hat. Ein gutaussehender Mann, Ende Dreißig. Glaubst du nicht, daß Zeugen ihn wiedererkennen würden? Ihn bei einer Gegenüberstellung erkennen würden, auf ihn zeigen würden im Gerichtssaal?« Ich öffnete die Schranktür. »Mach dich bereit, East. Wir müssen gehen.«

Mein Bruder kannte mich zu gut, um mich anzugreifen oder einen Fluchtversuch zu machen. Er lief nur ein paar Sekunden hysterisch im Zimmer hin und her, dann zog er sich an. Was sollte er sonst tun? An einem Freitagabend in der Hochsaison in einem scheußlichen graubraunen Bademantel vor die Tür rennen? Nein, dazu hatte er zuviel Stil.

Kapitel 22

Schließlich rief ich Ray Carbone zu Hause an und bat ihn, herzukommen. Ich konnte es nicht über mich bringen, Easton Handschellen anzulegen, ihn durch das Haus zu führen und ins Hauptquartier mitzunehmen. Auch dachte ich, die Tatsache, daß der Mörder einen Bruder bei der Mordkommission hatte, verdiene vielleicht eine Zeile am Ende des Artikels und nicht eine Schlagzeile wie: BEAMTER DER MORDKOMMISSION VERHAFTET MÖRDER-BRUDER MUTTER SCHLUCHZT: MEIN SOHN.

Meine Mutter tat natürlich nichts Derartiges. Sie kam gegen

sieben, ein paar Minuten nach Carbones Ankunft. Sie war ein bißchen beschwipst von ein oder zwei Martinis mit einer der Damen vom Wohltätigkeitsbasar. Als sie begriff, was mit Easton los war, bekam sie weder einen Herzanfall, noch weinte sie.

Sie ließ sich einfach auf das Sofa fallen. Ich brachte ihr etwas Wasser. Kurz bevor mein Bruder ging, küßte er sie zum Abschied. Er zielte auf die Wange, traf aber die Nase. Er sagte, es täte ihm leid, nicht für sich selber, sondern für sie. Carbone meinte, er wäre die ganze Nacht im Hauptquartier, falls ich ihn brauchen sollte, und murmelte dann einige mitfühlende Worte zu meiner Mutter.

Ich nahm einen Schemel und setzte mich vor sie. Sie war eine gutaussehende Frau mit klaren, regelmäßigen Zügen, bemerkenswerten grün-blauen Augen und schlanker Figur. Nach dem ersten Schock korrigierte sie ihre nachlässige Haltung und saß kerzengerade. »Was soll ich tun?« fragte sie mich.

Ich sagte ihr, Easton bräuche einen Anwalt, und ging in die Küche, um Bill Paternos Nummer herauszusuchen. Sie fragte, ob er teuer sei. Ich sagte ja, aber auch sehr gut. Morgen würde ich ihn anrufen und etwas arrangieren.

»Heißt das, daß du bezahlen wirst?«

»Ja.«

»Glaubst du wirklich, daß er es getan hat?«

Ich bestätigte es ihr und erklärte ihr die Beweise, die wir gegen ihn hatten. Sie fragte, ob ein Geschworenengericht ihn für schuldig erklären würde. Ich antwortete, daß Paterno mit einem Schuldgeständnis vielleicht irgend etwas ohne Verhandlung erreichen könne, aber Easton würde ins Gefängnis kommen.

»Scheinbar habe ich die Dinge schlecht gehandhabt«, sagte sie ruhig.

»Nein. Easton.«

Ihre phantastische Haltung wurde noch gerader. »Ich kann es nicht verstehen. ER hat mir nie Sorgen gemacht«, sagte sie, ohne zu erwähnen, wer es getan hatte. »Er hatte keinen Ehrgeiz, aber deswegen kann man ja niemanden verurteilen.«

»Das stimmt.«

»Das Filmgeschäft war nichts für ihn«, murmelte sie. Heutzutage sah niemand mehr aus wie meine Mutter. Niemand hätte so viel Zeit aufgewandt, um so auszusehen. Jeden Abend wickelte sie ihr Haar auf dicke Lockenwickler, so daß es sich stets in den luftigen Pagenschnitt um ihren Kopf legte, den ich von Kind auf kannte. Sie zupfte sich die meisten ihrer Augenbrauen aus und zog sie dann in einer dünnen, hellbraunen Linie nach. Ihr Make-up bestand aus hellem Puder, Rouge und passendem Lippenstift. Auch ihre kurzen ovalen Fingernägel waren rot. »Er hätte ins Bankgeschäft einsteigen sollen. Nicht, daß er es zum Präsidenten gebracht hätte. Ich mache mir keine Illusionen darüber. Aber er versuchte immerzu, etwas zu verkaufen und schaffte es nicht. Und dann der Film mit all diesen Leuten. Sie sind alle so abgebrüht. Er war dafür nicht gemacht.«

»Nein. Das war er nicht.«

»Ich dachte, er mochte diesen Mann. Den, den er umgebracht hat.« Ich erklärte ihr, daß Easton auf Sys Wunsch gehandelt und gedacht hatte, es wäre Lindsay. Sie fragte: »Warum hat er nicht einfach nein gesagt?«

»Ich weiß es nicht, Mutter.«

»Nun – ich auch nicht.«

Ich fragte sie, ob sie etwas zu Essen wollte. Nein, sie war nicht hungrig und es wäre schon in Ordnung. Ich erkannte daraus, daß sie allein sein wollte, fragte aber, ob ich die Nacht über bleiben oder sie zu mir bringen solle. Sie lehnte höflich ab und versprach, mich anzurufen, wenn sie mich brauchte. Ich versprach ihr, am nächsten Tag gleich in der Früh vorbeizukommen.

»Es wird in allen Zeitungen stehen«, sagte sie. »Auch im Fernsehen.«

»Es werden ein paar schlimme Tage werden. Die Presse wird nicht lockerlassen, und du wirst noch lange darunter leiden müssen.«

»Denkst du, man wird mich entlassen?«

»Nein. Du bist zu wertvoll für deine Firma. Und viele Leute werden ihr möglichstes tun, um Verständnis zu haben.«

»Sie werden aber nicht verstehen. Es wird nur Höflichkeit sein. Tief drinnen werden sie denken, ich hätte etwas falsch gemacht, daß er so geworden ist.« Sie stand auf. »Ich möchte jetzt allein sein.«

»Es tut mir so leid, Mutter.«

Und dann gab sie mir den Gnadenstoß. »Warum sollte es dir leid tun? Es ist nicht deine Schuld. Du hast niemanden getötet. Dein Bruder war es.« Und bevor ich noch in irgendwelche Sentimentalitäten verfallen konnte, fügte sie hinzu: »Ich möchte, daß du jetzt gehst.« Also sagte ich gute Nacht und ging.

Ray Carbone und Detective Bodybuilder nahmen Eastons Geständnis auf Video auf, das dann auf dem Monitor in Sheas Büro abgespielt wurde. Carbone fragte gerade: »Haben Sie die Munition bar bezahlt oder mit Kreditkarte?« Und mein Bruder, stolz auf die Intelligenz, mit der Sy und er den Mord an Lindsay geplant hatten, erwiderte: »Bar. Keine Spuren, das war unser Motto.«

Shea begann mir zu erklären. »Sie können den Anfang des Videos sehen, wie wir ihn über seine Rechte aufklären. Wir haben ihm jede nur mögliche Chance gegeben...«

Ich unterbrach ihn. »Der Mann will reden. Sie können ihn nicht aufhalten.«

»Und wie nimmt es Ihre Mutter auf?«

»Sie ist wie gelähmt.« Ich erwähnte nicht, daß das wohl in der Familie lag. Zwischen Shea und mir war wegen dieses Falles soviel böses Blut geflossen, und ich hielt es für besser, mich von meiner besten Seite zu zeigen. »Ich wäre jetzt noch bei ihr, aber sie bat mich zu gehen. Sie wollte allein sein. Ich nehme an, sie wünschte mir den Anblick ihres Zusammenbruchs zu ersparen.« Dieses Bild meiner Mutter, die die Kontrolle verlor und mich beschützen wollte, hatte mit der Realität wenig zu tun, aber es hörte sich nach einer normalen Familie an. Aber dann sah man diesen sprechenden Kopf auf dem Bildschirm, der gerade Carbone erklärte, daß er die Zweiundzwanziger zu Hause gereinigt hatte. Aber auf dem Schießstand sei der Abzug so fest gewesen, daß er ihn kaum hätte bewegen können. Und jemand, ein Schwarzer mit einem Spitzbart, hätte ihm geholfen. Ich sagte zu Shea: »Hören Sie sich das an. Das ist mein Bruder.«

Shea stand auf und ging zum Bildschirm. Seine Goldketten klingelten. »Ich seh es mir später an«, sagte er. »Außer, Sie wollen's unbedingt sehen. Aber unter uns«, seine Stimme wurde die eines verständnisvollen Vorgesetzten, »Sie sollten es sich ersparen.«

»Sie können ausmachen«, stimmte ich zu. Er tat es, kam zurück und legte mir die Hand auf die Schulter. »Möchten Sie vielleicht Urlaub nehmen, Steve?«

»Möglicherweise.«

»Das ist gut. Ray ist der Meinung, Sie sollten sich mit Doktor Nettles, der neuen Psychiaterin, treffen. Vielleicht einige Ratschläge einholen. Alles rein präventiv. Ray sagt, sie sei gut. Ich hab sie kennengelernt. Hat ein Gesicht wie eine Bulldogge.« Kettenklappernd ging er zu seinem großen Ledersessel zurück und setzte sich. »Nun, ich muß mich entschuldigen. Die Alkoholsache. Das mit der Liebesgeschichte mit Bonnie Spencer.« Und wenn das alles zuviel für Bonnie gewesen war? Wenn sie jetzt zurückgehen wollte in ihre Berge? »Dieser verfluchte Robby Kurz«, fauchte Shea.

»Robby ist im Bereitschaftsraum«, sagte ich.

»Ich weiß. Haben Sie beide reinen Tisch gemacht?«

»Nein. Ich bin noch nicht einmal reingegangen. Ich bin erschöpft. Ich würde die Kontrolle verlieren, und das will ich nicht. Es gibt ernstere Dinge als die Anschuldigungen gegen mich. Und das ist Ihr Gebiet, nicht meins.«

»Das Haar von Bonnie«, sagte er.

»Ja, das Haar von Bonnie.«

Er nahm sein Telefon, drückte auf die interne Sprechtaste und sagte: »Ich würde Sie gern sehen, Robby. Nein. Jetzt.« Er legte auf und sah mich an. »Hören Sie, ich verstehe, was Sie durchmachen. Eine Familientragödie. Aber ich sage es klar und deutlich: Die Polizei von Suffolk County ist eine paramilitärische Einrichtung. Sie wissen, was das bedeutet?«

»Sie sind der Captain, nicht ich.«

»Richtig. Manchmal scheinen Sie sich darüber nicht ganz klar zu sein. Jetzt haben Sie ein persönliches Problem mit diesem Mann, aber die Abteilung auch. Und was hat wohl Vorrang...« In diesem Moment kam Robby durch die Tür. »Setzen Sie sich, Robby.« Das war ein Befehl, keine Einladung. Robby nickte mir zu und tat wie geheißen. Neben Sheas irischer, viriler Salonschönheit wirkte er noch hausbackener als zuvor. »Sie haben fast Bradys Karriere zerstört«, sagte der Captain.

»Das wollte ich nicht.«

»Also warum haben Sie ihn als Alkoholiker angeschwärzt?«

»Weil ich es glaubte.«

»Warum?«

»Ich war der Meinung, er benähme sich unkontrolliert und ich hätte Alkohol an ihm gerochen.««

»Wann war ich unkontrolliert, du schnüffelnder Arsch?«

»Ruhe, Brady«, schnaubte Shea, erinnerte sich dann aber, daß ich eine persönliche Tragödie durchlebte und fügte hinzu: »Bitte.« Er wandte sich wieder an Robby. »Einen Lügner möchte ich Sie nicht nennen, stelle aber Ihre Qualitäten als Beobachter in Frage.«

»Ich weiß. Die Tests haben das Gegenteil bewiesen. Ich entschuldige mich.«

Da niemand von mir zu erwarten schien, die Entschuldigung anzunehmen oder abzuweisen, lehnte ich mich zurück und schloß die Augen. Ich wollte Gideon anrufen und mehr über Bonnie erfahren. Ich wollte ihm sagen, daß meine Hintertür offen war, so daß sich jemand um Moose kümmern konnte.

»Und jetzt zu dem Bonnie-Haar, Robby«, sagte Shea. »Bei den Untersuchungen zu diesem Fall waren die besten Leute da. Der

Platz, an dem der Mörder stand, ist zigmal überprüft worden.« Er hielt inne, um deutlich zu machen, daß er meinetwegen den Namen des Schuldigen nicht aussprach. »Haare wurden nicht gefunden. Und eine Woche später: O Wunder, Belastungsmaterial. Eines von Bonnie Spencers Haaren, und mit einer Wurzel noch dazu. Perfekt für den DNS-Text.«

»Wollen Sie damit ausdrücken, daß ich es hingelegt habe, Frank?« fragte Robby.

»Ich sage, daß Ray Carbone die Plastiktüte vom Labor überprüft hat. Das Siegel sah etwas komisch aus, und ein Haar schien zu fehlen. Was sagen Sie dazu?«

»Ganz offensichtlich ist im Labor ein Haar verlorengegangen. Sie wissen selbst, daß niemand perfekt ist.«

Ich überlegte, daß Bonnie mich vielleicht gar nicht wollen würde, weil ich ihr zu unstet war.

»Warum sollte sich Bonnie Spencers Haar genau an der Stelle befinden, wo der Täter stand, wenn sie es nicht war?«

»Vielleicht ist sie da mal vorbeigegangen.« Robbys Stimme war fast unhörbar geworden. Er sank tiefer und tiefer in seinen Stuhl. Der einzige feste Teil an ihm schien seine starr gesprayte Frisur zu sein.

»Und das ist Ihre ganze Erklärung?« donnerte Shea. »Sie machte einen kleinen Spaziergang auf diesem Riesengrundstück, und ihr Haar blieb gerade an diesem Ort hängen?« Robby antwortete nicht. Shea lehnte sich vorwärts. »Ich möchte Ihnen eine Frage stellen. Halten Sie sich für besser als diesen Abschaum, den wir einbuchten?«

»Ich habe Anrecht auf eine faire Anhörung.« Es klang, als habe Robby bereits mit einem Anwalt gesprochen.

»Die Abteilung wird Ihnen dies sicher zugestehen.«

»Danke.«

»Aber was die Mordkommission betrifft. Können Sie es sich denken?«

»Frank...«

»Nehmen Sie Ihre persönlichen Sachen mit.« Soweit ich weiß, nahm Robby Kurz nichts nach Hause mit. Er sagte nicht auf Wiedersehen. Er ging.

Ich nahm den Mustang Cabrio meines Bruders mit all seinen Qualitäten einer Kröte auf Rädern, fuhr nach Hause und holte Moose. Sie saß auf dem Beifahrersitz, hob die Schnauze und ließ den Fahrtwind durch ihre haarigen Ohren fahren. Als wir an einer Ampel hielten, betrachtete sie interessiert und leicht überheblich die anderen Autos. »Du snobistische Tussi«, sagte ich, worauf sie erfreut mit dem Schwanz wedelte.

Ich fuhr zu Bonnies Haus. Die Räder der Bürokratie hatten aufgehört zu mahlen, und es wurde nicht mehr überwacht. Der Jeep war in der Garage. Alles war dunkel, und beide Türen waren verschlossen. Ich klingelte ein paarmal, aber nichts rührte sich. Natürlich wußte ich, daß sie bei Gideon sein mußte, konnte mich aber einer unbegreiflichen Angst nicht erwehren. Verrückte Ideen schossen mir durch den Kopf. War sie doch nach Hause gefahren, über einen ihrer vielen Teppiche gestolpert und lag nun tot da drinnen? Nein. Dann wäre mein Wagen hier gewesen. Aber vielleicht war sie auf eine Ölspur geraten, hatte die Kontrolle über den Wagen verloren, und alles war in Flammen aufgegangen? Die einzigen hörbaren Geräusche waren Schreie von Wildenten und forciertes Cocktail-Gelächter bei Wendy, der Nachbarin.

Ich brauchte ungefähr zehn Minuten, um Moose ins Auto zurückzubekommen. Sie war zu Hause und sah keinen Grund, wieder fortzugehen. Erst jagte sie ein Kaninchen, und dann legte sie sich in den Vorgarten. Ich klatschte wie verrückt in die Hände und pfiff, aber sie reagierte nicht. Schließlich nahm ich die Fellmasse auf den Arm und trug sie ins Auto.

Es war dunkel, als ich endlich Gideons Haus fand, eine dieser renovierten Scheunen etwas abseits der Straße. Es gab zwar ein Schild mit Friedman-Sterling darauf, aber Friedman und Sterling hatten soviel verdammten Efeu gepflanzt, daß ich ein paarmal daran vorbeifuhr. Ich öffnete die Wagentür, Moose sprang über mich hinweg und saß dann mit hängender Zunge wartend da. Aber ich konnte nicht aussteigen. Ich knotete meine Krawatte neu, löste sie wieder, nahm sie schließlich ab, zog mein Jackett aus, rollte die Hemdsärmel auf und begann mich schließlich wieder anzuziehen.

Vielleicht hatte sie eine Überdosis Schlaftabletten genommen, weil sie dachte, ich würde Lynne heiraten und wir würden uns nie wiedersehen?

Ich wollte sie in meinen Armen halten, sie mit zu Germy nehmen und sagen: DAS ist mein Mädchen.

Dann fiel mir siedendheiß ein, daß ich den Wagen meines Bruders nicht hätte nehmen sollen. Er hatte ja die Tasche mit dem Gewehr darin transportiert. Jetzt waren meine Abdrücke da und Hundehaare. Die Jungens vom Labor würden sauer sein.

Mein Herz hämmerte. Sie würde da sein, mich aber nicht sehen wollen, und Gideons Freund würde an der Tür stehen und fauchen: »Bonnie fliegt morgen an die Küste, um ihre Geschichte zu verkaufen. Sie telefoniert gerade mit ihrem Agenten und kann nicht gestört werden.«

Oder sie war einfach nicht da, sondern auf dem Weg nach Utah. Sie würde bei einem ihrer Brüder bleiben, bis das Haus hier verkauft war und sich dann in einer Berghütte bei einem Forellenbach verkriechen. Meine Briefe und Anrufe würden ohne Antwort bleiben. Hätte ich sie dann endlich gefunden, würde sie durch die Hintertür in die Berge fliehen und sich verlaufen. Man würde sie erst im Frühling finden, erfroren.

Ich war so mit dem schrecklichen Gedanken an ihren verwesenden Körper beschäftigt, daß ich Gideon erst bemerkte, als er neben dem Wagen stand. »Ist Bonnie da?« fragte ich. »Geht es ihr gut?«

»Alles in Ordnung«, sagte er vorsichtig. Offensichtlich machte ich einen leicht verwirrten Eindruck. »Sie schläft.« Moose, das Flittchen, war zu Gideon übergewechselt und leckte seine Hand.

»Sie muß wohl ganz schön müde sein«, murmelte ich.

»Möchten Sie kurz hereinkommen?«

Für einen Schuppen war es ein schöner Ort, mit einer kuppelartigen Decke und vielen Holzbalken. Gideon stellte mir seinen Freund Jeff vor, der mich an einen Rausschmeißer in einem zwielichtigen Nachtclub erinnerte. Er schüttelte mir kurz die Hand, grummelte etwas Unhörbares und verschwand. Ich hatte den Eindruck, er konnte es kaum erwarten, mit Gideon über mich zu sprechen.

Vom Hauptbalken der Decke hing ein riesiger, gußeiserner Lüster mit Schafen und Kühen darauf. Oben am Treppenaufgang waren mehrere Türen. »Bonnie ist im mittleren Zimmer«, sagte Gideon, der meinem Blick gefolgt war. Ich dachte, er würde mir nahelegen, nicht mit ihren Gefühlen zu spielen, aber er sagte nur, wie leid es ihm täte, daß es mein Bruder war. Ich berichtete von meiner Mutter und unserem Vorhaben, Bill Paterno zu verpflichten, und daß Easton bereits ein Geständnis auf Video abgelegt hätte. Dann erzählte ich von Eastons falschem Stolz und dem Plan, den er mit Sy Spencer zusammen ausgebrütet hatte. Ich sagte ihm, wie entsetzt ich war, daß mein Bruder anscheinend keine Skrupel gehabt hatte, Bonnie für alles bezahlen zu lassen. Gideon meinte, ich solle mich nicht aufregen. Es wäre ja nun vorbei. Shea hatte Paterno angerufen, den Haftbefehl zurückgezogen und Bonnie seine Entschuldigungen übermitteln lassen.

»Glauben Sie, sie wird's verkraften?« fragte ich.

»Sie ist widerstandsfähig.«

»Ich weiß.«

»Aber es wird eine Zeitlang dauern.«

»Darf ich nach oben gehen, um sie zu sehen?«

»Nach Bill Paternos Anruf, daß alles vorbei sei...«, Gideon zögerte, »meinte Bonnie, daß Sie vielleicht vorbeikommen würden. Sie bat mich, Ihnen in ihrem Namen zu danken, aber sie sagte, Sie seien sich beide einig gewesen, sich nicht wiederzusehen.«

»Ich will sie aber sehen.«

»Und ich will sie beschützen.« Unsere Blicke trafen sich kämpferisch. »Wir scheinen in einer Sackgasse zu sein«, sagte er, »und da sie sich in meinem Haus befindet, muß ich Sie bitten zu gehen.« Er stand auf.

Ich auch. »Ich will ihr nur etwas sagen.«

»Ich halte es nicht für ratsam.«

»Zur Hölle mit Ihnen, Friedman.«

»Mit Ihnen auch, Brady.«

Ich fing an, bis zehn zu zählen, in der Hoffnung, daß mir etwas anderes einfallen würde, kam aber nur bis zwei. »Sehen Sie, ich liebe Bonnie.«

»Sie lieben sie?« wiederholte Gideon. »Sie müssen ja sehr liebesfreudig sein, denn die andere lieben Sie doch auch.«

»Falls es Sie interessiert – ich liebe die andere nicht, und sie ist nicht mehr die andere. Kann ich jetzt zu Bonnie?«

»Fühlen Sie sich wie zu Hause«, sagte er.

Ich spürte, daß sie aufwachte, als ich die Tür öffnete. Ich trat ein und setzte mich aufs Bett. »Du bist schön«, sagte ich.

»Klar. Es ist stockdunkel hier.« Bonnie streckte die Hand aus und tastete nach der Lampe. Sie knipste sie an und kniff die Augen zusammen. Sie glich Mr. Magoo. »Nun sag es.«

»Du bist schön. Ich liebe dich. Was war das dritte?«

»Ich bin ein phantastischer Mensch.« Der Lampensockel war ein großes Porzellanhuhn. Sie knipste sie wieder aus.

»Du bist ein phantastischer Mensch.«

»Ich habe Gideon gebeten, dich nicht raufzulassen.«

»Ich habe ihn davon unterrichtet, daß ich dir meine Liebe erklären will, und so wurden wir Freunde. Ich darf alles. Sein Haus ist mein Haus. Seine Hühnerlampe ist meine Hühnerlampe.« Ich machte das Licht wieder an und zog ihr Laken etwas zurück. Sie hatte mein T-Shirt ausgezogen.

Sie zog das Laken hoch. »Du wirst es noch oft hören, aber es tut mir leid mit deinem Bruder. Es wird schmerzlich für deine Familie sein, und ich wünschte, es wäre dir erspart geblieben.«

»Danke. Es tut mir auch leid für dich.«

»Danke«, sagte sie. »Ich möchte nicht unhöflich erscheinen, aber würdest du nun bitte gehen?«

»Warum? Willst du weinen oder so was?«

Bonnie versetzte mir einen ärgerlichen Stoß, der mich fast vom Bett fegte. »Willst du hierbleiben und zuschauen?«

»Ja.«

»Ich will es aber nicht. Geh.«

»Geht nicht. Ich habe Gideon versprochen, um deine Hand anzuhalten.«

»Also frag mich und hau ab.«

»Gut. Willst du mich heiraten?«

Plötzlich wußte sie Bescheid. Sie machte keine dummen Sprüche über eine andere Beziehung. Sie befahl mir nicht zu gehen. Sie sagte einfach »Ja« und dann, ich solle sie nicht küssen, ihr Atem sei schlecht vom Schlaf. Ich küßte sie trotzdem. Es war ein schöner, süßer Kuß. Danach fragte sie: »Bin ich, objektiv gesehen, wirklich schön?«

»Nein.«

»Bin ich wirklich ein phantastischer Mensch?«

»Du bist ganz in Ordnung.«

Ich stand auf, zog mich aus und stieg ins Bett.

»Liebst du mich wirklich?«

»Mehr als alles auf der Welt, Bonnie.«

»Ich weiß es seit Jahren, Steve.«

Zusammen löschten wir die Hühnerlampe und begannen unser Leben.

ENDE

Danksagung

Bei den nachstehend genannten Personen, die mir uneingeschränkt und gern geholfen haben, möchte ich mich herzlich bedanken: Arlene Abramowitz, Janice Asher, Peter Corwith, Lawrence Goldman, Maddy Kahn, Susan Lawton, Neil Leinwohl, Tony Lepsis, Fr. Thomas McCarthy, Bob Mitchell, Catherine und Robert Morvillo, Saundra und Herschel Sapertein, Cynthia Scott, Abby Singer, Dustin Beall Smith, N. T. Theyer, Sr., William Wexler und Frank und Lisa Cronin Wohl.

Ein dicker Kuß gebührt meinem Freund Frank Perry, der mir alles über das Filmgeschäft beigebracht hat.

Dank sagen möchte ich auch den Polizeibeamten, die mir mit fachmännischem Rat zur Seite standen. Im Gegensatz zu Detective Stephen Brady waren sie alle geradeheraus und ausgezeichnete Schützen. Ich bitte um Entschuldigung, wenn ich die Fakten etwas verändert habe, damit sie in meine Geschichte passen. Ich danke Detective-Lieutenant Eugene Dolan von der Nassau County Police, Captain William Kilfoyle und Officer Alan Paxton von der Port Washington (New York) Police, Lieutenant William P. Kiley und Captain John McElhone von der Suffolk County Police und Sergeant William Crowley von der Southampton Town Police.

Die Mitarbeiter der Hampton Library in Bridgehampton und der Port Washington (New York) Public Library waren jederzeit zuvorkommend und hilfsbereit.

Besonderen Dank gebührt Paul Brennan dafür, daß er seine Erinnerungen an seine Kindheit in Bridgehampton mit mir geteilt hat.

Meiner Assistentin, AnneMarie Palmer, gebühren Jubel, Blumen, Beifall und noch viel mehr für ihre allzeit gewissenhafte Arbeit, die sie auch in Zeiten größter Hektik mit großer Freundlichkeit erledigt hat.

Mein Agent Owen Laster ist ebenso realistisch wie gefühlvoll. Er ist einfach super.

Larry Ashmead ist ein großartiger Lektor. Jeder Schriftsteller sollte das Glück haben, mit ihm zusammenzuarbeiten.

Meine Kinder Andrew und Betsy Abramowitz sind eigentlich keine Kinder mehr. Ich danke ihnen für ihren klugen und wertvollen redaktionellen Rat und natürlich für ihre Liebe.

Schließlich möchte ich all denen, die es noch nicht wissen, sagen, daß mein Mann Alkan Abramowitz immer noch der *beste Mensch der Welt* ist.

Literatur aus Amerika

Alice Walker
Roselily
9186

Joan Didion
Das weiße Album
9078

Kurt Vonnegut
Slapstick
9175

Ken Kesey
Der Tag, nachdem Supermann starb 21022

Joan Didion
Demokratie
9150

Kurt Vonnegut
Das höllische System
9174

GOLDMANN